Gilbert Sinoué wurde 1947 in Ägypten geboren. Er hat sich in Frankreich als Autor von historischen Romanen einen Namen gemacht. »Purpur und Olivenzweig« war sein erster Roman, für den er 1987 den Prix Jean d'Heurs erhielt.

Von Gilbert Sinoué sind außerdem erschienen:

Purpur und Olivenzweig (Band 63013)
Die schöne Sheherazade (Band 63015)
Tochter Ägyptens (Band 63026)

Dieses Buch wurde auf chlor- und säurefreiem Papier gedruckt.

Deutsche Erstausgabe Juli 1994
© 1994 für die deutschsprachige Ausgabe
Droemersche Verlagsanstalt Th. Knaur Nachf., München
Das Werk einschließlich aller seiner Teile ist urheberrechtlich geschützt.
Jede Verwertung außerhalb der engen Grenzen des Urheberrechtsgesetzes ist ohne Zustimmung des Verlages unzulässig und strafbar.
Das gilt insbesondere für Vervielfältigungen, Übersetzungen,
Mikroverfilmungen und die Einspeicherung und Verarbeitung
in elektronischen Systemen.
Titel der Originalausgabe »Avicenne ou la route d'Ispahan«
© 1989 Editions Denoël, Paris
Originalverlag Denoël, Paris
Umschlaggestaltung Manfred Waller, Reinbek
unter Verwendung von Illustrationen aus dem »Maqamat«, 13. Jh.
Satz MPM, Wasserburg
Druck und Bindung Elsnerdruck, Berlin
Printed in Germany
ISBN 3-426-63014-1

9   10   8

Gilbert Sinoué

Die Straße nach Isfahan

Roman

Aus dem Französischen
von Stefan Linster

*Mein besonderer Dank
gilt meiner Frau Erna Maria
und auch meinem Freund Khalid al-Maaly
für ihre geduldige Hilfe
sowie Prof. Glombitza und Dr. Wellen
für ihre sachkundige Beratung.*

S. L.

Dieses Buch ist Professor Vachon gewidmet,
seiner hervorragenden Mannschaft des
intensivmedizinischen Zentrums für Infektionskrankheiten
des Hôpital Bichat
sowie allen Assistenzärzten, Krankenschwestern, Pflegern,
anonymen Personen, die im verborgenen wirken,
um Leben zu verlängern ...

An dieser Stelle möchte ich meine
Dankbarkeit Doktor Georges Thooris
gegenüber zum Ausdruck bringen. Mit
Freundschaft, Geduld und verschworenem
Einverständnis hat er mich den ganzen
Weg über, der nach Isfahan führt, zu leiten
gewußt. Ich könnte mich in Dankesworten
ergehen, will mich jedoch damit begnügen
zu sagen, daß er zu jenen seltenen und
würdigen Nachfolgern des
Hippokrates gehört.

Während der zwei Jahre des Schreibens
war er Ali ibn Sina, ich spielte in aller
Bescheidenheit die Rolle des Djuzdjani.

Cavet lector – Ermahnung des Lesers

Dieses Werk basiert auf einer authentischen Handschrift, einer Art Reisetagebuch, welches in arabischer Sprache von einem Schüler Avicennas verfaßt wurde: Abu Ubaid al-Djuzdjani, der fünfundzwanzig Jahre lang an seiner Seite lebte.
Aus praktischen Gründen wurden einige Fußnoten in Form von »Anmerkungen des Übersetzers« hinzugefügt, um sie deutlich von den persönlichen Kommentaren Djuzdjanis zu trennen.
Das Buch ist in Makame unterteilt. Im Altarabischen diente das Wort *maqama* dazu, die Stammesversammlung zu bezeichnen. Später dann wurde es benutzt, um jene abendlichen Zusammenkünfte zu benennen, zu denen die omajjadischen und abbasidischen Kalifen der ersten Zeit fromme Männer einluden, um aus ihrem Munde erbauliche Geschichten zu vernehmen. Nach und nach hat sich der Sinn des Wortes erweitert, bis es schließlich die Heischrede des Bettlers bezeichnete, der sich in dem Maße in gewählter Sprache ausdrücken mußte, wie die literarische Kultur, die ehedem das Privileg des Hofes war, sich im Volk verbreitete.

Politische Aspekte Persiens zur Zeit von Avicenna

Avicennas Persien ist seit annähernd drei Jahrhunderten von den Arabern besetzt. Etliche Dynastien entreißen sich die

Fetzen dessen, was einst ein Reich war. Zwei von ihnen haben die Oberhand und trachten nach ungeteilter Macht: die Samaniden und die Buyiden. Im Hintergrund jedoch wird eine dritte Dynastie aus dieser Zwietracht Nutzen ziehen: die Ghaznawiden, von türkischer Herkunft. Sie wird ihr Netz über den größten Teil des Landes spannen.

Religiöse Aspekte

Drei »Parteien«. Alle drei schöpfen ihre Quellen aus dem Islam: der Schiismus, der Sunnismus und der Ismailismus; die Sunniten nehmen für sich die reine Orthodoxie in Anspruch und verurteilen die anderen Zweige gleichermaßen als Irrlehren.
So stellt sich das komplexe Universum dar, in dem einer der größten Universalgeister unserer Zeit das Licht der Welt erblickt und ein unsterbliches Werk schaffen wird.

Ich sah den Propheten im Traum. Ich fragte ihn: Was sagst du zu Ibn Sina? Er antwortete mir: Das ist ein Mann, der sich anmaßte, zu Gott zu gelangen und glaubte, dabei meiner Vermittlung nicht zu bedürfen. Daher habe ich ihn hinweggefegt, so, mit meiner Hand. Da ist er in die Hölle gefallen.

MAGD AL-DINE BAGHDADI

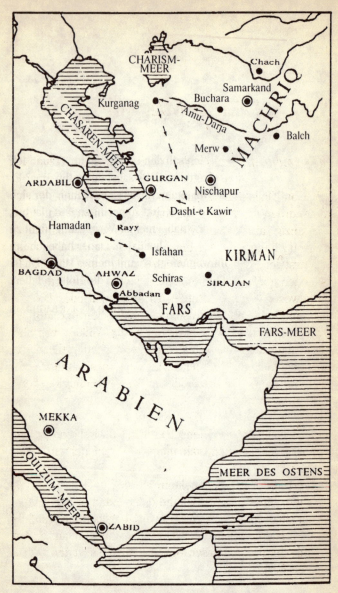

AVICENNAS REISEWEG

gemäß dem Geographen Muqaddasi. X. Jahrhundert

Erste Makame

Im Namen Allahs, des Barmherzigen, des Gnädigen

Ich, Abu Ubaid al-Djuzdjani, ich offenbare dir diese Worte. Sie wurden mir anvertraut von jenem, der während fünfundzwanzig Jahren mein Meister, mein Freund, mein Blick war: Abu Ali ibn Sina, Avicenna für die Leute des Abendlandes, Fürst der Ärzte, dessen Weisheit und dessen Wissen alle Menschen geblendet haben, seien es nun Kalifen oder Wesire gewesen, Prinzen, Bettler, Kriegsherren oder Poeten. Von Samarkand bis Schiras, von den Pforten der Runden Stadt bis zu denen der zweiundsiebzig Völker, von der Erhabenheit der Paläste bis zu den einfachen Weilern von Tabaristan hallt noch immer die Größe seines Namens.
Ich liebte ihn, wie man das Glück und die Gerechtigkeit liebt, wie man, so müßte ich dir gestehen, die unmöglichen Liebschaften liebt. Wenn du dies, was hier folgt, liest, wirst du wissen, welche Art von Mensch er war. Du wirst dich meiner Denkart anschließen. Allah möge dich auf deinem Gang begleiten.
Ich überlasse dich heute meinem Meister.
Folge ihm ohne Furcht. Behalte deine Hand in der seinen, und vor allem verlasse ihn nie. Er wird dich fortführen auf die Wege Persiens, entlang der Karawanenstationen, ans äußerste Ende der großen Oasen von Sogdiana, bis zu den Grenzgebieten Turkestans.

Folge ihm über diese ausgedehnte Hochebene, die mein Land bildet, die bald sengend heiß, bald eisig kalt, durch diese wüsten und salzigen Weiten, wo hier und da zu deinem Vergnügen, inmitten üppiger Oasen, Städte von einer solch ungeahnten Schönheit auftauchen werden, daß sie dir unwirklich erscheinen wird. Für dich werden die Karawanen die Gemmen und Spezereien aus dem Gelben Land ausbreiten, die Rüstungen aus Syrien, die Elfenbeinschnitzereien aus Byzanz. In den Basaren von Isfahan werden dir auf Schritt und Tritt die Pelze, der Bernstein, der Honig und die weißen Sklavinnen zu Füßen gelegt.
In den Ladengäßchen der Suks wird sich deine Nase mit einzigartigen Gerüchen und kostbaren Aromen vollsaugen. Du wirst unter den Sternen schlafen, in Steinwüsten oder an den Hängen des Elburs, mit dem Gipfel des Demawends als einziger Aussicht, von senkrechten Schneezungen zerfurcht, die das, was noch an Licht am Himmel verbleibt, zu erhaschen suchen.
Du wirst zwischen Bettelvolk und in der Herrlichkeit der Paläste nächtigen. Du wirst durch vergessene Dörfer ziehen, mit engen Gassen und blinden Häusern. Du wirst in das Geheimnis der Mächtigen dringen, in die Vertraulichkeit der Serails, die Wollust der Harems. Du wirst die Fürsten und die Bettler in derselben Weise leiden sehen und dich somit davon überzeugen (falls in deinem Geist noch ein Zweifel bestünde), daß wir ewiglich gleich vor dem Schmerz sind. Wie eine verstörte Stute wird dein Herz in deiner Brust hüpfen in dem Augenblick, da deine Angebetete dir den Schatz ihres entblößten Gesichts unter dem Glanz der Sterne bescheren wird; denn du wirst mehr als eine Frau lieben, und mehr als eine Frau wird dich vergöttern. Du wirst die Verachtung vor der Kleinheit der Mäch-

tigen erfahren, die Ehrfurcht vor der Größe der Kleinen entdecken.
Sieh, wir befinden uns nun in Buchara, der Hauptstadt der Provinz Chorasan, nördlich des Flusses Amu-Darja gelegen. Es ist Sommer, wir schreiben das Jahr 996 der Christen. Mein Meister ist erst sechzehn Jahre alt...

*

Der alte al-Arudi lag auf einer geflochtenen Strohmatte darnieder, die Hände vor seinem Unterleib zusammengelegt, das purpurrote Gesicht vom Schmerz verzerrt.
»So geht es nun schon seit mehreren Tagen mit ihm«, tuschelte Salwa, seine Gemahlin. Eine Kurdin mit matter Haut aus der Gegend von Harki-Oramar.
Sich über ihren Gatten beugend, erklärte sie mit Eifer: »Der Scheich ist gekommen, um dich zu heilen.«
Ein Stöhnen blieb die einzige Regung von Abu 'l-Husain.
Ibn Sina kniete sich neben ihn und befühlte sein Handgelenk, die Innenfläche nach oben gedreht, genau an der Stelle, an der die Arterien unter der Haut hervortreten. Er schloß die Augen, um sich besser zu sammeln, und blieb so eine ganze Weile mit starren und gespannten Zügen, drehte dann die Innenfläche wieder nach unten.
»Ist es ernst?« sorgte sich Salwa.
Ali antwortete nicht. Langsam schob er das schweißnasse Leibhemd hoch und zog die Hände fort, die der Kranke weiterhin krampfhaft auf seinen Unterbauch hielt. Behutsam tastete er die Schamgegend eingehend ab; sie war aufgetrieben wie ein Wasserschlauch.
»Al-Arudi, mein Bruder, wie lange hast du schon nicht mehr uriniert?«
»Drei, vier, sechs Tage – ich weiß es nicht mehr.

15

Gleichwohl, der UNBESIEGBARE ist mein Zeuge, geschah dies weder aus Mangel an Lust noch ohne es versucht zu haben.«
»Ist es ernst?«
Diesmal war die Frage von al-Arudis Tochter gestellt worden, die sich gerade unauffällig ins Zimmer geschlichen hatte. Sie war kaum fünfzehn Jahre alt, besaß aber schon all die erblühten Geheimnisse der Frau. Sie hatte die sehr matte Haut ihrer Mutter, mandelförmige Augen, ein makelloses Gesicht, von dichtem schwarzen Haar beherrscht, das bis zu ihren Hüften floß.
Ibn Sina widmete ihr ein Lächeln, das beruhigend sein sollte, und nahm seine Untersuchung wieder auf, die sich nun auf den Penis des Mannes richtete, den er in seiner gesamten Länge befühlte. Schließlich zog er aus seinem Umhängebeutel ein Instrument – einen Bohrer aus gehärtetem Eisen mit dreieckigem, scharfem Ende, der auf einem Holzstiel befestigt war – und Blüten von weißem Schlafmohn, Bilsenkraut und Aloe, die er dem Mädchen reichte.
»Hier nimm, Warda, bereite mir daraus einen Absud und koche Wasser ab.«
»Sohn des Sina, hab Erbarmen, lindere meine Pein«, jammerte der Kurde, indem er seine Hand an den Saum von Ibn Sinas Gewand legte; was nach alter Sitte ein Zeichen höchster Not und demütigen Bittens war.
»Wenn es dem ALLERHÖCHSTEN gefällt, wird es geschehen, ehrwürdiger Abu 'l-Husain.«
»Aber woran leidet er?« fragte Salwa, die aufgeregt die Hände rang.
»Der Gang, der dem Urin erlaubt, sich zu entleeren, ist verstopft.«
»Ja, wie ist das möglich?«
»In gewissen Fällen kann der Grund für diese Verstopfung in einer übermäßigen Entwicklung dessen liegen, was wir die

vorstehende Drüse nennen*; oder aber im Vorhandensein eines Steins, der sich durch eine Konkretion, eine Verdichtung von mineralischen Salzen, gebildet hat. Bei deinem Gatten handelt es sich um die zweite Ursache.«

»Sohn des Sina, ich verstehe nichts von deinen Konkretionen und auch nichts von dieser vorstehenden Drüse. Aber wenn du in einer unverständlichen Sprache zu den Sterblichen sprichst, dann mußt du deine Wörter von weiter oben haben. Folglich wirst du meinen Mann retten.«

»Wenn es IHM gefällt«, wiederholte Ibn Sina sanftmütig.

Warda war zurückgekehrt und hielt ihm einen irdenen Becher hin, in dem der Auszug mazerierte, sowie eine große Schale kochend heißen Wassers.

Ali hob langsam den Kopf des Kranken und führte den Becher an dessen Lippen.

»Das mußt du trinken ...«

»Trinken? Aber Scheich ar-rais, siehst du denn nicht, daß meine Blase dem Euter einer Kuh gleicht, die bereit ist, Milch zu geben! Sie wird nicht einem Tropfen mehr standhalten.«

»Sei unbesorgt. Dieser Tropfen hier wird eine Wohltat sein.«

Abu 'l-Husain leckte die Flüssigkeit hastig wie eine Katze auf und ließ sich, von der Anstrengung erschöpft, wieder auf den Rücken fallen.

»Jetzt müssen wir dem Heilmittel Zeit zur Wirkung lassen.«

Der Arzt tauchte sein Instrument ins Wasser, das noch immer dampfte, und fühlte erneut den Puls des Kranken. Bald konnte er feststellen, daß die Schläge in der Arterie

---

* Unter diesem Begriff verstand Ibn Sina zweifellos die Prostata. *(Anm. d. Ü.)*
Notabene: Daß Ibn Sina und sein Biograph al-Djuzdjani sich naturgemäß in Begriffen ihrer Zeit ausdrücken (die der Übersetzer nur in Einzelfällen – fachsprachlich – modernisiert), möge der neuzeitliche Terminologe ihnen großmütig nachsehen. *(Anm. d. dt. Ü.)*

ruhiger wurden, daß die bis dahin vor Schmerz verkrampften Züge des Patienten sich entspannten. Neben ihrem Vater niederkniend, wendete Warda keinen Blick von Ali. In ihren Augen stand alle Verehrung der Welt.
»Komm, Warda, hilf mir, ihn auszukleiden.« Einen Moment später war al-Arudi wie am Tage seiner Geburt.
Ali stöberte erneut in seinem Beutel und nahm einen ziemlich dicken Faden heraus, den er um den Penis schnürte. Als die Abbindung angelegt war, ergriff er den Bohrer.
Ali 'l-Husain hatte die Augen geschlossen. Er schien zu schlafen.
»Warum hast du sein Glied abgeschnürt?« sorgte sich Salwa.
»Um zu vermeiden, daß der Stein, der sich in der Harnröhre befindet, mir entwischt, indem er zurück in die Blase wandert. Jetzt benötige ich eure Hilfe: Du, Salwa, und auch du, Warda, ihr müßt jede auf einer Seite seine Arme umfassen.«
Sich ein letztes Mal vergewissernd, daß die Mohnblüten die Gliedmaßen des Kranken unempfindlich gemacht hatten, hob er den Penis an. Mit Hilfe des Daumens und des Zeigefingers zog er die Harnröhre auseinander und führte bedächtig die geschärfte Spitze ein, bis er einen Widerstand verspürte.
»Ich glaube, ich habe den Stein gefunden. Nun werde ich ihn durchbohren oder zertrümmern müssen.«
Er drehte das Instrument mehrmals um sich selbst, erst von links nach rechts, dann von rechts nach links, unterbrach sich bisweilen, als versuchte er, durch den Leib des Kranken zu spähen.
Seine Stirn befeuchtete sich mit Schweiß, er ging trotz Anspannung mit großer Genauigkeit vor.
»Ich glaube, daß der Stein durchbohrt ist...«
Mit derselben Behutsamkeit, mit der er beim Einführen vorgegangen war, zog er den Bohrer heraus. Einige von

Blutfäden gefärbte Tropfen Urin flossen aus der Harnröhrenmündung. Dann löste Ali die Abbindung, und sogleich strömte die Körperflüssigkeit in einem starken und gleichmäßigen Strahl heraus. Er preßte den Penis zusammen. Bräunlicher Grieß mischte sich unter den Harn.
»Alles wird nun gut werden«, verkündete er, während er den Unterbauch des alten Mannes mit Befriedigung abtastete. »Die Schwellung durch die prall gefüllte Blase ist verschwunden, und die Oberfläche der Schamgegend hat ihr normales Aussehen wiedererlangt.«
»Du verdienst wahrlich den Titel Scheich ar-rais, Meister der Gelehrten!« rief Salwa aus. »Möge Allah dein Leben um tausend Jahre verlängern.«
»Hab Dank, Frau. Aber ich würde mich mit der Hälfte begnügen.«
Al-Arudi strampelte ein wenig auf seiner Matte, bevor er wieder in seine Betäubung versank.
Ibn Sina reichte Salwa Mohnkörner.
»Du wirst ihm bei Sonnenuntergang einen zweiten Absud sowie Rosenwasser zu trinken geben. Bei seiner Krankheit trägt das Trinken wesentlich zur Genesung bei.«
»Wenn ich bedenke, daß gestern du es warst, der sich vor den Erwachsenen verneigte, und daß du heute als Herr und Meister über die ergrauten Häupter gebietest.«
»Verzeih mir, vielgeliebte Salwa: Doch ich erinnere mich nicht, mich vor irgend jemandem verneigt zu haben.«
»Mein Sohn, wenn ich nicht Angst hätte, deinen Stolz noch etwas zu schüren, würde ich dir sagen, daß dies leider wahr ist. Selbst in deine Windeln gewickelt, behieltest du noch eine königliche Haltung! Aber was kümmert es! Alles ist dir vergeben, denn so steht es im BUCH geschrieben: ›Und wenn einer jemanden am Leben erhält, soll es so sein, als ob er die Menschen alle am Leben erhalten hätte ...‹«

Ali begann, seinen Beutel zu packen.
»Warte, ich habe etwas für dich«, meinte die Frau. Er wollte aufbegehren, doch sie hatte sich bereits entfernt. Nun stand auch Warda auf.
»Ich habe dir noch nicht gedankt«, sagte sie schüchtern.
»Das ist unnötig. In der Stille deines Herzens weiß ich alle Worte.«
Die Heranwachsende senkte die Augen, wie beschämt, ein weiteres Mal festzustellen, daß er mit solcher Leichtigkeit in ihr zu lesen verstand.
»Das ist für dich.«
Al-Arudis Frau war zurückgekehrt und reichte ihm einen Gegenstand. Es war eine *kharmek,* eine kleine Kugel aus bläulichem Glas, die an einer Kordel hing. Bevor er noch Zeit hatte zu reagieren, streifte sie sie ihm über den Kopf und band sie am Halse fest.
»Somit werden weder die üble Nachrede der Bösen noch die Dämonen – und seien sie auch so furchterregend wie der entsetzliche Drache, den der kühne Rostam* tötete – dir etwas anhaben können.«
»Du weißt, ich glaube nicht sonderlich an den bösen Blick. Da es jedoch dein Wunsch ist, verspreche ich dir, daß mich dieses Geschenk, solange ich lebe, begleiten wird.«
»Glaube mir, Sohn des Sina, wenn der Schöpfer ein und demselben Wesen den Geist und die Schönheit von tausend anderen gibt, dann wird dieser Mensch noch den Glanz der Sonne fürchten müssen... Warda«, fuhr sie fort, während sie sich an das Lager ihres Gatten setzen ging, »bring unserem Gast doch eine Tasse Tee. Er muß durstig sein.«
»Trage es mir nicht nach, aber es wird spät, und bei meinem Vater erwartet mich Besuch.«

---

* Vergleichbar dem Herkules oder dem Achill im Abendland. *(Anm. d. Ü.)*

Al-Arudis Frau fügte sich.
»Wenn dem so ist, Friede über dich, Sohn des Sina. Du bist wahrhaftig jemand ganz Besonderes.«
»Und über dich den Frieden.« Sich zu Warda wendend, fragte er: »Begleitest du mich noch an die Schwelle?«
Anrührend ungezwungen stimmte sie zu.

Draußen angelangt, im ersten Schimmer des Sonnenuntergangs, wußte sie – ohne daß auch nur ein Wörtchen auszutauschen nötig gewesen wäre –, daß er diesen Augenblick ebenfalls erhofft hatte.
»Ist deine Arbeit im Siechenhaus nicht zu beschwerlich?« fragte sie etwas unbeholfen.
»Die Lehre und die Arbeit kommen dem Gebete gleich. Sie erleuchten die Straße des Paradieses, sie schützen uns vor den Irrwegen der Sünde, aber...« Er fügte sehr rasch hinzu: »Manchmal kommt auch die Sünde dem Gebete gleich... Warda, mein Augapfel...«
Verwirrt senkte sie die Lider, dennoch näherte sie sich ihm. Von ihrem Gewand verschleiert, ließ sich die feste Rundung der Brüste erahnen, die sich im Takt ihres jäh beschleunigten Atems hoben.
Seit die Familie Sina Afschana verlassen hatte, um sich hier in Buchara, einen Steinwurf von ihrem Haus entfernt, niederzulassen, hatte sie sich zu ihm hingezogen gefühlt. Fünf Jahre schon... fünf Jahre der Erinnerungen, süß wie Honig.
»Gib mir das Wasser deines Mundes...«, hauchte sie.
Er umfing ihren Schenkel unter der rohen Wolle. Glitt langsam hinauf zur Wölbung ihrer Lenden und zog sie an sich. Ihre Münder vereinigten sich zärtlich, gingen wieder auseinander, um sich erneut mit mehr Glut zu verschlingen. Ihre Kleider wurden ihnen zu einer unerträglichen Kasteiung. Er hätte in sie schlüpfen, die dünne gewebte Wehr zu

Fall bringen wollen, dieses allerletzte Hindernis, das ihrer beider Haut trennte; wie toll versuchte er, sich abzuwenden, doch sie hielt ihn mit all der Kraft ihrer fünfzehn Jahre zurück.
»O mein König ... geh nicht fort ... noch nicht.«
»Du hast an meinem Mund getrunken, Warda. Und nun bin ich es, der Durst verspürt; einen Durst, der meinen Leib verbrennt und meine Lippen verzehrt. Du mußt dich hüten. Uns vor unserem Fieber hüten. Morgen ... später.«
Sie wollte sich dennoch an ihn schmiegen.
»Trinke ... trinke in mir«, flehte sie.
»Nein, meine Seele. Mein Leib würde sich mit dem Rinnsal von deinen Lippen nicht mehr begnügen. Er würde des Ozeans bedürfen, um sein Verlangen zu stillen. Wir müssen uns hüten ... Nachher werden wir es nicht mehr können.«
Er wiederholte: »Morgen ... später ...«
»Ich will aber ... mein Herz ...«
Er schüttelte den Kopf und drückte flüchtig einen Kuß auf ihre Stirn, bevor er eilends entfloh.

*

Die Gäste hatten sich im Gärtchen des kleinen Piseehauses um einen Tisch versammelt, der unter einer Weinlaube angerichtet war.
Am Platz des Gastgebers fand sich Abd Allah, der Vater Alis. Um die Sechzig; von einer ungewöhnlichen Schlankheit, ja fast ausgezehrten Konstitution, die sich mit dem Alter verstärkt hatte. Der weiße, spitz gestutzte Bart rahmte das kantige Gesicht, und seine Augen strahlten eine natürliche Güte aus, die nichts, so schien es, hätte trüben können. Er war gebürtig aus Balch, einer der vier Provinzhauptstädte

Chorasans, hatte diese Stadt jedoch sehr früh verlassen, um sich nach Charmaithan, unweit von Buchara, zu begeben, wo er einige Jahre gelebt hatte. Anschließend war er in jenes Nachbardorf von Afschana gezogen, in dem er der begegnet war, die seine Gemahlin werden sollte. Nach der Geburt ihrer beiden Kinder ließ sich die Familie in Buchara nieder. Abd Allah wurde dort zum Steuereinnehmer berufen, ein Amt, das er noch immer im Dienste des herrschenden Fürsten, Nuh des Zweiten, bekleidete.
An seiner Seite der jüngste Sohn, der dreizehnjährige Mahmud. Obwohl von recht schmächtiger Gestalt, wirkte Ibn Sinas Bruder weit größer als für sein Alter üblich. Ein ziemlich rundes Gesichtchen und das lockige Haar verliehen ihm, zumindest dem Anschein nach, ein schelmisches und lustiges, von den Dingen losgelöstes Aussehen.
»Möchte noch jemand einen Fladen?«
Setareh, die Mutter von Ali, war gerade erschienen. Groß, braunhaarig, fast hoch aufgeschossen, mit einem Gewand aus Rohwolle bekleidet, bewegte sie sich langsam, und ihr kaum von Falten gezeichnetes Gesicht verströmte eine gewisse Würde. Ihr Vorname bedeutet Stern.
Sie bot den Gästen eine Platte dar.
Mahmud hob spontan die Hand.
»Bruder, bist du denn niemals gesättigt?« fragte Ali mit einem spöttischen Lächeln.
»Du hast ein kurzes Gedächtnis, mein Sohn«, grollte Setareh, »in seinem Alter hast du eine Dattelpalme mitsamt dem Stamm aufgegessen!«
»Vielleicht, doch ich habe wenigstens daraus Nutzen gezogen«, erwiderte er überlegen tuend. »Wohingegen er« – mit dem Finger auf seinen Bruder zeigend – »nur schlingt und es ihm keinerlei Gewinn bringt. Sein Leib ist so dünn wie ein Haar. Ein Windstoß könnte ihn umwerfen.«

Die Geladenen brachen in Lachen aus, als sie Mahmuds empörte Miene sahen.
Seit eh und je hatte es sich der Großteil der klugen Köpfe von Buchara zur Gewohnheit gemacht, am letzten Tag des Monats im Hause der Sinas zusammenzukommen. An diesem Abend waren sie zu viert.
Husain ibn Zayla, der Lieblingsschüler Ibn Sinas.
Ein Mann um die Sechzig, die Züge vom schmalen Kranz eines aschfarbenen Bartes verdüstert, mit Namen Firdausi. Er gehörte nicht zu den Stammgästen des Hauses. Er war aus Tus, einem Landstrich von Chorasan, und nur auf Durchreise in der Gegend, um eine Grundstücksangelegenheit zu regeln. Man sprach von ihm als einem bezaubernden Dichter. Gleichfalls fand sich dort ein Musiker namens al-Mughanni. Doch vor allem eine Persönlichkeit, die von allen Tischgenossen als einer der begabtesten Geister seiner Zeit angesehen wurde: Ibn Ahmed al-Biruni. Man nannte ihn bereits *al-ustaz,* den Meister. Er war sieben Jahre älter als Ali und hatte seine Heimat Usbekistan verlassen, um in den Dienst des Emirs Nuh des Zweiten zu treten. Er war es, der Mahmud zu Hilfe kam.
»Daß allein mein Nagel meinen Rücken kratzen und allein mein Fuß ins Zimmer treten möge! Mahmud, mein Junge, fege doch diese Neider fort, daß sie sich um ihre eigenen Angelegenheiten kümmern.«
»Du hast recht, Meister al-Biruni, doch ihre Worte sind mir so gleichgültig wie Stechmücken auf dem Schnabel eines Falken.«
Und sich mit einem schalkhaften Lächeln an seine Mutter wendend: »Noch einen dritten Fladen, *mamek?*«
»Man muß eingestehen, daß sie köstlich sind«, merkte der Musiker an. »Niemals hätte ich gedacht, daß ungesäuerte Fladen Geschmack haben. Woher hast du das Rezept?«

Ibn Sinas Mutter schlug die Augen nieder. Man hätte meinen können, daß die Frage sie peinlich berührte.
»Oh! Das ist ein alter Brauch ... Meine Mutter übernahm ihn von ihrer Mutter, welche ihn von ihren ältesten Vorfahren übernommen hatte.«
»Es ist aber doch sonderbar«, sagte der junge Mahmud, »du bereitest diese Fladen nur einmal im Jahr zu. Bei dem Anklang, den sie finden, könntest du dich freigebiger zeigen!«
Setareh warf ihrem Gatten heimlich einen verlegenen Blick zu, und um sich eine gewisse Fassung zu verleihen, schickte sie sich an, ein paar Weihrauchkügelchen zu verbrennen.
»Weil es nun einmal so ist! Und laß deine Mutter doch endlich in Ruhe. Deine Fragen sind so ärgerlich wie das Brummen der Fliegen!«
Etwas überrascht von der Reaktion seines Vaters, drückte sich das Kind mit schmollender Miene in eine Ecke des Diwans.
»Ehrwürdiger Firdausi, wie befindet sich die gute Stadt Tus?« fragte al-Biruni.
Firdausi nahm sich die Zeit, ein paar Mandeln aus den zahlreichen Gerichten zu picken, die auf einer großen ziselierten Kupferplatte angerichtet waren, bevor er mit leichtem Überdruß antwortete: »Der Fluß Harat trotzt noch immer der Sonne, und die Ausläufer des Binalund überragen noch immer das Mausoleum des vielgeliebten Harun ar-Raschid. Die Stadt Tus ist wohlauf.«
»Und die Schildkröten?« beeilte sich Alis kleiner Bruder zu fragen. »Man erzählt sich, daß dort einige so groß wie Schafe sind und daß ...«
»Mein Sohn«, unterbrach Abd Allah, »ich will die Belanglosigkeit deiner Frage gerne deinem jungen Alter zuschreiben. Wir haben heute abend das Glück, einen der größten Dichter

unserer Zeit unter unserem Dach zu beherbergen, und alles, was du ihn zu fragen findest, sind Nachrichten von seiner Stadt! Erkundige dich doch eher über das kolossale Werk, das er im Begriff ist zu verfassen! Weißt du wenigstens, wovon ich spreche?«
Verschämt schüttelte Mahmud den Kopf.
»Ein Gedicht, mein Sohn. Ein Gedicht jedoch, das der Vorstellungskraft seiner Gewichtigkeit wegen trotzt.«
Sich zu Firdausi neigend, befragte er ihn: »Aus wie vielen Versen ist es geschaffen?«
»Fünfunddreißigtausend bis zum heutigen Tage. Aber ich bin erst bei der Hälfte angelangt.«
Beeindruckt fragte nun Ali seinerseits: »Es wurde mir zugetragen, daß du dich vom *Chavatai-namak,* einer Geschichte der Perserkönige seit den mythischen Urzeiten, inspirieren läßt. Ist das wahr?«
»Es stimmt. Und die Übersetzung dieses in Pehlewi geschriebenen Textes bereitet mir große Probleme.«
»Wann gedenkst du dein Opus zu beenden?«
»Leider nicht vor fünfzehn Jahren. Dann hätte ich annähernd fünfunddreißig Jahre daran gearbeitet. Was letzten Endes nur ein Reiskorn im Angesicht der Ewigkeit darstellt!«
Ein bewunderndes Murmeln durchfuhr den Kreis.
»Fünfunddreißig Jahre des Schreibens...«, hauchte der Musiker. »Wenn ich meine Laute so lange anschlagen müßte, dann, glaube ich, würde sie von alleine singen! Ich frage mich, wo ein Mensch die notwendige Kraft hernimmt, um eine solch gewaltige Arbeit zu vollbringen?«
Firdausi winkte ausweichend ab.
»Die Liebe, mein Bruder, einzig und allein die Liebe. Ich habe mich wegen meiner einzigen Tochter an dieses Unterfangen gewagt. Ich gedachte, das Werk einem unserer Fürsten zu verkaufen und so eine angenehme Mitgift für sie zu

erzielen. Doch leider hat sich die Mitgift inzwischen zur Erbschaft gewandelt!«

»Hast du bereits über den Titel entschieden, den du deinem Gedicht geben wirst?«

»Das *Schah-name*... Das Buch der Könige. Manchmal, wenn ich über den langen Weg nachsinne, der mich erwartet, erfüllt ein Schauder der Furcht meinen Sinn. Daher laßt uns das Thema wechseln: Meister al-Biruni, erzähle uns vom Emir. Ist es wahr, daß seine Gesundheit sich von Tag zu Tag ein wenig verschlechtert?«

»Das ist wahr. Keiner wird klug daraus.«

»Weil er von Analphabeten und hutzeligen Eidechsen umgeben ist!«

Er wies auf Ali.

»Obwohl er doch da ist, der Nuh aus den Klauen der Krankheit reißen könnte. Worauf warten sie nur, ihn darum ersuchen zu kommen? Du, Meister al-Biruni, der du in die Geheimnisse des Hofes eingeweiht bist, du mußt es wissen.«

»Bedauerlicherweise weiß ich nicht mehr als ihr darüber. Sie haben keines Gelehrten Ratschläge außer acht gelassen. Als ich die Dienste deines Sohnes vorschlug, haben sich ihre Gesichter verschlossen, als hätte ich den Heiligen Namen des Propheten geschmäht. Ich begreife ihre Haltung nicht.«

Firdausi schüttelte traurig das Haupt.

»Neid, Beschränktheit... diese Männer sind nur gut, ihre Hälse vorzustrecken*, und allein von ihrem eigenen Wohl und Wehe geleitet.«

»Und das ihrer Patienten? Das ist absurd, den geheiligten Grundsätzen der Medizin zuwider!«

---

* Dieser Ausdruck bedeutet auch: sich anheischig machen, an die Macht streben. *(Anm. d. Ü.)*

»Ohne Zweifel ist es mein jugendliches Alter, das sie schreckt«, äußerte Ali lächelnd.
»Du meinst, das sie in Angst versetzt!« überbot al-Biruni.
»Falls du es zu ihrem Unglück zustande brächtest, den Herrscher zu retten, fände sich der Aufenthalt dieser herausgeputzten Greise im Palast empfindlich verkürzt. Dennoch bin ich überzeugt, daß dies nicht der einzige Grund für ihre Ablehnung ist; es muß sich gewiß um etwas anderes handeln.«
»Ist der Emir über ihre mörderische Haltung im Bilde?«
»Nuh der Zweite ist am Rande des Komas. Mit Müh und Not gelangen gerade noch die Schläge seines Herzens zu ihm.«
Al-Biruni fuhr fort: »Aber es ist nicht allein die Gesundheit des Emirs, die gefährdet ist: Seine Macht ist es ebenfalls.«
»Das war vorauszusehen«, setzte Abd Allah hinzu. »Seit einiger Zeit befindet er sich in der Lage eines Schuldners. Er hat den Beistand der Ghaznawiden*, dieser verlausten Türken, erfleht und ihn erhalten. Im Gegenzug war er gezwungen gewesen, die Statthalterschaft Chorasans an Subuktigin und dessen Sohn Mahmud abzutreten, dem man schon den Beinamen König von Ghazna gibt. Subuktigin ist tot, und Mahmud läßt eine unersättliche Gier erkennen.«
Firdausi seufzte.
»Seit der arabischen Eroberung und dem Sturz der Abbasiden eilen wir dem Abgrund entgegen. Unser Land ist zerstückelt. Samaniden, Buyiden, Ziyariden, Kakuyiden, all die vielen Dynastien und kleinen Könige, die in größtem Wirrwarr regieren. Und im Schatten ... der türkische Adler, der unsere Herren zum besten hat und aus ihrer Zwietracht Gewinn zieht. In Wahrheit wäre dies alles niemals gesche-

---

* Der Name dieser Dynastie geht auf die Stadt Ghazna zurück, das heutige Ghasni, südlich von Kabul, in Afghanistan. *(Anm. d. Ü.)*

hen, wenn sie sich nicht ohne Maß ganze Legionen von zumeist türkischen Sklaven gekauft hätten, um ihre Heere zu verstärken. Ungestraft haben sie es zugelassen, daß jene sich in den höchsten Positionen einnisteten, indem sie sie mit ganzer Macht zu Heerführern, Stallmeistern oder Hofmarschällen ernannten und allen ihren Forderungen nachgaben. So haben unsere Fürsten einen Drachen gezeugt, der sich nun anschickt, sie zu verschlingen.«
»Ah ...«, seufzte Abd Allah auf, den Kopf zurückwerfend, »wie scharfblickend war der Prophet doch, als er sagte: Die Völker haben die Fürsten, die sie verdienen ...«
Alle pflichteten einstimmig den Worten ihres Gastgebers bei. Und die Unterhaltung über das ungewisse Geschick des Landes entbrannte von neuem. Dies war der Augenblick, den Ibn Sina und al-Biruni wählten, um sich unauffällig in eine Ecke des Hofes zurückzuziehen. Die Nachtluft war mild, angefüllt mit einem Geruch von getrocknetem Moschus. Ali wies auf einen Punkt am Firmament.
»Der Schleier der sieben Farben ...«
Al-Biruni musterte ihn überrascht.
»Weshalb sagst du das?«
»Dem Volksglauben zufolge soll das Universum aus sieben Himmeln bestehen: Der erste wäre aus hartem Stein; der zweite aus Eisen; der dritte aus Kupfer; der vierte aus Silber; der fünfte aus Gold; der sechste aus Smaragd und der siebte aus Rubin.«
»Recht originell; gestehen wir jedoch ein, daß es nicht sehr wissenschaftlich ist.«
Bisweilen gelangten leidenschaftlich anschwellende Stimmen und Satzfetzen, mit der beruhigenden Weise eines Brunnens vermischt, zu ihnen.
»Laß uns nicht der Philosophie verfallen. Sie ist eine Übung, die die Körpersäfte trübt. Sage mir lieber, welches sind deine

Vorhaben. Man hat mir von einem Werk berichtet, das du im Begriff seist zu schreiben, oder sollten das nur Gerüchte sein?«

»Es ist wahr, daß mir das Schreiben nicht aus dem Sinn geht. Doch ich wage es noch nicht. Wenn man Aristoteles, Hippokrates oder Ptolemäus begegnet ist, fühlt man sich wider Willen ganz klein.«

»Ich bin so viel Bescheidenheit von dir nicht gewöhnt, Sohn des Sina. Muß ich dich an dein Genie erinnern? Mit zehn Jahren wußtest du bereits die hundertvierzehn Suren des Korans auswendig. Ich will nicht von dem sprechen, was du deinen unglücklichen Erzieher hast erleiden lassen.«

Ali winkte verdrossen ab.

»An-Natili? Das war ein Esel. Ein Unfähiger.«

»Mehr als ein Lehrmeister wäre dies an deiner Seite geworden. Kannst du dir vorstellen, wie verdrießlich es für einen Lehrer ist, der einem Schüler entgegentreten soll, welcher sich nicht nur alle Stoffe mit einer bestürzenden Leichtigkeit aneignet, sondern obendrein noch seine Aussagen berichtigt und die Schwierigkeiten besser als er selbst bewältigt!«

»Vom göttlichen Aristoteles behielt er nur die Interpunktion und verstand noch weniger von der Geometrie des Euklid.«

»Vergessen wir doch diesen armen an-Natili, der ja im übrigen deinem Vater sehr bald seinen Rücktritt erklärt hat. Was denkst du über deine Leistung während deines Examens der Medizin an der Schule von Djundaysabur? Du wirst mir nicht widersprechen, wenn ich behaupte, daß sie mehr als einem Gedächtnis eingeprägt bleibt.«

»Das war vor bald einem Jahr . . .«

»Genau am 20. *dhul-kade* . . . Ich weiß noch jede Einzelheit. Der Saal war schwarz von Menschen, sie waren in großer Zahl aus dem ganzen Land gekommen, um dieses Wunder von kaum sechzehn Jahren zu hören. Es waren, so hat man

mir gesagt, Ärzte jeglicher Herkunft zugegen, Juden, Christen, Zoroastrier, von der Art jener greisen Gelehrten mit gemeißelten Gesichtern und vor Wissen steifen Zügen. Du erinnerst dich, nicht wahr?«
»Ich erinnere mich vor allem an mein Herz, das wild in meiner Brust pochte!«
»Trotzdem hast du an diesem Tag gesprochen, und die Gesichter haben sich erhellt. Der Vortrag, den du über das Studium des Pulses hieltest, die außergewöhnliche Knappheit, mit der du seine verschiedenen Qualitäten – fünf mehr als Galen – beschriebst, hat alle Geister verblüfft.«
»Eine Frage der Eingebung und der Wahrnehmung. Der Allerhöchste dürfte mir zweifelsohne die Worte eingeflüstert haben.«
»Ablauf des Verdauungsvorgangs, Erstellung der Diagnose durch Beschau des Harns, Meningitis, Diätetik der Greise, Nutzen der Tracheotomie, des Luftröhrenschnitts. Sollte dies alles auch nur Eingebung und Wahrnehmung gewesen sein? Als du die Apoplexie angingst, erschüttertest du die Zuhörerschaft bis ins Mark mit deiner Behauptung, daß der Schlaganfall auf den Verschluß einer Hirnvene zurückgeht, womit du Galens Theorie in Frage stelltest. Sollte dies auch nur Eingebung und Wahrnehmung sein?«
»Gerade dir werde ich nicht sagen müssen, daß sich die scheinbare Leichtigkeit nur mittels vieler Arbeit erzielen läßt. Aber wechseln wir das Thema, und erzähle mir von dir. Erwägst du noch immer, Buchara zu verlassen?«
»Nuh der Zweite ist für mich ein Wohltäter. Mein erster Wohltäter. Doch ich bin vierundzwanzig, und das Fernweh plagt mich. Um dir gleich alles zu gestehen, ich breche morgen auf.«
Ali zog die Augenbrauen hoch.
»Ja, du darfst mit Recht überrascht sein. Übrigens bist du der

erste, der es erfährt. Ich begebe mich an den Hof von Gurgan, zum Emir Kabus; er ist aus dem Exil heimgekehrt. Dort, scheint mir, wird das Umfeld dem Schreiben günstig sein, denn ich möchte dir nicht verhehlen, daß ich ebenfalls ernsthaft daran denke, ein gewichtiges Werk zu verfassen, das unter anderem Kalender und Ären sowie mathematische, astronomische und meteorologische Probleme behandeln soll. Später ...«

»Dann begibst du dich also in den Dienst des ›Wachteljägers‹ ... Er gilt indes als ein Fürst von großer Grausamkeit.«

»Womöglich stimmt das. Aber haben Männer wie du und ich die Wahl ihrer Herren? Wir sind nur Strohhalme im Atem unserer Gönner.«

»Was dich betrifft, al-Biruni, so weiß ich es nicht, ich hingegen kann dir versichern, daß manche Herrscher, so großzügig sie auch sein mögen, mich niemals in ihren Diensten haben werden: die TÜRKEN, die TÜRKEN gehören dazu! Der Sohn des Sina wird niemals den Rücken vor den Ghaznawiden beugen!«

»Ein jeder sieht die Sonne, wo er mag ... Um jedoch auf den Wachteljäger zurückzukommen, so würde ich dir gerne versichern, daß die Grausamkeit nicht der einzige Zug seiner Persönlichkeit ist. Er hat sich einen großen Ruf als Gelehrter und Dichter erworben. Da fällt mir ein, weshalb solltest du mich nicht nach Gurgan begleiten? Kabus wäre, dessen bin ich sicher, sehr geehrt. Außerdem erhieltest du ein weit höheres Entgelt, als dir das Hospital von Buchara gegenwärtig auszahlt.«

»Deine Einladung bewegt mich. Aber ich bin noch keine achtzehn Jahre alt und sehe mich verpflichtet, bei meinen Eltern zu bleiben. Wenn ich Chorasan verließe, hätte ich das Gefühl, sie im Stich zu lassen. Sei jedoch gewiß, daß ich, was

auch geschieht, wo immer ich auch bin, dich in meinem Herzen bewahren werde.«
»Bei mir wird es ebenso sein. Wir werden in Verbindung bleiben, uns so lange schreiben, wie der ALLERHÖCHSTE es erlauben wird.«
»Na, ihr beiden, verbessert ihr die Welt?«
Abd Allahs gebieterische Stimme hatte die beiden jungen Leute unterbrochen.
»Nein, Vater, wir bereiten eine neue vor.«
»Nun, dann wendet euch einige Augenblicke von ihr ab und kommt der Laute von al-Mughanni lauschen. Es ist manchmal heilsam, sich vom Ernst der Dinge ablenken zu lassen.«
Schon beseelten die ersten Töne den Abend. Sie kehrten zurück zur Runde, und Ali setzte sich zu Setareh. Spontan nahm er die Hand der Mutter in die seine und schloß die Augen, sich der Magie der Musik hingebend.
Das Weinlaub bewegte sich sacht in der zugleich leichten und von den Düften der Nacht schweren Brise. Man erahnte den reinen Gesang des Brunnens, der insgeheim der Laute entgegeneilte, um in ihr zu verschmelzen, sich um ihre Saiten zu knüpfen, die Verzauberung der Stunde noch mehrend. Durch die geschlossenen Lider begann er dann, von Wardas engelhaftem Antlitz zu träumen.

Zweite Makame

Ali blies die Öllampe aus und schob sein Buch ungestüm zurück.
Grimmig starrte er in den kleinen Garten, über dem bereits die erste aufglühende Röte des Morgens flimmerte.
Dies war nun das vierzigste Mal, daß er diese *Theologie* von Aristoteles las. Er kannte jede Zeile auswendig. Dennoch blieb sie ihm noch immer unzugänglich. Zwei Jahre zuvor hatte er dank eines Werkes von al-Farabi, das er für einen Spottpreis bei einem Buchhändler in Buchara erworben hatte, das Geheimnis des griechischen Philosophen endlich zu durchdringen geglaubt. Aber nein. Er mußte sein Scheitern eingestehen. Der für einen Augenblick gelüftete Schleier war wieder niedergesunken und umhüllte seinen Geist mit Finsternis.
Widersprüche. Verworrenheiten. Wie war dies möglich? Aristoteles war in seinen Augen das Genie schlechthin, verkörperte die vollkommene Wissenschaft. Die erhabene Beherrschung. Er war sein Meister seit jeher. Und sein Meister enttäuschte ihn. Der Gedanke ließ in Ali ein Gefühl des Aufbegehrens und der Wut keimen. Er zog es vor, sich zu überzeugen, daß es der Schüler war, dem es an Scharfsinn mangelte*.

---

* In Wahrheit aber waren das, was Ibn Sina für die »Theologie des Aristoteles« hielt, nur fälschlich diesem griechischen Philosophen zugeschriebene Auszüge aus den *Enneaden* des Plotin. Dieser Zuordnungsirrtum sollte auf seinem gesamten philosophischen Werk lasten. *(Anm. d. Ü.)*

Er griff nach dem Krug Würzwein und trank die letzten Tropfen aus. Dann, nach einer Weile des Zögerns, erhob er sich und holte aus der längs gegen die Wand gestellten Zedernholztruhe einen Seidenteppich hervor.

Das Gebet, dachte er. Stets war es ihm heilsam gewesen. Jedesmal, wenn er mit einem kniffligen Problem konfrontiert gewesen war, hatte er in jener erhabenen Stille der Moschee den Weg gefunden. Allah ist der Spiegel. ER ist der absolute Widerschein der Wahrheit.

Er entrollte die *sadjadhe* und blieb aufrecht stehen, gen Mekka gewandt, die Arme entlang dem Körper ausgestreckt.

Die Augen schließend, sprach er die Eingangsworte der heiligen Handlung: Gott ist groß, und deklamierte anschließend die *fatiha*. In einer geschmeidigen und steten Bewegung beugte er den Rumpf, bis seine Handflächen seine Knie streiften, kniete dann nieder, den Boden mit der Stirne berührend, und hob, während er wieder in den Stand zurückkehrte, die Hände empor.

»Es gibt keinen Gott außer Gott, und Mohammed ist sein Prophet.«

Dort drüben, in der Ferne, erwachte Buchara. Doch ganz in sein Gebet vertieft, hörte Ali dies nicht. Er hörte auch die Tür nicht, die sich halb auf seinen Vater hin öffnete.

Abd Allah trat ins Zimmer und ließ sich auf dem Bettrand nieder, geduldig abwartend, daß sein Sohn sein Dankgebet beendete, um ihn anzusprechen.

»Ich bin es leid mit dir«, begann er mit fester Stimme.

Ali blickte überrascht auf zu dem alten Mann, welcher fortfuhr: »Ich weiß nicht, ob du dir der Art und Weise, in der du lebst, bewußt bist. Du eilst der Erschöpfung entgegen. Du bist erst sechzehn. Gehst selten vor Morgengrauen zu Bett und schläfst nur ein oder zwei Stunden.«

Er unterbrach sich, wies auf die über den Tisch verstreuten Manuskripte.

»Der ALLERHÖCHSTE allein weiß, wohin dich dein Suchen führen wird. Ich halte es für gedeihlich. Dies hingegen ...«

Sein Zeigefinger deutete auf den Krug.

»Dies ... ist des Teufels! Glaubst du deine Verstandesschärfe lange erhalten zu können?«

Ali schüttelte leicht unwillig den Kopf.

»Vater. Ich habe es dir bereits gesagt. Der Wein ist ein unabdingbares Stimulans zur Sammlung meiner Aufmerksamkeit.«

»Gleichwohl kennst du die Antwort des Propheten, den man zu diesem Thema befragte: Das ist kein Heilmittel, das ist eine Krankheit!«

»Die Wissenschaft erklärt uns, daß das, was schädlich für den einen ist, günstig für dessen Bruder sein kann.«

»*Tcharta parta!* Geplapper! Ich möchte dich auch daran erinnern, daß Mohammed der Meinung war, dem unbußfertigen Trinker müßten vierzig Hiebe mit Palmzweigen verabreicht werden! Und wisse, daß ich mich trotz deiner sechzehn Jahre und deines Kamelwuchses noch kräftigen Armes genug fühle, um dir diese Züchtigung zu erteilen!«

Ali sah den alten Mann mit gerührtem Blick an.

»Vater, ich weiß um deine Kraft. Daher werde ich mein Bestes tun. Von heute an werde ich statt Tamr-Wein nur noch Wein aus Busr trinken, der als leichter gilt.«

Abd Allah verharrte eine Weile in Schweigen, bevor er mit sanfterer Stimme fortfuhr: »In Wahrheit, mein Sohn, bist du nicht völlig verantwortlich. Die Gefährdungen des Weines sind das Werk dieser christlichen und jüdischen Händler. Wenn sie sich nicht verbündet hätten, um dieses höllische Gebräu aus dem hintersten Winkel von Ägypten oder Damaskus einzuführen, würde der Islam noch immer seine

Reinheit bewahren! Daß sie verbrennen, und daß ihre besudelten Leiber im Glutofen zu Asche zerfallen!«
Ali stimmte mit mildem Lächeln zu.
»Ich hätte diese Unterhaltung gerne fortgesetzt, doch es wird spät. Das *bimaristan** erwartet mich. Und ich muß auch unserem Nachbarn noch einen Besuch abstatten.«
»Dann geh, mein Sohn«, murmelte Abd Allah mit einigem Überdruß. »Und möge der U̅nbesiegbare dich vor den Versuchungen dieser Welt schützen...«
Eine Stunde später kam Ali in Sichtweite des Hospitals. Die Sonne der ersten Tage des *dhul-hiddsche* – dem Juli der Christen – hatte ihren Zenit am Himmel noch nicht erreicht, doch schon ergoß sich feuchte Hitze durch die Gäßchen der Stadt. Jäh dachte er an die bettlägerigen Kranken auf ihren unbequemen Matten, und sein Herz schnürte sich zusammen.
»Der Sommer ist noch unerbittlicher für jene, die leiden...«
Wenn die Behaglichkeit zum Wohlbefinden der Kranken beiträgt, so war die des Hospitals von Buchara recht bescheiden. Man konnte es nicht mit dem prunkvollen *bimaristan* von Rayy oder dem von Bagdad vergleichen, welche den Ruhm des Landes ausmachten.
Er trat über die Schwelle, schritt am ambulanten Dispensarium vorbei und gelangte in den Hof, in dem ein ungewöhnliches Treiben herrschte. Dieser 3. des *dhul-hiddsche* war Prüfungstag, und die Kandidaten des Arztberufs drängten sich in dichten Reihen im Schatten des großen *iwan*, des weiträumigen, überdachten, von drei Wänden begrenzten Saals.
Beim Anblick Ibn Sinas herrschte augenblicklich Stille, der achtungsvolle und bewundernde Bemerkungen folgten. Er

---

* Haus der Kranken. Persisch, aus *istan*, Ort, und *bimar*, krank, gebildet. *(Anm. d. Ü.)*

grüßte die Gruppe mit einer Kopfbewegung und betrat das Gebäude. Er mußte sich eingestehen, daß dieses ehrerbietige Leuchten, das er bisweilen im Blick der anderen ausmachte, ihn nicht gleichgültig ließ.

Nun durchmaß er den langen Gang, der ihn zum Wachraum führte, wo er seinen Standesbruder Abu Sahl al-Masihi antraf, der in eine Sammlung Krankengeschichten vertieft war.

»Glückliches Erwachen! Ich sorgte mich, Scheich Ali. Es liegt nicht in deinen Gewohnheiten, dich zu verspäten.«

»Helles Erwachen, al-Masihi. Ich bin untröstlich, ich mußte mich noch ans Krankenlager unseres Nachbarn al-Arudi begeben. Und hier? Neue Zugänge seit vorgestern?«

»Der ALLERHÖCHSTE möge uns davor bewahren: Wir haben schon Mühe genug, uns um die vorhandenen Patienten zu kümmern!«

»Wie entwickelt sich der Fall des kleinen Ma'mum?«

»Gleichbleibend, leider. Keinerlei Veränderung.«

»Ich werde die Gelegenheit nutzen, um ihn den Studenten vorzustellen. Sind sie alle eingetroffen?«

Al-Masihi entschied sich, das Buch zuzuklappen, und antwortete mit einem flüchtigen Lächeln: »Sofern ich nicht gänzlich umnachtet bin, kenne ich in ganz Persien keinen einzigen Anwärter auf die Zulassung, der eine Vorlesung des berühmten Ibn Sina versäumen würde!«

»Da erkenne ich wohl die vertraute Ironie des *dhimmi!* Nimm dich in acht, Christ: Eines Tages wirst du dasselbe Schicksal wie dein Prophet erfahren!«

Al-Masihi zuckte die Schultern mit überheblicher Miene.

»Sohn des Sina, falls du meine Säfte zu reizen suchst, will ich dich vorwarnen, daß du einer bitteren Enttäuschung entgegengehst.«

In der ersten Zeit hatte allein das Wort *dhimmi* al-Masihi in unbeschreiblichen Zorn versetzt; mittlerweile empfand er nur noch Gleichgültigkeit. Mit diesem Beinamen verunglimpfte man nämlich die Christen, die Juden und die Fremden, die für kurze Zeit das Recht erhielten, sich im Reich des Islam aufzuhalten. Von weit zurückliegender nestorianischer Herkunft hatte al-Masihi stets Mühe gehabt, diese Benennung hinzunehmen, die er für herabwürdigend erachtete; insbesondere, da sich hinter diesem Wort eine Reihe Quälereien und gehässiger Maßnahmen verbargen, die vom Verbot, sich nach arabischer Sitte zu kleiden, bis zur Entrichtung einer Kopfsteuer reichten. Das beschwerlichste war jedoch zweifelsohne die Pflicht, ein Kennzeichen zu tragen: Für die Juden war dies ein gelber Schal und ein Gürtel von schwarzer Farbe für die Christen. Einzig seine Stellung als Arzt hatte al-Masihi erlaubt, dem Tragen dieses barbarischen Mals zu entgehen.

Er fuhr mit eintöniger Stimme fort: »O ihr Muslime, ihr neigt zu vergessen, daß es christliche und jüdische Ärzte waren, welche die ersten Übersetzungsarbeiten der griechischen Werke geleitet haben und eure Lehrmeister waren.«

»Auf einen christlichen Arzt tausend arabische oder persische Ärzte: ar-Razi, Ibn Abbas und ...«

»Scheich ar-rais! Habe Mitleid mit deinem Bruder, ich kenne diese Liste auswendig.«

Wegen des erschreckten Gesichtsausdrucks seines Freundes brach Ibn Sina in unbändiges Lachen aus. Dazu muß gesagt werden, daß bei diesem kleinen, gedrungenen Mann um die Dreißig mit stattlichem Wanst und bartlosem rundlichen Gesicht auch das leiseste Mienenspiel komisch wurde. Bereits bei ihrer ersten Begegnung und trotz des Altersunterschiedes hatte Ali für diesen christlichen Arzt sogleich ein Gefühl der Sympathie empfunden, das sich in achtungsvolle Freundschaft verwandelt hatte. Denn hinter dem Manne gab es auch noch den Gelehrten und Meister. Lange bevor er ihn kennenlernte, hatte Ibn Sina schon dessen große Sachkunde würdigen können, als er *Die Hundert* durchging, ein in ganz Persien hochgeschätztes medizinisches Handbuch, dessen Verfasser al-Masihi war. Später dann beriet ihn der Mann und leitete seine ersten Schritte. Ganze Nächte hindurch legte er ihm Galen aus, Hippokrates, Paulos Aiginetes, Oreibasios, das berühmte *Königliche Buch* des zoroastrischen Arztes Ibn Abbas. Und wenn Ali gegenwärtig diese heilige Kunst, die darin besteht, den Tod zurückzudrängen, mit solcher Meisterschaft ausübte, dann war es ohne Zweifel dieser Christ, dem er es verdankte.

»Sei unbesorgt, ich werde dich verschonen, da du mich darum anflehst. Im übrigen muß ich mit meiner Visite beginnen. Begleitest du mich?«

Al-Masihi war schon auf den Beinen.

»Treu ergeben in die Folter ... Es soll nicht gesagt werden, ein Nestorianer-Nachkomme wäre unterm Joch des Islam wankend geworden.«

Ein beißender Geruch stieg den beiden Männern in die Nase, als sie den Eingang des ersten Saals erreichten. Ali, wieder ernst geworden, schob den Purpurvorhang beiseite, der die Schwelle abgrenzte, und betrachtete die geschlossenen Reihen der entlang der Ziegelwände hintereinander liegenden Kranken.

»Scheich ar-rais, wir stehen dir zu Diensten.«

Ali wußte sogleich, wer ihn angesprochen hatte: al-Husain ibn Zayla, ein Zoroastrier, aus Isfahan stammend, einer seiner aufmerksamsten Schüler, der ihm große Bewunderung entgegenbrachte. Er war ein Parsi, einer jener Adepten der von Zarathustra gelehrten Religion des Feuers, welche sich noch immer weigerten, sich zum Islam zu bekehren.

»Sehr gut. Wir werden mit einem Fall beginnen, der mir ganz besonders am Herzen liegt.«

Er ermunterte die kleine Gruppe, die ihn ehrfurchtsvoll erwartete, ihm zu folgen. Wenn Ibn Zayla vier Jahre älter als sein Lehrer war, so überschritten manche seiner Gefährten, die nach der Zulassung strebten, bereits die Vierzig.

Sie bewegten sich rasch zum Lager des vom Scheich ausgewählten Kranken: Es handelte sich um ein Kind von ungefähr zehn Jahren mit sehr blassem Gesicht. Es schlief.

»Hört genau zu. Ich selbst habe dieses Kind vorgestern untersucht. Dies sind die zu erkennenden Anzeichen: starkes Fieber, geistige Verwirrtheit, die Atmung ist schnell und ungleichmäßig. Ich konnte örtlich begrenzte und allgemein auftretende Krämpfe beobachten. Der Schlaf ist unruhig, von Halluzinationen begleitet. Der Kranke stößt Schreie aus und kann kein Licht ertragen. Vermag nun jemand unter euch, mir eine Diagnose vorzuschlagen?«

In gesammeltem Schweigen hatten sich die Studenten sogleich im Halbkreis um das Bett geschart.

Einer der Kandidaten, der älteste, begann mit zögerlicher Stimme: »Scheich ar-rais, es scheint mir, daß diese Symptome eine Gesichtslähmung voraussehen lassen.«

»Kennst du wirklich die Anzeichen der Gesichtslähmung?«

»Hmm... ebendie, die du gerade aufgeführt hast, Scheich ar-rais: örtliche und allgemeine Krämpfe, und...«

»Hast du nachgeprüft, ob das Kind an Empfindungsstörungen leidet? Hängt sein Unterlid herab? Hast du eine Vermehrung des Speichelflusses festgestellt? Ist die Haut einer seiner Wangen schlaff?«

»Ich... es erscheint mir so, als...«

»Antworte! Hast du solcherlei Symptome festgestellt?«

»Nein, Scheich ar-rais. Aber...«

»Dann bist du im Irrtum, mein Bruder. Da kann man genausogut Kamel und Falke verwechseln!«
Der Mann senkte den Kopf unter den spöttischen Blicken seiner Gefährten.
»Nun«, setzte Ibn Sina fort, »ist hier jemand, der imstande wäre, eine Diagnose zum Fall dieses Kindes vorzuschlagen?«
»Vielleicht leidet es an eruptivem Fieber?« regte ein junger Mann an, dessen rundliche Gesichtszüge von einem kurz geschorenen, pechschwarzen Bartkranz eingefaßt waren.
»Deine Verwechselung ist verzeihlich. Denn bei manchen dieser Krankheiten treten ebenfalls heftige Kopfschmerzen und ein gestörter, von Fieber begleiteter Schlaf auf. Wenn dem aber so wäre, dann müßten die Augen des Kindes gerötet sein und tränen, es hätte Atembeschwerden und eine belegte Stimme. Symptome, die ich nicht erwähnt habe. Andererseits...«
»Ich weiß, woran der Kranke leidet!« unterbrach ihn plötzlich Zulficar, jener Mann, der einige Augenblicke zuvor eine Gesichtslähmung nahegelegt hatte.
Ibn Sina wandte sich brüsk um und bohrte seinen schwarzäugigen Blick in die Augen des stürmischen Schülers.
»Ich höre, Bruder?«
»Eine Schwindsucht!«
»Das ist gut. Sogar sehr gut. Du besitzt sicherlich einen hellseherischen Sinn. Das ist eine bewundernswerte Gabe.«
Ein albernes Lächeln erhellte das Gesicht des Mannes, der stolz die Brust schwellte.
»Eine bewundernswerte Gabe«, fuhr Ibn Sina fort, »mit der die vollkommene Wissenschaft, welche die Medizin ist, nichts zu schaffen hat. Ein Arzt ist weder ein Seher noch ein Alchimist! Er ist ein Gelehrter!«
Diese letzten Worte hatte er fast geschrien, die Züge seines Schülers mit einemmal erschütternd.

»Durch welche Zauberei nimmst du eine Entzündung des Brustfells wahr, die auf die Lunge übergegriffen hätte? Du bist ein Esel, mein Bruder! Ein Esel!«
Am Rande der Ohnmacht krümmte sich der fünfzigjährige Student zusammen wie ein Blatt, das die Flamme leckt. Jäh griff er nach Ibn Sinas Hand und suchte sie zu küssen.
»Gnade, Scheich ar-rais, hab Erbarmen, aber ich muß unbedingt diese Zulassung erhalten. Ich habe eine Frau und sechs Kinder zu ernähren.«
Ali wich bestürzt zurück und sann eine Weile nach, bevor er verkündete: »Nun gut, Arzt wirst du sein. Doch einzig und allein Arzt deiner Familie, und mit dem feierlichen Versprechen, ihr nie etwas anderes als Orangenblütenwasser zu verordnen.«
Fassungslos erhob sich der Mann wieder, und nach einem letzten Blick auf das bettlägerige Kind wandte er sich mit gebeugtem Rücken zum Ausgang. Beinahe augenblicklich tat es ihm ein anderer jüngerer Schüler gleich.
»Wohin gehst du? Meine Empfehlung richtete sich nur an jenen Mann.«
»Ich habe wohl verstanden, Scheich ar-rais, aber es ist mir unmöglich, meine Bewerbung aufrechtzuerhalten.«
»Und weshalb denn?«
»Den du soeben derart abgekanzelt hast, ist niemand anderes als mein Meister. Und von ihm habe ich all meine medizinischen Kenntnisse.«
Ali machte eine entmutigte Geste.
»In dem Fall...«
»Wie sagte der große Hippokrates«, merkte al-Masihi an, von dem Zwischenfall belustigt, »das Leben ist kurz, die Kunst ist lang, der rechte Augenblick geht rasch vorüber, die Erfahrung ist trügerisch und die Entscheidung stets schwierig...!«
»Deine Rede ist Goldes wert, Abu Sahl, doch kehren wir zu

diesem Kind zurück. Muß ich die wesentlichen Punkte meiner Analyse nochmals wiederholen?«
»Das wird nicht nötig sein, Scheich ar-rais. Ich denke, es gefunden zu haben.«
Ali drehte sich zu Ibn Zayla.
»Ich glaube, daß wir es mit einer auf die Meningen begrenzten Entzündung der Hüllen des Gehirns zu tun haben.«
»Deine Beurteilung kommt spät, aber treffend. Du hast richtig beobachtet. Wir stehen tatsächlich vor einem akuten *sirsam*, einer Meningitis oder Hirnhautentzündung. Aber ist sie deiner Meinung nach in ihrem Endstadium?«
Ibn Zayla dachte eine Weile nach, bevor er fragte: »Ist die Zunge gelähmt?«
»Nein.«
»Ist die Gefühllosigkeit allgemein?«
Ibn Sina schüttelte den Kopf.
»Sind die Extremitäten abgekühlt?«
»Keines dieser Zeichen ist mir begegnet.«
»In dem Fall, Scheich ar-rais, kann man versichern, daß die Erkrankung ihr irreversibles Stadium noch nicht erreicht hat.«
Ibn Sina verschränkte die Arme und maß seinen Schüler mit Befriedigung.
»Nehmt euch ein Beispiel an der Analyse dieses jungen Mannes. Sie stimmt in allen Punkten mit der Vorgehensweise eines Mannes der Wissenschaft überein: Beobachtung, Überlegung, Folgerung. Dies ist die Leitlinie, der ihr euer Leben lang folgen müßt, wenn ihr eines Tages diese vollkommene Kunst der Medizin beherrschen wollt. Gleichwohl, um auf den *sirsam* zurückzukommen, muß ich noch folgendes anmerken: Zu allen Zeiten haben die Alten die Meningitis und die akuten, von Delirien begleiteten Erkrankungen verwechselt. Versäumt nie, diese beiden Krankheiten klar von-

einander zu unterscheiden. Gehen wir nun zum nächsten Fall über.«

Die Sonne neigte sich bereits, als sie ans Lager der letzten Kranken gelangten. Es handelte sich um eine Frau von ungefähr vierzig Jahren, mit brauner Haut. Trotz ihres vom Wein und vom Leben aufgedunsenen Gesichtes ahnte man, daß sie in ihrer ersten Jugend recht hübsch gewesen sein mußte. Ihr runder und vorspringender Bauch ließ keinen Zweifel über den Grund ihrer Anwesenheit im *bimaristan*.
»Dein Kind wird bald kommen«, erklärte Ali mit einem Lächeln.
Wider alle Erwartung stieß die Frau einen Schrei aus und zerriß mit Zorn das Oberteil ihres Gewands.
Verdutzt beugte er sich zu ihr.
»Hast du zu lange im Hause des Totenwäschers geschlafen und dich dadurch anstecken lassen? Weißt du nicht, daß diese Gebärde ein Zeichen der Trauer ist?«
Die Frau warf ihm einen verächtlichen Blick zu.
»Und du, weißt du nicht, daß einzig die Frau, die Unfruchtbarkeit fürchtet, beim Totenwäscher schläft? Für eine Frau wie mich ist die Fruchtbarkeit ein Fluch. Ich bin wie eine Katze, die nicht aufhört zu tragen! Es genügt, daß sich ein Mann vor meinen Augen entkleidet, damit ich dick werde. Ich bin bei meiner fünften Niederkunft!«
»Eine Geburt ist ein Glück. Ein Zeugnis der Liebe Allahs«, rief al-Masihi aus. »Du müßtest im Gegenteil dem Allerhöchsten Dank zollen.«
»Und meine Kunden? Glaubst du, daß sie mir Dank zollen? Und wenn ich nach Einbruch der Nacht heimkomme, ohne den mindesten Dirham verdient zu haben, werden meine Kinder dann Allah preisen?«

Ibn Sina kniete sich neben der Frau nieder und bat al-Masihi:
»Reiche mir das *Glied des Statthalters.*«
Der Arzt schien keineswegs überrascht vom sonderbaren Ansinnen seines Kollegen. Tatsächlich war dies der Beiname, mit dem die Mädchen liederlichen Lebenswandels jenes Instrument benannt hatten, welches die Höhlungen des Organismus zu erkunden erlaubte.*
Sogleich preßte die Frau ihre Schenkel entschieden zusammen.
»Arzt, nimm diesen abscheulichen Gegenstand fort, oder du wirst es bereuen!«
»Nun, was wünschst du dann?« fragte Ibn Sina ungeduldig nach.
»Daß man mir die Eingeweide leert. Daß man mir diesen Mund vom Halse schafft, den ich nicht werde ernähren können!«
»Wie du möchtest. Aber weißt du denn wenigstens, wie ich vorgehen würde, wenn ich entschlossen wäre, dieses Leben aus dir zu treiben?«
Sie schüttelte den Kopf.
»Ich werde es dir erklären...«
Ali fuhr fort, indem er mit Absicht jedes einzelne Wort betonte: »Zuerst wird man dir zu diesem Zwecke geeignete Mittel verabreichen müssen. Mittel, die nicht alle einen angenehmen Geschmack haben. Wenn die Übelkeit deinen Körper befällt und der Schwindel deinen Geist, werde ich den Eingang deines Unterleibs dehnen und meine Hand, mit einem Haken bewehrt, einführen, den ich dann in die Augenhöhlen deines Kindes, in seinen Mund oder aber unter sein Kinn stechen werde.«
Er setzte eine deutliche Pause, um die Wirkung seiner Worte

---

* Was die Mediziner unserer Tage das Spekulum nennen. *(Anm. d. Ü.)*

zu ermessen, und stellte fest, daß die Gleichgültigkeit der Frau merklich geschwunden war. So fuhr er weiter aus: »Um dem Übelstand abzuhelfen, daß der Kopf jener Seite entgegengesetzt verlagert wird, in welche ich meinen Haken gestoßen habe, muß ich einen zweiten auf der anderen Seite ansetzen. In ein Ohr oder eine Wange. Anschließend werde ich mich bemühen, das Kind herauszuziehen. Mit Blut und Säften überströmt, werden dein Fleisch und deine Knochen unter meinen Bemühungen zerbersten, und alle Mohnfelder von Isfahan werden deine Qualen nicht besänftigen, und deine Schreie werden bis zu den Pforten der Runden Stadt widerhallen.«

»Hör auf, unheilvoller Bengel! Hör auf!«

Die Frau hielt sich die Ohren zu, doch Ali fuhr unerschütterlich fort: »Im fortgeschrittenen Stadium deiner Schwangerschaft haben die Gliedmaßen deines Kindes ihre vollständige Entwicklung erreicht; infolgedessen ist es äußerst wahrscheinlich, daß der Kopf zu umfangreich sein wird; somit werde ich gezwungen sein, ihn zu zerstückeln. Möchtest du, daß ich dir die Einzelheiten dieser allerletzten Maßnahme erkläre?«

Die Frau schüttelte entsetzt den Kopf und flüchtete sich unter die Laken.

»Gut... Dann hast du ja wieder zu besseren Gefühlen zurückgefunden. Vergiß in Zukunft niemals dies: Der Tod vollendet sein unseliges Werk aufs Beste; verlange also nie von einem Menschen, und noch weniger von einem Arzt, ihm zur Hand zu gehen.«

Dritte Makame

Warda ... Ja, Warda ... Nackt. Auf ihm ausgestreckt. Ihre Haut duftete nach Pfirsich und Granatapfel. Die Mandel ihrer Augen schlummerte in ihrem Blick. Woher kam ihnen dieses unersättliche Bedürfnis, ihre Leiber, die allergeheimsten Teilchen ihres Seins zu vermählen? Er flüsterte ihr mit fast unhörbarer Stimme zu: »Du bist es ... Du bist der Lehm, aus dem ich hervorgeholt. Du bist es, die ich in jenem Augenblick sah.«

Sie wahrte ihr Schweigen und drückte ihre jungen Brüste gegen seinen Brustkorb, bevor sie ihren Kopf in der Höhlung seiner Schulter vergrub. Auf Alis Wange war ihr Atem zart wie der Bauch des Sperlings.

Wie hätte er ihr länger widerstehen können? Er hätte sich messerscharfe Klingen in die eigenen Augäpfel stoßen oder gar sterben müssen, da allein der Tod von der Liebe heilt.

Mit seinen Händen umfing er die prachtvollen Rundungen ihres Hinterns. Er streifte sie sacht, streichelte sie dann schamlos. Seine Liebkosung fuhr hinauf zu ihren Hüften, ihrem Rücken, bis er sie schließlich mit der Ungeduld seiner sechzehn Jahre an den Schultern packte, sie aufrichtete, ihren Körper unter den seinen brachte, sie fast hochhob, auf daß sie seine Männlichkeit ganz empfing.

Verwirrt spürte sie die Glut, die zum ersten Mal in das Geheimste ihres Fleisches drang, ihren Bauch entflammte, in dieser bis dahin jungfräulichen Wiege den Schmerz

und die Lust kristallisierte. Sie schloß die Augen. Umschlang instinktiv seine Schenkel, von der jähen Furcht erfüllt, die Nacht könne sich davonstehlen. Ihre Lippen murmelten Worte, ferne und unbestimmte Worte, Worte wie Früchte, welche den Geschmack der Liebe und der Angst besaßen.
Sodann folgten die ersten Wellen der Lust auf jenen Biß, der ihr Fleisch bis dahin gequält hatte. Nun war Warda nur noch eins. Die Frau hatte das Kind überwunden, von ihrem ganzen Wesen Besitz ergreifend, und flüsterte ihr ein, daß es in dieser zauberischen Vereinigung die Verheißungen einer weit größeren Wollust geben mußte. Sie ahnte dies. Ihr Instinkt sagte es ihr. Es war, als stünde sie am Fuße eines Berges, dessen Grat man undeutlich erspäht.
War er es, der in ihr zu lesen verstand? Oder fand sie alleine den Weg? Keiner von beiden hätte es sagen können. In dem Augenblick, da die höchste Lust durch ihren Körper brandete, stieß Warda einen Schrei aus, der Leib von Zuckungen geschüttelt. Sie fiel nach hinten zurück unter dem heftigen Andrängen der Wonne, außer sich, aufgelöst.
Und als sie unter ihm ermattete, hörte er, daß sie weinte.
»Ich liebe dich, meine Warda. Ich liebe dich, wie man das Glück und die Sonne liebt.«
Die junge Frau drückte sich fester an ihn.
Die Morgendämmerung. Die Stunde des *sahari*. Sie hatten die ganze Nacht, auf einer behelfsmäßigen Matte ausgestreckt, in dieser verlassenen Hütte außerhalb der Stadt zugebracht.
Von hier aus konnte man, durch die Zweige hindurch, in der Ferne den strengen Schatten des *kuhandiz,* der Zitadelle Bucharas, erkennen, der die Oberstadt überragte, und weiter im Osten die Nadelspitze des Minaretts, welche die ehemalige Kutayaba-Moschee gen Himmel verlängerte, die

zu jenem Schatzhaus, in dem Alis Vater arbeitete, umgewandelt worden war.
Er suchte erneut ihre Lippen, und ihrer beider Speichel vermischte sich besänftigend wie das Wasser der Quellen des Mazandaran.
»Ali! Mein Bruder, bist du da?«
Der Ruf ließ sie beinahe gleichzeitig auffahren. Bestürzt löste Warda sich vom Körper ihres Gefährten und suchte ungeschickt, ihre Blöße zu verbergen.
Wieder erhob sich die Stimme, doch drängender: »Ali! Ich bin es, Mahmud!«
»Sei unbesorgt«, tuschelte Ibn Sina, während er den Körper der jungen Frau bedeckte. »Es ist mein Bruder.«
Sich aufrichtend, schlüpfte er in seine *djubba,* einen wollenen Mantel, und streckte dann den Kopf aus der Öffnung der Hütte.
»Ich bin hier. Was willst du von mir?«
Das Kind, das nur noch wenige Schritte entfernt war, blieb mit schweißüberströmtem Gesicht stehen und ließ erleichtert seine Arme am Körper entlang niedersinken.
»Allah sei gepriesen! Ich habe dich endlich gefunden ...«
»Was ist geschehen?«
»Die ganze Stadt sucht nach dir. Sie haben die Häuser und die Gassen durchstöbert. Sie ...«
»Von wem sprichst du?«
»Die Wachen. Die Palastwachen. Man verlangt nach dir im Serail.«
Alis Gesicht schien mit einem Mal gespannt.
»Der Emir?«
»Er liegt im Sterben ...«

*

Eine beklemmende Atmosphäre herrschte in jenem Gemach, in dem Nuh der Zweite, Sohn des Mansur, ruhte.
In einem bronzenen Räuchergefäß verzehrten sich kostbare Essenzen, die in Kräuseln hinauf zu den Mukarnas entschwebten, den Stalaktiten aus feinst ziseliertem Stein. Von kupfernen Kronleuchtern und großen Silberkandelabern erhellt, mit seinen von Wabennischen bedeckten Wänden, gemahnte der Ort an einen blendenden, mit einem Smaragdhimmel umwölbten Bienenstock.
Das Gesicht ausgemergelt und die Lider geschlossen, lag Nuh in der Mitte des Raumes auf einem riesigen, mit Elfenbein und Perlmutt eingelegten Bett. Bisweilen öffnete er die Augen einen Spalt, so daß man hätte meinen können, er suche das Gespinst jener aus dem Koran entnommenen Worte zu entziffern, die entlang der Friese an der Decke eingeschrieben waren. An seinem Lager weilten Personen mit ernster Miene. Der Kammerherr, der Kadi*, Stallmeister, steife Würdenträger in himmelblauen Kaftanen, der Rechtsgelehrte al-Barqi sowie der Wesir Ibn as-Sabr, in eine damastene *burda* von Ocker und schwarzer Farbe gehüllt.
Nahe dem Emir stehend, fühlte Ibn Sina die auf ihn gerichteten Blicke. Man belauerte jede seiner Gesten, man mühte sich, seine Gedanken zu enträtseln. Er wandte sich an Ibn Khaled: ein abweisender Mensch, um die sechzig Jahre alt – der Leibarzt des Herrschers.
»Rais ... ich würde gerne die Krankengeschichte erfahren.«
Die Benennung Rais, geflissentlich von Ibn Sina gebraucht,

---

* Der Kadi ist eine Art Richter. Nach muslimischem Gesetz entscheidet er in allen Angelegenheiten, vom Zivil- bis zum Strafrecht. Mein Meister sollte mir jedoch später erklären, daß dessen Zuständigkeit sich vor allem auf jene Fragen erstrecke, die in engerem Zusammenhang mit der Religion stehen. Als Beispiel nannte er mir: das Familien- oder das Erbrecht und die frommen Stiftungen. *(Anm. des Djuzdjani)*

hatte dem Arzt offenbar geschmeichelt, denn ein aufmerksames Leuchten erhellte plötzlich seinen bislang argwöhnischen Blick.

»Alles hat vor mehr als einem Monat begonnen. Unser vielgeliebter Emir ist aufgewacht und hat über sehr heftige Koliken und Magenkrämpfe geklagt. Ich habe ihn untersucht, und da ich nichts Bedeutsames fand, habe ich ihm einen Zedrach-Absud verordnet, der, wie du weißt, ein wirksames Schmerzmittel ist. Auch habe ich ihm zu Indischer Nuß geraten. Was mir geboten ...«

Ali unterbrach ihn.

»Verzeih mir, ehrwürdiger Khaled, aber kehren wir zum Verlauf zurück. Gab es noch andere Symptome, abgesehen von den Koliken und Magenkrämpfen?«

»Einen Stillstand der Darmtätigkeit.«

»Hast du die Bauchdecke untersucht?«

»Gewiß. Ich habe festgestellt, daß sie in ihrer Gänze außergewöhnlich schmerzempfindlich ist. Bereits bei Berührung.«

»Und ... dann hast du ein Abführmittel verordnet.«

»Selbstverständlich: Rhabarber.«

Ali runzelte die Stirn.

»Solltest du mit der Anwendung von Rhabarber nicht einverstanden sein?«

»Es ist die Verordnung eines Abführmittels, die mir nicht sehr angezeigt schien.«

Der Medicus wollte aufbegehren, doch Ali kam ihm zuvor:

»Wie entwickelte es sich anschließend?«

»Es kam zu Brechanfällen.«

»Hast du deren Aussehen studiert?«

»Es handelte sich um Erbrochenes von schwärzlicher Farbe.«

»Dann?«

An diesem Punkt der Befragung glaubte Ali, eine gewisse Hemmung bei seinem Gegenüber auszumachen. Er mußte seine Frage wiederholen.
»Durchfälle, heftigste Durchfälle. Aber ich kann versichern, und ich bin fest davon überzeugt, daß diese Durchfälle in keinem Fall durch den Rhabarber hervorgerufen wurden!«
»Völlig ohne Bedeutung, ehrwürdiger Khaled, fahren wir fort.«
»Und im Anschluß daran trug sich etwas recht Beschwichtigendes zu. All diese Erscheinungen sind schlagartig zurückgegangen, wie durch Zauberei. Wir haben sogar gedacht, die Krankheit wäre dank der Barmherzigkeit Allahs abgeklungen. Doch leider setzte der Zyklus einige Tage später von neuem ein: Schmerzen, Krämpfe, Stillstand des Darmes, heftige Durchfälle und Erbrechen.«
»Hattest du Aderlässe vorgenommen?«
»Viele Male. Ohne Ergebnis.«
Wiederum erschien ein verstimmter Ausdruck auf Ibn Sinas Zügen.
»Sollte der berühmte Scheich ar-rais etwa den Aderlaß ablehnen?«
Die Frage war mit kaum verhohlener Aggressivität gestellt worden.
»Wer bist du?«
»Ibn as-Suri. Man hat mich aus Damaskus kommen lassen.«
»Lehrt man in Syrien die Studenten nicht, daß der Aderlaß in manchen Fällen für den Patienten tödlich sein kann?«
Der Arzt brach in Lachen aus. »Du bist noch keine achtzehn Jahre und wähnst dich bereits über den großen Galen erhaben? Zu allen Zeiten war der Aderlaß die therapeutische Waffe schlechthin!«

»Ich bin nicht hier, um meine Meinung über Galen darzulegen, und auch nicht, um dich über den Gebrauch des Aderlasses aufzuklären. Wenn du allerdings Vorlesungen hören möchtest, was mir ein wünschenswerter Schritt scheint, dann wisse, daß ich alle Tage im *bimaristan* unterrichte.«
Ohne die Widerrede des Syrers abzuwarten, neigte Ibn Sina sich zu Khaled: »Hast du mir noch etwas zu sagen?«
Der Medicus blieb stumm, packte Ali schließlich am Arm und führte ihn zum Bett. Dort schlug er das Laken jäh zurück, so daß er den Leib des Fürsten entblößte.
»Sieh!«
Im ersten Augenblick gewahrte er nichts Außergewöhnliches. Erst nach einer sorgfältigeren Betrachtung bemerkte er schließlich die sonderbare Stellung, in der sich der Mittel- und der Ringfinger jeder Hand befanden. Die beiden Finger hatten sich teilweise gekrümmt und verkrallt. Er versuchte, die Glieder zu lösen, doch sie widersetzten sich jeglicher Dehnung. Dann hob er die Arme des Fürsten, ließ sie los, um festzustellen, daß sie wie zwei leblose Massen zu beiden Seiten des Körpers wieder herunterfielen.
»Zweiseitige Lähmung der oberen Gliedmaßen ...«
»Das ist richtig. Und ich fürchte wohl, daß sie irreversibel ist.«
»Ich wäre nicht so bestimmt.«
»Könnte der Scheich ar-rais uns in dem Fall die Ehre einer Diagnose erweisen?«
Ali brauchte sich nicht umzudrehen, um zu wissen, wer der Urheber dieser Frage war. Er warf dem Syrer einen raschen, gleichgültigen Blick zu und zog sich in eine Ecke des Gemachs zurück, wo er nachzusinnen schien.
»Könnte irgend jemand unter euch mir sagen, woraus der Emir seinen Durst stillt?«

Die Anwesenden maßen ihn überrascht.
»Aus einem Kelch selbstverständlich«, antwortete eine Stimme.
»Von welcher Art?«
»Von welcher Art soll er denn sein?« erwiderte Ibn Khaled leicht verärgert. »Wie alle Kelche: aus gebranntem Ton.«
»Könnte ich einen davon sehen?«
»Ich sehe wahrhaftig den Sinn eines solchen Begehrens nicht!«
Ali beharrte.
Mit gereizter Gebärde klatschte Ibn Khaled in die Hände. Ein Diener erschien.
»Bring uns doch einen der Kelche, deren sich der Herrscher bedient!«
»Und wenn du gerade dabei bist, fülle ihn mit Wein!« fügte der Syrer verächtlich hinzu. »Unser sehr junger Freund, der hier unter uns weilt, ist ihm, wie behauptet wird, äußerst zugeneigt!«
Den Blick auf den Mann geheftet, murmelte Ali: »Gott umzingelt die Ungläubigen von allen Seiten. Wenig fehlt, daß der Blitz ihnen das Leben nimmt...«
»Und jetzt zitiert er auch noch das BUCH!« entgegnete der Syrer belustigt.
Der Diener kehrte endlich mit dem verlangten Gegenstand zurück. Man händigte Ali den Kelch aus, der ihn in seiner Handfläche drehte und dann zurückgab.
»Gut«, sagte er leise.
Ohne Zögern trat er unter den wachsamen Blicken der Anwesenden ans Bett und wies auf den Mund des Emirs.
»Genau hier dürfte sich die Bestätigung der Diagnose finden.«
Er kniete nieder und hob die Oberlippe des Herrschers an. Jemand im Raum kicherte.

»Das Wunderkind von Chorasan ist demnach auch Dentist!«

Ungerührt fuhr Ali fort: »Wenn ihr euch die Mühe macht, das Zahnfleisch des Fürsten zu beschauen, werdet ihr bemerken, daß es von einem Saum umrandet ist.«

Der Syrer wäre beinahe erstickt.

»Zwei Jahre liegt man uns nun ständig mit der Genialität dieses Ibn Sina in den Ohren, damit er uns die Entdeckung eines Saums im Munde des Fürsten verkünden kommt! Das ist lachhaft! Das ist sogar beleidigend!«

Undeutliches Gemurmel erhob sich in der Runde.

»Vergiftung durch Blei!«

Die Behauptung hatte wie ein Peitschenknall das Stimmengewirr übertönt.

»Vergiftung durch Blei!« wiederholte Ali, jede einzelne Silbe skandierend. »Und dies hier ist der Schuldige.«

Er nahm dem Diener den Kelch wieder aus den Händen.

»Betrachtet euch genau die Verzierungen, welche die Außenseite bedecken. Sie sind schön, verfeinert, anmutig, doch vor allem sind sie aufgemalt. Es kann euch nicht verborgen sein, daß alle Farben mit Blei gesättigt sind; jene, die zur Ausschmückung dieses Kelches gedient hat, ist davon nicht ausgenommen. Versteht ihr nun?«

Da niemand reagierte, führte er weiter aus: »Jedesmal, wenn der Fürst den Kelch an die Lippen führt, nimmt er hierbei giftige Salze auf. Mit der Zeit haben diese Salze schließlich seinen Organismus zermürbt.«

Er wies auf den weiterhin regungslosen Monarchen: »Und das ist das Ergebnis.«

Eine versteinerte Stille folgte Alis Erklärung. Als erster fragte Ibn Khaled ihn: »Bist du deiner Diagnose gewiß?«

»Mein einziger Beweis wird die Heilung des Fürsten sein. Ich hoffe nur, daß es noch nicht zu spät ist, dem Übel

Einhalt zu gebieten. Je rascher man bei dieser Art Krankheit handelt, desto größer sind die Aussichten, den Patienten zu retten.«
Diese letzte Bemerkung steigerte das bereits eingetretene Unbehagen nur noch.
»Welche Behandlung schlägst du vor?«
»Es müssen alle Stunde heiße Kompressen auf den Bauch aufgelegt werden. Dann werdet ihr eine Mixtur, aus Auszügen von Belladonna, Bilsenkraut, Laudanum und Honig bestehend, zubereiten, die eine Paste ergeben wird, welche man erhärten läßt und dem Kranken auf rektalem Wege verabreicht. Und dies zweimal am Tag. Es versteht sich, daß man dem Herrscher niemals wieder etwas in diesen Kelchen kredenzt. Später dann, je nach Krankheitsverlauf, werden wir an andere Medikationen denken können, die hier aufzuzählen zu langwierig wäre.«
»Es wird so geschehen, wie du befiehlst«, sagte Ibn Khaled. Und fügte sehr rasch, wie beschämt, hinzu: »... Scheich ar-rais.«
Der Wesir, der sich bisher begnügt hatte, das Geschehen stumm zu verfolgen, entschied sich einzuschreiten.
»Es erscheint mir angebrachter, wenn du selbst unseren hochwerten Patienten betreutest. Auf die Weise würdest nur du den Honig des Erfolgs ernten oder aber die bittere Milch des Scheiterns.«
Ibn Sina nahm sich Zeit, bevor er antwortete: »Ich pflichte deinem Verlangen bei, Exzellenz. Aber ich stelle eine Bedingung...«
»Welche?«
»Ich werde den Fürsten alleine pflegen. Niemand wird sich in meine Behandlung einmischen dürfen.«
Der Wesir senkte den Kopf, als trachtete er, die Goldfäden zu zählen, die seine Babuschen zierten, und stimmte zu.

»Da dies dein Wunsch ist...«
Ibn Sina suchte die Augen des syrischen Arztes. Doch dieser hatte den Raum verlassen.

*

In den darauffolgenden Tagen hielt die ganze Provinz Chorasan den Atem an. Würde der Scheich ar-rais, der Fürst der Ärzte, dort bestehen, wo die größten Geister des Landes gescheitert waren?
Innerhalb der Umfriedung der Schule von Buchara befragten sich Lehrer und Studenten über die wahren Begabungen von Sinas Sohn. Jeden Freitag, beim Verlassen der Moschee, tat das Volk desgleichen. Während an den Stadttoren, im Augenblick, da die Stunde die Kuppeln der Zitadelle bläulich färbte, die Erzählung des Besuchs im Palast die Heischreden der Bettler nährte.
Es geschah um den dreizehnten Tag des *muharrem,* beinahe zweiundzwanzig Tage waren verstrichen, daß sich eine Abordnung, bestehend aus dem Kämmerer und Mamelucken*, welche die Leibwache des Emirs bildeten, in der Behausung des Abd Allah einfand.
Eine Stunde später geleitete man Ali in den Palast. Doch dieses Mal, statt ihn unmittelbar ans Lager des Fürsten zu führen, brachte man ihn in einen Raum, den er noch nie zuvor gesehen hatte. Ein noch überwältigenderer Ort, als es das Fürstengemach war. Wider Willen fühlte der junge Mann sich beim Betreten dieses ungeheuren, vertäfelten,

---

* Allah verzeihe mir meine Vermessenheit, doch zahlreich sind die *rum,* die glauben könnten, das Wort *mamluk* sei irgendein Ehrentitel; so halte ich es für ratsam klarzustellen, daß sich dieser Begriff vom Partizip Perfekt *malaka* ableitet, was einfach nur besitzen bedeutet. Ein Mameluck ist demnach nichts anderes als ein Sklave im Besitz seines Herrn. *(Anm. d. Djuzdjani)*

von einem Wald aus Säulen weißen Marmors bestandenen Saals mit gewölbter Decke von Schwindel erfaßt. Die Sonne, die durch die auf die Ebene sich öffnenden Fenster aus Ebenholz gleißte, ließ die elfenbeinernen Vielecke, die türkisen Sterne, die malvenfarbenen Arabesken, die indigoblauen Keramiken funkeln, die ihrerseits den Spiegel des Fußbodens in tausend Feuern erleuchteten. Am Ende des Raums, gen Osten, erhob sich ein durchbrochener Wandschirm aus Edelhölzern. Durch die perlmutt-gesäumten Zwischenräume erspähte Ali flüchtig den mit Blattgold und -silber überzogenen, auf einem bronzenen Sockel errichteten Thron.

»Und wir haben über euch sechs feste Himmelsgewölbe aufgebaut, und eine hell brennende Leuchte gemacht...«
Die tiefe Stimme Nuhs des Zweiten kam von nirgendwo her.
Erst sah er nur einen undeutlichen Umriß hinter dem Wandschirm. Eine Bewegung raschelnden Stoffs, dann erschien der Herrscher, bekleidet mit einer weiten damastenen *djukkha,* einem Mantel mit offenen Ärmeln, die Stirne von einem kundig geknoteten Turban bekränzt.
»Sei willkommen, Ibn Sina.«
Ali kniete nieder und wollte behende den Boden vor dem Monarchen küssen. Doch dieser hinderte ihn daran.
»Du bist ein Gelehrter, Ali ibn Sina, der Meister der Gelehrten, aber du bist auch ein Kind, dem das Hofprotokoll unbekannt ist: Man küßt den Boden nur in Anwesenheit des Kalifen. Obschon dieser Brauch, wie die meisten unserer Bräuche, unter dem Einfluß des arabischen Eroberers so gut wie verschwunden ist.«
Er verstummte, dann, mit plötzlicher Bitterkeit: »Überdies müßte die Gelegenheit, den Kalifen zu ehren, auch noch gefunden werden. Seit die Dynastie der Buyiden Bagdad

beherrscht, sagt man, daß jeder Tag Zeuge ist, wie ein Kalif getötet und ein anderer ausgerufen wird!«

Er machte wieder eine Pause, und seine Züge entspannten sich.

»Doch wir sind nicht hier, um das Schicksal der Runden Stadt zu beweinen. Ich möchte dir danken, Sohn des Sina. Dir sagen, wie groß die Dankbarkeit meines Herzens ist. Dein Talent und deine Wohltaten sind mir von allen Leuten meiner Umgebung zugetragen worden; mit großem Unwillen, gewiß, aber sie wurden mir gleichwohl zugetragen.«

»Herr, mein Talent und meine Wohltaten kommen vom Schöpfer aller Dinge auf mich. Er ist es, dem Dank gezollt werden muß. Ich besitze nur, was Er mir gegeben hat.«

»Allah gewährt ebenso das Doppelte, wem Er möchte. Auch dafür können wir Ihm Dank zollen. Was mich betrifft, habe ich eine Schuld einzulösen, denn ich verdanke dir das Leben, das allerkostbarste Gut. Ich würde dich gerne belohnen. Ich weiß, daß sowohl die Schätze von Samarkand als auch die Isfahans zusammengenommen nicht genügen werden. Dennoch, verlange. Verlange, und du wirst erhört.«

»Herr, deine wiedererlangte Gesundheit ist mein teuerstes Geschenk. Es wird zu meinem Glücke genügen.«

Des Herrschers Blick wurde finster.

»Hast du auch an meines gedacht? Möchtest du, daß es mir den Schlaf raubt? Glaubst du nicht, daß die Finten von Mahmud dem Ghaznawiden und die buyidischen Verschwörungen mir genügend Sorgen bereiten, damit deine Ablehnung mir auch noch Quell des Verdrusses werde? Nein, wahrlich, Sohn des Sina, falls du meinem Wohlbefinden Bedeutung beimißt, fordere eine Belohnung.«

»Aber, ich weiß nicht...«

»Überlege!«

»Herr, mir ist weder an den Schätzen von Samarkand noch

an denen Isfahans gelegen. Wenn aber die irdischen Güter mir wenig bedeuten, dann sind hingegen jene des Geistes mir unerläßlich.«
»Ich verstehe nicht. Was wünschst du also?«
»Eine Erlaubnis.«
»Welche?«
»Den Zutritt zur königlichen Bibliothek der Samaniden.«
Nuh ibn Mansur riß die Augen erstaunt auf.
»Die königliche Bibliothek? Ist das alles?«
»Du weißt, daß das Gesetz nur die Würdenträger dazu ermächtigt. Wenn ich meinerseits dort arbeiten könnte, wäre mir das mehr wert als tausend Goldstücke.«
»Wahrhaftig, Ali ibn Sina, trotz deiner jungen Jahre besitzt du Gelehrsamkeit, aber auch große Weisheit. So sei es denn, vom heutigen Tage an werden dir die Türen der königlichen Bibliothek offenstehen. Du wirst dich nach Belieben hineinbegeben und alle Bücher sowie alle Schriftstücke, die du möchtest, studieren können. Möge der ALLERHÖCHSTE dir helfen, derart dein Wissen zu mehren ... Doch das ist nicht alles. Künftig wirst du am Hofe leben, und du wirst mein Leibarzt sein. Ich bin dieser fettleibigen Pfuscher überdrüssig, die in ihren Babuschen altern. Seit langem schon trachtete ich danach, mich ihrer zu entledigen. Du hast mir die Gelegenheit dazu verschafft. Gehe also, und möge der Friede über dir sein, Sohn des Sina.«
»Auch über dir sei er, Herr ...«

*

Würdest du mir glauben, wenn ich dir sagte, daß niemals größere Freude meinem Meister gegeben ward?
Anderntags ließ der Emir eine Schatulle randvoll mit Goldstücken bei ihm niederlegen. Seine Mutter wurde davon erschreckt, sein Bruder verzückt, und Abd Allah von einem

unermeßlichen Stolz erfüllt; während der Scheich, zur gleichen Zeit, die Schwelle überschritt, die zu den Herrlichkeiten einer anderen Welt führte.

Die königliche Bibliothek war vergleichbar mit denen von Schiras, von Isfahan oder von Rayy, deren Reichtümer gleichwohl das ganze Land rühmte. Nuh der Zweite hatte es sich zur Ehre gemacht, sie mit kostbaren und seltenen Schriften zu bereichern, die ihm aus Bagdad oder aus China von den Karawanen gebracht wurden, welche über die Straßen Chorasans zogen.

»Alles Wissen der bekannten Welt muß an diesem Ort zusammengetragen sein...«, hatte er ausgerufen, als er die Borde aus Zedernholz bewunderte, die bis in den Himmel hinaufzureichen schienen.

Jedes Werk war verzeichnet, eingeordnet; die Register waren auf den neuesten Stand gebracht; die Überprüfungen untadelig, die Texte auf so unterschiedliche Materialien geschrieben wie Rollen von ägyptischem Papyrus, Charta-Pergament und vor allem Papier aus dem Gelben Land oder aus Bagdad.

Papier ... Hast du allein darüber nachgesonnen, was es für uns bedeutete? Betrachte, berühre, befühle diese Blätter, die du zwischen den Händen hältst. Rieche ihren Duft. Sieh, wie lebendig, brennend oder kalt sie sind, dem Gedanken des Verfassers entsprechend. Spürst du das Pulsieren, das zwischen deinen Fingern erwächst? Ich glaube, seit dieses Material existiert, hat der muslimische Gelehrte sich kaum jemals als unermüdlicherer Schreiber gezeigt. Die Schriften vermehren sich heutigen Tages so rasch, daß die Stelle des Buchkopisten einträglicher ist als die des Kämmerers.

Die drei folgenden Jahre wurden für meinen Meister ein Abschnitt großer Bereicherung. Er vertiefte und beherrschte vollkommen die Jurisprudenz. Die Literatur sowie die Musik und ihre Modi bargen keinerlei Geheimnisse mehr für ihn. Dank des großen Ptolemäus, von dem er bereits das astronomische Buch *Almagest* kannte, lernte er die Mechanismen unseres Universums, die Bewegung der Planeten, die an ihren jeweiligen, vollkommen durchsichtigen (Kristall-)Sphären fixiert sind. Er hatte die von Hipparch erstellten Fixsternkataloge vor Augen, seine Messungen der Helligkeit der Sterne.

Als er seine Kenntnisse der Mathematik vervollständigte, wie groß war da seine Überraschung, die Werke eines gewissen Thales zu entdecken, ein ionischer Mann der Wissenschaft, der geometrische Lehrsätze aufstellte ähnlich jenen, die Euklid drei Jahrhunderte später kodifizieren sollte. Ibn Sina las auch die Handschriften von Eratosthenes, der die große Bibliothek von Alexandria leitete, und welchen einer seiner neiderfüllten Zeitgenossen Beta benannt hatte, nach dem zweiten Buchstaben des griechischen Alphabets, denn er wäre, so sagte jener, in allem nur der Zweite.

»Allah verzeihe mir«, sollte mein Meister mir später anvertrauen, »dieser Zeitgenosse war ein unkundiger Analphabet. Eratosthenes verdiente eher den Beinamen Alpha. Er ist der erste Mensch, der versucht hat, den Erdumfang zu messen, und dem dies gelungen ist. Ebenso verdanken wir ihm, die Krümmung der Erdoberfläche bewiesen zu haben.«

Der Scheich hatte auch ein ganz und gar verblüffendes Dokument in Händen, dessen Abschrift sich angeblich in der Bibliothek von Alexandria befunden haben soll; der Verfasser, Aristarchos genannt, gab darin vor, die ERDE wäre nur ein Planet, der wie die anderen Planeten um die Sonne kreiste.*

Desgleichen vervollkommnete er seine Kenntnisse der Philosophie, verzweifelt versuchend, die Widersprüche zu begreifen, die ihm seit jeher begegnet waren bei der Lektüre jener beiden Werke des Aristoteles: der *Metaphysik* und der *Theologie*.

Im Verlauf dieser drei Jahre ereignete sich eine Reihe bedeut-

---

* Du wirst dir wohl denken können, daß dies völlig widersinnige Schlußfolgerungen sind! Wir alle wissen doch, so wie es der große Ptolemäus gelehrt hat, daß das Universum um die ERDE zentriert ist, und daß sich vielmehr die Sonne, der Mond und die anderen Gestirne um die ERDE drehen. *(Anm. d. Djuzdjani)*

samer Vorfälle, die ich hier angeben muß: Der erste, und nicht wenig betrübliche, war der plötzliche Tod des Emirs Nuh des Zweiten. Er verlor sein Leben während einer der Schlachten, die er seinen Feinden lieferte. Nach einundzwanzig Jahren Regentschaft starb er in den ersten Tagen des Jahres 997 christlicher Zeitrechnung, somit annähernd zehn Monate, nachdem Ali ihn vor dem Todesengel gerettet hatte. Es war sein Sohn Mansur, der ihm nachfolgte.
Aus Gründen, die hier aufzuzählen zu langwierig wäre, wie Streitigkeiten aus Ruhmsucht oder Gier der Staatsverweser, wurde Mansur entthront und geblendet, und man setzte Abd al-Malik an die Spitze Chorasans. In Wahrheit hob sich hinter diesen aufeinanderfolgenden Erschütterungen der Schatten von Mahmud dem Ghaznawiden ab.
Für Ali blieb die Lage so gut wie unverändert: Die beiden Nachfolger Nuhs setzten weiterhin ihr Vertrauen in ihn.
Beim Eintritt in sein zwanzigstes Lebensjahr beschloß er, auf Ansuchen des Rechtsgelehrten Abu Bakr al-Barqi hin, den Calamus, das Schreibrohr, zu ergreifen. In wenigen Wochen verfaßte er für ihn einen Kommentar von zwanzig Bänden: *Das Buch des Resultats und des Ergebnisses* sowie eine Untersuchung über die Ethik: *Das Buch der Frömmigkeit und der Sünde*.
Zur selben Zeit entwarf er zu Ehren seines Nachbarn al-Arudi ein allgemeines Kompendium über die Philosophie: *Die Philosophie des Arudi,* welches ob seiner einundzwanzig Bände ebenso gewichtig wurde wie die Abhandlung über *Das Resultat und das Ergebnis*.
Es geschah um den sechzehnten Tag des Monats *rebialawwal,* im Jahre 1000 der Christen, daß sich die Ereignisse überschlugen. Abd al-Malik, der neue Emir, herrschte noch immer über Buchara. Mein Meister trat in sein einundzwanzigstes Jahr.
An jenem Tage saß er in Gesellschaft al-Masihis auf den Stufen der Bibliothek. Und das Abendlicht hatte sich in die Gärten eingeschlichen, die Umrisse der Dinge verwischend...

»Du bist zum Gegenstand übler Nachrede geworden, Ali ibn Sina.«

»Wann wirst du endlich aufhören, mir damit in den Ohren zu liegen, vielgeliebter al-Masihi?«

»Begreifst du denn nicht, daß die Heilung des Emirs Nuh des Zweiten um dich herum Mißgunst und Haß gestiftet hat? Seit drei Jahren machen nachteilige Gerüchte über dich die Runde. Schmähende Worte. Die Zeit ist nicht weit, daß man dir die zehn Makel des Dahak anlastet.«*

»Alle Makel meinetwegen, bis auf die Häßlichkeit und den Wuchs!«

»Mein Bruder, du scheinst den Ernst der Lage nicht zu erfassen. Obgleich deine Ironie verständlich ist, da du die ganze Wahrheit nicht kennst.«

»Was könnte man all dem, was du mir bereits zugetragen hast, noch hinzufügen?«

Al-Masihi senkte die Augen, ohne zu antworten.

»Abu Sahl, du ängstigst mich allmählich. Welcher anderen Ungeheuerlichkeit klagt man mich an? Deiner Verlegenheit nach zu urteilen, muß es wahrlich ernst sein.«

»In der Tat...«

»Du hast zu viel oder nicht genug gesagt. Rede also, al-Masihi!«

»*Yehudi*...«

Der Arzt hatte das Wort so vor sich hin gemurmelt, daß Ali schlecht gehört zu haben glaubte.

»*Yehudi*... Man nennt dich Jude.«

Zunächst versteinert, sprang Ibn Sina buchstäblich auf.

---

* Eine Legende schreibt einem König namens Dahak zehn Makel zu: Häßlichkeit, kleiner Wuchs, übermäßiger Stolz, das Fehlen von Scham und Sittsamkeit, Gefräßigkeit, Lästerlichkeit, Tyrannei, Hast und Lüge. Ich denke, daß dieser gute al-Masihi an jenem Tage wahrhaftig etwas übertrieb. *(Anm. d. Djuzdjani)*

»Jude! Aber wer ist der Urheber einer solch frevlerischen Anschuldigung? Wer? Ich fordere dich auf zu antworten!«
Einer freundschaftlichen Regung folgend, stand al-Masihi seinerseits auf und umklammerte Ibn Sinas Arm.
»Beruhige dich, das sind doch alles bloß Redereien.«
»Jetzt bist du derjenige, der albernes Zeug schwatzt. Das ist weit schlimmer als bloßes Gerede. Auf welch unglaublichen Abwegen hat dieser Gedanke nur in den Hirnen reifen können? Ich bin ein Schiit. Was allgemein bekannt ist. Einfach unsinnig, absurd!«
»Weniger absurd, als du glaubst. Deine Familie ist schlecht beleumdet. Hast nicht du mir vor einigen Jahren anvertraut, daß dein eigener Vater sich zur ismailitischen Häresie bekehrt hat und daß er stets alles tat, um dich zu überreden, es ihm gleichzutun?«
»Das sind uralte Geschichten. Die Glaubensanschauungen meines Vaters sind seine Sache. Ich für meinen Teil habe nie der Schi'a entsagt.«
Al-Masihi hüstelte, um seine Stimme zu festigen.
»Und Setareh?«
Eine erschreckende Blässe befiel Alis Züge.
»Was meinst du damit?«
»Du wärst von jüdischer Mutter.«

Die ungesäuerten Fladen ... Stets zum gleichen Zeitpunkt ... Vor einigen Wochen noch, von einer sonderbaren Vorahnung angeregt, hatte er es nachzuprüfen sich nicht verwehren können und festgestellt, daß dieses Datum im jüdischen Kalender ungefähr dem 16. Nisan entsprach, dem Tag »der Opferung der Erstlingsgarbe der Ernte«, ein Fest, das auf Pesach folgt. Dem Osterfest der Kinder Abrahams ... War es das also?

»Wie dem auch sei«, setzte Abu Sahl mit gleichgültigerem Tonfall hinzu, »was kann das schon ausmachen? Du wärst Jude? Ich bin ja auch Christ. In der Hölle gibt es sicher genug Platz für zwei Ungläubige mehr!«
»Hund, wirst du wohl schweigen!«
Mit einer gänzlich unerwarteten Härte packte Ali den Arzt an den Schultern und schüttelte ihn wie eine Dattelpalme.
»Ich verbiete dir, hörst du, ich verbiete dir, mich einen Ungläubigen zu schelten! Es gibt hier keinen Ungläubigen außer dir!«
Er wiederholte: »Hund!«
Verblendet von seinem Zorn, versetzte er dem Freund einen Stoß, daß dieser zum Fuße der Treppe hinunterrollte.
Erst in diesem Augenblick wurde er des dichten Rauches gewahr, der zum Himmel emporstieg. Zunächst sagte er sich, er wäre das Opfer einer Halluzination, doch rasch begriff er: Die königliche Bibliothek stand in Flammen!
Bald loderte der ganze Himmel. Der Garten, der Hof, die Kuppeln, bis zu den Wassern der Becken und Springbrunnen – die ganze Landschaft leuchtete purpurn und ocker auf.
»Abu Sahl!«
Wie ein Dämon stürzte Ali sich auf seinen leblosen Freund. Schon liefen Wachen in alle Richtungen.
»Abu Sahl ...«
Angesichts des Ausbleibens einer Regung des Arztes, faßte er ihn unter den Achseln und schleifte ihn zum nächsten Becken. Mit den hohlen Händen schöpfte er nach Wasser, das er ihm ins Gesicht sprenkelte. Abu Sahl zuckte, eine Grimasse schneidend, mit den Lidern und begegnete Alis verängstigtem, von den Flammen beleuchtetem Blick.
»Die Höllenglut ... schon ...?«
»Es ist noch nicht die Gehenna, aber wir sind nicht weit davon entfernt! Kannst du aufstehen?«

»Scheich ar-rais! Du mußt dich von hier entfernen!«
Ali erkannte die schwarze Uniform der chorasanischen Wache.
»Hilf mir, meinen Freund fortzuschaffen. Er ist verletzt.«
»Ich habe mich noch nie wohler gefühlt«, widersprach al-Masihi, während er sich aufrichtete. Doch kaum auf den Füßen, stieß er einen Schmerzensschrei aus.
»Mein Knöchel...«
Unverzüglich gab Ali dem Krieger einen Wink, ihm dabei behilflich zu sein, den Christen zu stützen; dann wandten sie sich zum *Rigistan*-Platz.
Draußen war alles in heller Aufregung. Man hätte meinen können, sämtliche Einwohner Bucharas wären aus ihren Häusern gestürzt. Die Leute drängten sich auf dem Platz, riefen einander zu, mit dem Finger auf die Rauchsäule zeigend, die den Himmel verdunkelte.
Mit Unterstützung des Mamelucks bahnten sie sich recht und schlecht einen Weg durch die Menge bis hin zum großen überdachten Basar, wo ebenfalls der Wind des Irrsinns tobte. Während sie die leeren Auslagen entlanggingen, wären sie beinahe von einer Reiterschar überrannt worden, die aus der Nacht hervorgestoben war und den Platz hinabjagte.
»Das ist ja das Ende der Welt!« brüllte der Christ. »Sie haben den Verstand verloren!«
»Ich weiß nicht, ob es das Weltenende ist«, antwortete Ibn Sina mit dumpfer Stimme, »aber mit dieser brennenden Bibliothek geht zumindest ein Teil ihres Wissens in Rauch auf. Noch eine letzte Anstrengung, wir sind gleich da.«
Am Ende des Gäßchens war das kleine Piseehaus bereits in Sicht. Mahmud stürmte ihnen entgegen, gefolgt von Abd Allah und Setareh.
»Ali!« brüllte der Junge, während er sich seinem Bruder fast an den Hals warf.

Al-Masihi erblickend, fragte er: »Was ist ihm geschehen?«
Bevor Ali noch Zeit hatte zu antworten, fluchte Abu Sahl:
»Von einem Schwachsinnigen umgestoßen...«
Ibn Sina senkte betreten die Augen.
»Ich habe geglaubt, du wärst tot, mein Sohn«, rief Setareh herbeilaufend.
»Alles in Ordnung, *mamek,* alles in Ordnung, es ist alles gut...«
Ein bißchen verlegen, löste er die Arme seiner Mutter und betrat das Haus.
Abd Allah löste den Krieger ab, und gemeinsam betteten sie den Christen auf einen Diwan.
»Mutter, bring mir einen Krug Wein. Der Alkohol wird ihm helfen, sein Leiden zu ertragen.«
Abu Sahl beobachtete ihn aus den Augenwinkeln, während er seine Stiefel aufschnürte. Der rechte Fuß war rot, bis zu den Zehen angeschwollen.
»Nun, Scheich ar-rais, ich entdecke, daß du auch Veterinarius bist?«
»Was willst du damit sagen?«
»Es sind doch wohl die Tierärzte, die die Hunde behandeln?«
»Was erzählt er denn da?« fragte Mahmud. »Ihm schmerzt doch das Bein, und jetzt vergeht ihm der Kopf?«
»Das ist so bei den Christen«, scherzte Abd Allah.
Ali begnügte sich, die Zähne zusammenzubeißen. Seine Augen waren verfinstert.

*

Die Stille hatte sich wieder über Buchara gelegt.
Seinem Vater gegenüber sitzend, trank Ali den Rest Wein aus, der noch im Krug verblieb.

Alle schliefen. Sie waren allein unter dem Dach aus Weinlaub.
»Dann war das also kein Gerücht ...«
»Sohn, du, der du den Koran mit zehn Jahren aufsagtest, du dürftest dich besser als jeder andere der Worte des Propheten entsinnen.«
»Heute abend ist mein Kopf müde.«
»Nun, wenn du möchtest, werde ich einen Augenblick dein Gedächtnis sein. Er hat gesagt: ›Und gedenke des BUCHES des Abraham! Er war ein Wahrhaftiger und ein Prophet.‹«
Beinahe augenblicklich erwiderte Ali mit düsterer Stimme:
»›Frage die Kinder Israel, wieviel wir ihnen gegeben haben an deutlichen Zeichen! Wenn aber einer die Gnade Gottes verfälscht, nachdem sie zu ihm gekommen ist, verhängt Gott schwere Strafen.‹«
Abd Allah deutete ein flüchtiges Lächeln an und setzte hinzu:
»›Wer anders könnte die Religion Abrahams verschmähen als einer, der selbst töricht ist?‹ Hat er nicht auch das gesagt?«
Gereizt schöpfte Ali eine Handvoll Granatapfelkerne aus einer Schale.
»Vater, wir könnten uns bis zum Morgengrauen Verse des Koran zuwerfen. Doch über dieses Thema – der ALLERHÖCHSTE vergebe mir – werden wir nur Widersprüche unter den einhundertvierzehn Suren finden. Es bleibt gleichwohl ein von aller Zweideutigkeit freier Vers: ›O ihr, die glaubt! Nehmt euch zu Freunden die Juden und die Christen nicht, sie sind untereinander Freund. Wenn aber einer von euch sie zu Freunden nimmt, der gehört zu den Ihren. Gott leitet das Volk der Frevler nicht.‹«
Abd Allah musterte seinen Sohn betrübt.
»Dann würdest du also Abu Sahl, dem Christen, gewähren, was du deiner eigenen Mutter versagst?«
Ali richtete sich mit einem Ruck auf, die Schale Granatapfelkerne umstoßend, die auf dem Boden zerschellte.

»Ja, siehst du denn nicht? Öffne doch die Augen. Schau! Man verweigerte mir den Zutritt zum Palast, obwohl der Emir in den letzten Zügen lag! Verstehst du nun, weshalb? Und so wird es überall sein. Heute in Buchara. Morgen in Bagdad oder in Nischapur! Begreifst du nicht? Ich bin ein *Yehudi!* In den Augen von ganz Persien werde ich ein *Yehudi* sein!«

Abd Allah erhob sich seinerseits. Der Zorn näßte seine Augen. Er ergriff seinen Sohn und zog ihn an sich.

»Hör mir gut zu, Ali ibn Sina. Und daß sich meine Worte für immer in deinem Kopf, närrischer Vogel, einprägen. Du bist ein Gläubiger. Ein Kind des Islam. Ein Schiit und nichts anderes. Und deine Mutter ist würdig. Und deine Mutter ist gut. Und du bist die Frucht ihres Leibes. Wenn du dich aber dessen eines Tages schämen solltest, dann, Ali ibn Sina, fordere ich dich auf, fliehe, fliehe so weit, wie du kannst. Verlasse dieses Dach. Lauf bis zu den Grenzen der bekannten Welt, und daß das Meer der Finsternis dich für die Ewigkeit hinwegspülen möge.«

Vierte Makame

»Sie stinken! Die Kamelexkremente vom Lande der Türken haben den widerlichsten Geruch, den es gibt!«
Damit beschäftigt, einen Streifen Bajadere-Stoff auszuschneiden, wackelte Salah, der Schneider, gleichgültig mit dem Kopf.
»Ob nun aus einem dailamitischen Hintern oder einem kurdischen Hintern hervorgegangen, bleibt ein Kamelexkrement ein Exkrement, mein Bruder.«
»Ganz und gar nicht. Diese Karawanen, die von jenseits des Amu-Darja kommen, verströmen etwas Unerträgliches!«
Den Kopf noch immer in seine Näharbeit vertieft, begann Salah leise zu lachen.
»An diesem Ort, wo sich das Sandelholz mit der Aloe vermischt, Ingwer mit Zimt, Benzoe mit Safran, sehe ich wirklich nicht, wie du einen Unterschied zwischen einem Kuhfladen, einem Eselsapfel oder der Losung eines Königsadlers machen kannst. Du mußt einen außerordentlich scharfen Geruchssinn haben!«
Sulaiman zuckte mit den Schultern und fuhr fort, seine Weidenzweige zu flechten. Um sie herum schwirrte der große überdachte Basar im harten Mittagslicht. Dem Gewieher der Maulesel antwortete das Geschnatter des Federviehs, und zu all den Rufen der Wasserverkäufer und den zänkischen Wortwechseln der Bettler kam unter dem Staub und der Sonne noch dieses *Leiden an den Gerüchen* hinzu, von dem Salah sprach.

Etwas weiter, im Schatten der sand- und weihrauchfarbenen Behänge, vor Ballen, so prall wie Wasserschläuche, und aufeinandergestapelten Körben, priesen dickbäuchige Händler mit zerknitterten Gesichtern ihren Kram unter weit flatternden Bewegungen der Ärmel an. In diesem schillernden Universum traten die Amphoren aus Attika, die sefewidischen Woll- und Seidenteppiche, die Pelze und die Filze von Turkestan, die golddurchwirkten Stoffe aus Damiette, die Brokate, der Kaschmir aus Indien, die Wasserkannen aus Syrien, die Töpfereien und ziselierten Vasen sowie der Damaszener Stahl kunterbunt mit Salz, Datteln, Weizen und Honig, Bernstein und Perlen in Verbindung. Etwas weiter noch bot man *saqaliba* feil, *Slawen* mit von Schweiß glänzenden Gesichtern, frisch aus den Steppen des Nordens angekommen und auf dem Wege zum Chasaren-Meer. Der Weidenflechter neigte sich unauffällig zu seinem Nachbarn.
»Erkennst du diesen Mann?«
»Ich sehe deren zwei. Von welchem sprichst du?«
»Dem jüngeren. Erkennst du ihn?«
Salah hob erneut den Blick.
»Es will mir scheinen, daß es der Scheich ar-rais ist.«
»So ist es: Ali ibn Sina. Bist du auf dem laufenden über die letzten Neuigkeiten?«
Salah schüttelte den Kopf.
»Man erzählt, daß er es war, der die königliche Bibliothek in Brand gesteckt hat.«
»Der Scheich ar-rais? Aus welchen Gründen sollte er das getan haben?«
»Um die außerordentlichen Kenntnisse, die er dort erworben haben soll, ganz für sich allein zu bewahren. Findest du nicht, daß dies eine ungeheuerliche Tat wäre?«
»Falls sie sich bewahrheitet fände, sicherlich: Das Wissen ist Allahs Eigentum.«

Ali, von al-Masihi begleitet, ging an den beiden Männern vorbei und setzte seinen Weg über den Markt fort. Nach einer Weile, als sie bereits in Sicht des Hospitals waren, warf er verbittert ein: »Ich frage mich heute, wer von beiden in Buchara nun berühmter ist, der Arzt oder der Pyromane.«

»Ich hoffte, das Zwiegespräch dieser beiden Schwachköpfe wäre dir entgangen. Was soll ich dir darauf sagen? Gewisser Leute Zunge hat stets Gift geführt. Mögen sie an ihrer Tollwut sterben!«

»Vom Wesir bis zu den Palasteunuchen würde das viele Tote ergeben ... Denn wenn auch nicht viele überzeugt sind, daß ich für die Feuersbrunst der königlichen Bibliothek verantwortlich bin, stellen mir doch alle Fragen.«

»Solange der Emir über diese Nachreden erhaben bleibt, hast du nichts zu befürchten.«

»Von deinen Lippen zu den Pforten des Himmels, al-Masihi. Doch wie lange wird diese Situation so bleiben können? Verstehst du jetzt meine Wut in den Bibliotheksgärten?«

Al-Masihi warf seinem Freund einen flüchtigen Blick zu und antwortete mit leichter Ironie: »Ali ibn Sina, falls es meinem Geist unwahrscheinlicherweise an Urteilskraft mangeln sollte, wäre mein schmerzender Knöchel noch da, um diese Lücke zu füllen.«

»An jenem Tag war mein Kopf von einem Dschinn* besessen, al-Masihi. Wirst du mir jemals meinen Wahn verzeihen?«

»Sohn des Sina, kann man verzeihen, was vergessen ist?«

---

* Ich glaube, unter dem Wort *djinn* verstand der Scheich »Dämon«. Obgleich er in der Einleitung zur Logik in seinem Buch *As-Sifa* ja eine dreifache Unterscheidung zwischen den Dschinns machte. Dies führte jedoch in eine philosophische Analyse ohne jeden Zusammenhang mit der derzeitigen Unterhaltung. *(Anm. d. Djuzdjani)*

Sie wechselten kein einziges Wort mehr, bis sie zum Eingang des Hospitals gelangt waren. Während sie unter den großen Torbogen traten, schickten sie sich an, eine Gruppe Studenten zu grüßen, die ihnen entgegenkam, doch zu ihrer großen Überraschung wichen die jungen Leute, wie von Panik ergriffen, hastig von ihrem Weg ab.

»Was ist denn nun in die gefahren?« grummelte al-Masihi. »Du sprachst eben über Dschinns, und nun könnte man glauben, sie hätten einen gesehen!«

»Es ist tatsächlich sonderbar.«

Von einem dumpfen Gefühl ergriffen, durchquerten sie rasch den *iwan* und lenkten ihre Schritte zum Ärztezimmer. Dort sahen sie dann die Mamelucken. Drei von ihnen hatten vor der Tür Wache bezogen, verwehrten ihnen den Durchgang. Der vierte, der mit dem Gebaren eines Anführers auftrat, rief sie barsch an: »Wer von euch beiden ist der Scheich ar-rais?«

Ali antwortete sogleich: »Das bin ich. Was geht hier vor?«

»Befehl des Kadis. Deine Anwesenheit im *bimaristan* ist nicht mehr erwünscht. Von heute an ist dir der Zutritt zu diesem Ort ausdrücklich untersagt.«

»Aber mit welchem Recht? Was wirft man mir vor?«

»Ich bin hier, um meinen Auftrag auszuführen. Mehr weiß ich nicht.«

Al-Masihi empörte sich: »Und wer wird die Kranken in unserer Abwesenheit behandeln? Der Kadi?«

Der Mameluck machte eine ausweichende Geste. »Von diesen Dingen weiß ich nichts. In jedem Fall betrifft das Verbot nur den Scheich ar-rais. Du kannst deine Arbeit ungehindert fortführen.«

»Das ist unsinnig! Laßt mich durch!«

Mit schroffer Geste stieß Ali den Soldaten zurück und eilte zur Tür. Sein Versuch wurde augenblicklich von den Wachen

vereitelt. Al-Masihi versuchte dazwischenzutreten, aber der Anführer rief ihn zur Ordnung.
»Höre, *dhimmi,* wenn du nicht das gleiche Los erleiden willst wie dein Freund, dann rate ich dir, fügsam zu sein!«
»Und dir rate ich, deine Worte zu hüten, sonst könnte dir jemand die Zunge abschneiden!«
Der Mann überging die Äußerung des Christen und befragte Ibn Sina: »Willst du dieses Hospital aus freien Stücken verlassen, oder müssen sich meine Männer darum kümmern, dich hinauszuwerfen?«
Ali suchte eine Antwort im Blick seines Freundes.
»Was willst du machen, wenn ein Richter dein Gegner ist?« meinte jener. »Komm, laß uns gehen. Die Luft ist unerträglich geworden.«
Sie überquerten erneut den von Sonne überfluteten Hof und fanden sich in dem Gäßchen wieder.
»Und nun?« fragte Ali mit rauher Stimme.
»Der Meinung eines Fürsten zu widersprechen heißt, die Hand in das eigene Blut zu tauchen. Du mußt vor allem deine Ruhe bewahren.«
»Aber vielleicht ist der Emir Abd al-Malik gar nicht unterrichtet? Entsinnt er sich nicht mehr, daß ich vor drei Jahren das Leben seines Vaters gerettet habe?«
»›Seid ihr der Freund des Königs, nimmt er eure Reichtümer; seid ihr sein Feind, nimmt er euren Kopf.‹«
»Du scheinst aus den Augen zu verlieren, daß ich noch immer sein Leibarzt bin. Auch wenn man mich von meiner Entlassung aus dem Hospital in Kenntnis gesetzt hat, so wurde mir jedoch nichts über meine Zukunft am Hofe mitgeteilt.«
»Komm, sei nicht kindisch. Du weißt genau, daß beides miteinander einhergeht.«
»Ich möchte mir darüber Gewißheit verschaffen! Ich werde

stehenden Fußes al-Barqi um eine Unterredung bitten, er ist noch immer Rechtsgelehrter. Er jedenfalls hat die schlaflosen Nächte nicht vergessen können, die ich der Abfassung seines *Kompendiums des Resultats und des Ergebnisses* gewidmet habe. Er wird mir helfen.«
»An deiner Stelle würde ich mich nicht rühren. Du stehst am Rande des Abgrunds. Denke auch an deine Eltern. Dein Vater ist vorgerückten Alters. Die Deinen sollten nicht die Folgen deiner Heftigkeit zu erleiden haben.«
»Sei unbesorgt, al-Masihi. Ich bin vielleicht irrsinnig, doch es bleiben mir noch klarsichtige Augenblicke.«

*

Mit offenkundiger Verlegenheit setzte der Rechtsgelehrte seinen Ellbogen auf eine der zedernen Sessellehnen und stützte seine rechte Wange gegen die geschlossene Faust, während er sich schleppend äußerte: »Ich habe keinerlei Macht, Scheich ar-rais. Die Angelegenheit, die dich betrifft, fällt nicht in meine Zuständigkeit.«
»Ich sehe schon. Folglich geht der Befehl meiner Absetzung von höherer Stelle als dem Kadi aus?«
»Du hast es gesagt.«
»Wie aber kann der Herrscher glauben, daß ich Feuer an die königliche Bibliothek gelegt hätte? Das ist von einer solchen Absurdität!«
Der gewöhnlich sehr klare Blick von Abu Bakr trübte sich ein wenig. Unwillkürlich strich er mit der Hand über seine hennagefärbten Haare.
»Wir sind von Absurditäten umgeben. Du weißt es, die politische Lage ist überaus heikel. Seit dem Tode Nuhs des Zweiten wird die Samaniden-Dynastie von allen Seiten untergraben. Der türkische Adler ist nicht weit davon entfernt,

sich auf Chorasan zu stürzen. Unter diesen Bedingungen verlieren unsere Fürsten ihr Urteilsvermögen. Die leiseste Vermutung kehrt sich zur Anklage. Auch muß dazu erwähnt werden, daß du selbst seit drei Jahren zu deiner Ungnade reichlich beigetragen hast, indem du nicht danach trachtetest, die Mißgunst und die Eifersucht deiner Feinde zu besänftigen. Mächtiger Feinde, Ali ibn Sina.«
Während er sprach, beugte er sich über den kleinen Intarsientisch und ergriff eine Platte Dörrobst, die er seinem Gast reichte.
»Ich danke dir; du wirst allerdings verstehen, daß es mir in diesem Moment an Appetit gebricht. Es ist wahr, ich gestehe es, ich habe meine Meinung nie verhehlen können. Aber was hätte ich tun sollen? Schweigend die Unfähigkeit dieser Ärzte tolerieren, die den Emir umgeben? Der Dummheit Beifall klatschen?«
»Du kennst das Sprichwort: ›Küsse die Hand, die du nicht beißen kannst.‹ Offenkundig bist du noch zu jung, um diese Prinzipien hinzunehmen.«
»Ich frage mich, ob ich es jemals vermögen werde.«
Es trat eine Stille ein, dann fuhr er fort: »Wenn ich mit dem Emir spräche?«
»Er wird dich nicht empfangen. Seine Tür wird dir verschlossen bleiben.«
»Und du? Könntest du ihn nicht überzeugen, daß ich unschuldig bin an diesem schändlichen Verbrechen, dessen man mich bezichtigt?«
»Es ist nicht allein diese unselige Feuersbrunst, die schwer in der Waagschale wiegt. Du wirst es dir denken können.«
Ibn Sina umklammerte mit ganzer Kraft die Sessellehne.
Sein Gesprächspartner setzte ernst hinzu: »Der Falschgläubigkeit verdächtig zu sein, ist ein ungleich schwereres Verbrechen... Verstehst du, was ich sagen will?«

Bleicher als Bleiweiß im Gesicht, sprang Ali aus seinem Sessel hoch.
»Hör mir zu, Abu Bakr. Wisse, in dieser Welt gibt es nur einen Mann meines Wertes, einen einzigen, und den nennt man ungläubig; so sei es denn, in dieser Welt dürfte es nicht einen Muslim geben!«
Der Rechtsgelehrte fuhr sich lächelnd mit der Hand über seinen Bauch.
»Ist dies der Protest eines aufrichtigen Gläubigen oder der eines Konvertiten, der seine jüdische Herkunft vergessen machen will? Außerdem, ist nicht dein Vater selbst vom imamitischen *Zwölfer-Schiismus* abgefallen und zum Ismailismus übergetreten?«
Ali hatte den Eindruck, die Wände des Zimmers schwankten um ihn herum. Fast zugleich kam ihm al-Masihis Stimme wieder in den Sinn: *Du stehst am Rande des Abgrunds* ...
Abu Bakr erhob sich behäbig.
»Ich sehe schon, daß du mir zürnst, ohne Umschweife zu dir gesprochen zu haben. Dennoch mußt du wissen, daß mich allem Anschein zum Trotz keinerlei Feindseligkeit bewohnt. Ich hege sogar Zuneigung zu dir. Zuneigung und Hochachtung. Und deshalb würde ich dir gerne einen Rat geben, Scheich ar-rais; er kommt aus tiefstem Herzen: Während sich die Menschen dem SCHÖPFER mittels aller Formen der Frömmigkeit nähern, nähere du dich IHM mittels aller Formen der Intelligenz: Du überflügelst sie alle. Und während die Leute sich solche Mühe geben, ihre Anbetungshandlungen zu vervielfachen, bekümmere du dich allein um die Erkenntnis der intelligiblen, nur durch die Vernunft erfaßbaren Welt. Auf diese Weise wirst du höher steigen als der Königsadler. Habe ich mich klar ausgedrückt?«

»Sehr klar, Abu Bakr. Ich werde deine Worte in Erinnerung behalten. Gestatte mir jetzt, mich zurückzuziehen.«
»Friede über dich, mein Freund.«
»Und Frieden über dich, al-Barqi.«

*

Ein fürchterlicher Winter, wie sich noch keiner ereignet hatte, brach über Chorasan herein. Von Dschumada-al-achira bis Redscheb flossen die zugefrorenen Kanäle nicht mehr über den Grund der Ebene, und die Wasser des Zarafshan schlummerten in ihrem kristallenen Bett ein. Etliche glaubten, sie würden nie wieder erwachen. Zu gewissen Stunden, von der Höhe der Zitadelle aus, im Augenblick, da das Licht zur Nacht hin entschwindet, gemahnte die Landschaft an einen Ozean weißer und malvenfarbener Gischt mit angehaltenen Schiffen. Es war schön und erschreckend zugleich.
Sodann kehrte die Milde des Monats *schaban* zurück. Und mit dem Ramadan offenbarten sich wieder das Grün, das Purpur der Rosen und Blutrot der aufgeplatzten Granatäpfel. Was ist im Verlauf dieser sechs Monate aus dem Leben meines Meisters geworden? Des Hauses der Kranken verwiesen, verwandte er seine ganze Kraft darauf, jene zu behandeln, die seine Wissenschaft erbaten: Vornehme oder Bettler. Jedesmal, wenn das Wetter es erlaubte, zog er durch die Weiler der Umgebung, weder Gold noch Silber annehmend, seinen Lohn nur vom ALLERHÖCHSTEN erwartend.
Er vertraute mir an, daß er von Zeit zu Zeit einige flüchtige Glücksmomente auf Wardas Haut erhaschen ging. Und gestand mir, daß er, bei ihr liegend, mehr als einen erhabenen Augenblick weit entfernt von der Schäbigkeit der Menschen erfuhr.
Auch widmete er zahlreiche Stunden einem Studium der Religion Abrahams und sollte mir später oftmals jene Sure wiederholen: ›Wer anders könnte die Religion Abrahams verschmähen als einer, der selbst töricht ist?‹

Seither wurden die Wahrheiten seines Glaubens wie der Wind des *shamal,* der auf den Pisten weht, und den man doch nie sieht; denn er hat zu sehr gelitten unter der Intoleranz der Menschen und unter seiner eigenen.
Heute aber ist nicht die Stunde der Melancholie. Wir schreiben den letzten Tag des heiligen Monats Ramadan. Den Tag des *'Id as-saghir,* der das Ende der dreißig Fastentage setzt. Setareh hat einen gebratenen Hammel aufgetragen, der nach Zimt und Kreuzkümmel duftet und mit Pinienkernen, Rosinen und Mandeln verziert ist. Auf einer großen, mit Arabesken ziselierten Kupferplatte befindet sich eine beeindruckende Zahl kleiner Gerichte.
Alle Freunde sind anwesend. Bis auf al-Biruni, der in Gurgan weilt, im Dienste des Wachteljägers, und Firdausi, der seine Heimatstadt Tus aufgesucht hat, um die Abfassung seines *Buches der Könige* fortzusetzen.
Artischocken gibt es dort und Saubohnen, Grieß, den Setareh über Stunden mit aus Schafsmilch gewonnener Butter gewalkt hat. Fisch mit Safran, Reis in Hülle und Fülle, Dickmilch. Zum Nachtisch warten eine Pyramide mit Honig umhüllter Leckereien und köstliche Melonen, welche Mahmud vom Markt mitgebracht hat, und die aus Ferghana in Bleikisten auf Eis gebettet kommen, um die Reise besser zu überstehen.
An dieser Tafel findet sich kein Gemüse wie der Kürbis oder die Tomate, weder Hase noch Gazelle, allesamt Speisen, die unsere schiitischen Glaubenslehren verbieten. Hingegen sind die Zwiebel und der Knoblauch, obgleich vom Propheten mißbilligt, zugegen. Wenn Mohammed in der Tat den Genuß dieser Pflanzen verwarf, so geschah dies vor allem wegen des schlechten Atems, den sie hervorrufen, und den an den Gebetsstätten zu riechen ihm zuwider war.

»Du hast dich selbst übertroffen, *mamek*«, sagte Mahmud, indem er ein Stück Gerstenbrot in Dickmilch tunkte. »Das ist eine richtige *walima!*«

»Besser noch«, überbot al-Masihi, »noch selten habe ich ein so reiches Hochzeitsmahl gesehen!«
»Ich nähme liebend gerne eine weitere Scheibe dieses wunderbaren Hammels«, verkündete al-Mughanni.
»Welches Stück ziehst du diesmal vor?« fragte Setareh nach.
»Wie der Prophet, die Schulter und die Vorderfüße.«
»Letzten Endes«, bemerkte Ibn Zayla, »ist es doch äußerst verblüffend, wenn man an all diese köstlichen Gerichte denkt, die der Mensch erfunden hat, an all die Stunden, die er ihrer Zubereitung widmet, nur um eine ganz kleine Parzelle seiner selbst zu befriedigen: den Gaumen. Schätze entfalteter Erfindungsgabe für diese wenigen flüchtigen Augenblicke, in denen man die Nahrung zu den Lippen führt.«
»Ich bin nicht deiner Meinung«, verwahrte sich Abd Allah. »Im Zeremoniell eines Mahls gibt es nicht nur den Geschmack. Auch das Auge freut sich.«
Er rief Ibn Sina zum Zeugen an: »Gerade du wirst mir nicht widersprechen, mein Sohn. Du, der den vier von deinem Meister Aristoteles beschriebenen Geschmacksempfindungen den schlechten Geschmack, die Abgeschmacktheit und manch anderes mehr hinzugefügt hast...«
»Du hast recht, Vater. Man könnte diese Liste ohne weiteres um den Genuß des Sehens sowie um den des Geruchs und des Tastens bereichern. Es ist sogar etwas Sinnliches im Erleben eines Gerichts. Zahlreiche andere Elemente tragen zum Wohlgeschmack eines Mahls bei.«
Sich zu dem Musiker beugend, regte er an: »Gehört die Musik nicht auch dazu?«
Als habe er nur auf diesen Moment gewartet, stellte al-Mughanni seinen Kelch mit Palmwein ab und ergriff sein Instrument, eine *kemange aguz*, eine Art Laute. Er klemmte sich die metallene Spitze, die unter dem Korpus herausragte, zwischen die Schenkel und legte den Bogen an eine der

Saiten. In vollendeter Kunst ließ er das Instrument von rechts nach links schwenken, und die Musik erfüllte den Raum.
»Spiele, al-Mughanni, spiele...«, murmelte Abd Allah, indem er den Kopf leicht nach hinten verlagerte und die Augen schloß. »Allah verzeihe mir ... was kann man mehr vom Leben verlangen? Von den Geschöpfen umgeben, die einem teuer sind, vor einem Mahl, das eines Fürsten würdig wäre. An seiner Seite die Kinder und die Gemahlin, die man innig liebt ... ist das nicht ein Glück, das einen vollends erfüllt?«
Die Geladenen stimmten diesen Worten uneingeschränkt zu. Nun begann al-Mughanni, vom Wein berauscht, leidenschaftlicher zu spielen.
Er endete in einem wahren Beifallssturm.
»Wunderbar«, sagte Ibn Sina hingerissen, »du bist ein großer Künstler, al-Mughanni.«
Er suchte die Zustimmung seines Vaters. Erst in diesem Augenblick bemerkte er, daß der Kopf des alten Mannes, leicht zur Seite geneigt, auf die Brust gesunken war, die Arme entlang dem Körper herunterhingen.
»Vater!«
Alis Entsetzensschrei hallte durch den ganzen Raum. Alle Blicke richteten sich auf Abd Allah. Und sie begriffen.
»Schnell, helft mir, wir müssen ihn zu seinem Lager tragen!«
Man bettete Abd Allah im Zimmer auf eine Wolldecke, und Ali eilte sich, den Puls zu fühlen.
»Ist er...«, stieß al-Mughanni, weiß wie ein Leintuch, hervor. Die Stimme Alis unterbrach ihn jäh.
»Das Herz schlägt noch«, erklärte er, zu al-Masihi gewandt, der auf der anderen Seite des Bettes kniete.
Während der gesamten Dauer der Untersuchung war die Stille dergestalt, daß man das Flimmern der Luft im Zimmer hätte vernehmen können. Ali horchte die Pulsschläge an

verschiedenen Punkten des Körpers ab. Er untersuchte die Gliedmaßen, den Glanz der Augen, prüfte Farbe und Temperatur der Extremitäten. Als er sich endlich wieder aufrichtete, waren seine Züge schweißüberströmt. Allen, bis auf al-Masihi, gab er zu verstehen, ihn allein zu lassen.
Setareh hatte die leblose Hand ihres Gemahls ergriffen, und nichts auf der Welt hätte sie von ihm trennen können. Nachdem er die Tür hinter den Gästen verschlossen hatte, ließ Mahmud sich, die Augen von Tränen verschleiert, neben seiner Mutter im Schneidersitz nieder.
Al-Masihi und Ali nutzten dies, um sich an das zum Westen hin geöffnete Fenster zurückzuziehen.
»Und?«
Mit dem Handrücken wischte er sich die Schweißtropfen ab, die auf seinen Lippen perlten, während er einen bestürzten Blick auf den Freund heftete. Al-Masihi wiederholte seine Frage.
»Nichts...«
»Was sagst du?«
»Nichts... Alles ist schwarz in meinem Kopf...«
Al-Masihi packte ihn an den Schultern und flüsterte: »Solltest du irre geworden sein? Du hast ihn doch soeben untersucht, oder?«
Ibn Sina bejahte mit unbestimmtem Ausdruck.
»Na und, was hast du festgestellt?«
»Es... es scheint mir... daß die rechte Seite vollständig gelähmt ist.«
Al-Masihi riß die Augen weit auf.
»Es scheint dir?«
»Ich höre nichts mehr! Ich sehe nichts! Kannst du das nicht verstehen?«
Er hatte fast geschrien, mit all seinen Kräften die Tränen unterdrückend, die in ihm aufstiegen.

»Fasse dich wieder, bei Gott, fasse dich! Ich weiß, daß es sich um deinen Vater handelt, doch er ist vor allem ein Kranker, ein Kranker wie die anderen! Wie all jene, die du gepflegt hast!«
Ali klammerte sich an al-Masihis Gewand. »Untersuche du ihn, ich flehe dich an, untersuche ihn!« Fassungslos schien der Christ zu zögern, entschied sich dann, hinüber ans Bett zu gehen.
Setareh trat zu Ali ans Fenster.
»Du wirst ihn retten, mein Sohn ... Du wirst ihn retten, nicht wahr?«
Ali senkte den Kopf, um ihren Blick zu meiden.
»Du bist der Scheich ar-rais, du bist Ibn Sina, der größte aller Ärzte ... Du wirst ihn retten ...«

Ali hat seinen Vater nicht gerettet ... Er hat es nicht vermocht. Al-Masihi teilte ihm die Ergebnisse seiner Untersuchung mit. Er berichtete ihm von einem Verlust der Empfindung, einer Kälte der Extremitäten, vom starren, zweifelsohne bereits zum Tode hin geöffneten Blick, und mein Meister konnte noch so sehr all seine Kenntnisse, all das Wissen des Scheich ar-rais, des Fürsten der Ärzte, in seinem Kopfe sammeln – er verstand nichts. Seine Bücher waren nur noch weiße Blätter.
Ich weiß nur, daß er sich gewünscht hat, der ALLERHÖCHSTE hätte von seinem Leben genommen, um das seines Vaters zu verlängern, und daß er nichts anderes getan hat, als zu beten.
Al-Masihi legte den Aderlaß nahe. Er diagnostizierte eine Embolie. Wäre Ali einverstanden gewesen, hätte Abd Allah vielleicht überlebt. Er lehnte den Aderlaß ab. In anderen Fällen hätte er ohne Zögern diese Maßnahme selbst vorgenommen, doch an jenem Tage hätte er das Blut seines Vaters nicht fließen sehen können.
Abd Allah ist einige Tage später verstorben.
Er ruht auf dem Friedhof von Buchara. Auf der rechten Seite

liegend, nach Mekka gewandt, ohne Gewölbe über seinem Grab – wie es die Überlieferung will –, auf daß nichts den Regen hindere, über den Stein zu rinnen.

Mein Meister hat beschlossen fortzugehen. Er wird fortgehen, und Mahmud wird an Setarehs Seite bleiben. Mit den Goldstücken, dem allerletzten Geschenk des seligen Emirs Nuhs des Zweiten, werden sie für lange Zeit vor Bedürftigkeit geschützt sein.

Er erwartet nichts mehr von dieser Provinz. Der Palast, die Zitadelle, die große Moschee, die Kanäle, sie sind seinen Augen eine Kränkung geworden. Und sein Herz weint, wenn er von seinem Fenster aus das Schatzhaus erspäht, in das sein Vater sich nicht mehr begeben wird.

Er hat beschlossen fortzugehen. Er hat es mit al-Masihi besprochen, der ihn begleiten möchte, da er vorausahnt, daß die Samaniden-Dynastie ihrem Ende zugeht. Morgen, in einer Woche, in einem Monat, werden Buchara und die gesamte Provinz Chorasan unwiderruflich unter die türkische Herrschaft fallen.

Er hat sich von Warda verabschiedet. Und ich weiß, daß die Tränen, die sie vergoß, ihm das Herz schwer werden ließen. Sie wissen nicht, wohin sie gehen werden. Die Erde Persiens ist weit, die Jahreszeiten sind vielgestalt und die Städte ungezählt. Vielleicht werden sie al-Biruni am Hofe des Wachteljägers aufsuchen. Oder aber sie werden hinunter in Richtung Süden reisen, in Richtung Fars oder Kirman, oder weiter in den Norden hinauf, bis nach Turkestan. Dort, wo die Quellen des Vergessens sprudeln ...

Fünfte Makame

Vom Klang der Totentrommeln begleitet, zogen die Büßer in dichten Reihen über den Platz von Dargan. Dargan, ein braunes Dorf mit Häusern aus getrocknetem Schlamm und Ziegelsteinen. Dargan, an den Lauf des Amu-Darja geschmiegt, der sich an jenem Morgen endzeitlich gebärdete.

Ibn Sina, al-Masihi und ihr junger Führer mußten, von der dichten Schar rechts und links der Straße versammelter Dörfler gezwungen, am Fuße der *manara,* des hohen Signalturms, innehalten.

Dutzende mit Versen aus dem BUCH bestickte Banner knallten über den Köpfen der Rezitatoren, welche stöhnend und sich an die Brust schlagend vorwärts schritten. Ein Bannerträger eröffnete den Zug. Auf dem Stoff stellte eine Zeichnung eine geöffnete Hand dar, das Symbol des Schiismus*.

Vom Gegröle der Menge ermutigt, geißelten Männer und Jünglinge, geröteten Gesichts, mit unerhörter Heftigkeit ihre nackten Oberkörper mittels eigens mit Stahldornen versehener Peitschen; oder zerfetzten ihre kahlgeschorenen Schädel durch Messerhiebe, ihre Stirn, ihre Wangen, ihre Gewänder von weißer Wolle mit Blut besudelnd. Eine Frau heulte, am Rande der Hysterie. Außer sich suchte al-Masihi sein scheuendes Pferd zu besänftigen.

---

* Die fünf Finger versinnbildlichen den Propheten, seine Tochter Fatima, seinen Schwiegersohn Ali und deren Söhne Hasan und Husain. *(Anm. d. Ü.)*

»Sollten wir nach Gomorrha gekommen sein?«
Um das Stimmengewirr zu übertönen, das überall grollte, erwiderte Ali schreiend: »Heute ist der zehnte Tag des *muharrem!* Der Tag von Kerbela!«
Der Führer musterte Ibn Sina überrascht: »Der Tag von Kerbela?«
»*Ghilman,** zu welcher Religion gehörst du denn, daß du nicht weißt, was es mit Kerbela auf sich hat?«
Ein neuerlicher Frauenschrei durchdrang den Raum. Der Führer antwortete, indem er seine Hände zum Schalltrichter formte: »Ich bin ein Parsi. Ein Parsi, wie es mein Vater war!«
»Dann wisse, daß der zehnte des *muharrem* der Tag ist, an dem Husain, der jüngste Sohn des Schwiegersohns des Propheten, in Kerbela geschlagen wurde, da er versuchte, sich des Kalifats zu bemächtigen. Im Verlauf der Schlacht wurde er von seinen Feinden enthauptet, wodurch er der größte schiitische Märtyrer wurde. Der *sahid* schlechthin.«
Er wies auf die Büßer: »Alle Jahre bezeugen diese Leute auf solche Weise seinen Tod ...«
»Aber ich dachte, diese Bekundung werde von den hohen schiitischen Autoritäten verdammt?« wunderte sich al-Masihi.
»Nicht nur verdammt, sondern auch strengstens verboten. Dessenungeachtet fährt das einfache Volk hier und da fort, Kerbela zu gedenken. Und ...«

---

* Sei unbesorgt, *ghilman* ist ein Beiname, an dem nichts Beleidigendes ist. Es ist ein arabisches Wort, das einfach nur junger Mann oder junger Knabe heißt. Es bedeutet auch Diener; gewöhnlich Diener freien Standes. In einer noch nicht allzu fernen Vergangenheit benannte man so die jungen abbasidischen Prinzen. Und ich kann dir anvertrauen, Prinzen gekannt zu haben, die an Diener, und Diener, die an Prinzen gemahnten ... *(Anm. d. Djuzdjani)*

Ali unterbrach sich. Ein schwankender Jüngling war gerade mit voller Wucht gegen sein Pferd geprallt. Mit aus den Höhlen tretenden Augen taumelte er zurück, wirbelte herum, bevor er wie eine gebrochene Blume zu Boden fiel.
»Ist er tot?« rief der Führer mit Entsetzen aus.
»Nur ohnmächtig. Bevor der Tag zu Ende geht, werden ihm noch weitere nachfolgen.«
Ali wandte seine Aufmerksamkeit wieder der Prozession zu, die ihr blutiges Band durch die Stadt zu entrollen fortfuhr. Ein Flagellant zog seinen Blick auf sich. Sein Schädel war mit Blut und rosafarbenen Fetzen abgerissener Haut bedeckt. Anscheinend unempfindlich gegen den Schmerz, zerfleischte er seine Wangen mit Messerhieben.
»Er wird verbluten...«, keuchte Ali niedergeschlagen.
Er schrie hinüber zu dem Büßer, gleichwoh er sich bewußt war, daß dieser ihn nicht hören konnte.
»Man muß ihn aufhalten, das ist der schiere Wahn!«
Bevor al-Masihi und der Führer noch Zeit hatten zu reagieren, sprang er ab und stürzte zu dem Mann. Fast unmittelbar tauchten Reiter, eine Staubwolke hochwirbelnd, aus dem Nichts auf. Den Kopf von einem Turban umwickelt, ein schwarzes Tuch um den Hals geknotet, ihre Pferde heftig mit der Reitgerte antreibend, ritten sie in vollem Galopp über die Dorfgrenze.
Im Gegenlicht fing ein Säbel die Sonne ein.
Es war der Führer, der als erster Alarm schlug.
»Die *ghuzz!*«
Sogleich riß er die Zügel mit verzweifelter Hast herum und rief erneut aus: »Die *ghuzz!* Wir müssen sofort fliehen!«
Ali nicht aus den Augen lassend, der nur noch ein paar Schritte vom Geißler entfernt war, schien al-Masihi ihn nicht zu hören.
»Beim heiligen Feuer! Solltest du taub geworden sein? Sie

werden uns bis zum letzten abschlachten. Wir müssen das Dorf verlassen!«
»Und du, solltest du irre geworden sein? Wir werden Ali nicht im Stich lassen!«
Er versetzte seinem Pferd einen ungestümen Schlag auf das Hinterteil und stob zu seinem Freund. In der Menge untergegangen, hatte Ali es zustande gebracht, den Büßer zu entwaffnen, und versuchte nun, ihn aus der Prozession herauszuziehen.
Um sie herum hatte die Bande den Platz eingenommen. Die anführenden Reiter brandeten mit gezückten Säbeln in kleinen Wellen auf die Dorfbewohner.
»Ali!«
Sein Reittier durch die kopflose Menge treibend, suchte al-Masihi sich seinem Freund verzweifelt zu nähern, der den Verletzten stützte. Wie in einem Alptraum bemerkte er plötzlich die Waffe, die auf den Scheich niederstoßen würde.
»Ali! Gib acht!«
Wahrscheinlich war es der entsetzte Ausdruck des Flagellanten, den er neben sich herzog, weswegen Ibn Sina begriff, daß der Tod über ihm war. Der Säbel fuhr auf ihn hernieder, die Luft mit hartem Zischen zerteilend. Er hatte kaum Zeit zurückzuweichen, während er einen fürchterlichen Biß in Höhe des Unterarms verspürte.
»Spring auf!«
Er erkannte die Stimme des *ghilman* und sputete sich, die Hand, die er ihm reichte, zu ergreifen.
Unterdessen hatte die Panik das gesamte Dorf erfaßt. Rittlings hinter dem Führer sitzend, versuchte Ali sein Gleichgewicht zu halten, während sie sich einen Weg durch die Menge bahnten. Er warf einen Blick über die Schulter. In einem Staubwirbel war soeben der Schädel des Flagellanten zerborsten. Ohne genau zu wissen wie, gelang es ihnen, mit

al-Masihi aus dem Dorf herauszukommen. Vor ihnen tauchten die Felder reifer Baumwolle auf, die sich entlang des rechten Flußufers reihten.

Vom scharfen Wind getragen, verfolgte sie das Echo der Kämpfe noch lange Zeit bis tief in die Ebene. Als es endlich abflaute, trennten sie annähernd zwei *farsakh** von Dargan. Erst dann verlangsamten sie die Gangart. Al-Masihi nutzte dies, um auf gleiche Höhe mit seinen Gefährten aufzuschließen.

»Was ist geschehen?« begann er mit rauher Stimme. »Ich habe noch nie so etwas...«

Er unterbrach sich, als er Ibn Sinas blutbeflecktes Gewand sah.

»Du blutest, du bist verletzt...«

Ali warf einen Blick auf die offene, in seinem Unterarm klaffende Wunde.

»Ich glaube nicht, daß es sehr ernst ist. In jedem Fall ist es weniger schlimm als der Verlust meines Pferdes und der meines Beutels, der meine Instrumente und Aufzeichnungen enthielt. Glücklicherweise habe ich meine Börse an meinem Gürtel aufbewahrt.«

»Besser das als ein abgeschlagener Kopf. Trotzdem mußt du die Wunde sterilisieren. Ich habe alles Notwendige bei mir.«

»Wenn wir anhalten. Wir sind noch zu nahe am Dorf.«

Sich an den Führer wendend, fragte er: »Jetzt erkläre uns mal, wer diese Verrückten sind?«

»Angehörige eines türkischen Stamms aus dem Osten«, erklärte der Führer. »Sie leben in den Steppen des Nordens. Zu Anfang trieben sie Handel in gutem Einvernehmen mit den Leuten von Charism, doch sehr bald haben die Überfälle

---

* Ein *farsakh* entspricht ungefähr sechs Kilometern. *(Anm. d. Ü.)*

begonnen. Zuerst beschränkten sie sich auf Zusammenstöße mit den *ghazis,* den muslimischen Grenzvölkern, dann kam es zu *gaziya,* Beutezügen größeren Ausmaßes. Sie haben sogar gewagt, über die vorgelagerten Orte von Kath herzufallen, der im Norden auf der anderen Seite des Flusses gelegenen Hauptstadt des Gebiets.«
»Und was machen die Obrigkeiten?«
»Die Streitkräfte des Emirs Ibn Ma'mun, des Herrschers von Charism, schlagen selbstverständlich zurück. Aber das ist nicht einfach. Die Angriffe der *ghuzz* sind so gewaltsam wie unvorhersehbar.«
»Und nun«, erkundigte sich al-Masihi mit müder Stimme, »was werden wir tun? Das Schicksal, scheint mir, ist uns nicht gewogen.«
»Dargan bleibt das Ziel unserer Reise«, antwortete Ali mit fester Stimme. »Eine Bande von Plünderern wird uns doch nicht davon abbringen!«
Der Führer pflichtete ihm bei.
»Ich glaube jedoch, daß es umsichtiger wäre, die Nacht anderswo zu verbringen. Morgen wird alles wieder ins Lot gekommen sein.«
»Wenn ich recht verstehe, schlägst du uns vor, ein weiteres Mal unter den Sternen zu schlafen! Das ist mehr, als meine armen Knochen ertragen können!«
»Al-Masihi, mein Bruder, seit unserer Abreise hast du nicht innegehalten zu stöhnen. Du müßtest indes wissen, daß nichts heilsamer ist, als in freier Luft zu schlafen.«
»Die Nächte sind so kalt, daß selbst die Skorpione gefroren sind! Außerdem ...«
»Der UNBESIEGBARE beschütze uns!« warf der Führer ein. »Eure Streitereien werden uns noch Unglück bringen! Hört mir doch zu. Zwei oder drei *farsakh* von hier ist ein Chan, der Chan Zafarani, wir könnten dort nächtigen, du wirst

deinen Arm behandeln, und morgen werden wir weitersehen.«

»Diese Rasthäuser sind mir zuwider«, seufzte al-Masihi. »Sie stinken nach Mist. Aber haben wir eine andere Wahl...?«

Die Bemerkung des Arztes mißachtend, gab der Führer das Signal zum Aufbruch, und sie setzten sich wieder Richtung Norden in Bewegung.

Nichts, abgesehen vom lauten Pfeifen des Windes und vom Hämmern der Hufe, trübte die Stille ihres Rittes. Wohin sich der Blick auch wendete, war da nur sanft wogende Weite; die brache Steppe, leer, ins Unendliche ausgedehnt, stellenweise gefärbt von Büscheln trockener, seltener, so zarter Gräser, daß sie durchsichtig zu sein schienen.

Als sie endlich ihr Ziel erreichten, war die Sonne fast zwischen den roterdigen Hügeln und den fernen Bergzügen von Chorasan verschwunden.

In der Dämmerung stellte sich der Chan in ihren Augen als ein viereckiges Bauwerk mit zwei Stockwerken dar, mit massiven Türmen an jeder Ecke und von Strebepfeilern verstärkten Ziegelmauern. Wären nicht die Vorsprünge gewesen, die, von Arabesken verziert, ein monumentales Spitzbogenportal umrandeten, hätte man es für ein kleines Kastell halten können.

Die Reiter drängten in eine Art Vorhof, an den zu beiden Seiten die Stuben des Wächters sowie Ladengewölbe grenzten, deren Gestelle mit Waren des lebenswichtigen Bedarfs angefüllt waren; dahinter kam der große Hof mit seinem Becken.

Im Erdgeschoß befanden sich unter Galerien Räume, die wie Magazine und Unterkünfte aussahen. Zur Rechten, zwischen der Hufschmiede und den Stallungen, gewahrten sie einen Mann mit pockennarbigem Gesicht, der ihnen zuwinkte. Nach den üblichen Begrüßungen vertrauten sie ihm die Tiere an und begaben sich in den Gästeraum.

Der riesige Gewölbesaal verschwand in gräulichem Rauch. An die Wände gelehnt oder auf behelfsmäßigen Schemeln sitzend, hoben sich Gestalten unter dem flackernden Schein der Talglichter ab: Dailamiten mit gegerbten Zügen und schwarzen Augen, die den Duft des Chasaren-Meers verströmten; Nomaden aus China, von gelbem Aussehen, mit schmal geschlitzten Augen, von diesem rätselhaften, den Volksstämmen jenseits des Pamirs so eigenen Ausdruck erfüllt; Kurden mit Adlernasen unter breiten pergamentenen Stirnen.
In der Nähe eines Taschenspielers wies Ali auf das Kohlebecken, auf dem ein kupferner, mit Tee gefüllter Wasserkessel stand.
»Reich mir deinen Dolch«, bat er al-Masihi unvermittelt.
»Du scheinst manchmal zu vergessen, daß ich auch Arzt bin«, schimpfte der Christ. »Ich werde mich um dich kümmern.«
Einen Augenblick später hatte er den Ärmel Ibn Sinas aufgeschnitten und die Wunde mit Wein gewaschen. Dann nahm er seine Klinge an sich, die er zuvor auf den sprühenden Kohlen bis zur Weißglut erhitzt hatte, und murmelte: »Beiß die Zähne zusammen, mein Bruder, es wird braten ...«
Es entstand ein Geruch von verbranntem Fleisch, als er die flache Seite des Stahls auf die Verletzung drückte.
Das Gesicht jäh eingefallen, fluchte Ali: »*Dhimmi,* daß der ALLERHÖCHSTE dir verzeihen möge ... Ich spüre, daß du in diesem Moment eine gewisse Freude empfindest.«
Al-Masihi erwiderte mit einem Lächeln: »Ein Knöchel für einen Unterarm ... Ich weiß nicht, wer von uns beiden den besseren Tausch macht ...«
In seinem Beutel kramend, zog er ein gelbliches Pulver hervor, mit dem er die vom Feuer geschwärzte Verletzung bestäubte.
Der Führer fragte neugierig: »Schwefel auf eine Wunde?«
»Nein, mein Freund, Henna. Es besitzt eine wundverschlie-

ßende Eigenschaft von größter Wirksamkeit. Ich entsinne mich eines sechzehnjährigen Jungen, der während einer Rauferei von den Hufen eines Pferds getreten worden war. Seine Verletzung betraf die gesamte brachiale Muskelregion, etwas oberhalb des Ellbogengelenks, und dank der Auftragung von Henna war der Wundverschluß binnen zwölf Tagen vollständig erreicht.«

»Myrtenblätter sind ebenso bewährt, um den Schmerz zu lindern«, fügte Ali hinzu. »Aber ich denke, daß wir hier keine finden werden.«

Einen zufriedenen Blick auf seine Wunde werfend, fuhr er fort: »Wenn wir nur noch einen ruhigen Winkel fänden. All diese Gemütsbewegungen haben meinen Durst geweckt.«

Kaum hatten sie sich in einer Ecke des weiten Saals niedergelassen, als ein hagerer Mann mit einem um die Leibesmitte geknoteten schwarzen Tuch sich ihnen höflich vorstellte: »Möge der Friede über euch sein ... Ich glaube zu verstehen, daß ihr hungrig seid.«

»Was hast du uns anzubieten?« fragte Ali.

»Harissa, Reis, Hammel, Eidechse und vor allem Trauben aus Ta'if ... Die Auswahl ist groß.«

»Laß die Eidechse den Arabern. Aber Harissa ist mir nicht bekannt. Was ist das denn?«

»Zerstoßenes Fleisch und Grieß, in Schmalz gesotten. Es ist ausgezeichnet.«

»Ich will hoffen, daß dein Hammel kein *mayta** wie deine Eidechse ist!«

---

* Ich bin stets überrascht gewesen festzustellen, daß mein Meister sich zwar dem Trunk und den Gelüsten des Leibes hingab, es hingegen aber strikt ablehnte, jenes islamische Gesetz zu übertreten, das den Verzehr von *mayta* verbietet, das heißt, von Fleisch eines tot aufgefundenen Tieres. Ich vermute jedoch, daß dies eher aus Prinzipien der Hygiene denn aus religiösen Beweggründen geschah. *(Anm. d. Djuzdjani)*

Der Mann verschränkte die Arme mit belustigtem Lächeln.
»Wenn ich dir jetzt mit Nein antworten würde, wie wüßtest du dann den Unterschied zu machen? Sei nur ganz unbesorgt, Allah ist groß und barmherzig.«
»Er ist auch unerbittlich gegen jene, die seine Gebote absichtlich mißachten. Trage uns also deine Harissa und Datteln auf. Aber vor allen Dingen Wein, vor allem Wein.«
»Ich habe auch Mohnbrötchen. Mohn aus Isfahan, der beste!«
»Ich nehme an, daß das Mark mit Wasser verknetet wurde?« warf al-Masihi mit einem Gran Verdruß ein.
Der Mann hob das Kinn beleidigt.
»Niemals mit Wasser, mein Bruder, mit Honig, mit Honig aus Buchara...«
»Dem besten selbstverständlich«, hob der Führer schmunzelnd hervor.
Der Mann stimmte unerschütterlich zu: »Dem besten...«
»Und wie sind deine Zimmer?« sorgte sich al-Masihi noch.
»Ich hoffe, daß deren Güte nichts mit diesen Berg-Chans zu schaffen hat, in denen man nur über eine jämmerliche Bank verfügt, um die Nacht zu verbringen! Oder über erhöhte Bretterböden, auf denen man unbequemer schläft als das Vieh!«
»Hab keine Furcht ... Ihr werdet über ein Zimmer und Schilfmatten verfügen.«
»In dem Fall ist alles bestens ... Wir bleiben«, meinte Abu Sahl, indem er die Augen gönnerhaft schloß.
Einige Schritte von ihnen begann ein Mann mit faltigem Gesicht auf einem *saroh* zu spielen; ein in dieser Region seltenes Instrument, das wegen seiner Rautenform an einen Rochen denken ließ. Jener hatte eine Besonderheit: Ein Vogel am Ende des Wirbelkastens, ein in das Holz geschnitzter *bengali,* schien die acht Saiten in seinem Schnabel zu halten.

Eine fremde, schmerzliche Musik umfing den Saal. Wider Willen fühlte Ali sich zu seinen Erinnerungen getragen, und sein Herz schnürte sich zusammen.
Zwei Monate schon, daß sie Buchara und die Provinz Chorasan verlassen hatten. Von Weiler zu Dorf, von Oase zu Karawanserei, hier und da jene pflegend, die ihre Fürsorge erbaten. Zwei Monate. Eine Ewigkeit. Setareh und Mahmud fehlten ihm, und das Bild Abd Allahs suchte seine Nächte heim. Hundertmal, unter den Sternen Usbekistans liegend, hatte er seine Stimme im eisigen Hauch des Windes zu hören geglaubt. Hundertmal hatte er seine Gestalt an der Biegung eines Hügels sich eingebildet. Und an jenem Abend war er hier, in diesem Chan am Ende der Welt, ohne festes Ziel, außer der Flucht ins Unbekannte.
»Möchtest du einen Zug, Scheich ar-rais?«
Aus seiner Träumerei gerissen, fuhr Ali hoch.
»Einen Zug?« wiederholte der Fremde, indem er ihm den Schlauch einer mit weichem roten Ziegenleder bezogenen Nargileh darbot.
Er nickte und führte das dunkle Bernsteinmundstück an seine Lippen. Er sog langsam den Opiumrauch ein, brachte das laue parfümierte Wasser zum Murmeln, das in dem Gefäß wallte.
»Weshalb hast du mich mit diesem Namen gerufen?«
»So nennt man dich doch überall im Lande? Ich heiße Abu Nasr al-Arrak. Ich bin Mathematiker und Musiker in meinen Mußestunden.«
Er brach ab und zog, sich über seine Ledertasche beugend, einige Skizzen hervor, die zumeist Pferde und Landschaften darstellten. Ali zollte der großen Qualität der Zeichnungen seinen Respekt.
Der Mann fuhr fort: »Ich habe dich eines Abends kurz gesehen, während eines Festmahls am Hofe des Emirs

Nuhs des Zweiten. Du warst damals auf dem Gipfel deines Ruhms.«

Ali nahm noch einen tüchtigen Zug, bevor er lakonisch antwortete: »Das ist Vergangenheit...«

Er reichte seinem Gesprächspartner den Nargileh-Schlauch und klatschte in die Hände: »Wirt! Dein Krug läßt auf sich warten!«

Der Mann fragte: »Wohin führt dich dein Weg?«

»Gestern Chach, morgen Dargan, irgendwann Samarkand, später vielleicht das Gelbe Land... Die Welt ist weit.«

Al-Arrak strich das Mundstück der Nargileh zerstreut über seine breiten Lippen.

»Dargan? Dieses abgeschiedene Dorf... das ist doch ein unwürdiger Ort für einen Mann wie dich!«

Er machte eine Pause und erklärte: »Scheich Ibn Sina, weißt du, daß man dich mit Vergnügen am Hofe von Ali ibn Ma'mun, dem Emir von Kurganag, aufnehmen würde? Wenn du dies wünschtest, könnte ich mich zu deinen Gunsten verwenden.«

Der Wirt erschien mit den Speisen. Ohne abzuwarten, bis er sie vor ihnen fertig angeordnet hatte, bemächtigte Ali sich des Krugs Wein und trank ihn, unter al-Masihis tadelndem Blick, mit großen Schlucken an.

»Nimm dich in acht, Sohn des Sina, Opium ist bewährt, das Wasser des Vergessens ebenfalls, doch beide vereint vertragen sich so schlecht wie die Ratte und der Falke.«

»Wein, Wein und weiße Blätter... Ob es dir gefällt oder nicht, heute abend werde ich den Kelch gegen den Stein* schlagen.«

»Es fehlte deinen Saiten nur noch die Poesie«, erwiderte al-Masihi gereizt, »nun ist auch das gelungen.«

---

* Redewendung, die »bis zum letzten Tropfen trinken« bedeutet. *(Anm. d. Ü.)*

Unter der ersten Wirkung des Opiums verschleierte sich Alis Augapfel bereits.
»*Dhimmi,* mein Bruder, ich bin kein Poet, nur ein Entleiher. Die zukünftigen Generationen werden dies ohne Zweifel bestätigen.«
Den Beinamen *dhimmi* übergehend, wandte Abu Sahl sich zu al-Arrak: »Erlaube mir, mich vorzustellen: Ich heiße Abu Sahl al-Masihi und ...«
Der Mann unterbrach ihn überrascht: »Der Arzt? Der Verfasser der *Hundert?*«
Geschmeichelt bemerkte der Christ: »Ich sehe, daß du ausgezeichnete Werke kennst. Es ist wahr. Erkläre mir aber, weshalb du, wie du behauptetest, dich zugunsten des Scheichs verwenden könntest.«
»Weil ich selbst am Hofe von Kurganag lebe. Seit einigen Jahren ist der Ma'mudsche Hof ein Mittelpunkt der Wissenschaften für die Gelehrten und Männer der Feder des gesamten östlichen Islam geworden. Auf Betreiben des Wesirs as-Suhayli hin ist der Emir von einem vortrefflichen Kreis von Persönlichkeiten umgeben. Es ist sogar die Rede davon, daß wir in den kommenden Monaten jemanden empfangen werden, den ihr vielleicht kennt: Ahmed al-Biruni.«
Ali fuhr auf: »Al-Biruni? Aber ich glaubte ihn in Gurgan, beim Wachteljäger.«
»Dem ist auch so. Doch die Ereignisse dort sind besorgniserregend. Man spricht von Aufständen der Heereskräfte, die sich gegen die Tyrannei des Statthalters von Astarabad empörten. In seiner letzten Botschaft erwog al-Biruni ernsthaft, Dailam zu verlassen.«
Ali tunkte ein Stück Brot in die Harissa-Schüssel und führte es an den Mund.
»Wahrhaftig, unsere Dynastien sind so unstet wie die Wellen der Dünen ...«

»Um zu deinen Ratschlägen zurückzukehren«, meinte al-Masihi, während er sich seinerseits bediente. »Ich glaube zu wissen, daß sich bereits ein Arzt am Hofe des Emirs aufhält; wie könnten Ibn Sina und ich selbst in dem Fall von Nutzen sein?«
Mit einem Lächeln um die Mundwinkel sog al-Arrak bedächtig an seiner Nargileh.
»Eure Bescheidenheit ist groß. Doch die allgemeine Bekanntheit des Scheichs ist noch größer. Es ist nicht allein der Medicus, den aufzunehmen der Hof sich die Ehre machen würde, sondern auch der Gelehrte, der universale Denker. Ich kehre aus Ferghana zurück, wohin ich mich aus familiären Gründen habe begeben müssen. Doch schon morgen werde ich wieder nach Kurganag aufbrechen; wenn ihr dies wünschtet, könnten wir gemeinsam reisen.«
Al-Masihi nickte nachdenklich mit dem Kopf.
»Den Gedanken finde ich recht verlockend ... Und du, Sohn des Sina?«
Ali trank die letzten Tropfen Wein aus und ließ den Krug in seinen Handflächen kreisen.
»Wenn dem Emir an einem Rechtsgelehrten gelegen wäre, könnte ich dieser Mann sein. Wenn es aber ein Arzt mit Talent ist, den er sucht, müßte man in diesem Fall auf Abu Sahl rechnen. Allein auf Abu Sahl. Mein Schicksal hat sich gewendet ...«
Al-Arrak warf einen verblüfften Blick in Richtung al-Masihi.
»Laß ...«, meinte Abu Sahl sanft, »von jetzt an ist das Hirn unseres Freundes der Ratte und dem Falken hörig.«
»Deine Behauptung ist nur zur Hälfte wahr«, erwiderte Ali mit einer durch den Alkohol unsicher gewordenen Stimme, »und ich verbürge mich, sie zu berichtigen.«
Er richtete sich langsam auf und schrie: »Wirt, noch mehr Wein!«
Einige Schritte von ihnen entfernt ließ sich der *saroh*-Spieler,

der die Saiten seines Instruments zu zupfen nicht aufgehört hatte, mit ferner Stimme vernehmen: »Die Melancholie ist der Kummer der Seele, mein Bruder ... Und gegen diesen Feind ist das Wasser des Vergessens wirkungslos.«
Ali setzte sich jäh auf.
»Was weißt du von der Seele, mein Freund? Solltest du sie ebensogut kennen wie ich die Musik? Denn ich kenne auch die Musik. Unter anderem die deines Landes. Mich dünkt nämlich, in dem, was du spielst, vom Gotte Shiva angeregte Weisen zu erkennen. Habe ich nicht recht?«
Als einzige Antwort wiegte der Mann den Kopf und fuhr zu spielen fort. Ali hob mit von Alkohol und Opium teigiger Stimme an: »Ich weiß aus dem Gedächtnis das musikalische System des Bha-rata, den *sagrama,* die Primärtonleiter, die ergänzende Tonleiter. Ich kann ...«
»Dann weißt du auch, daß für die Leute meines Landes die Musik eine unbedingt göttliche Kunst ist. Folglich wohnt in jedem Musiker ein Teil von Shiva ... oder von Allah.«
Ali begann leise zu lachen.
»Bist du Philosoph oder Musiker?«
Da sein Gegenüber sein Schweigen wahrte, begab er sich zu ihm in dem festen Entschluß zu polemisieren; doch plötzlich hielt ihn etwas im Blick des Mannes zurück. Es war ein starrer Blick, ein weißer Blick ohne Leben, in ein verstörtes, von tausend Falten durchlaufenes Gesicht eingebettet. Er begriff, daß der Mann blind war. So nahm er ihm gegenüber Platz und begnügte sich damit, still die Finger zu beobachten, welche die Saiten aus Seide entlangliefen.
Nach einer Weile sagte der Musiker: »Nun, erkennst du an, daß die Musik eine absolut göttliche Kunst ist?«
Der Sohn des Sina stimmte zu.
»Weshalb wundert es dich dann, wenn ich dir sage, die Seele zu kennen? Und die deine ist traurig, trauriger als die

Eisschmelze auf den Bergen des Pamir. Gib mir deine Hand.«

Ali zögerte, reichte ihm dann seine rechte Handfläche, die der Mann zwischen seinen rauhen Fingern umschloß. Sein Instrument zu Boden legend, ließ er mit faszinierender Langsamkeit den Zeigefinger seiner freien Hand über Ibn Sinas Hand gleiten.

Nunmehr waren alle Gesichter in ihre Richtung gewandt.

»Du bist nicht von königlichem Blut, aber du bist ein Fürst«, begann der Blinde mit leiser Stimme, »denn zwischen deinen Fingern liegt die Gabe des Lebens. Ich spüre deine Jugend, sie pocht, sie stampft unter deiner Haut, und dennoch bist du bereits alt. Du hast Ehren und Verrat erfahren. In Wahrheit aber wirst du noch weit größere Ehren und Fälle von Verrat erfahren.«

Er drückte Alis Hand fester und fuhr mit einer gewissen Anspannung fort: »Du hast geliebt, doch du hast die Liebe noch nicht kennengelernt. Du wirst ihr begegnen. Sie wird die Haut des Landes der Rum* besitzen und die Augen der Erde. Ihr werdet glücklich sein, lange Zeit. Du wirst dich ihrer erwehren, aber sie wird deine dauerhafteste Liebe sein. *Sie wird dich halten, weil du sie gefunden haben wirst.* Sie ist nicht weit, sie schlummert irgendwo zwischen Turkestan und Djibal.«

Der Mann machte eine Pause.

»Und du wirst die Sterne berühren. Du wirst dich ihnen nähern, wie selten ein Mensch es tat. Manche werden dich deswegen verfluchen. Du wirst unsterblich sein, deine Unsterblichkeit jedoch wird den Preis des ewigen Umherirrens haben.«

---

* Der Römer. Genauer gesagt, das Oströmische Reich, Byzanz und seine Gebiete. *(Anm. d. Ü.)*

Unversehens versteifte sich der Mann und setzte etwas erregt hinzu: »Nimm dich in acht, mein Freund, nimm dich in acht vor den Ebenen des Fars' und den vergoldeten Kuppeln von Isfahan; dort nämlich wird dein Weg enden. An diesem Tag wird an deiner Seite ein Mann sein, ein Mann mit schwarzer Seele. Daß Shiva auf ewig sein Andenken verfluche...«
Seine Weissagung derart beendend, nahm er wieder den *saroh* und schickte sich erneut zu spielen an, als ob nichts geschehen wäre.
Ali war äußerst blaß und hatte Mühe, seine Verwirrung zu verbergen. Mit trockenen Lippen vermochte er nicht ein einziges Wort hervorzubringen. Es bedurfte der Stimme al-Masihis, um ihn aus seiner Betäubung zu reißen.
»Beim ALLERHÖCHSTEN«, äußerte Abu Sahl in einem Ton, der ungezwungen sein wollte, »diese alte Eidechse ist ein ausgezeichneter Komödiant. Als ich deinen Gesichtsausdruck sah, glaubte ich, er hätte dich getäuscht.«
»Ohne Zweifel«, murmelte Ibn Sina mit einem gezwungenen Lächeln. »Er ist in der Tat ein ausgezeichneter Komödiant.«
Al-Arrak versuchte nun ebenfalls, die Stimmung zu entspannen: »All diese Seher haben eines gemeinsam, nämlich daß ihre Worte stets ausweichend sind. Ohne jeden Belang für einen Wissenschaftler.«
Ali nickte mit verdüstertem Blick.
»Auf jeden Fall hat dieser Mann etwas bewirkt: Er hat mich nüchtern gemacht. Jetzt muß wieder alles von vorne begonnen werden... Reich mir doch diesen Krug, *ghilman.*«
Abu Sahl kam dem Führer zuvor.
»Einen Augenblick! Sohn des Sina. Ich werde mein Leben nicht damit verbringen, in den Steppen Usbekistans umherzuirren. In Kürze wirst du zu Boden rollen. Daher würde ich

deinen Entschluß gerne jetzt erfahren: Werden wir unserem Ratgeber nach Kurganag folgen?«
Ali streckte den Arm nach dem Krug aus, wobei er sonderbar lächelnd antwortete: »Ziel Kurganag, selbstverständlich ... Wie könnte ich die Liebe fliehen?«

Sechste Makame

Als sie das Fir-Tor durchschritten – eine der vier in die hohe, Kurganag* umschließende Stadtmauer getriebenen Pforten – stand der Mond voll am Himmel.
Von al-Arrak angeführt, zogen sie durch die verschlafenen Gäßchen der inneren Stadt und bogen in Höhe des ungeheuren Marktplatzes nach rechts, um sich dann bis zum Bab al-Hadjdj, der »Pforte der Pilgerschaft«, zu begeben, an der sich der Palast des Emirs Ibn Ma'mun befand.
Vom Posten auf der Zinne des Wachturms alarmiert, empfing sie ein Trupp in grüne Uniformen gezwängter Krieger vor dem Ebenholzportal. Nachdem al-Arrak sich dem Anführer zu erkennen gegeben hatte, wies jener dem Führer seine Unterkunft zu und geleitete die drei Männer dann durch die Gärten bis zum Hauptgebäude, wo ein schwarzer Diener, mit einer Pluderhose bekleidet und eine Fackel tragend, sich ihrer annahm.
»Möge der Friede über euch sein«, grüßte er, während er

---

* Zur Stunde, da du diese Zeilen liest, fürchte ich wohl, die Stadt Kurganag sei nicht mehr. Wisse nur, daß sie sich an den Ufern des Amu-Darja befand, ungefähr zehn *farsakh* vom Charism-Meer entfernt. *(Anm. d. Djuzdjani)*
Djuzdjani hatte richtig vermutet. Heutigen Tages ist es die kleine Stadt Urgentsch, in der Republik Usbekistan der ehemaligen UdSSR, die sich auf der alten Stätte von Kurganag erhebt, ungefähr sechzig Kilometer vom Aral-See entfernt, in den sich der Amu-Darja ergießt. *(Anm. d. Ü.)*

sich vor dem Mathematiker verneigte. »Der Kammerherr hat mich beauftragt, deine Gäste zu ihren Gemächern zu führen. Er hat mich auch angewiesen, dir mitzuteilen, daß unser vielgeliebter Wesir Ahmed as-Suhayli euch schon morgen eine Audienz gewährt.«

»So möge es dem Wunsch des Kammerherrn gemäß geschehen. Wir folgen dir.«

Sich dem Diener an die Fersen heftend, wandte al-Arrak sich zu Ibn Sina um und verkündete mit Zufriedenheit: »Ich habe einen Moment befürchtet, die Botschaft, die ich dem Wesir geschickt habe, sei ihm nicht rechtzeitig ausgehändigt worden. Ich bin glücklich festzustellen, daß unser Kurierwesen nicht allzu schlecht seinen Zweck erfüllt.«

Ali stimmte mit einer Kinnbewegung zu.

»Bei dem Spinnennetz, das die tausend übers ganze Land verteilten Poststationen bilden, wäre es auch enttäuschend gewesen, wenn dem nicht so wäre.«

»Und die Wachtürme sind ebenso wirkungsvoll; nur selten gelingt es jemandem, durch die Maschen zu schlüpfen.«

»Bis auf die *ghuzz*«, gab al-Masihi mit leichter Ironie zu bedenken.

Al-Arrak machte eine fatalistische Geste.

»Alle Verteidigungswerke haben ihre Schwächen...«

»Um aufrichtig zu sein, habe ich lange geglaubt, daß diese Türme nur die Bestimmung hätten, den Karawanen als weithin sichtbare Orientierungspunkte zu dienen.«

»Du hast nicht vollkommen unrecht; denn sie dienen auch diesem Zweck. Bisweilen sind sie auch einzig und allein als Siegessäulen errichtet worden.«

Sie waren gerade am Absatz einer großen Treppe aus rosafarbenem Marmor angelangt. Vor ihnen öffnete sich ein langer Gang, die Wände mit Malereien verziert, auf welche sich der zarte Schatten der Öllampen warf. Der Diener hielt

vor einer der Türen inne und wies gleichzeitig auf eine andere, etwas weiter entfernte, zu seiner Linken.
»Deine Gäste haben die Wahl«, sagte er, sich verbeugend.
»Bestens«, meinte al-Arrak. »Scheich ar-rais, hier trennen sich nun unsere Wege. Ich wohne ein Stockwerk höher. Ich hoffe, daß die Nacht euch angenehm sein wird.«
»Hab Dank, Abu Nasr. Möge das Glück dir bei deinem Erwachen lächeln.«
Ali folgte dem Mathematiker mit den Augen, während dieser sich im Gefolge des schwarzen Dieners zurückzog. Als er sich zu al-Masihi umwandte, war der Arzt verschwunden. Er suchte eine Weile das Halbdunkel ab, bis er seinen Gefährten vage murmeln hörte: »*Al Hamdu lillah* ... Ehre sei Gott ... ein Bett ... endlich ein Bett ...«

*

Die Sonne stand beinahe im Zenit, als Ibn Sina die Augen aufschlug. Etwas verwirrt blinzelte er mit den Lidern, und es bedurfte einer Weile, bis ihm zu Bewußtsein kam, daß er in Kurganag war, zu Gast bei Emir Ibn Ma'mun. Sich in die Kamelhaardecke hüllend, verließ er das Bett und begab sich zum Fenster, wo ihn ein verblüffendes Schauspiel erwartete.
Ein Garten.
Ein Garten, den nichts auf den ersten Blick von den Anlagen des Fürsten Nuhs des Zweiten unterschied, oder auch von den anderen Gärten der Vornehmen, welche zu sehen Ali Gelegenheit gehabt hatte. Erst bei näherer Betrachtung sprangen ihm die Verschiedenheiten ins Auge; und es verschlug ihm den Atem.
Die Hunderte von Palmen, welche den Hauptweg säumten, waren keine echten Palmen; die Buchen ebenfalls nicht echt; noch weniger die Rosenbeete und die fetten Grasbüschel. Ali

konnte noch so sehr suchen, mit Ausnahme des Sandes der Wege und des Gesteins erkannte er in dieser befremdlichen Blütenpracht nicht ein Stückchen Natur.
Die Baumstämme waren aus getriebenem Silber; manche gar aus Elfenbein. Die Sonne brach durch Tausende von Rosen, allesamt aus Schmelzglasstücken; ihre Stengel waren aus Rayy-Keramik. Erstaunliche Rankenwerke, ebenfalls aus Keramik, faßten ein großes Becken ein, dessen gebogener Rand mit türkisfarbener Fayence überzogen war; das Becken aber enthielt kein Wasser, sondern Quecksilber. Ein See aus Quecksilber, auf dem kleine Schiffe mit goldenen Segeln dahinfuhren; Automaten; wie es auch die zwölf Kriegerstatuen waren, die mit den Köpfen wackelten, während sie Dolche mit eingefaßten Smaragden gen Himmel hoben.
Es war märchenhaft, erschreckend zugleich. Kalt wie die Hoffart und heiß wie die Gehenna. Er sann über den Emir nach und fragte sich, ob man ein solches Werk seiner Tollheit oder seiner Naivität zur Last legen mußte, oder ob es einfach nur die Laune eines Fürsten war?
Ein mehrmaliges zurückhaltendes Pochen an der Tür riß ihn aus seinen Betrachtungen. Zwei Diener standen im Türrahmen, die Arme mit Kleidern beladen.
»Für den Scheich«, verkündeten sie fast im Chor. »Im Namen des Wesirs.«
Einer von beiden fügte hinzu: »Exzellenz hat mir auch aufgetragen, dir zu sagen, daß er sowie der Emir Ibn Ma'mud höchstselbst euch in zwei Stunden an seiner Tafel empfangen wird. In der Zwischenzeit könnte ich dich, wenn du dies wünschst, zum Hamam geleiten.«
Der Vorschlag war ihm nicht unlieb; seit fast zehn Tagen hatte er nur Brunnenwasser am Leibe verspürt. Er wies auf das Zimmer am Ende des Gangs, in dem al-Masihi wohl noch schlafen durfte.

»Gebt doch meinem Gefährten Bescheid, ich bin sicher, daß es ihm ein Vergnügen sein wird, sich mir anzuschließen.«
Die beiden Diener zogen sich zweimalig grüßend zurück, und Ali konnte in aller Muße die Geschenke begutachten, die man ihm soeben dargebracht hatte.
Ohne jeden Zweifel hatte der Minister einen besseren Geschmack als sein Herr. Ob nun der Schurz, der als Untergewand diente, oder die Leibhemden, die Güte der Stoffe war untadelhaft. Nichts fehlte; weder die *djubba* von reiner weißer Wolle, noch die *burda* und auch der Turban nicht, der der »Wolke« – so hatte man jenes Stück Stoff benannt, welches das Haupt des Propheten beschirmte – in nichts nachstand. Lederne Sandalen, feine Stiefelchen, Babuschen, mit Goldfaden gesäumt, ein silberdurchwirkter Kaftan, und vor allem die *kaba,* eine prachtvolle Brokatrobe, mit zur Vorderseite geschlitzten Ärmeln; jedes Stück war von erlesener Eleganz. Es entging Ali nicht, daß eine der *djubba* getragen worden war. Doch er war darum nicht überrascht, eher geehrt, wußte er doch, daß ein persönliches Kleidungsstück zu schenken eine Bezeugung der Freundschaft und der Zuneigung ist.
Seine Hand streifte die kleine blaue Perle, Salwas Geschenk. Er drückte sie ganz fest und wünschte sich, jene letzten Monate von Buchara nie wieder durchleben zu müssen.

*

Ahmed as-Suhayli war ein Mann um die Fünfzig. Von umgänglichem Wesen, mit offenen Zügen, die eine gewisse Würde ausstrahlten, die Augen dattelfarben, vor Intelligenz sprühend; man spürte, daß dieser Mann leichthin die Hochachtung und Treue seiner Umgebung erzwang. Die fortwährenden Erhöhungen, die ihn bis zum Wesirat geführt hatten, verdankte er einzig und allein seinem ausgeprägten Sinn für Diplomatie, einer untrüglerischen Hellsicht und einer Annäherung an die Dinge der Politik, die man als visionär hätte bezeichnen können. Vor allem aber besaß er jene seltene Fähigkeit, die es manchen Menschen erlaubt, in den Herzen der anderen mit entwaffnender Schärfe zu lesen.

Wie al-Arrak es angedeutet hatte, und gleichwohl der Emir allen Vorteil daraus zog, war es seinen Anstrengungen zu danken, daß der Ma'mudsche Hof zum Anziehungspunkt zahlreicher Gelehrter des östlichen Islam geworden war; die wenigen zu dieser Stunde im riesigen Speisesaal des Palastes versammelten Gäste zeigten dies völlig: al-Arrak selbstverständlich, der Mediziner Ibn al-Khammar, Sohn eines Weinhändlers und Christ wie al-Masihi, in Bagdad ausgebildet; der Philologe at-Thalibi, gebürtig aus Nischapur und Intimus des Emirs*, sowie einige andere ebenso namhafte Persönlichkeiten.

Es geschah unter den zugleich neugierigen und bewundernden Blicken dieser Gesellschaft, daß as-Suhayli die gepolsterte Bank, auf der er saß, verließ und, vom Protokoll abweichend, Ibn Sina und al-Masihi ungezwungen entgegenging.

»Willkommen in Turkestan, willkommen in Kurganag«, verkündete er, die rechte Hand auf sein Herz gelegt. »Ich hoffe aufrichtig, daß euer Aufenthalt glücklich werde, glücklich und fruchtbar.«

Die beiden Freunde erwiderten achtungsvoll seinen Gruß.

»Dein Ruf als Mann der Feder und Gönner hat die Landesgrenzen erreicht«, erklärte der Sohn des Sina höflich. »Daß der ALLERHÖCHSTE deinem Namen hierfür Unsterblichkeit

---

* At-Thalibi sollte in der Folge dem Herrscher mehrere Werke widmen, unter anderem den *Spiegel der Fürsten*. Zweimal schon hätte ich beinahe eine der Abschriften in Händen gehabt, und zweimal bin ich gescheitert. *(Anm. d. Djuzdjani)*

gewähren möge. Wir werden uns bemühen, deiner Gastlichkeit würdig zu sein.«
»Daran zweifele ich nicht. Wisse, daß al-Arrak mich ausführlich über deine Begabung unterrichtet hat, aber auch über die Kümmernisse in Buchara. Vielleicht wirst du lächeln, wenn ich dir versichere, daß hier in Kurganag ›jeder Seele ein Beschützer zur Seite steht‹. Sei überzeugt, daß des Ma'mudschen Hofes einziger Ehrgeiz es ist, Männern wie dir den Zugang zum Glück zu erleichtern.«
Während er sprach, machte der Wesir sich die Mühe, sich al-Masihi zuzuwenden. Und der Arzt verstand, daß die Wärme dieser Worte ihm in gleichem Maße galt.
»Nehmt nun Platz, der Emir wird bald kommen.«
Die beiden Männer begaben sich eilends hinüber zu al-Arrak, der in Gesellschaft des Arztes Ibn al-Khammar und anderer Gäste auf dicken Brokatkissen saß.
Die Vorstellungen einmal beendet, bestürmte al-Khammar Ibn Sina mit tausend Fragen. Sehr bald führten sie eine leidenschaftliche Unterhaltung zu den Themen, die ihnen teuer waren. Anwendung des Aderlasses; Eigenschaften der Gerste und der Eselsmilch; die Möglichkeit, die Katarakta, den Star, mittels Absaugung zu operieren; oder auch die im *at-Tasrif* – einem der dreißig von dem großen Chirurgen Abu-'l-Casis* verfaßten Werke – vorgeschlagene Arterienabbindung. Es bedurfte des Emirs plötzlichen Eintreffens, um ihrem Wortwechsel ein Ende zu setzen.
Mit einem raschen Blick erfaßte Ali, daß das einzige, was Ibn Ma'mun der Zweite mit seinem Wesir gemeinsam hatte, das Alter war. Im übrigen: von kleinem Wuchs, ein flaches, wie eingedrücktes Gesicht, aufgeworfene Lippen, eine tiefe Stirn

---

* Zur Stunde, da ich diese Zeilen schreibe, ist Abu-'l-Casis, mit richtigem Namen Abu 'l-Qasim Halaf ibn al-Abbas az-Zahrawi, neunzig Jahre alt und lebt noch immer am Hofe von Cordoba. *(Anm. d. Djuzdjani)*

und ein vorspringender und praller Bauch, den der Fürst von Charism mit Verdruß unmittelbar über den Schenkeln zu tragen schien.

Das wenige, was er über diesen Mann wußte, hatte er von al-Arrak erfahren. Einige Jahre zuvor hatte er den Thron von seinem Vater, dem Begründer der Dynastie, geerbt und seinerseits den historischen Titel »Charism-Schah« angenommen. Indem er Kaldji ehelichte, die Schwester von Mahmud dem Ghaznawiden – jenem Mann, von dem man munkelte, ihm werde nicht allein der Orient, sondern die ganze Welt zu Füßen liegen –, hatte der Emir sicheren Schutz zu finden geglaubt; in Wahrheit hatte diese Heirat ihn jedoch nur unters Joch der Türken gezwungen. Und so kam auf Betreiben von Vaterlandsliebenden von Zeit zu Zeit das Volk an die Palastpforten, um seine Demütigungen lauthals zu beklagen.

Alle geladenen Gäste, und allen voran der Wesir, richteten sich wie ein Mann auf, während der Herrscher, in aufmerksamer Stille, mit einer purpur und rosenfarbenen Robe gewandet, das Haupt von einem Bajadere-Turban bekränzt, den Speisesaal raschen Schritts durchquerte. In Höhe al-Arraks angekommen, hielt er inne.

»Heil über dich, vielgeliebter al-Arrak. Ich hoffe, deine Freunde hatten eine gute Reise.«

Die Stimme des Fürsten klang näselnd und hochmütig.

Der Mathematiker nahm die Hand des Monarchen und küßte sie ehrerbietig.

»Und über dich das Heil, Charism-Schah. Erlaube mir, dir den Scheich ar-rais Ali ibn Sina sowie seinen Gefährten Abu Sahl al-Masihi, den berühmten Verfasser der *Hundert*, vorzustellen.«

»Willkommen in Kurganag«, verkündete der Herrscher, das Kinn faltig neigend.

»Möge Allah dir deine Wohltaten vergelten, Exzellenz«,

sagte Ali, nun ebenfalls die kleine fleischige Hand des Fürsten küssend. »Wir sind ob deiner Gastfreundschaft, die du uns zu schenken geruhst, unendlich dankbar.«
Ibn Ma'mun schien seinen Gast einen Moment abzuschätzen, nickte dann gravitätisch mit dem Kopf und begab sich, ohne noch etwas hinzuzufügen, zum Ehrenplatz in der Mitte des Speisesaals, wo er sich schwer zwischen die damastenen Kissen fallen ließ. Kaum saß er, stürzten zwei junge Burschen herbei, Zwillinge mit perlmuttartiger Haut, voll strotzenden Übermuts, die kaum älter als zwanzig Jahre sein durften.
»Das sind Anbar und Kafur«, tuschelte der Mathematiker vertraulich. »Eunuchen von des Fürsten Gnaden. Byzantiner, die der Emir einem durchreisenden Karawanenführer für ein wahrhaftiges Vermögen abgekauft hat. Damals waren sie erst sechzehn.«
Der Mathematiker versicherte sich, daß es niemand hörte, bevor er mit weiterhin gedämpfter Stimme fortfuhr: »Anbar ist ein *khassi*. Du weißt gewiß, daß sich diese Bezeichnung auf die Eunuchen bezieht, die nur die Entfernung der Hoden erlitten haben; wohingegen sein Bruder Kafur ein *madjbub* ist, dem sämtliche Geschlechtsorgane amputiert wurden. Zu ihrem Herrn geworden, war Ibn Ma'mun derjenige, der diese verschiedenen Formen ihrer Kastration angeordnet hatte.«
»Aber zu welchem Zweck?« fragte Ibn Sina verwirrt.
»Den eigenen Worten des Fürsten zufolge, ›um selbst in einer mondlosen Nacht die Stute vom Pferde und den Apfel vom Granat scheiden zu können‹.«
»Das ist wahrhaft barbarisch...«
Als Arzt wußte Ali um die Qual und die Auswirkungen der Kastration. Er hatte noch den Fall jenes Kindes in Erinnerung, dessen einer Hoden, infolge des Schreckens, hochgewandert

und so der Verstümmelung entgangen war. Als er über die verschiedenen Kastrationsmethoden nachsann, konnte er sich einer Empfindung tiefen Abscheus nicht erwehren. Ob es nun die *widja* war, die darin bestand, den die Hoden hochhaltenden Strang abzubinden und sie so hervortreten zu lassen, um sie anschließend mit dem Hammer zu bearbeiten; oder die *kissa*, den Eingriff, den einer der beiden Zwillinge erlitten haben durfte, bei dem man die Haut des Hodensacks mittels einer rotglühenden Klinge einschneidet und gleichzeitig verschorft, um dann die Hoden zu entnehmen; all diese Verletzungen der Männlichkeit, und somit der Würde des Menschen, erweckten in Ali Empörung und Entsetzen.

»Das ist nicht alles«, griff al-Arrak leise auf. »Während die Kastraten für gewöhnlich in Domestikenämter berufen werden, hat Ibn Ma'mun, von seiner Leidenschaft für die beiden Epheben hingerissen, Kafur in den Rang des Sitzungsprotokollmeisters des Rates erhoben und Anbar in die Stellung des Palastvogts. Auf diese Weise sind sie binnen vier Jahren zum Schatten des Herrschers geworden. Nichts wird hier gesagt noch getan, was dem Fürsten nicht auf der Stelle zugetragen wird.«

Ali schickte sich an zu antworten, als die Stimme des Emirs im Saal erscholl.

»Scheich ar-rais, unser Freund al-Arrak hat mir von deinen Großtaten und von deinen unendlichen Kenntnissen berichtet. Wenn ich ihm glauben soll, wärst du einer der gelehrtesten Männer der bekannten Welt. Ist das wahr?«

Ibn Sina erhob sich und sagte mit einem Lächeln: »Die Gelehrsamkeit eines Geschöpfs mißt sich manchmal an der Ignoranz der anderen.«

Der Emir runzelte die Stirn. Ganz offensichtlich befriedigte ihn die zweideutige Antwort Ibn Sinas nicht.

»Und in der Medizin? Denkst du da genauso? Glaubst du, ein

guter Arzt sei einfach ein Mann, der mehr Wissen besitzt als ein anderer?«
»Exzellenz, die Heilkunde hat nichts gemein mit der Philosophie oder der Literatur. Sie ist eine Wissenschaft, die den Tod bekämpft. Demnach erfordert sie eine andersartige, ja absolute Meisterschaft.«
»Wenn ich deinem großen Ruhm Glauben schenken darf, so hast du diese Meisterschaft erlangt.«
Ali fragte sich, worauf der Emir hinauswollte.
»Du wirst nämlich wissen, daß ich an meinem Hof bereits über zahlreiche Ärzte verfüge; um nur den hier anwesenden Ibn al-Khammar zu erwähnen. Alle nennen sich hervorragend. Alle versichern, diese Meisterschaft zu besitzen, von der du sprichst.«
»Das Wissen Ibn al-Khammars gereicht diesem Hof zur Ehre«, meinte Ali nun dazu. »Er gehört zu jenen seltenen Menschen, von denen man sagen kann: ›Allah möge uns gewähren, ihnen zu begegnen, sei es, um daraus Nutzen zu ziehen oder um ihnen von solchem zu sein.‹«
Ibn Ma'mun pflichtete bei, während er seine Händchen vor seinem Wanst verschränkte, und fuhr mit träger Stimme fort: »Es ist sonderbar, ich habe mir häufig dieselbe Frage gestellt: Wie kommt es, daß ein Arzt an einem Leiden stirbt, das er ehedem zu heilen pflegte? Alle sterben: der, der die Droge verordnet, und der, der sie nimmt . . .«
Als ob er die Wirkung seiner Sentenz genießen wollte, schwieg der Emir einen Augenblick und warf seinen Eunuchen einen flüchtigen Blick zu. Ihre Reaktion ließ nicht auf sich warten: Sie begannen zu lachen, mit einem etwas närrischen, gestelzt hohen Lachen, einem befremdlichen Lachen zwischen Frau und Kind. Selbstzufrieden setzte der Herrscher hinzu: »Daher hätte ich gern, daß du mir deine Einzigartigkeit beweist. Ich möchte wissen, was deine Reputation bewirkt hat.«

»Ein Arzt ist kein gemeiner Zauberer, Charism-Schah, er ist einzig ein Mann der Wissenschaft.«
»Bringt den Kranken!« war die einzige Erwiderung des Monarchen.
Ibn Sina begegnete dem Blick al-Arraks, dann dem des Wesirs: Beide waren sichtbar peinlich berührt und verdutzt. Was al-Masihi betraf, so ahnte man, daß er – das Gesicht purpurrot – entschlossen war, seiner Empörung wider alle Sitten Luft zu machen.
Nach einer Weile fand sich ein Jüngling am Eingang des Saales ein. Zerbrechlich, sehr bleich, mit einem grauen *sirwal* und einem Wams bekleidet, den Kopf von einem schwarzen Turban geschützt, trat er zögernd vor den Emir.
»Das ist mein Neffe«, erklärte Ibn Ma'mun. »Wie du feststellen kannst, ist er sehr entkräftet. Mehr als drei Monate schon siecht er dahin. Die schönsten Perlen meines Harems lassen ihn kalt, die erlesensten Speisen sind ihm einerlei. Darüber hinaus hat er sich seit ein paar Tagen in völlige Stummheit verschlossen, er ist stumm wie die Wüste, erloschen wie die Nacht; niemandem gelingt es, ihm ein Wort zu entreißen. Also vertraue ich ihn dir an, Scheich ar-rais.«
Ali kniff die Lippen zusammen und versuchte, die Wut, die in ihm aufstieg, zu beherrschen. Er hatte das Gefühl, ein gewöhnlicher Taschenspieler zu sein, den man aufgefordert hat, ein Kunststück vorzuführen.
»Charism-Schah«, hob er an, indem er beflissen jedes einzelne Wort betonte, »benötigst du einen Arzt oder einen Zauberkünstler? Das Leid zu lindern ist keine Zerstreuung, es ist eine sakrale Handlung.«
Er machte Anstalten, sich wieder zu setzen, spürte jedoch die Hand von al-Arrak, die ihn zurückhielt.
»Allah sei mein Zeuge«, stieß der Mathematiker außer sich

hervor, »sei gewiß, daß ich diesen Zwischenfall mißbillige und ihn demütigend finde, doch ich möchte dich beschwören, dich zu überwinden, mein Wort steht auf dem Spiel und womöglich meine Existenz.«
»Einen Stummen behandeln!« giftete Ali zornig.
»Für mich, Scheich ar-rais, versuche es für mich.«
Die näselnde Stimme erhob sich erneut: »Wir lauschen dir, Sohn des Sina. Wir verlieren auch allmählich die Geduld.«
Nach einem tiefen Atemzug und mit augenfälligem Unwillen begab er sich zu dem jungen Mann und zwang ihn, sich auf einer der mit Seidenteppichen bedeckten Bänke auszustrecken.
All diese still auf ihn gerichteten Gesichter mehrten sein Mißbehagen noch.
Er bot große Mühe auf, sich zu sammeln, und die gewohnten Gesten wiederfindend, begann er die Züge des sonderbaren Patienten zu erforschen. Was ihn gleich bei erster Betrachtung erstaunte, war der Ausdruck tiefer Melancholie und unendlicher Traurigkeit, der in den dunkel umrandeten Augen des jungen Mannes ruhte. Er befühlte die Elastizität der Wangen, untersuchte den Augapfel, die Farbe des Innenwinkels, prüfte die Spannung der Bauchdecke, die Temperatur der Gliedmaßen, die Latenz der Reflexe, und da er nichts fand, was ihn hätte leiten können, schickte er sich an, den Puls zu fühlen; aber auch hier gewahrte er kein besonderes Anzeichen; die Schläge waren gleichmäßig, geschmeidig, bar jeglicher Unregelmäßigkeit.
Er warf einen Blick über die Schulter in Richtung al-Arrak, der ihm mit einem Zeichen der Ohnmacht antwortete. Genau in diesem Moment erhob sich die Stimme von al-Khammar: »Verzeih mir, Charism-Schah! Was du vom Scheich verlangst, ist an der Grenze des Unmöglichen. Einen Arzt der klinischen Befragung zu berauben, heißt, ihn der Ohren zu

amputieren! Der Fall dieses jungen Mannes gehört eher in den Bereich deiner Magier! Ich weiß ...«
»Christ! Von Chorasan bis Fars, von Bagdad bis Samarkand, selbst noch in den elendesten Löchern von Sugud preist man die Verdienste des Ibn Sina! Willst du behaupten, diese Loblieder seien unbegründet? In dem Fall hätte der Hof von Kurganag keine Verwendung für einen weiteren Arzt. Du genügst diesem Amte vollkommen.«
»Exzellenz, in aller Offenheit, mir scheint, daß ...«
»Dürfte ich um Ruhe ersuchen«, bat Ibn Sina plötzlich. Ohne vom Handgelenk des jungen Mannes abzulassen, setzte er, an den Monarchen gerichtet, hinzu: »Charism-Schah, könntest du die Güte haben, die Wörter, die du soeben aussprachst, zu wiederholen?«
Aus der Fassung gebracht, schien Ibn Ma'mun nicht zu verstehen.
»Ja, Charism-Schah, genau dies ist mein Wunsch«, griff der Scheich mit sanfterer Stimme auf, »daß du die Wörter, die du aussprachst, wiederholst.«
»Die Wörter wiederholen? Ja, welche Wörter?«
»Die Städtenamen. Allein die Namen der Städte.«
Da der Emir völlig verloren wirkte, beharrte er darauf.
»Aber ich entsinne mich nicht mehr.«
»Versuche es. Ich bitte dich.«
»Chorasan?«
»Fahre fort.«
»Samarkand? Fars?«
Ali nickte beifällig. Eine unglaubliche Anspannung hatte sich seiner Züge bemächtigt, während er die Herzschläge des jungen Mannes belauschte. Der Emir fuhr stotternd fort: »Samarkand ... Bagdad ...«
Er hielt eine Weile inne, bevor er erneut ansetzte: »Sugud ... Rayy ...«

»Die Stadt Rayy ist nicht genannt worden«, berichtigte al-Masihi betont hämisch.
Der Herrscher stammelte wie ein bei einem Fehler ertapptes Kind: »... Buchara?«
»Buchara auch nicht!«
»Aber ...«
»Völlig ohne Bedeutung«, warf Ali ein, während er sich aufrichtete. An den Wesir herantretend, fragte er: »Wo liegt Sugud?«
»Sugud? Einen Steinwurf von Kurganag entfernt. Ein winziges Dorf im Umland.«
»Besitzt es einen *dihqan*? Ein Oberhaupt?«
»Salah ibn Badr. Er ist der *dihqan*.«
»Bestens, kannst du ihn herbestellen?«
As-Suhayli erbat die Zustimmung seines Fürsten, der sein Einverständnis andeutete.
»Ich werde den Befehl dazu geben. Er wird in einer Stunde hier sein.«
»In dem Fall ist es erforderlich, daß der junge Mann unter uns verweilt. Seht ihr irgendwelche Einwände?«
Ibn Ma'mun zuckte mit den Schultern.
»Keine. Wenn dies der Diagnose dienen kann. Vielleicht wird der Anblick der Speisen seinen Appetit anregen.«
Und während Ali wieder seinen Platz neben al-Arrak aufsuchte, befahl der Monarch: »Man trage uns auf! All diese Aufregungen haben mich hungrig gemacht!«
Kaum hatte man sich niedergelassen, eilten al-Masihi und al-Khammar zu Ali. Als erster befragte ihn Abu Sahl mit Eifer: »Hast du einen Begriff von dem Leiden?«
Ibn Sina nickte mit rätselhafter Miene.
»Erkläre dich!«
»Sagen wir, ich glaube etwas zu erspähen, aber im Augenblick kann ich noch nichts bestätigen. Man muß das Eintreffen des *dihqan* abwarten.«

Sich zu Ibn al-Khammar neigend, sagte er: »Es liegt mir daran, dir für dein Eintreten zu danken.«
»Scheich ar-rais, ich bin Arzt wie du. Wie du weiß ich um die Grenzen unserer Macht.«
»Dieser Neffe ... erzähle mir von ihm.«
»Leider weiß ich nicht allzuviel, nur daß er Amin heißt und vor seiner Erkrankung das Aussehen eines ganz und gar gesunden, umgänglichen und empfindsamen Jungen hatte. Nichts wirklich Besonderes, höchstens vielleicht eine zu große Erregbarkeit. Unter dem Einfluß eines Mannes wie dem Emir zu leben, ist gewiß keine leichte Sache; jedoch nicht in einem Maße, um jemanden krank zu machen.«
»Ich verstehe«, murmelte Ali nachdenklich.
Die Diener hatten begonnen, geschäftig zwischen den Bänken hin und her zu eilen, deckten vergoldete Silberteller auf; beluden die kupfernen Platten mit tausendundeiner Köstlichkeit; füllten die goldenen Trinkbecher mit dampfendem Tee. Kreuzkümmel, Zimt, süße Mandeln, Täubchen mit Honig, mit Koriander bestreute Getreidespeisen – all deren Wohlgerüche erfüllten mit einem Mal den ganzen Saal.
Träge hingestreckt hatte Ibn Ma'mun seine Babuschen ausgezogen und streichelte sich zerstreut die Zehen, wobei er mit einem seiner Eunuchen schwatzte. Er schien die Angelegenheit vergessen zu haben.
»Glaubst du, du kannst dich aus der Falle herauswinden?« fragte al-Arrak.
Ali zuckte mit den Achseln, während er den jungen Mann beobachtete, der sich auf die Kante der Bank gesetzt hatte und seine Hände zwischen seinen Knien hängen ließ.
»Ich hoffe es, mein Bruder. Mein einziger, aber gänzlich unsicherer Eindruck ist, daß unser Patient an keiner organischen Krankheit leidet.«
»Demnach gibt es noch andere Übel als die des Körpers?«

»Ebenso furchterregende, Abu Nasr: die des Geistes und die der Seele. Entsinnst du dich des Musikers? In seiner Blindheit besaß er das Vorherwissen dieser Leiden.«
»Zuzeiten glaubte ich den jungen Mann anämisch«, verriet Ibn al-Khammar verdrossen. »Es ist mir zugetragen worden, daß du in gewissen Fällen empfahlst, das Mark frisch aufgesägter Knochen aussaugen zu lassen*. Ich habe diese Verordnung befolgt, jedoch ohne irgendein Ergebnis.«
»Vielleicht hätte ich gleich dir gehandelt ...«
Die Stunde verstrich. Trotz des Drängens der anderen rührte Ali weder den Hammel noch die Wüstentrüffeln und auch die mit Zucker und Honig glasierten Früchte nicht an. Die ganze Zeit über blieb er wie abwesend von allem, doch man spürte, daß all sein Sinnen mit dem traurigen jungen Mann verbunden war.
Dann endlich entstand eine Unruhe unter den Gästen, als der Wesir einen Menschen von hagerer aufgeschossener Gestalt vorstellte: »Hier ist der, den du verlangtest.«
Ali suchte wieder seinen Platz neben des Emirs Neffen auf, ergriff erneut dessen Handgelenk und sprach das Dorfoberhaupt an: »Mein Bruder«, begann er mit gemessener Stimme, »wie lange bist du *dihqan* von Sugud?«
Der Mann antwortete schüchtern: »Ungefähr zehn Jahre.«
»Es wurde mir gesagt, daß es ein winziges Dorf sei. Fast ein Weiler. Stimmt das?«
Der *dihqan* nickte bejahend.
»Demnach müßtest du die Straßen dieses Dorfes bestens kennen?«
»Das ist leicht. Es gibt nur drei.«
»Kannst du sie aus dem Gedächtnis aufsagen?«

---

* Mein Meister war in der Tat der erste Arzt, der Blutarme auf die Weise behandelte. *(Anm. d. Djuzdjani)*

»Durchaus.«
»Dann tue es, aber so langsam als möglich«, meinte Ali, Zeige- und Ringfinger weiterhin auf das Handgelenk des jungen Mannes gelegt.
»An-nahr ... al-Jibal ... Makran ...«
»Kannst du sie wiederholen?«
Der Mann folgte gehorsam. Nach kurzem Nachdenken fragte Ali: »Sind dir die Familien der al-Jibal-Straße bekannt?«
»Selbstverständlich.«
»Nenne sie mir bitte. Aber langsam.«
»Dort gibt es die Husains, die Ibn as-Sharifs, die Halibis, meine eigene Familie, al-Badr, die Sandjabins, die ...«
Ali unterbrach.
»Sage diese Namen nochmals auf.«
Ein weiteres Mal gehorchte der *dihqan*. Als er seine Aufzählung beendet hatte, fragte Ali noch: »Sage mir, Sohn des Badr, hast du Kinder?«
»Eine Tochter und einen Jungen.«
»Ihre Namen?«
»Osman und Latifa.«
»Latifa«, wiederholte Ali versonnen.
Sodann, sich zum Ohr des jungen Mannes neigend, murmelte er etwas, was niemand hörte.
»Scheich ar-rais! Kannst du uns erklären, was dies alles zu bedeuten hat?« rief der Emir verärgert aus.
Die Unterbrechung übergehend, fuhr Ali fort, dem jungen Mann zuzureden, bis sich bei diesem eine ganz und gar sonderbare Regung tat: Seine Augen füllten sich mit Tränen.
Nun erst schritt der Arzt hinüber zum Monarchen und verkündete mit einem Lächeln: »Charism-Schah, du hattest recht zu vermuten, daß ich nicht viel für deinen Neffen tun könnte. Tatsächlich leidet er an einer Krankheit, die ebenso

heilig ist wie die Wissenschaft, die ich ausübe. Sie befällt ohne Unterschied Fürsten und Bettler, Junge und Greise. Eine Krankheit, die auch dich vielleicht einmal befallen hat. Was sie einzigartig macht, ist, daß aus dem Schmerz, den sie bisweilen verursacht, auch Glück erwachsen kann.«
Offenen Mundes schien der Emir zwischen den Brokatkissen zu schrumpfen.
»Welche Krankheit meinst du?«
»Die Liebe, Charism-Schah. Ich meine die Liebe.«
»Die Liebe?«
»Die Liebe, Exzellenz. Dein Neffe ist einfach nur für die Tochter des *dihqan* entbrannt. Aus Gründen, die mich nichts angehen, scheint ihm diese Liebe unmöglich.«
Der Herrscher sprang buchstäblich auf.
»Solltest du den Verstand verloren haben? Solltest du irre geworden sein?«
Der Sohn des Sina wies mit dem Finger auf den jungen Mann.
»Er wird es vielleicht nicht eingestehen, aber es ist so.«
Das Dorfoberhaupt war von Schrecken erfüllt auf die Knie gefallen und wimmerte, indem er sein Gesicht verhüllte.
»Halte deinen Atem zurück!«* brüllte Ibn Ma'mun. »Was dich anlangt, Ali ibn Sina, möge der ALLERHÖCHSTE dir deine Unverschämtheit vergeben!«
Unerschütterlich trotzte Ali dem schwarzgalligen Blick des Fürsten.
»Mein Neffe für eine *dihqan*-Tochter entbrannt«, wiederholte er, seine Gäste zu Zeugen nehmend, »selten habe ich derart lächerliche Worte vernommen!«
Ali winkte ab.
»Wisse, daß ich in nichts danach trachte, dich zu kränken. Ich gehorche nur deinen Befehlen. Du hast mich gebeten, das

---

* Schweig still. *(Anm. d. Ü.)*

Übel des Neffen zu diagnostizieren, ich habe es getan. Ich sage es dir nochmals, er leidet an der Liebeskrankheit.«
Scharlachrot im Gesicht packte der Herrscher Ali an dessen Wams.
»Speie doch diese Wörter aus deinem Munde, sie gleichen der *azurnen* Morgenröte*! Mein Neffe ist nicht mehr in die Tochter eines *dihqan* verliebt, als Arabien und Kirman ein See sind!« Er streckte den Arm vor sich aus.
»Hinweg! Daß dein Andenken für immer aus Turkestan ausgelöscht sei!«
Sehr gefaßt schickte Ibn Sina sich an zu gehorchen, als unversehens die schmächtige Stimme des jungen Mannes sich erhob.
»Ich liebe sie ... Ich liebe Latifa, und ich will sie heiraten.«
Die meisten der geladenen Gäste, und der Wesir voran, richteten sich auf, als wäre das Himmelsfeuer mitten unter sie gefahren.
»Was?« stammelte Ibn Ma'mun. »Was sagst du?«
»Ich liebe sie. Ich will sie heiraten«, wiederholte der junge Mann, die Augen senkend.
Der Emir von Kurganag ließ sich zwischen die Kissen fallen, wobei er beinahe einen der Zwillinge erdrückte.
»Willst du damit sagen, daß du dich all die Zeit aus Liebe sterben ließest?«
»Der Scheich hat es dir gesagt ...«
Am Rande der Ohnmacht, steckte Ibn Ma'mun eine Hand in seinen Ärmelumschlag und zog daraus ein Seidentüchlein hervor, mit dem er den Schweiß abtupfte, der seine Stirne benetzte.

---

* Deine Worte sind lügnerisch. Die *azurne* Morgenröte, die dem Sonnenaufgang vorausgeht, wird so im Gegensatz zu jener genannt, welche die Perser die *getreue* Morgenröte – die wahre Morgenröte – heißen. *(Anm. d. Ü.)*

»Amin«, stammelte er, »bete, bete, auf daß der ALLERHÖCHSTE in seiner Güte dir verzeihe.«
Der junge Mann erhob sich. Etwas gebeugt näherte er sich langsam Ibn Sina und küßte ihm, sich mit flüchtiger Gebärde verneigend, die Hand, um dann ohne einen Blick für seinen Onkel den Speisesaal zu verlassen.
Die Stille kehrte wieder ein, lastend, fast erstickend.
»Durch welche Zauberei, durch welches Wunder? Du hießest dich Arzt, nicht Magier.«
»Es ist nichts Magisches an der Störung des Herzrhythmus«, erklärte Ali mit großer Ruhe. »Du selbst warst es, Exzellenz, der mir den Schlüssel gegeben hat.«
»Beschenke uns mit deinen Erläuterungen«, äußerte der Wesir.
»In dem Augenblick, da der Herrscher das Wort Sugud ausgesprochen hat, habe ich eine Pulsbeschleunigung festgestellt. In der Heilkunde weiß man, daß es für eine Arrhythmie stets einen Grund gibt. Also habe ich diesen einzukreisen gesucht. Als der *dihqan* die al-Jibal-Straße nannte, hat sich die Arrhythmie eingestellt, desgleichen beim Namen al-Badr, und dann nochmals bei Latifa. Ibn al-Khammars Mitteilungen über die große Erregbarkeit des jungen Mannes und dessen Empfindsamkeit hinzunehmend, wurde die Diagnose zur reinen Schlußfolgerung. Ich bin dem Fürsten zu Dank verpflichtet, mir den Weg gewiesen zu haben.«
Er machte eine Pause, bevor er fragte: »Müssen nun mein Gefährte und ich uns noch immer zurückziehen?«
Der Emir hob einen getrübten Blick zu ihm: »Kennst du den sechzehnten Vers der siebzehnten Sure?« Ibn Sina bejahte.
»›Und wenn einer irre geht, wahrlich, der geht irre allein zu seinem eigenen Schaden.‹ Nimm also meine Entschuldigung entgegen, Scheich ar-rais, und betrachte fürderhin diesen Palast als deine Wohnstatt.«

SIEBTE MAKAME

Kurganag, den dritten Tag des *rebi-'l-akhir*

Mein Bruder, al-Biruni, empfange meinen Gruß.

Die Nacht hat sich sacht über den abgeschmackten Garten von Ibn Ma'mun II. gebreitet. Wir sind erst mitten im *rebi- 'l-akhir*, und dennoch hat der Schnee bereits alles zugedeckt. Die Automaten, die Rosen aus Schmelzglas und das Quecksilberbecken sind von diesem frühzeitigen Winter besiegt worden. Und es ist weit besser so.

Wenn ich dem Brief glaube, den ich von Dir heute morgen erhalten habe, entspricht Dein Aufenthalt an den Gestaden des Chasaren-Meeres nicht dem Maß Deiner Hoffnungen. Ich meinte zu verstehen, Du hättest die Absicht, den »Wachteljäger« zu verlassen, um uns einen Besuch in Kurganag abzustatten. Du wirst es erahnen, nichts würde mir größere Freude bereiten.

Ich entsinne mich eines Satzes, den Du an jenem Abend aussprachst, da wir im Hause meines Vaters über die »Dinge des Universums« disputierten. Du sagtest: »Wir sind nur Strohhalme im Atem unserer Gönner.« Wie recht Du doch hattest. Zum bloßen Vergnügen des Fürsten habe ich vor bald einem Monat die Rolle eines gemeinen Zauberkünstlers gespielt. Hatte ich eine andere Wahl?

In einem ganz anderen Zusammenhang hat ein vor

kaum einer Stunde im Palast angekommener Kurier uns die ernsten Vorfälle, die sich in diesen letzten Monaten in Chorasan ereignet haben, zur Kenntnis gebracht; insbesondere in Buchara:
Abd al-Malik, unser letzter samanidischer Sultan, ist durch den türkischen Adler vom Thron gejagt worden. Es besteht kein Zweifel, daß die Totenglocke endgültig für diese Dynastie geläutet hat. Von nun an ist die ganze Provinz in den Händen von Mahmud dem Ghaznawiden, der sich als König von Ghazna und Chorasan hat anerkennen lassen. Man erzählt sich hier, er hätte gelobt, Indien zu erobern und die Ungläubigen alle Jahre seines Lebens zu züchtigen. Kannst Du solch einen Ehrgeiz glauben? Wird die gefräßige Gier dieses Sklavensohns denn nie ein Ende finden?
Es ist Dir bekannt, daß der Emir Ibn Ma'mun die Schwester des Ghaznawiden geheiratet hat. Auf die Art wähnt er sich geschützt; trotzdem wäre ich nicht überrascht, wenn Kurganag und das Gebiet von Charism dessen nächstes Ziel würde.
Der ALLMÄCHTIGE verzeihe mir diesen Pessimismus, doch ich habe das Gefühl, daß unserem Land unruhige Zeiten bevorstehen; und bei all dem, was in Buchara geschieht, gestehe ich, sehr in Sorge um meine Mutter und meinen Bruder zu sein.
Wie kann ich Dir sagen, welche Wonne mir Dein Brief bereitet hat. Ich weiß, daß die Kuriere nur ausnahmsweise private Botschaften übermitteln, so danke ich Allah für diesen Vorzug, den wir dank unserer Ämter an den Höfen der Mächtigen genießen. Mit Freude habe ich Kenntnis genommen von der Abschrift, die Du mir von Deinem Kompendium der Geometrie und der Arithmetik sowie von den ersten Seiten Deiner Abhand-

lung der Mineralogie zugesandt hast. Ich beneide Dich darum, solche Werke schreiben zu können; zur Stunde bin ich von ähnlichem weit entfernt. Seit den zwanzig Bänden meines *Buches des Resultats und des Ergebnisses* und *Der Philosophie des Arudi* habe ich nicht eine der Beachtung würdige Zeile verfaßt. Außer vielleicht ein *Gedicht über die Logik* sowie einen *Abriß des Euklid* und eine *Einführung in die Kunst der Musik,* von meiner Begegnung mit einer erstaunlichen Persönlichkeit inspiriert – einem blinden Musiker nämlich.

Du fragst mich nach meinem Leben und meinen Plänen.

Im Augenblick habe ich keine Alternative. Ich gedenke in Kurganag zu verweilen, wo meine Tage sich zwischen der Krankenpflege und dem Unterricht bewegen; tatsächlich arbeiten al-Masihi und ich selbst als Lehrer in der Schule von Kurganag.

Diese Schule, die von ganz jungen Kindern besucht wird, liegt im Herzen der Moschee selbst und besitzt ein Observatorium (das Dich fesseln würde, dessen bin ich sicher) sowie eine Bibliothek, die, ohne nach dem Ebenbild jener von Buchara oder von Schiras zu sein, nicht weniger interessant ist. Dort habe ich im übrigen recht seltene, aus Indien stammende Werke gefunden, welche von Pharmakopöen und vor allem von Astronomie handeln.

Wenn ich, in der Medizin, aufs neue die Bestandsaufnahme aller von den Alten ererbten Werke mache, kann ich mich noch heute nicht erwehren, starke Gefühle für diese syrakusischen, jüdischen, christlichen, zum größten Teil anonymen Übersetzer zu empfinden, dank derer Hippokrates, Paulos von Aiginetes, Oreibasios, Galen, Alexander von Tralleis (den ich als den größten

Chirurgen der Antike betrachte) uns heutigen Tages zugänglich sind. Ein Gedanke indes will mir nicht aus dem Sinn: Was wird aus diesem Erbe, wenn niemand den Entschluß faßt, es zu ordnen, es zu erläutern? Gerade Du wirst mir nicht widersprechen, wenn ich behaupte, daß man auf diesem Gebiet vom Okzident nichts mehr erwarten kann. Die Welt der Rum ist im Untergang begriffen; sie versinkt in trauriger Dekadenz. – Dennoch wird es eines Tages jemand auf sich nehmen müssen, die Fackel weiterzureichen ...

Zur Astronomie habe ich eine der ersten Pehlewi-Übersetzungen vom *Almagest* des großen Ptolemäus wiedergefunden; sie soll vor über dreihundert Jahren entstanden sein. Es ist eine Fassung, die der *Mitternacht* genannten Schule gehört haben muß; ich denke ernsthaft daran, eine kurze Abhandlung darüber zu verfassen.

Auch habe ich Kenntnis genommen von indischen Astronomietafeln. In diesem Zusammenhang gestehe ich ein, recht skeptisch zu sein gegenüber dem, was die Gelehrten von dort den »Tag des Brahma« nennen. Ist es wissenschaftlich möglich, sich vorzustellen, daß nach einer Umlaufzeit von 432 Millionen Jahren die Gestirne immer wieder auf ihre ursprüngliche Position zurückkehren? Ich würde liebend gerne hierzu Deine Meinung wissen.

Ali legte einen Moment den Calamus beiseite und drehte sich zur Tür. Jemand hatte soeben geklopft.
»Bist du es, Abu Sahl?«
Er ging öffnen. Eine Frau stand vor ihm. Sie war groß, gänzlich verschleiert, und allein ihre Augen waren sichtbar. Schwarze, riesige Augen, Gazellenaugen, die der *khol* und

der purpurfarbene Litham*, der ihr Gesicht verhüllte, noch schwärzer zur Geltung brachten.

»Wer bist du?«

»Mein Name ist Sindja«, sagte sie mit leiser Stimme, indem sie die Lider niederschlug.

Sie hatte sich mit einem etwas fremdartigen Zungenschlag geäußert. Befremdend, undefinierbar.

»Was kann ich für dich tun?« fragte Ali überrascht.

»Der Emir ist es, der mich schickt.«

»Der Emir? Aber aus welchem Grund. Bist du leidend?«

»Ich bin Sindja.«

Ein belustigtes Lächeln erhellte Alis Gesicht.

»Tritt ein«, meinte er sacht. »Vielleicht wirst du mir etwas mehr als deinen Namen sagen können.«

Mit leisem Rascheln glitt sie ins Zimmer und blieb regungslos, schweigsam mitten im Raum stehen. Er setzte sich auf eine Kante seines Arbeitstisches und sah sie fest an.

»Dann hat dich also der Emir geschickt.«

Sie antwortete in rezitierendem Ton: »Um dem Scheich ar-rais seine Erkenntlichkeit zu bezeugen.«

»Seine Erkenntlichkeit? Aber aus welchem Anlaß?«

»Er hat mir nur gesagt...«, sie befleißigte sich, jedes Wort gesondert zu betonen, »... daß der Rhabarber segensreich gewesen sei und daß er seit einer Stunde vollends erleichtert sei.«

Ali schüttelte den Kopf, als habe er Mühe, es zu glauben.

»Aber er litt an beinahe nichts. Es war lächerlich.«

»Ich weiß es nicht, Scheich.«

Ali schien nachzudenken, verkündete dann: »Gut. Kehre nun zum Emir zurück und sage ihm, daß der Scheich ar-rais sehr

---

* Der zur Bedeckung von Kopf und Gesicht bestimmte Stoff. *(Anm. d. Ü.)*

empfänglich für seine Großherzigkeit gewesen ist. Doch heute abend sind meine Säfte trübe und meine Sinne träge. Geh jetzt, Sindja.«

Er deutete eine Bewegung zur Tür an, zu seiner großen Überraschung jedoch warf sie sich vor ihm auf die Knie und klammerte sich an sein Gewand.

»Gnade, schicke mich nicht fort ... Schicke mich nicht fort, ich flehe dich an. Der Fürst würde es mir nie verzeihen.«

Er wollte sie wieder aufrichten, doch sie widersetzte sich.

»Weißt du«, sagte sie mit Schluchzen in der Stimme, »man nennt mich sehr schön, man nennt mich auch feurig, und ich mache die Männer glücklich.«

»Na komm, Sindja, steh wieder auf.«

Sie blickte mit ihren feuchten Augen zu ihm hoch. In deren Flehen war etwas Ergreifendes.

»Steh auf ... Jetzt bin ich es, der dich bittet.« Er nahm ihre Hand und sah, daß ihre Nägel und die Innenfläche von Henna gefärbt waren.

Sie erhob sich.

Eine lange Stille trat ein, und plötzlich ließ sie ihren Schleier fallen, im diffusen Licht der Öllampen ein Gesicht von magischer Schönheit darbietend.

Ihr Hals war lang und schlank. Ihr Haar pechschwarz, ebenso schwarz, wie ihre Augen waren; glänzend und seidig. Ihre Zähne waren weißer als Schafsmilch. Und der Schönheitsfleck, der sich inmitten ihrer Stirn abhob, wirkte wie ein zarter Punkt der Nacht. Karminrote Sommersprossen leuchteten auf ihren Wangen mit zartem Feuer, während ihr Mund an eine Geranienblüte erinnerte.

Er blieb sprachlos.

»Du bist schön, Sindja«, äußerte er verstört.

Ermutigt band sie die Kordel auf, die ihren Leib umschloß, und ließ ihren Mantel, einen *rashidi* von grauer Wolle, dann

ihr Gewand hinabgleiten. Nichts verbarg nun ihre Nacktheit mehr.
Sie senkte den Kopf, und in einer fast kindlichen Gebärde verschränkte sie die Hände vor ihrer Brust. Ihre Leibesmitte war vollkommen und, wenn auch kaum wahrnehmbar, von Safran bedeckt, mit dem sie ihren ganzen Leib eingerieben hatte, ihre Brüste besaßen das Weiß des edlen Opals. Unwillkürlich kam Ali ein altes Gedicht wieder ins Gedächtnis.

Sie ist erschienen zwischen den beiden Säumen eines Schleiers, wie die Sonne an dem Tage, da im Sternbild des Sa'd sie strahlt; wie eine aus ihrer Muschel geborgene Perle, die den Taucher erfreut, und deren Anblick ihn drängt, Gott zu danken und sich demütig niederzuwerfen.

Er nahm sie sanft beim Arm, bedeckte sie mit ihrem Mantel und ließ sie sich auf die einzige Bank im Raum setzen.
»Du bist sehr schön«, wiederholte er, indem er sich vor sie kniete.
»Und du, du bist großherzig, Scheich ar-rais ...«
»Mein Name ist Ali. Ali ibn Sina.«
»Ali ibn Sina.«
Wieder dieser sonderbare Zungenschlag.
»Aus welcher Gegend kommst du, Sindja?«
»Ich wurde vor nunmehr sechsundzwanzig Jahren in Jodhpur geboren, in dem vom Harkand-Meer und vom Laristan-Meer umspülten Land, das die Eidechsenfresser as-Sind und die Rum India nennen.«
Er begann zu lachen.
»Die Eidechsenfresser?«
»So benennen die Meinen die Araber. Und ...«
Sie unterbrach sich jäh erschrocken: »Verzeih mir ... Ich habe dich beleidigt.«

»Sei unbesorgt. Ich bin kein Eidechsenfresser, ich bin Perser. Es mag dich vielleicht überraschen, mein Vater war aus Balch; einer Stadt nahe deinem Land. Doch sage mir lieber, von Jodhpur bis in den Harem von Ibn Ma'mun muß die Reise dir recht lang vorgekommen sein; denn du gehörst doch wohl zum Harem des Emirs, nicht wahr?«
»Ja. Es waren Männer aus dem Land der Türken, die mich hierhergebracht und auf dem Marktplatz von Kurganag verkauft haben. Vor mehr als zwei Jahren.«
»Damals trugst du noch keinen Schleier.«
Sie schüttelte verneinend den Kopf.
»Und ich habe nie verstanden, weshalb die Männer von hier uns dazu zwingen, uns hinter diesem Stoff zu verstecken. Ist für euch die Frau ein so verachtenswertes Objekt, daß man es verbergen muß?«
»Nein, Sindja. Genau das Gegenteil ist der Fall. Nun ja, in meinen Augen.«
»Erkläre dich.«
»Der Schleier ist dazu bestimmt, den Auserwählten vom Glanz des göttlichen Antlitzes zu scheiden. Es steht geschrieben: *Es ist einem Mann nicht gegeben, daß Gott zu ihm spricht, wenn nicht von jenseits einem Schleier.* Was verschleiert ist, ist heilig. Was verschleiert ist, ist geschützt.«
»Dann bin ich also heilig?« meinte sie mit treuherzigem Ausdruck. »Oder ist heilig derjenige, der seinen Blick auf mich senkt?«
Er schätzte die Logik ihrer Frage.
»Ich würde sagen, du bist geschützt.«
Sie setzte die ernste Miene eines nachdenkenden Kindes auf und fragte noch: »Weshalb nennt man dich Scheich ar-rais?«
»Wegen nichts. Vielleicht weil ich ein Bücherwurm bin. In Wahrheit bin ich Arzt.«

»Arzt? Aha! Jetzt verstehe ich!«
»Und was verstehst du?«
»Du hast dem Emir das Leben gerettet. Das ist der Grund, warum er dich belohnen möchte.«
»Sindja«, erwiderte Ali mit einem Gran Spott, »in der Tat, ich habe unseren Charism-Schah gerettet. Er litt seit vier Tagen ... an einer königlichen Verstopfung!«
Sie riß die Augen weit auf, als ob er sie zum Narren hielte. Dann prustete sie mit der Natürlichkeit eines kleinen Mädchens vor Lachen los.
»Verzeih mir«, faßte sie sich rasch, »ich habe nicht über dich gelacht.«
Er beruhigte sie mit einer Geste.
»Du bist Medicus«, fuhr sie nach kurzem Schweigen fort, »und dennoch bist du unfähig, deine trüben Säfte und deine trägen Sinne zu behandeln ...«
Er lächelte und legte seine Hand sanft auf ihre Wange.
»Jemandem zu schreiben, der einem teuer ist und weit entfernt, weckt manchmal Erinnerungen und bereitet Kummer. Ebendies tat ich vor deinem Eintreffen. Ich bin sicher, daß dir dieses Gefühl nicht fremd ist.«
»Ich habe es gekannt. Doch wenn du Arzt bist, müßtest du wissen, daß den Kummer allzu lange zu tragen krank machen kann. Ich habe vor langer Zeit beschlossen, nicht mehr krank zu sein. Und ich habe meinen Kummer vergessen.«
»Das ist gut, Sindja. Dein Volk ist für seine Weisheit bekannt. Du bist wahrlich ein Kind as-Sinds.«
»Wenn du möchtest, könnte ich dich ebenfalls heilen.«
Er wollte antworten, doch Sindjas Kuß versiegelte ihm die Lippen. Und seine Lippen wurden wie die Glut und breiteten das Feuer in ihm aus. Erneut vernahm er die Worte des alten Gedichts:

Der Fürst beteuert, doch habe ich nicht davon gekostet, daß mit balsamischem Speichel sie jenen heilt, den dürstet. Der Fürst beteuert, doch habe ich nicht davon gekostet, wie süß es ist, ein Kuß von ihr. Und falls ich davon kostete, so sagt' ich ihr: Oh, mehr...

So schob er sanft den Mantel der jungen Frau beiseite, um die Zartheit ihres entblößten Bauches zu suchen. Sie ließ es geschehen, den Kopf zurückwerfend, sich den Liebkosungen leise öffnend, wie das Meer sich dem Flusse öffnet. Seinen Nacken umfangend, sagte sie in einem Hauch: »Es ist an mir, dir Lust zu schenken, ich bin es, die dir entgegenkommen muß.«

Der Liebkosung ungeachtet, die ihn an sie band, machte sie die kleinen Knöpfe seines Kaftans auf, den sie über seinen Kopf gleiten ließ. Als er dann nackt war, erhob sie sich zugleich mit ihm und drückte ihren Leib gegen den seinen.

Er sann: *Sie schaute mit dem Auge einer jungen gezähmten Gazelle.*

Als sie sich zwischen die damastenen Kissen rollten, glaubte er, Wardas flüchtiges Bild zu erspähen.

Die Morgenröte fand sie noch immer umschlungen. Ali war bereits längere Zeit erwacht und wagte nicht, sie in ihrem Schlummer zu stören. Doch hatte er überhaupt geschlafen?

Warda ausgenommen, hatte er keine andere Frau gekannt. War dies der Grund dafür, oder waren es die fünf Jahre, die sie trennten, daß Sindjas Liebeskunst ihm unendlich schien? Die ganze Nacht über hatten sich ihre Körper verloren und wiedergefunden. In diesen ungestümen Wallungen ihres Fleisches hatte er mehr als zehnmal die allerhöchste Lust erreicht; bei jedem Male überzeugt, es wäre die letzte Vereinigung, und jedesmal wurde er von den Zärtlichkeiten Sindjas aufs neue belebt. Als sie dann, in einer durch ihre Hingabe beinahe anrührenden Bewegung, das Wasser seiner Lust an seiner innersten Quelle getrunken hatte, glaubte er, in den Djanna, den im BUCH genannten Garten Eden, einzugehen.

Nun fühlte er sich schuldig. War die vom Propheten angeordnete Keuschheit nicht das Unterscheidungsmerkmal des Gläubigen? Er war unrein. Sindja war unrein.

Er murmelte mit fast lauter Stimme: »Gott liebt zu verzeihen, ER ist barmherzig.«

Sie begann sich neben ihm zu regen und schlug die Lider auf.

»Möge der Tag dir günstig sein«, flüsterte sie leise.

»Möge er dir heiter sein, Sindja.«

Sie umschlang seinen Nacken und zog ihn zu sich.

»Ich bin erfüllt von dir. Und du, Ali, bist du glücklich?«

Er löste sich, schob die Decke zurück, drückte seine Lippen auf ihren leicht gewölbten Bauch und sagte mit einer Spur Heiterkeit: »Dein Nabel ist ein voller Kelch, in dem es nie an Wein gemangelt.«

Ein stolzes Funkeln leuchtete in ihren Augen, verlosch jedoch ebenso schnell.

»Was gibt es? Sind es meine Bekenntnisse, die dich traurig machen?«

»Nein, nein. Es ist nichts.«

»Nichts?«

Er wollte gerade fortfahren, als heftige Schläge an der Tür zu hören waren, denen sogleich lautes Stimmengewirr folgte.

»Ali, mach auf, rasch!«

»Scheich ar-rais!«

Er erkannte nacheinander die Stimme al-Masihis und die Ibn al-Khammars. Ohne Zögern sprang er aus dem Bett, während Sindja ihre Blöße verhüllte und die Decke über ihr Gesicht zog.

»Was gibt es?« fragte er, als er den Türflügel aufzog.

»Tote!« erklärte der Christ, einer heftigen Erregung ausgesetzt. »Leichen!«

»Am Flußufer. Am Fuße des Hügels von al-Borge!« erläuterte Ibn al-Khammar gleichermaßen erregt.

»Aber worüber redet ihr? Was ist das für eine Geschichte von Leichen?«

»Eine Stunde zu Pferd von hier, ein Kurier hat durch Zufall menschliche Gebeine in beträchtlicher Menge entdeckt. Er ist bereit, uns hinzuführen.«

Alis Gesicht hellte sich mit einem Mal auf.

»Ich komme, gebt mir Zeit, mich anzukleiden.«

Unter Sindjas fassungslosem Blick eilte er zu seinen Gewändern.

»Was gibt's?«

»Allah ist allmächtig. Ich werde es dir später erklären.«

Rasch zog er sich eine Pluderhose und Stiefel über. Sie wiederholte mit ferner Stimme: »Später...«

*

Die Leichenöffnung wurde von den Gläubigen als wahrhaftige Schändung angesehen. Ein Sakrileg. Manche Schriften berichteten, daß selbst Galen den Menschen zu sezieren sich scheute und seinen Schülern empfahl, sich zunächst an Tieren zu üben; vor allem am Affen. Unter diesen Bedingungen vermochte weder die Anatomie noch die Chirurgie große Fortschritte zu machen. Die innere Struktur des menschlichen Körpers blieb gleich einem verschlossenen Buch, welches allein die Zufälle der Zeit bisweilen einen Spalt aufklappten. Die Gelehrten waren genötigt, die Lage der

stillen Venen, der wichtigsten Eingeweide, der Bänder, Nerven und Muskeln zu vermuten. Wenn also die Umstände jene in die Gegenwart menschlicher Überreste brachten, mußte dem UNBESIEGBAREN gedankt und vor allem die Gelegenheit beim Schopfe gepackt werden.
An all dies dachten Ali und seine beiden Gefährten, während sie den steilen Hang des Hügels von al-Borge erklommen. Ein paar Schritte hinter ihnen folgten zwei mit Spaten ausgerüstete Soldaten, die Beutel aus gewendetem Leder mit sich trugen.
Ringsum war die Ebene weiß. Weiß, so weit das Auge reichte. Und noch immer fiel Schnee. Unterhalb des Hügels konnte man wie eine Narbe den »wandernden Weg«, den Fluß Amu-Darja, erkennen, der in beeindruckender Stille seine Eisschollen bis zum Khuwarism-Meer wälzte.
»Hier ist es«, gab der Führer an, auf eine Art Mulde weisend. Ali und seine Freunde beschleunigten den Schritt. Einen Augenblick später standen sie einem erstaunlichen Schauspiel gegenüber. Halb verscharrte menschliche Überreste tauchten unter ihren Blicken auf, vermengt, durcheinander, über eine beachtliche Fläche verstreut. Beinahe so, als hätte sich das Erdreich gesetzt oder wäre aufgebrochen.
»Es ist unglaublich«, keuchte Ibn al-Khammar.
Ali hatte sich bereits niedergekniet, während al-Masihi den Dienern befahl, die Stelle behutsam freizuräumen.
»Es sind tatsächlich menschliche Gebeine«, bestätigte Ibn Sina, über einen Schädel gebeugt, dessen Öffnungen mit Schnee gefüllt waren.
»Wir sollten uns beeilen«, murmelte einer der Krieger. »Es fallen Flocken, daß man die Armen damit kleiden könnte.«
Mit ihren Beobachtungen beschäftigt, schien keiner der drei Ärzte ihn zu hören.
»Es ist tatsächlich unglaublich«, wiederholte der zusehends

konfusere Ibn al-Khammar. »Es müssen mehr als zehntausend Leichen sein. Und in Anbetracht ihres Verwesungsgrades deutet alles darauf hin, daß sie hier seit mehreren Jahren liegen. Aber was ist hier geschehen? Wie haben so viele Menschen am selben Ort, zum selben Zeitpunkt den Tod gefunden?«
Ibn Sina, den Bart und die Augenbrauen mit Schnee bestäubt, atmete schwer, von Erregung und Verwirrung erfüllt. »Abu Sahl! Ibn al-Khammar! Kommt euch das ansehen.«
Die beiden Männer traten sogleich zu ihm und beugten sich über den Gegenstand, den er ihnen hinhielt: einen Kiefer.
»Bis zum heutigen Tage«, begann er mit leichter Fiebrigkeit, »haben alle Anatomen übereinstimmend behauptet, der Kiefer bestünde aus zwei im Kinnbereich fest verbundenen Knochen ... Nun seht genau her: Der Knochen des Unterkiefers ist aus einem Stück; es gibt weder Gelenk noch Naht.«
»Das stimmt. Vielleicht handelt es sich jedoch um einen Ausnahmefall. Es müßten andere Exemplare geprüft werden können, bevor man sich ausspricht.«
»Ibn al-Khammar, mein Bruder«, merkte Ali an, »es handelt sich hier nicht um eine Mißbildung, sondern um einen natürlichen Zustand. Ich kann es dir versichern.«
Vom Boden hob er einen Wirbelstrang auf oder zumindest, was davon verblieb, und fragte: »Erkennt ihr das hier?«
»Gewiß: die oberen Wirbel. Die vier ersten, so scheint mir.«
»Betrachtet sie aufmerksam. Findet ihr nichts Besonderes an der Struktur des ersten Wirbels?«
Ibn al-Khammar und Abu Sahl studierten die Gebeine ausgiebig. Schließlich verkündete Abu Sahl: »Ich meine, das Loch, aus dem die Nerven austreten, liegt nicht wie in den anderen Wirbeln.«
»Du hast vollkommen recht.«
»Ich vermute, daß du eine Erklärung hast.«

Es war al-Khammar, der antwortete: »Das scheint mir einfach, Abu Sahl. Wenn dieses Loch sich dort befände, wo die beiden Apophysen des Hinterhauptbeins hineingreifen und wo sich ihre heftigsten Bewegungen vollziehen, würden die Nerven beschädigt; ebenso verhielte es sich, wenn sie sich dort befänden, wo das Gelenk des zweiten Wirbels hineingreift.«
»Ganz genau«, bestätigte Ali. »Anhand solch elementarer Einzelheiten vermögen wir nachzuweisen, wie großartig, vollkommen und einzigartig doch das Werk des Schöpfers ist. Aber fahren wir mit der Suche fort. Wenn wir nur ein ganzes Skelett finden könnten.«
Fast hätte er hinzugefügt: »Oder einen Körper, einen offenen Körper, der uns aus der Nacht hinausführte«, er hielt indes an sich, seinen Gedanken fast sogleich bereuend.
Nach wie vor fielen die Flocken stetig auf die Landschaft herab. Immer dann, wenn einer der drei Männer ein beachtenswertes Gebein fand, sputete er sich, es einem der Soldaten zu übergeben, der es seinerseits in seinem Beutel verstaute. Und von diesem makabren Hin und Her ging irgend etwas Übernatürliches aus! Diese bald gebückten, bald niederknienden, in ihre Pelze gehüllten Gestalten, die bei jedem Hauch kleine Wölkchen zwischen ihren Lippen ausbliesen; diese Pferde, die ihren dampfenden Schaum seiberten oder schnaubend im Schnee mit ihren Hufen scharrten, einen Oberschenkel oder ein Scheitelbein bis zum Fuße des Hügels hinunterkullern lassend; der behäbige und unwandelbare Lauf des Flusses; alles drängte den Gedanken auf, die Szene wäre ein aus der Steppe gekommenes Trugbild.

*

Ich greife meinen letzte Nacht zurückgelassenen Brief wieder auf.

Ich komme gerade von einer Expedition zurück, die uns eine Stunde von Kurganag weggeführt hat. Ich werde Dir eines Tages die ganze Angelegenheit im einzelnen mit eigener Stimme darlegen. Wisse nur, daß ich, von al-Masihi und Ibn al-Khammar begleitet, menschliche Überreste aus nächster Nähe habe untersuchen können.

Du weißt wie ich um die unschätzbare Bedeutung einer solch günstigen Gelegenheit.

Unter diesen Leichnamen (annähernd zehntausend) waren zwei oder drei weniger verwest als die anderen. Man hätte meinen können, sie wären dort kaum zwei Jahre beigesetzt gewesen. Wir haben uns selbstverständlich über das Rätsel dieser Entdeckung* befragt, ohne jedoch in einer wissenschaftlichen Erklärung übereinzukommen. Wir haben eine nicht unbeachtliche Anzahl von Gebeinen mitgebracht und al-Arrak – seines Standes Mathematiker, doch wunderbarer Zeichner in seinen Mußestunden – damit betraut, uns davon Skizzen anzufertigen.

Ich hätte Dir nichts Grundlegendes anzuvertrauen, wenn nicht der Zufall, der wunderbare Zufall, mir erlaubt hätte, einen noch mit einem seiner Augäpfel versehenen Schädel zu finden. Ich habe den Tag damit verbracht, ihn zu studieren, und ich bin zu folgendem

---

* Der Arzt Abd al-Latif führt in seinem zweiten Buch *Bericht über Ägypten* einen gleichgearteten Fall an, dessen Augenzeuge er war und den er in einer Ortschaft namens al-Maqs im Delta ansiedelt. Gemäß seinen eigenen Äußerungen: »... und man konnte auf zwanzigtausend Leichen und mehr die Menge schätzen, welche die Augen erblickten.« Vielleicht hat die heutige Wissenschaft eine Erklärung zu bieten. *(Anm. d. Ü.)*

Schluß gelangt: Man muß das Sehorgan nicht etwa in der Kristallinse ansetzen, wie die Alten behaupteten, sondern in der Netzhaut und den Brennpunkten. Auch ist mir gelungen, die Verengungs- und Erweiterungsbewegungen der Iris genauestens zu definieren. Ich werde Dir ein andermal davon berichten.
Es wird spät. Und ich habe noch viel zu tun. Erlaube mir, Dich brüderlich zu umarmen, und daß der ALLERHÖCHSTE dir seinen Segen gewähren möge.

Dein Freund, Ali ibn Sina

Ali legte den Calamus auf seinen Tisch zurück und nahm im selben Atemzug Sindjas Fehlen wahr. Jäh sah er jenen melancholischen Ausdruck ihrer Züge wieder vor sich, als er sich angeschickt hatte, sie zu verlassen.
Später ... hatte sie gemurmelt.
Er erhob sich mit einem Ruck, von einer unheilvollen Ahnung ergriffen. Wo konnte sie in diesem Augenblick sein, wenn nicht in dem den Frauen vorbehaltenen Trakt, und dessen Zugang war ihm verwehrt. Die einzige Person, die ihn hätte unterrichten können, war vielleicht Sawssan, der Kammerherr, oder einer der Eunuchen. Der vorgerückten Stunde zum Trotz wischte er seine Skrupel beiseite und stürzte in die Flure des schlummernden Palastes.
»Sie ist nicht mehr hier«, meinte einer der Zwillinge, mit verschlafener Stimme.
»Ich verstehe nicht. Du willst sagen, daß sie nicht mehr im Palast ist?«
»Sie ist fort. Heute nachmittag mit der Karawane von af-Farrubi aufgebrochen.«
Ali sah ihn mit baß erstaunten Augen an.
»Ich verstehe immer noch nicht.«
Der Eunuch setzte ein mürrisches Gesicht auf.

»Üblicherweise ist es af-Farrubi, der den Harem versorgt. Er hat uns zwei Jungfrauen aus Djibal angepriesen. Zwei Mädchen von vierzehn Jahren. Der Emir hat Sindja zum Tausch geboten. Und ...«

»Wo befindet sich die Karawane jetzt? Ist sie noch in Kurganag?«

»Ohne Zweifel. Es war schon spät, als af-Farrubi den Palast verlassen hat. Ich nehme an, er hat abwarten müssen, daß das Wetter milder wird, um sich wieder auf den Weg zu machen. Ich glaube, er ist nicht so verrückt, nachts bei Schneefall zu reisen. Außerdem ...«

Ohne die weiteren Erklärungen abzuwarten, machte Ali auf dem Absatz kehrt und eilte zu den Stallungen ...

Kurganag schlief unter Schnee begraben. Es tropfte von den Zapfen der vereisten Bäume, der Gesimse der Dächer, wie von kristallenen Nadeln.

In forschem Ritt überquerte er den Marktplatz, stob an der großen Moschee mit ihrem nach den Sternen gestreckten Minarett entlang und stürmte, ohne innezuhalten, unter das Portal des *dar al-wakala,* des »Hauses der Vollmacht«, welches man auch »Karawanserei« nannte.

Falls die Karawane noch nicht auf dem Weg war, dann mußte sie sich hier befinden. Hier nämlich, an diesem Ort der Geschäfte und des kurzen Aufenthalts, nächtigten die aus der Ferne kommenden Geschäftsleute für eine dem Wächter entrichteten Abgabe, welcher ihnen als Gegenleistung die Matten und das Stroh stellte. Hierher kamen auch die Großkaufleute und Zwischenhändler, die Kommissions- und Einzelhändler, um sich ihre Waren zu beschaffen.

Die Art und Weise, in der er af-Farrubi in diesem Labyrinth von Gerüchen und Gängen wiederfand, grenzte an ein Wunder. Er hatte den Wächter wecken müssen, der dann seinerseits zeternde und fluchende Kameltreiber aus dem Schlaf gerissen hatte, welche ihrerseits auf Führer verwiesen hatten, die den Händler hätten kennen können. Als Ali ihn auf Sindja ansprach, glaubte jener zu träumen. Er machte große Augen, runzelte die Stirne und ließ schließlich seinen Zorn herausplatzen: »Kommst du etwa zu dieser Stunde zu mir, um mir einen Handel vorzuschlagen? Hat dich diese Kreatur in solchem Maße in ihrem Bann, daß du den Begriff von Tag und Nacht verloren hast?«

»Es ist wichtig«, war Ibn Sinas einzige Antwort.

»Nicht mehr als mein Schlummer!«

»Ich bin bereit, diese Frau zurückzukaufen.«

»So müßte sie denn auch noch verkäuflich sein! Ich habe nie gesagt, daß sie das wäre. Also geh, kehre heim, und möge Allah dich begleiten.«

»Selbst wenn ich dir sagte, daß ich von as-Suhayli geschickt wurde?«

»Dem Wesir?«

»Dem Wesir. Diese Frau ist irrtümlich verkauft worden.«

»Was beweist mir, daß es tatsächlich as-Suhayli ist, der dich schickt?«

»Ich heiße Ali ibn Sina, ich bin der Hofmedicus.«

Bei der Erwähnung seines Amtes schien sich der Kaufmann zu besänftigen. Er kratzte sich verdutzt das Kinn, fuhr mit der Hand in die zerzausten Haare und verkündete endlich: »Wesir oder nicht, könntest du mir denn den Preis der beiden Jungfrauen erstatten?«

»Vielleicht. Alles hängt von dem Betrag ab, den du für sie veranschlagst.«

»Zwei Jungfrauen, mein Bruder. Wahrhaftige, kostbare Perlen.«

»Ich weiß, der Eunuch hat mir alles erzählt. Nenne mir deinen Preis.«

Der Händler sah ihn verstohlen von unten an und stieß hervor: »Siebenhundert Dinar.«
Ohne Zögern erwiderte Ali, indem er seine Börse abnestelte: »Darin sind sechshundert Dinar, sie sind dein. Wo ist das Mädchen?«
»Ich habe siebenhundert gesagt.«
»Af-Farrubi, laß doch Weisheit erkennen und vergiß ein wenig deine Gier. Besser wäre, die Summe zu nehmen, denn sie droht bei den ersten Strahlen des Tageslichts dahinzuschwinden, so rasch wie der Schnee, der uns umgibt.«
»Was suchst du mir zu sagen?«
»Öffne deine Ohren und deine Augen. Ich habe dir anvertraut, daß ich der Hofmedicus sei und der Freund des Wesirs. Willst du also nicht begreifen?«
Der Händler kratzte sich stirnrunzelnd den Bart. Dann reichte er ihm mit Unwillen die Hand hin.

Als sie verschleiert an der Schwelle des den Frauen vorbehaltenen Karawansereisaals erschien, erkannte er sie sogleich an ihren Augen, an der Vollkommenheit ihrer Silhouette.
Sie trat einige Schritte auf ihn zu, schien zu zögern. Man hätte meinen können, es fiele ihr schwer zu glauben, was ihr da geschah.
»Scheich ar-rais?«
»Ja, Sindja, ich bin es wirklich, Ali.«
Sie wiederholte ungläubig: »Scheich ar-rais?«
»Komm. Dein Platz ist nicht unter den Eidechsenfressern ...«

Achte Makame

Die Sanduhr ist langsam abgelaufen, und die Körner der Zeit sind ins Gedächtnis der Vergangenheit geronnen.
An diesem zwanzigsten Tag des *dhul-hiddsche* hat die Sonne seit einer Stunde den Mittag des Flusses überschritten, und wir treten in das neunte Jahr von des Scheich ar-rais' Aufenthalt in Kurganag. Neun Jahre, während deren mein Meister sich dem Schreiben und der Lehre widmete. Nacheinander verfaßte er eine kurze Abhandlung, der über den Puls handelte, auf persisch; eine *Widerlegung der auf Horoskope gegründeten Voraussagungen der Zukunft,* auch *Widerlegung der judizierenden Astrologie* genannt; zehn Gedichte und eine Epistel über die Asketik, in denen er mit großer Genauigkeit die Bewußtseinszustände der Askese darlegte. Er schrieb auch ein philosophisches Buch, dem er den Titel *Die menschlichen Fähigkeiten und deren Aneignungen* gab, zahlreiche Gedichte über *Die Erhabenheit und die Weisheit* sowie eine Abhandlung über *Die Traurigkeit und ihre Ursachen.* Es mutet mich an, als wären das Exil fern von Buchara und das Andenken seines Vaters nicht unbeteiligt an der Abfassung dieses letzten Opus gewesen.
All diese Zeit über lebte Sindja an seiner Seite.
Sie beobachtete ihn, während er fast ohne Unterlaß wirkte; massierte seine von Schründen zerfressenen Finger voller Hingabe; bedeckte seine Schultern mit dem langen Mantel aus *fash-fash,* wenn es im ersten Schimmer des Tages dem Scheich widerfuhr einzuschlummern, das Haupt auf dem Ebenholztisch ruhend. Und, der ALLMÄCHTIGE verzeihe mir, sie sah ihn auch reichlich Busr-Wein zu sich nehmen.

Eigenartigerweise sollte die junge Frau von diesem Zeitraum nur die »bestürzende Leichtigkeit« in Erinnerung behalten, mit welcher der Sohn des Sina seine Arbeit vollbrachte. Häufig wurde sie in ihrem Urteil von al-Masihi bestärkt.
»Was haltet ihr mir eigentlich vor?« schleuderte ihnen der Scheich eines Tages mit wahrlicher Gereiztheit entgegen. »Glaubt ihr, daß die Schöpfung stets gleichbedeutend mit Schweiß und Leiden sei? Hat ein Maulesel größeres Verdienst als ein Vollblut, nur weil er sich zehnmal mehr abmüht, einen Hang zu erklimmen? Wenn dies der Fall ist, Allah sei mein Zeuge, werde ich niemals solcherlei Verdienst beanspruchen.«
In Wahrheit war es keineswegs verwunderlich, daß die Zeitzeugen seines Lebens von seiner Schaffenskraft berührt waren: Auf den staubigen Straßen oder unter den Vergoldungen der Paläste, manchmal gar zu Pferde, fand er immerzu die nötige Sammlung, sein Werk fortzuführen. Was jedoch über all dies hinaus jene verwirrte, die ihm nahekamen, war sein phänomenales Gedächtnis. Seit seinem zweiundzwanzigsten Jahr, ob er nun über Philosophie, Astronomie, Mathematik oder Medizin dozierte, verspürte er niemals die Notwendigkeit, eine Aufzeichnung oder ein Werk nachzuschlagen. Viel später, jenen Zeitraum beschwörend, gestand er mir: *Damals war ich auf dem Gipfel meiner Gelehrsamkeit, ich hatte alle lesenswerten Bücher gelesen, ich kannte alle Wissenschaft auswendig; seither ist sie in mir nur noch gereift.*
Ich kann mich hierbei nicht erwehren, an den von Emir Nuh dem Zweiten neun Jahre zuvor ausgesprochenen Satz zurückzudenken: *Allah gewährt ebenso das Doppelte, wem ER möchte...*
Der Vortrag des 17. des *dhul-hiddsche* war ein Freitag. Hoch droben, vom Hause Gottes aus, war der Adhan, der Aufruf zum Gebet, gen Azur gestiegen. Die Stimme des *mu'addin* hatte die Einheit und den Ruhm des ALLERHÖCHSTEN gepriesen und das Andenken des Propheten gesegnet. Ein seltener Umstand – der Muezzin von Kurganag war blind; denn von einem alten Brauch angeregt, hatte der Herrscher bestimmt,

daß dieses Amt ausschließlich den von Blindheit geschlagenen Wesen zuerkannt würde; und dies, auf daß sie von ihrer erhöhten Position aus nicht zu erspähen vermöchten, was sich auf den Terrassen oder in den Höfen der Häuser nahe dem Minarett zutrüge.
Im Innern der Moschee zehrten sich die Aromen in kupfernen Räucherpfannen auf, und ihre Wohlgerüche balsamierten die Säulen, die Silberleuchten und den vollständig mit Matten ausgelegten Boden.
Seit dem Tode Mohammeds, der UNBESIEGBARE segne seinen Namen, war das heilige Amt des Imams, des »Vorstehers« und Vorbeters, dem Kalifen anheimgegeben. In seiner Abwesenheit war diese Obliegenheit seinen Statthaltern, seinen Gouverneuren in den Provinzen oder auch der hierzu befugtesten Person unter den Anwesenden übertragen. So war es also Ibn Ma'mun, der von der Höhe der Kanzel aus die traditionelle *chutba,* die Freitags-Predigt, sprach. Da das Schwert untrennbar mit unserem Glauben verbunden ist, wandte er sich im besonderen an seine waffentragenden Krieger, die zu Pferde in die Moschee gedrungen waren, und beendete seine Predigt, indem er das Ergebnis der letzten Schlachten gegen die *ghuzz* mitteilte. Auch gab er seine Befehle bekannt und stieß die üblichen Verwünschungen gegen alle Feinde der Provinz aus.
Heute ist die Moschee wieder den Schülern zurückgegeben. Sie haben soeben das Frühgebet verrichtet und sitzen nun im Kreis zu ungefähr dreißig im Unterrichtssaal, der an das Gebäude angrenzt. Zwischen ihren Händen halten sie kleine Täfelchen von weichem Ton, die ihnen dazu dienen, ihre Aufzeichnungen mit Hilfe eines Griffels einzuritzen. Ihr durchschnittliches Alter schwankt zwischen zehn und zwanzig Jahren. Auch trifft man ältere Hörer an sowie strebsame Gelehrte, aus anderen Städten kommend, die auf der Suche nach neuen erlauchten Meistern von Provinz zu Provinz wandern. Dies ist der Fall bei Ibn Zayla, bereits in Buchara Ibn Sinas Schüler. Es finden sich sogar Wissenschaftler, die zum selben Behufe wie die Studenten loszie-

hen, um den von berühmten Kollegen gehaltenen Vorlesungen zu folgen.
Dreißig Schüler ist eine bescheidene Zahl, wenn man weiß, daß der Unterricht kostenlos ist, daß jedes Individuum ohne Ausnahme das absolute Recht besitzt, einen Meister zu hören, daß den Ärmsten Speisung zuteil wird und die Moschee im allgemeinen den auswärtigen Studenten bedeutende Stipendien bietet.
Zahlreich sind die Rum, die bei der Lektüre dieser Zeilen überrascht sein werden, da ihnen fremd ist, daß das Haus Gottes nicht allein eine Stätte des Gebets, sondern auch der Mittelpunkt des islamischen Unterrichts ist, der Ort nämlich, wo sich die *madrasa,* die Schule, erhebt; desgleichen dient sie als Bibliothek und Gericht. Noch erstaunter werden jene sein, wenn sie erfahren, daß die Moschee, falls die Stadt einer Herberge entbehrt, als Hospiz dient; daraus folgt, daß man darin ißt, und ich selbst war Zeuge üppiger Festgelage. Häufig, wie denn auch heute, ließ mein Meister dort zum Zeichen der Demut Nahrungsmittel reichen, die er mit seinen Schülern teilte.
Ali sitzt nicht auf einem erhöhten Sessel, sondern auf einem Teppich; die Sitte wahrend, welche verlangt, daß der Lehrer sich nicht über den Kreis seiner Zuhörer erheben möge und nur seine Kleidung die Bedeutsamkeit seiner Stellung widerspiegele. Im Laufe dieser letzten Jahre hat sich seine Gestalt beachtlich verändert, sie ist vom jungen Manne zum Erwachsenen gereift. Ein sorgfältig geschnittener Bart von mattem Schwarz umrandet heute sein Gesicht; und wenn seine Augäpfel auch denselben Glanz, dieselbe Schärfe beibehalten haben, ist ein neuer Ausdruck hinzugekommen.
Der in der Medrese gehaltene Unterricht bestand aus mehreren Teilbereichen. Insbesondere: der *adab,* die Regeln des Lebens in der Gesellschaft; in allgemeinerem Sinne: die Literatur. Selbstverständlich mußten die Schüler des Lesens und Schreibens kundig sein und ein wenig Grammatik beherrschen. Vor allem lehrte man die Kinder, den Koran auswendig zu rezitieren, sowie man ihnen die Hadithe vermit-

telte, das heißt die an die Taten, die Worte oder die Haltung des Propheten geknüpfte Überlieferung. Infolgedessen war es auch keineswegs überraschend, daß der Sohn des Sina an jenem Morgen des zwanzigsten Tages des *dhul-hiddsche* mit folgender Befragung begann ...

»Was nennt man die fünf Säulen des Islam? Vermag einer von euch mir zu antworten?«
Spontan reckten sich Arme hoch. Ali bestimmte ein Kind aufs Geratewohl.
»Das Glaubensbekenntnis, das Gebet, das Almosenspenden, das Fasten und die Wallfahrt nach Mekka.«
»Vollkommen richtig. Hierzu muß angemerkt werden, daß manche unserer Brüder, insbesondere der Zweig der Harigiten, den Dschjihad, den heiligen Krieg, als die vornehmste Pflicht des Gläubigen betrachten. Doch wir werden uns an die ursprüngliche Unterrichtung halten und die Polemik vermeiden. Das BUCH bedingt nur das Almosenspenden und das Fasten aus. Wir haben während der letzten Stunde gelernt, worin seine Säulen bestehen, welche jene Pflichten sind, die jeder von uns sein ganzes Leben lang erfüllen muß. Heute würde ich gerne in vertiefterer Weise auf das Gebet und seine Ursprünge eingehen.«
Ali machte eine kurze Pause, bevor er fragte: »Wißt ihr, wie die Anzahl unserer täglichen Gebete auf fünf festgelegt wurde?«
Die verlegene Stille der Kinder wurde von den Wortmeldungen älterer Studenten übertönt.
»So befiehlt es der Prophet.«
»So steht es im BUCH geschrieben.«
»Nein«, widersprach ein Hörer, »ihr seid im Irrtum, das BUCH erwähnt nur zwei Gebete: das vom Sonnenuntergang und das vom Sonnenaufgang.«

Antworten und Gegenreden stießen aufeinander, bis Ibn Zayla verkündete: »Die Überlieferung will, daß der Prophet durch Moses zur kanonischen Zahl Fünf inspiriert wurde.«
Eine leichte Unruhe durchfuhr die Versammlung.
»Unser Freund hat die Wahrheit gesagt. Hier nun die Tatsachen: Eines Nachts, auf Befehl des Erzengels Gabriel hin, schwang Mohammed sich auf Buraq, dieses sonderbare weiße Roß, halb Maulesel, halb Esel, und flog zwischen den Sternen gen Jerusalem. Dort eilte eine Schar Propheten – Abraham, Moses, Jesus und andere – ihm entgegen. Mohammed wurde aus dieser Welt gehoben und erreichte jenen höchsten Punkt, den das BUCH den Lotus des Siebten Himmels nennt. Das göttliche LICHT fiel auf den LOTUS und hüllte ihn ein. Dort nun empfing der PROPHET für sein Volk den Befehl, fünfzig Gebete am Tage zu verrichten.«
Bei der Nennung der Zahl starrten sich die Jugendlichen mit Bestürzung und Ratlosigkeit an.
»Hier muß ich nun die Texte der Überlieferung achten und werde daher nur die Worte Mohammeds zitieren: ›Auf dem Rückweg, als ich an Moses vorüberging, fragte mich dieser: ‚Wie viele Gebete hat man dir auferlegt?‘ Ich sagte ihm, fünfzig am Tage, und er bekannte mir: ‚Das Kanonische Gebet ist eine schwere Bürde, und dein Volk ist schwach. Kehre denn zurück zu deinem HERRN und bitte ihn, die Bürde für dich und die Deinen zu erleichtern.‘
So ging ich also zurück und bat meinen HERRN um eine Erleichterung. Er nahm mir zehn Gebete ab. Wieder ging ich an Moses vorüber, der mir dieselbe Frage stellte und dieselbe Bemerkung wie zuvor äußerte; so daß ich wieder zurückging, woher ich kam, und weitere zehn Gebete mir abgenommen wurden. Jedesmal, wenn ich an Moses vorüberging, ließ er mich kehrtmachen, bis schließlich alle Gebete bis auf fünf für jeden Zeitraum von einer Nacht und einem Tage mir

abgenommen waren. Bei Moses angelangt, stellte er mir dieselbe Frage, auf die ich antwortete: ‚Ich bin bereits so viele Male zu meinem HERRN zurückgekehrt und habe ihn um so viel gebeten, daß ich mich dessen schäme. Ich werde nicht mehr zurückgehen.'«

Ali ließ seinen Blick über die Studenten schweifen, bevor er schloß: »Und so wird derjenige, der die fünf Gebete mit dem Glauben und dem Vertrauen in die göttliche Güte verrichtet, den Lohn von fünfzig Gebeten erhalten ...«

Als die erste Überraschung sich gelegt hatte, wurde die Stunde fortgesetzt und es geschah, daß Ibn Sina drei- bis viermal gewisse Hadithe wiederholte, auf daß die Schüler sie verstehen und sich einprägen konnten.

Dann beschloß er, das Diktat anzugehen: »Ich schlage euch ein Gedicht vor: Das *Aferine-na'ma*. Sein Verfasser, Abu Sukur aus Balch, ist heute verblichen, doch ich bin der Ansicht, daß er der wahre Wegbereiter der ureigen persischen Gedichtform des Vierzeilers war. Anschließend werde ich euch einen der Verse des BUCHES diktieren. Und ...«

»Aber Scheich ar-rais«, empörte sich jemand, »man hat mir stets gesagt, es gehöre sich nicht, daß Kinder sich an den Worten des heiligen Buches üben!«

Ali schüttelte gleichgültig den Kopf: »Laß ... Gott weiß, was richtig ist.«

Als er sein Diktat beendet hatte, prüfte er jedes Täfelchen sorgsam, erläuterte die Fehler; die Kinder glätteten den Ton mit der flachen Seite ihres Griffels und schickten sich an, den Vers zu rezitieren, den er ausgewählt hatte. Merkwürdigerweise schlug mein Meister an jenem Tage den 136. Vers der zweiten Sure vor. Er enthält folgendes: »Sagt: Wir glauben an GOTT, und an das, was zu uns herabgesandt, und was zu Abraham, Ismael, Isaak, Jakob und den Stämmen herabgesandt worden ist; an das, was Moses und Jesus gegeben ward und was den Propheten gegeben ward von ihrem Herrn; ohne daß wir bei einem von ihnen einen Unterschied machen. IHM sind wir unterworfen.«*

Die Sonne stand im Mittag des Flusses, als Ali die jüngsten Schüler entließ. Zuvor jedoch wies er sie auf einen in den Fußboden des Hofes geschnittenen Abfluß hin, unweit der Brunnen, die den Waschungen dienten, und empfahl ihnen, ihre Tontäfelchen, genau über diese Öffnung haltend, sorgfältig zu waschen; denn unter der Erde befand sich eine Rinne, die zum Grabe des Gründers der Moschee führte, so konnte sein Grab regelmäßig von Worte des Korans tragenden Wassern benetzt werden.
Nach dem Mittagsgebet nahm Ali seinen Unterricht wieder auf, nun aber für die aus allen Gegenden Persiens gekommenen Meister und gelehrten Hörer.

Man sprach über Literatur, Tradition, Logik, Wissenschaft der Zahlen, Wissenschaft der Körper und selbstverständlich über Heilkunde. An jenem Nachmittag diktierte Ali mehr als hundert Bogen. Als er, von Ibn Zayla begleitet, die Moschee verließ, hatte die Dämmerung die Stadt ergriffen.
Auf der Schwelle des Hauses Gottes unterhielten sich die Männer noch ein wenig bis zu dem Moment, da der Jünger einen Mann um die Fünfzig von äußerster Magerkeit, mit sehr bleichen, ausmergelten Zügen gewahrte, der taumelnd daherkam und trotz der frischen Luft unter der Last seiner Bündel dicke Perlen schwitzte.

* Ich habe stets gewisse Zweifel gehegt hinsichtlich der Wahl dieses Verses. Ich kann nicht glauben, daß es hierfür einen unmittelbar mit dem Ereignis von Buchara – und folglich mit der Religion von Setareh – zusammenhängenden Grund gab ... Nichtsdestotrotz flüstert mir irgend etwas ein, daß die Wahl nicht ganz lauter war. Allah verzeihe mir, wenn ich unrecht habe. *(Anm. d. Djuzdjani)*

»Hier kommt einer, der, so scheint mir, vom Sogdiana-Wein allzu reichlich gezecht hat! Sieh nur, wie er wankt! Man könnte meinen, eine Palme im Wind des Schawwal!«
Ali betrachtete nun ebenfalls das Individuum. Und rief plötzlich aus: »Komm, Husain, folgen wir ihm.«
Ibn Zayla musterte den Scheich mit Erstaunen.
»Aber Meister, hältst du es wirklich für notwendig, diesem Trunkenbold nachzugehen?«
Doch schon hatte der Arzt sich an die Fersen des Mannes geheftet.
Während sie durch das Labyrinth der Gäßchen voranschritten, konnten sie feststellen, daß sein Gang zusehends unsicherer wurde.
»Beobachte ihn genau«, meinte Ali mit gewisser Erregung, »dieser Unglückliche weiß noch nicht, daß der Schatten, der ihn begleitet, vielleicht der des Todes ist.«
Einen Augenblick später sahen sie, wie er sich keuchend in ein Häuschen nahe dem Palast drängte.
»Und nun?« erkundigte sich Ibn Zayla zunehmend verdutzter.
»Bleiben wir hier stehen. Das Warten wird nicht lange dauern. Und ...«
Er hatte nicht mehr die Zeit, seinen Satz zu beenden. Ein lauter Schrei erscholl. Fast zugleich öffnete sich mit Getöse die Tür und ließ eine weibliche Gestalt im Spalt erkennen.
»Er ist tot! Mein Gatte ist tot!« heulte sie schluchzend und sich das Gesicht schlagend. »Allah habe Mitleid mit mir!«
Ali warf Ibn Zayla einen zustimmenden Blick zu.
»Wir sind nicht Gott«, warf er ein, während er zum Haus eilte, »doch Er bietet uns womöglich die Gelegenheit, für Ihn zu wirken.«
Ohne sich um die Frau zu kümmern, die weiter schluchzte und klagte, stürmte er in das Häuschen, wo ihn ein makabres

Schauspiel erwartete: Der Mann lag zusammengebrochen am Boden; das Gesicht hatte sich gleichsam seines Blutes entleert; wären die weit aufgerissenen Augen nicht gewesen, die das Nichts anstarrten, hätte man glauben können, er schliefe.

»Die Seele ist an die Lippe getreten*«, setzte die Frau hinzu, als sie ins Haus zurückkehrte, diesmal von – durch ihre Schreie angelockten – Nachbarn begleitet. »Izra'il, der Todesengel, hat ihn dahingerafft! Weshalb, Rabbi, weshalb?«

Ibn Zayla versuchte die Unglückliche recht und schlecht zu trösten: »Der Todesengel ist vor allem der Gesandte des UNBESIEGBAREN. Wenn ER es für gut befunden hat, deinen Gatten zu sich zu rufen, dann nur, weil seine Stunde gekommen war.«

Ali hatte das Gewand des Mannes aufgehakt, den Kopf auf den Thorax gelegt und sich an das Abhören des Körpers begeben. Sodann untersuchte er die Extremitäten und bemerkte, daß sie so eisig wie die Nächte im Pamir waren.

Jemand näherte sich ihm, und den Arm des allem Anschein nach Verblichenen ergreifend, hob jener ihn hoch, ließ ihn los und verkündete feierlich, da er sah, wie das Gliedmaß leblos zurückfiel: »Seine Seele sei Gott befohlen!«

»Aber was machst du da?« entsetzte sich die Frau, als sie sah, daß Ali ihren Gatten zu entkleiden fortfuhr. »Siehst du nicht, daß es zu spät ist?«

Ihr Gezeter mißachtend, fragte der Medicus: »Hast du Honig, viel Honig?«

Völlig kopflos bejahte sie.

»Wunderbar, du wirst dich sputen, ihn in Wasser aufzulösen, das du zuvor zum Kochen gebracht hast.«

»Aber siehst du denn nicht, daß es zu spät ist?« seufzte eine Stimme.

---

* Er haucht seine Seele aus oder hat sie ausgehaucht. *(Anm. d. Ü.)*

»Den Leichnam eines Gläubigen besudeln!«
Da die Frau zu zaudern schien, gab Ali sich drohend: »Falls du möchtest, daß dein Gatte das Leben wiedererlangt, dann tu, was ich dir sage! Schnell!«
Da stürzte sie zum Kohlebecken.
»Und du, Husain«, setzte er an seinen Schüler gerichtet hinzu, »öffne doch meine Tasche, darin findest du eine Klistierbirne. Fülle sie mit dem Honigseim, sobald er fertig ist.«
Unter den vorwurfsvollen Blicken der Neugierigen, die sich inzwischen im Raum zusammengedrängt hatten, führte Ali es zu Ende, den Mann zu entblößen, um ihn dann auf den Bauch zu drehen.
»Wer bist du eigentlich?« schrie jemand zornig. »Was gibt dir das Recht, die Würde eines Toten derart mit Füßen zu treten?«
Ali zuckte mit den Schultern.
»Sie werden uns Leid zufügen«, tuschelte Ibn Zayla angesichts der Feindseligkeit, die um sie herum anwuchs.
»Laß sie nur, sie bellen, aber sie beißen nicht.«
Eine gewisse Gespanntheit begann sich einzustellen, die noch größer wurde, als die Gemahlin des »Verblichenen« mit einem dampfenden Krug zurückkehrte.
Ibn Zayla tat, wie ihm der Scheich befohlen, und nachdem er die Kanüle aufgeschraubt hatte, reichte er ihm das Instrument. Ali wartete ein wenig, bis sich das Wasser-Honig-Gemisch etwas abkühlte, und führte dann die Kanüle, unter den fassungslosen Blicken der Zeugen, in den Anus des Mannes ein. »Einem Leichnam eine Spülung zu machen!« entrüstete sich ein Nachbar. »Dieses Individuum ist doch ein Ungläubiger!«
Gleichgültig gegenüber der Erregung, die er bewirkte, setzte der Scheich seine Behandlung fort. Als er die gesamte mit

Honig versetzte Flüssigkeit eingespritzt hatte, drehte er den Körper des Mannes wieder auf den Rücken und verkündete: »Jetzt müssen wir uns ein wenig gedulden. So lange, bis der Honigseim ins Blut diffundiert.«
»Aber das ist absurd!« rief jemand aus. »Dieser Mann ist irre! Man muß ihn fortjagen!«
»Ja! Genug! Hinaus!«
Der Kreis begann, sich gefährlich um Ali und seinen Schüler zu verengen.
»Scheich ar-rais«, stieß der junge Mann außer sich hervor, »wir müssen von hier fort!«
»Ganz ruhig, Husain. Laß mich machen.«
Er richtete sich langsam auf und maß die kleine Gruppe, die stetig näher kam.
»Weshalb ereifert ihr euch so? Ich verlange nichts von euch, es sei denn, ein wenig Überlegung: Falls euer Freund tot ist, kann das, was ich mit ihm getan habe, seinen Zustand keinesfalls verschlimmern. Kann man das Leben zweimal nehmen? Kann man denselben Hals zweimal durchtrennen? Wenn hingegen ein Hauch, so schwach er auch sei, sich im Innern dieses Körpers regt, dann wird es wohl kein Honigseim-Klysma aus ihm vertreiben können.«
Seine Tasche durchwühlend, zog er eine kleine Sanduhr hervor, die er auf den Boden stellte.
»Wenn, das untere Glas einmal gefüllt, euer Freund noch immer seine Sinne nicht wiedererlangt hat, werdet ihr auf der Stelle die Palastwache herbestellen, und sie wird mich abführen.«
Die Männer beratschlagten sich verstört, und obgleich man spürte, daß sie von den Worten des Medicus eingenommen waren, wagte keiner unter ihnen, Stellung zu beziehen. Letztendlich war es die Gattin, die halblaut murmelte: »Falls ein Wunder... falls ein Wunder möglich wäre...«

Der Kreis öffnete sich unmerklich. Und das Warten begann. Alle Augen hefteten sich auf das Dahinrinnen der Sandkörner, die durch ihr gläsernes Gefängnis flossen.

Draußen fing ein Hund zu bellen an, die Stille brechend. Von Zeit zu Zeit hörte man das Rascheln eines Ärmels, das Scharren eines Absatzes auf dem Boden, einen Seufzer des Überdrusses.

Mit bleichem Gesicht schien Ibn Zayla ebenfalls von der Sanduhr gebannt zu sein. Man konnte meinen, er suchte mit der ganzen Kraft seines Denkens den Fall der Körner zu drosseln.

Bald blieb nur noch ein winziger, feiner, fast durchsichtiger Faden. Er vermittelte den Eindruck, einen flüchtigen Augenblick im engen Hals, der die beiden Gefäße trennte, innezuhalten, und dann, mit einem Mal, fiel er herab.

Alle Gesichter wandten sich Ibn Sina zu. Die auf der Erde liegende Gestalt war weiterhin leblos.

Ali nahm den Puls des Mannes, bevor er unerschrocken sagte: »Nun gut. Ihr könnt die Wache rufen.«

Die Frau erstickte ein Schluchzen.

Jemand deutete einen Schritt zur Tür an.

Im selben Augenblick flatterte Ibrahim, dies war der Name des »Verblichenen«, mit den Lidern und richtete sich zur allgemeinen Verblüffung langsam auf, um wie an der Schwelle eines tiefen Schlummers zu lallen: »Mein Gott ... was ist geschehen?«

Beim Anblick dieses Mirakels brach unwillkürlich Beifall aus, in dem sich Grauen und Bewunderung zugleich erahnen ließen.

»Er hat Izra'il besiegt ...«, stammelte die Ehefrau, beinahe die Besinnung verlierend.

»Er hat Izra'il besiegt«, fuhren andere wie mit einer Stimme fort.

Es erfolgte ein unglaubliches Gedränge, alle wollten dem »Auferstandenen« nahe kommen, ihn berühren, mit ihm sprechen. Unauffällig nahm Ali seine Sanduhr wieder an sich, schloß seine Tasche und lud Ibn Zayla ein, ihm zu folgen. Draußen angelangt, hastete er zum großen Erstaunen seines Schülers mit einem Satz davon und stieb immer geradeaus, die Gäßchen hinunter, um erst an der Palastpforte anzuhalten.
»Scheich ar-rais!« empörte sich Ibn Zayla, während er nach Atem rang. »Du hast diesen Leuten nicht einmal die Zeit gelassen, dir ihre Dankbarkeit auszudrücken.«
Ali nickte und wischte sich dabei den Schweiß ab, der auf seiner Stirne perlte.
»Glaubst du wirklich, daß der Mann tot war?«
Ibn Zayla antwortete verneinend.
»Ganz offenkundig war er kollabiert.«
»Die Trunkenheit?« fragte der Jünger.
»Keineswegs. Es genügte, seine Magerkeit zu konstatieren, die anormale Blässe seiner Wangen, seinen kurzen Atem, die Nässe, die ihm ungewöhnlich im Gesicht stand, die übermäßige Anstrengung, die er aufwandte, um seine Bündel zu tragen, und vor allem seinen unsicheren Gang, um zu begreifen, daß das vollkommene Gleichgewicht, das in jedem Geschöpf herrschen muß, kurz davor stand zu zerbrechen.«
»Verzeih mir, Meister, ich habe Mühe, dir zu folgen.«
»Hör zu: Alle Temperamente gehören vier Haupttypen an: dem gelbgalligen oder cholerischen, dem sanguinen, dem schwarzgalligen oder melancholischen und dem schleimigkalten oder phlegmatischen Typus. An dem Tag, da irgendeine Ursache sich einstellt, das Gleichgewicht der Säfte und der Primärqualitäten zu verändern oder zu verkehren, genügt diese Ursache, die Schwächung herbeizuführen. Unter den Menschen gibt es welche, die in ihrer Konstitution eine Veranlagung haben, sich eine Krankheit zuzuziehen. Denn,

und dies ist sehr wichtig, wenn diese allein wirkende Ursache einen nicht prädisponierten Organismus antrifft, der ihr keinerlei Hilfe leistet, wird sie auf ihn nicht reagieren können, und ihre Wirkung wird nichtig sein. Wir könnten den – eingestandenermaßen – unerklärlichen Zustand zwischen Gesundheit und Krankheit die *neutralitas,* die günstige Mitte der Empfänglichkeit, nennen.«
»Und im Fall dieses Mannes?«
»Seine schwache Konstitution zwang ihn, eine anormal große Menge Energie aus sich zu schöpfen, so daß sie ihm schließlich fehlte. Daher diese Verkehrung des Gleichgewichts, die ich eben erwähnte. Meine Behandlung hat allein darin bestanden, seine erloschenen Reserven wiederherzustellen. Und was gibt es Bewährteres als Honig*, um dies zu bewirken?«
Ibn Zayla wahrte bewunderndes Schweigen, bevor er bekannte: »Das ist ganz und gar erstaunlich ... Gleichwohl jedoch erfasse ich noch immer nicht den Grund, der dich zur Flucht getrieben hat.«
»Denke nach. Du und ich wissen, daß ich diesen Unglücklichen nicht auferweckt habe, doch zur Stunde sind die Leute vom Gegenteil überzeugt. Begreifst du endlich?«
Der junge Mann verneinte erneut.
»Die Legenden gehen schneller um als der Wind. Wenn ich geflohen bin, dann gerade deshalb, daß man mich nicht erkenne, denn schon von morgen an würde in ganz Kurganag, vom Basar bis in die Moschee, erzählt werden, daß Abu Ali ibn Sina die Macht hat, die Toten zu erwecken!«
Husain konnte sich das Lachen nicht verkneifen.
»Dies könnte deinen Ruhm nur noch mehren, Scheich arrais.«

---

* Es scheint, daß Ibn Sina an jenem Tage sich dem gegenübersah, was die Medizin heutzutage einen hypoglykämischen Schock durch akuten Blutzuckermangel nennen würde. *(Anm. d. Ü.)*

»Deine Sicht reicht also nicht über deine Sandalenspitzen hinaus? Stelle dir nur einen Moment vor, irgendwann, morgen, läge die Gemahlin eines Emirs, ein Mitglied seiner Familie oder der Kalif selbst im Sterben, so würde man nicht versäumen, mich aufzufordern, jenes Wunder zu vollbringen, das man mir zu Unrecht zugesprochen hätte. Und glaubst du nicht, mein Freund, daß ich dann in arge Verlegenheit käme?«
Ali schloß selbst: »An diesem Tage würde mein armer Kopf nicht mehr wert sein als ein Stück Leder unter der Klinge des Gerbers...«
Ein einverständliches Leuchten blitzte in den Augen des jungen Mannes auf.
»Nun ist es Zeit, uns zu trennen«, setzte Ali hinzu. »Der Tag war hart. Möge der GÜTIGE deine Nacht erhellen, Sohn des Zayla.«
»Daß ER dich beschützen möge, Meister, und daß ER dir auf ewig deinen Scharfblick erhalte.«
Als er den Palasthof betrat, wurde Ali sogleich des ungewöhnlichen Treibens gewahr, das darin herrschte. Soldaten, mit Uniformen bekleidet, die er nicht kannte, kamen und gingen; Stallknechte sattelten deren Pferde ab, und man hatte die Zahl der Späher auf der Zinne des Wachturms verdoppelt. Kaum hatte er die Vorhalle durchschritten, sah er, in groß gestikulierendem Ärmelgeflatter, den Kammerherrn Sawssan auf sich zulaufen.
»Wo warst du, Scheich ar-rais? Seit Stunden schon suchen wir in der ganzen Stadt nach dir.«
»Weshalb, was geht vor? Ist der Emir leidend?«
»Wenn ich mich erkühnte, würde ich dir sagen, daß dies weniger ernst wäre als das Unglück, das uns trifft. Geselle dich rasch zu den anderen im Empfangssaal. Dort wirst du den gesamten Hof versammelt finden. Sie werden es dir erklären.«

Der Kämmer hatte recht. Der Empfangssaal war schwarz von Menschen. Al-Masihi, al-Arrak, Ibn al-Khammar; der Wesir, der Emir höchstselbst; niemand fehlte in der Runde. Er entsann sich nicht, einer solchen Versammlung im Laufe seiner neun in Kurganag verbrachten Jahre beigewohnt zu haben.
Alle redeten zugleich, und man hatte Mühe, ihre Äußerungen zu verstehen.
»Ruhe!« rief der Wesir as-Suhayli mit unwirscher Stimme. »Ruhe. Wir sind im Palast, nicht in einer Karawanserei!«
Ali suchte Ibn Ma'mun mit Blicken und war auf der Stelle von seiner Haltung verblüfft: Der Körper war zusammengesackt, die Wange nachlässig in die Hand gestützt – er schien vernichtet.
»Möge der Friede über dir sein, Scheich ar-rais«, warf as-Suhayli ein, indem er ihm winkte, näher zu kommen. »Du hast uns große Besorgnis bereitet.«
»Ich pflegte einen Kranken«, wollte Ali erklären.
Der Wesir ließ ihm nicht die Zeit fortzufahren.
»Verdrießliche Nachrichten sind uns von Ghazna zugegangen. Recht verdrießliche Nachrichten.«
Er deutete auf jemanden, der sich abseits hielt. »Dies hier ist ein Bote von Mahmud dem Ghaznawiden. Er ist vor kurzem angekommen.«
Der Mann verbeugte sich förmlich vor Ibn Sina, während der Wesir weiter ausführte: »Der König fordert die unverzügliche Abtretung aller Gelehrten, aller Denker und aller Künstler von Kurganag. Alle ohne Ausnahme müssen sich binnen kürzester Frist an den Hof von Ghazna begeben.«
»Alle?«
»Alle, ohne Ausnahme.«
Betäubt beobachtete Ali jeden einzelnen seiner Freunde. Al-Arrak, Ibn al-Khammar und die anderen, und er war sogleich betroffen von der Resignation, die er in ihren Gesichtern las.

»Ihr werdet über eine königliche Leibrente verfügen«, glaubte der Bote des Ghaznawiden anmerken zu müssen. »Es wird euch an nichts mangeln. Ganz im Gegenteil, Mahmud, daß Allah seinen Namen segnen möge, wird euch mit seinen Wohltaten überhäufen.«
Der Medicus schloß die Augen, und die Worte, die er einige Jahre zuvor, an al-Biruni gerichtet, ausgesprochen hatte, schossen ihm mit einem Mal ins Gedächtnis.

Was dich betrifft, so weiß ich es nicht, ich hingegen kann dir versichern, daß gewisse Herrscher, so großzügig sie auch sein mögen, mich niemals in ihren Diensten haben werden: die TÜRKEN, *die* TÜRKEN *gehören dazu! Der Sohn des Sina wird niemals den Rücken vor einem Ghaznawiden beugen!*

Er atmete tief ein und wandte sich an den Boten: »Unter diesen Bedingungen wird der Fürst auf einen unter uns verzichten müssen.«
»Auf zwei!« berichtigte al-Masihi spontan.
Als ob er nicht verstünde, erbat der Kurier eine Erklärung von seiten des Wesirs.
»Du scheinst die Angelegenheit nicht erfaßt zu haben«, äußerte as-Suhayli im Ton der Aussöhnung. »Dies ist keine Einladung, dies ist ein Befehl.«
»Es gibt Befehle, die Beleidigungen sind, vielgeliebter as-Suhayli.«
»Wir haben keine andere Wahl!«
Nun war es der Emir, der Stellung nahm.
»Wir haben keine andere Wahl«, skandierte er nochmals.
»Wir werden doch trotz allem keinen Krieg gegen den Ghaznawiden riskieren! Gegen meinen eigenen Schwager! Sein Wunsch wird erfüllt.«
»Er wird erfüllt. Der Fürsten Willkür ist gang und gäbe. Ich

für meinen Teil jedoch billige mir das Recht zu, mich ihr zu widersetzen.«

»Irrsinn!« heulte Ibn Ma'mun. »Irrsinn! Du verkaufst Kurganag für zwei Gran Gerste!«

Er machte Miene, den Kragen seiner Burda zu zerreißen, und setzte mit Wut hinzu: »Wie dem auch sei; wisse, daß unter all meinen Gelehrten du derjenige bist, dessen Fortgang mir die geringste Betrübnis bereiten wird.«

Fahrig die Falten seines Gewandes wieder in Ordnung bringend, merkte er an: »Wir wissen von dem ausschweifenden Leben, das du seit deiner Ankunft in Kurganag führst, und wir wissen auch, was du in der Moschee über den Ursprung der fünf Gebete lehrst.«

Ali erbleichte bei der kaum verschleierten Andeutung; zur Erwiderung bereit, ballte er die Fäuste, als der Wesir ihm ins Ohr flüsterte: »Geh und warte gemeinsam mit al-Masihi am Quecksilberbecken auf mich. Geh ...«

Herumwirbelnd erklärte er mit entspannter Stimme dem Abgesandten des Ghaznawiden: »Du kannst deinem Herrn vermelden, daß der Scheich und alle seine Gefährten sich seinen Befehlen fügen werden. Schon morgen, nach dem Frühgebet, werden sie die Reise antreten.«

*

In der Dunkelheit, die im Garten herrschte, ahnte man die drei schemenhaften Gestalten kaum, welche die Gartenwege entlanggingen. Die Luft war warm und schwül, schwer von der Feuchte, die vom Khuwarism-Meer kam.

Der Wesir warf einen Blick über die Schulter, um sich zu vergewissern, daß niemand ihnen folgte, und fragte Ibn Sina zum zweiten Mal: »Dein Entschluß ist also unumstößlich? Du wirst dich nicht nach Ghazna begeben?«

Ali erneuerte seine Weigerung.
»Ich setze voraus, du weißt, was dich eine solche Haltung kosten kann.«
»Allah allein wird über mein Los entscheiden. Sieh, as-Suhayli, ich habe vor kurzem die Abfassung eines Traktats über das Schicksal begonnen. Sei beruhigt, ich werde dir die Einzelheiten seiner Ausführung ersparen ... Erlaube mir indes, dir meine Philosophie anzuvertrauen; und wenn mein Schritt dir nicht zu hoffärtig erscheint, nimm meine Worte als ebensolche Ratschläge an: ›Eile der Zeit voraus und befinde selbst über das Universum, ob es dir gewogen oder widrig sei, wie Gott es täte beim Anblick seines Geschöpfs.‹ Ich habe befunden: Ich werde mich dem Türken nicht unterwerfen.«
Al-Masihi hüstelte vornehm.
»In diesem Fall habt ihr keine andere Wahl: Ihr müßt fliehen, Kurganag augenblicklich verlassen. Morgen wird es zu spät sein. Ich werde einen Führer und Pferde zu eurer Verfügung stellen. Ihr solltet auf der Stelle eurer Wege gehen.«
»Mit welcher Bestimmung?« sorgte sich al-Masihi.
Ali überlegte einen Moment, bevor er antwortete: »Wir werden al-Biruni am Hof des Wachteljägers aufsuchen.«
»Aber Gurgan liegt bald zweihundert *farsakh* von hier! Das ist eine lange und beschwerliche Reise!«
»Sei ohne Furcht. Wir werden uns die erforderliche Zeit nehmen. Und wir werden es uns zunutze machen und ein paar Tage in Buchara verweilen. Bald sind es neun Jahre, daß ich meine Mutter und meinen Bruder nicht wiedergesehen habe. Ich sehne mich danach, sie an mein Herz zu drücken.«
»Wenn nur die Freude, sie wiederzusehen, uns Flügel verleihen könnte«, entgegnete al-Masihi mit einem etwas müden Lächeln. »Wir würden die Anstrengungen der Reise weniger verspüren. Obgleich ich entzückt wäre, Gurgan wiederzusehen. Schließlich ist es meine Geburtsstadt.«

Ali ergründete des Wesirs Augen.
»Weshalb tust du das?«
As-Suhayli trug eine lautere Miene zur Schau.
»Vielleicht, weil ich meinerseits befunden habe ...«

*

Nahe dem offenen Fenster stehend, beobachtete Sindja ihn, während er seine Aufzeichnungen ordnete. Als er ihr seine Abreise angekündigt hatte, hatte sie nichts gesagt, doch durch das Gewölk hindurch, das ihre Augen trübte, spürte man allen Kummer dieser Welt.
Auch sein Blick war verdüstert. Er trat etwas linkisch auf sie zu und reichte ihr ein Blatt.
»Ich hätte dir Kisten voll Gold, alle Schätze und alle Felder Isfahans schenken wollen, doch leider beschränkt sich mein einziges Geschenk auf diese leichte Prosa.«
Sie antwortete nicht. Sie nahm einfach nur das Blatt und trank jedes Wort:

O Wind des Nordens! Siehst du nicht, wie groß meine Verzweiflung? Bring mir doch ein wenig des Atems von Sindja, wehe, ich bitte dich, wehe hin zu ihr und sage: Sanfte, sanfte Sindja, was mir von dir genügt, ist dieses Wenig, und weniger noch. Ich werde vortäuschen, dich zu vergessen, damit mein Herz werde, was es war, doch weiß ich im voraus, bei diesem Tun mein Sehnen nur noch heftiger wird, noch ewiger währet meine Melancholie ...

Sie drückte das Blatt an ihr Herz, ergriff dann einen Zipfel ihres Schleiers und führte ihn wieder über ihr Gesicht. Ali bemerkte, daß sie den Litham von purpurner Seide, den sie gewöhnlich trug, gegen einen Tschador von gelber Farbe getauscht hatte – Sinnbild für Schmerz und Leid ...

Neunte Makame

In ein weites blaues Gewand gehüllt, das Haupt von einem mit Juwelen besetzten Turban geschützt, war Mahmud der Ghaznawide von stattlicher Gestalt.
Subuktigin, sein Vater, hatte ihn einstmals zu seinem Statthalter bestellt. Ein ungestümer Statthalter, in dem selbst diejenigen, die ihn am leidenschaftlichsten verachteten, Zähigkeit und Heldenmut erkannten. Sehr bald darauf nahm er den ismailitischen Ketzern die Stadt Nischapur und machte aus ihr seine Hauptstadt. Später dann, als Subuktigin starb, ließ jener seinen Thron seinem jüngsten Sohn Ismail. Man hätte vermuten können, Mahmud füge sich dieser Wahl; dem war nicht so. Zwanzig Monate danach fiel er über Ghazna her, schlug seinen Bruder vernichtend und ließ sich zum »König der Stadt« krönen. Seither waren zwölf Jahre vergangen, und die Macht und der Ruhm desjenigen, den alle später nur noch den Ghaznawiden nannten, hatte nicht aufgehört, Persiens Erde in Brand zu setzen.
Gleichwohl war an jenem Abend etwas eingetreten, diesen Glanz zu trüben. Etwas Unvorhersehbares und demnach in den Augen dieses Mannes, der sein eigenes Geschick und das seiner Umgebung zu gestalten gewohnt war, etwas vollkommen Unannehmbares.
Er klaubte eine Dattel aus einer großen ziselierten Schale, spie den Kern vor die Füße al-Khammars und der anderen im Thronsaal versammelten Gelehrten und sagte mit fester

Stimme: »Da euer Genosse, der Scheich ar-rais, diesen Hof seiner Anwesenheit für unwürdig befunden hat, wird er also mit Gewalt hergebracht. Wisset, daß ich nicht ruhen werde, bevor ich nicht Genugtuung erhalten habe!«
»Aber von Turkestan bis nach Djibal gleichen sich alle Männer, Exzellenz«, gab sein Kanzler zaghaft zu bedenken. »Um Ibn Sina wiederzufinden, müßte man ein Heer ausheben.«
Mahmud neigte den Kopf leicht zur Seite und richtete seinen Zeigefinger auf al-Arrak.
»Du! Komm näher! Unter allen Talenten, die man dir zuschreibt, ist eines, das uns die Mühe sicherlich erleichtern wird. Du bist Mathematiker, Philosoph, aber du bist auch Maler. Ist es nicht wahr?«
Al-Arrak bestätigte.
»In dem Fall wirst du mir ein Bildnis schaffen, nämlich das des Scheich ar-rais. Ich will es einmalig an Genauigkeit, vollkommen an Ähnlichkeit.«
»Aber ... es erscheint mir sehr schwierig, etwas Derartiges aus dem Gedächtnis zu bewerkstelligen.«
»Ganz ohne Zweifel. Dies ist auch der Grund, weshalb ich mich an dich und an keinen anderen wende. Wenn du deine Arbeit beendet hast, werden alle Maler und alle Zeichner von Ghazna sie nachbilden. Ich werde so viele Exemplare benötigen, wie es Städte, Dörfer, Grenzkastelle und Signaltürme gibt. Vielleicht wird dann der Sohn des Sina mir Dank wissen, zu seiner Unsterblichkeit beigetragen zu haben.«
Der Monarch verstummte, und nach Abschätzung der Wirkung seiner Worte wandte er sich an den *sepeh-dar,* den Feldherrn; und der Ton seiner Stimme verhärtete sich furchtbar:
»Ich will ihn. Ich will den Scheich ar-rais, lebendig.«
Er fügte in einem Atemzug hinzu: »Oder tot.«

*

Das Wasser singt in der auf der Glut stehenden Teekanne.
Die Nacht ist niedergesunken. Die dritte seit ihrem Aufbruch von Kurganag. Eine eisige Nacht, die das Funkeln der Sterne erstarren läßt. In diesem Winkel der Welt ist das immer so. Der Tag entflammt die Erde, die Nacht gefriert sie. Ihren dicken Mänteln aus Kamelhaar zum Trotz schleicht sich die Kälte heimtückisch in die Körper der Reisenden und brennt gar ebensosehr wie Feuer.
Der Führer ist seit einer Weile schon im unförmigen Schatten der Pferde eingeschlafen.
In seine Wolldecke eingerollt, liegt Ali auf dem Rücken ausgestreckt, den Blick in den Sternen verloren.
»Ich frage mich manchmal«, sagte er lächelnd, »ob das Flimmern der Sterne nicht der Puls des Universums ist.«
Al-Masihi goß etwas Tee in einen Becher und reichte ihn seinem Freund.
»Wäre dem so, dann wäre er der einzige Puls, den selbst du, Scheich ar-rais, niemals befühlen könntest.«
Sich auf dem Ellbogen aufrichtend, wies Ibn Sina auf einen entlegenen Punkt im All.
»Erkennst du diesen Stern? Es ist az-Zuhara, die Venus der Rum, die Allesbeherrschende. Ptolemäus zufolge nimmt sie im geozentrischen System die dritte Stelle ein, vom Inneren ausgehend. Wußtest du das, Abu Sahl?«
»Glaubst du wirklich, ich sei in solchem Maße unwissend? Ich frage mich, ob du dich noch entsinnst, daß ich ein Denker und Gelehrter bin. Daß ich dein Meister der Medizin war und daß du ohne mich noch immer dabei wärst, deinen Weg zu suchen! Ja, ich besitze Gott sei Dank einige astronomische Kenntnisse. Doch deine geozentrischen Systeme machen mich schwindeln und ermüden mich. Für mich armen Analphabeten ist az-Zuhara vor allem die Gottheit der Liebe.«

Ali trank einen Schluck dampfenden Tees, bevor er mit einem Deut Hohn antwortete: »Du sagst nichts Neues, Meister al-Masihi; du greifst die Deutung der Ägypter und der Griechen auf. Daran ist nichts sonderlich Wissenschaftliches.«

»Selbstverständlich. In deinen Augen muß alles ›wissenschaftlich‹ sein. Selbst die Liebe! Als du ihren Leib streicheltest, hast du da auch die ›geozentrischen Systeme‹ dieser armen Sindja erforscht? Berechnetest du den Durchmesser und den Umfang ihrer Lust?«

»Von allen Mysterien des Universums ist die Liebe wohl das komplexeste. Die Liebe ist dem Göttlichen nahe. Man darf nicht über sie spotten, Abu Sahl.«

»Du redest gut darüber. Doch ich werde mich stets ob deiner Fähigkeit, Frauen zu lieben, fragen.«

»Ich könnte dir antworten, daß ich von jener Volksweisheit geleitet werde: ›In diese drei Wesen setze nie dein Vertrauen: den König, das Pferd und die Frau; denn der König ist dünkelhaft, das Pferd flüchtig und die Frau treulos.‹ Und ich bin sicher, daß du mir glaubtest.«

»Gewiß! Weshalb glaubte ich dir nicht, wenn ich sehe, auf welche Art du dieses Mädchen aus Indien verlassen hast. Es scheint mir, daß neun Jahre geteiltes Leben weit mehr als ein einfaches Gedicht verdienten; selbst wenn dessen Verfasser der ach so berühmte Abu Ali ibn Sina wäre.«

»Du bist wahrhaftig ein Falschgläubiger, Abu Sahl. Du bist es, der nichts von den Dingen des Herzens versteht. Ich habe Sindja geliebt. Ich liebe sie noch.«

»Wenn dem so ist, weshalb hast du sie dann in Kurganag zurückgelassen?«

Er drang lange auf seinen Freund ein, als suchte er ihm die Antwort zu suggerieren, dann, mit einer fahrigen Geste die Wolldecke über seine Schultern schlagend, drehte er sich auf die Seite: »Nun denn, mein Bruder«, murrte er, »da hast du eine Frage, die dich die Nacht über beschäftigen wird.«

*

Die Morgendämmerung brach zwischen den Bergen Chorasans an, während sie in südöstliche Richtung vorstießen, wo sich das vielfach gewundene Band des *Goldspenders,* des Flusses Zarafshan, erahnen ließ; dahinter die Zinnen der goldbraunen, pastellbraun schattierten Stadtmauern, welche die Kuppel der Zitadelle überragten. Zur Rechten vermochte man allmählich die Überreste der alten Mauer, die sogenannte *Alte Frau,* auszumachen.
Buchara.
Beim Anblick dieser Landschaft, in der er groß geworden war, begann Alis Herz sehr heftig in seiner Brust zu pochen; eine Flut von Gemütsbewegungen machte sein Gedächtnis unzuverlässig. Mit barschem Stoß spornte er sein Pferd an und ließ den Führer hinter sich, der an al-Masihis Seite ritt.
In vereintem Galopp sprengten sie dann aus dem kleinen Dorf Samtine hinaus, unweit des Bethauses, das im Laufe von Nuhs Regentschaft errichtet worden war, um die Gläubigen aufzunehmen, welche die alte Moschee nicht mehr fassen konnte. Dem Dorf den Rücken kehrend, schlugen sie die Richtung zu einer der elf in die hohe Wehrmauer geschnittenen Pforten ein; auf ihrem Weg den ersten Bauern begegnend, die in den Dunstschwaden der frühen Wärme hinunter zu ihren Feldern gingen.
Sie verlangsamten den Schritt beim Eingang des *Tors der Schafe.* Sie wollten gerade unter dem Bogen hindurchreiten, als etwas al-Masihis Aufmerksamkeit auf sich zog; zwei kleine, zu beiden Seiten des Tors an den Ziegelsteinen festgemachte Anschläge.

»Wir müssen umkehren, schnell!«
»Was gibt's? Man hat den Eindruck, du hättest einen Dschinn gesehen!«
»Er hätte mich nicht mehr beeindruckt!«
»Aber was gibt es denn?«
»Dein Kopf. Dein Kopf ist zur Belohnung ausgesetzt!«
»Was erzählst du da?«
Sie waren soeben auf den *Rigistan*-Platz gelangt, nahe dem großen überdachten Basar. Vor ihnen, in einer Entfernung von einigen Ellen, stach eine weitere Bekanntmachung von einer Steinmauer ab.
»Sieh!« rief al-Masihi aus. »Es handelt sich tatsächlich um dich!«
Ungläubig riß Ali die Zügel herum und wandte sich dem Punkt zu, auf den der Christ gedeutet hatte. Nach und nach, so wie er den Text unter dem Bildnis las, überkam ihn das Gefühl eines eisigen Windes, der seine Glieder durchfuhr.

Im Namen Allahs, der Barmherzigkeit übt, des Barmherzigen. Auf Befehl Seiner Allerhöchsten Majestät Mahmud, des vielgeliebten Königs von Ghazna und Chorasan, ist jede Person, der dieser Mann, bekannt unter dem Namen Ibn Abd Allah ibn Ali ibn Sina, begegnen sollte, angehalten, diesen zu ergreifen oder die örtlichen Obrigkeiten des Heeres zu benachrichtigen. Eine Belohnung von 5000 Dirham wird dem beflissenen Untertan ausgehändigt werden.

»Es ist unglaublich«, wunderte sich nun auch der Führer. »Das Bildnis ist von auffallender Wirklichkeitstreue.«
»In ganz Persien kenne ich nur einen einzigen zu einem solchen Werk fähigen Künstler«, bemerkte Ali. »Unseren Freund al-Arrak.«

»Der Urheber dieses Meisterwerks ist ohne Belang, wir müssen Buchara augenblicklich verlassen!«
»Buchara verlassen? Jetzt, da wir einen Steinwurf von Mahmud und Setareh entfernt sind? Wo denkst du hin!«
»Dennoch ...«
»Es kommt nicht in Frage!«
»Aber Scheich ar-rais«, flehte der Führer, »deine Behausung ist sicher der erste Ort im Lande, an dem man dich erwarten dürfte.«
»Er hat recht. Das wäre Selbstmord!«
»In dem Fall werden wir die Nacht abwarten. Doch keine Macht der Welt wird mich hindern, meine Mutter und meinen Bruder wiederzusehen. Verlassen wir die Mauern und gedulden uns außerhalb der Stadt, bis die Abendstunde naht.«
Ali erhob sich halb in seinen Steigbügeln und ritt zurück zum *Tor der Schafe*.

*

Das Haus roch wie eh und je nach Moschus und warmem Brot. Trotz all der Jahre hatte Setareh sich nicht viel verändert. Er fand in ihrem Antlitz dieselbe Reinheit wieder und in ihren pechschwarzen, kaum mit Kajal untermalten Augen dieselbe Ergebenheit der Frauen dieses Landes in die Fügungen des Schicksals. Die Freude ihres Wiedersehens war allem großen Glück ähnlich, es gab mehr Tränen denn Lachen. Um Mahmud war er besorgt.
Zu aller Zeit hatte sein jüngerer Bruder eine schwächliche Konstitution aufgewiesen. An allem, was Ali an Kraft und Schärfe besaß, fehlte es Mahmud. Dort, wo der eine alle körperlichen und geistigen Energien zur Schau stellte, war der andere wie eine Zitadelle mit untergrabenen Wehren; ein

wenig, als hätte die Natur, vollkommen willkürlich, Ali gegeben, was sie Mahmud genommen.
So suchte er sich zu beruhigen, indem er sich sagte, daß sein Bruder so geblieben war, wie er ihn verlassen hatte.
Sie saßen im Innern des Piseehauses. Setareh hatte alle Lampen ausgeblasen. Der Mond stand rund und hoch am Himmel; und durch das zum Hof hin offene Fenster schlich sich sein Licht in das Helldunkel entlang der im Schneidersitz niedergelassenen Silhouetten.
»Du bist noch immer so leichtsinnig, mein Sohn«, wisperte Setareh zärtlich. »Du hättest ein solches Wagnis nicht eingehen dürfen. Seit drei Tagen streichen sonderbare Leute um das Haus.«
»*Mamek,* sei ohne Furcht. Man hat uns nicht kommen sehen; man wird uns nicht fortgehen sehen.«
Sie führte ihre Hand an die nach wie vor am Halse ihres Sohnes hängende kleine blaue Perle und ließ sie zwischen ihren Fingern rollen.
»Das ist gut. Du hast das Geschenk unserer Nachbarin aufbewahrt. Doch vielleicht ist es nicht mächtig genug, um den Blick der Neider und Verleumder abzuwehren.«
»Dein Sohn bedürfte eines Steins von der Größe einer Kokosnuß«, seufzte al-Masihi.
»Erinnerst du dich noch an al-Arudi?« fragte Setareh.
»Wie könnte ich ihn vergessen? Seine Blase hat sich in mein Gedächtnis eingeprägt!«
Die Frau begann leise zu lachen, dann wurden ihre Züge wieder ernst.
»Er hat uns verlassen. Vor genau drei Jahren.«
»Und Warda? Was ist aus ihr geworden?«
»Sogleich nach dem Tode ihres Vaters hat sie einen reichen Händler aus Nischapur geheiratet. Dort lebt sie nun auch mit ihrer Mutter.«

Ali vermeinte, auf den Lippen einen fernen Geschmack von Pfirsich und süßer Mandel wiederzufinden.

»Dann gedenkt ihr also, euch nach Gurgan zu begeben?« fragte Mahmud nach. »Das ist aber doch am anderen Ende von Persien. Ihr lauft Gefahr, auf Spähtrupps zu stoßen. Die Küsten des Chasaren-Meers sind von befestigten Kastellen und Signaltürmen gesäumt.«

»Hab keine Sorge. Wir werden uns so unsichtbar machen wie der Wind. Erzähle mir doch von deinem Leben, Mahmud. Wo arbeitest du?«

»In den Pflanzungen von Samtine. Es ist dürftig bezahlt, aber das Tagwerk ist nicht allzu beschwerlich.«

»Setareh«, äußerte al-Masihi etwas verlegen. »Mein Magen knurrt vor Ungeduld. Hättest du uns nicht etwas Brot und von diesen Fleischklößchen anzubieten, die allein du zuzubereiten verstehst?«

»Da erkenne ich doch den guten Abu Sahl wieder!« lachte Mahmud schallend auf.

»Das ist kein Mensch, das ist ein Bauch«, fügte Ali hinzu. Setareh war bereits in die Küche gegangen.

Mahmud tätschelte belustigt den Wanst des Christen. »Ein recht schöner Bauch!«

Er wollte seine Hand gerade zurückziehen, als Ali sie jäh festhielt und ohne ersichtlichen Grund den jungen Mann zwang, sich zu erheben und ihm in den Hof zu folgen.

Unter dem Glast des Mondes beschaute er schweigend Mahmuds Handgelenk und stellte ein recht tiefes Geschwür fest. Al-Masihi war inzwischen auf Ibn Sinas Aufforderung hinzugetreten; er untersuchte seinerseits Mahmuds Arm.

»Ja, was gibt es? Ihr beide macht mir angst!«

»Deine Diagnose?« fragte Ali und blickte Abu Sahl starr an.

»Ohne Zweifel dieselbe wie die deinige. Aber man sieht nicht allzuviel. Man müßte es beleuchten.«

»Ihr seid irre!« rief Mahmud erregt aus. »Das Licht könnte die Aufmerksamkeit der Soldaten auf sich ziehen!«
»Geh«, befahl Ibn Sina trotzdem.
Abu Sahl eilte ins Innere und erschien fast sogleich wieder mit einer Lampe in der Hand, die er über das Handgelenk des jungen Mannes hielt.
»Ich glaube zu wissen ... Hast du in letzter Zeit nicht von Fieber begleitete Übelkeit verspürt? Und Juckreiz?«
»Hm ... ja. Aber das ist einen Monat oder länger her. Nichts Wichtiges. Ich hatte mich wahrscheinlich erkältet.«
Gereizt wollte er seinen Arm befreien.
»Geduld, mein Bruder«, murmelte Ali. »Geduld.« Er strich sanft über das Geschwür.
»War dort eine Art Blase, in etwa vergleichbar mit der, die eine Verbrennung verursacht?«
Mahmud runzelte die Stirn und sagte mit ziemlich angespannter Stimme: »Ja. Und sie ist von alleine aufgeplatzt. Wie die anderen übrigens auch.«
»Die anderen?«
Der junge Mann hob sein Gewand bis zu den Knien hoch und wies auf zwei Punkte, der eine in Höhe seines rechten Knöchels, der andere an der Basis des linken Schienbeins, beide ebenfalls tief schwärend.
Ali nahm al-Masihi die Lampe aus der Hand und kniete nieder. »Es ist überhaupt kein Zweifel möglich«, verkündete er nach langem Schweigen.
»Der Medinawurm?« diagnostizierte al-Masihi.
»Unbestritten.«
»Was kauderwelscht ihr da?« meinte Mahmud außer sich. »Was ist denn dieser Medinawurm?«
»Nichts sehr Schlimmes«, erklärte Ali. »Sagen wir, dein Körper ist von ... unerwünschten Gästen bewohnt.«
Er wandte sich zu al-Masihi.

»Du weißt, was ich benötige. Sieh nach, ob Setareh uns helfen kann.«
»Willst du mir erklären, was hier vorgeht?« warf der junge Mann ein, indem er sich mit ungestümer Geste befreite. »Was werdet ihr mir antun?«
Ali machte ihm Mut.
»Beruhige dich. Wenn ich dir doch sage, daß deine Krankheit gutartig ist.«
»Aber ich bin nicht krank!«
»Doch, du warst es, und du bist es noch.«
Al-Masihi kehrte in Setarehs Begleitung zurück.
»Was gibt es?« erkundigte sie sich mit sorgenvoller Stirn. Mahmud beim Arm packend, fragte sie fiebrig: »Woran leidest du, mein Sohn? Wo hast du Schmerzen?«
»Ich weiß es nicht, *mamek*. Frag sie.«
Inzwischen hatte Ali ein kleines Stöckchen zur Hand genommen, das al-Masihi ihm gebracht hatte. Er bat seinen Bruder, sich auf dem Boden auszustrecken – was dieser mit Unwillen tat. Anschließend forderte er den Christen auf, die Lampe möglichst über das Handgelenk zu halten, und behutsam das Stöckchen ganz flach neben dem Geschwür anlegend, ließ er es zwischen Daumen und Zeigefinger rollen. Nach einer Weile, und Setareh wie Mahmud schauderte dabei, sah man die Spitze eines Fadens erscheinen, in Wahrheit das Ende eines Wurms.
»Da ist ja abscheulich!« jammerte Mahmud, desgleichen seine Mutter. »Was ist denn das für ein Tier?«
»Du siehst es doch, ein Wurm.«
»Aber wo kommt der her? Wie ist er unter meine Haut gelangt?«
»*Sie* ist gelangt«, berichtete Ali. »Es ist ein Wurmweibchen.«
»Ob Weibchen oder Männchen, das ist mir einerlei! Wirst du es mir endlich erklären? Obendrein sieht er riesig aus!«

In der Tat, die Größe des Wurms, den Ali auf das Stöckchen aufzurollen fortfuhr, reichte mittlerweile an eine Armlänge heran.
»Dies ist wahrscheinlich eine Folge deiner Arbeiten in den Feldern. Wenn mein Gedächtnis mich nicht trügt, gibt es unweit von Samtine Kanäle, die Wasser vom Zarafshan heranführen?«
Mahmud bejahte.
»Ich vermute, daß ihr von diesem Wasser trinkt, wenn der Durst zu drängend wird?«
Mahmud stimmte erneut zu.
»Die Ursache ist einfach. Denn gerade in diesem Wasser entwickelt sich der Medinawurm. In manchen Strömen, Flüssen, Bächen oder, wie in diesem Fall, in den Kanälen gibt es kleine, mit bloßem Auge fast unsichtbare Larven. Diese nisten sich irgendwann in dem ein, was wir als ›Zwischenwirte‹ bezeichnen könnten, nämlich in kleinen Krebsen; fast so klein wie der Wurm selbst. Wird dieses Wasser von einem Menschen oder einem Tier aufgenommen, so werden selbstverständlich auch die Würmer aufgenommen, die es enthält.«
Setareh schnitt eine angewiderte Grimasse, als sie die Größe des Wurms gewahrte, den Ali herausgezogen hatte. Er hielt ihn näher an die Flamme, um ihn genauer zu betrachten, und verbrannte ihn schließlich.
»Wir wissen leider nicht allzuviel über das, was sich im Innern des Körpers zuträgt; aber ich habe meine eigenen Auffassungen.«
»Wir haben noch nie darüber gesprochen«, meinte al-Masihi etwas überrascht.
»Du kennst mich lange genug, um zu wissen, welche Bedeutung ich wissenschaftlichen Beweisen beimesse. Erinnere dich an unseren Disput von gestern abend.«

Er hielt einen Moment inne, und sein Gesprächspartner glaubte, in seinen Augen ein kaum ironisches Funkeln zu erkennen.
»Du weißt, daß für mich selbst die Liebe wissenschaftlich ist...«
»Laß die Rhetorik. Lege mir eher deine Theorie über die Wanderung des Wurmes dar, wenn er einmal im Innern des menschlichen Körpers ist.«
»Vor allem bräuchte ich noch zwei weitere Stöckchen.«
»Auf die Gefahr hin, dich zu enttäuschen«, erwiderte der Christ, indem er ihm mit verächtlicher Miene zwei neue Stengel reichte, »ich hatte daran gedacht.«
Ali wandte sich nun dem Knöchel seines Bruders zu und wiederholte die gleiche Operation. Dann kam das Schienbein an die Reihe. Als er geendet hatte, untersuchte er ausführlich die unteren Gliedmaßen und richtete sich endlich zufrieden auf.
»So, Mahmud. Du siehst doch, daß ich dich nicht belogen hatte. Du hast nicht gelitten.«
»Das ist wahr. Aber es sind neun Jahre verstrichen. Ich hatte ein wenig vergessen, daß du der größte Arzt Persiens bist.«
»Und diese Theorie über den Medinawurm!« donnerte al-Masihi.
»*Mamek*«, murmelte Ibn Sina mit bewußter Überlegenheit, »es müßte daran gedacht werden, unseren Freund zu nähren. Wenn er Hunger hat, ist er übelster Laune.«
»Alles ist bereit. Aber bei dieser ganzen Geschichte ... Kommt. Löschen wir die Lampe und gehen hinein. So fallen wir weniger auf.«
Kaum im Innern, warf al-Masihi sich buchstäblich auf die Weinblätter und die Milch mit Minze.
»Jetzt«, rief er Ali mit vollem Munde zu, »ist deine Theorie wahrlich ohne jeden Belang angesichts dieser Köstlichkeiten! Du kannst sie für dich behalten.«

»In diesem Fall brenne ich darauf, sie dir anzuvertrauen«, entgegnete Ibn Sina pedantisch, indem er seine Stiefel abstreifte.
Er holte Luft und beugte sich nach vorne.
»Ich sagte mir also, wenn man dieses verseuchte, mit diesen winzigen Krebsen befrachtete Wasser aufgenommen hat, gelangen die Larven zwangsläufig in den Verdauungskanal, dessen Wand sie überwinden. Ich unterstelle ihnen, daß sie anschließend zur *Membran, die rundherum gespannt ist**, wandern. Aus Gründen, die mir nicht bekannt sind, verschwinden die Männchen dann, wohingegen die Weibchen in Richtung der unteren Glieder vordringen, wo sie sterben und hierbei die von Mahmud verspürten Symptome verursachen: Juckreiz, Fieber, Erbrechen sowie diese Blasen, die an der Hautoberfläche hervortreten und die letzten Endes irgendwann aufplatzen.«
Al-Masihi zuckte die Schultern, wobei er ein Stück Brot in die Milch stippte.
»Das ist nur eine Theorie ... Was mich betrifft, so ...«
Er hatte keine Zeit, seinen Satz zu beenden. Mahmud, der sich einige Augenblicke entfernt hatte, kam gerade aufgelöst ins Zimmer gestürzt.
»Die Soldaten! Sie sind am Ende der Gasse!«
Ali und al-Masihi fuhren gleichzeitig hoch.
»Aber ... wie ...«, stammelte Setareh. »Wie haben sie es erfahren?«
»Ich habe keine Ahnung, aber wir müssen fliehen«, erwiderte Ibn Sina, indem er sich sputete, seine Stiefel überzuziehen.
Abu Sahl faltete aufgeregt die Hände.
»Fliehen, sicher. Aber wohin?«

---

* Unter diesem Begriff versteht Ibn Sina das Bauchfell. *(Anm. d. Ü.)*

»Unsere Pferde stehen noch immer am *Tor der Schafe.* Wir müssen zu ihnen gelangen. Danach werden wir weitersehen.« Er wies in den Hof.
»Dort hinaus, rasch!«
Seine Mutter hatte kaum Zeit, ihm über die Wange zu streichen, während Mahmud zur Haustür eilte.
»Wohin gehst du?« rief Ali aus.
»Laufen, mein Bruder, in die entgegengesetzte Richtung laufen. Vielleicht werde ich sie in die Irre führen können.«
»Tu das nicht!«
Doch es war zu spät. Mahmud war bereits draußen und hastete das Gäßchen hinunter.
»Lebe wohl, *mamek*«, murmelte Ali mit zugeschnürter Kehle. »Möge Allah dich beschützen, und daß er mir allen Kummer vergeben möge, den ich dir bereite.«
Er löste den an seinem Gürtel festgemachten Beutel und reichte ihn ihr.
»Nimm, das ist alles, was ich habe. Doch es wird dir nützlich sein.«
Mit Tränen in den Augen wich sie mit einer ablehnenden Bewegung zurück, den Beutel fallen lassend, der mit dumpfem Geräusch auf dem Boden aufschlug.

*

»Daß Gott dieses Schwein zerfetze!« fluchte Ibn Sina, indem er die Schenkel gegen die Flanken seines Reittieres drückte. »Kennst du viele Individuen, die fünftausend Dirham widerstehen würden?« merkte al-Masihi an, welcher sich mühte, der von seinem Gefährten eingeschlagenen Gangart zu folgen. »Unser Fährtensucher hat sich der Regel gefügt, die will, daß alle Menschen käuflich sind.«
Sie ritten beinahe Seite an Seite, den Rücken Buchara zu-

gekehrt, immer geradeaus in Richtung Westen preschend. Unter dem Schein des Mondes ließen die Kanäle, die sie entlangritten, an opalene Bänder denken, und die längs der Uferböschung aufragenden Schilfrohre an gigantische Calami.

Sie ritten noch lange weiter, Marktflecken und Weiler hinter sich lassend, Dörfer mit ziegelsteinernen Schatten, Strohlehmkaten, zerzauste Palmenhaine am Rain der fruchtbaren Felder, bis zur Erschöpfung ihrer Reittiere. Erst als der Amu-Darja endlich überschritten war, beschloß Ibn Sina anzuhalten. Sie befanden sich nun an den Rändern der Ebene, einen *farsakh* vom Dorf Merw entfernt.

»Und nun?« murmelte al-Masihi mit schweißüberströmtem Gesicht.

Er deutete auf den flammenden Horizont jenseits des Kammes der Binalund-Berge.

»Die Morgendämmerung bricht heran. Unsere Pferde sind ermüdet, wir haben keinerlei Verpflegung, und es trennen uns hundert *farsakh* von Gurgan und dem Chasaren-Meer...«

»Merw liegt am Ende der Strecke. Wir werden dort Halt machen, um uns auszuruhen, und wir werden die Gelegenheit nutzen, um unsere Reitpferde gegen Kamele zu tauschen. Sie werden sicherer und widerstandsfähiger sein. Wir werden uns auch einen Führer suchen müssen. Bald kommt die Wüste, und ich fürchte, wir können unseren Weg nicht alleine finden.«

»Kamele? Das einzige Mal, daß ich auf einem geritten bin, habe ich meine ganzen Eingeweide erbrochen.«

»Leider kenne ich kein anderes Tier, das fähig wäre, ohne zu saufen und ohne sich zu nähren, mehr als fünfzig *farsakh* an einem Tag zurückzulegen. Für die Reise, die uns erwartet, wären Pferde auf Wasser und Hafer angewiesen, was wir für

sie mitführen müßten. Ich hoffe nur, daß dir noch ein paar Dirham verbleiben, denn heute ist der Fürst der Gelehrten ärmer als der ärmste Bettler von Chorasan.«
Mit ermutigender Geste tätschelte al-Masihi die Börse, die an seinem Gürtel hing.
»Ein Jahr Entgelt... Das müßte vollauf genügen, um den Hof des Wachteljägers zu erreichen.«
»Wenn dem so ist, laß uns aufbrechen. Richtung Merw.«

*

Für einige zusätzliche Dinare tauschten sie ihre Pferde gegen Kamele ein. Sie kauften auch Wasserschläuche, ein Zelt aus Ziegenfell sowie Verpflegung, Mäntel und Kopfschleier. Da Ali es für umsichtiger befunden hatte, an der Oase zu warten, die sich eine arabische Meile von Merw entfernt befand, war al-Masihi es, der all diese Schritte unternahm. Nachdem sie sich mit ein paar Stunden Rast und einem frugalen Mahl erquickt hatten, nahmen sie, von ihrem neuen Führer Salam, einem jungen Kurden um die Zwanzig, geleitet, ihren Weg wieder auf, während die Sonne hinter den bräunlichen Bergen niederzusinken begann. Die Nacht traf sie in der Umgebung der Stadt Nischapur an, wo sie bis zum Morgengrauen schliefen.
Und wieder hieß es Aufbruch gen Sabzevar und Sahrud.
Von nun an war die Landschaft, die unter den tänzelnden Schritten der Kamele dahinglitt, rauher, dürrer auch. Tamarisken- und Dornensträucher, wilde Trüffeln, verstreute Palmen bildeten die einzige Vegetation dieses Winkels der Welt. Man war am Saum der Dasht-e Kawir, der großen Salzwüste, der endlosen Weite, dem Meer aus Sand, das sich über mehr als fünfzig *farsakh* erstreckte. Eine unermeßliche Weite des Todes, der zu nahe zu geraten sich die Reisenden aller Zeiten

hüteten, ob sie nun von Djibal oder von Dailam, von Fars oder von Kirman kommen mochten.

Sie waren seit bald zwei Stunden unterwegs, als plötzlich Salam, der junge Führer, den beiden Männer anzuhalten gebot; er legte die Hände an die Stirn, um sich vor der Sonne zu schützen, und fixierte lange die Linie des Horizonts.

»Was gibt's?« fragte Ali überrascht nach.

»Seht«, sagte der Kurde nur, wobei er den Arm gen Süden streckte.

Zunächst sahen al-Masihi und sein Gefährte nichts Außergewöhnliches. Erst nach längerem Hinsehen entdeckten sie schließlich eine Sandwolke, die sich um sich selbst zu drehen schien.

»Was ist das?« sorgte sich Abu Sahl.

»Der Wind der Hundertzwanzig Tage«, erklärte der Führer beunruhigt. »Ein Sandsturm, der allein während des Sommers wütet. Er kann unglaubliche Geschwindigkeiten erreichen. Es wurde mir erzählt, daß er im Gebiet von Sistan Häuser versetzen könne.«

»Was schlägst du vor?«

»Wenn wir nicht bereits so weit von Nischapur entfernt wären, hätte ich augenblicklich kehrtgemacht. Aber das ist unmöglich, niemals hätten wir genügend Zeit, die Stadt zu erreichen. Es bleibt uns nichts anderes übrig, als die Tiere auf den Sand zu legen und ihre Körper als Wall zu nutzen.«

Hastig fügte er hinzu: »Beten wir. Der Schutz Allahs wird nicht zu viel sein.«

Die Staubwolke wuchs an. Es mutete wie ein ungeheurer Schwarm Fliegen oder Bienen an. Ein lautloser Schwarm, der den Tod in sich trug. Die ersten ockernen und grauen Wirbel kamen rascher als vorhergesehen über die drei Männer. Einzig al-Masihi war es noch nicht gelungen, sein Kamel hinzulegen.

»Mach schnell!« brüllte der Führer. »Schnell!«
»Ich tue, was ich kann!« schimpfte der Christ, während er verzweifelt an den Zügeln zog.
Der junge Kurde eilte al-Masihi zu Hilfe, der in dem Moment um das Kamel herumwirbelte, da die ersten Sandwellen niedergingen.
Es war sogleich, als hätte eine unsichtbare Hand die Pforten der Gehenna aufgestoßen. In wenigen Augenblicken wurden die drei Reisenden von einem unüberwindbaren Wirbel ergriffen; mit ungemeiner Gewalt fielen Myriaden von Körnern über die Tiere und die Männer her; die geheimsten Parzellen ihrer Haut peitschend, verwundend. Aufschlagende Wellen, entfesselte, erbarmungslose Windstöße, die alles auf ihrem Wege verwüsteten.
Ibn Sina hatte sich wie ein Fötus zusammengekrümmt gegen den Wanst des Kamels gelegt, den Kopf unterm Leinen seines Gewands vergraben, der Leib war in höchster Atemnot unter einem Ozean aus Sand und Staub versunken.
Der Wind der Hundertzwanzig Tage fuhr lange fort, den Bauch der Ebene aufzupflügen. Als wieder Ruhe einkehrte, konnte man glauben, die gesamte Dasht-e Kawir hätte sich über die drei Männer ergossen.
An den Boden gefesselt, wagte Ali nicht mehr, sich zu rühren, aus Angst, eine zu hastige Bewegung könne den Zorn des Sandes erneut wecken. Unendlich langsam bewegte er erst die Beine, dann die Finger der Hand, richtete sich um den Preis tausendundeiner Anstrengung auf, versuchte dabei, sich aus dem sandigen Zwinger zu befreien, und brachte es endlich zustande, wieder aufzustehen. Sogleich suchte sein irrender Blick nach seinen Gefährten. Als er die Leere um sich gewahrte, glaubte er einen Moment, daß der Himmel sie verschlungen hätte. Er tat einige Schritte in jene Richtung, in der er al-Masihi und Salam zuletzt gesehen

hatte. Aufwölbungen verformten die Erdoberfläche. Nur einem Kamel war es gelungen, sich zu retten, das Ali mit trüben Augen anstierte.
Von einem Gefühl des Entsetzens gepackt, warf er sich auf die Knie und begann den Sand mit Hilfe seiner bloßen Hände aufzugraben. Er benötigte eine ganze Weile, um den Körper des Führers, dann den von al-Masihi freizulegen.
Salam war tot; doch das Herz des Christen schlug noch. Er drehte ihn behende auf den Rücken und schickte sich an, ihn vom Sand zu befreien, der seine Nasenlöcher verstopfte und seine Lider verschleierte. Abu Sahl bewegte sich vorsichtig. Seine Atmung klang heiser, schwer. Als er sprach, war seine Stimme die eines anderen.
»Allah segne dich, Scheich ar-rais ... Es ist dir geglückt, deinen alten Meister wiederzufinden ...«
»Sage nichts. Bewahre deine Kräfte. Ich werde dir zu trinken geben.«
Ali deutete eine Bewegung an, um sich zu erheben, doch die Finger seines Freundes hielten ihn gefangen. Er verzog das Gesicht, rang nach Atem, die Züge vom Schmerz verzerrt.
»Nein, mein Bruder. Entferne dich nicht. Es ist zu spät.«
»Du wirst dazu für immer außerstande sein, alter Abu Sahl! Warte, bis ich dir dein Gesicht gekühlt habe, und du wirst dich frischer fühlen als ein Fisch, der im Fars-Meer schwimmt! Komm, laß mich dich erquicken.«
Erneut wollte er aufstehen, doch irgend etwas im Blick seines Freundes hinderte ihn. Er erblickte darin eine Art grenzenlose Traurigkeit.
»Die Stunde ist gekommen, mein Zelt abzubrechen«, hauchte er mit gebrochener Stimme.
»Gott liebt die Ungetreuen deiner Sorte nicht«, entgegnete Ali, die Furcht, die in ihm aufstieg, zu bezwingen suchend. »Was meinst du, soll er mit einem Ungläubigen mehr anfangen?«

»Ein Ungläubiger mehr im Paradies wird einem Glaubenslosen wie dir wohl recht nützlich sein, Scheich ar-rais ...«
Er keuchte und fand nochmals die Kraft fortzufahren. »Allah beschütze dich, Ali ibn Sina! ... Die Mächtigen sind undankbar, und die Welt ist hart ... Meine Seele ist am Rande meiner Lippen ... Du wirst mir fehlen ...«
Ali glaubte, der Himmel fiele um ihn herum zusammen wie die Wehrmauern einer hochmütigen Stadt.
»Nein!« brüllte er mit ganzer Kraft. »Nein! Nicht er!«
Er warf sich seinem Freund an die Brust, packte ihn am Gewand, hob ihn halb hoch, wobei er ihn gegen seinen Brustkorb preßte.
»Abu Sahl ...«, stammelte er schluchzend. »Alter Ungläubiger, komm zurück ...«
Er blieb gegen al-Masihis Leib gedrückt; unfähig, sich zu bewegen, unfähig zu denken; Tränen und all seine Verzweiflung verströmend.
Als er endlich beschloß, sich wieder aufzurichten, stand die Sonne im Mittag des Tages und versengte die öde Landschaft.
Wie ein taumelnder Trunkenbold hob er seine Faust gen Himmel.
»Vom tiefsten Grund des schwarzen Staubs bis hinauf in den höchsten Himmel von az-Zuhara habe ich die schwierigsten Probleme des Universums gelöst! Ich habe mich von allen Ketten der Wissenschaft und der ausgefeilten Logik befreit! Ich habe alle Knoten entwirrt, bis auf den des TODES ... Weshalb? Allah, weshalb?«
Er beobachtete den blendenden Azur, der wie eine über der Wüste umgedrehte Schale wirkte; doch er vernahm nur das dumpfe Raunen des von der Dasht-e Kawir kommenden Windes ...

Zehnte Makame

Halb auf dem einzigen überlebenden Kamel liegend, versuchte er nicht einmal mehr, sein Gesicht vor den sengenden Sonnenstrahlen zu schützen.
Auf die Sterne vertrauend, war er dorthin aufgebrochen, wo er den Nordwesten vermutet hatte, Richtung Chasaren-Meer, Gurgan, hin zu al-Biruni und dem Wachteljäger.
Nun aber, in der Dämmerung des sechsten Tages, wie konnte er da noch zweifeln? Er hatte sich gewiß verirrt; er hatte die verbotenen Grenzen der großen Salzwüste, der Dasht-e Kawir, überschritten. Jener verfluchten Stätte, in der die Überlieferung Sodom und Gomorrha ansiedelte.
Unter dem gequälten Schritt des Tieres barst der Boden rissig wie Fetzen welker Blätter. So weit das Auge reichte, war die Erde von goldenem Braun, schmutzigem Grau und gelblichem Weiß. Ein mineralischer, zerstückelter, zu Füßen der wenigen Erhebungen aufgeplatzter Ozean.
Ali richtete sich etwas auf. Er hätte nicht zu sagen vermocht, ob die Trauer oder die verheerende Wirkung der Sonne es war, die seine Augen gerötet hatte. Seine Lippen glichen den Schrunden des Bodens. Unter dem vom Salz weiß gewordenen Bart war seine Haut runzliger als eine trockene Feige.
Er hakte den Schlauch ab, der an der Flanke des Tieres baumelte, und trank in einem Dämmerzustand die letzten Tropfen. Es war der Wasserschlauch des unglücklichen Salam. Als der Sturm vorüber gewesen war, hatte er sich der

Vorräte bemächtigen können, die sich unter dem Kadaver seines Kamels befanden. Das andere Tier, das von al-Masihi, war irgendwo am Ende der Ebene verschwunden, und er hatte es nicht wiedergefunden. Dieser zusätzlichen Wegzehrung verdankte er es zweifelsohne, sechs Tage später noch immer am Leben zu sein.
Doch für wie lange?
Der Wasserschlauch von Salam war leer. Er wrang ihn grimmig zwischen seinen Händen und schleuderte ihn geradewegs von sich. Um seinen Durst zu löschen, würde ihm nur der Harn seines Kamels bleiben.
In einer Stunde würde es Nacht sein. Und seine Qualen würden noch größer werden. Den ersten Sonnenuntergang hatte er mit all seinen Kräften erwartet, hoffend, in der Wiederkehr des Abends ein wenig Ruhe zu finden. Doch die nächtliche Kälte war fürchterlicher noch als die Gluthitze, die den Tag in Brand setzte*. Kurz nach dem Versinken der Sonne wurde sein ganzer Körper von einem Überzug aus Eis umfangen. Und jenes dürftige Feuer, welches anzufachen ihm dank der Kamelfladen an den beiden ersten Tagen gelungen war, hatte seine verfrorenen Glieder nicht aufwärmen können.
Und dann gab es noch diese Visionen, die seinen müden Geist plagten.
Zusammenhanglose und makabre Visionen von Racheengeln und Dschinns, mit monströsen Gesichtern bevölkert.

Ali ibn Sina, ist es dein eigenes Leben oder die Vision deines unabwendbaren Todes, was der Zerrüttung dieses Anblicks gleicht?
Wohin gehe ich? Wohin gehe ich, Vater?

* In der Gegend der Dasht-e Kawir schwanken die Temperaturen das ganze Jahr über zwischen –30 und +50 Grad Celsius. *(Anm. d. Ü.)*

Und du, Sindja, Traum mit öliger Haut, weißt du die Antwort?
Abu Sahl, mein entschwundener Bruder, du, der du nunmehr das nicht mitteilbare Mysterium kennst, antworte mir. Ist es meine beneidete Kindheit, die Eitelkeit meines allzu frühreifen Wissens oder der Hochmut meiner Jugend, was mein Schicksal besiegelt hat? Bin ich gestraft, weil ich sah? Oder sollte Allah auf diese Weise die Blinden geißeln?
Gestern noch geliebt, von bernsteinernen Fingern gestreichelt. Heute vom Himmel und der Erde zermalmt: Weshalb ist das Glück dem Unglück so nah? ...

Diese Nacht ward den sechs anderen gleich. Ein weiteres Mal hatte er die Kraft gefunden, den Lauf der Sterne zu erforschen, die Stille von az-Zuhara, dem Gestirn, das den Norden und den Ausweg aus der Hölle wies.
Die Dämmerung des siebenten Tages sah ihn noch immer durch die Dasht-e Kawir ziehen; sich auferlegend, den rechten Weg beizubehalten und dem Drang zu widerstehen, sich einfach fallenzulassen und den Tod zu erflehen. Erst an ebenjenem Tage begriff er, wie sehr doch Sterben eine Befreiung sein konnte, wenn die Agonie des Menschen unmenschlich wird.
Unvermittelt, während das Zwielicht die Erde mit Malve schmückte, erschien einige Meilen vor ihm etwas Neues. Er versuchte, seine verbrannten Lider ein wenig weiter zu öffnen, um sich der Wirklichkeit seiner Vision zu vergewissern. Dort hinten, in der Ferne ... am Rande des Horizonts, der Schemen einer Stadt? Konnte dies möglich sein?
Oder waren es die Wehrmauern von Sodom?

Rette dein Leben, blicke nicht hinter dich, bleibe nicht stehen im ganzen Umkreis, sondern rette dich ins Gebirge, damit du nicht dahingerafft wirst.

Doch woher kam diese Stimme, die nunmehr in seinem Kopf schrie?
Sollte er Lot geworden sein? War er nicht mehr Ibn Sina? In dem Fall konnte nur Sodom es sein, das aus der Finsternis zum Vorschein kam. Und er würde sterben, zu Feuer und Schwefel verdammt, wie die Frevler, die sich gegen Jahwes Angesicht erhobenen hatten.

Lots Frau sah hinter sich und erstarrte zur Salzsäule.

Von einer unaussprechlichen Furcht ergriffen, verschleierte Ali sich jammernd das Gesicht.

»Nicht doch, Herr! Dein Knecht fand ja Gnade vor deinen Augen. Große Gunst hast du mir erwiesen, mein Leben zu erhalten; ich jedoch kann mich nicht ins Gebirge retten; sonst könnte mich das Unheil einholen, und ich müßte sterben!«

Er hob sein flehentliches Antlitz zum farblosen Himmel.

»Herr, diese Stadt da ist doch nahe, um dahin zu entweichen; sie ist nur klein; dahin will ich mich retten! Ist sie nicht klein genug, daß ich am Leben bleiben kann?«

Wieder ertönte die Stimme in seinem Kopf; eine entsetzliche Stimme, kalt wie der Tod.

Auch darin gebe ich dir nach. Ich will die Stadt, von der du gesprochen hast, nicht zerstören. Eilends rette dich dorthin! Denn ich kann nichts tun, bis du dort ankommst.*

Mit verzweifelter Gebärde begann Ali, den Hals seines Kamels immer heftiger zu peitschen; und das Tier preschte voran mit der letzten Kraft, die ihm blieb.
Dann war alles nur noch wie ein schwarzer Schleier, der über die ganze Wüste fiel.

*

---

* Alle Stellen Gen. 19,17 ff. *(Anm. d. dt. Ü.)*

»He! Kommt her, er wacht auf!«
Ali öffnete seine Augen weit, aber er sah nur gebeugte Schatten, undeutlich im Gegenlicht.
Waren es Dschinns oder Engel? Nein, es waren Wesen aus Fleisch und Blut, die ihn umringten. Doch wo war er nur? In welchem Winkel des Universums? Er versuchte, sich aufzurichten. Eine Hand stieß ihn unsanft zurück.
»Oh! Nicht so schnell, Sohn des Sina! Nicht so schnell. Es bleibt uns noch ein wenig Zeit.«
Sohn des Sina? Demnach kannte man seinen Namen.
Er wollte sich erneut aufsetzen, diesmal aber ohrfeigte der Mann ihn mit dem Handrücken; einen Schmerzensschrei erstickend, kippte er nach hinten.
»Für einen Sterbenden finde ich ihn recht zappelig!«
Ali konnte die Augen noch so sehr aufreißen, er blieb außerstande, jene, die ihn derart quälten, klar zu erkennen. Ein Angstschauder durchfuhr seinen Körper, und er fragte sich, ob er jemals die volle Schärfe seiner Sehkraft wiedererlangen würde.
»Fünftausend Dirham«, warf eine Stimme ein, »das ist teuer bezahlt für so eine Jammergestalt. Zumal er ihnen nicht mehr sonderlich nützlich sein wird.«
»Was kümmert es! Ich hingegen weiß jedenfalls, wozu uns die Belohnung nützen wird!«
Demnach ... dachte Ali. Man hatte ihn wiedererkannt. Selbst hier. Selbst Hunderte von *farsakh* von Buchara entfernt. Mahmud der Ghaznawide, der ehemalige Sklavensohn, hatte sich der Erde bemächtigt.
»Könntet ihr mir wenigstens sagen, wo wir sind?«
»Im Chan Abu af-Fil. Etwa zehn *farsakh* vor Gurgan.«
Ali fühlte sein Herz höher schlagen. Der gezackte Schatten, den er erspäht hatte, war nicht Sodom, so wenig wie der Gomorrhas. Er hatte das Gebiet von Dailam erreicht! Das

Land der Wölfe. Das Meer der Chasaren. Paradoxerweise suchte er sich zu überzeugen, daß er nichts mehr zu fürchten hätte: Al-Biruni würde seitens des Emirs von Gurgan Fürsprache für ihn einlegen. Man würde seine Wunden reinigen; sanfte Finger würden seinen Leib mit Pflanzensubstanzen und kostbaren Düften salben, er würde wieder aufleben!

Mit einer durch die Hoffnung gefestigten Stimme fragte er: »Worauf warten wir, weshalb bringt ihr mich nicht nach Gurgan?«

»Auf die Perlen des Harems, genau darauf warten wir!« kicherte der Mann, von seinen Freunden nachgeahmt. »Wir werden dir die schönste unter ihnen überlassen.«

Ali unternahm eine neuerliche Anstrengung, um diese Personen zu erkennen. Leider jedoch blieben seine Augen umschleiert und die Umgebung verschwommen.

»Könnte ich ein paar Datteln haben?«

»Datteln? Weshalb nicht gleich einen gefüllten Hammel? Du hast fast unseren ganzen Vorrat an Tee getrunken! Du beginnst, uns teuer zu werden. Und die paar Dinar, die dir blieben, die werden uns nicht entschädigen.«

Unwillkürlich tastete Ali seinen Gürtel ab und stellte fest, daß al-Masihis Börse verschwunden war.

»Ich bitte euch darum«, setzte er ermattet dagegen. »Es sind nun schon drei Tage, daß ich nichts gegessen habe. Die fünftausend Dirham für meine Ergreifung werden euch vollauf genügen.«

»Na gut«, meinte einer mit Unwillen. »Geben wir ihm seine Datteln. Und sei es nur, um ihn bis zur Ankunft der Soldaten am Leben zu erhalten.«

»Man muß wohl eingestehen, daß er sie verdient. Es gelingt wahrlich nur wenigen, die Dasht-e Kawir zu überleben«, gab ein anderer zu bedenken.

Der erste Mann wollte gerade dagegenhalten, als jäh der Widerhall einer Horde Reiter von außen hereindrang.
»Es ist soweit. Sie sind da!«
Sich über Ibn Sina beugend, fügte er mit hämischer Stimme hinzu: »Zu spät für deine Datteln, mein Bruder.« Das Echo der Pferde verstummte.
Ali glaubte ein plötzliches Aufbrausen, trappende Schritte auszumachen.
Eine Weile später trat man unter großem Getöse von raschelnden Uniformen und rasselnden Waffenscheiden in den Raum. Wie viele waren es? Dem Lärm nach zu urteilen, der ihr Eintreffen begleitete, zweifellos um die zehn.
»Hier ist er!«
»Bist du Ibn Abd Allah ibn Sina?« bellte eine neue Stimme.
Ali nickte bejahend und setzte eilends hinzu: »Ich bin ein Freund von Ahmed al-Biruni. Einem Vertrauten des Emirs Kabus. Ich ...«
Er hatte keine Zeit, seine Erklärungen zu beenden. Die Männer waren in mächtig schallendes Gelächter ausgebrochen.
»Der Emir Kabus? Habt ihr gehört? Er beruft sich auf Kabus!«
Ali wollte fortfahren, doch man schnitt ihm erneut das Wort ab.
»Dann weißt du also die Neuigkeit noch nicht? Solltest du so lange in der Dasht-e Kawir verweilt haben, daß dir die Vorkommnisse von Gurgan unbekannt sind? Der Emir Kabus ist nicht mehr. Der Wachteljäger ist tot.«
»Tot ...«, stammelte Ibn Sina. »Ja, wie? Wann?«
»Er hat die letzte Schlacht verloren, die ihn wie eh und je seinen Erzfeinden, den Buyiden, und ihrem Oberhaupt Fakhr ad-Dawla gegenübergestellt hatte. Nachdem sie ihn gefangengenommen hatten, haben sie ihn am Eingang der

Stadt angekettet und an Durst und Hunger sterben lassen, wie einen Hund! Wenn du zwei Tage früher gekommen wärst, hättest du dir seinen zerfledderten, von Raubvögeln zerfressenen Balg betrachten können. Er glich dir ein wenig.«
Erschüttert vermochte Ali, keine Worte mehr zu finden. Das Blut pochte ihm in den Schläfen, und er spürte seine letzten Widerstandskräfte schwinden. Das Rad seines Schicksals war soeben im Unglück stehengeblieben.
Dennoch fand er die Kraft zu stammeln: »Und al-Biruni ... Ahmed al-Biruni ... was ist aus ihm geworden?«
»Wir kennen deinen al-Biruni nicht! Wie auch immer, falls er ein Vertrauter des Wachteljägers war, dürfte er das gleiche Los wie sein Freund erlitten haben. Das ist sogar sicher.«
»Kommt!« befahl einer der Soldaten. »Laßt jetzt das Geschwätz. Wir müssen noch vor Einbruch der Nacht wieder in Gurgan sein.«
Ali fühlte sich jäh vom Boden hochgehoben. Er wehrte sich nicht, während man ihn nach draußen trug, wo der frische, vom Meer kommende Wind sein Gesicht peitschte.
»Wohin bringt ihr mich?«
»Einstweilen ins Gefängnis der Zitadelle, bis du den Gesandten des Ghaznawiden ausgehändigt wirst. Ich glaube, daß der König von Ghazna große Eile hat, dir seine Gastfreundschaft zu erweisen.«

*

Er mußte wohl ein weiteres Mal das Bewußtsein verloren haben. Oder aber, er hatte nicht innegehalten, zu sterben und wieder zum Leben zu erwachen. Der Tod war vielleicht dieser Zustand: eine Abfolge von Nächten und Tagen jenseits von Raum und Zeit.

Die Zelle, in die man ihn gesperrt hatte, war kalt und feucht. Wären die hohen Gitterstäbe nicht gewesen, die das Fenster verschlossen, durch die sich der fahle Schimmer der Sterne schlich, hätte er glauben können, man hätte ihn lebendig begraben.
Der partielle Verlust seiner Sehkraft sorgte ihn vor allem anderen. Die Erfahrung hatte ihn gelehrt, daß ein unsichtbarer Faden die Kräfte und Fähigkeiten des Körpers mit denen des Geistes verband. In etwa wie eine über einen Fluß geschlagene Brücke. Falls sich an einem der beiden Ufer eine Erschütterung ereignen mochte, war die andere gleichermaßen davon betroffen.
Er warf einen angewiderten Blick auf die Nahrung, die man ihm gereicht hatte. Dieselbe seit drei Tagen: eine Schale Dickmilch und eine Schüssel Grieß, in Fett von fraglichem Aussehen gekocht.
Wo waren der gefüllte Hammel von Setareh, die gedörrten Früchte, die nach Moschus und Jasmin dufteten, die in Honig gehüllten Süßigkeiten und die goldenen Melonen aus Ferghana...

Ist das Glück dem Unglück denn so nah?

Seine Finger in den Grieß tauchend, führte er die Speise mit Ekel an seine Lippen. Nichtsdestotrotz hatte er Hunger. Er, der Scheich ar-rais, der Fürst der Gelehrten, er wußte, daß sein Körper sein Gleichgewicht wiederfinden mußte, um die Klarheit seiner Gedanken zurückzuerlangen. Doch irgend etwas in ihm war gebrochen, was ihn ahnen ließ, daß später, was immer auch geschehen mochte, seine Sicht von Existenz nie mehr dieselbe sein würde.

Die Mächtigen sind undankbar, und die Welt ist hart...

Ja, wackerer al-Masihi. Mein Bruder, meine Zärtlichkeit. Wie schwer an Wahrheit sind doch diese letzten Worte, die du aussprachst.
Er nahm die Schale zwischen seine schrundigen Hände und trank die letzten Tropfen Dickmilch, dann, mit an den Kuppen aneinandergelegtem Zeige- und Mittelfinger, wischte er das Innere und den Boden der Schale aus und strich seine derart benetzten Fingerglieder behutsam an seinen wunden Lidern entlang.
Beinah unbewußt schloß sich seine Faust um Salwas blauen Stein, der nach wie vor an seinem Hals hing.
Wenn er am Leben bleiben wollte, mußte sein Gedächtnis intakt bleiben. Also zwang er sich, mit einer gewissen Wut und nach Art eines Kindes Gottes neunundneunzig Namen und Attribute aufzuzählen, welche die muslimische Überlieferung lehrt – blieb der hundertste doch dem zukünftigen Leben vorbehalten. »Der UNBESIEGBARE. Der ALLERHÖCHSTE. Der ALLERGRÖSSTE. Die OFFENKUNDIGE WAHRHEIT. Der HERR DER WELTEN. Der WAHRE. Der WEISE. Der BARMHERZIGE ...«
Der BARMHERZIGE ...
Jedes wiedergefundene Wort wurde ein über das Abgleiten des kranken Geistes davongetragener Sieg.
Als er geendet hatte, flüsterte er erleichtert: »Der Fehler ist verschwunden. Der Fehler muß verschwinden ...«

*

»Steh auf! Der Befehlshaber der Zitadelle will dich sehen.«
Unerwartet waren gerade zwei Männer mit schwarzer Uniform in seiner Zelle erschienen und hatten ihn aus seiner Betäubung gerissen.
Welcher Tag war eigentlich? Welcher Monat, von welchem Jahr? Unter Mühen versuchte er, sich aufrecht zu halten, und

folgte den beiden Männern schwankend durch das finstere Labyrinth der Zitadelle.

Irgendwo in der Ferne rezitierte eine klagende Stimme den Koran. In seinem Elend konnte er nicht umhin, die Begabung dieses Menschen zu würdigen. Denn jeder Gläubige weiß, daß es nicht genügt, die Verse des BUCHES auswendig zu kennen, sie müssen indes auch nach überaus präzisen Regeln aufgesagt werden. Die ganze Kunst der Rezitation besteht darin, die Worte unter Wahrung des Tonfalls, der Pausen, des Rhythmus, der feinen melodischen Abstufungen ohne Anstrengung und Übertreibung zu psalmodieren.

Vom *mu'addin* eingenommen, gewahrte Ali kaum, daß er an der Schwelle einer kleinen, von drei Lampen aus ziseliertem Kupfer erhellten Gewölbekammer angelangt war. Als einziges Mobiliar fanden sich darin eine Schilfmatte, ein kleiner runder Tisch von derbem Holz und ein Hocker. Eine Gestalt lag auf der Matte ausgestreckt, neben der sich, den Rücken der Tür zugekehrt, jemand niedergekniet hatte.

»Anführer, hier ist der Gefangene«, verkündete einer der Soldaten, die Ali begleiteten.

Der Mann reckte sich langsam hoch und drehte sich zu den Ankömmlingen. Er war vorgerückten Alters und von eindrucksvoller Statur.

»Es ist gut, laßt uns allein«, befahl er mit ernster Stimme. An Ibn Sina herantretend, betrachtete er ihn aufmerksam, bevor er hinzusetzte: »Du scheinst in recht übler Verfassung.«

Ali begnügte sich, mit dem Kopf zu nicken.

»Möchtest du ein wenig Tee trinken?«

»Wein. Falls du welchen hast.«

Der Befehlshaber wirkte bestürzt.

»Wein? Weißt du denn nicht, daß unser Glaube ihn uns verbietet?«

»In gewissen Fällen kann Alkohol ein wirksames Heilmittel sein.«
»Da du es behauptest...«
Er klatschte in die Hände und rief einen Namen. Fast augenblicklich öffnete ein Soldat die Tür halb, dem er Befehle gab.
»Wünschst du sonst noch etwas?«
»Leider sind meine Wünsche zu zahlreich, als daß es dir möglich wäre, sie alle zu verwirklichen. Gleichwohl hätte ich gerne auch ein wenig Eselsmilch.«
Der *sepeh-dar* wunderte sich ein weiteres Mal.
»Für meine Lider und mein Gesicht«, erklärte Ali, indem er den Zeigefinger an seinen gegerbten Wangen entlangstrich.
»Ich sehe schon.«
Sich dem Soldaten zuwendend, rief er aus: »Du hast es gehört. Besorge das Nötige.«
Ohne sich umzudrehen, wies der Sohn des Sina auf die liegende Gestalt.
»Ist er leidend?«
»Du bist Arzt, du mußt es wissen.«
»Wer ist er?«
»Mein Sohn. Der einzige.«
Hastig fügte er mit einer gewissen Verschämtheit hinzu: »Ich möchte gerne, daß du ihn untersuchst.«
Ali breitete mit niedergeschlagener Miene die Arme aus. »In meinem Zustand? Ich komme aus der HÖLLENGLUT, weißt du das?«
Der *sepeh-dar* bejahte.
»Ich sehe kaum. Meine Beine tragen mich fast nicht mehr. Mein Kopf ist voll Nacht.«
In der Ferne rief die bewundernswerte Stimme des Rezitators noch immer den UNBESIEGBAREN an.
»Man nennt dich *tegin*«, meinte der Mann. »Mutig, tapfer. Wenn du es willst, kannst du meinen Sohn behandeln.«

»*Sepeh-dar,* du überschätzt mich. Wenn ich so viele Eigenschaften und Fähigkeiten besäße, weshalb wäre ich dann in dieser Zitadelle?«

»Das steht doch wohl auf einem ganz anderen Blatt. Glaubst du nicht?«

Ali sann eine kurze Weile nach, bevor er fragte: »Am Hofe des Wachteljägers befand sich ein Mann. Ein sehr teurer Freund.«

»Sein Name?«

»Al-Biruni. Ahmed al-Biruni.«

Der Heerführer antwortete ohne Zögern: »Ich sehe genau, um wen es sich handelt: ein glänzender Geist.«

»Dann kennst du ihn also!« rief Ali aus. »Die Soldaten haben mich glauben lassen, er hätte dasselbe Schicksal wie der Emir Kabus erlitten.«

»Das ist falsch. Einige Tage vor den Ereignissen, welche den Tod des Fürsten herbeigeführt haben, hatte er den Palast verlassen.«

»Bist du dessen gewiß?«

»Ganz und gar. Es waren Männer meiner Schar, die auf des Emirs eigenen Befehl hin ihn zu den Grenzen von Dailam geleitet haben.«

»Allah sei gepriesen!« äußerte Ali, jäh von einer ungeheuren Last erleichtert. Er setzte sogleich hinzu: »Und weißt du, wohin er gegangen sein könnte?«

»Ich glaubte zu verstehen, daß er beabsichtigte, sich nach Turkestan, nach Kurganag, in den Dienst von Ibn Ma'mun, zu begeben.«

Ein melancholisches Lächeln hellte das Gesicht von Sinas Sohn auf.

»Ich ging ihm entgegen, während er sich zu mir begab ... Wahrhaftig, das Schicksal der Menschen ist unvorhersehbar.«

Ein heftiger Hustenanfall unterbrach ihre Unterhaltung.
Der Heerführer stürzte an das Lager des Kranken.
»Er erstickt!«
»Geh zur Seite. Ich werde ihn untersuchen, aber sage mir zuvor, was sich zugetragen hat.«
»Vor ungefähr einer Woche, zehn Tagen vielleicht, hat er über Halsschmerzen zu klagen begonnen. Seine Stimme ist heiser geworden, und das Fieber hat allmählich seine Glieder befallen. Anschließend haben ihn Hustenanfälle überkommen, und bisweilen wurde er von Krämpfen geschüttelt, so daß man hätte meinen können, er würde ersticken. Seit zwei Tagen hat sich dieses Erstickungsgefühl verstärkt. Heute morgen ist er ohne Stimme aufgewacht.«
Während der Mann sprach, hatte Ibn Sina das Handgelenk des Kranken genommen und behutsam den Pulsschlag des Blutes in der Arterie befühlt. Er stellte fest, daß er raste.
»Bring mir eine Lampe. Ich muß seine Kehle untersuchen.«
Der Befehlshaber gehorchte.
»Halte sie über sein Gesicht.«
Jetzt konnte er die Züge des Patienten genauer betrachten. Es handelte sich um einen jungen Mann von allerhöchstens zwanzig Jahren. Das Gesicht von beinahe femininer Schönheit. Er hatte eine matte Hauttönung und braunes Haar wie die meisten Leute des Landes, doch die Augen waren, ein seltenerer Umstand, jadegrün.
»Wie ist sein Name?«
»Abu Ubaid.«
»Abu Ubaid, kannst du den Mund öffnen?«
Der junge Mann versuchte ein Ja zu artikulieren, brachte indes nur einen verworrenen, undeutlichen Laut hervor. Dennoch tat er, wie Ali ihn geheißen hatte.
»Nähere die Lampe«, bat Ibn Sina dessen Vater.
Mit Hilfe des Zeigefingers drückte Ali die Zunge nach unten,

um die Kehlkopföffnung einzusehen, und konnte so erkennen, daß der Rachenhintergrund sowie die Seitenwände völlig mit einem weißlichen Häutchen bedeckt waren. In etwa, als ob im Körper des Kranken eine Spinne ihr Netz gesponnen, von dem man nur den sichtbaren Teil hätte gewahren können.

Unvermittelt wurde der junge Mann von einer Konvulsion ergriffen. Seine Atmung wurde schwerer, kürzer auch, sowohl beim Aus- als auch beim Einatmen. Wogegen seine Wangen, seine Lippen und seine Stirn unmerklich eine bläuliche Verfärbung annahmen.

»Schnell, deinen Dolch!« rief Ibn Sina aus.

Der Angesprochene starrte ihn fassungslos an.

»Deinen Dolch, sagte ich doch!«

Der Heerführer zog die Waffe aus ihrer Scheide.

»Was ... was wirst du ihm antun?«

Der Frage ungeachtet, erhitzte Ali die Klinge über der Lampe. Mit der linken Hand warf er das Kinn des jungen Mannes zurück, während er mit der anderen Hand die scharfe Spitze an der Basis des Halses, an einem bestimmten Punkt zwischen zwei Knorpeln, ansetzte. Mit raschem Stoß durchbohrte er, unter dem entsetzten Blick des Vaters, die Haut und schuf derart eine etwa fingerbreite Öffnung.

Sogleich vernahm man ein sonderbares Pfeifen, das von der Luft herrührte, die durch den Spalt herausströmte. Zwischenzeitlich war der Soldat mit dem erbetenen Krug Wein und der Schale Eselsmilch in die Kammer zurückgekehrt.

»Jetzt«, beschied Ali, während er dem Heerführer den Dolch zurückgab, »bräuchte ich zerstoßene Mohnkörner, Honig, Bilsenkraut und vor allem einen Tubus oder irgend etwas Gleichartiges: Ein kleiner Bambusstengel würde genügen.«

»Der Bambusstengel scheint mir leichter auffindbar; die Ufer des Flusses Andarhaz, der durch die Stadt fließt, sind voll davon.«

»Die Zeit drängt, die Wunde sollte sich nicht wieder schließen.«
Der *sepeh-dar* wandte sich zu dem versteinert dastehenden Soldaten. Er nahm ihm die Dinge ab, welche jener in der Hand hielt, und befahl ihm: »Mach schnell! Falls nötig, schicke eine Abteilung den Fluß entlang.«
Auf der Matte ausgestreckt, fand der Kranke langsam zu seiner Farbe zurück. Seine Atmung war wieder normal geworden, und in seinen Augen sprühte erneut das Leben. Er versuchte zu artikulieren, war jedoch nicht imstande, den geringsten Ton hervorzubringen.
Mit trockenen Lippen lehnte Ali sich an die Wand, wobei er mit der Unterseite seines schmierigen Ärmels den Schweiß abwischte, der auf seiner Stirn stand.
»*Sepeh-dar* ... den Krug.«
Der Befehlshaber begriff und sputete sich, ihn zu bedienen.
»Verzeih mir«, sagte er eilig, »die Angst, meinen Sohn zu verlieren, hat mich deinen Zustand vergessen lassen.«
Halblaut fügte er hinzu: »Ist er außer Gefahr?«
Während er einen großen Schluck trank, nickte Ali zustimmend.
»Kann man ungestraft ein Loch in die Kehle eines Menschen bohren, ohne Gefahr zu laufen, ihn zu töten oder ihn verbluten zu sehen? Solltest du ein Zauberer sein ...«
Mit traurigem Lächeln bemerkte Ali: »Nein, ich bin kein Zauberer. Was die letzten Wochen betrifft, so bedaure ich jedoch, es nicht gewesen zu sein.«
Er fuhr fort: »Der Rachen deines Sohnes ist von einer Entzündung befallen worden, die Wucherungen verursacht hat, welche Tag um Tag den Kehlkopf mehr verengten und zur Atemnot führten*. Die einzige Heilmaßnahme in diesem

---

* Ibn Sina war an jenem Tage dem gegenübergestellt, was man seither eine diphtherische Angina nennt. *(Anm. d. Ü.)*

Fall besteht darin, die Basis des Kehlkopfes zu perforieren, um dem Kranken freies Atmen zu ermöglichen*. Dennoch birgt dieser Eingriff einen Nachteil: Solange der Spalt geöffnet bleibt, wird dein Sohn der Sprache beraubt sein.«
»Aber dieses Loch ... Der Blutverlust ...?«
»Wie du beobachten konntest, kam es zwar zu ganz leichten, jedoch zu keiner heftigen Blutung. Die Erfahrung hat mich gelehrt, daß es im menschlichen Körper mehrere Punkte wie ebendiesen gibt. Sie werden nicht von größeren Adern versorgt, sondern von winzigen Gefäßen, deren Zerstörung zu keinen ernsthaften Folgen führt.«
Mit Bewunderung nahmen der junge Mann und sein Vater die Worte des Arztes auf. Die Stimme des *mu'addin* war verstummt, und die Sonne begann über der Zitadelle von Gurgan emporzusteigen.
Ali tauchte zwei Finger in die Schale Milch und führte sie über seine Lider, die Verbrennungen seines Gesichts. In diesem Augenblick öffnete sich die Tür einen Spalt und ließ zwei Krieger zum Vorschein kommen. Der eine trug zwei lange Bambusstengel sowie eine Schale Milch, der andere eine mit zerstoßenen Mohnkörnern gefüllte Schüssel. Sie stellten alles auf dem Tisch ab und zogen sich zurück.
»Und jetzt?« fragte der Heerführer nach.
»Ich werde erneut deinen Dolch benötigen.«
Ali zerschnitt den Bambus, um ein Stück von der Länge

---

* Man kann Ibn Sina als den Erfinder der Tracheotomie (des Luftröhrenschnitts) oder Intubation des Kehlkopfes ansehen, deren operatives Verfahren von dem berühmten arabischen Chirurgen Abu-'l-Casis von Cordoba verfeinert werden sollte. Diese Hypothese wird durch Zitate und Auszüge aus den lateinischen Übersetzungen und dem Originaltext seiner Werke untermauert. Man wird jedoch die Renaissance abwarten müssen, um erneut auf einen solchen Eingriff – von dem bekannten italienischen Arzt Antonio Musa Brasavola (1490–1554) vollbracht – zu stoßen. *(Anm. d. Ü.)*

zweier Finger zu erhalten, das er an einem Ende über der nächsten Lampe ankohlte, ging dann wieder ans Lager und kniete neben dem jungen Mann nieder.
»Habe keine Furcht, du wirst nicht leiden. Ich werde dieses Rohr einfach nur in die Öffnung, die ich geschaffen habe, einführen, um zu verhindern, daß das Fleisch heilt. Wenn dies nämlich geschähe, schlösse sich die Wunde, und die Luft würde nicht mehr durchgehen. Die Atemnot würde dich erneut befallen.«
Abu Ubaid stimmte mit einem Lidschlag zu.
»Du besitzt sein ganzes Vertrauen«, bemerkte der *sepeh-dar*. »Du hast ihm das Leben gerettet. Du wirst es ihm nicht wieder nehmen.«
Nachdem er die beiden Ränder des Einschnitts auseinandergezogen hatte, legte der Sohn des Sina die Bambusröhre behutsam in die an der Basis des Halses geschaffene Öffnung. Er ließ sie ungefähr einen Fingernagel weit eindringen, prüfte, ob sie gut festsaß, und richtete sich zufrieden auf.
»So. Das wäre getan. Indes wirst du dich mit Geduld wappnen und während zwei bis drei Tagen auf dem Rücken liegen bleiben müssen. Ist das Gleichgewicht deiner Säfte wiederhergestellt, werde ich den Tubus herausziehen und die Wunde mit einigen Stichen vernähen. Dann wirst du den Gebrauch der Sprache zurückerlangen.«
Mit bewunderndem Blick pflichtete Abu Ubaid bei.
»Nun jedoch werde ich ein ganz anderes Heilmittel zubereiten müssen«, sagte Ali noch, indem er sich zum Tisch wandte.
Unter den neugierigen Augen der beiden Männer machte er sich mit den Zutaten, die man ihm gebracht hatte, zu schaffen; vermischte kundig Honig, Bilsenkraut und Mohn, um eine zähflüssige Paste zu erhalten. Anschließend, nach Art

eines Töpfers, der den Ton bearbeitet, formte er sechs Kegel von mehr oder weniger gleicher Größe und reihte sie an der Tischkante auf.

»Binnen kurzem wird die Masse erhärtet sein. Sodann wird man ihm« – hierbei wandte er sich mehr an den Vater als an den Sohn –, »einen dieser Kegel auf rektalem Wege verabreichen müssen. Desgleichen bei Sonnenauf- und Sonnenuntergang während drei Tagen.«

Nochmals an Abu Ubaid gerichtet, hob er hervor: »Und du, du wirst achtgeben, daß das Bambusrohr wohl an seinem Platz verbleibt. Ansonsten würden dir neuerliche Atembeschwerden drohen. Habt ihr mich genau verstanden?«

Der *sepeh-dar* richtete sich wieder auf, ging ein paar Schritte auf Ali zu und betrachtete ihn bewegt.

»Allah segne dich. Daß Er dir deine Wohltat hundertfach vergelten möge.«

»Allah ist behende in seinem Urteil«, sagte Ali, während er den Krug an die Lippen führte.

Draußen erhob sich das Geraune der erwachenden Stadt, und der Ruf der ersten Schiffer scholl geschäftig an den Flußufern.

»Scheich ar-rais«, hob der Befehlshaber mit gemessener Stimme an, »ich weiß nicht, weshalb der Ghaznawide dir nach dem Balg trachtet. Aber mein Sohn und ich, wir sind gebürtig aus Balch, und ...«

»Das ist sonderbar«, unterbrach ihn Ali, ohne sich umzudrehen, »mein Vater war ebenfalls aus Balch.«

»Demnach müßtest du wissen«, setzte der *sepeh-dar* erneut mit Feuer an, »daß die Kinder von Balch wahre Gläubige sind und daß sie es vorzögen zu sterben, statt die Schriften zu verleugnen. Weißt du das?«

»Wie könnte es mir unbekannt sein?«

»In dem Fall weißt du auch, was geschrieben steht: ›Und

wenn einer jemanden am Leben erhält, soll es so sein, als ob er die Menschen alle am Leben erhalten hätte.‹ Daher betrachte dich von heute an als freies Geschöpf. Du darfst die Zitadelle verlassen und gehen, wohin es dir immer gefallen mag.«
Ali musterte seinen Gesprächspartner mit glänzendem Blick.
»Du bist gut ... Du bist es, der den Namen eines *tegin* verdienen würde.«
Fast hätte er hinzugefügt: »Doch wohin sollte ich gehen ...«
»Was wirst du den Leuten des Ghaznawiden sagen, wenn sie kommen werden, um mich nach Ghazna zu bringen?«
Der *sepeh-dar* verzog angeekelt das Gesicht und spie zu Boden. »Befriedigt dich meine Antwort?«
»Sie befriedigt den Sohn des Sina vollends. Ich bezweifele indes, ob sie den Sohn des Subuktigin ebenso befriedigen wird.«
»Ich werde mir zu helfen wissen ... Vielleicht werden sie niemals kommen. Vielleicht werden sie niemals erfahren, daß du wiederaufgefunden wurdest.«
Der Heerführer hatte diese letzten Worte in rätselhaftem Tonfall ausgesprochen.
»Was willst du damit sagen?«
»Laß die Dinge geschehen. Und antworte mir: Wann möchtest du aufbrechen?«
Ali fuhr langsam mit der Hand über seinen Bart und antwortete mit traurigem Lächeln: »Wie ich kennst du das Sprichwort: ›Schreite mit deinen Sandalen fort, bis daß Gott dir Schuhe beschafft.‹ Sieh mich nur an, ich habe nicht einmal Sandalen; die Straßen des Dailam gelten als beschwerlich, und Allah hat womöglich wichtigere Absichten.«
»Ich verstehe; was kann ich sonst für dich tun? Verlange. Alles wird dir gewährt.«

»Vor allen Dingen Pflanzen, Pflanzen, um mich selbst zu behandeln und um andere zu behandeln, da die Heilkunst auch weiter meine einzige Pflicht und mein einziger Broterwerb bleibt; zwei Nächte Schlaf auf einer sauberen Matte; ein richtiges Mahl und« – er setzte eine Pause, bevor er schloß –, »Sandalen ...«

Der Befehlshaber legte ihm freundschaftlich die Hand auf die Schulter.

»So wird es geschehen. Von nun an wirst du das Zimmer meines Sohnes teilen, und du wirst fortgehen, wenn du fühlst, daß dir deine Kräfte zurückgekehrt sind. Ich muß euch jetzt verlassen, die Pflichten meines Amtes ...«

»Ich kenne nicht einmal deinen Namen ...«

»Osman.«

»Und dein Sohn? Abu Ubaid, so ist es doch ...«

»Das stimmt. Er heißt Abu Ubaid al-Djuzdjani.«

Elfte Makame

Auf diese Weise geschah es, daß ich, Abu Ubaid al-Djuzdjani, Kind aus Balch, seinerzeit im Alter von zwanzig Jahren, in jener Zitadelle von Gurgan dem Manne begegnete, der mein Meister, mein Freund werden sollte: dem Scheich ar-rais, Ali ibn Sina. Alles, was vorangegangen war, hat er mir diktiert; von dem, was nun folgt, ward ich Augenzeuge. Denn bereits von jenem Tage an, da er mir das Leben rettete, wurde ich sein Schatten, wurde er mein Blick. Mit seinen Augen nämlich beobachtete ich die Welt der Menschen, und es waren seine Gedanken, vermittels derer ich über die Philosophie nachsann.
War er sich je der Stärke meiner zärtlichen Liebe bewußt? Befragte er sich je über die Glut meiner Ergebenheit? Ich habe es nie erfahren. Die Antwort kümmert wenig. Im Verlauf dieser fünfundzwanzig Jahre war ich jener Quell des Hochgebirges, der Abi Tabaristan, welcher – so sagt die Legende – versiegt, sobald ein Reisender einen Schmerzensschrei ausstößt. So hielt jedesmal, da meinem Meister Leid widerfuhr, der Strom meines Lebens inne.
Im Verlauf dieser drei Tage, da wir dieselbe Kammer teilten, entdeckte ich, durch die Wunde an meiner Kehle zum Schweigen genötigt, ein verletztes, ratloses und trotz allem hellsichtiges Wesen. Hieraus schloß ich, daß gerade seine Hellsicht es war, die ihn quälte. Die Durchquerung der Dasht-e Kawir war für ihn eine Reise ans Ende seiner selbst gewesen. Er hatte Gurgan erreicht, sein Geist aber hatte sich im Hafen nicht eingefunden; würde er sich jemals einfinden?
In dem Maße, wie seine Kräfte ihm zurückkamen, vertraute

er mir, während er an meiner Seite ausgestreckt lag, seine philosophischen Besorgnisse an. Eingehend berichtete er mir von jenem, den er als seinen geistigen Lehrmeister erachtete, dem Makedonier, dem Erzieher des Iskandar – den die Rum Alexander den Großen nennen –, dem Begründer der formalen Logik und der *Peripatetischen Schule:* Aristoteles. Für mich beschrieb er, was er »die großen Phasen der arabischen Medizin« nannte. Ich spürte seine Überzeugung, wesentlich zu einer dieser Phasen dazuzugehören. Mit einer verblüffenden Genauigkeit entwarf er das Bild unseres Jahrhunderts: die unaufhaltsame Ausbreitung der arabischen Zivilisation, die etwa vierhundert Jahre zuvor auf Betreiben des Propheten angebrochen und nach Spanien, Nordafrika, Syrien und bis in unser Land Persien vorgedrungen war; eine ungeheure Welle, die alles hinwegspülte und die hellenistische Kultur zwang, ihr zu weichen. Sollte ich dir gestehen, daß zum Abschluß unseres Gespräches die Welt der Christen mir wahrlich winzig klein erschien neben jener, die zu der Zeit der Islam beherrschte; und daß ich – ein wenig naiv, ich bekenne es – so weit ging, mir vorzustellen, die Erde wäre eines nahen Tages allein noch von den Kindern Mohammeds bevölkert.

Es war im Morgengrauen des vierten Tages, daß er beschloß, Gurgan und die Zitadelle zu verlassen. Da flehte ich ihn an, ihn begleiten zu dürfen ...
Meine Bitte überraschte ihn, beunruhigte ihn auch.
Folglich lehnte er ab, und ich ward verletzt, denn er benutzte harte Worte. In Wahrheit aber las ich sehr rasch in ihm: Er wußte sich in Gefahr und wollte um keinen Preis, daß jemand darunter leiden mochte, sein Gefährte zu sein. Auch gewahrte ich, daß er sich mittelbar am Tode al-Masihis schuldig fühlte. Dies begriffen zu haben, half mir womöglich, ihn umzustimmen.
So verließen wir am 3. des *muharrem* das Land der Wölfe und brachen auf nach dem Gebiet Dihistan und dem Dorf desselben Namens. Der Himmel war von vollkommenem Blau,

doch schwer von dieser Feuchte, welche die Weiten, die das Chasaren-Meer säumen, kennzeichnet. Dihistan liegt auf halbem Wege zwischen Gurgan und Charism. Es ist eine dieser Grenzfestungen, die wir *ribat* nennen, zum größten Teil von Fischern und Vogeljägern bewohnt. Wir erreichten es am Ende unseres neunten Reisetages, und da der Ort keine Herberge besaß, richteten wir uns in der Umfriedung der Moschee ein.

Anderntags bereits machte Ali sich ans Werk. Ich folgte ihm in die Marktflecken und Weiler: Nasa, Tus, Baward (mehr als zwanzig solcher Ortschaften breiten sich im Bezirk aus), von Harat bis zur Halbinsel von Dihistanan Sur die Dienste des Scheichs all jenen anbietend, die sie benötigten; die Bedürftigen ohne Gegenleistung behandelnd, und die, die vermögender waren, für Fisch, Obst oder bisweilen ein paar Dinar als Entgelt.

So ging unser Leben friedlich weiter, zwischen diesen Landschaften von rötlichem Sand, wo das Meer endet, und der Verlängerung des alten erloschenen Vulkans, des Demawend. Manchmal kam es vor, daß wir auf dem Rückweg nahe dem Flecken Baidjun eine Weile anhielten, um unsere Schläuche mit den schwefligen Wassern zu füllen, die in heißen Quellen am Fuße des Vulkans hervorsprudelten und die, meinem Meister zufolge, heilsam für die Leber sind.

Für mich, der ich seit unserem Fortgang aus Balch mein Elternhaus nie verlassen hatte, waren jene Tage reich an Entdeckungen; für meinen Meister war es anders. Ich ahnte, daß er melancholisch und abwesend war. Ich entsinne mich eines Abends, da wir am Kap von Kulf entlangritten und in den vierten Monat dieses ruhelosen Wanderlebens traten, an dem der Scheich über seine Lage ein Gedicht voller Bitterkeit schuf. Ich habe insbesondere diese Verse behalten:

Ich bin nicht groß, und doch ist kein Land, das mich fassen könnte. Mein Preis ist nicht hoch, und doch ist niemand, der mich kaufen will ...

Indes, trotz der Beschwernis und der Unbequemlichkeit des Reisens hatte er das Schreiben wieder aufgenommen; und ich konnte mich überzeugen, daß weder sein Scharfblick noch sein phänomenales Gedächtnis von den vergangenen Ereignissen getrübt worden waren. Ich würde sogar zu behaupten wagen, daß sie an Schärfe noch gewonnen hatten. Der einzige neue Wesenszug war, daß er es sich von da an zur Gewohnheit gemacht hatte, mir seine Werke zu diktieren. So fanden wir uns so manche Nacht zusammen, mit zufällig begegnenden Nomaden das Feuer teilend; mein Meister setzte sich etwas abseits nieder, und seine Auslassungen über die Mathematik, die Medizin oder die Astronomie entrückten mich weit fort von allem. Lange Stunden über schrieb ich im ungewissen Schein der Flammen, und wenn wir uns von Zeit zu Zeit unterbrachen, dann nur, um uns vom unerwarteten Bericht eines Jägers aus Turkestan entführen zu lassen, oder von den Beschreibungen eines Händlers aus Kirman, der von wunderlichen lichtumfluteten Städten erzählte.

Im Laufe jener Monate diktierte der Scheich mir vier Werke: *Die Heilmittel des Herzens, Die Abhandlung, welche die Epistel des Arztes darlegt,* einen *Abriß darüber, daß der von der Tangente gebildete Winkel keine Quantität besitzt* und die *Allgemeinen Fragen der Astronomie.* Ich verwahrte diese Schriften in Beuteln aus Ziegenleder und befleißigte mich, sie jedesmal, da wir nach Dihistan zurückkehrten, an sicherem Orte zu hinterlegen.

Eines Morgens, an einem 7. des *rebi-'l-achir,* wachte mein Meister von Fieber glühend auf. Wir befanden uns damals am Hang eines Hügels, zwei *farsakh* von Gurgan entfernt. Ich beeilte mich, ihn in meinen *abas,* einen dicken Kamelhaarmantel, zu hüllen, und erhitzte ein wenig gezuckerten Tee. Doch sehr bald verschlimmerte sich sein Zustand. Ihn befiel starke Übelkeit, und sein Erbrochenes von rötlicher Farbe entsetzte mich. Dann wechselten seine Ausscheidungen ins Schwarze über, und sein Durst wurde quälend. Schließlich verspürte er Atembeschwerden und wurde von heftigen

Durchfällen befallen. Gleichwohl vermochte er seines Verstands soweit mächtig zu bleiben, mir die Heilbehandlungen mitzuteilen, die ich ihm angedeihen lassen sollte. Ich folgte seinen Weisungen buchstabengetreu. Bevor er in eine Art völliger Entkräftung verfiel, trug er mir noch auf, ihm alle drei Stunden heißen Wein zu trinken zu geben, in dem ich Fieberrinde mazerieren sollte. Was ich auch tat. Aufgrund der Beobachtung der Symptome, des Befühlens seines Pulses und im besonderen der Feststellung, daß sein Fieber am zweiten Tage in der dritten Stunde und am dritten Tage in der vierten wiederkehrte, hatte er schließlich gefolgert, daß er an Sumpffieber erkrankt war*.

Die darauffolgenden Tage waren sehr bedrückend. Ich hörte ihn, wie er zusammenhanglose Wörter murmelte, die Stirn schweißüberströmt, die Augen hervorgetreten, der Körper von kurzen Schüttelfrostanfällen durchzuckt. Ich hatte Mühe, in diesem bleichen und verzerrten Angesicht den Scheich arrais, meinen Meister Ali ibn Sina, wiederzuerkennen. Muß ich es bekennen? Ich bekam es mit der Angst. Eine unbändige Angst, die mich mein Reittier zu besteigen und jenen Pfad hinabzupreschen trieb, der zur Straße nach Gurgan führt. Ich benötigte Hilfe. Allah möge mir verzeihen, doch ich war von Zweifel verzehrt und befragte mich über des Scheichs Befähigung, sich selbst zu behandeln. Die Zukunft sollte mir beweisen, daß ich unrecht hatte, und dennoch sollte mein törichter Schritt sich als nutzbringend herausstellen.

Ich flog also mit verhängten Zügeln gen Gurgan und war nicht mehr weit von der Stadt entfernt, als ich eine Gruppe

---

* Womöglich Malaria. Diese Krankheit befällt ungefähr 10 Millionen Menschen pro Jahr. Mehr als 3 Millionen sterben daran. Es versteht sich von selbst, daß Ibn Sina sich in dem Fall nicht mit der aus Südamerika stammenden *Fieber-* oder *Chinarinde* (Cortex Chinae) und dem darin enthaltenen, gegen den Malariaerreger wirksamen *Chinin* hat behandeln können. Denkbar jedoch wäre vielleicht die seit dem Altertum bekannte Salixrinde (Weide), die zumindest fiebersenkende, schmerzstillende und entzündungshemmende Substanzen enthält (wie etwa Salizin und Salizylsäure). *(Anm. d. Ü.)*

von Reitern traf, die aus der Gegenrichtung kamen. An ihren Kleidern erkannte ich, daß ich es mit reichen Jägern zu tun hatte. Einer unter ihnen hielt einen verkappten Falken auf dem behandschuhten Zeigefinger. Mit einem Fersentritt, ohne aber genau zu wissen, weshalb, ließ ich mein Pferd auf ihn zugehen und vertraute ihm meine Verzweiflung an. Der Mann hörte mir mit einer Aufmerksamkeit zu, die mich bewegte, und als ich meine Herkunft zu erkennen gab, sah ich, daß der Name meines Vaters ihm nicht unbekannt war. Er erbot sich, mir an die Stelle zu folgen, wo ich den Scheich zurückgelassen hatte, und mir zu helfen, ihn bis zur Zitadelle von Gurgan zu schaffen. Trotz der Wendung, welche die Ereignisse nahmen, konnte ich mich einer gewissen Besorgnis nicht erwehren, war ich mir doch der Gefahren bewußt, denen wir uns aussetzten. Würde mein Vater die Anwesenheit Ibn Sinas ein zweites Mal verbergen können?
Der ganze Trupp ritt in meinem Gefolge los. Erst nahe bei dem Scheich angelangt, offenbarte sich endlich das Schicksal auf ganz andere Weise, als ich es erwartet hatte.
Nachdem wir abgestiegen waren, winkte der Mann mit dem Falken einem seiner Begleiter, ihm zu folgen. Zu zweit begaben sie sich zum Rais, um ihn hochzuheben und auf mein Pferd zu setzen. Doch genau im selben Augenblick, da er die Züge des Kranken erblickte, blieb der Mann stehen, und ich begriff, daß er ihn erkannt hatte.
»Das ist unglaublich ... Sollten meine Augen mich trügen? Oder ist es tatsächlich der Fürst der Gelehrten, Ali ibn Sina?«
Meine erste Reaktion war, es zu leugnen. Indes dürfte es mir an Überzeugung gemangelt haben, denn der Mann beharrte und beschwor mich, ihm die Wahrheit zu sagen.
»Habe keine Angst. Der GÜTIGE sei mein Zeuge, ich versichere dir, daß ich nicht zu denen gehöre, die ein Wesen von solchem Wert verrieten. Ist es wirklich der Scheich ar-rais?«
Seiner Aufrichtigkeit gewiß, stimmte ich zu. Sogleich hellte sich die Miene des Mannes auf. Unverzüglich bat er seinen Gefährten, ihm zu helfen, wandte sich dann zu mir und sagte mit Leidenschaft: »Mein Name ist Muhammad as-Sirazi. Ich

besitze mehrere Häuser in Gurgan. Wir werden deinen Meister in einem von ihnen beherbergen. Er wird es als das seine betrachten können. Wisse, daß du einen aufrichtigen Liebhaber der Wissenschaften und der Literatur und vor allem einen glühenden Bewunderer des Scheichs vor dir hast. Wisse auch, daß es in meiner Erinnerung die schönste Tat meines Lebens bleiben wird, daß ich ihm heute beistehen konnte.«
Am selben Abend richteten wir uns in der vom großmütigen as-Sirazi zur Verfügung gestellten Behausung ein, und in der Frühe der dritten Morgenröte konnte ich erkennen, daß die von meinem Meister bestimmte Behandlung, die ich so in Zweifel gestellt hatte, ihre Wirkung zeitigte. Am sechsten Tage fand er zurück zu seinem klaren Verstand, und das Fieber verließ ihn. Ohne Zweifel war dies der Moment, von dem an mir zwei wesentliche Dinge zu Bewußtsein kamen: die außergewöhnliche physische Widerstandskraft von Scheich ar-rais und dieser okkulte Schutz, der ihm folgte und ihm immer folgen würde, wohin er auch ginge.

Abwechselnd von den Winden und dem Regen angenagt, zerfledderten im Laufe der Monate die Bildnisse, die bis dahin die Mauern der Stadt bedeckt hatten. Zum damaligen Zeitpunkt hätte, vermittels dieser Fetzen vergilbter Blätter, niemand die Züge des Fürsten der Gelehrten wiedererkennen können.
Mit einer erstaunlichen Schnelligkeit kam Ali zu Kräften und stürzte sich mit größerer Leidenschaft noch als zu früheren Zeiten in die Arbeit. As-Sirazi wachte darüber, daß es uns an nichts fehlte. Als Gegenleistung bat er meinen Meister, ihm Unterricht in Astronomie und in Logik erteilen zu wollen. Der Scheich tat mehr als das. In wenigen Wochen verfaßte er ein Opus, das er *Kitab al-Aussat, Mittlere Logik,* betitelte und seinem Wohltäter widmete.
Nach und nach wurde unser Haus zum Versammlungsort aller klugen Köpfe Gurgans. Was die Arbeit des Rais ungeheuer mehrte. Es verstrich kein Tag, ohne daß ein neuer Freund, ein Student, ein Philosoph ihn zu diesem oder jenem Thema befragte. Und in Anbetracht des Reichtums, der Klarheit seiner

Antworten von der Vorstellung bestürzt, niemand außer sie selbst würde in zukünftigen Zeiten davon Nutzen haben, bedrängten seine neuen Freunde den Scheich, ihnen schriftlich zu antworten, was er in Form von Episteln dann auch tat. So entstanden unter anderem: *Die Epistel über den Winkel, Der Ursprung und die Wiederkehr der Seele,* oder auch die *Definitionen.* Diese letzte Epistel ist, scheint mir, sehr bedeutsam wegen der wertvollen Aufschlüsse, die sie uns über die philosophischen Konzeptionen vom Sohne Sinas verschafft.

Doch unter diesem bescheidenen Dach geschah es auch, daß der Scheich jenes in Angriff nahm, was das Meisterwerk seines ganzen Lebens werden sollte.

Wir schrieben den letzten Tag des Monats *schaban.*

Auf der Terrasse niedergelassen harrten wir nach dem Beispiel aller Muslime Persiens darauf, am Himmel die feine Sichel des Neumonds erkennen zu können, welche den Beginn des Ramadan kündet. Während der folgenden dreißig Tage würden alle an Körper und Geist gesunden Söhne des Islam sich der Speisen, der Getränke, der Duftessenzen und des Beischlafs von morgens bis abends enthalten müssen; ganz genau gesagt, von jenem Augenblick an, *da man einen schwarzen Faden von einem weißen unterscheiden kann, bis zur Abenddämmerung, wenn dieser Unterschied nicht mehr wahrnehmbar ist.*

Da saßen wir also in Erwartung, als Ali, ohne den Blick vom Himmel zu wenden, murmelte: »Abu Ubaid, entsinnst du dich, daß ich mich mit dir vor einigen Monaten über die ›großen Phasen der arabischen Medizin‹ besprach?«

Bevor ich noch Zeit hatte, bestätigend zu antworten, setzte er hinzu: »Wie ich dir erläuterte, war die erste Phase von dem gekennzeichnet, was ich ›das Übersetzungsfieber‹ nannte, welches dazu geführt hat, daß heutigen Tages die gesamte hippokratische, galenische und byzantinische Medizin in arabischer Sprache zugänglich ist.«

Der Scheich machte eine Pause, bevor er fortfuhr: »Seit kurzem haben wir eine zweite, eine schöpferische Phase eingeleitet. Als Beispiel möchte ich nur *al-Hawi,* das vom großen ar-Razi verfaßte *Beinhaltende* nennen, dem wir die Entdeckung der beiden wichtigsten epidemischen Fieber* verdanken; und die Beobachtung der Pupillenreaktion auf Licht. Die Schlußfolgerungen eines Mannes wie Ibn al-Haitam, der das Sehen als einen an die Brechung des Lichtes gebundenen Vorgang definiert, sind grundlegend. Schöpferisch waren auch die Eingriffe, die sich vor kaum einem Jahr in einem Hospital von Bagdad abgespielt haben. Entsinne dich, daß es damals den dortigen Ärzten tatsächlich gelungen ist, die Kristallinse während einer Staroperation zu entfernen; was einen ungeheuren Fortschritt darstellt im Vergleich zur früheren Methode, die darin bestand, die getrübte Linse einfach nur in den Glaskörper zu schieben**. Ich könnte noch das *Königliche Buch* von Ibn Abbas erwähnen, oder das der *Hundert* von meinem Freund al-Masihi. Die Aufstellung wäre bei weitem nicht erschöpfend.«

Mein Meister verstummte wiederum. Ich glaubte in seinen Augen eine neue Flamme zu gewahren. Er befragte mich: »Fehlt denn nichts in meiner Analyse?«

Ich starrte ihn verdutzt an, wußte ich doch nicht genau, worauf er hinauswollte. Er erklärte mir: »Ein Werk. Es fehlt ein Werk. Ein strukturiertes Ganzes. Eine klare und geordnete Summe allen medizinischen Wissens unseres Zeitalters, zu der selbstverständlich die eigenen Beobachtungen und Entdeckungen des Verfassers hinzukommen würden.«

Ich gab zu bedenken: »Bist du dir eigentlich bewußt, was ein solches Vorhaben darstellt? Ein solches Unterfangen wäre auf alle Fälle ehrgeiziger als die *Epidemien* von Hippokrates oder die fünfhundert von Galen hinterlassenen Abhandlungen!«

Der Scheich schien meine Bemerkung nicht zu hören, denn vom Fluß seiner eigenen Überlegungen mitgerissen fuhr er

---

* In der Tat verdanken wir diesem berühmten Arzt die Diagnose der Pocken und der Masern. *(Anm. d. Ü.)*
** Mein Meister war nicht imstande, mir mit Gewißheit den Namen des Arztes anzugeben, der diesen erstaunlichen Eingriff gewagt hatte. *(Anm. d. Djuzdjani)*

fort: »In der Tat schwebt mir die Abfassung von fünf recht spezifischen Büchern vor. Das erste wäre Grundsätzlichem über den menschlichen Körper, über die Krankheit, die Gesundheit, die Behandlung sowie den allgemeinen Therapien gewidmet. Das zweite würde die *Materia Medica* und die Pharmakologie der einfachen Heilmittel umfassen. Das dritte Buch würde die spezielle Pathologie, nach Organ oder System untersucht, darstellen. Das vierte sollte mit einem Traktat über die verschiedenen Fieber eröffnen und die Anzeichen, Symptome, die Diagnostik und Prognostik, die kleine Chirurgie, die Geschwülste, Wunden, Frakturen, Bißwunden und die Gifte behandeln. Zum Abschluß würde das fünfte Buch die Pharmakopöe der zusammengesetzten Heilmittel beinhalten.«

Und während er mir die Unterteilungen seines Vorhabens darlegte, fühlte ich einen Schauder meinen Leib erfassen, und eine Gewißheit schoß mir durch den Sinn: Alles, was er mir soeben anvertraut hatte, besaß nichts von einer unbesonnenen, jählings entstandenen Eingebung. Der Gedanke mußte schon seit geraumer Zeit in ihm gereift sein. Aber hatte er tatsächlich Maß an die Gewaltigkeit der Aufgabe gelegt?

Eine Woge des Frohlockens stieg aus den Gäßchen empor, die mich aus meinen Träumereien riß. Der Neumond war gerade über der Zitadelle Gurgans erschienen.

Schweigend rollte der Scheich seinen Gebetsteppich aus. Ich tat desgleichen und näherte mich ihm. Als hätte er in meinen Gedanken gelesen, wandte er sich um und sagte mit einem Lächeln: »Du möchtest wissen, ob ich über den Titel dieses Werkes nachgesonnen habe? Er wird sich von dem griechischen Wort *Kanon* ableiten, das Richtschnur bedeutet...«

*

Auf seinem Diwan ausgestreckt, schloß Muhammad as-Sirazi das Exemplar des *Almagest,* des berühmten Werkes von Ptolemäus, und führte ein Glas Tee mit Minze an seine Lippen.

Wir schrieben das Jahr 1012 der Abendländer. Ein Jahr war seither verstrichen ...

»Zerstreut, ehrwürdiger as-Sirazi ...«, murmelte Ali, während er die auf dem Tisch umherliegenden Aufzeichnungen ordnete.

»Ich fand dich heute morgen ganz besonders zerstreut.«

As-Sirazi antwortete nicht und begnügte sich damit, noch einen Schluck Tee zu trinken.

»Obwohl gerade du es besser als irgendein anderer wissen müßtest. Es bedarf eines gesammelten Geistes, um die von Ptolemäus gelehrten astronomischen Mechanismen zu verstehen. Die Sphärentheorie ist nicht jedermann zugänglich.«

Sein Gönner nickte zum Zeichen des Einverständnisses mit dem Kopf.

»Ich bin mir dessen bewußt, Scheich ar-rais. Doch kann man der Besorgnisse des Herzens Herr werden?«

»Ich würde nicht wagen, mir zu erlauben, in die Geheimnisse deines Lebens einzudringen, ich hoffe nur, daß ich nicht der Anlaß dieser Besorgnisse bin.«

Eine Art Verlegenheit zeigte sich auf den Zügen as-Sirazis. Er richtete sich auf dem Diwan auf.

»Was denkst du über den Brief von al-Biruni, den du gestern abend erhalten hast?«

»Du dürftest es erahnen. Die Freude, die ich empfunden habe, ihn gesund und wohlbehalten zu wissen, wurde getrübt, als ich erfuhr, daß er sich in Ghazna im Dienste des Türken aufhält. Soll ich es gestehen? Ich habe darüber recht bitteren Kummer verspürt.«

»Was willst du, nicht jeder hat dieselben Ansichten über Mahmud den Ghaznawiden wie du. Er ...«

»Verzeih mir, as-Sirazi, aber die Freundschaft, die mich an al-Biruni bindet, raubt mir jegliche Objektivität. Deshalb ziehe ich es vor, kein Urteil über seinen Schritt zu fällen. Ich

wünsche nur, daß er dort die Möglichkeiten findet, sein Werk fortzusetzen; das ist alles, was zählt. Ansonsten...«
Ali machte eine fatalistische Geste und setzte wieder an: »Was vor allem über meinen Verstand geht, ist die stetig wachsende Grausamkeit des Königs von Ghazna. Al-Biruni zufolge fängt der Feldzug, der ihn nach Indien führt, gerade erst an. Nichts scheint dem Ghaznawiden zu widerstehen. Seitdem er das von den Hindus geschaffene Bündnis zerschlagen und die Stadt Kangra erbeutet hat, rücken seine Heere auf erobertem Gebiet vor. Sie plündern die Tempel, metzeln die Bewohner; Frauen, Kinder und Greise ohne Unterschied. Seit mehr als drei Jahren lebt Indien in Terror und Blut.«
»Wenn ich den Brief al-Birunis recht verstanden habe, ist doch deutlich davon die Rede, daß er selbst sich einem dieser Kriegszüge anschließen möchte.«
»Ja, in der Eigenschaft eines Astrologen. Auf die Gefahr hin, dich zu überraschen, denke ich, daß diese Aussicht ihn entzücken dürfte. Al-Biruni dürstete schon immer, die Welt zu entdecken.«
»Eine befremdliche Art, seinen Traum zu verwirklichen.«
»Ich bin überzeugt, daß seine Augen nichts anderes sehen werden als die Länder – die Landschaften, die Handschriften, die geologischen Bewegungen. Er wird dem Verbrechen nahe sein, es jedoch übersehen.«
»Du scheinst deinen Freund recht hoch zu schätzen...«
»Da er nun einmal mein Freund ist... Doch bevor unser Gespräch abschweift, du erzähltest mir von deinen Besorgnissen. Ich glaubte zu erraten, daß ich nicht ganz unbeteiligt an ihnen bin.«
»Sagen wir...«
Er unterbrach sich, als suchte er seine Worte, fragte dann mit einer gewissen Hast: »Hast du von Shirin, besser bekannt als Sajjida, reden hören?«

»Es scheint mir so. Ist sie nicht die Königin der Stadt Rayy?*«
»Das ist richtig. Sie ist auch die Nichte des berühmten Ibn Dushmanziyar, des Begründers der Dynastie der Kakuyiden, zu der sie selbst gehört.«
»Dushmanziyar... Das bedeutet, *den Feind niederwerfen.* Das ist doch die Bedeutung des Wortes?«
»Ja. Übrigens findet man diesen Namen gleichbleibend auf allen kakuyidischen Geldstücken. Aber kommen wir zur Königin zurück. Seit dem Tode ihres Gemahls ist sie es, die über das Ostgebiet von Djibal herrscht. In Wahrheit hat sie nur den Titel einer Regentin, da die Krone einen Erben in der Person ihres jungen Sohnes Madjd ad-Dawla besitzt. Gegenwärtig ist er sechzehn Jahre alt.«
Ali kraulte zerstreut seinen Bart.
»Verzeih mir, as-Sirazi, aber ich ersehe nicht die Gründe dieses Vortrags über die Sajjida und die kakuyidische Dynastie. Wir sind weit entfernt von Ptolemäus und den Himmelssphären.«
Erneut wirkte as-Sirazi gehemmt.
»Ich fühle mich schuldig«, sagte er, indem er den Blick senkte. »Seit mehr als einem Monat werde ich von Gesandten des Hofes von Rayy geplagt. Seit mehr als einem Monat stelle ich mich taub. Die Königin hat Wind von deiner Anwesenheit in Gurgan bekommen und verlangt, dich im Palast zu sehen. Gestern abend noch habe ich den Besuch des Wesirs Ibn al-Kassim höchstselbst erhalten.«
»Was wollen diese Leute denn von mir?«
»Es ist mir anvertraut worden, daß der Thronfolger Anlaß zu mancher Sorge gäbe. Er litte an der *sawda***.«
»Ich verstehe... Und was hast du ihnen geantwortet?«

---

* Deren Ruinen erheben sich ungefähr acht Kilometer südöstlich von Teheran. *(Anm. d. Ü.)*
** Melancholie, Neurasthenie, Depression. *(Anm. d. Ü.)*

As-Sirazi trotzte den ängstlichen Augen seines Schützlings und antwortete ein wenig herausfordernd: »Daß du abwesend seist. Daß du viel reisen würdest. Daß du mir unerläßlich seist. Wie du feststellen kannst, habe ich sie belogen.«
»Aber weshalb?«
»Sollte dir, der du so trefflich die Geheimnisse der Seelen zu lesen verstehst, verborgen sein, daß der Mensch von Grund aus egoistisch ist?«
»As-Sirazi, mein Freund, aus deinem Munde klingen diese Worte wie eine Gotteslästerung.«
»Dennoch ... Ich habe nur an mich gedacht. Ich hatte nur einen einzigen Gedanken; dich so lange als möglich an meiner Seite zu behalten. Dann habe ich es näher erwogen, und die Nötigungen wurden zunehmend barscher ... Also ...«
Ali verließ seinen Platz und tat einige Schritte zum Fenster.
»So muß ich mich denn nach Rayy begeben ...«
As-Sirazi eilte sich, zu ihm zu treten.
»Es wird vielleicht kein Schaden sein. Du stehst auf einer anderen Stufe, Ali ibn Sina. Meine bescheidene Behausung wird niemals genügen, dich zu fassen. Ich habe es mir überlegt, sagte ich dir. Was würde es mir nützen, dich hier zu behalten, während du doch, wovon ich überzeugt bin, königliche Räume benötigst.«
Er hielt inne, bevor er, die Worte beflissen betonend, erklärte: »Wie al-Biruni.«
»Ich sagte es dir bereits. Die Wahl eines Gönners ist eine Angelegenheit persönlichen Befindens.«
»Aber du selbst ließest es durchblicken. Ein Gelehrter muß die notwendigen Mittel zu seiner Verfügung haben, um seine Forschungen unter hochmögender Gönnerschaft fortzuführen. Ich, siehst du, ich bin nur ein einfacher Kaufmann. Du wärst weit besser geschützt unter der Kuppel eines Serails.«
Ali wirbelte jäh herum.

»Der Serail! Öffne doch deine Augen, mein Bruder. Die Künstler, die Gelehrten, wer sie auch sein mögen, woher sie auch kommen, sind nur die Hebel, deren sich die Großen, die uns regieren, bedienen, um sich über den Unflat zu erheben! Ist ihr Ziel einmal erreicht, beeilen sie sich, uns fallenzulassen, oder sie töten uns sogar. Wir sind das gute Gewissen der Fürsten, as-Sirazi. Betrachte mein Leben genau, und du wirst sehen, daß ich zweimal gedient habe, und niemals war ich so sehr in Gefahr wie unter all dem Gold jener Paläste.«
As-Sirazi öffnete den Mund, um zu widersprechen, doch alle Worte erschienen ihm nichtig. Ibn Sina fügte hinzu: »Auf alle Fälle ist unser Gespräch ohne Sinn. Du hast von Nötigungen gesprochen. Daraus schließe ich denn, daß man uns keine Wahl läßt. Ist es nicht wahr?«
Das Schweigen seines Gönners barg die Antwort.
»Mein Geschick ist wahrlich recht sonderbar: von der einen Seite verjagt, von der anderen wieder ergriffen. Nun gut. Benachrichtige die Abgesandten der Königin; schon morgen werde ich mich nach Rayy begeben.«
Tief bewegt ergriff as-Sirazi unwillkürlich Ibn Sinas Arm.
»Du brauchst dich nicht zu sorgen, mein Freund. Du wirst sehen, dort wirst du mit allen deinem Wissen gebührenden Ehren empfangen werden.«
»Mich sorgen?«
Er ließ seinen Blick über das Chasaren-Meer schweifen, das sich in der Ferne abzeichnete.
»Was immer auch geschehen mag, vergiß niemals folgendes: Unsere Existenz zerrinnt in wenigen Tagen. Sie vergeht wie der Wüstenwind. Und daher, solange dir noch ein Hauch Leben bleibt, gibt es zwei Tage, um die du dich nicht zu sorgen brauchst: um den Tag, der noch nicht gekommen, und um den, der vergangen ist...«

Zwölfte Makame

Im Palastgarten, zwischen den Sträuchern auf dem Bauch ausgestreckt, schlummerte der Jüngling oder täuschte dies nur vor.
Ein Rascheln ließ ihn die Lider einen Spalt öffnen. Er verharrte reglos. Das Rascheln wiederholte sich. So umklammerte er den Stein mit den geschärften Kanten, hob die Faust und wartete. Ein Eidechsenkopf erschien zwischen zwei Büscheln trockenen Grases. Der Jüngling geduldete sich, bis er beinahe die grünspanigen Schuppen zählen konnte, welche den Rücken der Echse bedeckten. Als diese nur noch einen Hauch von ihm entfernt war, schlug er zu, zermalmte mit einem Hieb den weichen Bauch, der sich eines milchigen, mit den Eingeweiden vermengten Gemischs entleerte. Hastig begann er auf die aufgeplatzten Gliedmaßen des Reptils einzuschlagen. Wieder und wieder, bis nur noch eine wäßrige Masse blieb, die im Sand und in den welken Gräsern verlief.
Nun erst besänftigte sich seine Raserei. Mit zufriedenem Lächeln tauchte er die Spitze seines Zeigefingers gemächlich in den unförmigen Brei und zeichnete ein Wort: Shirin ...
»Herr! Wo bist du, Exzellenz?«
Die Stimme des alten Eunuchen, der das Amt des Kammerherrn innehatte, war soeben im Palastgarten ertönt.
»Herr! Wo bist du? Um des Allerhöchsten Güte, antworte doch!«

Der Heranwachsende geruhte endlich, sich zu erheben, wobei er in einer abwesenden Bewegung den Zeigefinger an seinem *sirwal* von purpurnem Samt abwischte.

»Was will man von mir?«

Er erhob sich auf die Zehenspitzen. Sein runder Kopf mit schwarz gelocktem Haar tauchte über der Hecke auf. Der Kammerherr stand einige Schritte weiter und kehrte ihm den Rücken zu.

»Ich habe gefragt: Was will man von mir?«

Der alte Mann wirbelte auf der Stelle herum und verneigte sich.

»Ruhm des Landes. Shirin, deine Mutter, verlangt dringend nach dir.«

Der Jüngling stemmte die Fäuste in die Hüften, neigte den Kopf ein wenig zur Seite und bahnte sich dann, mit verächtlicher Miene, einen Weg bis zu den Rosenbeeten, bevor er auf die Westfassade des Serails zuschritt – der Kammerherr folgte ihm auf den Fersen.

»Du hast mir noch immer nicht geantwortet. Was will die Königin von mir?«

»Wie könnte ich das wissen, Ruhm des Landes. Es scheint mir, daß ...«

»Wann wirst du aufhören, mich mit diesem törichten Beinamen zu nennen! Ich heiße Madjd. Nicht Madjd ad-Dawla. Ich will nur noch diesen Namen hören!«

Der Kammerherr verbeugte sich demütig, die Hände vor der Brust zusammengelegt.

»Ja ... Herr.«

Den Schritt beschleunigend, fuhr der junge Emir fort: »Ich nehme an, daß meine teure Mutter mir eine neuerliche Lektion über die *illegitimen* Rechte des Staates zu geben wünscht?«

»Ich ... Ich glaube zu wissen, daß sie dir einen Neuankömmling im Palast vorstellen will.«

Diesmal beobachtete der Prinz seinen Gesprächspartner mit Argwohn.
»Ich will hoffen, es handelt sich nicht ein weiteres Mal um einen Arzt. Handelt es sich um einen Arzt?«
Der Eunuch senkte die Augen.
»Ich weiß nicht, Exzellenz, ich weiß nicht.«
»Vortrefflich, dann kenne ich die Antwort.«
Madjd ad-Dawla setzte seinen Gang zum Palast fort; schnelleren Schrittes, und festeren auch.

*

»Scheich ar-rais, ich muß dich vorwarnen. Mein Sohn ist ein Knabe mit vielen Gesichtern. Mit seinen sechzehn Jahren ist er der großmütigsten und der perversesten Taten fähig. Bisweilen überkommen mich Zweifel, daß es mein Leib war, der ein so ... schwieriges Wesen getragen hat.«
»Ist Ungehorsam und Wildheit nicht die Eigentümlichkeit der Jugend?«
Als hätte sie die Bemerkung nicht vernommen, fügte die Königin hinzu: »Und dennoch ist Madjd mein Sohn. Ich liebe ihn. Ich möchte so sehr, daß er genese.«
»Verzeih mir, Sajjida. All dies ist nicht sehr klar. Benötigt er nun einen Erzieher oder einen Arzt?«
»An Erziehern hat es wahrlich nicht gemangelt. Allah ist Zeuge, sie haben alle die Waffen gestreckt. Und was die Ärzte anbelangt, so haben sie den Prinzen zwar untersucht, sich dann aber gesputet, an ihre Studien zurückzukehren.«
»Doch woran genau leidet Exzellenz eigentlich? Man hat die *sawda* erwähnt.«
Ali begann allmählich, wahren Grimm zu empfinden. Al-Djuzdjani und er waren vor drei Tagen in Rayy angekommen. Und erst an diesem Morgen hatte die Königin ihm Audienz

gewährt. Hieraus hatte er geschlossen, daß der Zustand des Prinzen wohl nicht so besorgniserregend sein dürfte, wie der Bote es zu verstehen gegeben hatte.

Zum anderen war da noch dieses Gefühl von Mißbehagen gewesen, das er vom ersten Augenblick an in Anwesenheit der Königin verspürt hatte. Er hatte es ihrer Physis zuzuschreiben gesucht. Fettleibig, übermäßig geschminkt, die rötlichen Haare unter einem gigantischen, mit Perlen verzierten Turban verborgen, durfte die Nichte Dushmanziyars um die Vierzig sein, doch ihr dreifaches Kinn, die aufgedunsene Rundheit ihrer Züge, die Augenringe, die ihren Chamäleonblick hintergrundlos umrandeten, die blaue, kalt-blaue, unter einer faltigen Stirn gebannte Iris, all dies trug dazu bei, sie alt wirken zu lassen und ihr dieses gebieterische und herrschsüchtige Aussehen zu verleihen.

»Woran er leidet?« erwiderte die Königin. »Aber Scheich ar-rais, ich denke doch, daß es an dir sein wird, mir die Antwort zu geben.«

Bevor er noch Zeit für Widerworte fand, erklärte sie: »Ohne daß irgend etwas dies voraussahen läßt, widerfährt es ihm, sich in einer unüberwindbaren Schweigsamkeit zu verschließen. Sein Blick verliert jeglichen Ausdruck. Er verweigert die Nahrung. Manchmal gar wird er von unbändigen Weinkrämpfen ergriffen. Überdies...«

Die Königin wandte ihr feistes Gesicht jäh ab und starrte auf den Horizont jenseits der edelhölzernen *masrabiyyat,* der mit Gitterwerken bewehrten Fenster, welche den Thronsaal säumten.

»Ich verdächtige ihn, vom schlimmsten aller Laster besessen zu sein: Er ist ein *shirrib*. Mit kaum sechzehn Jahren gibt er sich dem Wein hin.«

Er hätte fast entgegengehalten, daß der junge Prinz wohl

recht hatte, diesen göttlichen Saft zu schätzen, der weit weniger bitter als manche Enttäuschung des Lebens war. Er begnügte sich zu verkünden: »Sajjida, gerade ob der Sünde existiert die Vergebung.«
Sie schien die Andeutung nicht zu erfassen und schüttelte nur den Kopf, während sie in die Hände klatschte. Ein Soldat erschien im Türrahmen.
»Wohin ist der Kammerherr verschwunden?«
»Ich weiß es nicht, Majestät. Vielleicht...«
»Vielleicht hat er sich in die Palastgärten verirrt. Dem ist doch so?«
Sich zu Ibn Sina neigend, skandierte sie: »Un-fä-hi-ge! Ich bin von lauter Unfähigen umgeben! Wie kann man sich da noch über die Verwundbarkeit und die Schwächen des Reichs wundern!«
Sie schickte sich an fortzufahren, als mit purpurrotem Gesicht und kurzem Atem der Kammerherr endlich eintraf. Er trat mit unsicherem Schritt vor die Königin und fiel, mit der Stirn den Boden berührend, ihr zu Füßen auf die Knie.
»Und mein Sohn? Wo ist der Prinz?«
Ohne sich aufzurichten, stammelte der alte Mann: »Er lief so schnell...«
Die Königin kniff die Lippen zusammen.
»Ein Falschgläubiger... Dieses Kind ist ein Falschgläubiger!«
Den Medicus zum Zeugen nehmend, setzte sie mit beinahe erbarmenswertem Tonfall hinzu: »Gleichwohl wünsche ich doch nur sein Bestes. Einzig und allein sein Bestes. Kannst du solchen Undank verstehen?«
»Wie soll man wissen, was im Kopf eines Mannes vor sich geht?«
»Scheich ar-rais, du bist im Irrtum, er ist kein Mann! Madjd ist wahrlich nur ein Kind.«

»Da du es so entschieden hast, Sajjida, ist der Emir also nur ein Kind.«
»Ich werde ihn auf der Stelle suchen gehen«, schlug der weiter kniende Kammerherr vor. »Sofern du es mir erlaubst, Majestät.«
»Geh denn. Und falls es sein muß, laß dir von allen Palastbediensteten helfen. Wenn du ihn gefunden hast, bring ihn Scheich ar-rais. Ich möchte, daß er ihn untersucht. Hast du mich genau verstanden?«
Der Eunuch erhob sich ungeschickt und verließ humpelnd den Thronsaal.
Eine verlegene Stille trat für kurze Zeit ein, bis die Sajjida erneut ansetzte: »Scheich ar-rais, dies alles dürfte dich verwirren. Daher möchte ich dich beruhigen. Ich habe dich nicht alleine kommen lassen, um die Launen meines Sohnes zu erdulden. Du weißt, wenn unsere Stadt wegen ihrer Bibliothek und ihrer Keramiken berühmt ist, so ist sie es doch insbesondere wegen ihres Hospitals. Der Ruf des *bimaristan* von Rayy bedarf keiner Bestätigung mehr.«
Ali pflichtete bei. Er wußte, daß sie die Wahrheit sprach.
»Ich sähe gerne«, fuhr sie fort, »daß du das Amt des *sa'ur** annähmst. Möchtest du?«
Der Vorschlag traf ihn völlig unversehens. Einen Moment hatte er befürchtet, ein weiteres Mal in eine aussichtslose Lage geraten zu sein.
»Dem großen ar-Razi nachzufolgen ist eine Ehre, die ich nicht zurückweisen könnte. Ich hoffe nur, ihrer würdig zu sein.«
»Kein anderer als du könnte es.«
Sie hielt kurz inne und bemerkte gleichgültig: »Würde ein Lohn von tausend Dinar dich zufriedenstellen?«
Tausend Dinar? Ein wirkliches Vermögen im Vergleich zu

---

* Oberster Leiter. *(Anm. d. Ü.)*

den dreihundert Dirham, die er im *bimaristan* von Buchara erhalten hatte.

»Sajjida, deine Großzügigkeit ist überwältigend. Möge der Gütige sie dir hundertfach vergelten.«

Die Königin zuckte die Achseln.

»Die Großzügigkeit ermißt sich an der Mühe, die einem das Geben bereitet. Mein Land ist reich.«

Er glaubte, aus ihrer Behauptung einen Deut Verachtung herauszuhören. Oder war es große Klarsicht?

»Schon morgen wirst du deine Ämter des Obersten Leiters übernehmen können. Jetzt darfst du dich zurückziehen.« Sie erhob sich in einem Sturm aus Seide.

*

Die Nacht schlummerte über Rayy, der Stadt der sieben Wälle und der tausend Gärten.

Einige verstreute Lagerfeuer flackerten entlang der fruchtbaren Ebene. Ihrer überdrüssig schob Ibn Sina die Pergamente beiseite, welche den beeindruckenden Tisch aus Zedernholz bedeckten, und goß sich unter dem vorwurfsvollen Blick seines Schülers einen weiteren Kelch Wein ein. Als rechtschaffener Gläubiger hatte al-Djuzdjani sich stets versagt, das Gesetz zu übertreten.

Ali stand auf, trank einen tüchtigen Schluck und begab sich zum Fenster, das über den von Öllampen beleuchteten Wehrgang ragte. In der Heimlichkeit der Nacht ließen sich die Umrisse der Stadt nur erahnen.

»Wir sind beim Kapitel der Behandlung und der allgemeinen Therapien«, erinnerte Djuzdjani, indem er seinen Calamus schwang.

»Bestens. Bald werden wir am Ende des ersten Buchs des *Kanon* angelangt sein.«

Der gleichgültige Ton, in dem Ali geantwortet hatte, entging dem jungen Mann nicht.
»Weshalb trinkst du heute abend, Scheich ar-rais? Ich glaubte, du seist glücklich.«
»Woher weißt du eigentlich, daß man nur im Leide trinken darf? Ist der Wein nicht seit jeher mein Freund? Ich wäre wohl der letzte aller Glaubenslosen, wenn ich meinem Freund nur meinen Kummer anvertraute!«
»Du hast dich ihm heute abend schon reichlich anvertraut.«
»Heute abend ist es etwas anderes. Es ist der ALLMÄCHTIGE, mit dem ich trinke.«
Mit herausfordernder Geste hob er seinen Kelch gen Himmel.
»Allah! Laß uns beide, dich und mich, den Kelch gegen den Stein schlagen. Du, der weiß, wie er Perlen von Schweiß über die Wangen der Schönen von Rayy rinnen läßt! Vom Monde bis hinunter zum Fisch* gibt es keine schöneren!«
»Scheich ar-rais! Ich beschwöre dich, lästere Gott nicht, das bringt Unglück!«
Von jäher Bestürzung getrieben, sprang er auf seinen Meister zu, um ihm den Kelch zu entreißen. Dieser entglitt, wirbelte durch die Luft, bevor er zwei Ellen tiefer, irgendwo zwischen den Windungen des Wehrgangs aufschlug.
»Ja, was ist denn in dich gefahren? Ich bin es, der trinkt, und du bist berauscht!«
»Rais, ich bitte dich. Du tust dir Leid an. Komm, nehmen wir die Arbeit wieder auf.«
Das Flehen seines Schülers übergehend, schwang Ali sich rittlings übers Fenster, bevor der andere Zeit zu reagieren fand, und sprang ins Leere.
»*Divane!* Wahnsinniger! Narr!«

---

* Ein in Persien sehr gebräuchlicher bildlicher Ausdruck. Er bedeutet: im gesamten Universum, von Pol zu Pol. *(Anm. d. Ü.)*

Als er sich über den Fenstersims beugte, sah Abu Ubaid ihn auf der Suche nach dem Kelch in der Nacht wühlen.
»*Divane!* Du hättest dich töten können!«
»Wenn ich diesen Kelch nicht wiederfinde, bist du es, der sterben wird!«
»Und du wirst recht tun!«
Die beiden Männer erstarrten verdutzt. Ibn Sina befragte seinen Schüler: »Habe ich geträumt, oder hat jemand gesprochen?«
»Nein, du bist noch nicht volltrunken«, erwiderte die Stimme.
»Doch ich wiederhole dir, du wirst recht tun. Man darf eines anderen Freiheit nicht beeinträchtigen. Dein Freund verdient die Peitsche!«
Ali wandte sich um. Eine Gestalt war soeben aus der Finsternis aufgetaucht. Ein Jüngling mit rundlichen Zügen und zerzaustem Haar. Obschon Ali ihn noch nie gesehen hatte, wußte er sogleich, wer jener war. Die Hand auf dem Herzen, grüßte er ihn mit belustigtem Lächeln.
»Prinz, vor dir steht ein Mann, der überglücklich ist zu entdecken, daß er nicht der einzige ist, der das Wasser des Vergessens und seine Wonnen zu schätzen weiß.«
Madjd ad-Dawla, denn er war es, näherte sich.
»Und du, wer bist du? Ich glaubte alle Bewohner dieses Palastes zu kennen.«
»Mein Name ist Ali ibn Sina. Ich bin erst seit drei Tagen hier.«
Der Emir musterte ihn mißtrauisch.
»Könntest du nicht zufällig der Medicus sein, den meine Mutter bestellt hat?«
»Ja, Exzellenz. Wenn ich dich jedoch sehe, gebe ich zu, die Gründe ihrer Besorgnis nicht zu erfassen.«
»Meine Mutter ... Die Besorgnisse meiner Mutter sind bloß

eine Maske. Hinter ihr findet sich die Nacht. Sie würde mich für zwei Gran Gerste verkaufen.«
Die Bemerkung geflissentlich überhörend, fragte Ali: »Prinz, würdest du ein wenig dieses göttlichen Nektars mit mir teilen?«
»Warum nicht? Ich muß gestehen, daß es wahrlich das erste Mal ist, daß ein Arzt mich zu etwas Derartigem anregt. Aber ... bist du tatsächlich Arzt?«
»Sosehr du Prinz bist.«
Der Jüngling bekundete ein ironisches Lächeln.
»In dem Fall bist du kein Arzt.«
Ein weiteres Mal gab Ali vor, die Anspielung nicht zu verstehen und warf an al-Djuzdjani gerichtet ein, welchem, aus dem Fenster gelehnt, nicht ein Wort des Gesprächs entgangen war: »Den Krug, Abu Ubaid! Und diesmal keine Ungeschicklichkeiten!«
Mit offensichtlichem Unwillen gehorchte sein Schüler.
»Prinz, komm, entfernen wir uns vom abschätzigen Blick meines Freundes. Seine Bitterkeit droht die samtene Blume dieses Weines zu verderben.«
Madjd stimmte erheitert zu, und gemeinsam gingen sie entlang des Wehrgangs davon. Etwas weiter dann, auf eines der Türmchen weisend, welche den Innenhof überragten, schlug Ibn Sina vor: »Der Ort ist sicherlich eines königlichen Gebluts unwürdig, aber von dort oben werden wir vielleicht den Eindruck haben, die Welt zu beherrschen.«
Schon waren sie dort, saßen Seite an Seite auf den Stufen der Spitze des Türmchens, von wo aus man die Landschaft überblicken konnte. Rayy ... Heimat des Harun ar-Raschid. Vom Südosten her aus Gurgan kommend, hatte Ali die Stadt am Fuße des Sporns aufragend erblickt, den das Vorgebirge des Elburs in der Ebene bildet. Genau hier war es, wo sich seit undenklichen Zeiten die Beziehungen zwischen Ost und

West verknüpft hatten. Hier, im Schatten von Piseebauten, wo die jahrtausendealten Mysterien schlummerten, die zwölf von Mazda, dem Gott des Feuers der zoroastrischen Religion, gegründeten heiligen Orte.
Über der Ebene, ins Unendliche ausgerichtet, flimmerten die Sternbilder wie ebenso viele goldene Punkte, und der Himmel war so klar, daß man seine Grenzen zu bestimmen hätte wähnen können.
»Die Nacht ist ein Wunder«, murmelte Ali, das Gesicht zu den Sternen emporgehoben. »Die Nacht ist Seelenfriede. Ich habe sie oft mit einem ruhigen Ozean verglichen. Die Oberfläche ist regungslos, während der Grund nur Bewegung ist.«
Er reichte dem Prinzen den Krug.
»Liebst du die Nacht?«
»Sie ist zweifellos die Zeit, die ich bevorzuge. Am Tage kann ich mein Dasein in den Augen der anderen lesen; in der Nacht verschwindet alles.«
»Dein Dasein ... Du redest, als trügest du die Last des Universums auf den Schultern. Du bist erst sechzehn. Und ...«
Der Emir unterbrach ihn mit harter Stimme: »Es gibt kein Alter, um Unrecht und Verrat hinzunehmen.«
»Nichts geschieht irgend jemandem, was zu ertragen ihn die Natur nicht instand gesetzt hätte.«
»Du redest gut. Doch was mich betrifft, hat die Natur sich offenbar geirrt.«
»Dann findet sich vielleicht gerade dort die Ursache deiner Krankheit.«
Der Jüngling drehte sich jählings mit wildem Blick um. »Ich verbiete dir zu behaupten, daß ich krank bin!«
»Verzeih mir. Aber deine Mutter ...«
»Meine Mutter ist ein Raubvogel, und ich leide unter nichts anderem als unter den Fängen, die sie in meinen Kopf und meinen Leib bohrt.«

Da Ali schweigsam blieb, trank er einen Schluck Wein, und seine Züge verschlossen sich.

Ein frischer Wind, der aus der Ebene den Duft der Gärten brachte, hatte begonnen, die Wehrmauern zu umspielen. Fröstelnd zog Madjd seine Knie an die Brust.

»Ist dir kalt, möchtest du hineingehen?«

Der Monarch schüttelte mit trotziger Miene den Kopf. »Demnach bist du also Arzt.«

»Ich sagte es dir.«

»Glaubst du, dort Erfolg zu haben, wo andere gescheitert sind?«

»Deine Frage ist sonderbar. Hast du mir nicht gerade anvertraut, du seist nicht krank?«

»Meine Mutter ist indes vom Gegenteil überzeugt.«

Ali nahm den Krug wieder an sich und ließ ihn mit versonnener Miene zwischen seinen Händen rollen.

»In diesem Fall«, sagte er mit einem Lächeln, »ist sie es vielleicht, der man sich widmen müßte.«

Der Heranwachsende unterdrückte eine Regung des Erstaunens. »Was sagst du?«

»Du hast richtig gehört. Vielleicht ist es die Sajjida, die meiner Wissenschaft bedürfte.«

Der überraschte Ausdruck von Madjd verstärkte sich, und er brach unwillkürlich in Lachen aus.

»Wahrhaftig, du beginnst, mir zu gefallen. Niemand hat es bisher gewagt, etwas Derartiges in Betracht zu ziehen!«

Er kam wieder zu Atem und fragte: »Wie war noch gleich dein Name?«

»Ali. Ali ibn Sina. Man nennt mich auch Scheich ar-rais.«

»Nun denn, du verdienst diesen Beinamen gewiß.«

Erneut trat Stille ein. Dann murmelte der Herrscher in wieder ernst gewordenem Tonfall: »Weißt du, wer mein Vater war?«

»Du bist der Sohn des verstorbenen Fakhr ad-Dawla.«

»Weißt du, daß sein Name während der Freitagspredigten nach dem des Kalifen angeführt wurde? Und vor den Fürstenresidenzen zur Stunde der fünf Gebete?«

»Das wußte ich nicht. Doch seine Größe ist mir nicht unbekannt.«

»Ich ... Ich, Madjd ad-Dawla, ich bin nichts. Ich werde niemals etwas sein.«

»Du bist als Prinz geboren. Das schwindet nicht.«

»Vom Prinzen besitze ich nur den Titel. Während doch beim Tode meines Vaters dessen Vasallen mich offiziell zum Erben des Reiches erkoren haben. Was meinen Bruder anlangt, denn ich habe auch einen erstgeborenen Bruder, Shams, der um zehn Jahre älter ist als ich, so hat man ihm die Statthalterschaft über Hamadan* und Kirmanshahan zugesprochen.«

»Wenn mein Gedächtnis mich nicht trügt, warst du damals erst vier Jahre alt.«

»Und deshalb hat meine Mutter die Regentschaft besetzt.«

Er verstummte, nahm den Krug aus Alis Händen und trank einen Schluck Wein, bevor er düster schloß: »Heute aber ... Heute sind die Dinge nicht mehr dieselben. Ich bin im Alter, die Zügel zu übernehmen. So ist das Gesetz. Das ist mein Recht. Ich fordere es ein.«

»Ich verstehe ...«

»Wirklich?«

In der Frage lag eine solche Eindringlichkeit, daß Ali davon berührt wurde.

»Ja, Ruhm des Landes. Ich verstehe alle Geschöpfe, welche das Unrecht zurückzudrängen suchen. Doch nun habe ich dir ebenfalls etwas zu sagen. Verzeih mir im voraus die

---

* Hamadan ist eine Stadt im mittleren Iran, südwestlich von Rayy. *(Anm. d. Ü.)*

Worte, die ich aussprechen werde, aber du mußt wissen, daß der Groll, wenn er zu lange in des Menschen Herzen schlummert, krank machen kann. Du ißt nicht mehr, hat man mir gesagt. Du schläfst fast nicht. Du schließt deinen Geist in einem Kerker ein, den du mit eigener Hand errichtet hast. Ein bei weitem uneinnehmbarerer als die Feste von Tabarak. Früher oder später wirst du die Konsequenzen deines Verschließens erleiden. Verstehst du das?«

Da der Emir nicht antwortete, fügte er hinzu: »Falls du eines Tages deine Rechte wiedererlangen möchtest, falls du die Führung des Reiches übernehmen möchtest, wirst du Kraft und Stärke benötigen. Wenn dein Körper dich irgendwann im Stich läßt, wird auch dein Geist dem folgen. Daher mußt du wiederaufleben. Du mußt deine inneren Kräfte wiederherstellen, so wirst du dein Ziel erreichen können. Da dies nun einmal dein Recht ist.«

»Aber ich bin machtlos. Ich habe vielleicht meinen Kerker geschaffen, doch es ist die Sajjida, die den Schlüssel besitzt. Was kann ich tun? Was? Die Armee, die Späher, der Kämmerer, sie kontrolliert meine gesamte Umwelt. Ich ersticke, verstehst du? Ich ersticke!«

»Hör mir zu. Wenn eine Sache dir unerreichbar scheint, leite nicht daraus ab, daß sie den anderen Menschen ebenfalls unerreichbar ist. Und wenn dieselbe Sache den anderen unerreichbar ist, überzeuge dich, daß sie dir erreichbar ist ...«

Der Emir beobachtete ihn, als suchte er den Sinn dieser Worte wahrhaftig in sich aufzusaugen, und verkündete nach einer langen Weile: »Komm, Scheich ar-rais, gehen wir von hier fort. Es ist kalt.«

Dann fügte er noch rasch hinzu: »Und ich glaube, daß ich Hunger habe.«

*

Die Morgendämmerung war seit kurzem angebrochen, und über den Piseehäusern schwebte ein zartes Spitzengewebe aus Nebel, das den Himmel pastellgrau verhing. Dieser Beginn des *rebi-'l-achir* trug bereits alle Anzeichen eines verfrühten Herbstes.

Der Wesir Ibn al-Kassim drückte die Schöße seines Mantels gegen die Brust und beugte sich leicht, als er unter das ungeheure Gewölbe trat, welches den Eingang des *Hospitals der Sajjida* – wie das *bimaristan* von Rayy auch genannt wurde – augenfällig kennzeichnete. Er wies mit dem Finger auf die Backsteinfassade und sagte, an Ibn Sina gerichtet: »Da ist nun der Ort aller Hoffnungen und aller Leiden.«

Ali fühlte sich verwirrt im Angesicht dieser Mauern, die noch immer geprägt waren vom Geist seines illustren, wenngleich bereits achtzig Jahre zuvor entschwundenen Vorgängers, des großen ar-Razi.

Der Wesir fuhr fort: »Ohne dir anmaßend erscheinen zu wollen, glaube ich aufrichtig, daß unser Hospital denen Bagdads in nichts nachsteht. Weder das *Aldudi* noch das *Mu'tadid* sind ihm ebenbürtig. Weißt du, wie hoch unsere monatlichen Ausgaben sind?«

»Als Vergleichsmöglichkeit habe ich nur die des *bimaristan* von Buchara. Ungefähr zweihundert Dinar im Monat?«

»Sechshundert!«

Ibn al-Kassim hatte die Zahl mit gewissem Stolz ausgesprochen. Und Ali dachte sogleich an den Lohn, den ihm die Königin geboten hatte. Tausend Dinar. Er konnte sich nicht erwehren, seinen Gesprächspartner hierauf aufmerksam zu machen.

»Sei unbesorgt. Deine Besoldung wird vom königlichen Schatzamt bezahlt. Überdies mußt du wissen, daß die Hospitäler dank der von einzelnen reichen Personen gemachten Schenkungen überleben. Rayy mangelt es an ihnen nicht. Um

sich der Gunst des Hofes zu versichern, ist mehr als eine Persönlichkeit von Rang gewogen, die Hälfte ihres Vermögens zugunsten dieser bald hundertjährigen Einrichtung zu geben.«
»Besitzt ihr auch eine mobile Versorgungseinheit?«
»Durchaus. Praktiker begleiten tagtäglich unser ambulantes Dispensarium durch die Dörfer von Djibal. Sie pflegen sowohl die Muslime als auch die Ungläubigen. Desgleichen inspizieren sie die Kerker, versorgen die kranken Gefangenen mit Medikamenten und Arzneitränken, und zusätzlich haben wir erlaubt – ein Umstand, der dich womöglich erstaunen dürfte –, daß Frauen sich in der Eigenschaft als Krankenpflegerinnen in ebendiese Kerker begeben.«
Diese Mitteilung verwunderte Ali keineswegs. Annähernd ein Jahrhundert zuvor, zur Zeit von Sinan Ibn Tabit, dem leitenden Arzt des Bagdader Hospitals, gab es dies bereits.
Sie waren am Fuß des Wasserturms angelangt, der das Siechenhaus versorgte, als der Wesir auf einen Mann wies, der ihnen entgegenkam.
»Dieser hier ist Suleiman ad-Damashki, der Hauptverwalter. Er kennt jeden Winkel des *bimaristan*. Da er dieses Amt seit zehn Jahren bekleidet, ist ihm die Einrichtung bestens vertraut. Er kennt von einem Tag zum anderen die Menge der ausgeteilten Speisen oder Arzneien, ebenso den Verbrauch an Kohle, die zur Beheizung der Säle dient, sowie die Anzahl der Decken.«
Nach den gebräuchlichen Begrüßungen musterte der Hauptverwalter Ibn Sina mit Neugierde.
»Dann bist du es also. Der Scheich Ali ibn Sina. Der Meister der Gelehrten. Du, von dem ich die meisten Werke mit einer nie enttäuschten Bewunderung durchgegangen bin.«
Ali zeigte ein belustigtes Lächeln.
»Hattest du dir ein anderes Bild von mir gemacht?«
»Nein, Scheich ar-rais. Es lag mir fern, dich mir vorzustellen.

Niemals habe ich den Seiten, die ich las, ein Gesicht hinzugesetzt. Ihre Herrlichkeit genügte, mich zu beglücken. In diesem Zusammenhang habe ich übrigens tausend Fragen, die ich dir stellen möchte.«
»Es scheint mir«, meinte der Wesir, »daß der Scheich dir gegenüber denselben Wunsch verspürt. Daher werde ich euch auch verlassen, doch zuvor möchte ich mich noch gerne einen Moment mit ihm unterreden.«
Sich zu Ali wendend, zog er ihn beiseite.
»Ich habe erfahren, daß du unserem Prinzen begegnet bist.«
»Das stimmt.«
»Wenn ich dem Emir glauben kann, sollst du einen starken Eindruck auf ihn gemacht haben.«
Mit gesenktem Kopf setzte der Wesir beinahe flüsternd hinzu: »Auch eure Unterhaltung wurde mir zugetragen. Soll ich dir gestehen, daß ich sehr angetan war von den Ratschlägen, die du ihm erteilt hast?«
Ali verharrte schweigend. Ibn al-Kassim versuchte, ihm etwas zu sagen, ohne daß es ihm gelang, die rechten Worte zu finden.
Mit beiläufiger Stimme bemerkte er: »Meine Ratschläge bezogen sich auf die Gesundheit des Prinzen. Wenn er auch an keiner organischen Krankheit leidet, so hatte ich jedoch den Eindruck, sein Geist sei gepeinigt.«
»Du kannst beruhigt sein. Dies alles weiß ich. Ich habe den Emir zur Welt kommen sehen. Ich habe seinem Vater gedient – der ALLMÄCHTIGE verlängere sein Andenken, ich kenne auch die Sajjida. Was ich dir in Wirklichkeit sagen möchte, ist, daß ich Madjd ganz und gar ergeben bin. Mit Leib und Seele. Gegenwärtig steht er am Fuße eines hohen Berges, doch mit Allahs Hilfe wird er den Hang bis zum Gipfel erklimmen. Mit Allahs Hilfe...«
Er verstummte einen Augenblick und sah sich rasch um, als

wollte er sich versichern, daß niemand ihn hören könnte.
»Mit Allahs Hilfe und der meinigen.«
Über derart viele vertrauliche Eingeständnisse erstaunt, pflichtete Ali bei, ohne von seiner Zurückhaltung abzuweichen. Eine innere Stimme rief ihm ins Gedächtnis, daß er nur unweit von den morastigen Gebieten Qazvims entfernt war. Ein Gebiet, das zahlreiche Reisende durch allzugroße Unvorsicht verschwinden sah. Seinen Gedanken erratend, fügte Ibn al-Kassim hinzu: »Nimm dich trotz allem in acht, Scheich ar-rais. Die Königin ist überall. Hört auf die leisesten Gerüchte. Und die Gerüchte gehen rasch um in diesem Lande.«
»Sei bedankt. Doch ich weiß zu viel um die Dinge der Politik, als daß mir entfallen könnte, daß, wenngleich ich zweiunddreißig Jahre alt bin, mir der Gütige nicht zweiunddreißig Leben gewährt hat.«
Der Wesir würdigte dies mit befriedigtem Lächeln und drehte sich ohne weiteren Kommentar auf dem Absatz um.
»Gehen wir hinein«, meinte Ali, an den Verwalter gewandt, der sich abseits geduldete. »Ich habe Eile, die Wunderdinge des as-Sajjida zu entdecken!«

In dem Raum, der zur Aufbewahrung der medizinischen Präparate diente, wies Suleiman mit unverhohlenem Stolz auf die Fächer, in denen, ausnahmslos nach Nutzanwendung klassifiziert, die Heilpflanzen eingeräumt waren. Es war beeindruckend. Hier Rhabarber, Manna, Sennesblätter, Cassia und Myrobalane, allesamt aufgrund ihrer abführenden Wirkungen bekannte Pflanzen. Etwas höher die Reizmittel: die anregende Brechnuß, Galgant, Kampfer und Muskat. In der Gattung der überwiegend auf das Nervensystem einwirkenden Medikamente fanden sich Eisenhut, Hanf, der gegen Muskelzucken im Gesichtsbereich verwendete Bernstein, die Kokos- oder Indische Nuß als Beruhigungsmittel, die

harntreibende Koloquinthe. Kristalline Bambuskonkremente, um die Ruhr zu behandeln. Und weitere Pflanzen noch, von weniger geläufigem Gebrauch.
»Suleiman, mein Freund, ich stehe bewundernd vor so viel Genauigkeit und Ordnung.«
»Das ist noch nicht alles, schau her.«
Der Verwalter legte Ali eine dicke Handschrift vor. Auf dem Einband stand: Pharmakopöe. Ein rascher Blick genügte ihm, die Güte der von seinem Gegenüber geleisteten Arbeit zu ermessen. Es handelte sich um eine Art Nachschlagewerk, das in zwei gesonderte Teile untergliedert war. Der erste beschrieb die sogenannten zusammengesetzten Heilmittel, in alphabetischer Reihenfolge nach therapeutischer Analogie gruppiert. Der zweite Teil beschrieb die Arzneien für jedes einzelne Organ. Auf diese Weise konnte Ali zu seiner großen Überraschung Empfehlungen entdecken, die es nicht an Bedeutung mangeln ließen, etwa zur Behandlung von Kopfschmerzen, Haarausfall oder auch der Augenleiden.
»Das ist beachtlich, ganz und gar beachtlich«, bemerkte er begeistert. »Ich hoffe nur, daß die kommenden Generationen einen Teil unserer Verdienste anerkennen werden.«
»Scheich ar-rais, wie kannst du daran zweifeln? Du weißt wohl, daß unsere Väter die ersten waren, die chemische Präparationen in die Pharmazie einführten; die den Honig durch Zucker bei der Herstellung von Sirup ersetzten und Alkohol durch Vergärung und Destillation von stärke- und zuckerhaltigen Stoffen gewannen. Kennst du gegenwärtig viele Länder, in denen die pharmazeutische Einrichtung unter die Aufsicht der Landesverwaltung gestellt ist? In denen Apotheker und Heilkräuterkundige von Prüfern inspiziert werden?«
»Das ist wahr. Ich sehe deren keine. Doch die Zeit, die verstreicht, gleicht dem Wind. Sie besitzt bisweilen die unheil-

volle Macht, die größten Errungenschaften auszulöschen. Unser Beitrag wird vielleicht dem Vergessen anheimfallen.«
Der Verwalter runzelte empört die Stirn.
»Niemals, Scheich ar-rais. Niemals. Auf alle Fälle wird die Spur, die du in den Erinnerungen hinterlassen wirst, unauslöschlich bleiben, dessen bin ich gewiß.«
Ali stimmte ohne Überzeugung zu und deutete auf die Tür, die in den Gang zu den Sälen führte.
»Besuchen wir nun die Patienten.«
»Welche?«
Der Hauptverwalter verdeutlichte: »Hier haben wir nämlich alle Patienten nach Kategorien getrennt. Das Fieber, die Augenentzündungen, die Chirurgie sowie die Fälle von Ruhr werden gesondert gepflegt.«
Diesmal fühlte der Sohn des Sina sich wie erschlagen. Der Verwalter setzte jedoch sogleich hinzu: »Und wir besitzen auch eine Bibliothek, mehrere Speisekammern und eine Moschee.«
»Das ist fabelhaft ... Wie könnte ich mich noch wundern, wenn du mir verkündetest, ihr hättet auch an eine Kultstätte für die *dhimmis* gedacht!«
Suleiman nickte verzückt mit dem Kopf.
»Ja, Scheich ar-rais. Um genau zu sein, liegt sie im linken Flügel des Gebäudes.«*
Völlig verdutzt blieb der Sohn des Sina eine Weile sprachlos, bevor er erklärte: »Mein Bruder, ich weiß nicht mehr, ob mir

---

* Ein Jahrhundert später wird man in Ägypten die gleichen, indes weit entwickelteren Strukturen im Hospital Mansuri wiederfinden, welches im Ruf stand, das prächtigste seiner Art und das vollkommenste zu sein, das das Reich des Islam je gesehen hat. Seine Spendeneinkünfte sollen sich auf annähernd eine Million Dirham in einem Jahr belaufen haben. Männer und Frauen wurden dort aufgenommen. Niemand wurde abgewiesen, und die Dauer der Behandlung war nicht begrenzt. *(Anm. d. Ü.)*

nach so vielen Offenbarungen noch genügend Kraft bleibt, um die Patienten zu untersuchen. Laß daher Nachsicht walten und führe mich nur zum Fiebersaal.«
Vollauf zufrieden mit dem auf den neuen Obersten Leiter erzielten Eindruck, lud Suleiman diesen ein, ihm zu folgen.

So begann der erste Tag des Scheich ar-rais im *bimaristan as-Sajjida*. Er war in allen Punkten dem eines leitenden Arztes gemäß: Visite der Kranken, Verordnungen von Rezepten, Behandlungen, Besuch der Patientenschaft privatim und die Rückkehr am Abend wegen eines Kollegs für die Studenten.
Ich kann es bezeugen, während jener Wochen gewann mein Meister wieder Gefallen am Leben. Das Licht der Leidenschaft, das sich im Verlauf der vergangenen Jahre merklich getrübt hatte, erhellte erneut seine Züge. Seine Seele, die bis dahin von allerlei Verdüsterungen und Zweifel eingeschlossen war, fand das Glück der Gewißheit wieder. Und auch ich wurde davon umgewandelt. Da ich ihn lachen hörte, lachte auch ich wieder. Da ich seine Inbrunst spürte, erlangte ich meinen Glauben an die Größe Allahs zurück. Und was seine Lehre betraf, so hatte sie sich verfeinert. Ich entsinne mich insbesondere einer Zusammenkunft, welche – wie zur Zeit von Kurganag – aus dem gesamten Gebiet von Fars und dem Kirman gekommene Studenten und Gelehrte versammelt hatte, in deren Verlauf er mit einer außerordentlichen Knappheit den verschiedensten und den kniffligsten Fragen antwortete. Manche jener Antworten sind mir im Gedächtnis geblieben.
»Scheich ar-rais, gibt es, wenn mehrere Krankheiten sich gleichzeitig einfinden, eine Priorität bei der Wahl der Heilverfahren?«
»An vorderster Stelle muß zuerst einmal das Leiden versorgt werden, das am ehesten Aussicht hat, vor den anderen auszuheilen. Somit wird eine Entzündung vor einem Geschwür versorgt. Im Anschluß daran werden wir uns mit der Erkrankung befassen, die als Ursache der zweiten erwogen

werden könnte. So kann man denn bei der Tuberkulose und ihrem Fieber die zweite nur kurieren, wenn man die erste bekämpft. Schließlich wird man sich vornehmlich um die heilbare Krankheit bekümmern müssen. Zwischen dem Rückfallfieber und der Lähmung wird man sich entscheiden, das Rückfallfieber zu behandeln.«

Der Scheich endete damals mit einem Aphorismus, den ich bereits kannte, weil er auch die Schlußfolgerung des ersten Buches im *Kanon* ausmachte: »Man wird sich vor allem befleißigen, die Krankheit selbst und nicht nur ihr Symptom zu behandeln. Wird aber das Symptom zu heftig, wird der Arzt die Versorgung der Krankheit eine Weile vernachlässigen und das Symptom versorgen.«

»Und wenn die Heilung trotz Verabreichung gewisser Medikamente nicht eintritt?«

»In dem Fall kann eine Gewöhnung an jene Medikamente bestehen. Also wechselt sie. Doch ich möchte einen wesentlichen Punkt hinzufügen: Falls ihr den Ursprung der Krankheit nicht kennt, falls sie euch unklar bleibt, laßt die NATUR walten. Versucht nicht, die Dinge zu beschleunigen. Denn entweder wird die NATUR die Genesung bringen, oder sie wird klar offenbaren, woran der Kranke leidet.«

»Was rätst du zur Diätetik der Greise?«

»Die Massage, die Leibesübung, sofern sie in Maßen erfolgen. Ich würde von zu kalten Bädern abraten. Sie ziemen sich nur für jene, die bei bester Gesundheit sind. Diesen würde ich empfehlen, sie nach einem recht warmen Bad zu nehmen, um die Epidermis zu stärken und die Hitze zurückzuhalten.«

»Wüßtest du nicht zufällig einige Ratschläge zu geben, welche die Schönheit beträfen, Scheich ar-rais?«

Die Frage ließ ihn lächeln, da sie von Naila kam, einer jungen Syrerin, die als Krankenpflegerin im *bimaristan* arbeitete.

»Wisse, daß die Haut der Spiegel der Schönheit ist. Also behüte sie vor diesen drei Elementen: der Sonne, denn sie vermag so wohltuend wie furchtbar zu sein, dem Wind und der Kälte.«

Und Ali schloß mit leidenschaftlicher Stimme: »Vor mehreren

Jahrhunderten hat ein Mann, auf einer Insel Griechenlands, uns eine fundamentale Botschaft hinterlassen. Für euch, die ihr morgen diesen einzigartigen Beruf überall dort ausüben werdet, wohin euch eure Schritte auch tragen werden, vom Kirman bis zu den Pforten Cordobas, bewahrt diese Worte im Gedächtnis, denn sie sind heilig: ›Ich gelobe und ich schwöre im Namen des höchsten Wesens, den Geboten der Ehre und der Gewissenhaftigkeit in der Ausübung der Heilkunst treu zu bleiben. Ich werde den Bedürftigen unentgeltlich behandeln und niemals einen meine Arbeit übersteigenden Lohn verlangen. Ins Innere der Häuser gelassen, werden meine Augen nicht sehen, was sich dort zuträgt; meine Zunge wird die Geheimnisse wahren, die mir anvertraut werden, und mein Stand wird nicht dazu dienen, die Sitten zu verderben oder das Verbrechen zu begünstigen. Ehrerbietig und erkenntlich gegenüber meinen Meistern werde ich ihren Söhnen die Lehre weitergeben, die ich von deren Vätern erhalten habe. Mögen die Menschen mir ihre Achtung gewähren, wenn ich meinen Versprechen treu bleibe! Daß ich mit Schmach überschüttet und von meinen Standesbrüdern verachtet werden möge, wenn ich daran fehle!‹«*

Auf die Weise endete eines der unzähligen Kolloquien, die mein Meister Abu Ali ibn Sina, der Fürst der Gelehrten, gab...

---

* Dieses Gelöbnis, das Ibn Sina an jenem Tage vortrug, ist nichts anderes als jener Schwur, den die zukünftigen Generationen den »Eid des Hippokrates« nennen sollten. *(Anm. d. Ü.)*

Dreizehnte Makame

Die junge Slawin stieß einen kurzen Schrei aus, als sie die Männlichkeit Alis in sich eindringen spürte. Sie kehrte ihm den Rücken zu. Ihre Hüften waren breit und fett, und ihr Hintern kalt gegen den Unterleib des Scheichs gedrängt. Sie erstickte ein neuerliches Stöhnen und kniff die Lippen zusammen, während er mit einer zweiten Bewegung tiefer in sie drang.

Al-Djuzdjani, zu ebener Erde in einer Ecke des Raums sitzend, beobachtete seinen Meister geistesabwesend. Er sagte sich, daß eindeutig irgend etwas Schändliches von dieser Spelunke ausging, deren verpestete Mauern nach Schweiß und nach schlechtem Wein stanken.

In weniger als einer Stunde war dies die vierte Vereinigung, der sich der Scheich hingab. Er gab nichts. Er nahm mit einer Art von Raserei, einer unerklärlichen Gier nach Ausschweifung. Es war absurd. Man hätte meinen können, er suchte verzweifelt, sich in den Armen dieser Dirne zu verzehren, bis daß seine Wollust nur noch Asche wäre.

Was ihn am meisten erstaunte, war die Weise, wie sich die Dinge abgespielt hatten: Sie waren gerade zum Hamam unterwegs gewesen, als Ali jählings, ohne daß irgend etwas dies hätte vorausahnen lassen, den Entschluß gefaßt hatte, einen Abstecher in diese ruchlose Lasterhöhle zu machen, getrieben von dem unbändigen Verlangen, sich zu besudeln

wie an jenen Abenden, an denen er sich in den Opiumdämpfen gehenließ, bis er das Gefühl für die Zeit verlor.
Nun lachte das Mädchen. Ihr Lachen scholl lauter als eine Gotteslästerung in Abu Ubaids Kopf. Er blickte zu dem Paar auf und sah, daß sie sich endlich voneinander gelöst hatten. Zu seiner großen Erleichterung begann der Scheich, sich wieder anzukleiden.
»Nun, mein Bruder. Wann wirst du dich endlich entschließen, deine Unschuld zu opfern?«
Vorschützend, seinen Meister nicht zu kennen, zuckte al-Djuzdjani mit den Schultern und erhob sich mit düsterer Miene, was erneut das schallende Gelächter der Slawin herausforderte.
»*Ghulam** ...«, sagte sie mit belustigter Grimasse. »... Seine Jugendlichkeit macht ihn vielleicht schüchtern. Oder aber ...« Indem sie die Hand auf ihre Lippen drückte, prustete sie: »Oder aber, er liebt vielleicht nur die Knaben?«
Sie beugte sich zu ihm und machte Anstalten, ihm die Wange zu streicheln. Djuzdjanis Reaktion erfolgte so brutal wie augenblicklich. Er ohrfeigte sie mit dem Handrücken. Und während er noch nach seinem Wollmantel griff, öffnete er die Tür und verschwand.

*

Abgesehen vom friedlichen Murmeln des Brunnens und dem gedämpften Widerhall einiger Badender, die sich im Schwimmbecken rekelten, war die Atmosphäre, die im Herzen des Hamam herrschte, wohlig und sinnlich.
Im Ruhesaal, auf einer der mit Seidenkissen flauschig gepolsterten Holzbänke träge hingestreckt, betrachtete Ali zerstreuten Blicks das Wasser, das mit quälendem Gleich-

---

* Jüngelchen. *(Anm. d. Ü.)*

mut in das in der Mitte des Raumes eingelassene Becken floß.
Von Djuzdjani begleitet, der sich in vollkommener Schweigsamkeit verschlossen hatte, waren sie erst hinüber in den Umkleideraum, dann durch die Hände des Baders gegangen. Hernach hatten Diener sie, in kleine Badebecken eingetaucht, nacheinander mit Seife und lauwarmem Wasser gewaschen, schließlich mit Ölen und Salben eingerieben.
Als diese ersten Anwendungen beendet waren, hatte man sie, wieder mit Lendenschürzen – aus verknoteten Tüchern gefertigt – bekleidet, in den Innensaal geführt, wo sie sich, auf Tischen von rosafarbenem Marmor ausgestreckt, den Massagen des *Strieglers* ergeben hatten.
»Noch immer verärgert?« fragte Ali erheitert.
Abu Ubaid sah ihn vernichtend an.
»Möge Allah mir verzeihen, Scheich ar-rais. Du bist ohne Zweifel der Meister der Gelehrten, aber vom Monde bis hinunter zum Fisch bist du auch der der Geilen!«
Ali begnügte sich, auf die gleiche Weise zu antworten, wie er es gegenüber der Königin Shirin getan hatte: »Gerade ob der Sünde existiert die Vergebung.«
»Doch weshalb? Weshalb verspürst du dieses Verlangen, dich im Kot zu suhlen?«
»Verdient die Liebe diese Bezeichnung?«
»Die Liebe? Aber die Liebe hat doch nichts gemein mit dem Akt, den du soeben vollzogen hast! Es war rein animalisch. Eine jeglicher Form von Zärtlichkeit beraubte Vereinigung. Wie kannst du da von Liebe sprechen?«
Ali richtete sich leicht auf und erwiderte mit gemessener Stimme: »Trotz des Altersunterschieds, der uns trennt, kann dir nicht verborgen sein, daß es mehrere Formen von Liebe gibt. In genau dem Augenblick, als sie in meinen Armen war,

habe ich dieses Mädchen geliebt. Ich habe sie ganz einfach geliebt, weil sie meine Lust befriedigt hat.«
»Und sie? Hast du an sie gedacht?«
»Aber auch sie hat mich geliebt.«
Er schloß mit entwaffnender Natürlichkeit: »Ganz einfach, weil ich ihr Geld gegeben habe.«
Al-Djuzdjani hob verzweifelt den Blick gen Himmel. »Es gibt Momente, da ich dich nicht begreife, Scheich ar-rais. Und Allah sei mein Zeuge, es sind nicht die Momente, in denen du dich mit mir über Wissenschaft besprichst.«
»Abu Ubaid, darf ich hoffen, daß du deinem Urteil zum Trotz mir noch gefällig sein möchtest?«
Al-Djuzdjani zögerte, ein wenig überrascht, bevor er mit einer launigen Bewegung zustimmte.
»Dann lies mir al-Birunis letzten Brief nochmals vor. Und laß uns das Ganze vergessen.«
Der Schüler bekundete erneut seine Unschlüssigkeit, entfernte sich dann doch. Als er einen Augenblick später zurückkehrte, hielt er einen Beutel in der Hand, aus dem er einige Bögen hervorzog, diese entfaltete, einen Seufzer ausstieß und begann:

Ghazna, den 3. Tag des Safar, im Jahr 406 der Hedjra

Sohn des Sina, empfange meinen Gruß.

Es ist Dein Freund al-Biruni, der, aus Indien zurückgekehrt, Dir in diesem Monat *safar,* des Jahres 1013 für die Leute des Abendlandes, schreibt. Es ist das dritte Mal, daß ich den Ghaznawiden in die Gefilde des Gelben Landes begleite. Was Dir berichten? Wenn nicht, daß der Sohn des Subuktigin im Begriff ist, sich ein Reich zu schaffen vom linken Ufer des Amu-Darja bis zur Kette des Suleiman-Gebirges, westlich des Indus. Weshalb sollte ich Dir meine Empörung verhehlen? Als Zeuge des Grauens habe ich Schmerz in mir, Sina, mein Freund. Jeder neue Einfall des Ghaznawiden ins indische Land hinterläßt eine tiefe Spur von Greuel. Seine Heere metzeln alles nieder, was sich ihnen widersetzt. Wir schänden die Tempel, wir zerschmettern die hinduistischen Idole. Die Plünderung des Tempels von Somenath, auf der Südseite der Halbinsel Gujarat gelegen, wird für immer in meinem Gedächtnis gegenwärtig bleiben. Dieser Tempel enthielt eine Statue des Shiva, der, wie Du weißt, den Gegenstand größter Verehrung beim Volke dieses Landes bildet. Mahmud hat dieses Heiligtum nach einem Ansturm von drei Tagen und drei Nächten genommen. Er hat ohne jeden Skrupel die Statue dieses Gottes zerstört, und aus Gründen, die ich nicht weiß, hat er die Tore entfernen lassen, um sie nach Ghazna zu bringen*. Was mich in Wahrheit am meisten an der Persönlichkeit des Türken verwirrt, ist seine Janusköpfigkeit. Wie kann solch ein Geschöpf die Dichtkunst lieben? Wie kann er sich mit Literaten und Gelehrten umgeben und in seiner Seele so viel Gewalt beherbergen?

Womit ich Dich indes am meisten erstaunen werde, ist, wenn ich Dir mitteile, daß einer unserer entfernteren Freunde ebenfalls vor kurzem an den Hof gekommen ist. Erinnerst Du Dich an Firdausi? Den Dichter der 60 000 Verse? Er gehört nunmehr zu den Vertrauten des Ghaznawiden. Ich glaube zu wissen, daß er ihm sein *Buch der Könige* widmet. Mit Sicherheit

---

* Ich habe sagen hören, der Ghaznawide hätte dessen Tore fortgeschafft, um mit ihnen sein Grab zu schmücken, das er sich in Ghazna errichten ließ. Jedoch konnte kein Augenzeuge mir dies bestätigen. *(Anm. d. Djuzdjani)*

dürfte jedoch das Geld bei all dem nicht unbeteiligt sein.

Sohn des Sina, wie mir plötzlich alles leer scheint. Ich habe die Nähe und den Schutz von Ghazna nur gesucht, um meinen Durst nach Entdeckung der Welt zu stillen. Und heute nun erscheint mir die schiere Menge an Kenntnissen, die ich zusammengetragen habe, eitel im Vergleich zu dem zurückgelegten Weg. Dennoch fahre ich fort zu schreiben. Ich habe ein Werk begonnen, dessen vorläufiger Titel *India* lautet, das eine geographische, historische und religionswissenschaftliche Beschreibung dieses Landes werden soll. Ich sage mir, daß dieses Opus den zukünftigen Reisenden und Historikern vielleicht Dienste leisten könnte. Ich habe meinen Abriß der Geometrie und der Astrologie beendet. Sie sind meiner Botschaft beigefügt; ich würde wahrhaftig gerne Deine Meinung dazu erfahren.

Und Du, mein Bruder? Wie verläuft Dein Leben? Ich will hoffen, daß das Glück an Deiner Seite wacht. Daß Du endlich den heiteren Frieden am Hofe von Rayy gefunden hast. Schreibe mir. Schreibe mir, sobald die Zeit es Dir erlaubt.

Deine Worte werden mir Kraft geben und meine gequälte Seele besänftigen.

Ich denke an Dich. Möge der ALLERHÖCHSTE Dich beschützen.

Als die Lektüre beendet war, seufzte Ali: »Ich habe manchmal das Gefühl, daß die Existenz nichts anderes ist als ein riesiges Labyrinth, in dem wir nur umherirrende Abbilder sind...«

Er erhob sich mit einem Ruck.

»Komm. Es wird spät. Ich möchte gerne, daß wir das zweite Buch des *Kanon* beginnen.«
Sein Schüler schickte sich an, ihm zu folgen, als sich etwas Sonderbares ereignete. Man hätte meinen können, der Boden entzöge sich plötzlich unter ihren Schritten. Die Wasseroberfläche des Beckens kräuselte sich. Die Mosaiken, welche die Wände des Raumes verschönerten, erweckten die Illusion, aus den Fugen zu geraten – dann wurde alles wieder normal.
»Was ist geschehen?« fragte Abu Ubaid einfältig.
»Wie soll ich das wissen? Vielleicht kam es vom Ofen oder aus den Heizkanälen.«
»Äußerst merkwürdig. Man könnte glauben, die Erde hätte gezittert.«
»Was auch immer der Grund ist, ich denke, es wäre ratsamer, unsere Gewänder holen zu gehen. Falls im Hamam eine Feuersbrunst ausbräche, sollte unsere Scham gewahrt bleiben!«
Ohne Zeit zu verlieren, wandten sich die beiden Männer zum Umkleideraum, zogen sich rasch an und schlugen die Richtung zum Ausgang ein.
Im selben Augenblick, da sie die Schwelle übertraten, wiederholte sich das Phänomen, diesmal jedoch mit heftigerer Schwingung.
»Der Heizofen kommt nicht mehr in Betracht!« warf Ali ein.
Fast hätte er noch etwas hinzugefügt, doch eine neuerliche Erschütterung ließ ihn straucheln, und er mußte sich an einen der Stuckpfeiler klammern, um nicht zu fallen.
Jemand schrie: »Allah beschütze uns! Der Stier hat sich bewegt!«
Ohne den Sinn dieser befremdlichen Behauptung deuten zu wollen, packte Ali Abu Ubaid am Arm und stürzte nach draußen. Ein Sturm von Panik blies bereits über Rayy. Der Himmel hing tief, so schwarz wie der Schleier trauernder

Frauen, voll schwerer Wolken, die träge und beinahe aufplatzend dahinrollten.
Die Hauptstraße begann zu schwanken. Die Quittenbäume mitsamt ihren weißen Blüten verwarfen sich, während der *Gabr*-Turm, in dem die parsischen Einwohner ihre Toten den Geiern darzubieten pflegten, gefährlich wankte.
Dieselbe Stimme wie vorhin brüllte erneut: »Der Stier ist zornig!«
»Komm!« schrie Ali seinem Schüler entgegen. »Hier dürfen wir nicht bleiben. Kehren wir in den Hamam zurück!«
»Aber das ist doch Irrsinn!«
»Tu, was ich dir sage! Genau dort haben wir die größten Aussichten zu überleben!«
Ein dumpfes Grollen stieg aus dem Bauch der Erde empor, fast sogleich von den Entsetzensschreien der Bewohner übertönt.
Gefolgt von Djuzdjani, drängte Ali sich unter den Portalvorbau des Hamam. Hinter ihnen barst der Boden in seiner gesamten Länge auf. Der Spalt lief bis zum Marktplatz, bis zu den Südtoren der Stadt, bis zu den Felshügeln, welche die Ausläufer der Elburs-Gebirgskette bildeten.
»Das ist das Weltenende!« meinte al-Djuzdjani mit verstörtem Blick. »Oder es sind die Dschinns, die erwachen!«
»Nein, mein Bruder. Dies hier nennt man ein Erdbeben. Und das ist womöglich bedrohlicher als alle Dschinns des Universums.«
Die beiden Männer hatten sich unter dem Jochbogen zusammengekauert, der den Ruhesaal überwölbte, und von draußen drang der Widerhall des Grauens zu ihnen herein. Der *wakkad*, der im Hamam mit der Versorgung des Feuers betraut war, der Bader sowie der Vorsteher der Kleiderkammer waren zu ihnen gestoßen. Letzterer, dessen Gesicht so weiß wie das von al-Djuzdjani war, zitterte am ganzen Leib.

»Der ALLMÄCHTIGE vergebe uns«, stammelte er, »aber das Unrecht muß wohl über unsere Stadt herrschen.«

Ibn Sina enthielt sich eines Kommentars, der Satz des Mannes verwirrte ihn gleichwohl.

Es ereignete sich eine dritte Erschütterung. Eine gewaltigere noch als die vorhergehenden. Risse zeichneten sich entlang der Backsteinwände und auf der Gewölbedecke ab, den glatten Estrich aufreißend, der den Boden bedeckte. Dann erstarrte alles in einem Rauchschleier. Abwartend wagten die Männer nicht die geringste Bewegung, weder einen Lidschlag noch einen Atemzug auszuführen, welcher imstande gewesen wäre, die Dschinns aus der Tiefe der Erde zu reizen.

Eine Ewigkeit verstrich. Al-Djuzdjani bewegte sich als erster. »Ich glaube, es ist vorbei«, sagte er mit erloschener Stimme. Der Vorsteher der Kleiderkammer verkündete ernst: »Wenn das Unrecht nicht beseitigt wird, dann wird der Stier sich erneut bewegen.«

Der Sohn des Sina rief aus: »Was hat denn ein Stier mit einem Naturereignis zu schaffen?«

»An den Zornesausbrüchen der Erde ist nichts Natürliches!« Ali blickte ihn voll Nachsicht an.

»Wahrscheinlich bist du mit den Glaubensanschauungen von Rayy nicht vertraut«, erläuterte der *wakkad*. »Sie haben ihren Ursprung in grauer Vorzeit. Du solltest nicht darüber spotten.«

»Was besagt diese Geschichte vom Stier?« fragte Djuzdjani nach.

»Sie besagt, daß die Erde auf einem der Hörner eines ungeheuren Stiers ruht, der selbst auf einem Fisch irgendwo im Universum der Plejaden steht. Wenn es in einem Winkel der Welt zu viel Ungerechtigkeit gibt, gerät der Stier in Zorn und läßt die Erde von einem Horn zum anderen wippen. Die Naturerscheinung, von der dein Freund sprach, ereignet

sich dann an genau der Stelle der Erde, die auf das Horn des Tiers zurückfällt. Dies sagt die Legende. Und wir wissen, daß das Unrecht über unsere Stadt herrscht.«
»Was suchst du anzudeuten?«
Der Mann öffnete seine Lippen einen Spalt, um zu antworten, besann sich dann aber eines Besseren.
»Kommt«, sagte er zu seinen Genossen. »Schauen wir nach, ob noch etwas von unserer Stadt übriggeblieben ist.«
»Ich weiß nicht, ob das Unrecht dieses Erdbeben verursacht hat«, bemerkte der Sohn des Sina. »Wenn dies aber der Fall ist und es sich dabei um einen Prinzen handelt, der um einen Thron trauert, dann beten wir zu Allah, daß von Palast und Hospital es das Hospital sei, das verschont worden ist. Denn ich ahne, daß uns eine schwere Aufgabe erwartet.«
Eine Staubwolke schwebte über der Stadt und ihren tausend Gärten. Der *Gabr*-Turm und die Wehrmauern waren verschleiert. Alles war ein einziges Durcheinander und Wimmern. Umherirrende Schatten hoben sich schemenhaft vor den Ruinen ab. Eine Frau schluchzte, mitten auf der Straße kniend. Etwas weiter betrachtete ein Kind mit verstörtem Blick, was zweifelsohne nur noch die Überreste seines Heimes waren.
»Es ist furchtbar. Ohne Instrumente, ohne Heiltränke kann ich für diese Unglücklichen nichts tun. Wir müssen uns augenblicklich ins *bimaristan* begeben und können nur hoffen, daß der Verwalter die nötigen Befehle erteilt hat, damit man das ambulante Dispensarium aussende und alle verfügbaren Ärzte zusammenrufe.«
Nach einem letzten Blick auf das in Trümmern liegende Viertel rannten Ali und al-Djuzdjani zum Haus der Kranken.

Die Verwundeten strömten in Wellen herbei. Greise, Frauen, Kinder. Sehr rasch war die Stätte dicht gefüllt; Gänge, Wachräume, man schuf sogar noch Platz in den Speisekammern und den Kohlelagerräumen.

Der Hauptverwalter folgte Ali wie sein eigener Schatten, bereit, auf jede seiner Weisungen zu reagieren. Zur Zeit war der Scheich über den Körper eines jungen Mannes gebeugt, der an einer Schienbeinfraktur litt. Einige Augenblicke zuvor hatte er das Gliedmaß mit einer Kampferöllösung bestrichen, den Bruch eingerenkt, und nun war er im Begriff, eine Art Geflecht, aus Schilfrohr gefertigt, anzulegen. Als diese Arbeit beendet war, wechselte er zu anderen Verletzten hinüber, weiterhin vom Verwalter gefolgt.

Hier mußte er eine Blutung mit Hilfe eines zur Weißglut erhitzten Kauters beenden. Dort eine Wunde vernähen, wobei er Palmfasern von äußerst geringem Durchmesser verwandte. Einfache, mit Henna getränkte Verbände anlegen. Pflaster von Tonerde oder Rosmarinasche auflegen, um die Blutstillung zu gewährleisten. Schmerzen lindern, indem er Opium- oder Zedrach-Absude austeilte. Ohne Unterlaß, während vier Tagen und vier Nächten, betreuten die Ärzte des *as-Sajjida* die unaufhörlich herbeiströmenden Verletzten mit ihrer Fürsorge. Dann mußte neuem Leid entgegengetreten werden.

Bei Sonnenuntergang des siebten Tages sah man die ersten Seuchenfälle auftauchen. Die Kranken, die im *bimaristan* eintrafen, litten alle an denselben Symptomen: rasende Entzündung der Gedärme, gekennzeichnet durch plötzlichen Durchfall, in dessen Verlauf – was Ali bereits wußte, da er es in der Vergangenheit beobachtet hatte – der Kranke in einer Stunde bis zu einem Liter ausscheiden konnte. Dieser Zustand ging mit schwerer Austrocknung, heftigem Durst, Muskelkrämpfen, faltiger Haut und tiefliegenden Augen einher. Die Cholera war über Rayy hereingebrochen. Und gegen diese Erkrankung war die Medizin ohnmächtig. Man konnte nur abwarten. Abwarten, daß der Kranke die folgenden sechs

Tage überstand. Falls ihm dies glückte, hatte er dann alle Aussichten zu genesen.
Die Weisungen, die der Scheich erteilte, fußten auf den Prinzipien, die er selbst einige Wochen zuvor seinen Studenten dargelegt hatte:

> *Wird das Symptom zu heftig, wird der Arzt die Versorgung der Krankheit eine Weile vernachlässigen und das Symptom versorgen.*

Seinen Kollegen riet er, sie sollten den Kranken Opium verabreichen, um so den Patienten zu helfen, die Schmerzen der Muskelkrämpfe zu ertragen, und sie soviel als möglich Zuckerwasser trinken lassen und dadurch den Flüssigkeitsverlust auszugleichen versuchen.
Ungefähr drei Wochen später ließ sich der Winter über Djibal nieder, und die Bevölkerung von Rayy wurde nicht fertig, ihre Wunden zu pflegen. Wir waren am Ende eines Nachmittags, mitten im Monat *dschumada-'l-ula,* angelangt, und der Sohn des Sina, der soeben seine tägliche Runde abgeschlossen hatte, schickte sich an, in den Palast zurückzukehren. In seinem Kopf schwirrten immerzu die tragischen Vorkommnisse der letzten Zeit, zu denen noch eine offene Auseinandersetzung zwischen der Königin und ihrem Sohn hinzugekommen war. Man mochte glauben, das Erdbeben hätte auch die Gemüter erschüttert. Er schritt, in seine Gedanken verloren, durch jenes Viertel, das die Geburt des unsterblichen Harun ar-Raschid erlebt hatte, unweit der sogenannten *Pforte der Fruchtbaren Ebene,* als lautes Stimmengewirr seine Aufmerksamkeit erregte. Er sagte sich, daß es wahrscheinlich Händler oder Wasserträger waren, die sich wie gewohnt lauthals zankten, und ging seines Weges. Als er dann aber den Winkel der königlichen Gärten erreichte, sah er eine weibliche Gestalt, die auf ihn zulief, von

einer Gruppe grölender Männer und Frauen mit erhobenen Fäusten verfolgt.

Bevor er noch Zeit fand, die Szene zu analysieren, sank die Gestalt ihm zu Füßen nieder.

»Wer du auch bist ... Rette mich!«

Ohne Zögern reichte ihr Ali die Hand, um ihr aufzuhelfen, während ein drohender Kreis sich um sie bildete. Die meisten erkannten ihn, was zweifelsohne ihre Feindseligkeit milderte. »Scheich ar-rais! Weiche von dieser Frau! Sie wird dich verseuchen.«

»Ja. Sie ist von der Krankheit geschlagen, die das Fleisch zerfrißt. Sie ist ansteckend.«

»Von welcher Krankheit sprecht ihr eigentlich?«

»Die Krankheit, die das Fleisch zerfrißt. Die Lepra.«

»Wie könnt ihr dies behaupten?«

»Du brauchst dir nur ihre Unterarme und ihre Beine anzuschauen. Ihre Haut ist brandig. Du weißt wie wir, daß das Erdbeben das Lepradorf von Deir al-Mar fast vollständig zerstört hat. Diese Frau muß eine der Davongekommenen sein.«

»Jedenfalls hat niemand sie bisher in der Stadt gesehen. Niemand hier kennt sie.«

»Beruhigt euch«, entgegnete Ibn Sina. »Laßt mich sie wenigstens untersuchen.«

Die Gruppe hob die Arme zum Zeichen der Mißbilligung.

»Aber sie wird dich töten, Scheich ar-rais! Du bist Arzt. Du weißt, daß diese Krankheit ansteckend ist! Und du wirst wiederum deine Patienten anstecken.«

Ali beugte sich über die Frau. Seit sie ihm zu Füßen niedergefallen war, hatte sie sich nicht gerührt. Ihre zerfetzten Gewänder ließen einen Teil ihrer Blöße sehen. Ihre Haut war deutlich weißer als die der Töchter Persiens. Gleich einer Gazelle in Todesnot ergeben niedergekauert, das Gesicht in den Händen vergraben, die Beine unter sich angewinkelt, zitterte sie, wie

man bemerkte, am ganzen Leibe. So faßte Ali sie unters Kinn, zwang sie sanft, ihren Kopf zu heben, und sah, daß ihre Augen von aller Angst dieser Welt erfüllt waren. Seltsamerweise waren ihr Gesicht und ihre Haut die einer Rum. Sie mochte dreißig Jahre oder gar zehn mehr zählen. Ihrem zugleich reinen und verstörten Ausdruck entströmte ein undefinierbarer Reiz. Er kniete sich neben sie und untersuchte ihre entblößten Arme. Die Männer hatten richtig beobachtet; die Hinterseiten sowie die Ellbogen waren von rötlichen, schuppigen Herden bedeckt, die an Wachsflecken erinnerten. Derselbe Befund ergab sich auf den Knien und den Beinen. Was ihm jedoch am meisten Sorgen machte, war die klar umschriebene Begrenzung dieser Erytheme. Sie waren beinahe symmetrisch, gerade wie jene Herde mit scharfen Rändern, die er bei manchen Leprakranken schon gesehen hatte. Indes flüsterte ihm irgend etwas ein, daß es sich nicht um dieselbe Erkrankung handelte. Oder vielleicht sperrte er sich gegen die Diagnose?
Er stand auf und ertappte sich dabei, den Dörflern mit Gewißheit zu verkünden: »Diese Frau ist von der Krankheit, die das Fleisch zerfrißt, nicht befallen. Sondern nur von einem Leiden, das ihr ähnelt.«
»Wie kannst du dir dessen sicher sein?«
»Solltest du meinen Beruf vergessen haben?«
Und mit entschiedenem Tonfall fügte er hinzu: »Ich werde sie ins *bimaristan* führen. Seid ganz unbesorgt, sie wird isoliert werden und erst wieder herauskommen, wenn sie geheilt ist.«
»Er ist der Scheich ar-rais«, sagte eine Stimme ergeben, »er weiß um Dinge, die uns unbekannt sind!«
»Seine Wissenschaft ist aber trotz alledem nicht unendlich!«
Es trat eine leichte Unschlüssigkeit ein, als Ali der Frau half, sich zu erheben, gleichwohl wich man aber beiseite, um sie durchzulassen.

*

»Willst du mir noch immer nicht deinen Namen sagen?« fragte Ali die Frau, während er ihr half, sich auf dem einzigen noch verfügbaren Bett des Hospitals auszustrecken.
Dies war nun das zweite Mal, daß er ihr die Frage stellte. Bisher hatte sie, all seinen Anstrengungen zum Trotz, die Lippen nicht geöffnet. Er untersuchte sie erneut. Er war sich sicher: Sie war keine Araberin. Rund um ihre hellbraunen Augen ließen sich Reste von Kajal vage erahnen; und er bemerkte, daß ihr kastanienbraunes Haar bläulich schimmerte. Er hatte von diesen künstlichen Schattierungen reden hören, die gewöhnlich durch Auftragen einer Indigo- und Hennafärbung erreicht werden, welche vor allem die leichten Mädchen der Häfen von Deybul oder von Sifar kennzeichnete.
»Werde ich sterben?«
Er war dermaßen erstaunt, sie zu vernehmen, daß es eine Weile dauerte, bis er antwortete: »Glaubst du, daß der ALLERHÖCHSTE das Leben eines Geschöpfs nähme, das kaum erst beginnt, die Welt zu entdecken? Nein. Wir werden dich pflegen, und du wirst genesen.«
»Die Welt, die kenne ich nur allzugut. Ich wäre nicht enttäuscht, sie verlassen zu müssen.«
Je länger er sie ansah, desto weniger vermochte er sie zu begreifen. Das Eigenartigste war jedoch dieses verworrene Gefühl, das ihn zugleich zu ihr hindrängte und ihn von ihr abzurücken suchte.
»So soll man nicht reden«, sagte er mit neutraler Stimme. »Man darf das Leben nicht lästern.«
Sie schüttelte den Kopf und zog die Wolldecke an sich, als ob sie sich gegen die Worte schützen wollte.
»Ich heiße Ali ibn Sina. Da du meinen Namen nun weißt, möchtest du mir nicht auch den deinen sagen?«
»Welchen? Man nennt mich auf verschiedenste Weise.«
»In dem Fall nenne mir den Namen, den du vorziehst.«

»Yasmina...«
»An deiner Aussprache und deiner Hautfarbe erkenne ich, daß du nicht aus Djibal stammst. Ich wäre nicht erstaunt, wenn du eine Tochter der Rum wärst. Woher bist du?«
Sie wich der Frage aus und entgegnete mit gespielter Naivität: »Du bist Arzt, nicht wahr?«
Er bejahte.
»Ist es nötig, daß ein Arzt das Land eines Kranken kennt, um seine Leiden zu lindern?«
Er konnte die Logik ihrer Erwiderung nur anerkennen und machte Anstalten, die Decke fortzuziehen. Doch sie wehrte sich dagegen und krallte ihre Hände in die Wolle.
»Wenn du willst, daß ich dich behandele, mußt du mich dich untersuchen lassen.«
»Ist es wahr, was sie gesagt haben? Sollte ich die Lepra haben?«
»Ich glaube nicht. Doch ich gestehe, dessen noch nicht ganz sicher zu sein.«
Erneut streckte er die Hand nach der Decke aus. Diesmal widersetzte sie sich nicht. Was einmal eine *durra'a,* ein Mantel, gewesen sein dürfte, hatte sich in Fetzen aufgelöst, franste jämmerlich aus und verbarg beinahe nichts mehr von ihren zarten Beinen. Aber da war etwas anderes. Knapp oberhalb der Handwurzel war das Gelenk tief eingeschnitten. Obgleich recht alt, ließ die Narbe keinerlei Zweifel über ihre Herkunft. Woher kam diese Frau nur, welche grauenvolle Reise hatte sie erlebt, aus welcher Spelunke Samarkands oder Schiras' war sie entflohen, um in solch einem Zustand zu sein?
Mit einiger Mühe richtete er sein Augenmerk nun auf die schuppigen Stellen, die er eine Stunde zuvor entdeckt hatte. Ein weiteres Mal verblüffte ihn, wo sie sich befanden: Ellbogen, Knie, Kopfhaut, Hinterseite der Unterarme und Bei-

ne. Als er sie aufmerksam untersuchte, bemerkte er, daß deren Schuppen von einem dünnen durchsichtigen Häutchen überzogen waren. Aus seinem Instrumentenfutteral sich eine kurze scharfe Klinge greifend umschloß er einen Arm der jungen Frau und begann, das Erythem behutsam abzuschaben.

Ihr ganzer Körper verspannte sich.

»Hab keine Angst, Yasmina. Du wirst nichts spüren. Ich verspreche es dir.«

»Ein Mann, der etwas verspricht...«, meinte sie bitter. »Die Versprechen der Männer sind den Wellen des Meeres gleich: Sie sterben so schnell, wie sie entstehen.«

Ali hielt mit der Klinge inne, und ein herausfordernder Ausdruck erhellte seine Züge.

»In dem Fall verspreche ich dir nichts: Ich versichere es.«

Er kratzte behutsam das Häutchen ab, das den Herd bedeckte, und stellte fest, daß die Lederhaut darunter wie mit blutigem Tau benetzt war.

»Entsinnst du dich, wann diese Flecken aufgetaucht sind?«

»Vor einigen Wochen. Zuerst an den Ellbogen. Dann an den Knien.«

Ali sann eine Weile nach, bevor er fragte: »Hast du eine allgemeine Schwäche verspürt, vor allem in der Muskulatur?«

Die junge Frau verneinte kopfschüttelnd.

»Schmerzen in den Händen? An den Fußsohlen?«

Wieder antwortete sie abschlägig. So fühlte er ihren Puls und belauschte aufmerksam das Blut, das dicht unter der Haut pochte. Zur selben Zeit, gleich dem Waagebalken eines Samenhändlers, wog sein Verstand ab, maß und entnahm alles, was er an Wissenschaft besaß. Lepra? Oder aber eine Krankheit der Haut, deren Ursprung ihm unbekannt war? Er konnte nur durch Ausschließen vorgehen: Die Herde, die er sah, waren nicht depigmentiert. Die junge Frau schien nicht

an Haarausfall der Augenbrauen zu leiden, und die Entzündungsflächen waren nicht ineinanderlaufend. Ihre Fingergelenke waren normal beweglich. Dennoch blieb ein Symptom, über das er noch in Unkenntnis war. Den Ellbogen der jungen Frau wieder ergreifend, warnte er sie vor: »Nun kann ich nicht mehr versichern, daß mein Tun schmerzlos sein wird. Ich bitte dich nur, es mir nicht allzu übelzunehmen.«
Sie stimmte mit einem Lidschlag zu.
Den Zeigefinger auf die genaue Mitte des Erythems legend, drückte er gegen die Haut. Die junge Frau ließ sogleich einen kurzen Wehlaut vernehmen. Zu ihrer großen Überraschung reagierte Ali völlig anders, als sie vermutet hatte. Seine Augen strahlten von triumphierendem Glanz, und er verkündete erleichtert: »Es ist nicht die Lepra! Diesmal bin ich dessen gewiß.«*
Sie riß erstaunt die Augen weit auf.
»Seit wann sollte der Schmerz ein günstiges Zeichen sein?«
»Der Schmerz ist bisweilen sogar ein willkommenes Zeichen. Auf alle Fälle ist er bei dem, was mich bekümmert, eine aufschlußreiche Reaktion.«
»Das verstehe ich nicht.«
»Es würde zu lange dauern, dir meine Schlußfolgerung auseinanderzusetzen. Wisse nur, wenn es sich um die Lepra handeln würde, hätte die Mitte dieser Herde vollkommen schmerzfrei sein müssen.«
Sie erhob sich ein wenig und schien die Diagnose mit Gleichgültigkeit anzunehmen.
»Gott will also der Ungläubigen nicht ...«
Er versuchte nicht, ihrer Bemerkung auf den Grund zu

---

* Aller Wahrscheinlichkeit nach fand Ali an jenem Tage vor, was die heutige Medizin unter dem Namen Psoriasis oder Schuppenflechte kennt, eine Hautkrankheit, deren Ursache noch immer nicht geklärt ist. *(Anm. d. Ü.)*

gehen. Sie fügte an: »Könntest du die Spuren dieser Krankheit verschwinden lassen?«

»Ich denke ja. Wir werden damit beginnen, das Häutchen, das die Herde überzieht, mit Kadeöl vom Wacholder abzulösen. Dann wirst du deinen Körper so lange als möglich der Sonne aussetzen und im selben Maße seine Lebenskraft wiederherstellen müssen.«

»Ich hoffe, daß du richtig beobachtet hast, Ali ibn Sina. Und daß deine Behandlung ihre Früchte tragen wird. Man verzeiht einer Frau viele Dinge, aber selten ihre Häßlichkeit.«

»Die Häßlichkeit steht deinen Zügen so fern wie die Lüge der Wahrheit.«

Er glaubte, sie wollte ihm antworten, doch ihre Augen hatten sich getrübt, und sie wandte sich jäh ab, damit er sie nicht weinen sah.

Der Scheich pflegte sie, wie man sein eigenes Kind pflegt. Es verging kein einziger Tag, ohne daß er sich an ihr Lager begab, ihr die Speisen selbst auftrug, sie in die Gärten des *bimaristan* geleitete, damit ihr die Sonne zugute kam, die sie jetzt wegen ihrer Krankheit so dringend brauchte.

Und als Djuzdjani sich verwunderte ob dieser übermäßigen Aufopferung hinsichtlich eines Geschöpfs, von dem er nichts wußte und welches obendrein zu keinem Zeitpunkt seine Dankbarkeit bekundete, fand Ali jene zum mindesten rätselhafte Entgegnung: »Abu Ubaid... Wenn die VORSEHUNG dir eine von den Schatten zurückgekehrte Schwester auf den Weg gesellt, wäre es frevelhaft, sich abzuwenden...«

VIERZEHNTE MAKAME

Der Wesir Ibn al-Kassim hatte Mühe, seine Erregung zu unterdrücken. Er unterbrach sich, um wieder zu Atem zu kommen, bevor er schloß: »Der Kopf der Sajjida wird in den Staub rollen...«
Er suchte rund um sich nach einem Zeichen der Zustimmung. Ihm gegenüber, in eine weite *djukha* gewandet und den Blick auf seine Stiefelchen fixiert, saß Madjd ad-Dawla. Zu dessen Linken hatte sich mit ernster Miene der *sepeh-dar* Osman al-Bustani niedergelassen, der Befehlshaber der in der Feste Tabarak liegenden Streitmacht. Zur Rechten, in einem Talar aus malvenfarbenem Brokat, befand sich der Großkanzler. Abseits stehend hob sich Husain, der Oberste Kadi, im Halbdunkel ab.
Von der Gewölbedecke verbreitete der einzige Bronzeleuchter ein fahles Licht. Und entlang der goldbraunen Wände flackerten Arabesken in eintönigen Farben.
Der Kanzler äußerte sich als erster: »Der Plan scheint mir vortrefflich. Ich für meinen Teil finde nichts daran auszusetzen.«
Der Wesir neigte den Kopf befriedigt, dann richtete sich seine Aufmerksamkeit auf den jungen Monarchen.
»Du scheinst unschlüssig zu sein, Exzellenz«, fragte Ibn al-Kassim nach.
Madjd deutete mit dem Zeigefinger auf den Befehlshaber.
»Von ihm wird alles abhängen. Meine Mutter ist eine mäch-

tige Frau. Damit der Staatsstreich gelingt, werden wir den vollen und unverbrüchlichen Beistand der Kohorten benötigen. Haben wir den?«
Der *sepeh-dar* breitete die Hände in einer Opfergeste aus.
»Ganz und gar. Ich verbürge mich dafür. Exzellenz weiß, daß von allen Truppen Djibals die von Tabarak die gefürchtetsten sind.«
»Davon bin ich überzeugt«, erwiderte Madjd. »Doch ich weiß auch um die Macht meiner Mutter. Und den Mißerfolg meines ersten Versuchs habe ich nicht vergessen.«
Der Wesir eilte sich, ihn zu beruhigen.
»Das war vor drei Jahren. Damals wurdest du nur schlecht unterstützt. Was heute nicht der Fall ist. Ich versichere dir: In ganz genau fünfunddreißig Tagen, zum Anbeginn des Frühlings, wirst du zum König von Djibal gekrönt werden. Die Gerechtigkeit wird wieder die Oberhand haben.«
»Inschallah«, meinte der Kanzler. »Der GÜTIGE ist an der Seite des GERECHTEN.«
Erst in diesem Moment entschloß sich der Oberste Kadi, das Wort zu ergreifen. Was er bedächtig tat. Mit sorgenvoller Miene.
»Ich würde gerne einen Umstand aufwerfen, der seine Wichtigkeit haben könnte. Euch allen ist bekannt, daß die Königin sich bedroht wußte, sie wird nicht mit verschränkten Armen zusehen. Ein Teil des Heeres bleibt ihr noch treu. Und ...«
Der Befehlshaber unterbrach ihn: »Nur ein Teil. Doch ich beharre darauf, das Herz des Heeres ist hier, in Tabarak. Und keine dailamitische, aus türkischen Sklaven aufgestellte Truppe wird ihr widerstehen.«
»Das ist wahrscheinlich. Aber wird dies auch die Anschauung der Königin sein? Ihr müßtet doch wissen, daß sie besondere Beziehungen mit dem kurdischen Fürsten Hilal

ibn Sadr unterhält. Dessen eventuelle Unterstützung würde sehr schwer wiegen. Entsinnt euch, vor sechs Jahren, in der gleichen Lage, hatte sie nicht gezögert, die Hilfe von Hasanoje, Sadrs eigenem Großvater, zu erbitten.«
»Das stimmt. Diesmal jedoch wird uns der Überraschungseffekt zustatten kommen«, hielt der königliche Kanzler entgegen. »Sie wird nicht über die nötige Zeit verfügen, ein neues Bündnis mit den Kurden zu schließen.«
Der Kadi verschränkte die Finger vor seiner Brust und ging auf den Prinzen zu.
»Exzellenz. Das ist nicht alles. Es gibt auch noch etwas anderes, das jedermann außer acht zu lassen scheint.«
»Ich höre dir zu.«
Der Kadi maß den Wesir und den Kanzler reihum mit Blicken.
»Unser Prinz hat einen Bruder. Shams ad-Dawla. Solltet ihr ihn vergessen haben?«
Madjd entgegnete gereizt: »Was hat mein Bruder bei dieser Unterredung zu schaffen? Er ist Statthalter von Hamadan. Er herrscht über ganz Kirmanshahan. Er ist noch nie um was auch immer gebracht worden. Und...«
Der Emir betonte diese letzten Worte mit beflissener Verachtung: »Er liebt diese... Frau kaum mehr als ich...«
»Der Prinz hat recht«, bestätigte Ibn al-Kassim. »Shams ad-Dawla hält seine Mutter nicht in hoher Achtung. Er weiß, daß sein Bruder seit langem Opfer eines Unrechts ist.«
»Wenn dem so ist«, entgegnete der Oberste Kadi, indem er die Augen leicht zusammenkniff, »weshalb hat er dann bis zum heutigen Tage nichts zugunsten unseres Herrschers unternommen?«
Madjd ließ den Blick wieder auf seine Stiefelchen sinken.
»Nun, wenn ich, Madjd ad-Dawla, Sohn der Shirin, auch gewichtige Gründe habe, mit der Königin in Streit zu gera-

ten, so gilt dies für Shams nicht in gleichem Maße. Seiner eigenen Mutter eine Schlacht zu liefern, ist keine leichte Sache. Es bedarf eines wahrhaftigen Motivs. Dieser Fall trifft für meinen Bruder nicht zu.«
Wohl um sich Mut zu machen, schloß er: »Nein. Mein Bruder wird nicht handeln. Weder für die eine Seite noch für die andere.«
Ein plötzlicher Luftzug ließ das Licht unter dem Gewölbe jäh flackern und erweckte kurz die flüchtige Illusion, es schwankten die Männer selbst.
Ibn al-Kassim erhob sich.
»Ich glaube, daß wir die Frage von allen Seiten betrachtet haben«, sagte er mit Entschlossenheit. »Am ersten Tag des Frühlings wird unser Prinz auf dem Thron von Rayy sitzen.«
Alle pflichteten bei. Der Prinz zog sich als erster zurück, vom Kanzler und dem Obersten Kadi gefolgt. Allein der Wesir und der Befehlshaber blieben im Raum zurück.
»Ich verstehe ihre Besorgnis.«
»Es kann nicht anders sein, da ihnen nicht bekannt ist, was ich weiß.«
»Vielleicht müßte man sie beruhigen.«
»Um dies zu erreichen, müßte ich das Wesentliche meines Plans aufdecken. Und das ist nun einmal unmöglich. Zu früh. Zu gefährlich.«
»Hast du denn solche Angst, daß eine plötzliche vaterländische Anwandlung ihre Entschlossenheit umkehren könnte?«
Der Wesir bohrte seinen Blick im wahrsten Sinne des Wortes in den des *sepeh-dar.*
»Hör mir gut zu, Osman. Du weißt sehr wohl, daß unser Arm, so stark er ist, doch nicht genügt, die Königin zu besiegen. In fünfunddreißig Tagen wird nämlich nicht allein nur deine Streitmacht unsere Stadt erobern. Und es

wird die Hand eines anderen sein, mit der Madjd ad-Dawla auf den Thron gehoben wird. Und ihnen dies alles zu enthüllen, siehst du ... dieses Wagnis werde ich nicht eingehen ...«

*

Als er in scharfem Ritt die Feste Tabarak verließ, bemerkte Prinz Madjd ad-Dawla zu keinem Zeitpunkt den Schatten jenes Reiters, der ihm folgte. Er gewahrte ihn auch nicht, als er sich in den Geheimgang drängte, der ihm in den Palast zurückzukehren erlaubte.
Der Schatten war ihm noch immer auf den Fersen, als Madjd an Ibn Sinas Tür klopfte. Jener sah den Arzt im Türrahmen erscheinen und den Prinzen ins Zimmer schlüpfen.
»Ich weiß, daß es spät ist«, äußerte Madjd, indem er sich auf den Diwan nahe dem Fenster fallen ließ. »Aber ich hatte das Bedürfnis, mit jemandem zu sprechen ...«
»Gleich zu welcher Stunde bist du willkommen.«
Al-Djuzdjani deutete eine taktvolle Bewegung hin zur Tür an. Mit einem Zeichen jedoch lud ihn der Prinz ein zu bleiben. Während er sprach, bemerkte er, daß Ali seinen Calamus in das Tintenfaß steckte.
»Noch immer ... Ja, ist dir Müdigkeit fremd? Ich beobachte dich seit deiner Ankunft. Wenn du nicht versorgst, lehrst du, oder aber du schreibst. Selbst wenn du von all dem nichts tust, habe ich dich im Verdacht, daß du in deinem Kopf arbeitest. Stimmt es nicht?«
Ali goß einen Kelch Gewürzwein ein, den er dem Monarchen anbot.
»Es gibt zwei Sorten von Menschen: die einen, die ihr Ziel zu erreichen suchen und es nicht schaffen, die anderen, die es erreichen und darum keineswegs befriedigt sind. Nun, Ex-

zellenz, eine Hälfte von beiden zu sein, ist eine schwer zu tragende Bürde...«
Madjd lehnte den Kelch mit einem Wink ab.
»Nein, nicht heute abend. Meine Laune ist zu getrübt und meine Seele zu sorgenvoll.«
Er wandte seine Aufmerksamkeit wieder dem Arbeitstisch zu.
»Wo stehst du mit der Abfassung dieses imposanten Werkes, von dem du mich unterrichtet hast?«
»Dem *Kanon?* Ich nähere mich dem Ende des zweiten Buches.«
»Falls mein Gedächtnis nicht trügt, verbleiben dir deren noch drei.«
Ali bestätigte.
»Ein langer Weg...«
Al-Djuzdjani beeilte sich zu präzisieren: »Ein Weg, der kürzer hätte sein können, wenn der Scheich sich auf diese Mühsal beschränkte.«
»Zweifellos willst du von seiner Arbeit im *bimaristan* sprechen?« fragte der Prinz nach.
»Nein, Exzellenz. Es handelt sich um etwas anderes: Der Geist des Rais ist in steter Wallung. Im selben Augenblick, da wir das Kapitel der einfachen Heilmittel in Angriff nehmen, unterbricht er sich, um mir ein Theorem zur Logik zu diktieren. Und wenn ich sein Gehirn endlich befreit wähne, schneidet er die Eigenschaften der Äquinoktiallinie an. Wenn...«
Ali unterbrach seinen Schüler.
»Abu Ubaid. Ich kenne deine Klagen. Doch wir fallen dem Prinzen mit all dem nur lästig. Laß mich ihm eher ein Geschenk darbieten.«
Seinen Platz verlassend, nahm er ein Manuskript, das er dem Prinzen reichte.

»Erweise mir die Ehre, diese bescheidene Freundschaftsbezeugung anzunehmen. Es ist ein Werk, das ich ausschließlich für dich geschrieben habe. Es ist dir gewidmet. Ich will hoffen, daß seine Lektüre dir optimistischere, ja philosophischere Horizonte öffnen wird, und vor allem hoffe ich, daß sie dir helfen wird, über der Gewöhnlichkeit der Bösen zu schweben.«
Madjd ergriff die Sammlung und las den Titel laut vor: »*Al-Ma'ad an-nafs*... Die Wiederkehr der Seele...«
Er hob den Kopf und fragte wißbegierig: »Du glaubst also an die Unsterblichkeit, Scheich ar-rais?«
»An die der Seele ganz ohne Zweifel.«
Madjd schüttelte verblüfft den Kopf.
Ali fuhr fort: »Du hattest das Bedürfnis, mit jemandem zu sprechen...«
»Ja. Vor allem benötige ich Rat. Was würdest du von einem Sohn denken, der beschlösse, einen Krieg gegen seine eigene Mutter zu entfesseln? Selbst wenn dies zu seinem Tode führen sollte...«
Der Sohn des Sina schüttelte verlegen sein Haupt.
»Was verlangst du da von mir, Ruhm des Landes... Welche Prüfung erlegst du mir auf... Weshalb befragst du mich nicht nach dem Halt der Erde im Zentrum der Himmelssphäre oder nach der Einheit Gottes? Ach, wie leicht wäre es mir dann, dir zu antworten!«
»Weil es mir weder um die Himmelssphäre noch um die Einheit Gottes geht, Scheich ar-rais. Einzig und allein bekümmert mich mein irdisches Schicksal.«
Der Prinz ließ nicht nach.
»Ich könnte dir sagen«, begann Ali, »daß die beste Art, sich an einem Feind – und sei dieser die eigene Mutter – zu rächen, darin besteht, ihm niemals zu ähneln. Ich könnte dir auch sagen, man sollte sich nicht einreden, daß das, was man

begehrt, wichtiger sei als das, was man besitzt. Und dir versichern, daß kein ehrsüchtiges Streben den Preis eines Menschenlebens verdient...«

»Das alles sind nur abstrakte Sätze. Ich will die Antwort eines Mannes.«

Er wiederholte, die Wörter voneinander absetzend: »Hat ein Sohn das Recht, einen Krieg gegen seine eigene Mutter zu entfesseln?«

Ali überlegte, bevor er sagte: »Ich werde dir die Äußerungen eines verkannten jüdischen Philosophen zitieren, dessen Schriften ich eines Tages entdeckt habe, als ich mich in der Bibliothek von Kurganag befand*: *Wenn die Einfalt die Klugheit ohrfeigt, dann hat die Klugheit das Recht, sich einfältig zu betragen.*«

Der Scheich verharrte eine Weile und fügte hinzu: »Genügt meine Antwort, Ruhm des Landes?«

Der Monarch verließ den Diwan und fixierte Ali finsteren Blickes. »Ich weiß nicht, wer dein jüdischer Philosoph ist, aber wie alle Juden dürfte er spitzfindig gewesen sein.«

»In diesem Fall muß ich entsetzlich jüdisch sein, Exzellenz. Denn ich sehe keine andere Antwort auf deine Frage...«

---

* Dies war nicht das erste Mal, daß ich meinen Meister von diesem Philosophen reden hörte, einem gewissen Ben Gurno, gebürtig von den Gestaden des Rum-Meeres. Der zitierte Satz war einem Werk mit dem Titel: *Gesammelte Gedanken* entnommen, das der Scheich gänzlich auswendig wußte. Zur Stunde, da ich diese Zeilen schreibe, bin ich in den Besitz jener Sammlung gelangt, welche Gegenstand meiner vollen Bewunderung ist. *(Anm. d. Djuzdjani)*
Am Ende zahlloser Wechselfälle ist mir nun ebenfalls geglückt, die fragliche Sammlung wiederzufinden. Nach meiner Kenntnis dürfte es davon zwei oder drei Exemplare auf der Welt geben. Man darf sich nach den Gründen fragen, weswegen Ben Gurno bis zum heutigen Tage der breiten Masse und den literarischen Kreisen noch immer unbekannt bleibt. *(Anm. d. Ü.)*

»Ist dir bewußt, daß sie allen Möglichkeiten Tür und Tor unbegrenzt offenläßt?«
»In den Grenzen des Verstoßes.«
Madjd ad-Dawla biß sich unmerklich auf die Oberlippe. Sein Gesicht war äußerst blaß. Er starrte den Scheich eine Zeitlang an und sagte mit Entschiedenheit: »Also bis zum Tode ...«
Ohne abzuwarten, stürzte er zur Tür und entschwand.

Der Schatten, der sie belauschte, hatte gerade noch Zeit, sich in eine Nische des Ganges zu stehlen ...

FÜNFZEHNTE MAKAME

Sollte der Meister der Gelehrten etwa auch der Meister der Mörder sein?«
Die Königin hielt inne, ihr Seidentüchlein zu zerknüllen, und warf es mit kaum gemäßigtem Zorn zu Boden. Der Scheich zuckte mit keiner Wimper.
»Ich habe niemals den Mord ermutigt. Niemals. Mehr als jedermann weiß ich den Preis des Lebens zu schätzen.«
»Lüge! Ich bin über alles auf dem laufenden. Das Leben hat in deinen Augen nicht mehr Bedeutung als eine Schüssel Linsen! Jedenfalls MEIN Leben.«
»Das ist falsch, Sajjida.«
Ein Blitzen zuckte im violetten Blick der Königin auf.
»Wenn die Einfalt die Klugheit ohrfeigt, dann hat die Klugheit das Recht, sich einfältig zu betragen ...«
Sie hatte die Wörter skandiert, aus jeder Silbe ein wenig mehr Ingrimm schöpfend.
»Deine Kundschafter haben ein feines Ohr ... Das ist unbestreitbar. Aber ich habe bloß einen Philosophen zitiert und ...«
»Einen jüdischen!«
Er setzte eine beschwichtigende Miene auf.
»Einen jüdischen, das gestehe ich ein. Indes kann ein aus dem Zusammenhang gerissener Satz auf tausendfache Weise gedeutet werden. Und ...«
Die Sajjida fiel ihm barsch ins Wort: »Wie würdest du den

Sinn einer derartigen Maxime verstehen? Ich sehe darin nur eine Ermutigung zum Mord! Ist es das, wonach du trachtest? Dem Tod einer Mutter, von ihrem eigenen Sohn niedergestreckt? Ist es das, was du unter meinem Dach zu säen suchtest?«

»Königliche Hoheit ... ich habe nichts an Neuem gesät, was nicht auch schon vor meiner Ankunft in dieser Stadt gewachsen wäre.«

»Was willst du damit sagen?«

»Daß das Unkraut schon seit etlichen Jahren auf dem Felde wuchert. Die Krankheit Madjd ad-Dawla *ist* dieses Unkraut.«

»Und statt sich zu bemühen, ihn zu pflegen, hast du nichts Besseres gefunden, als die Krankheit durch heimtückische und unrechte Ratschläge voranzutreiben!«

»Ich weiß nicht, was deine Späher dir zugetragen haben. Aber erlaube mir, dich zu erinnern, daß seine Meinung zu einem Thema abzugeben nicht beraten heißt.«

Die Königin strich mechanisch ihr dreifaches Kinn glatt, wobei sie die Augen schloß.

»Leugnest du etwa, daß der Prinz dir gestern abend einen Besuch abgestattet hat?«

»Überhaupt nicht.«

»Bekennst du, daß ihr euch über den Zwist, der uns entzweit, beraten habt?«

»Er hatte das Bedürfnis, mit jemandem zu sprechen ... Ich habe ihn angehört. Wie man einen Freund anhört.«

Die Züge der Sajjida verhärteten sich. Alles drückte aus, daß sie mit ihrer Geduld am Ende war.

»Hör mir genau zu, Sohn des Sina. (Es war das erste Mal, daß sie ihn so hieß.) Oder sollte ich ... *Ben Sina* sagen?«

Er glaubte, schlecht gehört zu haben.

»Ich wiederhole: *Ben Sina.* Wenn allerdings, was mich betrifft, ich Wörter benutze, so geschieht dies niemals zum bloßen Vergnügen. Niemals ohne Arg.«

Sie verstummte, um die Wirkung ihrer Worte besser zu ermessen. Sodann, mit beflissener Gleichgültigkeit, hob sie behäbig die rechte Hand, wobei sie die Finger spreizte, und begann den Diamanten reinsten Wassers zu fixieren, der ihren Ringfinger schmückte.

»Solltest du bloß ein *sadjadhe*-Dieb* sein, Ibn Sina? Deine Herkunft ist verworren. Niemandem ist deines Vaters Übertritt zum Ismailismus verborgen geblieben.«

»Mein Vater war ein guter Muslim.«

»Könntest du gleiches von dir behaupten?«

»Du wirst in allen schiitischen Landen keinen Überzeugteren finden als mich ...«

Die Königin stieß ein kurzes belustigtes Lachen aus. »Fürwahr ... Ein überzeugter Schiit. Wie deine Mutter wahrscheinlich?«

Er schien unter dem Stoß eines unsichtbaren Rammbocks zu schwanken.

»Meine Mutter«, keuchte er mit vor Erregung bebender Stimme, »meine Mutter war gut und würdig.«

Sie wollte ihn unterbrechen, doch diesmal war er es, der ihr Schweigen gebot: »Dieser Disput ist unfruchtbar und droht, uns beide auf Flugsand zu führen. Deshalb ziehe ich vor, es hierbei zu belassen. Von diesem Augenblick betrachte mich als von meinen Ämtern im *bimaristan* zurückgetreten. Ich werde den Palast verlassen, und, wenn es sein muß, die Stadt.«

»Das kommt nicht in Frage!«

Wie eine gereizte Löwin sprang sie von ihrem Thron auf und stieg die drei Stufen rosafarbenen Marmors hinab, welche

---

* *Sadjadhe* bezeichnet den kleinen Gebetsteppich. Einen *sadjadhe* in der Moschee stehlen bedeutet: aus Heuchelei hineingehen. *(Anm. d. Ü.)*

sie von ihm trennten, und ging mit ausgestrecktem Zeigefinger auf ihn zu.
»Ganz ausgeschlossen! Entbindet dich dein Stand des Gelehrten etwa, das Protokoll zu achten? Man entbietet der Königin seinen Abschied nicht, die Königin ist es, die verabschiedet! Man tritt nicht zurück, die Königin ist es, die davonjagt! Du verbleibst so lange in deiner Stellung, wie ich es für notwendig und als dieser Stadt von Nutzen erachte. Hast du mich verstanden?«

Du stehst am Rande des Abgrunds ... ein Schritt mehr, und ...

Während er jäh in seinem Gedächtnis emportauchte, vermittelte ihm dieser einige Jahre zuvor von al-Masihi ausgesprochene Satz den Eindruck eines Wiedererlebens. Im selben Moment ersah er das Maß seiner ungeheuren Verwundbarkeit. Angesichts der Drohung eines Fürsten ist die Zitadelle, im Schutze derer jedes Individuum zu leben überzeugt ist, in Wahrheit nur eine erbärmliche Hütte. Die Fäuste ballend, verneigte er sich ehrerbietig, selbst als erster überrascht, daß er den Mut fand, laut zu verkünden: »Es wird nach den Wünschen der Königin geschehen.«
Ein siegreiches Leuchten fuhr durch den Blick der Sajjida.
»Das ist schon besser, Scheich ar-rais.«
Mit leisem Vergnügen beobachtete sie ihn und freute sich über das, was sie zweifellos als einen gewonnenen Krieg ansah.
»Doch ich möchte noch folgendes hinzufügen: Wir wären wahrhaftig äußerst verstimmt, falls wir erführen, daß mein Sohn noch immer die Ratschläge eines Philosophen erhielte. Sei er auch Jude ... Nun darfst du dich entfernen.«

*

Das Licht schwand hinter den Ausläufern des Elburs. Der Abend wird nicht zögern, über ganz Djibal hereinzubrechen.

Ali lockerte die Zügel und ließ seinen Rotbraunen Schritt gehen, damit er auf dem gewundenen Pfad, der zu dem Überhang führte, nicht strauchelte. Die kalte Luft ließ die kahlen Äste der wenigen Bäume dieser zerklüfteten Landschaft erzittern. Scheuend drohte das Tier mit aufgeregtem Trippeln in den Abgrund zu stürzen, der zur Linken des Steigs verlief, und erlangte mit knapper Not sein Gleichgewicht wieder.

Endlich erreichten sie ein von ausgedörrter Lava gebildetes Vorgebirge, inmitten dessen sich ein malvenfarbener, von Einschnitten zerfurchter Fels abhob. Ali tätschelte den Hals des Pferdes, saß ab und band den Halfterriemen an einen dürren Stamm. Dann löste er seinen Beutel vom Sattel. Es war nicht das erstemal, daß er hierher kam. Er kannte jede einzelne Elle dieses Winkels aus dem Gedächtnis. Weder die wild wuchernden Gräser noch die feuchte Erde, in die sich die Spuren seiner Stiefel gruben, noch die Obsidianfelsen bargen Geheimnisse für ihn. Hier, an dieser Stelle, hatte er sich an das Studium der Erdbewegungen herangewagt. Hier auch hatte er seine Epistel über die *Ursache des Halts der Erde an ihrem Orte* verfaßt. Er nahm ein Blatt, Calamus und Tintenfaß und ließ seinen Geist schweifen.

Dort hinten, gen Norden, wirkte die ätherische Oberfläche des Chasaren-Meeres wie ein silberner Spiegel. Der Osten bot den verschneiten Grat des Demawend dar; des höchsten Gipfels von ganz Persien*. Im Westen erstreckte sich die riesige gelbe Ebene von Rihab.

---

* 5670 Meter. *(Anm. d. Ü.)*

Ali spürte nach und nach die heitere Gelassenheit in sich zurückströmen. Sajjidas Sätze verschwammen unter dem Einfluß der Stille. Der Friede erfüllte allmählich wieder sein Herz. Er fühlte sich wohl. Er war allein. Außer Reichweite des Tumults und der Gewöhnlichkeit der Menschen. Er nahm seinen Calamus und schrieb, sich der glatten Fläche des Felsens als Schreibpult bedienend, oben auf das Blatt: *Abhilfe gegen verschiedene verweserische Irrtümer.*
Etwas tiefer:

> *Es ziemt sich nicht, daß der, der das Vieh regieren soll, selbst aus der Mitte des Viehs sei. Es ziemt sich nicht, daß der, der die Schurken regieren soll, selbst aus der Mitte der Schurken sei. Es ziemt sich nicht, daß der, der die Menge regieren soll, selbst aus der Menge sei ... Nein, es muß zumindest irgendein kleiner Junge sein, der klüger sei als sie.*

Die Sonne ist auf der anderen Seite der Erde verschwunden. Die Nacht ist angebrochen. Die Worte haben sich in der Finsternis aufgelöst.
Ali hat seine Blätter verstaut. Die Kälte brennt ein wenig an seinen Fingern. Er hüllt sich in seinen Mantel und legt sich auf den Boden. Er weiß, daß der Schlaf lange auf sich warten lassen wird ...

Der dritte Tag fand ihn noch immer an derselben Stelle. Wie auch die folgenden. Und so fort bis zum siebten. Die Blätter haben sich rund um ihn angehäuft. Im Schneidersitz dem Horizont zugewandt, verharrt er regungslos. In einem Maße, daß man ihn mit der Landschaft verwechseln möchte. Das Tintenfaß ist trocken. Trocken, wie es die Züge seines Gesichts geworden sind. Er hat nichts getrunken, nichts gegessen, seit sieben Tagen. Seine Augen sind

eingefallen, ohne jedoch irgend etwas von ihrem Glanz verloren zu haben; man könnte gar meinen, sie seien lebhafter.
Der Morgen steigt sacht vom Meer auf. Ali ist aufgestanden. Die Arme am Körper angelegt, murmelt er: Gott ist groß ...

Es war das Rascheln von Gräsern, vermischt mit dem unbestimmten Hufschlag eines Pferdes, das den Pfad hinabstob, was ihn sich umzudrehen veranlaßte. Ein Reiter tauchte am Saum der Bäume auf. Nein, es waren zwei. An der Haltung des ersten machte Ali sofort al-Djuzdjani aus; jener, der ihm folgte, war ihm unbekannt. Als er ihn dann erkannte, war seine Überraschung ungeheuer. Es handelte sich um die Frau mit den Schuppenmalen: Yasmina.
Die beiden Reiter saßen beinahe gleichzeitig ab. Und al-Djuzdjani stürzte auf seinen Meister zu. Unfähig, auch nur ein Wort hervorzubringen, packte er ihn an den Schultern und drückte ihn mit all seinen Kräften. Als er seine Umarmung löste, standen seine Augen voller Tränen.
»Scheich ar-rais...«, stammelte er. »... Allah ist barmherzig. Er hat dich mir zurückgegeben.«
Ali legte seinem Schüler brüderlich die Hand auf die Wange.
»Weshalb sollte er mich genommen haben?«
Seine Aufmerksamkeit wandte sich der jungen Frau zu, die bisher nichts gesagt hatte. Sie kam ihm mit ihrer Frage zuvor: »Ich glaubte dich tot...«
»Entsinnst du dich denn nicht mehr? Warst nicht du es, die mir vor kurzem gesagt hat, daß der ALLMÄCHTIGE die Ungläubigen nicht will?«
»Wir haben dich überall gesucht«, seufzte al-Djuzdjani. »Tag und Nacht. Jeden Winkel von Rayy durchstöbert. Und

du warst hier ... Doch wie hast du der Kälte widerstehen können? Ohne Nahrung? Ohne Wasser?«
»Anscheinend«, gab Yasmina mit einem Anflug von Ironie zu bedenken, »hat Allah den Scheich mit einer physischen Widerstandskraft ausgestattet, die seiner Geisteskraft zumindest gleicht.«
Ali drehte sich langsam zu ihr. »Weshalb bist du hier?«
Al-Djuzdjani war es, der antwortete: »Sie sorgte sich, dich nicht mehr im *bimaristan* zu sehen. Sie hat sich an mich gewandt.«
Der Sohn des Sina tadelte sie mit vorgetäuschter Strenge: »Dann hast du also das Hospital ohne die Erlaubnis des Obersten Leiters verlassen? Weißt du, daß das schlimm ist?«
»Ich bin geheilt, Scheich ar-rais. Du kannst dich dessen vergewissern.«
Die Tat an die Worte knüpfend, zog sie die beiden Ärmel ihres Gewands hoch und bot ihm ihre nackten Arme dar. Ein einfacher Blick genügte dem Medicus, um festzustellen, daß sie die Wahrheit sagte. Von den Erythemen waren keine Spuren mehr vorhanden.
»Du bist ein guter Arzt ...«
Wahrhaftig, einmal mehr erregte diese Frau seine Neugierde. Er bemerkte, daß ihr kurzer Aufenthalt im Hospital sie zutiefst verändert hatte. Von der Sonne gebräunt, der sie sich ausgesetzt, hatte ihr Gesicht seine frühere Schönheit wiedergewonnen. Aber ging es wirklich um Schönheit? Nein, es ging um etwas anderes. Vielleicht diese Aura, die ihr ganzes Wesen ausstrahlte; die Art, wie sie sich bewegte; der kräftige und zärtliche Klang ihrer Stimme? Oder auch dieses ganz und gar eigenartige Vibrieren des Blicks? Tatsächlich war sie einfach nur Frau. Frau bis zur Luft, die sie ausatmete; im Duft, den ihre Haut verströmte. »Ich hatte Angst um dich ...«

Sie hatte sich in neutralem Tonfall geäußert. In ihrem Ausdruck indes las er die Glut der Worte heraus.
Sie fügte sanft hinzu: »Glaubst du nicht, daß es Zeit wäre, in den Palast zurückzukehren?«

*

Die Nacht lag über Rayy.
Der Kopf auf dem Bauch Yasminas ruhend, schien Ali zu schlafen, in Wahrheit aber atmete er den Honigduft ihrer Haut.
Sie hatten sich in Liebe beigewohnt. Und, im selben Augenblick, hatte er sich über die Richtigkeit dieser Worte befragt. Konnten sie wirklich auf das zutreffen, was sie soeben erlebt hatten? Die ganze Zeit ihrer Umarmungen über hatte er sich in von weit hergekommene Reminiszenzen gleiten lassen, die wie aus grauer Vorzeit wieder aufgetaucht anmuteten. Sie hatten im voraus die Gesten, die Atmungen des anderen gewußt; das Vorherwissen ihres gegenseitigen ganz erstaunlich vorgreifenden Verlangens. Die Erfahrung vergangener Liebschaften hatte ihn gelehrt, daß nur äußerst selten zwei sich unbekannte Körper sogleich beim ersten Male die vollkommene Harmonie erreichen mochten. Dennoch hatte das Wunder stattgefunden. Sie hatten aneinander getrunken, ihre Lippen hatten sich vereinigt, verbunden, verschmolzen, mit der Inbrunst des Töpferwerks, das gleichsam zurück in seine Form drängt. Sie waren ausgebrannt, verzehrt, ohne mehr zu wissen, wer von beiden Talg und wer die Flamme war. In Wirklichkeit hatten sie sich nicht beigewohnt ... Sie hatten sich einfach nur wiedererkannt.
»Wie geschieht mir?« fragte Ali, als spräche er zu sich selbst.
»Da ist etwas, was in mir lebt, das ich bis zur Stunde nicht kannte. Verstehst du?«

Sie strich ihm sanft mit der Hand den Nacken entlang.
»Ich verstehe, Ali ibn Sina. Doch im Unterschied zu dir und obwohl ich das, von dem du sprichst, nie empfunden habe, wußte ich, daß es existiert. Undeutlich. Wie man um ein Land weiß, ohne es je kennengelernt zu haben.«
Er streckte sich neben ihr aus. Sie spürte, wie zutiefst verstört er war.
»Trotzdem darf es nicht sein ... Nicht ich.«
Seine Finger schlossen sich plötzlich um den blauen Stein, der an seinem Hals hing.
»Siehst du dies?« begann er leise. »Ich war damals erst sechzehn Jahre alt. Eine Nachbarin hat es mir geschenkt, um mir zu danken, ihren Ehemann gerettet zu haben. Ich entsinne mich noch der Worte, die sie aussprach; und zum Abschluß sagte sie: ›Kein böser Blick wird dir etwas anhaben können ...‹ Ich bin ein Mann der Wissenschaft, und ich glaube nicht an das Irrationale. Ich habe zu diesem Thema sogar ein Werk geschrieben mit dem Titel: *Widerlegung der auf Horoskope gegründeten Voraussagungen*. Gleichwohl sagt mir irgend etwas, daß ohne diesen Stein ich mehr als einmal gestorben wäre. Denn seit ich Buchara verlassen habe, verlief mein Leben auf eines Türkensäbels Schneide. Und heute ...«
»Heute?«
»Viele Dinge sind dir unbekannt. Rayy wird von schlimmen Geschehnissen heimgesucht werden. Wieder einmal wird meine Lage mehr als heikel werden. Ich könnte dabei meinen Kopf verlieren.«
Der Ausdruck der jungen Frau verwandelte sich mit einem Schlag.
»Du? Solltest du in Gefahr sein?«
Er nickte.
»Verzeih mir, aber die Probleme dieser Stadt sind mir völlig fremd.«

»Das ist wahr. Ich vergaß.«
Jäh wurde er gewahr, daß er noch immer nichts von dieser Frau wußte. Er fragte: »Woher bist du?«
Sie blieb stumm, bis sie mit gedämpfter Stimme antwortete: »Glaubst du wirklich, daß es von Nutzen ist? Zu wissen, woher wir kommen, wer wir sind, würde das die Gegenwart verändern?«
Sie rückte ein wenig näher zu ihm. »Verlange nicht von mir, mein Gedächtnis zu erwecken. Tore sind geschlossen; sie zu öffnen, würde mir nur Schmerz bereiten. Ich bitte dich. Eines Tages vielleicht, später ...«
Er beschloß, ihren Wunsch zu achten.
Sie fuhr fort: »Weshalb sagtest du, daß schlimme Geschehnisse eintreten werden?«
»Ich glaube, daß wir am Vorabend eines Umsturzes stehen. Er wird die traurige Neuheit aufweisen, eine Mutter ihrem Sohn gegenüberzustellen. Die derzeitige Regentin dem Thronprinzen.«
»Kann man sein eigen Blut vergießen?«
»Du bist weit entfernt von den Mäandern der Politik und der versessenen Ehrsucht der Fürsten, die uns regieren. Für diese Leute ist Recht und Gerechtigkeit nichts anderes als das, was dem Stärksten nutzt. Immer, zu welcher Seite sie auch gehören mögen.«
Ein Lächeln erschien auf Yasminas Lippen.
»Falls es in ganz Persien einen Mann gibt, der die Dinge des Staates haßt, so glaube ich wohl, daß er an meiner Seite ist. Aber ist deine Verurteilung nicht etwas einfach? Müssen die Völker denn nicht regiert werden? Benötigt eine Herde denn keinen Hirten?«
»Mit Ausnahme dessen, daß du dir vorstellst, die Hirten hätten das Wohlergehen ihrer Tiere im Sinn. Ach, leider bin ich davon überzeugt, daß es den größten Teil nach nichts

anderem verlangt, als sie zu ihrem Vorteil zu gebrauchen. Was mich jedoch am meisten verdrießt, ist, daß die Völker an einem zweifachen Gebrechen leiden: am Fehlen von Gedächtnis und an Blindheit. Was ihnen die befremdliche Fähigkeit verleiht, die zu verherrlichen, die sie tags zuvor gehaßt haben, und morgen jene zu hassen, die sie heute noch verehren.«

»Und du, was gedenkst du zu tun?«

»Nichts. Warten. Ich bin auf einer der Schalen der Waage. Ich kann nur hoffen, daß sie sich zu meinen Gunsten neigen wird.«

»Zur Seite der Königin?«

»Nein. Zu der des Prinzen ...«

»Was schwebt dir vor?«

»Es wird dich überraschen ... doch ich habe das Gefühl, daß beide Schalen hinweggefegt werden ...«

Yasminas Augen weiteten sich, und sie fühlte, wie ihr ganzer Leib von Eiseskälte beschlichen ward.

»Ist das der Grund, weshalb du sagtest: ›Es darf nicht sein ...‹?«

Er zog sie an sich.

»Jene, die mir nahekommen, lernen dieselben Gefahren kennen wie ich. Ihr Dasein vereint sich mit meinem auf des Türkensäbels Schneide. Habe ich das Recht, sie derart preiszugeben? Hat man das Recht, das Leben derer in Gefahr zu bringen, die man liebt?«

Sie antwortete nicht sogleich, aber er spürte, daß etwas in ihr zerbrochen war.

»Glaubst du, daß ich unrecht habe?«

Sie schüttelte den Kopf.

»Ich weiß nicht, Sohn des Sina. Ich weiß bloß, daß ich in der Vergangenheit bereits auf dieser Schneide, von der du sprachst, gelebt habe, um nur Leiden und Erniedrigung

zu erfahren. Daher vergib mir, daß es mich schmerzt, wenn ich bedenke, daß ich heute, zum ersten Mal, diesen Preis hätte bezahlen können, jedoch im Tausch für das Glück ...«
Sie hatte kaum geendet, als plötzlich, wie der Gezeitenstrom, der den Strand hinan brandet, in seiner Erinnerung eine der Weissagungen des blinden Musikers wieder hervorkam. Damals, vor langer Zeit, in der Nacht Turkestans:

Du hast geliebt, doch du hast die Liebe noch nicht kennengelernt. Du wirst ihr begegnen. Sie wird die Haut des Landes der Rum haben und die Augen der Erde. Ihr werdet glücklich sein, lange Zeit. Du wirst dich ihrer erwehren, aber sie wird deine dauerhafteste Liebe sein. Sie wird dich halten, weil du sie gefunden haben wirst. Sie ist nicht weit, sie schlummert irgendwo zwischen Turkestan und Djibal.

*

In den darauffolgenden Wochen sahen die Spähtürme zahllose Boten vorüberziehen. Von Djibal bis Dailam. Und von Dailam bis Turkestan.
So wie es der Kadi ehedem, während jener in der Feste von Tabarak abgehaltenen Zusammenkunft, hatte durchblicken lassen, zögerte die Königin – da sie Wind von der sich anspinnenden Verschwörung bekam – keinen Augenblick, sich an den kurdischen Prinzen Hilal ibn Sadr zu wenden, welcher sich beeilte, seine Truppen bis vor die Tore Rayys zu treiben. Indes kam er zwei Tage zu spät: Die Stadt und der Palast waren bereits in den Händen der von Osman befehligten Aufständischen. Die Königin hatte ihr Heil nur der Ergebenheit ihrer Leibgarde verdankt. Man vermutete sie auf der Flucht, irgendwo in den Bergen des Elburs.

Angesichts der strategischen Stellung des Feindes hatte der Emir keine andere Wahl, als die Stadt einschließen und belagern zu lassen. Von da an erweckten die von Ibn Sina erwähnten Waagschalen den Eindruck eines leichten Vorteils für den Thronprinzen.

Der Winter verstrich. Der Frühling kam, und die Lage blieb unverändert. Dann begannen die Wirkungen der Belagerung spürbar zutage zu treten, und Besorgnis und Gereiztheit wuchsen an in der Stadt. Die Mitte des Monats *dhul-kade* fand Madjd ad-Dawla einsam, ratlos, in höchster Not seiner Qualen. Eines Morgens eröffnete er sich dem Scheich, der ihm recht und schlecht Mut einzuflößen suchte.

»Verstehst du denn nicht? Wir sind am Ende unserer Widerstandsfähigkeit. Rayy ist ausgeblutet. Wir werden uns nicht mehr lange halten.«

»Prinz, ich verstehe nichts von der Kriegskunst, aber vielleicht sollte das Heer einen Ausfall wagen?«

»Dies genau befleißige ich mich, dem Wesir und dem Befehlshaber Osman zu wiederholen. Aber sie stellen sich taub. Ich habe den Eindruck, den Steinen zu predigen!«

»Zweifellos hoffen sie, daß die Kurden als erste überdrüssig werden. Alles in allem kann eine Belagerung keine tausend Jahre dauern.«

Großer Bestürzung ausgeliefert, ging Madjd im Raum auf und ab.

»Nein, Scheich ar-rais, nein. Es handelt sich um etwas anderes. Wenn mir ihr Plan nicht gänzlich bekannt wäre, würde ich schwören, daß sie auf Beistand zu warten scheinen.«

»Beistand? Aber woher sollte der kommen? Wir wissen doch sehr wohl, daß weder der Statthalter von Kirman noch der Emir von Rihab und noch weniger der Kalif von Bagdad geneigt sind, in dieser Angelegenheit einzugreifen.«

Mit entsetzlich angespanntem Gesicht faltete Madjd ad-Dawla die Hände und rief zornig aus: »Oh! Wenn ich doch nur in der Zukunft lesen könnte!«

Aber leider gebührt diese Gabe dem Menschen nicht, sei er auch Prinz von Geblüt. Selbst wenn dem so gewesen wäre, hätte der Prinz dem Seherblick niemals Glauben geschenkt. Denn wie hätte er einen Augenblick glauben können, daß der Beistand, den er richtig vorausgeahnt hatte, daß dieser vom Wesir Ibn al-Kassim erwartete Beistand sich ganz genau drei Tage Fußmarsch von Rayy entfernt befand und daß er einen Namen hatte, nämlich: Mas'ud. Mas'ud, der leibliche Sohn von Mahmud dem Ghaznawiden. Dem König von Ghazna.

SECHZEHNTE MAKAME

»Sei verflucht, Ibn al-Kassim! Daß deine Seele auf ewig in der GEHENNA brenne!«
Mit weit aufflatternden Ärmeln richtete der Wesir sich bleichen Gesichts in einem Ruck auf.
»Exzellenz«, entgegnete er, indem er sich Madjd ad-Dawla vorsichtig näherte, der auf dem Thron der Königin saß. »Wir hatten keine andere Wahl. Wenn ich die Hilfe des Ghaznawiden erbeten habe, dann einzig und allein, um dir zu dienen. Um dem Reich zu dienen. Ohne sein Heer waren wir verloren. Das wußte ich.«
»Den Türken! Du hast das Reich meines Vaters den Türken verkauft!«
»Diese Beschuldigung weise ich zurück! Ich weise sie aus tiefster Seele zurück! Unterstützung habe ich erbeten, einzig und allein Waffenhilfe.«
»Waffenhilfe? Und aus schierer Seelengröße sollte der König von Ghazna sie dir gewährt haben? Ich bin vielleicht erst sechzehn Jahre alt, aber der ALLMÄCHTIGE hat mir dennoch ein des Denkens fähiges Gehirn gegeben!«
»Hoheit ... ich ...«
»Ruhe! Mögen deine Zunge zu Staub zerfallen und deine Augen verdörren!«
Ali ibn Sina, der die Szene beobachtete, glaubte, der Wesir würde das, was ihm an Beherrschung blieb, verlieren und dem jungen Monarchen an die Kehle springen. Doch dem

war nicht so. Ibn al-Kassim holte tief Luft und fuhr die Mitglieder des Hofes an: »Hört mich an! Die Lage ist eindeutig: Eine Nacht Wegs entfernt von hier lagert ein Heer, das zweifellos den Knebel entfernen kann, der uns erstickt. Am Fuße der Wehrwälle lagert ein anderes Heer, das uns früher oder später zur Übergabe zwingen wird, was die Rückkehr der Königin zur Folge hätte. Denn ihr wißt ja nun, daß sie lebt, ihr Zelt ist im Herzen des kurdischen Lagers aufgeschlagen. Wie entscheidet ihr?«

Eine lastende Stille folgte den Worten des Wesirs. Der Kanzler senkte die Augen. Der Oberste Kadi klopfte zerfahren den Ärmel seines Kaftans ab. Der Befehlshaber ordnete, ins Leere starrend, seinen Turban. Niemand schien reagieren zu wollen. Schließlich war es der Kammerherr, der das Wort ergriff: »Ruhm des Landes«, begann er in zögerlichem Ton, »mich dünkt, uns bleibt nicht sonderlich viel Wahl.«

»Du willst sagen, daß uns überhaupt keine bleibt«, berichtigte der Befehlshaber Osman. »Wir sind in einem Kerker und der Schlüssel...«

»Der Schlüssel«, unterbrach Madjd ad-Dawla, »ist in den Händen der Türken! Und morgen? Wer wird dann unser neuer Kerkermeister sein? Die Kurden oder der Ghaznawide?«

»Die Antwort gebührt dir, Exzellenz«, warf der Wesir ein.

»Mein Bruder? Vielleicht daß mein Bruder...«

Er hatte diese Worte mit Schluchzern in der Stimme ausgesprochen. Unversehens war es das Kind, das in dem Körper des Mannes wieder an die Oberfläche trat.

»Unsere Kundschafter in Hamadan haben mich wissen lassen, daß Shams im Augenblick unergründlich ist. Er hat mich gebeten, daß man ihn Stunde um Stunde über die Entwicklung der Geschehnisse auf dem laufenden halte, aber er scheint mir nicht geneigt, in irgendeiner Weise zu handeln.«

Der junge Monarch nahm seinen Kopf in beide Hände und verharrte reglos, im perlmutternen Golde des Thrones versteinert.

Er war nur ein Pfau am Rande eines Abgrunds, von einer Schar Falken gehetzt. Eine einzige Alternative bot sich ihm an: sich ins Leere zu stürzen oder zerreißen zu lassen.

Endlich entschloß er sich zu verkünden: »Möge der GÜTIGE uns beschützen! Unsere Truppen sollen bereitstehen, sich Mas'ud zur Seite zu stellen. Wir werden die Schlacht beginnen, wenn er es für günstig befindet.«

»Morgen, Majestät«, murmelte der Wesir. »Der Sohn des Ghaznawiden hat mich wissen lassen, daß er die Kurden morgen, in den ersten Stunden des Tagesanbruchs, angreifen wird.«

»Dann also morgen ...«

Mit einer Handbewegung bedeutete Madjd, daß die Unterredung beendet war. Der Hof verneigte sich achtungsvoll und verließ den Thronsaal. Der Sohn des Sina machte Anstalten, ihnen nachzufolgen, als Madjd's Stimme ihn anrief: »Scheich ar-rais!«

»Herr?«

»Morgen wird in den Reihen unserer Brüder viel Blut fließen. Es sollte das Nötige getan werden, auf daß das Leid unserer Krieger abgemildert wird. Ich möchte, daß alle Ärzte auf dem Schlachtfeld sind, daß sie die Siechenwagen begleiten.«

Ibn Sina antwortete ohne Zaudern: »Dies hatte ich bereits in Betracht gezogen, Ruhm des Landes.«

Und er fügte mit bewegter Stimme hinzu: »Möge Allah uns morgen behüten ...«

*

Die Sonne kam langsam zwischen den Gipfeln des Dailam hoch. Laue Dunstschwaden schwebten über der Ebene, ähnlich einem Gürtel weißer Gischt, auf halber Höhe der Wehrmauern Rayys, von denen aus der Wesir Ibn al-Kassim, Madjd ad-Dawla und die hohen Würdenträger des Hofes das Schlachtfeld betrachteten.

Zur Linken war das kurdische Heer, beeindruckend durch seine schiere Menge, zum Stehen gekommen und hatte die vollendete *ussul*-Aufstellung bezogen: die althergebrachte Formation der Schlachtverbände, in fünf *kharmis*, fünf unantastbare Einheiten aufgeteilt: das Herz, der rechte Flügel, der linke Flügel, die Vorhut und die Nachhut. Und das samtene Licht der Morgenröte huschte unmerklich über den matten Stahl der Damaszener-Schwerter, es schlich sich heimlich durch das Geflecht der Panzerhemden und legte sich über die bräunlichen Köpfe der Streitkeulen.

Auf der Rechten, den Rücken zur Sonne, sichtbar in der Minderzahl, hatten die türkischen Kräfte ihren Abstieg entlang der Hänge des sogenannten »Raben-Hügels« eingeleitet. Das Heer war in drei Reihen aufgeteilt. In der ersten, unter Dunstschleiern versunken, erkannte man die Fußsoldaten, hinter ihren Schilden von goldschimmerndem Braun geschützt; in der zweiten Reihe waberte der schwarze Schatten der Bogen- und Armbrustschützen; in der dritten, vom Aufstäuben des Gegenlichts beinahe unsichtbar gemacht, stampfte die schwere Reiterschar. In der Mitte hatte man die golddurchwirkten Banner mit purpurnem und ebenholzfarbenem Grund gehißt; beherrscht und an Zahl übertroffen von den *liwa*, den Standarten des ghaznawidischen Monarchen, und jenen in blauen Farben der Buyiden.

»Das ist sonderbar«, stellte der Kanzler fest, indem er mit dem Finger auf die türkischen Truppen deutete, »obwohl das Kräfteverhältnis eindeutig zu unseren Ungunsten steht, hat

Mas'ud eine Verteidigungsstellung eingenommen. Obendrein hat er seine Bogenschützen in die zweite Linie gelegt, was allen Regeln der Kriegskunst widerspricht.«
Die Hand vor die Stirn legend, sagte der Wesir Ibn al-Kassim: »Er dürfte seine Gründe haben. Da bin ich völlig unbesorgt.«
Ohne das Schlachtfeld aus den Augen zu lassen, murmelte Madjd mit zugeschnürter Kehle: »Möge der Gütige uns beschützen ...«
Dort hinten, auf kurdischer Seite, erschollen Trompeten mit schrillem Ton unter dem Schleier, der weiterhin über den Heeren wogte. Hilal ibn Sadr wandte sich zu seinen Hauptleuten um und befahl mit lauter Stimme: »Schickt die Reiter!«
Sogleich stürmten die Pferde, deren Weichen von Kupfernetzen geschützt waren, eine Sandwolke aufwirbelnd, davon. Sie preschten den Hügel mit Donnergrollen hinauf, flogen immer weiter geradeaus und fielen mitten in das türkische Heer ein. Es entstand ein Moment der Unentschiedenheit, und wie ein Mann sprengten die Soldaten Mas'uds jäh die Reihen nach Art einer vom Bug eines Schiffes gebrochenen Welle und leiteten dabei eine halbkreisförmige Bewegung in Richtung der beiden Flügel des kurdischen Heeres ein.
»Der Sohn des Ghaznawiden hat den Verstand verloren!« fluchte der Kanzler. »Diese Strategie ist so alt wie die Welt. Niemals werden die Kurden in eine solch plumpe Falle gehen. Ihre Flügel sind bestens geschützt, und sie sind in der Übermacht!«
»Und seine Mitte wird schutzlos entblößt!« fügte Madjd ad-Dawla sehr bleich hinzu.
In der Tat, da die erste Linie des Fußvolks zersprengt war, stürzte die kurdische Reiterschar wie ein reißender Strom hinein in die Bresche, während hinter ihr der *kalb*, das Herz ihres Heeres, sich in Marsch setzte.
Die Sonne stand nun bereits höher am Himmel, ohne daß

es ihr jedoch gelang, die Dunstschleier aufzureißen, die über der Ebene verharrten und den »Raben-Hügel« einhüllten.
Die Fußsoldaten des Ghaznawiden setzten ihren Vorstoß in Richtung der linken und rechten Flanken des kurdischen Heeres fort, wo sie die Bogenschützen Ibn Sadrs mit einem Knie am Boden, gespannten Muskeln und steinernem Gesicht erwarteten. Auf ein Zeichen des Heerführers hin schnellten die kurdischen Pfeile in den Himmel. Mit anhaltendem Schwirren stiegen sie beinahe senkrecht zu den Schwaden empor; einen Augenblick vermeinte man sie in der Luft aufgehalten, doch schon fielen sie wieder herab und gingen als mörderischer Hagel über den ghaznawidischen Fußtruppen nieder.
Dies war der Augenblick, den Mas'ud wählte, um seinerseits seine schwere Reiterschar ins Feld zu werfen. Im Unterschied zum Gegner waren diese Reiter mit Bögen und kleinen Pfeilen gewappnet, die ihren Ruf als »Dämonen von Turkestan« bewirkt hatten. Während sie mit wundersamer Gewandtheit voranritten, schossen sie eine Sintflut von Pfeilen ab, die Tod und Verwirrung unter die kurdische Reiterschar säte. Nun schien der Gewaltritt der Pferde den Bauch der Ebene zu zerfetzen, Wirbel aus Sand ausreißend, die dicht über dem Boden aufstiegen, bevor sie aufgelöst zurücksanken. Plötzlich kam der Zusammenprall. Das Entsetzen. Die beiden Reiterscharen stießen aufeinander mit der Gewalt von Wellen, die an den Felsen zerschellen. Gen Himmel gezückte Säbel und Krummschwerter gerieten im harten Glast der Sonne zu Leben. Und alles vermengte sich, um nur noch eine zähe Masse aus Farben und Geräuschen zu bilden. Hier das Reiben von Leinen an Wolle, die enthaupteten Turbane; dort der kurze Atem, der salzige Schweiß und der Geifer der Pferde. Zu dieser

Verwirrung stießen nacheinander noch drei der *kharmis* des kurdischen Heeres hinzu, während der rechte und der linke Flügel sich der vom ghaznawidischen Feind versuchten taktischen Ausfallbewegung widersetzten.
Abseits, auf dem Dach eines der vier Wundarztwagen stehend, versuchte Ali den Ausgang des Kampfes vorauszusehen. Seit jeher kannte er diesen Geruch von Blut und Tod, doch an diesem Morgen war irgend etwas Beißenderes darin, was sich auf den Magen schlug und Übelkeit verursachte. Mechanisch wischte er sich die Lippen mit dem Ärmel ab, als suchte er, diesen Geschmack von Exkrementen und Erbrochenem verschwinden zu lassen. In Wahrheit wußte er nicht genau, was in ihm diesen Ekel erweckte: ob nun die Szenen des Grauens, die sich unter seinen Blicken abspielten, oder der Gedanke, unwillentlich mit denen verbündet zu sein, die er als die Feinde Persiens ansah, den Ghaznawiden nämlich.
Zur Stunde war alles nur Verwirrung und Getümmel. Die kurdischen Kräfte leisteten den mameluckischen Söldnern erstaunlichen Widerstand. Es war ihnen sogar gelungen, den Angriff, der ihre Flügel bedrohte, zurückzuschlagen, so daß sie nun, eine Zangenbewegung einleitend, auf die Flanken des Gegners vordrangen.
Niemand hätte den Ausgang der Gefechte voraussagen können. Weder der Wesir noch die anderen hoch auf den Wehrmauern Rayys stehenden Würdenträger und weniger noch Madjd ad-Dawla, bei dem man sich fragte, ob die mögliche Niederlage der Kurden oder der Sieg Mas'uds ihn stärker bekümmerten.
Dies war der Moment, da sich jenes Ereignis zutrug, welches das Los der Heerscharen umkehren sollte. Der Dunst hatte sich vollständig verflüchtigt und ließ ein kristallhelles Firmament zum Vorschein kommen. Die verschwommenen Li-

nien, die bis dahin den Horizont begrenzt hatten, zeichneten sich deutlich an den vier Himmelsgegenden der buckligen Ebene ab und legten mit einem Mal die Kuppe und die Umgebung des »Raben-Hügels« frei.
Und genau dort tauchten die zehn türkischen Elefanten auf. Ungeheuer wie Gebirgswände, geschirrt und geschmückt mit Schellenriemen, den Bauch von einem Harnisch geschützt, einen Sporn auf dem Brustgurt, von Bogenschützen geritten, die man beidseitig zu ihren Flanken in *haudag,* aus Stroh geflochtene reusenartige Sänften, hineingesetzt hatte. Sie bewegten sich mit einer trotz ihres Gewichts erstaunlichen Geschwindigkeit, und der eisige Widerhall ihres Trompetens, der über das Schlachtfeld scholl, genügte allein schon, damit sogleich ein Sturm heilloser Panik auf Ibn Sadrs Truppen brandete. Von Kornaks geführt, stürmten die Tiere vorwärts. Trotz der Pfeile, die von überall herniedergingen, fegten sie wie ein riesiger Pflug alles hinweg; die Leichen zertrampelnd, fielen sie über die menschlichen Überreste her. Die Sporne ihrer Brustgurte brachen unerbittlich die Reihen der kurdischen *kharmi* auf, ihre Rüssel zermalmten die Soldaten oder rissen sie vom Boden fort, um sie wie bedeutungslose Insekten in die Luft zu schleudern; während ihre Stoßzähne, die durch nach unten gekrümmte Eisenklingen verlängert waren, alles aufpflügten, was sich ihnen zu widersetzen versuchte.
Die einzig mögliche Gegenwehr hätte darin bestanden, den Unterbauch der Tiere aufzuschlitzen oder ihre Kniekehlen zu zerschneiden, aber das Durcheinander unter den kurdischen Reihen war derart, daß niemand die von Ibn Sadr geschrienen Befehle hörte. Ein letztes Viereck von Armbrustschützen scharte sich zusammen und suchte in einem äußersten und verzweifelten Unternehmen auf die Augen der Elefanten zu zielen. Doch es war zu spät. Die Sonne

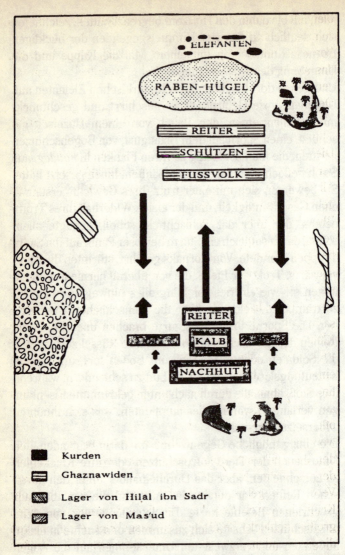

PLAN DER »RABEN-SCHLACHT«

blendete sie, und die urtümlichen Dickhäuter waren bereits zu nah, bereits über ihnen.
Von diesem trostlosen Schauspiel der Verwüstung bestürzt, das sich vor seinen Augen abspielte, wandte Ibn Sina mit verschleiertem Blick den Kopf ab.
Der Sieg hatte sein Lager gewählt.
Mas'ud war wirklich des Königs von Ghazna würdiger Sohn.

Die Dämmerung verfärbte die Umrisse der Ebene und der vermengten Leichen von Soldaten und Pferdekadavern blau. Ali war noch dabei, den letzten Verwundeten, den man ihm gebracht hatte, zu verbinden. Es war ihm gelungen, die Blutungen mit Hilfe eines zur Weißglut erhitzten Kauters zu veröden, und nun schickte er sich an, eine mit Tonerde bereitete Salbe aufzutragen. Als er dies beendet hatte, untersuchte er die Wunden nochmals und vergewisserte sich, daß sie vollständig abgedeckt waren, und umwickelte sie mit einem Tuch. In dem Rollwagen, der als ambulantes Dispensarium diente, herrschte ein unerträglicher Gestank, der die Kleider und die Gegenstände schwängerte.
Etwas weiter entfernt versuchte Yasmina, einem Soldaten einen Melia-Absud einzuflößen, um seine Schmerzen zu lindern. Den ganzen Nachmittag über waren andere Frauen aus der Stadt gekommen, um den Ärzten und den Krankenpflegern hilfreich zur Hand zu gehen. Die Absicht war edel, wenngleich hoffnungslos. Tatsächlich hätte es wahrer Wunder der Heilkunst bedurft, um, sei es auch nur ein Zehntel der versehrten Männer, zu retten. Als er wieder einen der Verbände angelegt hatte, bemächtigte Ali sich eines der Krüge, in dem ein Rest Wein verblieben war, und trank einen großen Schluck. Er fühlte sich ausgelaugt, erschöpft von diesen Stunden, die er damit zugebracht hatte, nach Kräften Behandlungen angedeihen zu lassen, die er im Grunde

seiner selbst als ungenügend wußte; all diese Stunden, in denen er Schmerzmittel verabreicht, zu vernähen gesucht, jene vom Stahl der Klingen und von den Pfeilspitzen gerissenen Wunden gereinigt hatte.
Die buntscheckige Plane, die als Tür diente, zur Seite schiebend, stieg er die drei Stufen hinunter, die nach draußen führten, und lehnte sich gegen eines der Räder des Rollwagens. Beinahe augenblicklich peitschte die frische Abendluft sein schweißbedecktes Gesicht und verschaffte ihm ein gewisses Wohlbehagen. Sein Blick irrte das noch immer von Kadavern übersäte Schlachtfeld entlang, und er dachte an die Absurdität des Ganzen. Sollte das Schicksal der Menschen ewig nur auf Mißverständnis, Zerrüttung, Hoffart und Fehlen von Toleranz gegründet sein? Dort droben am von der Nacht bedrängten Himmel erblickte man bereits az-Zuhara, den Abendstern, der mit mattem Glanz im Norden schimmerte, unweit von Zuhal, einem der beiden großen Unglückssterne ...
Er machte schon Anstalten, wieder den Rollwagen aufzusuchen, als zu seiner Linken sich plötzlich ein Wimmern erhob. Zunächst glaubte er, es wäre nur der Widerhall der Schreie des Tages, von denen seine Ohren noch erfüllt waren. Doch sehr bald hatte er die Gewißheit, daß es sich tatsächlich um jemand handelte, der Schmerzen litt. Er ging auf die Klagelaute zu und entdeckte, das Halbdunkel erkundend, eine zusammengekrümmte Gestalt. Er kniete sich neben sie und drehte sie behutsam auf den Rücken. Es war ein junger Mann von kaum zwanzig Jahren. Sein Bein war auf ganzer Länge der Wade abscheulich verstümmelt, und der Riß war so tief, daß man das Weiß des Knochens sehen konnte. Der Wunde entströmte ein ekelerregender Geruch, und es bestand kein Zweifel, daß der Wundbrand sich bereits ins Fleisch eingefressen hatte. Plötzlich sprang ihm ein Um-

stand in die Augen: Dieser Krieger war weder ein ghaznawidischer Fußsoldat noch ein kurdischer Reiter, auch war er keiner von Madjd ad-Dawlas Mannen. Nichtsdestotrotz war er wohl ein Krieger. Doch woher kam er dann? Von welchem Heer?

Ohne einen Augenblick zu verlieren, hob er ihn vom Boden auf und trug ihn bis zum Dispensarium.

»Rasch!« rief er. »Ein Betäubungsmittel!«

Yasmina reichte ihm augenblicklich die noch dampfende Schale Schlafmohn, mit dem sie soeben einen Verwundeten erquickt hatte.

Ali legte den Soldaten nieder und zerriß mit einem Ruck den Stoff, der das kranke Bein einhüllte.

Einer der Gehilfen des Scheichs näherte sich dem Lager des Verwundeten und untersuchte ihn ebenfalls. Er benötigte nicht lange, um dieselbe Feststellung wie der Sohn des Sina zu machen.

»Woher kommt er? Ich habe diese Uniform noch nie gesehen.«

»Du siehst mich ebenso überrascht. Denn meiner Kenntnis nach haben sich heute nur zwei Heere bekriegt. Wirklich eigenartig.«

Durch die Äußerungen der beiden Ärzte neugierig geworden, hatten sich die Insassen des Dispensariums im Halbkreis um den unbekannten Krieger geschart.

Einer der Ärzte verkündete achselzuckend: »Wie auch immer, ob nun Ghaznawide oder Kurde, dieser Mann ist verloren. In wenigen Stunden wird ihn der Tod dahingerafft haben.«

Mit harten Zügen richtete sich Ali in einem Ruck auf und packte seinen Kollegen am Kragen seines Wamses: »Niemals, hörst du, sprich niemals vor mir solche Worte aus! Du bist Arzt! Kein Abtrünniger! Deine Pflicht ist es, Leben zu bewahren, nicht den Tod vorauszusagen!«

Von der Heftigkeit Ibn Sinas verdutzt, stammelte der Mann einige wirre Worte und senkte die Augen. Die Frauen wandten sich verlegen ab. Allein Yasmina kniete sich neben dem Soldaten nieder.
»Möchtest du, daß ich ihn trinken lasse?« fragte sie sanft.
Ali stimmte zu und hob langsam den Kopf des Soldaten an. Da öffnete jener die Augen zum ersten Mal und fixierte den Arzt.
»Was ist geschehen? Wo bin ich?«
»Du bist verwundet. Ich habe dich auf dem Schlachtfeld gefunden. Aber alles wird gut werden.«
Er trank einige Schlückchen Mohnabsud und wollte sich wieder nach hinten sinken lassen. Aber der Scheich hielt ihn zurück.
»Nein. Du mußt alles trinken. Es ist unerläßlich, wenn du weniger Schmerzen haben möchtest.«
Yasmina führte die Schale erneut an seine Lippen und zwang ihn, zu trinken. Als er ausgetrunken hatte, half ihm Ali, seinen Kopf auf die Matte zu betten, und wartete ab.
Unmerklich verschleierte sich der Blick des Verwundeten, und seine Züge entspannten sich.
»Allein? ... Hast du mich allein gefunden? War niemand an meiner Seite?«
»Nur du warst da. Aber zu welcher Heerschar gehörst du?«
Die ersten Wirkungen des Mohns machten sich bemerkbar. Der junge Mann schien nicht mehr Herr seiner selbst.
»Hamadan ...«, war seine einzige Antwort. »Hamadan ...«
Der Scheich fuhr beinahe hoch.
»Willst du sagen, daß du aus Hamadan kommst?«
Zunehmend berauschter, blinzelte der Soldat nur noch mit den Lidern, aufs neue den Namen der Stadt wie eine Sequenz wiederholend.
»Es ist unglaublich!« rief einer der Ärzte verwundert aus.

»Er sollte zum Heer von Shams ad-Dawla gehören? Von unseres Herrschers eigenem Bruder?«
»Warum nicht?« entgegnete eine Krankenpflegerin. »Letzten Endes sind Hamadan und Rayy nur durch ein Dutzend *farsakh* voneinander getrennt.«
»Was vermuten ließe, daß er ein Auskundschafter ist?«
»Ich würde eher zu einem Späher neigen«, berichtigte Ali.
»Aber dann ...«
»Dann möge Allah uns beschützen ... Shams dürfte die ghaznawidische Einmischung nicht allzugerne gesehen haben.«
»Demnach hätte er also beschlossen, seinem Bruder zu Hilfe zu kommen?«
»Wie soll man wissen, was er tatsächlich im Schilde führt? Ich sehe keine andere Erklärung für die Anwesenheit dieses Mannes. Logischerweise müßten wir uns darauf gefaßt machen, bereits im Morgengrauen das Heer des Erstgeborenen der Sajjida auftauchen zu sehen.«
»Aber mit seinen Elefanten ist Mas'ud unbesiegbar!«
»Sie sind alles, was ihm bleibt«, gab Ali zu bedenken. »Er ist sicher nicht imstande, einer zweiten Schlacht in so kurzem Abstand Trotz zu bieten.«
Ein bestürzter Ausdruck zeigte sich auf den Gesichtern, und alle betrachteten ungläubig den Verwundeten.
Ali kehrte sich jäh Yasmina zu.
»Im Moment haben wir ein Leben zu retten. Ich werde noch mehr und weit konzentrierteren Mohn benötigen. Du wirst ihn in heißem Wein zubereiten und noch einige Bilsenkrautkörner hinzufügen.«
Dann befahl er einem der Ärzte: »Suche die besten Skalpelle mit den schärfsten Klingen aus. Die besten Kräuter. Und rüste dich, die Beine und Arme des Kranken mit Stricken ruhigzustellen.«

»Verzeih mir, Scheich ar-rais«, murmelte sein Gehilfe verlegen. »Aber was hast du vor?«
»Ihn amputieren. Ich sehe keine andere Lösung, wenn wir auf eine Aussicht hoffen wollen, ihn noch zu retten.«
»Aber ... die Amputation ...«
»Ich weiß«, unterbrach ihn Ibn Sina. »Sie ist ein gewagter Eingriff. Doch in diesem besonderen Fall haben wir keine andere Wahl. Geh jetzt.«
Sich erneut an die anderen Anwesenden des Dispensariums wendend, fügte er hinzu: »Und bringt Lampen. Sammelt alle Lampen ein, selbst die der anderen Rollwagen. Ich werde des ganzen Lichts von Dailam bedürfen.«

Der Soldat war eingeschlummert. Seine Atmung wurde erst tiefer, dann gleichmäßiger. Neben seinem Gesicht kniend, tupfte Yasmina seine Wangen, seine Stirn und seine Lider ab, auf denen Schweiß stand. Man hatte seine Gliedmaßen festgebunden, die zusätzlich von vier Ärzten tüchtig gehalten wurden. Derart auf dem Rücken ausgestreckt, unter gelben und fahlen Schatten wie geviertelt, von Opiumdämpfen eingehüllt, glich der Verwundete einem Gekreuzigten.
Ali fühlte den Puls am Handgelenk und am oberen Hals. Sich gewiß, daß er gleichmäßig war, begann er damit, einen kräftigen Knebelverband auf halber Schenkelhöhe anzulegen, dann nahm er das von seinem Gehilfen zurechtgelegte Messer, prüfte die Schärfe auf der flachen Hand und vergewisserte sich, ob der Stahl tatsächlich keinerlei Scharten aufwies. Anschließend spannte er mit Hilfe seiner freien Hand die Haut des Schenkels kräftig und begann etwas oberhalb des Gelenks, deutlich höher als die Wunde, ins Fleisch zu schneiden. Blut entwich mit dickem Strahl aus den ersten aufgeplatzten Gefäßen. Sehr bald waren Ibn Sinas Finger davon besudelt, dann seine Hände, dann die Wolle

seines Gewands. Das Skalpell, das tiefer vorstieß, zerriß willentlich die Blutbahnen, zerlegte unwiederbringlich den Perlmutt der Nerven und den der Sehnen.
»Verzeih mir, Scheich ar-rais«, erkundigte sich eine Stimme, »aber warum hast du so weit von der Verwundung entfernt geschnitten?«
»Es ist ratsamer, niemals im Grenzbereich des Wundbrandes einzuschneiden«, erklärte Ali, ohne den Kopf zu heben, »sondern in gewissem Abstand; dort, wo das Übel noch nicht hingelangt ist.«
Er hatte die ersten Oberschenkelmuskeln erreicht. Sich auf dem Wadenbein abstützend, setzte er senkrecht und oberhalb des Knies einen halbkreisförmigen Schnitt. Tiefer und tiefer im Schieren zerfetzend, stochernd, bis er auf einen Widerstand traf. Das matte Weiß des Knochens tauchte am Ende der Spitze auf, wie ein auf dem Grunde eines Grabens liegender Stab aus Elfenbein ...
»Die Säge«, verlangte der Scheich, während er das Messer Yasmina anvertraute.
Das Blut floß in breiten Rinnsalen die Matte entlang. Jemand hatte Weihrauch verbrennen lassen, um den Gestank abzumildern, der den Karren anfüllte. Um sie herum flackerten die Dochte in den Öllampen.
In dem Augenblick, da sich ein raspelndes Geräusch erhob, wurde einer der Frauen übel, und sie war gezwungen, das Dispensarium zu verlassen. Yasmina selbst wäre, kreidebleich, ihr zweifelsohne nachgefolgt, hätte sie nicht der grimmige Wunsch zurückgehalten, vor Ali nicht zu versagen.
Die Zeit des Wartens in dieser erstickenden Atmosphäre dauerte fort, bis der Sohn des Sina sich endlich aufrichtete. Er schob den Unterschenkel, den er soeben vom Oberschenkel getrennt hatte, beiseite und wischte sich die schmierigen Hände an seinem Kaftan ab.

»Jetzt müssen die Blutungen unterbunden werden«, verkündete er in sachlichem Ton. »Reicht mir einen Kauter. Den breitesten.«
Eine der Frauen eilte zum rauchenden Kohlenbecken und zog aus der rotglimmenden Glut eine ovale, von einem hölzernen Stiel verlängerte Scheibe aus vergoldetem Metall. Sie reichte sie Ibn Sina, der sie augenblicklich gegen das blutige Ende des Schenkels legte, welches sich nach Art eines Pergaments, das unter der Hitze knirscht, mit einem Schlag zusammenzog.
Der Verwundete stieß ein rauhes Pfeifen aus, und sein ganzer Körper spannte sich.
»Gebt ihm eine weitere Dosis Mohn«, befahl Ali.
Nachdem er sich überzeugt hatte, daß die Blutung gestillt war, befühlte Ali erneut den Puls des Mannes. Prüfte gemäß den alten Geboten von Hippokrates, ob die Blutbahnen der Stirn und der Lider weder prall gefüllt noch starr waren. Offensichtlich von seiner Untersuchung befriedigt, bat er seinen Gehilfen, eine aus ausgelassenem Ziegenfett, zerstoßener wilder Brustbeere und Granatapfelbaumrinde zusammengesetzte Salbe auf den Stumpf aufzutragen und die Wunde dann mit einem Wollstoff zu umwickeln. Nachdem er ein letztes Mal nach dem Verwundeten geschaut hatte, verließ er das Dispensarium.
Draußen angelangt, lehnte er sich mit zurückgeworfenem Kopf, plötzlich gedankenleer, gegen eines der Räder. Einen Augenblick später trat Yasmina zu ihm. Sie glitt unauffällig neben ihn und sagte nach einer Weile mit angespannter Stimme: »Ich spüre deine Besorgnis ...«
Er antwortete nicht sogleich. Für ihn jedoch war alles offenkundig. Falls er richtig vermutet hatte, falls Shams ad-Dawla den Entschluß gefaßt hatte, Ordnung im Reiche Rayy zu schaffen, würde er die Königin ohne Zweifel wieder auf ihren

Thron erheben. In diesem Fall wäre er, Ali, endgültig verloren... Eine Handvoll Sand aufhebend, ließ er ihn durch seine halb geöffneten Finger rieseln.
»Ich werde fortgehen«, erklärte er unvermittelt.
Die Frau nickte und ließ ihn weitersprechen.
»Ich sehe keine andere Lösung. Falls Shams der Sajjida ihre Krone zurückgibt, wird sie danach trachten, sich zu rächen, das ist sicher. All jene, die ihren Sohn unterstützt haben, werden den Preis dafür bezahlen. Ich bin von vornherein verurteilt.«
»Und wohin wirst du gehen?«
»Ich weiß es doch nicht... wahrscheinlich in den Norden.«
»Wird al-Djuzdjani dich begleiten?«
»Ich denke. Aber das wird er entscheiden müssen.«
Eine Weile verstrich, dann fragte sie: »Und... ich?«
Ali nahm einen weiteren Klumpen Erde zwischen die Finger.
»Du, Yasmina... Wo fände ich die Antwort? Ich fühle mich so verloren. Ich bin vierunddreißig und zweitausend Jahre alt. So weit ich mich auch zu erinnern vermag, habe ich fortwährend nur im Exil gelebt. Ich weiß nunmehr, daß dies unweigerlich mein Geschick sein wird. Vielleicht ließ ich es an Tapferkeit mangeln. Auf die Gefahr, dir zynisch zu erscheinen, werde ich dir die Worte Ben Gurnos, eines meinem Herzen teuren Philosophen, zitieren: *Der, der mich geschaffen hat, ist es sich schuldig, mich zu zerstören, denn sein Werk ist unvollkommen...*«
»Was unvollkommen an dir ist, Ibn Sina, ist deine Furcht vor der Liebe...«
Er konnte sich nicht erwehren zu lächeln.
»Nun gut. Dann sage du mir, was Liebe ist.«
»Die Hingabe. Das Opfer. Das Verzeihen.«
Weiterhin lächelnd, betrachtete er mit zerstreuter Miene die Sandkörner, die zwischen seinen Fingern rannen.

»Verzeih mir. Doch ich glaube, daß du irrst. Oder aber du mußt in der Welt der Träume leben. Ich werde dir sagen, was Liebe ist.«
Er wandte sich ihr zu, und sie glaubte, seine Augen zu spüren, die tief in ihre Seele blickten.
»Was soll das heißen, wenn wir sagen, daß wir lieben? Doch bloß, daß wir besitzen. Weil wir nämlich von dem Augenblick an, da wir die geliebte Person verlieren, uns verloren fühlen, von allem leer. Indem wir sagen, daß wir lieben, machen wir in Wirklichkeit nichts, als unser Gefühl des Besitzens zu legalisieren.«
»Selbst wenn wir einem Wesen verzeihen, das uns Weh bereitet, das uns verrät?«
»Selbst dann. Was tun wir? Wir nehmen es ihm übel, wir erinnern uns daran. Und letzten Endes werden wir dazu gebracht, den heiligen Satz auszusprechen: ›Ich verzeihe dir.‹ Was offenbart das? Nichts. Nichts weiter, als daß wir immer noch die zentrale Person bleiben, daß ›ich‹ es bin, der Bedeutsamkeit annimmt, daß wiederum ›ich‹ es bin, der verzeiht... Du hast vielleicht recht, Yasmina. Ich fürchte die Liebe. Sie ist nur auf die Anziehung der Körper gegründet, auf die Vorstellung des Besitzens, auf Eifersucht, Mißtrauen und Angst. Es ist furchtbar, Angst zu haben. Es ist wie Sterben. Gewiß, wir glauben zu lieben. Doch in Wahrheit lieben wir nur uns selbst. Und wie ich dir bereits sagte, finde ich mich unvollkommen. Kann man etwas lieben, das unvollkommen ist?«
Yasmina hob fatalistisch die Arme gen Himmel.
»Scheich ar-rais, deine Rhetorik übersteigt meinen Verstand. Ich bin nur eine einfache Sterbliche. Ich spreche vom Herzen, du sprichst von Algebra und Dingen, die sich mir entziehen... Meinetwegen, wenn dies dein Wunsch ist, wirst du ohne mich in die Nord-Provinzen aufbrechen.«

SIEBZEHNTE MAKAME

Die Morgendämmerung ist bereits seit einer Stunde angebrochen. Die Wüste hat unmittelbar an den Stadttoren begonnen. Unter den gleichmäßigen Tritten der Hufe ist nur noch Gestein, Sand und droben der graue Himmel, der sich, so weit das Auge reicht, über den unfruchtbaren Bauch der Ebene spannt. Unseren Reittieren folgen zwei Packpferde. Auf dem Geschirr des einen haben wir einen Holzrahmen angebracht, um daran die beeindruckende lederbespannte Kiste zu befestigen, die sämtliche Werke und die kostbaren Bücher meines Meisters birgt. Auf dem anderen Tier habe ich mehrere Ballen aufgestapelt, die von kräftigen Hanfstricken gehalten werden; darin befinden sich unsere Gewänder, ein wenig Opium, um der Müdigkeit zu widerstehen, Wasser- und Nahrungsvorräte.
Der Weg wird lang werden, der uns bis nach Mazandaran führen soll, dem *Land der Äxte,* so wegen der dichten Wälder genannt, die das Gebiet bedecken. Es ist eine Provinz, die im Norden vom Chasaren-Meer und im Süden von der Gebirgskette des Elburs gesäumt wird. Eine Legende erzählt, daß sie ihren Wohlstand Ali, dem Emir der Gläubigen, verdanke, der dort nach dem Mahl seine Tischdecke ausgeschüttelt habe. Die Araber kennen sie unter dem Namen Tabaristan. Doch die Leute, die dort geboren sind, nennen sie auch Bab al-Mezanne, das Tor der Wägung. Ich habe mich dem Glauben anheimgegeben, daß die jüngsten Vergleiche, die der Scheich über die Unstetigkeit des Schicksals angestellt hatte, an der Wahl unserer Bestimmung womöglich nicht unbeteiligt waren. Wie dem auch sei, so dies der Wille Allahs ist,

werden wir in fünf Tagen in Qazvim einreiten. Aus Gründen der Sicherheit ist dies die Stadt, die Ibn Sina gewählt und Amol vorgezogen hat, gleichwohl jene bedeutender und blühender ist. Doch zuvor werden wir den schmalen Wüstenstreifen durchqueren, der uns vom Elburs trennt, das Gebirge erklimmen, wieder hinab zu den Tälern steigen müssen.
Yasmina begleitet uns. Im allerletzten Augenblick und ohne daß irgend etwas dies hätte vermuten lassen, war der Scheich von seinen Vorbehalten abgerückt. Ich gestehe, daß ich davon sehr überrascht wurde. Was die junge Frau betrifft, selbst wenn sie es ebenfalls war, ließ sie sich nichts anmerken.
Weshalb dieser Gesinnungswandel? Was war der Grund für diesen Umschwung? Ich war stets überzeugt, daß der Scheich, in seinem unsteten Leben, sich niemals die Sorge einer weiblichen Anwesenheit hätte aufbürden wollen. Er hatte meine Analyse widerlegt. Daraus schließe ich, daß die Wege des Herzens unergründlich sind. An diesem Punkt muß ich eine Begebenheit erwähnen, die harmlos scheinen mag, die jedoch in der Folge ihren fürchterlichen, unvorhersehbaren Widerhall zeitigen sollte: Während die junge Frau sich bis zu jenem Tage mit entblößtem Gesicht bewegt hatte, sputete sie sich noch im gleichen Augenblick, da wir die Tore Rayys durchschritten, ihre Züge hinter einem Litham zu verbergen, einem dieser Schleier, die nur die Linie der Augen erahnen lassen. Es war im übrigen mein Meister, der es als erster wahrnahm und sie darauf aufmerksam machte: »Solltest du die Augen der Wüste fürchten? Gewöhnlich schützen sich die Frauen doch wohl in den Städten vor unreinen Blicken.«
Anstelle einer Erklärung äußerte sie jene zweideutige Antwort: »Behauptet man nicht, daß das Gesicht der Widerschein der Seele ist? Da ich dir von nun an gehöre, wird kein anderer als du das Recht haben zu erfahren, wer ich bin.«

Über unseren Köpfen ist die Sonne bereits emporgestiegen und beginnt den Sand der Piste zu sengen. Bald wird die Hitze unerträglich sein. Es wird keine Bäume, nicht den geringsten Schutz bis zum Gebirge geben.

Im Mittag des Horizonts erreichen wir endlich den Kreuzungspunkt, von dem der Weg abgeht, welcher zu den Ausläufern des Elburs führt, mit unserer ersten Etappe, dem Gebiet des Demawend, dem Dach Persiens, ganz am Ende.

Nun steigt die Piste entlang der steinigen Hänge an. Allmählich gewinnen wir an Höhe. Der Abgrund tut sich gen Okzident auf. Bald kommt die erste Brücke, das Tosen eines Sturzbachs. Wir müssen den Paß überqueren, der sich über unseren Köpfen schlängelt. Wir klettern weiterhin einer hinter dem anderen. Die Luft hat eine bernsteinerne, kristallene, zunehmend reinere Transparenz angenommen, während unter uns, in Richtung Orient, eine Landschaft von unglaublicher Pracht unmerklich Gestalt annimmt.

Ich kann nicht umhin, angesichts der Tapferkeit von Yasmina eine gewisse Hochachtung zu empfinden. Sie ist am Ende ihrer Kräfte, doch es entfährt ihr keine Klage. Meinem Vorschlag, Rast zu machen, setzt der Scheich seine kategorische Weigerung entgegen: Er zieht es vor zu warten; die Furcht wahrscheinlich, noch in zu großer Nähe der Sajjida Shirin und der Bedrohungen von Rayy zu sein.

Der Paß ist überquert. Demawend liegt vor uns.

Die Landschaft hat sich mit einem Mal verwandelt. Zu unseren Füßen kauernd, taucht das Dorf auf, seine blaue Moschee, seine Bäume, seine Pappeln und rund herum eine bewegte und wirre Welt aus Felsen, Hügeln und schroffen Gipfeln; ein Geflecht von großer Schönheit, aus zerklüfteten Formen und schattierten Farbtönen gebildet, die vom Braunrot des Porphyrs bis zu den lebhaften Streifen des Schwefels reichen.

Endlich halten wir an einem der zahlreichen Flüsse, die das Gebirge durchziehen, in welchen der brausende Taumel eines Wasserfalls sich ergießt. Unsere erste Regung ist, uns im frischen Wasser zu waschen, bevor wir im Schatten der

Bäume etwas Nahrung zu uns nehmen. Datteln, eine Schale Reis, gezuckerten Tee.
Von dort, wo wir uns befinden, kann man deutlich die Hauptstraße des Dorfes erblicken: zwei enge Wege am Saum rötlicher Häuser. Die Spitze des einzigen, gänzlich mit Backstein und blauer Keramik verkleideten Minaretts strebt zum Azur.
Die Legenden erzählen, daß sich hier, in Demawend, der Übergang vom Nomadentum zu jener Lebensform vollzogen hat, mit der der persische Mensch seßhaft wurde und die ersten Siedlungen geschaffen hat.
Eine Stunde später sind wir bereits wieder unterwegs. Pelaur ist unser nächster Bestimmungsort, dort auch werden wir die Nacht verbringen.
Wir ziehen erneut hintereinander den Trampelpfad entlang, auf einer Höhe von annähernd sechstausend Ellen*. Von hier aus enthüllt sich uns beinahe ganz Persien. Der dunkelgrüne Lauf der Täler, die längs der Flüsse Mazandarans gedrängten Bäume, die Grenze der Wüste und die in einem solchen Maße zerklüfteten Gipfel, daß man glauben könnte, sie wären vor ihrer Vollendung erstarrt.
Die Schatten, die der Nacht vorangehen, beginnen bereits ihren Aufstieg an den Hängen. Die gesamte tiefer gelegene Landschaft scheint sich der unwiderstehlichen Invasion der Finsternis zu widersetzen und beharrt darauf, trotzig fahlrote Schimmer an den Himmel zu werfen.
Doch mit jener Unvermitteltheit, welche dieser Landschaft, der die Dämmerung unbekannt, so eigen ist, deckt der Schleier der Nacht im Nu die Landschaft zu.
Ich schlage dem Scheich eine neuerliche Rast vor, doch er erwidert, daß die Tiere in der Dunkelheit besser sähen als wir. Gleichwohl bewegen wir uns auf einem Weg voran, der steil abfällt und sich zwischen den Felsen gefährlich hin und her schlängelt. Es ist so finster, daß wir kaum die Köpfe unserer Reittiere erkennen. Und ich bin mir gewiß zu fühlen, daß die Flanken meines Pferdes zittern.

---

* Ungefähr 3000 Meter. *(Anm. d. Ü.)*

»Scheich ar-rais! Wir werden uns die Knochen brechen!«
Aber Ibn Sina erweckt nicht den Anschein, mich zu hören.
Ich erahne ihn leicht gebeugt auf seinem Pferd, die Zügel
gelockert, sich ihm überlassend.
Weshalb sind mir genau in diesem Augenblick eine Folge
vollkommen zusammenhangsloser Bilder ins Gedächtnis zurückgekehrt? Die Momente der Trunkenheit meines Meisters, seine Verirrungen in die Opiumdämpfe und diese
unreine Szene in der Spelunke in Rayy, während der er der
Slawin beischlief.
In dieser Nacht hatte ich geglaubt, diese Bilder wären mir von
der Angst, die mir den Magen zusammenschnürte, eingegeben worden. Doch heute bin ich zu der Überzeugung gelangt,
daß der Sohn des Sina zu gewissen Zeiten bewußt danach
getrachtet hat, sich zu zerstören, ja sogar mit dem Tode selbst
zu buhlen.

Die Nacht ist eisig kalt. Fortwährend durch Vorsicht getrieben, haben wir es vorgezogen, den Weiler Pelaur und seine
Häuser aus getrocknetem Lehm zu übergehen, um einen
farsakh weiter, auf einem Grat, so schmal wie eine Degenschneide, zu lagern.
Yasmina hat sich neben das Feuer gesetzt. An ihrer Seite
schmaucht der Scheich einige Züge Opium, während er mir
eines der Kapitel vom dritten Buche des *Kanon* zu Ende
diktiert; jenes nämlich, welches die spezielle Pathologie von
Organ zu Organ dargestellt behandelt. Diese ureigene Fähigkeit meines Meisters, von dem Augenblick an, da er es
wünscht, seine schöpferischen Gedanken zu sammeln, wird
für mich stets ein Moment der Verwirrung und Bewunderung sein. Einmal mehr im Exil, unterwegs ins Unbekannte,
so gut wie allem beraubt auf diesem Berg, wo die Kälte uns
durch Mark und Bein dringt, findet er doch trotz allem noch
die notwendigen Energien, um seinen Geist abzuscheiden
und nur noch nach dem Ziel zu streben, das er sich auferlegt
hat: dem *Kanon*.
Die Zeit verstreicht. Meine Finger beginnen, steif zu werden.

Es ist Yasminas Stimme, die unserer Arbeitsklausur ein Ende setzt. Binnen kurzem wären meine Finger unter der beißenden Kälte wie gläserne Schilfrohre zerborsten.
»Eine Sternschnuppe!«
Der Sohn des Sina unterbricht sich und erforscht den von seiner Gefährtin gewiesenen Himmelswinkel. Sie setzt hinzu:
»Scheich ar-rais, du, der du unendliche Wissenschaft besitzt, weißt du die Erklärung dieses Phänomens?«
Ali lächelt kopfschüttelnd.
»Ich gestehe, mich mit dieser Frage befaßt zu haben. Aber der ALLMÄCHTIGE hat mir keine Antwort gewährt. Doch vielleicht könntest du, Yasmina, mich erhellen?«
Sie mißt ihn mit der Miene eines mit sich zufriedenen Kindes.
»Ich bin glücklich festzustellen, daß du mancher Geheimnisse noch unkundig bist. Ich kann dir diese Sternschnuppen erklären.«
Ich erlaube mir anzumerken: »Ich habe stets sagen hören, daß jede Sternschnuppe das Leben eines menschlichen Geschöpfs ist, das erlöscht.«
Yasmina verwirft meine Anregung. So gibt der Scheich mir einen Wink, die Blätter des *Kanon* zu verstauen, und fixiert die Frau mit aufmerksamem Blick.
»Ich höre dir zu.«
»Also. Wenn der Dämon seine Fersen aneinanderreibt, fallen kleine Teufel heraus. Diese steigen sich gegenseitig auf die Schultern, um zu erspähen, was sich im Siebten Himmel zuträgt. Alsdann gibt der EWIGE seinen Engeln den Befehl, sie mit einem Pfeil zu beschießen, der sie auseinandertreibt. Und diesen Pfeil, den nennen wir Sternschnuppe.«
Ein nachsichtiges Lächeln erhellt meines Meisters Züge.
»Woher stammt diese Theorie? Wer hat sie dir zugetragen?«
»Ja, niemand! Unterschätzt du mich denn so sehr, daß du mich einer solchen Überlegung nicht fähig glaubst?«
Ibn Sina wendet sich sogleich zu mir: »Hast du gehört, Abu Ubaid? Hast du es vermerkt?«
Da ich dies verneine, fügt er streng hinzu: »Nun, dann hast du unrecht gehabt. Diese Theorie ist wesentlich. Morgen wird

jemand sie weitertragen, der sie einem anderen erzählen wird. In tausend Jahren wird man sie noch berichten. Auf die Art nämlich entstehen die Legenden.«
Die junge Frau ruft entrüstet aus: »Eine Legende? Aber das ist keineswegs eine Legende!«
Er beeilt sich, sie zu beruhigen: »So werden die Menschen sie jedenfalls deuten. Wir allein werden wissen, daß sie keine ist, sondern eine vortrefflich wissenschaftliche Theorie.«
»Du spottest über mich, Scheich ar-rais.«
Er beugt sich zu ihr und streift ihre Lippen. Sie erwidert seinen Kuß mit Leidenschaft, während ich von ihnen abrücke...

Der Morgen findet uns wieder unterwegs auf einem schroffen Pfad, übersät von dicken Steinen, die unter den Tritten unserer Pferde rollen.
Der Abstieg hinab ins Lar-Tal hat begonnen. Zu unserer Linken die letzten Ausläufer des Demawend, den wir bereits seit einer Stunde verlassen haben, und zu unserer Rechten der »wandelnde Weg«, ein Fluß. In weiterer Ferne scharfe Kämme.
Schawwal geht seinem Ende zu, aber man kann noch große Schneefelder erblicken, die das Haupt des alten Vulkans krönen. Rund um den Kegel schweben einige leichte Wolken und Wirbel von Rauch, die zur Gebirgsseite aufsteigen. Zu diesem Zeitpunkt ziehen wir eine Schlucht von mehreren hundert Ellen entlang, die in einem engen Schlund endet, auf dessen Grund der Tchilik dahineilt, jener Fluß, der uns als Wegweiser dienen wird.
Hier und da bescheint die junge Sonne die tosenden Wasser, vereinzelt silberne Strahlen in den Schatten der Klamm werfend.
Fügsam suchen unsere Pferde nach Stellen, wohin sie ihre Hufe auf diesem ungeheuer gefährlichen Weg setzen können. Wir sind genötigt, ihnen völlige Freiheit und die Zügel locker auf ihren Hälsen hängen zu lassen. Häufig jedoch haben wir keine andere Wahl, als vor dem gefahrvollen Gefälle mancher

Hänge abzusteigen; unsere Reittiere bei den Hintern schiebend, zwingen wir sie, sich hinunterzustürzen und dann mit allen vieren abgespreizt in einer Steinlawine hinab zu schlittern, bis sie wieder auf festerem Boden angelangt sind.
Wie viele Gebete hat mein Herz gestammelt? Wie viele Suren habe ich mir aufgesagt? Meine Erinnerung versagt ... Ich weiß, auch die übergroße Müdigkeit half, daß ich uns schließlich in die Hände des GÜTIGEN ergeben habe.

Während wir in dermaßen enge Schlünde drangen, daß das Licht beinahe nicht mehr hineingelangte, erlebte ich noch weitere Schrecken. Und wenn das ohrenbetäubende Getöse des strudelnden Flusses zu unseren Füßen nicht gewesen wäre, dann, glaube ich, hätte man das Hämmern meines Herzens hören können.
Den ganzen Morgen über folgten wir demselben Pfad, der über die Anhöhe des Tals führt. Diese Landschaft, die nach und nach ins Grün überwechselte, ließ bereits die Wälder des *Landes der Äxte* voraussahnen. In dem Maße, wie wir weiterzogen, dehnte sich der Raum aus, wurde weiter, rückten die Horizonte in die Ferne.
Nach einer kurzen Rast, in deren Verlauf der Scheich und Yasmina in ihrer schlichtesten Bekleidung ein Bad nahmen, setzten wir unsere Reise fort. Die Luft war voll von Feuchte, und die Nähe der Niederungen Mazandarans umhüllte uns mit einer dampfigen Atmosphäre, die uns alle Kraft entzog. Nichtsdestotrotz kamen wir weiter voran.
Als der Tchilik dann überquert war, verließen wir endgültig die Wälder, um in ein riesiges Sumpfgebiet einzudringen, das sich in einem langen Streifen über annähernd fünfzehn *farsakh* hinzog. Alles war nur noch Abläufe, Rinnsale, schwarze Erde, auf denen Felder mit Baumwolle, Reis und Mohn gediehen. Zu jener Jahreszeit ward die Landschaft vergoldet von der Sonne, flach und von hohem Schilf übersät, das sacht im kaum merklichen Hauch des Windes schwankte. Von Müdigkeit und Düften berauscht, verlangsamten wir beinahe unwissentlich den Schritt unserer Reittiere. Ein rascher Blick über mei-

ne Schulter gab mir zu hoffen, mein Meister würde endlich beschließen anzuhalten. Yasmina, mit bleichen und ausgemergelten Zügen, war in Schlummerhaltung vornübergebeugt. Was meinen Meister betraf, so war er kaum strahlender; sein Gesicht war gegerbt, verbrannt, und sein Bart klebte an seinen Wangen wie eine Maske aus gräulichem Ton.
In Sichtweite von Amol schließlich, bereits im Herzen des *Landes der Äxte* und am Ende meiner Kräfte, beschwor ich den Sohn des Sina, auf daß er sich endlich darein schickte, eine Rast einzulegen. Die Farben des Himmels hatten eine purpurne und violette Tönung angenommen. Die Dämmerung konnte nicht lange auf sich warten lassen, die Furchen der Reisfelder zu erobern. Zu meiner großen Erleichterung willigte der Scheich ein. Ungefähr einen halben *farsakh* entfernt, die Überreste einer auf einer Aufschüttung errichteten Hütte wahrnehmend, schlug ich vor, uns in ihr einzurichten, um unsere zweite Nacht dort zu verbringen. An jenem Tage hätte ich meine Lippen verschließen sollen! Wird der ALLMÄCHTIGE, in seiner unendlichen Barmherzigkeit, mir je meine Schwäche vergeben?
Eine Stunde später, während der Abend sich bereits über die Landschaft gesenkt hatte, wurden wir genau dort von den *ayyarun* überfallen...

Vielleicht war es das Platschen, das vom Marsch der Männer im angrenzenden Fluß herrührte, das Ali aus dem Schlaf riß. In Wahrheit schlief er nicht wirklich. Wie hätte er dies auch gekonnt bei der fortwährenden Heimsuchung der Stechmücken, der erstickenden Feuchtigkeit und dem quälenden Schmerz, der von seinen zerschlagenen Gliedern ausstrahlte? Zunächst glaubte er, die Geräusche, die er hörte, kämen von nichts anderem als von den letzten Reisern, die im Feuer knisterten. Als er sich aber aufsetzte, gewahrte er, daß sie von rund zwanzig bedrohlichen, mit Dolchen und Säbeln bewaffneten Schatten eingekreist waren.

An ihrem zerlumpten Aussehen erkannte Ali sie augenblicklich. Etwas gewollt Forsches lag im gewalkten Leder ihrer Stiefel, in ihren Pluderhosen, in den Fetzen, die ihnen als Mäntel dienten, und dem tausenderlei Tand, der ihre Turbane bedeckte. Dies waren unbestreitbar die *ayyarun,* jene vagabundierenden Ritter, die seit einigen Jahren Angst und Schrecken bis zu den Toren Bagdads verbreiteten. Tatsächlich waren die *ayyarun* mehr als nur einfache Straßenräuber und bildeten eine wahrhaftige Bruderschaft, die nach genauen Regeln, nämlich denen der *futuwwa,* agierte; ein Begriff, der dem Nebensinn nach auch Rittertum bedeutet.
Es war eine recht geheimnisvolle Bruderschaft, mit sehr strengen Vorschriften und von einem Großmeister (bisweilen dem Kalifen höchstselbst) geleitet. Sie wies unter anderem das besondere Merkmal auf, durch keinerlei Konfessions-, Zunft- oder Stammesbeziehungen gebunden zu sein. Die Einsetzung der neuen Adepten wurde feierlich vollzogen. Zum Abschluß ließ man sie die *sarawil af-futuwwa,* die Ritterhosen, anlegen und den Kelch der Brüderlichkeit trinken. Dies alles wurde nach einer festen Ordnung regelmäßiger Zusammenkünfte mit unwandelbarem Ritual ausgeführt. Da Anhänger einer recht wendigen und bündigen, auf das Ausplündern des Reichen gegründeten Moral, war es den *ayyarun* nach und nach gelungen, von Stadt zu Stadt ein Netz von einer Festigkeit ganz eigener Art zu knüpfen, und es kam nicht selten vor, daß ihre Führer – bisweilen wahrhafte Herren der Städte – als Gleiche unter Gleichen mit den offiziellen Obrigkeiten verhandelten.
Jener, der das Gebaren eines Anführers an den Tag legte, näherte sich langsam Ibn Sina.
Während er ihn aufmerksam betrachtete, war Alis erster Eindruck, daß er sich einem Falken mit menschlicher Physis gegenüberfände. Seine Augen waren rund und schwarz wie

Kohle, hart wie Stein. Die Züge waren kantig, und die Adlernase senkte sich mit der Spitze auf eine wulstige Oberlippe. Er durfte etwas mehr als fünfzig Jahre zählen.
»Wer seid ihr? Woher kommt ihr?«
»Händler«, antwortete Ali. »Wir sind auf dem Weg nach Qazvim.«
Der Anführer der *ayyarun* richtete seinen Zeigefinger auf die junge Frau.
»Und sie?«
»Meine Gemahlin.«
As-Sabr, dies war sein Name, streichelte mit versonnener Miene den damaszierten Knauf seines Dolches.
»Händler ... Und was verkauft ihr?«
Ali stockte in einem winzigen Anflug von Unschlüssigkeit: »Bücher.«
Die Falkenaugen des *ayyar* weiteten sich. Er brach in schallendes Gelächter aus, von seinen Gesellen nachgeahmt.
»Sieh hier meinen Bart!* Das ist wohl das erste Mal, daß ich jemanden von einem solchen Beruf reden höre!«
»Und dennoch gibt es ihn«, antwortete Ali eilends. Ungläubig wandte sich der Anführer mit raschem Schritt zu dem großen hartledernen Behältnis, das die Manuskripte enthielt.
Mit entschiedener Geste zog er seinen Dolch aus der Scheide.
»Nein!« rief der Scheich entsetzt aus, indem er auf den Mann zustürzte. »Tu das nicht. Einmal zerschnitten; wäre dieses Gepäck unbrauchbar und sein Inhalt verloren. Laß mich es machen.«
Er beeilte sich, die Riemen, die das Gepäckstück zusammen-

---

* Dieser ganz und gar orientalische Ausdruck bedeutet: Jemandem Hohn, Verachtung zeigen. *(Anm. d. Ü.)*

hielten, selbst aufzuschnüren, und ließ unter dem bestürzten Blick des *ayyar* eine beeindruckende Zahl an Büchern jeglicher Art und an ungebundenen Handschriften zum Vorschein kommen. As-Sabr bemächtigte sich aufs Geratewohl eines Bandes, drehte ihn einen Augenblick zwischen seinen Händen und warf ihn launig zu Boden.
»Das verstehe ich nicht!«
Herumwirbelnd befahl er seinen Mannen: »Durchstöbert alles! Sucht alle Ecken und Winkel ab! Wenn dieses Individuum ein Buchhändler ist, bin ich ein Eidechsenfresser!«
Blitzschnell waren alle Ballen ihres Inhalts entleert. Das große, die Schriften des Scheichs bergende Gepäckstück von oben nach unten gekehrt, das Pferdegeschirr mit Messern zerschnitten. Man überließ nichts dem Zufall. Doch diese wilde Wühlerei erbrachte als alleinigen Erfolg, die bereits große Verärgerung as-Sabrs noch ein wenig mehr zu steigern.
»Du siehst es doch«, begehrte Ibn Sina auf. »Wir besitzen weder Gold nach kostbare Perlen. Laß uns also in Frieden unseres Weges ziehen.«
»Kommt nicht in Frage! Seit meinem fünfzehnten Jahr reibe ich meine Haut an allen Sanden der Wüste. Ich weiß den Unterschied zwischen einem Vogelfänger und einem Wasserträger, einem Opiumverkäufer und einem Zeltweber zu machen. Und du, das kann ich versichern, hast nichts von einem Händler. Dein Name! Und aus welcher Stadt kommst du?«
»Ich heiße Abd al-Kitab. Der Diener des Buches. Und ich stamme aus Balch. Genau wie mein Teilhaber.«
Der *ayyar* richtete seinen Finger auf Yasmina.
»Und deine Gemahlin? Sollte sie auch eine Tochter Balchs sein?«
»Sie ist gebürtig aus Rayy.«

Er tat einen Schritt zu der Frau und wies auf ihre entblößten Hände und Füße.

»Das ist aber doch sonderbar ... Eine Tochter Rayys, die eine so weiße Haut wie eine Rum hat.«

Ali versuchte, kaltes Blut zu bewahren.

»Ich habe Frauen aus dem Land der Türken mit einer Haut so schwarz wie Ebenholz gekannt. Und Chorasanerinnen mit gelben Zügen. Dies alles sind keineswegs Wunder, eher Zufälle der Natur.«

»Sie soll den Schleier abnehmen!«

Yasmina wich zurück, ihr Gesicht in ihren Händen schützend.

»Frevel!« empörte sich Ali, indem er zwischen as-Sabr und seine Gefährtin trat. »Solltest du die Heiligen Schriften vergessen haben?«

»Gott ist der, der vergibt«, war die einzige Antwort des *ayyar*. Und er riß Yasminas Schleier fort.

ACHTZEHNTE MAKAME

Rasch bezwungen, hatte man sie an Füßen und Händen gefesselt in ein Zelt gebracht. Alis erster Gedanke galt seiner Gefährtin. Er war erleichtert, sie neben Djuzdjani ausgestreckt wiederzufinden. Ihr Gesicht war ohne Schleier.
»Wahrhaftig, diese Individuen haben eine sonderbare Auffassung vom Geist der Brüderlichkeit und des Edelmuts.«
»Strauchdiebe, genau das sind sie«, zischte Abu Ubaid.
»Was werden sie uns antun?« fragte Yasmina etwas verloren.
»Wie kann man das wissen? Alles, was ich hoffe, ist, daß sie keine Beziehungen mit dem Hofe von Dailam unterhalten.«
»Sie werden uns aber doch trotz allem nicht ewig gefangenhalten!«
»Nein. Ich glaube nicht. Es sei denn...«
Sie wußte sofort, daß sie es war, der dieser absichtlich in der Schwebe belassene Satz galt.
»Du willst sagen, daß ich sie reizen könnte.«
Er wollte ihr gerade antworten, als die Leinwand, die den Zelteingang verhing, jäh zur Seite gezogen wurde. Einer der Männer as-Sabrs drang ein. Ohne ein einziges Wort zog er seinen Dolch hervor und hieb mit kurzem Schnitt die Fesseln durch, die den Medicus banden.
»Folge mir. Der Anführer will dich sehen.«

Einen Augenblick später führte man ihn in das Zelt as-Sabrs.

In eine Wolke blauen Rauchs gehüllt, hockte der Anführer im Schneidersitz auf einem Seidenteppich. Seine Hand hielt nachlässig einen *kaylan,* eine Opiumpfeife. Die Manuskripte Ibn Sinas lagen um ihn herum verstreut.
Unweit lag eine zartgliedrige Frau mit entblößtem Gesicht halb ausgestreckt auf einem Teppich. Ihre von langen Wimpern verschatteten Augen waren entschlossen gesenkt; kaum, daß sie die Ankunft des Arztes bemerkte. An ihrer Seite befand sich ein Behälter voll glühender Kohlen.
Mit gleichgültiger Geste lud as-Sabr den Scheich ein, sich niederzusetzen. Noch während er ihn betrachtete, führte er das Pfeifenmundstück an seine Lippen. Den Kopf zurückwerfend, genoß er schweigend sein Vergnügen.
»Nimm«, sagte er nach einer Weile, indem er ihm den *kaylan* reichte. »Der ist vom Besten. Ich hoffe, daß er nach deinem Geschmack sein wird...«
Ali dankte und sog seinerseits zwei tiefe Züge ein.
»Ich erkenne wohl die unvergleichliche Güte der Felder Isfahans.«
Der *ayyar* zeigte auf die ausgestreckte Frau.
»Das ist Khadija, meine Gemahlin, meine Favoritin. Ist sie nicht wunderschön?«
Die Frau hob das Kinn mit verächtlicher Miene.
»Launisch und unzähmbar, wie der Wind«, erläuterte der Anführer traurig.
Mit unmutiger Gebärde bemächtigte er sich einer der Handschriften.
»*Abhandlung über das Wesen des Gebets*«, begann er mit neutraler Stimme.
Die letzte Seite aufschlagend, trug er vor: »*In weniger als einer halben Stunde, vielerlei Zerstreuungen ausgesetzt, habe ich diese Abhandlung mit Gottes Hilfe und dank seiner überreichen Gnade verfaßt; deshalb bitte ich jedweden Leser, der durch*

die Gnade des ALLERHÖCHSTEN seinen Teil an Klugheit und trefflichem Verstand erhalten hat, mein Geheimnis niemals auszuplaudern, selbst wenn er vor allen bösen Vergeltungen von meiner Seite geschützt sein sollte. Ich vertraue mein Begehr dem alleinigen HERRN an; ER allein kennt es, und niemand sonst als ich selbst. Gezeichnet: *Abu Ali al-Husain ibn Abdallah ibn Sina.**«

»Kennst du den Verfasser dieser Schrift?« sagte as-Sabr nach einer Weile.

Ali antwortete unerschrocken: »So gut wie mich selbst. Er ist ein Philosoph. Zumindest betrachtet er sich als solchen.«

Ohne Verzug nahm der *ayyar* ein anderes Werk: »Erstes Buch des *Kanon der Medizin.*«

Sich erneut auf die letzte Seite beziehend, fuhr er fort: *»Dies Werk trägt das Siegel einer Danksagung. Unsere nächste Aufgabe wird sein, mit Allahs Erlaubnis das Werk bezüglich der Einfachen (Heilmittel) zu kompilieren. Möge ER unsere Hilfe sein, und danken wir IHM für all SEINE unzähligen Wohltaten.* Gezeichnet: *Abu Ali al-Husain ibn Abdallah ibn Sina.* Ein Philosoph und Medicus zugleich ...«

»Allah sei gepriesen. Wir verfügen in Persien über Männer ersten Ranges.«

As-Sabr nickte nachdenklich mit dem Kopf und nahm einen dritten Band.

»Abhandlung über die Musik ... Jener, der diese Schrift übertragen hat, ist das alldemütigste Geschöpf, das die meisten Sünden zählt, Abu Ali al-Husain ibn Sina, möge Allah ihm helfen, sein Leben unter besseren Umständen zu beenden ...«

An diesem Punkt der Lektüre hatte sich eine gewisse Anspannung in die Züge des *ayyar* geschlichen.

---

* Dieser befremdliche Schluß der Abhandlung über das Wesen des Gebets, der zahlreichen Deutungen Tür und Tor öffnet, findet sich nur in den Manuskripten von Sankt Petersburg und von Leiden. *(Anm. d. Ü.)*

»Ein Philosoph und Medicus zugleich und dazu noch ein Musikgelehrter«, sagte er mit spöttelnder Stimme.
Ali enthielt sich eines Kommentars.
»Siehst du«, fuhr as-Sabr fort, während er mit grüblerischer Miene an seiner Pfeife zog, »ich finde es trotz allem merkwürdig, daß ein Händler sich darauf beschränkt, die Bücher eines einzigen Verfassers zu verkaufen.«
»Ich glaube, du irrst. Wenn du den Inhalt des Gepäcks genau untersucht hast, dürftest du sicherlich Schriften des Ptolemäus gefunden haben sowie ...«
»Es genügt! Auf ein Buch deines Ptolemäus kommen zehn von Ibn Sina! Und du wirst mich nicht davon überzeugen, daß man sein Leben bestreiten könnte, wenn man eine dermaßen begrenzte Auswahl anböte. Nein, es steckt etwas anderes dahinter.«
»Was willst du andeuten?«
»Nichts. Außer, daß dies alles meine Zweifel bestätigt.« Seine runden Augen auf Ali geheftet, schloß er, wobei er die Wörter deutlich absetzte: »Du bist kein Händler. Dein Name ist nicht Abd al-Kitab.«
»Schlage mir einen anderen vor ...«
Der *ayyar* sog einen Zug ein, bevor er sagte: »Abu Ali al-Husain ibn Abdallah ibn Sina. Habe ich nicht recht?«
»Wenn dem so wäre, welche Bedeutung hätte dies?«
»Die allergrößte Bedeutung! Ich ertrage es nicht, getäuscht zu werden. Seit jeher habe ich meine Taten und meine Meinung auf einen Instinkt ohnegleichen gestützt. Und ich wäre zutiefst in meinen Säften aufgewühlt, wenn jemand mir beweisen würde, daß ich nicht unfehlbar bin. Also antworte ...«
Der Sohn des Sina streckte seine Hand nach der Opiumpfeife aus.
»Was weißt du über den Mann, dessen Namen du mir anlastest?«

As-Sabr zuckte mit den Achseln.
»Nichts. Nichts, als daß er mir offensichtlich mit einem wenig gewöhnlichen Geist begabt zu sein scheint.«
»Bist du aufrichtig? Du weißt wirklich nichts über ihn?« Der *ayyar* wirkte entrüstet.
»Wer du auch seist, ich verbiete dir, mein Wort in Zweifel zu ziehen. Es unterläuft mir zu rauben, doch niemals zu lügen. Jetzt antworte.«
Ali hauchte eine dünne Rauchwolke aus.
»Du kannst unbesorgt sein, mein Bruder. Deine Eingebungen sind unerreicht.«
»Ah!« sagte er mit breitem Lächeln. »Diese Sprache mag ich lieber. Und um es dir zu beweisen, lade ich dich ein, eine Melone aus Farghana mit mir zu teilen.«
Er ging zu dem Obstkorb, der auf einer mit Arabesken verzierten Truhe stand. »Sieh her«, sagte er, indem er eine Melone hochhielt. »Rieche diesen Duft.«
Sich zu seiner Favoritin beugend, schlug er vor: »Möchtest du auch davon, mein Augapfel?«
Ein weiteres Mal reagierte die Frau befremdlich. Sie spie zu Boden und drehte sich auf die Seite.
»Wahrhaftig...«, meinte as-Sabr verlegen, »sie sind so wankelmütig wie Kamelstuten.«
Er zog seinen Dolch hervor, zerteilte die Frucht in zwei gleiche Hälften und kehrte zu Ibn Sina zurück.
»So bist du also Arzt«, sagte er, indem er sich wieder setzte. »Aber weshalb hast du mich belogen?«
»Mein Bruder, die Lüge, es ist wahr, ist einer der Makel des Menschen. Doch sie läßt einen Zeit gewinnen.«
»Demnach suchtest du dich vor etwas zu bewahren?«
Ali vermochte nur zu nicken.
Eine dicke Scheibe Melone abschneidend, verschlang er sie sogleich mit einem Biß.

»Daraus leite ich ab, daß ich aus dir einen gewissen Gewinn ziehen könnte.«
»Ich habe stets gedacht, die *futawwa* hätte zum Prinzip, sich nur an die Mächtigen heranzuwagen. Die Witwen und Waisen zu verteidigen. In meiner Vorstellung zähltet ihr nicht zu denen, die die Hand ausstrecken*. Ich täuschte mich also.«
Der *ayyar* erhob seinen rechten Zeigefinger.
»Du gehörst nicht zu diesen Mächtigen. Doch du bist sicherlich der Diener von einem unter ihnen. Ein Diener auf der Flucht. Dein Kopf dürfte seinen Preis haben. Falls ich dich auslieferte, würde ich doch nur die Geldkatze eines Reichen erleichtern.«
Ali bekundete eine demütig ergebene Gebärde.
»Eine eigenartige Schlußfolgerung, gegen die ich leider wehrlos bin ...«
»Da ist noch etwas. Diese Frau, die dich begleitet. Ist sie tatsächlich deine Gemahlin?«
»In gewisser Weise.«
»Seit wann kennst du sie?«
»Einige Wochen. Aber weshalb all diese Fragen?«
Der *ayyar* streckte sich auf dem Teppich aus und sagte, wobei er sich die Kinnspitze rieb: »Wisse, daß zur Stunde, da wir miteinander reden, einer meiner Mannen keinen Schlaf finden dürfte. Er ist überzeugt, ihr irgendwo begegnet zu sein. In einer Stadt, Bagdad wahrscheinlich. Doch leider ist er nicht imstande, sich der Gelegenheit und des Tages zu entsinnen.«
Ali runzelte die Stirn, unversehens besorgt.
Er sann über die Unterhaltungen nach, die er mit Yasmina geführt hatte, an all diese ohne Antworten gebliebenen Fragen.

---

* Die Hand ausstrecken, um sich das Gut anderer anzueignen, sich der Veruntreuung, der Überforderung, der Tyrannei zu befleißigen. *(Anm. d. Ü.)*

»Ich weiß nicht, welches deine Pläne sind«, meinte as-Sabr, »aber erlaube mir, dir dieses berühmte Sprichwort in Erinnerung zu rufen: *In diese drei Wesen setze nie dein Vertrauen: den König, das Pferd und die Frau...*«

Ali fuhr anstelle des *ayyar* fort: »*... denn der König ist dünkelhaft, das Pferd flüchtig und die Frau treulos...* Ja, mein Bruder, ich weiß. Ich erwidere dir einfach nur: Man verehrt selten den König, und man treibt mit dem Pferd keine Unzucht. Hingegen liebt man eine Frau und schläft ihr in Liebe bei. Man muß sich nur hüten, allzusehr zu leiden. Nun ja, wenn es einem möglich ist...«

Er hatte einen recht gelösten Tonfall angeschlagen, doch im Grunde seines Herzens hatten die Enthüllungen des Anführers ihn zutiefst verstört.

Die ironische Stimme der Lieblingsfrau as-Sabrs riß ihn jäh aus seiner Grübelei: »Und was soll man über Männer sagen, die ihren Frauen nicht einmal beischlafen?«

Der *ayyar* barst vor Zorn: »Es genügt jetzt! Wenn du fortfährst, mich zur Weißglut zu bringen, werde ich dich in das Zelt deiner Mitschwestern zurückschicken.«

Gereizt fuhr er fort: »Also gut. Erzähle mir jetzt deine Geschichte. Ich will alles wissen.«

Angesichts seines zögerlichen Ausdrucks beeilte er sich, barsch zu betonen: »Nimm dich in acht, Ibn Sina! Heute abend bin ich nicht in Laune, Winkelzüge zu ertragen. Rede, und spanne mich nicht auf die Folter. Ein Individuum deiner Geisteskraft muß wissen, daß es keine Wahl hat. Ich könnte mich weit weniger gastfreundlich zeigen. Ich lausche dir.«

Die Drohung war unnötig. In dem Augenblick, da er in das Zelt getreten war, hatte Ali bereits gewußt, daß jeder Widerstand sinnlos wäre. Folglich vertraute er sich an. Er offenbarte in groben Zügen seine Lage bei der Königin, bei Madjd ad-Dawla. Den Angriff Rayys, das Einschreiten

Shams' und seine Flucht. Als er geendet hatte, erhob sich der *ayyar* in einem Ruck.
»Buyiden, Samaniden, Leute des Serail ... sie sind alle gleich. In ihren eigenen Fallen gefangene Ratten ... Ich habe keinerlei Achtung vor diesen Individuen. Sie sind jeglicher Würde beraubt. Ihr einziges Bestreben beschränkt sich darauf, sich um Stücke unseres Landes zu reißen wie die Geier um den Kadaver einer Gazelle. Ich muß nachdenken. Morgen werde ich über dein Schicksal und das deiner Freunde bestimmen. Geh jetzt. Ich benötige Schlaf.«
Ali grüßte. Während er sich zurückzog, warf er einen raschen Blick auf die Favoritin. Ihr Gesicht war verdrossener denn je.

*

Zehn Tage verstrichen.
Erst am Morgen des elften Tages ließ der Anführer der *ayyarun* seinen Gefangenen rufen. Kaum war er in das Zelt getreten, als er auch bereits den Erregungszustand gewahrte, in welchem sich as-Sabr befand.
»Die Pest soll die Frauen holen!« schnaubte er, auf und ab gehend. »Die Pest soll diese Geschöpfe des Teufels holen! Was denkst du über Khadija?«
»Aber ...«
»Ohne Umschweife! Ich will deine Meinung wissen.«
Verdutzt versuchte der Scheich, die rechten Worte zu finden.
»Da du mich dazu berechtigst«, begann er umsichtig, »werde ich dir sagen, daß deine Frau ... sehr anmutig ist.«
»Ja, weiter ...«
»Verlockend ...«
»Was noch?«
»Mein Bruder, verzeih mir, doch ich weiß nichts über deine Favoritin. Wie könnte ich dir ...«

»Du bist ein Mann der Wissenschaft. Du bist ein Gelehrter. Ein Schriftsteller. Du mußt imstande sein, deine Artgenossen mit einem einzigen Blick zu beurteilen!«
Ali dachte einen Augenblick lang nach. Es war offenkundig, daß as-Sabr deutliche Worte zu vernehmen wünschte. Doch welche?
»Sie ist einzigartig«, warf er jählings hin. »Einzig, da du sie ja liebst.«
Die Züge des *ayyar* schienen auf einmal zusammenzufallen. Er ließ sich auf seinen Seidenteppich sinken, wobei er sein Gesicht in beide Hände nahm.
»Ja«, jammerte er. »Ja, ich liebe sie. Und diese Liebe ist der Grund all meiner Leiden.«
»Vertraue mir dein Problem an.«
Mit weiter vergrabenem Gesicht murmelte der Mann: »Sie will mich verlassen ... Sie verachtet mich. Und ihre Verachtung brennt wie ein glimmender Scheit. Glaubst du, daß man an Liebe sterben kann?«
»Ja ... mein Bruder. Manchmal. Aber sei unbesorgt, es ist ein Tod, von dem man zurückkehrt. Die Welt ist bevölkert mit solchen Liebesgespenstern.«
Der *ayyar* nahm seine Hände fort und hob sachte den Kopf. Er war wirklich verzweifelt.
»Kann dein Wissen das Unerklärliche erklären?«
»Welches ist deine Sorge?«
As-Sabr zögerte eine Weile, bevor er kleinlaut verkündete: »Meine Manneskraft hat mich verlassen ...«
Ali glaubte, schlecht gehört zu haben.
»Ja«, setzte der Anführer der *ayyarun* erbittert nach. Und um seine Äußerung gebührlich zu unterstreichen, legte er die flache Hand auf sein Geschlecht.
»Er gehorcht mir nicht mehr. Er versagt sein Werk. Er verweigert sich gleich einem Roß vor dem Hindernis. Du

hast es selbst gesagt, meine Frau ist verlockend. Und ich, ich weiß, daß ihre Flanken schöner sind als die einer Stute. Ihre Brüste sprechen mich an wie die Gestirne. Und ihre Haut hat den Duft der Mango.«

»Du wohnst ihr aber doch noch bei?« sorgte sich Ali in aller Bestürzung.

»Bin ich nicht genug gedemütigt, daß deine Frage diese Demütigung noch mehrt? Selbstverständlich beschlafe ich sie. Doch das Unglück hat mir eine niemals befriedigte Gemahlin in die Arme gelegt. Eine Wölfin mit stets erneuertem Verlangen. Die erste Vereinigung ist nur ein Vorspiel in ihren Augen. Wohingegen ich gesättigt bin. Mein Glied verlischt wie eine Flamme beim ersten Umspringen des Windes ... Was kann ich dafür? Vielleicht ist es das Alter? Vielleicht bin ich krank?«

Er beeilte sich zu fragen: »Bin ich krank?«

Ali wollte ihm Mut machen: »Nein, mein Bruder. Aber siehst du, die Geschlechtskraft eines Mannes ist nicht immer gleich. Leicht beeinflußbar ändert sie sich je nach den Launen, den Jahreszeiten, der Nahrung. Daran ist nichts Besorgniserregendes. Ich kann dir versichern, daß du stark wie ein Fels bist.«

»Ja, dann? Was kann ich machen, um meine Khadija zu befriedigen? Ich liebe sie, ich will sie nicht verlieren. Sie hat mir gedroht, sich in die Arme des erstbesten Kameltreibers zu werfen! Und das ... das könnte ich niemals hinnehmen. Falls ich sie morgen dabei ertappen sollte, daß sie mich betrügt, würde ihr Kopf in ein Reisfeld Mazandarans zu rollen kommen, und der ihres Liebhabers gleich mit! Das schwöre ich, beim Unbesiegbaren!«

»Beruhige dich! Ich habe vielleicht eine Lösung für dein Problem.«

Die Augen as-Sabrs weiteten sich mit einem Mal.

»Ja«, setzte Ali an. »Wenn das Schilf sich neigt, muß man es wieder aufrichten. Wenn der Stengel schwächlich wird, benötigt er eine Stütze.«

»Wozu rätst du?«

»Es gibt eine Droge ... Eine pulvrige Substanz, die man aus der Rinde eines Baumes gewinnt und die die Eigenschaft hat, jenem, der sie einnimmt, zur Manneskraft des Zwanzigjährigen* zurückzuverhelfen. Es wird dir genügen, zwei Stunden bevor du deine Vielgeliebte aufsuchst, einen Absud davon zu trinken, damit du die Glut des Löwen erfährst.«

Und während der Scheich noch sprach, verwandelte sich der Gesichtsausdruck as-Sabrs in den eines verzückten Kindes.

»Schwöre«, stammelte er offenen Mundes. »Schwöre mir beim heiligen Namen des Propheten, daß alles, was du sagst, wahr ist.«

Ali bejahte.

»Du könntest mir dieses Zaubermittel für heute abend zubereiten?«

»Danke der Vorsehung. Denn der fragliche Baum wächst nicht in unserem Lande. Aber sei beruhigt, ich besitze einige

---

* Ich gestehe, eines Abends aus Neugierde davon eingenommen zu haben; das Ergebnis war nicht sonderlich verwirrend. Angesichts meiner Enttäuschung bekundete der Scheich folgende rätselhafte Antwort: »Ein gefügiges und gehorsames Pferd benötigt keinerlei Gerte ...« *(Anm. d. Djuzdjani)*

Diese Substanz ist in Wahrheit ein Alkaloid, aus der Rinde des *Pausinystalia yohimba* gewonnen, eines Baumes, der in Kamerun und im Kongo gedeiht. Seit unerdenklichen Zeiten verwendet man sie in Äquatorialafrika als Nervenstimulans, das den Schlaf hinauszuzögern imstande ist, und vor allem als Aphrodisiakum. Den geneigten, selbstredend von wissenschaftlicher Neugier motivierten Leser weisen wir darauf hin, daß dieses Alkaloid noch immer in den Apotheken unter dem Namen Yohimbin erhältlich ist. *(Anm. d. Ü.)*

Stückchen Rinde, die ich vor ein paar Monaten einem Kräuterhändler abgekauft habe.«
Der *ayyar* schloß einen Moment die Augen. Ali sagte sich, daß in seinem Kopf zweifellos die brennende Vision der zukünftigen Großtaten vorüberzog.
»Sohn des Sina, dies ist der Pakt, den ich dir vorschlage: Wenn dein wundertätiger Heiltrank wirkt, wie du es zu verstehen gabst, können deine Freunde und du frei von dannen ziehen, wohin es euch gefällt. Im gegenteiligen Fall...«
Er hielt kurz inne, bevor er mit barschem Ton schloß: »Im gegenteiligen Fall... wird es mir schon morgen eine Freude sein, dich deiner Geschlechtsorgane zu berauben und sie auf die Spitze meiner Lanze zu pfählen. Sagt dir dieser Pakt zu?«
Der Scheich schluckte mühsam seinen Speichel hinunter.

*

Das quälende Hämmern der Tamburine nährte die rasenden Bewegungen des Tänzers. Im Kreis um ihn herum sitzend, mit von den Flammen und dem Gold der Sterne erleuchteten Gesichtern, ermunterten ihn die Männer, indem sie in die Hände klatschten.
Über dem Lager war der Mond rund und voll. Das Zelt as-Sabrs war geschlossen.
Auf seiner Matte ausgestreckt, der Leib glänzend von Schweiß, umschloß Ali mit Inbrunst Yasminas Mund. Ihre Lippen begegneten sich mit ungeheurer Intensität. Ihr beider Speichel vermengte sich, während sie ihre Zungen in einer leidenschaftlichen Suche zu verschmelzen trachteten.
»Falls ich morgen kastriert werden soll, dann gib, Allah, daß diese Nacht die Nacht all meiner Liebe sei...«

Yasmina blickte ihn im Halbdunkel bewegt an und bot ihm ihre Lippen mit noch mehr Glut dar.
Ihr gelöstes Haar am Boden wirkte wie ein auf dem Goldgelb der Matte verlaufener Fleck. Plötzlich zwang er sie, sich zwischen seine Schenkel zu knien, und zog ihren Kopf gegen seinen Unterleib. Er stöhnte auf, als die Zunge seiner Geliebten die geheimsten Stellen seines Fleisches sacht streifte, und reckte sich ihr zu. In einer Art von Verzweiflung umfing er die Schläfen der Frau und streckte ihr sein Geschlecht entgegen. Langsam führte sie ihn an den Rand höchster Lust, dann weiter darüber hinaus, so heftig, daß er einen erschütternden Schrei, beinahe ein Schluchzen ausstieß.
Fast zugleich ergriff er sie an den Schultern und zog sie gegen seinen Brustkorb; sie mit Küssen bedeckend, den Honig und den Amber ihrer Haut schlürfend.
»Ich liebe dich ... meine Vielgeliebte, ich liebe dich, wie man das Glück und das Leben liebt.«
Sie wollte ihm antworten, vermochte jedoch nicht das geringste Wort auszusprechen. Sie konnte sich nur an ihn drücken, verzweifelt, mit all ihren Kräften, ihre Finger in seinen Rücken gekrallt, an seinen Körper geklammert, so als befände sich unter ihr ein an Unendlichkeit entsetzlicher Abgrund.
»Wenn man behauptet, daß die Liebe im Herzen des Menschen wie eine verzehrende Flamme brennt, so glaube ich, daß dies wahr ist ...«
»Und nun, Ali, mein Vielgeliebter, hast du jetzt weniger Angst vor der Liebe?«
»Im Gegenteil. Ich habe weit mehr Angst noch ... Zweifellos, weil ich fortan weiß, daß mein erster Blick auf dich nicht der erste war; daß unsere erste Begegnung nicht die erste war. Wie ich auch wußte, daß im Augenblick unserer Trennung nichts stark genug sein würde, uns getrennt zu halten.«

Er verstummte.
Draußen hatte der schrille Klang der Flöte sich mit dem Tamburin vereint.
Er fügte hinzu: »Aber ich weiß auch, daß diese Überzeugungen meinen Glauben an die Ewigkeit und an die Unsterblichkeit der Seele bestärkt haben ... Dies hilft mir bisweilen, meine Angst zu vergessen. Doch was schert es uns ... laß uns brennen, Liebste. Laß uns brennen, da dieser Abend mein letzter Abend zu sein droht ...«
Die Hände Alis glitten fiebrig Yasminas Leib entlang, hinab zu ihren Lenden und ihren Hüften. Seine rechte Hand wanderte tiefer noch, hielt an der warmen Spalte inne, die zwischen ihren Schenkeln schlummerte, und sein Mittelfinger streifte sanft die von Tau schaudernde Blütenkrone, der Frau einen Seufzer entreißend.
»Dein Leib ist mein goldenes Blatt«, sagte er leise, »und ich bin der Calamus dazu ...«
Sie bot sich auf natürliche Weise seinen Liebkosungen dar, lange, unendlich lange, bis sie spürte, daß er in sie eingedrungen war. Zuerst ward es eine träge, sanfte Besitznahme; doch sehr schnell bekam sie ein anderes Gesicht, wurde heftiger, stärker. Er hob die Beine der jungen Frau an, bog sie beinahe gegen ihren Oberkörper, um derart tiefer in sie zu dringen. Sie überkam die flüchtige Vorstellung einer vom Bug eines Schiffes gebrochenen Welle, und sie preßte die Lippen zusammen, um nicht zu schreien. Unter der Gewalt der Vereinigung begann der Schmerz sich sehr bald mit der Lust zu verschmelzen, ein starkes Brennen ergriff ihre Poren, ein wenig, als tauche die Sonne bis tief in ihr Innerstes hinab. Tränen des Glücks rannen über ihre perlmutternen Wangen. Ihr Geist schwankte. Sie gehörte sich nicht mehr. Sie befreite ihre Beine, ihr Leib wölbte sich wie ein Bogen unter der Intensität der Lust, dann ließ sie sich ermattet zurückfallen.

Diese maßlose Ekstase entflammte wieder und wieder bis zur Morgenröte, sich in tausend Liebkosungen, tausend Feuern verzehrend, bis zu dem Moment, da Djuzdjanis Stimme sie aus ihrer Tollheit riß.
»Ibn Sina! As-Sabr will dich auf der Stelle sehen!« Die Dämmerung war angebrochen.

*

Zuallererst sagte er sich, daß er zweifelsohne Opfer einer Halluzination sei. Daß die Angst zu sterben ihm ein Trugbild ersann oder daß die Liebesnacht, die er erlebt, ihm den Verstand verwirrt hatte. Gleichwohl war *er* tatsächlich da. Aufrecht an as-Sabrs Seite stehend. Von Fleisch und Blut. *Er* lächelte ihm zu.
»Mahmud...«, stammelte Ali, die Kehle wie von eiserner Faust zugeschnürt. »Mahmud... mein Bruder... Bist du es wirklich?«
Der junge Mann, gleichermaßen bewegt wie der Scheich, begnügte sich zuzustimmen.
Ali trat einen Schritt näher. Unsicher. Seine Hand strebte nahezu ohne sein Wissen zur Wange seines jüngeren Bruders. Unversehens packte er ihn an den Schultern und zog ihn gegen sein Herz.
»Aber wie... wie bist du hierhergekommen?«
Mahmud schüttelte ermüdet den Kopf.
»Das war nicht einfach. Du bist schwieriger zu verfolgen als der Wind des *shamal*.«
As-Sabr, die Hände in die Hüften gestemmt, beobachtete die Szene mit offensichtlichem Vergnügen.
»Ich bin glücklich«, meinte er, indem er die beiden Brüder einlud, sich niederzusetzen, »glücklich, zu eurem Wiedersehen beigetragen zu haben.«

Obschon ihm die Frage auf den Lippen brannte, wagte Ibn Sina nicht, den *ayyar* über die Nacht zu befragen.
»Erzähle mir alles«, sagte er zu Mahmud. »Wie geht es unserer Mutter?«
Mahmud nahm die Tasse Tee an, die as-Sabr ihm reichte, und wandte sich, ohne zu antworten, um.
»Setareh ... Es ist die Rede von unserer Mutter«, äußerte Ibn Sina, jäh erblaßt.
Der junge Mann wich weiterhin seinem Blick aus.
»Antworte, mein Bruder ... Ich bitte dich. Das Schweigen ist bisweilen unangenehmer als gewisse Wahrheiten. Ist unserer Mutter etwas zugestoßen?«
Mahmud entschloß sich endlich zu sprechen: »Sie ist tot ... Setareh ist gestorben. An einem *schawwal*-Morgen. Während ich mich anschickte, auf die Felder zu gehen, ist sie vor meinen Augen zusammengebrochen. Ich glaube, daß sie nicht einmal Zeit hatte zu erfassen, daß sie starb. Ich habe nichts tun können.«
Ali fühlte sich von Schwindel übermannt. Er verharrte schweigend, ins Leere starrend.
Abd Allah ... Al-Masihi ... Setareh ... Die Geschöpfe, die er auf dieser Welt am meisten liebte, hatten ihn nacheinander verlassen. Die ganze Absurdität des Todes kam ihm ein weiteres Mal zu Bewußtsein. Weshalb, mein Gott? Weshalb dieser holprige Weg, auf dem man uns vorwärts ziehen läßt und der doch nur in Finsternis mündet. Weshalb uns die Freuden des Lebens schenken, um doch jählings zu beschließen, uns eines Tages alles wieder zu nehmen? All diese Wissenschaft, die die seine war, wozu würde sie ihm nutzen in dem Augenblick, da er die Augen schließen müßte?
Die Stimme seines jüngeren Bruders holte ihn aus seinen Gedanken.

»Ich habe Buchara eine Woche nach ihrem Tod verlassen. Ich hatte nicht mehr das Herz, in diesen Mauern zu leben.«
»Aber wie hast du meine Spur ausfindig gemacht?«
»Ich sagte es dir bereits: Es war nicht einfach. Deine letzte Botschaft unterrichtete mich, daß du dich in Kurganag bei al-Biruni befändest. Also bin ich nach dieser Stadt aufgebrochen, um aus dem Munde as-Suhaylis, des Wesirs höchstselbst, zu erfahren, daß du im Dailam seist. Nachdem ich einen Monat in Turkestan verbracht habe, wo ich eine Stellung als Fischer fand, habe ich mich weiter auf den Weg zum Chasaren-Meer begeben. Dort dann eine neuerliche Enttäuschung: Du warst mit unbekanntem Ziel fortgezogen. Aber der Allerhöchste muß uns lieben; er hat mir einen gewissen al-Djuzdjani an den Weg gestellt.«
»Den Vater von Abu Ubaid!«
»Ganz genau. Nach letzter Kunde schrieb ihm sein Sohn, daß ihr euch am Hofe von Rayy aufhieltet. Also bin ich nach Rayy aufgebrochen, wo ich mitten in die Gehenna geraten bin. Die Stadt stand in Flammen und Blut. Gefechte wurden an jeder Straßenecke ausgetragen. Shams ad-Dawla, der Fürst von Hamadan, war auf die Türken gestürmt und suchte die Stadt zurückzuerobern. Hunderte Male hätte ich beinahe mein Leben gelassen.«
»Weißt du, wer den Sieg davongetragen hat?«
»Shams.«
Es war as-Sabr, der geantwortet hatte.
Er erläuterte: »Die Nachrichten, die ich erhalten habe, sind recht erstaunlich. Shams ist letzten Endes der inneren Machtkämpfe überdrüssig geworden, welche seine Mutter und seinen jungen Bruder Madjd entzweiten, und vor allem hat es ihn in Wut versetzt, mit ansehen zu müssen, daß diese Kämpfe die unselige Einmischung der Türken zur Folge

hatten. Nach seinem Sieg über die Türken hat er dann beschlossen, Madjd in den Kerker zu werfen und die Sajjida aus Djibal zu verjagen. In seinen Augen war dies die einzige Möglichkeit, dem, was man ›die Spiele des Teufels‹ genannt hatte, ein Ende zu setzen. Laut letzter Nachricht ist er es, der zu diesem Zeitpunkt den Thron von Rayy innehat. Madjd ist in der Feste Tabarak eingekerkert. Und die Sajjida irrt irgendwo durch Djibal.«
»Eine zumindest entschiedene Weise, die Ordnung wiederherzustellen«, merkte Ali mit Spott an. »Alles in allem ist es womöglich die einzige Lösung.«
»Ganz ohne Zweifel«, bestätigte der *ayyar*. »Falls dieser Streit zwischen Mutter und Sohn sich fortgesetzt hätte, dann wäre, das kann ich dir versichern, Djibal und Dailam vereint dem Ghaznawiden in die Hände gefallen.«
Mahmud fügte an: »In Rayy hat einer der Ärzte, die unter deinem Befehl standen, mir zu verstehen gegeben, daß du nach dem *Land der Äxte* geflohen wärst. So bin ich dann erneut aufgebrochen, deinen Spuren zu folgen.«
»Wie hast du uns bei den *ayyarun* wiedergefunden?«
»Der Zufall ... einmal mehr. Heute morgen, in Sichtweite des Lagers, habe ich das getan, was ich seit diesen letzten Wochen unablässig getan habe: fragen, die Leute auf meinem Wege plagen. Einer der Männer as-Sabrs hat mich zu ihm geführt. Ich habe deinen Namen erwähnt ...«
Ali drehte sich zu dem *ayyar*, der seiner Frage zuvorkam: »Weshalb hätte ich deine Anwesenheit verheimlichen sollen? Vielleicht gestern noch ... aber heute nicht mehr.«
Er machte eine Pause, bevor er verkündete: »Mein Wort ist mir heilig. Ich habe es dir gegeben. Von diesem Augenblick an steht es dir und deinen Freunden frei zu gehen, wohin es euch gefallen mag.«
Der Scheich wollte ihm seine Dankbarkeit ausdrücken.

Doch er besann sich anders. Es sind Momente, in denen Worte keinen großen Wert mehr haben.
Gerade als die beiden Brüder im Begriff waren, das Zelt zu verlassen, fügte as-Sabr mit einem Lächeln um die Mundwinkel hinzu: »Ibn Sina ... Wo immer du seist, möge der ALLMÄCHTIGE dich behüten. Du hast mir meine Liebe zurückgegeben ... und meinen Stolz!«

*

Zwei Tage später kamen wir in Qazvim an.
Ein unbedeutendes Dorf mit kleinen Häusern aus getrocknetem Schlamm, inmitten einer grünenden, mit Wald bestandenen Ebene errichtet. Der Boden war fruchtbar, von kleinen Flüssen wie Herhaz, Talar oder Tedjen durchzogen, reich an Ertrag, gleichwohl jedoch ungesund wegen der modrig stehenden Gewässer. Die Leute von Qazvim, wie im übrigen alle Bewohner Mazandarans, lebten vom Fischfang, von Wasservögeln, Reisanbau, der Lein- und Hanfweberei. Doch jenseits dieses friedvollen Bildes war die Gegend nicht sicher; zahllose wilde und kriegerische Stämme verbreiteten dort Unruhe, indem sie sich Morden und Plünderungen hingaben.
Da unser Reichtum sich auf ein paar hundert Dinar beschränkte, ließen wir uns zu Anfang in einem Chan nieder, der eine Meile* vor dem Städtchen lag. Vom Tage nach unserer Ankunft an begann der Scheich bereits wieder, sein Leben durch ärztliche Beratungen und Behandlungen zu bestreiten, und Mahmud fand eine Stellung bei einem Fischer, was uns einige Wochen später ein kleines Haus am Ufer des Flusses Talar zu pachten erlaubte.
Dort auch nahm der Scheich ar-rais die Abfassung einer Epistel in Angriff, die er *An-Nairuziya* nannte und die sich mit der Erläuterung des mystischen Sinnes jener *zu Anfang*

---

* Wegmaß, das dem Drittel eines *farsakh* entspricht. *(Anm. d. Ü.)*

mehrerer Suren stehenden Buchstaben befaßte. Binnen einer Woche arbeitete er einen *Kanon der astronomischen Tabellen* aus. Ein Kompendium *Über Zauberei und Talismane* sowie die alchimistische Abhandlung: *Der Spiegel der Wunder.*
Im Laufe der drei in Qazvim verbrachten Monate fügte er seinen Schriften drei weitere Werke hinzu: *Das Symposium der Seelen nach ihrer Trennung vom Leibe, Die Postulate der Annalen vergangener Zeiten* und eine philosophische Allegorie: *Die Geschichte von Salaman und Absal.*
All dies wurde geschaffen, ohne jemals die Abfassung des dritten Buches des *Kanon* zu vernachlässigen, die er unterwegs zwischen Talar und Tedjen beendete. Dieser dritte Teil umfaßt die Erklärungen und Beschreibungen der Krankheiten und ihrer Ursachen. Es ist sein Buch der Pathologie.
Seine physische Widerstandskraft und seine geistigen Fähigkeiten versetzten mich weiterhin in Verwunderung. Zum Beweis führe ich den Zwischenfall des heutigen Abends an.

Der heutige Abend ist der letzte des *rebi-al-awwal*, wir befinden uns mitten im Herbst...
Ein frischer Wind kräuselt die Wasser des Flusses, und rund um die Häuser bilden die Bäume gelbe Tupfer auf dem Saum der Dämmerung.
Mahmud, Yasmina, der Scheich und ich selbst sind im Hauptraum versammelt, in dem wir, unweit des *cursi* sitzend, soeben unser frugales Mahl beendet haben.
Jenen, die dies nicht wissen, sei gesagt, daß der *cursi* ein großes quadratisches Loch von ungefähr einer Elle in der Tiefe und drei in der Breite ist, in dem man Kohlen verbrennen läßt. Über die Glut stellen wir einen kleinen Holztisch von mindestens drei Ellen Höhe, den wir mit einer großen, zweifach gewebten Decke beziehen, die bis zum Boden reicht; auf diese Weise breitet sich die Wärme angenehm im ganzen Raum aus.
Mit dem *cursi* ist übrigens ein recht eigentümlicher Aberglaube verknüpft, der besagt, daß, wenn man Regen herbeizuru-

fen wünscht, es genügt, gemeinsam mit einem Musikanten im Takt auf die Tischplatte zu trommeln.
Ich beobachte meinen Meister aus den Augenwinkeln, und es beglückt mich festzustellen, daß er heiterer Laune ist. Seit wir in Qazvim sind, ist dies das erste Mal, daß ich ihn so entspannt finde. Während Mahmud sich an einem Hanfnetz zu schaffen macht, haben Yasmina und der Scheich ein kleines Spiel begonnen, das auf den mnemotechnischen Fähigkeiten, dem Erinnerungsvermögen des Scheichs, fußt.
Soll ich es gestehen? Ein wenig gereizt ergreife ich die Gelegenheit zum Versuche, ihn eines Fehlers zu überführen. Ich eile zu der Stelle, wo meine Aufzeichnungen aufbewahrt sind, und kehre mit einem Band zurück.
»Scheich ar-rais! Verzeih mir, dich zu unterbrechen, doch ich glaube, daß all diese Bücher dir zu vertraut sind, als daß dir ein Irrtum unterlaufen könnte. Dafür schlage ich dir eine etwas schwierigere Aufgabe vor. Nenne mir doch bitte die von allen arabischen Astronomen, von allen bis zum heutigen Tage und ohne Ausnahme vorgeschlagenen Zahlen bezüglich des kleinsten, des größten und des mittleren geozentrischen Abstands des Planeten Zuhal.«
Der Scheich betrachtete mich mit einem leisen Lächeln, und nach kurzer Überlegung: »Warum nicht?«
Und er begann.
Ich habe mir erlaubt, die vom Scheich aus dem Gedächtnis wiedergegebene Aufstellung schriftlich festzuhalten. Sie enthielt nicht einen einzigen Fehler. Gleichwohl spute ich mich, den ungeduldigen und – wie ich selbst – den Zahlen zweifellos abholden Leser zu beruhigen und darauf hinzuweisen, daß diese Abschrift sich einzig und allein auf die letzten Berechnungen beschränkt. Andernfalls hätte sie diese Seite bei weitem gefüllt.
So begann also der Scheich in einem Zug: »Nach al-Battani, Ptolemäus und den späteren Verfassern entspricht der scheinbare Durchmesser des Saturns bei mittlerer Entfernung dem Achtel des Sonnendurchmessers. Sich des numerischen Wertes der mittleren Entfernung bedienend, setzt er

den tatsächlichen Durchmesser von Zuhal mit $4^{7/24}$ des Erddurchmessers an. Diese in die 3. Potenz erhobene Strecke legt das Volumen des Planeten mit dem neunundsiebzigfachen des Erdvolumens fest.«
Wieder zu Atem kommend, holte er weiter aus: »Al-Battani beobachtet, daß die scheinbaren Durchmesser des Planeten im Perigäum und im Apogäum, also am erdnächsten und am erdentferntesten Punkt, im Verhältnis von $1^{2/5}$ zu 1 sind. Beziehungsweise von 7 zu 5. Auf dieser Grundlage berechnet er die Entfernung von Zuhal im Perigäum mit 12 924 und im Apogäum mit 18 094 Erdradien; wogegen seine mittlere Entfernung bei 15 509 Erdradien liegen soll. Anderen Berechnungen zufolge sei die tatsächliche geozentrische Distanz, in runden Zahlen, vierzehnmal größer: nämlich 224 000 Erdradien. Einige Jahre später sollte der Astronom af-Farghani für die kleinste Distanz 14 405, für die mittlere $17\,257^{1/2}$ und für die größte Distanz 20 110 Erdradien vorschlagen...«

Ich breche diese Zahlenflut hier ab und bitte den Leser demütigst, mir diese knifflige Stelle nicht zu verargen.
Auch wenn sie grob vereinfachend scheinen mag, war sie meines Erachtens doch unerläßlich, um eine Vorstellung, und sei sie noch so vage, des außergewöhnlichen Verstandes vom Sohne des Sina zu geben.
Es sind nun bald drei Jahre, daß ich an seiner Seite lebe. Häufig ist es mir unterlaufen, mich über das Wohl und Wehe seines Nachlebens zu befragen.
In Anbetracht der vorangegangenen Zeilen werden manche meinen Meister vielleicht als einen in Liederlichkeit dahinlebenden, sich im Übermaß dem Weine hingebenden Wüstling beurteilen oder gar als Opiumsüchtigen und einzig und allein auf die fleischlichen Gelüste bedacht. Andere werden ihn beschuldigen, bloß ein Plagiator von Galen oder Hippokrates zu sein; man wird ohne Zweifel seinen Schreibstil kritisieren, den man hohl und voll Schwulst zu sein bezichtigen wird. Ich aber, der weiß, ich kann nachdrücklich versichern: Lest Galen, lest anschließend den Sohn des Sina.

Welch ein Unterschied! Was bei dem einen Dunkelheit, ist bei dem anderen Klarheit. Daß der ALLERHÖCHSTE euch gewähren möge, den *Kanon,* den wir mit Allahs Hilfe vollenden werden, eines Tages in Händen zu halten, und ihr werdet feststellen, daß darin eine vollkommene Ordnung und eine strenge Methode vorherrschen.

Ich habe mit Bedacht vermieden, die philosophischen Gesichtspunkte seines Werkes anzuschneiden, um den, der mich eines Tages lesen wird, nicht zu entmutigen. Man muß nämlich wissen, daß mein Meister ein allzu scharfer und zu sehr vom Absoluten eingenommener Geist war, um die Einzelwissenschaften nicht zu überwinden. So wie ich dieses philosophische Unterfangen erfasse, würde ich sagen, daß es die Arbeit eines Wissenschaftlers ist, der sich bemüht, die griechischen Theorien auf die Höhe dessen zu bringen, was als die Erforschung des Konkreten zu bezeichnen ist. Ich behaupte auch, daß er ein Neuerer der Logik ist, das Übermaß an Abstraktion korrigierend, das bei Aristoteles – obschon sein großer Lehrmeister – nicht erlaubt, dem Wandel, der in der irdischen Welt doch überall und zu jedem Augenblick präsent ist, genügend Rechnung zu tragen.

Ist er ein Mystiker oder nicht? Zur Stunde, da ich diese Zeilen schreibe, bekenne ich meine Unfähigkeit, auf diese Frage zu antworten. Vielleicht wird die Zukunft mir eine Antwort gewähren. Derzeit – aber der GÜTIGE hüte mich davor, mich vorzuwagen – habe ich das Gefühl, daß er zu einem philosophischen Gott hinzugelangen trachtet, den ich recht verschieden vom koranischen oder biblischen Gott ahne. Doch uns bleibt – zumindest hoffe ich es – ein langer Weg, gemeinsam zurückzulegen; am Ende wird die Wahrheit leuchten ...

Man klopft an die Tür. Wir haben einen Besucher ...

Mahmud öffnete.
Im Türrahmen standen zwei Männer in Uniform. Die Gesichter schwarz von Staub. Die Züge erschöpft. Ein dritter blieb auf seinem Reittier.

»Bist du der Scheich ar-rais?«
Bestürzt drehte Mahmud sich zu Ali.
»Wir kennen niemanden dieses Namens«, eilte sich der Scheich zu erwidern.
Der Soldat trat einen Schritt vor. Sein Blick erforschte jedes der Gesichter.
»Gebt euch zu erkennen«, befahl er nach längerem Schweigen.
»Was geht hier eigentlich vor?« sorgte sich al-Djuzdjani. »Was wollt ihr von uns?«
»Euren Namen und Stand«, wiederholte der Krieger, indem er sich fahrig sein staubiges Kinn abwischte.
Yasmina, von Angst gepackt, ergriff die Hand des Scheichs. Wer konnten diese Leute wohl sein? Abgesandte der Königin? Kundschafter von Madjd ad-Dawla? Männer des Ghaznawiden? Der Anblick ihrer Uniformen erinnerte sie vage an etwas ... Der zweite Waffenträger hatte sich seinerseits ins Haus geschoben. Er schien weniger geduldig als sein Genosse.
»Wir werden nicht die ganze Nacht hier verbringen!« bellte er. »Die Dorfbewohner haben uns eindeutig erklärt, daß wir genau hier den besagten Abu Ali ibn Sina, Medicus von Qazvim, finden würden. Warum lügt ihr?«
Der Sohn des Sina stieß einen schicksalsergebenen Seufzer aus. »Die Auskünfte treffen zu. Aber der Scheich ist heute nachmittag nach Amol aufgebrochen. Er wird nicht vor zehn Tagen zurück sein.«
»Für wen hältst du uns?« erwiderte der Mann. »Eben noch behauptetest du, niemanden dieses Namens zu kennen! Wann soll man dir glauben?«
»Es reicht!« beschied sein Kumpan. »Wir haben zwei Nächte zu Pferde verbracht und werden keine weitere Zeit mehr verlieren!«

Er machte auf dem Absatz kehrt und wandte sich zum dritten, auf seinem Reittier gebliebenen Krieger.

Mahmud fühlte sich zerrissen zwischen dem Verlangen, den Kriegern an die Kehle zu springen, und dem Bestreben, die von Ali eingeflößte Ruhe zu bewahren. Er hatte keine Zeit mehr, länger nachzudenken. Der Krieger war bereits zurück; er stützte einen jungen Mann von ungefähr zwanzig Jahren, der für jedermann erkennbar seines linken Beines beraubt war.

Im selben Augenblick begriff der Scheich, daß er jenen Verwundeten vor sich hatte, den er einige Monate zuvor, nach der Schlacht von Rayy, operiert hatte.

»Und?« erkundigte sich der Krieger. »Erkennst du den Mann wieder, der dich amputiert hat?«

Bevor der junge Mann noch antwortete, sprach Ali ihn an: »Ich bin glücklich, dich wiederzusehen, mein Freund, und festzustellen, daß du überlebt hast...«

»Dank dir, Scheich. Wie du siehst, habe ich es nicht vergessen...«

Ibn Sina lächelte melancholisch.

»Ich weiß nicht, ob ich mich darüber freuen soll...«

»Dann bist du also nicht nach Amol aufgebrochen«, bemerkte einer der Krieger ironisch.

»Was wollt ihr denn nun von mir?«

Der junge Mann beeilte sich zu erklären: »Du hast nichts zu befürchten. Wir sind von unserem vielgeliebten Fürsten Shams ad-Dawla gesandt. Er ist leidend, es steht äußerst schlecht um ihn. Seit er nach Hamadan heimgekehrt ist, verzehrt ihn der Schmerz.«

»Nach Hamadan?« wunderte sich al-Djuzdjani. »Nach seinem Sieg glaubten wir ihn doch in Rayy. Als Herrn der Stadt.«

»Er war es. Doch aus politischen Gründen, die sich uns im

übrigen ein wenig entziehen, hat er seinen Bruder Madjd wieder auf den Thron gehoben und der Sajjida erlaubt, in den Palast zurückzukehren.«
Ali neigte versonnen den Kopf, während der andere fortfuhr: »Aus Madjds eigenem Munde nämlich hat unser Fürst von deiner Existenz erfahren. Es sind nun bald zehn Jahre, daß er leidet, und in ganz Persien ist kein einziger Arzt, der vermocht hätte, ihm Linderung zu verschaffen. Man soll ihm versichert haben, du wärst der größte aller Gelehrten. Daher hat er uns beauftragt, dich an sein Lager zu bringen. Er benötigt deine Fürsorge.«
»Wann müssen wir aufbrechen?«
»Auf der Stelle.«
»Und meine Freunde? Meine Gemahlin?«
»Sie werden auf dich warten. Ist der Emir einmal geheilt, wirst du nach Qazvim zurückkehren können.«
Der Sohn des Sina nickte schicksalsergeben.
»Meine Liebste ...«, sagte er und streichelte Yasminas Wange, »entsinnst du dich dessen, was ich dir vor kaum einigen Monaten sagte? Der Klingen Schneide ...«

NEUNZEHNTE MAKAME

Brokate flossen förmlich wie Wasserfälle von den Wänden, den prächtigen Glanz des Onyx und des geäderten Marmors noch hervorhebend. Mehrere Lagen Seide hingen auf der gesamten Länge des Gesellschaftssaals, der so gewaltig wie das Herz einer Moschee war. Während der mit Blumenornamenten verzierte Boden wie ein waagrechter Spiegel wirkte, auf welchem sich, von Aloedämpfen verschleiert, die Decke wie ein Meer von Stalaktiten aus Zedernstäben zurückwarf. In der Mitte schlummerte ein Springbrunnen.
An einem Ende des Raumes diente eine mit Teppichen und golddurchwirkten Kissen gepolsterte Erhöhung als Diwan. Und ebendort hatte man Shams ad-Dawla, nackt bis zur Hüfte, auf den Bauch gebettet. Von seinen Schulterblättern abwärts bis unter die Lenden war sein Rücken schwarz von Blutegeln.
Im Schneidersitz an des Fürsten Lager hockend, gewahrte Ali einen Jüngling von ungefähr siebzehn Jahren. Etwas abseits erblickte er die Gestalt einer verschleierten Frau, welche die Szene unauffällig beobachtete.
»Tritt vor, Scheich ar-rais. Tritt vor«, keuchte Shams, den Kopf in den Kissen vergraben, »und verzeih mir, dich unter solchen Umständen zu empfangen; doch die Schuld daran liegt bei meinen Ärzten.«
Ali verbeugte sich ehrerbietig.

Mit verborgenem Gesicht fuhr der Monarch fort: »Ich bin beglückt, dich gefunden zu haben. Wenn es dir, den man den Fürsten der Gelehrten nennt, nicht gelingt, den Ursprung meiner Leiden zu finden, wird mir nur noch übrigbleiben, wie ein Hund zu sterben.«
Er drehte langsam den Kopf und wies auf den jungen Mann. »Mein Sohn Sama, mein Augapfel.«
Den Arm, der über den Rand des Diwans hing, ungeschickt in Richtung der Frau hebend: »Meine Gemahlin, Samira.«
Dann, wobei er auf zwei Männer wies, die inzwischen aus einem hinter Behängen verborgenen Gelaß hinzugekommen waren: »Meine beiden Ärzte Sharif und Osman. Zwei Koryphäen. Die letzten, die an mein Lager gerufen wurden. Sie haben ihre Studien im Aludi von Bagdad absolviert, und da ich sie am Werke gesehen habe, kann ich versichern, daß sie ihre Wissenschaft vollkommen beherrschen. Etliche Leute meiner Umgebung verdanken ihnen ihre Gesundheit; doch leider hat mein Körper vor diesen beiden Gelehrten sein Geheimnis gewahrt.«
Wohlbeleibt, rötlichen Gesichts, den Kopf unter der Last eines Turbans gebeugt, verkündete Sharif zaghaft: »Dein Ruf ist uns nicht unbekannt, Scheich ar-rais. Wir hoffen von ganzem Herzen, daß du dort zum Erfolg gelangen wirst, wo wir gescheitert sind. Sei indes überzeugt, daß wir alles getan haben, was in unserer Macht stand. Wir haben nichts außer acht gelassen, was die Schmerzen unseres vielgeliebten Herrschers hätte lindern können.«
Ali beeilte sich, ihnen aus ihrer Verlegenheit zu helfen: »Dessen bin ich gewiß. Die Schule von Bagdad ist bekannt für die Strenge ihrer Ausbildung. Es bleibt zu hoffen, daß der GÜTIGE mir gewähren wird, was er euch versagt hat.«
Er hielt kurz inne und fragte dann: »Könntet ihr mir den Krankheitsverlauf darlegen?«

Osman war es, der antwortete: »Es ist äußerst verwickelt. Nicht greifbar. Seit mehreren Jahren klagt der Fürst über heftige Schmerzen, die von diesem Punkt hier ausgehen.« Der Arzt zeigte auf die Basis des mittleren Brustbeins. »Dieser Schmerz betrifft den gesamten Thoraxraum, dringt durch den Körper und strahlt bis in den Rücken.«
»Beschleunigt sich der Puls bei diesen Anfällen?«
»Kaum. Und wahrscheinlich wird diese Beschleunigung nur durch die schmerzhafte Verkrampfung des Körpers verursacht.«
»Habt ihr den Stuhl des Patienten beschaut? Den Harn?« Osman und Sharif bejahten gleichzeitig.
»Der Harn ist klar. Keinerlei Sedimente. Keinerlei Farbveränderungen. Was den Stuhl betrifft – und dies ist ein Umstand, der vielleicht seine Bedeutung hat –, so ist er an manchen Tagen schwärzlich.«
Ali warf einen Blick auf den immer noch ausgestreckt daliegenden Fürsten und wies auf die Blutegel.
»Meine Frage wird euch vielleicht überraschen: Weshalb dies?«
Sharif stellte zerfahren das unsichere Gleichgewicht seines Turban wieder her und erklärte hastig: »Scheich ar-rais, wir sind deduktiv vorgegangen: Zu Anfang dachten wir, der Patient leide an Herzbeschwerden. Die Krämpfe in der Brust könnten ein Vorzeichen weit schlimmerer Leiden sein. Aber angesichts der Gleichmäßigkeit des Pulses haben wir diese Möglichkeit ausschließen müssen und eine andere Diagnose erwogen: eine Entzündung des mittleren Brustbeins. Folglich haben wir versucht, das Übel durch Auftragen von Balsamen und abführenden Mitteln zu mildern. Doch leider ist trotz all unserer Bemühungen keine Besserung eingetreten. Und deshalb bekämpfen wir seit gestern das andere Symptom: die Rückenschmerzen.«

Der Arzt schöpfte Atem, bevor er schloß: »Wir sind beinahe überzeugt, daß der Monarch Opfer eines Überdrucks der in den Rückenmuskeln und -gelenken befindlichen Säfte ist*. Was die Anwendung von Blutegeln erklärt. Wie du weißt, stammt das Blut, das sie entziehen, aus weit größerer Tiefe als bei Schröpfköpfen. Was das Übermaß an Säften, das sich in den Gefäßen befindet, abzuführen erlaubt.«

»Ich vermute, ihr habt zuvor den Rücken mit Salpeterwasser desinfiziert, die Egel ausgepreßt, um ihre Mägen zu leeren, und die Haut leicht zum Bluten gebracht, damit sie anbeißen?«

Osman antwortete bejahend.

»Und der Aderlaß?«

»Zweimal.«

»Ich kann dich beruhigen«, fügte Sharif an, »wir haben das Protokoll genauestens befolgt: Anlegen des Knebels, auf Geschwindigkeit und Stärke des Strahls, Farbe und Pulsbeschaffenheit gestütztes Ermessen der zu entnehmenden Menge. Und da es zu einer Eiterung kam, haben wir ein Bleiweißpflaster aufgelegt.«

»Das ist gut«, erklärte der Scheich in Gedanken. »Und habt ihr eine Besserung am Zustand des Patienten festgestellt?«

Der Fürst selbst antwortete und schlug dabei mit der flachen Hand auf sein Kissen.

»Nichts! Ich leide noch genauso!«

Die beiden Ärzte wechselten mit Ali einen ohnmächtigen Blick. Letzterer beugte sich lächelnd über den Emir: »Du scheinst mir von besonders sanguinem Temperament, Exzellenz.«

Diesmal war es Sama, der einzugreifen sich erlaubte: »Scheich, ich will glauben, daß du Humor besitzt. Zwischen

---

* Rheuma? Hexenschuß? Arthritis? Es ist nicht ersichtlich, was Sharif in Betracht zog. *(Anm. d. Ü.)*

den Aderlässen und diesen ekligen Tieren, die sich auf seinem Rücken tummeln, weiß ich nicht, ob meinem armen Vater überhaupt noch etwas Blut bleibt!«
Die schüchterne Stimme der Fürstin Samira schlug vor: »Scheich ar-rais, könnte man ihn nicht von diesen Egeln befreien?«
Ali nickte mit dem Kopf.
»Ich denke, daß man der Fürstin dieses Zugeständnis gewähren könnte. Auf die Gefahr, euch zu widersprechen, glaube ich wahrhaftig nicht, daß diese Behandlung eine heilbringende Wirkung zeitigen mag. Sie droht vielmehr, unseren Patienten zu schwächen.«
Sharif und Osman verharrten betreten. Es bedurfte der gebieterischen Stimme des Emirs, um sie zu einer Regung zu bewegen.
»Nur zu! Tut, was er euch sagt. Nehmt mir diese abscheulichen Tiere ab.«
Mit resigniert verzogenem Mund gab einer der Ärzte zu bedenken: »Um die Blutegel abzunehmen, benötigen wir Salz, Exzellenz. Oder Asche.«
»Ja und? Soviel ich weiß, fehlt es in Hamadan weder am einen noch am anderen.«
»Herr«, äußerte der Sohn des Sina behutsam, »ich glaubte zu verstehen, daß deine Schmerzen nicht beständig wären. Kannst du mir sagen, wann genau sie auftreten? Und welcher Art sie sind?«
»Nachts. Fast immer mitten in der Nacht.«
»Niemals während des Tages?«
»Äußerst selten. Wenn ich jedoch einschlafe, ist die Pein so groß, daß sie mich aufweckt, und dann verspüre ich entsetzliches Brennen. Als ob roter Pfeffer meinen Magen entzünden würde.«
»Verspürst du dann großen Durst?«

Der Emir bejahte.
»Zu welcher Stunde ißt du gewöhnlich zu Nacht?«
»Ich esse ungefähr zwei Stunden nach Sonnenuntergang«, antwortete der Fürst. Mit Groll fügte er hinzu: »Wenn ich meinem Bruder und meiner Mutter keine Schlachten liefere.«
Sharif war mit einem Beutel in der einen Hand und einem Becken in der anderen zurückgekehrt. Er setzte sich neben Shams und schickte sich an, dessen Rücken mit feinem Salz zu bestreuen. Sogleich zogen sich die Blutegel zusammen, die er dann nacheinander abhob und in das Becken warf.
Als sein Rücken vollends befreit war, stieß der Fürst einen Seufzer der Erleichterung aus und drehte sich zwischen den Kissen um.
»Etwas länger noch, und ich wäre erstickt!«
Der Scheich konnte nun endlich seinen erlauchten Patienten in aller Ruhe betrachten. Das erste, was ihn befremdete, war die Tatsache, daß zwischen Shams und seinem jüngeren Bruder beinahe keinerlei Ähnlichkeit bestand. Das zweite, daß er zweifelsohne nicht älter als dreißig war; doch die bläulichen Ringe um seine Augen herum, seine große Blässe, die Fältchen, die seine Stirn und seine Mundwinkel zeichneten, trugen dazu bei, ihn zehn Jahre älter zu schätzen.
»Nun, Scheich ar-rais«, fragte Shams mit einer gewissen Ungeduld. »Welche Schlußfolgerung ziehst du aus all dem?«
»Alles läßt mich glauben, daß es sich um ein Magengeschwür handelt.«
Die beiden Ärzte beratschlagten sich skeptisch. Ali erläuterte: »Einen Augenblick habe ich den Gedanken an einen *salatan** erwogen. Aber dann würden sich andere Symptome

---

* Krebs. Er war bereits zur Zeit von Galen bekannt, welcher Julia Domna, Septimius Severus' Gemahlin, wegen eines Brustkrebses pflegte. *(Anm. d. Ü.)*

hinzugesellen, wie etwa Durchfälle, eine Beschwernis, Nahrungsmittel zu verdauen, ein remittierendes, bald heftiges, bald leichtes Fieber. Und außerdem, falls es sich um einen Tumor handeln würde, hätte er den Fürsten ohne Zweifel seit langem schon getötet.«
»Wir stimmen dir zu, Scheich ar-rais«, pflichtete Osman bei, »nur was bringt dich darauf, an ein Geschwür zu denken?«
»Drei ganz bestimmte Umstände: Der Monarch hat uns gesagt, er leide allein nur nachts, mehr als drei Stunden, nachdem er zu Nacht gespeist hat; der Magen ist folglich nüchtern. Zum anderen gibt es dieses Gefühl heftigen Brennens hinter dem Schwertfortsatz des Brustbeins. Und endlich die Farbe des Stuhls. Ihr habt mir bedeutet, er sei schwärzlich, was auf verdautes, von einem Ulkus stammendes Blut hinweist.«
Man merkte, daß die beiden Ärzte zugleich verwirrt und fasziniert von der Diagnose waren.
»Dies alles ist sehr faßlich«, sagte plötzlich der Herrscher. »Aber woher soll man wissen, daß du nicht im Irrtum bist?«
»Die Behandlung wird es uns sagen ... Beim Aufstehen und beim Zubettgehen wirst du einen Heiltrank von Cerussa ...«
»Bleiweiß?« unterbrach der Fürst fassungslos.
»Ganz richtig, Majestät. Wir werden es in Schafsmilch einrühren, was eine Art Pflaster ergibt, das die Gedärme auskleidet. Mehrmals am Tag zu essen ist angeraten, wobei ausdrücklich alle Speisen zu vermeiden sind, die Säure enthalten, wie etwa Früchte. Schließlich würde ich dem Monarchen bei Auftreten der Krämpfe zu einem Auszug von Alraune oder Tollkirsche raten. Dies sind zwar weniger starke Schmerzmittel als Schlafmohn, dafür erlauben sie jedoch, Gewöhnung und Vergiftung zu vermeiden.«
Der Emir fuhr sich mehrfach mit der Hand über seinen gelichteten Schädel und nickte schweigend.

»Wir werden sehen«, sagte er nach einigem Überlegen, »wir werden sehen, ob dein Ruf begründet ist. Beten wir zu Allah, daß er es sei. Im Augenblick werde ich die nötigen Befehle erteilen, auf daß man dich in deine Gemächer führe. All deine Wünsche werden dir erfüllt. Mein Palast ist fortan deine Behausung.«

*

Die Sonne trat bereits ihren Untergang über der fruchtbaren Ebene an, die Hamadan umgab. Nachdem er einige Stunden Ruhe, gefolgt von einem Bad im Hamam des Serails, genossen hatte, brach Ali in die Gäßchen der Stadt auf.
Hamadan war eine Siedlung, deren Ursprung sich in grauer Vorzeit verlor. In fernen Tagen soll man sie Ekbatana genannt haben, woher das Wort *hangmata* stammt, welches auf Persisch »Versammlungsort« bedeutet, von dem sich später der derzeitige Name ableitete. Aus ungeklärten Gründen benannte man sie auch die Stadt der Sieben Farben. Stets war sie ein wichtiger Kreuzungspunkt der Karawanenstraßen gewesen. So erklärte sich, daß sie im Gegensatz zu Rayy oder Isfahan eher eine Stadt des Handels denn ein kultureller Mittelpunkt war. Zur Zeit war sie eine der vier Hauptstädte von Djibal, stark befestigt, weiträumig, von hohen Mauern umringt. Und ihre Vororte breiteten sich im Herzen eines landwirtschaftlichen Gebietes aus, das trotz der Höhe* und des strengen Winterwetters blühte und gedieh.
Was Ali zuallererst erstaunte, war dieser Eindruck von Neuheit, den die Gebäude ausstrahlten. Die große Moschee, die Medrese, die Wehrmauern und der Großteil der Häuser vermittelten den Eindruck, in naher Vergangenheit errichtet worden zu sein. Es gab eine Erklärung hierfür: Um das Jahr

---

* Hamadan liegt auf einer Höhe von ungefähr 1800 Metern. *(Anm. d. Ü.)*

351 der Hedschra war die Stadt von einem furchtbaren Erdbeben heimgesucht worden und hatte gänzlich wiederaufgebaut werden müssen.
Demgegenüber glichen die Straßen denen der meisten persischen Städte.
Man begegnete darin *sufis*, die mit leicht gebeugtem Rücken, von ihren wollenen Büßerkutten behangen, unter Tausenden wiedererkennbar ihrer Wege gingen; Frauen mit bemalten Fingern und verschleierten Gesichtern, die Amaranten gleich die steinigen Gäßchen entlangschlichen; und zerlumpten Bettlern, welche mit ausgestreckten Händen an die Gutherzigkeit der Vorübergehenden appellierten.
In seine Gedanken verloren, war der Scheich gerade am Platz des großen Basars angekommen.
Und es war wie Buchara von Unmäßigkeit befallen: Der Glanz der Weidenrute und des spanischen Rohrs blitzte zum Azur. Das flüchtige Sprühen von Edelsteinen, das Klappern der Mauleselhufe, das Schnattern der Vogelbauer und der sichere Tritt der Kamele waren ebenso viele Geräusche und vervielfachte Bilder. Und im Sog der vom Paprika gekräuselten Luft überkam einen leichthin wieder jenes unendliche *Leiden an den Gerüchen,* so durchtränkt vom betäubenden Duft der Aloe, die in den zu Füßen der Händler stehenden Räucherpfannen verbrannte.
»Scheich ar-rais? Bist du es wirklich? Abu Ali ibn Sina?«
Überrumpelt hatte Ali keine Zeit zu antworten.
»Im Namen Allahs, des Gütigen und Barmherzigen. Ich traue meinen Augen nicht. Du bist es ... Du bist es tatsächlich ... Ich heiße al-Ma'sumi. Abu Said al-Ma'sumi. Ich weiß alles von deinen Werken. Alles von deiner philosophischen Lehre und von deinen medizinischen Forschungen. In diesem Lande besitzt du keinen größeren Bewunderer.«
Beunruhigt und neugierig betrachtete Ali sich den Sprecher

genauer. Er war jung, vielleicht zwanzig. Die Nase gerade. Die Züge ebenmäßig. Das Haar schwarz und die Augen funkelnd vor Klugheit.

»Al-Ma'sumi ... Verzeih mir, aber dieser Name ist mir fremd.«
Der junge Mann hob stolz den Kopf.
»Ich bin aus Buchara. Wie du. Nur ein paar Gäßchen trennten mein Haus von dem deines Vaters.«
»Dennoch glaubte ich alle meine Nachbarn zu kennen.«
»Du bist älter als fünfunddreißig Jahre. Ich zähle fünfzehn weniger. Als du im *bimaristan* unterrichtetest und man dich bereits den Fürsten der Gelehrten nannte, hielt ich mich kaum auf meinen Beinen.«
»In dem Fall dürftest du ein überaus erstaunliches visuelles Gedächtnis haben. Mich Jahre später hier, in Hamadan, wiederzuerkennen ...«
»Solltest du es vergessen haben? Dein Bildnis war überall in Persien angeschlagen ...«
»Das ist wahr. Ich dachte nicht mehr daran. Und was tust du hier in Hamadan?«
»Du wirst sicherlich überrascht sein. Ich bin hierher gewandert, um meine mathematischen Kenntnisse bei einem deiner ehemaligen Schüler zu vervollkommnen: al-Husain ibn Zayla.«
»Ibn Zayla? Hier, in Hamadan?«
»Ganz richtig. Er unterrichtet in der *madrasa* der Stadt.«
»Das ist in der Tat eine Überraschung. Als wir uns kennenlernten, studierte er im *bimaristan* von Buchara und bereitete sich darauf vor, Arzt zu werden. Ich entsinne mich insbesondere – damals hatte ich ihn vor einen schwierigen Fall gestellt – der Art und Weise, wie er einen akuten *sirsam* diagnostiziert und dabei die Schwere des erreichten Krankheitsstadiums herausgestellt hat. Später habe ich ihn dann in der *madrasa* von Kurganag wiedergetroffen. Das war das letzte Mal.«

»Sei unbesorgt, Scheich ar-rais. Dein Schüler hat nichts von seinem regen Geist noch von seinen analytischen Fähigkeiten eingebüßt. Er hat sie einfach nur auf ein anderes Gebiet angewandt; das der Mathematik und ... der Musik.«
Ein befriedigter Ausdruck beseelte Ibn Sinas Gesicht.
»Weißt du, ob er heute lehrt? Ich möchte ihn gerne wiedersehen.«
»Ich kann dir versichern, daß deine Freude nichts sein wird im Vergleich zu der seinen. Bevor der GÜTIGE mich dir auf deinen Weg gestellt hat, wandte ich mich gerade zur *madrasa*. Ich wäre geehrt, wenn du mich begleiten würdest.«
»Wenn dem so ist, verlieren wir keine Zeit. Ich folge dir, Abu Said al-Ma'sumi.«

*

Auf einem Maulesel sitzend, vermittelte al-Husain ibn Zayla seine Lehren, indem er zwischen den Hunderten im großen Hof der *madrasa* versammelten Studenten hin und her ritt. Die Jahre hatten ihn nicht viel verändert: Die Züge waren noch immer lebhaft, die Gebärden genauso fahrig. Kaum daß er den Scheich, der über die Schwelle des *iwan* trat, erblickt hatte, brach er die Darlegung, die er gerade ausführte, mittendrin ab. Er riß die Augen weit auf, neigte den Kopf leicht zur Seite, sein Blick wanderte zu al-Ma'sumi, wieder zu Ali, dann, mit kurzem Fersenstreich und so rasch, wie es sein Reittier erlaubte, eilte er in ihre Richtung.
»Scheich ar-rais!« rief er aus, während er absprang. »Das ist unglaublich!«
»Ich weiß nicht, welcher von uns beiden mehr überrascht sein müßte. Ich wähnte dich Arzt, und noch immer in Kurganag.«
»Nach deinem Fortgang vom Hofe und dem des Großteils

der gelehrten Köpfe war nichts mehr gleich. Ich fand nicht mehr die geringste Verlockung, in Turkestan zu verweilen. Also habe ich mich wieder auf den Weg nach Buchara gemacht, und nachdem ich die Wissenschaft der Zahlen bei einem vortrefflichen Meister, einem Juden aus Samarkand, vertieft hatte, habe ich beschlossen, so lange auf Wanderschaft zu gehen, bis ich einen Lehrstuhl fände, der meinem neuen Streben gezieme.«

»Und die Medizin?«

Al-Husain schüttelte einverständlich lächelnd den Kopf.

»Nicht jedermann ist Ali ibn Sina. Ich wünschte, der Beste zu sein, und der Beste existierte bereits.«

»Es gibt keinen Besten, Ibn Zayla, mein Bruder. Es gibt nur Geschöpfe, die mehr als andere versuchen; das ist alles.«

Der Schüler setzte mit Leidenschaft hinzu: »Aber sei ganz unbesorgt. Die Wissenschaft der Zahlen begeistert mich noch immer in gleichem Maße. Ich habe Euklid, al-Harrani* und Nikomachos von Gerasa verschlungen. Ich habe von den Quellen des indischen Rechnens getrunken. Nunmehr bergen die Neunerprobe und die *djadhr*** keine Geheimnisse mehr für mich.«

»Du hast zweifellos den richtigen Weg gewählt. Es ist mir häufig der Gedanke gekommen, daß die Mathematik die erste Sprosse der Leiter darstellt, die zur Erkenntnis des Universums führt.«

»Und du, Scheich ar-rais. Was machst du im Djibal? Man behauptete, du wärst in Rayy.«

»Das ist eine lange Geschichte. Du wirst erfahren, oder vielleicht weißt du es auch schon, daß der Mensch nicht

---

* Es scheint so, als sei Thabit ibn Qurra al-Harrani, der Übersetzer der *Einführung* des Nikomachos, einer der besten Mathematiker seiner Zeit gewesen. *(Anm. d. Ü.)*

** Die Quadratwurzel. *(Anm. d. Ü.)*

immer Herr seiner eigenen Bewegungen ist. Gestern war es die Melancholie eines jungen Prinzen, die mich nach Rayy lenkte, und heute ist es der Ulkus eines anderen, der mich nach Hamadan führt. Der Fürst Shams hat meine Fürsorge verlangt.«
»Dann wirst du also unter uns verweilen!«
»Nein. Wenn der Emir wiederhergestellt ist, werde ich nach Qazvim zurückreisen, wo man mich erwartet.«
»Qazvim?« rief al-Ma'sumi entrüstet aus. »Aber das ist ein völlig abgelegener Winkel, des großen Ibn Sinas unwürdig!«
»Unser Freund hat recht, Scheich ar-rais. Deine Anwesenheit wäre vorteilhafter in einer unserer großen Städte.«
Ali schüttelte resigniert den Kopf.
»Die Pein eines Emirs zu lindern oder die eines Vogelfängers, wo ist da der Unterschied?«
»Aber deine Lehre, deine Wissenschaft? Du bist es dir schuldig, deine Zeitgenossen daran teilhaben zu lassen«, empörte sich Ibn Zayla.
Er wies mit einer Handbewegung auf die Studenten, die sie geduldig beobachteten.
»Sieh ... Ich bräuchte hier nur deinen Namen zu erwähnen, damit du nachprüfen könntest, wie groß dein Ruf ist.«
Und ohne abzuwarten, verkündete al-Husain mit lauter Stimme: »Meine Freunde, wisset, wir haben heute die Ehre, daß sich der Fürst der Gelehrten, der unbestrittene Meister der Wissenschaften des Körpers und des Geistes unter uns befindet: Ali ibn Sina!«
Eine Bewegung ging durch die Versammlung, von Ausrufen voller Bewunderung gefolgt. Manche verließen ihre Plätze, um sich den drei Männern zu nähern. Sehr rasch wich die Überraschung der Neugierde. Und Fragen sprudelten von allen Seiten, die Medizin, die Astronomie, philosophische Probleme berührend.

»Seid ruhig«, befahl Ibn Zayla. »Der Scheich ist nur auf der Durchreise. Er ist nicht hier, um eine Vorlesung zu halten.«
Es war zu spät. Die Studenten wünschten nur noch eins: den Scheich ar-rais zu hören.
Der ehemalige Schüler und der Meister blickten sich mit schicksalsergebenem Ausdruck an: »Du hattest recht ... Der Mensch ist nicht Herr seiner Bewegungen. Und sein Ruhm gehört ihm nicht.«
Ali deutete auf den Maulesel und fragte: »Kann ich mir dein stolzes Roß ausleihen?« Ohne Zögern reichte al-Husain ihm die Zügel. Ibn Sina schwang sich auf das Tier und ließ es zwischen den Reihen der Studenten vorantraben. In der Mitte des Hofes angelangt, blieb er stehen und verkündete nach kurzer Überlegung: »Ihr hofft ohne Zweifel, daß ich zu euch über hermetische und komplexe Wissenschaften spreche. Daß ich einen sprühenden Vortrag über den *Ilm al-Kalam** halte oder daß ich für euch die Geheimnisse des Körpers seziere. Leider werde ich euch sicher enttäuschen. Heute mag ich nur von abstrakten Dingen reden. Also werde ich zu euch über die Liebe sprechen.«
Erstaunen, gar eine gewisse Entzauberung zeigte sich auf den Gesichtern, aber niemand widersprach. Stille setzte ein, und Ali begann über die Liebe zu dozieren. Er redete beinahe eine Stunde. Später sollten die Zuhörer berichten, daß kein Magister in ganz Persien sich mit solch schöpferischer Einmaligkeit und Genauigkeit über ein so wenig konkretes Thema geäußert hätte**.

---

* Eine der religiösen Wissenschaften des Islam. Der Begriff bedeutet »Wissen um die Sprache (Gottes)«, demnach in etwa: Theologie. *(Anm. d. Ü./d. dt. Ü.)*
** Das Wesentliche dieses Vortrags findet man in einer Epistel: *Risala fi'l-isq*, Kleine Epistel über die Liebe genannt, die mein Meister mir einige Wochen später diktieren sollte. *(Anm. d. Djuzdjani)*

Er schloß in dem Augenblick, da die Sonne ihren Zenit erreichte und die Stimme des Muezzin alle Gläubigen von Hamadan zum Mittagsgebet rief. Den Maulesel al-Husain wieder aushändigend wies er auf die Spitze des Minaretts, das sich über die Mauern des *iwan* erhob.

»Und nun ist Stunde Gottes. Begleitet ihr mich in die Moschee?«

Während er seinen Studenten winkte, sich zurückzuziehen, schüttelte Ibn Zayla den Kopf.

»Solltest du es vergessen haben, Scheich ar-rais? Ich bin noch immer ein Anhänger Zarathustras. Ein Parsi.«

Al-Ma'sumi nahm Ibn Sina zum Zeugen: »Er nennt sich Parsi und verweilt doch weiterhin in Persien. Falls er tatsächlich ein Anhänger des Gottes Ahura Masda wäre, hätte er seine Mitgläubigen nachgeahmt und würde zur jetzigen Stunde unter den Seinen im Gujarat* leben.«

»Du bringst mich in Harnisch, mein Bruder«, wetterte Ibn Zayla. »Meine Heimat ist hier. Solange man mich nicht ins Exil zwingen wird, sehe ich keinen Grund, mich in die Gefilde des Gelben Landes zu verirren.«

Ibn Sina verschränkte lächelnd die Arme.

»Ist dies der Beginn eines längeren Streitgesprächs? Soll ich euch euren Polemiken überlassen?«

»Vergib uns, Scheich ar-rais. Aber ich verliere jede Geduld vor den Ungläubigen.«

»Bekümmere dich nicht, al-Ma'sumi. Allah weiß die Ungerechten zu erkennen ... und ich glaube nicht, daß dieser brave Zoroastrier zu jenen gehört. Laß uns nun gehen.«

---

* Al-Ma'sumis Bemerkung entbehrte nicht einer gewissen Logik. Die Parsen waren jene Zoroastrier, die sich nach der arabischen Eroberung weigerten, zum Islam überzutreten, und nach Sandjan, in Indien, flohen, wo sie das Heilige Feuer einsetzten. *(Anm. d. Ü.)*

»Werden wir den Sohn des Sina nochmals sehen?« sorgte sich Ibn Zayla, indem er den Scheich am Arm zurückhielt.
»Selbstverständlich. Heute abend im Palast des Fürsten, wenn du dies wünschst. Wir könnten zu dritt die Welt neu zu erschaffen suchen, wie zur Zeit von Kurganag und von Buchara.«
»Dann also im Palast. Und betet für die Untreuen...«

ZWANZIGSTE MAKAME

Der Sohn des Sina verweilte genau vierzig Tage in Hamadan. Während dieser Zeit woben sich enge Bande zwischen dem Kranken und seinem Arzt. Die Abstände zwischen den Koliken des Fürsten nahmen zu, bis diese fast vollends verschwanden; er empfand für Ali Achtung und Dankbarkeit. Um sich ihm erkenntlich zu zeigen, schenkte er dem Scheich die unglaubliche Summe von fünfhunderttausend Dinar. Seinerseits wurde auch der Scheich unmerklich von der Klugheit und der Hellsicht seines Patienten eingenommen. Von all den Mächtigen, die er gekannt hatte, war der Emir zweifelsohne derjenige, der ihn am stärksten fesselte. Es kam vor, daß sie sich bis zum Morgengrauen über alles unterhielten, über die Dinge des Lebens, die Todesängste, das Schicksal und über Gott. Seine Familie, und vornehmlich seine Mutter, die Sajjida, waren die Krankheiten seiner Kindheit. Im Grunde seiner selbst haßte er diese vom Erbrecht aufgezwungenen Fallen zutiefst und sah sich manchen ihm vollkommen fremden Wesen näher als den Seinen.

Am Abend des letzten Tages, da der Scheich sich anschickte, sein Bündel zu schnüren, um nach Qazvim zurückzukehren, ließ Shams ihn zu sich bitten. Er erwartete ihn im Gläsernen Saal, der wegen seiner gänzlich mit Damaszener Spiegeln verkleideten Wände so genannt wurde. Der Emir stand nahe einem der Fenster, die sich auf den Innenhof des Palastes hin

öffneten. Ali den Rücken zuwendend, ließ er mit einer etwas angespannten Stimme vernehmen: »Du gehst, und ich verlasse Hamadan ebenfalls.« Überrascht befragte Ali ihn über die Gründe dieses Fortgangs.
Shams wirbelte herum.
»Habe ich dir nicht erklärt, daß ich, seitdem ich diese Ländereien von meinem Vater erbte, nicht aufgehört habe zu befehden, die jämmerlichen Dynasten, die Männer von Ghazna, die blutrünstigen Stämme. Und morgen muß ich damit fortfahren.«
»Woher kommt diesmal die Bedrohung?«
»Die Kurden ... Annaz ... Abu Shawk ibn Annaz ...«
Dieser Name war dem Scheich nicht unbekannt. Während der Unterhaltungen, die er mit dem Emir geführt hatte, waren sie auch auf die politischen Probleme des Landes zu sprechen gekommen. Der Name Annaz ward mehrmals genannt.
»Ich kann seine Anwesenheit in Djibal nicht mehr dulden. Jeden Tag zeigt er sich bedrohlicher.«
»Es handelt sich doch um diesen Anführer kurdischer Herkunft, der die Stadt Qirmisin* erobert hat, während du deinem Bruder Madjd Hilfe leistetest?«
»Das stimmt. Dieser Hundesohn hat meinen Aufbruch nach Rayy ausgenutzt, um mir einen Dolch in den Rücken zu stoßen. In Wirklichkeit haben die Kurden seit dem Tode meines Vaters nicht innegehalten, das Gebiet in Beschlag zu nehmen. Bereits vor sieben Jahren hatte dieser Schakal Hilal ibn Sadr, gleichwohl derselbe doch, der meiner Mutter gegen die Ghaznawiden zu Hilfe eilte, sich ebenfalls der Stadt Qirmisin bemächtigt.«

---

* Eine der vier Hauptstädte von Djibal, westlich von Hamadan. Auch unter dem Namen Kirmanshah (Hauptstadt der Provinz Kirmanshahan) bekannt. *(Anm. d. Ü.)*

»Ich werde niemals verstehen, welche Rolle die Kurden spielen. An ihrer Haltung ist irgend etwas Irrationales.«
»Irrational... Aber Scheich ar-rais, weißt du denn noch nicht, daß die gesamte Welt der Politik von diesem Wort beherrscht ist? Während all dieser Jahre haben die Kurden nichts anderes getan, als ihren Vorteil aus unseren Familienzwisten zu schlagen. An einem Tag findet man sie mit der Mutter gegen den Sohn verbündet, anderntags ist es umgekehrt. Sie sind Chamäleons, ihre Zunge jedoch trägt das Gift des Skorpions.«
Eine lange Stille setzte im Gläsernen Saal ein, bevor der Fürst mit großem Ernst fortfuhr: »Wenn ich dich habe kommen lassen, so wollte ich dich bitten, mir eine letzte Gunst zu gewähren.«
Ali legte die Hand auf sein Herz.
»Wie könnte ich dir, was auch immer, verweigern, Majestät?«
»Ich möchte gerne, daß du mich auf diesem Feldzug begleitest. Es ist nicht der Freund, an den ich mich wende, sondern der Arzt. Im Verlauf dieses Krieges werde ich meine ganzen Kräfte benötigen. Es ist dir nicht unbekannt, daß meine Anfälle zu jeder Zeit wieder beginnen können.«
Der Scheich antwortete impulsiv: »Morgen, im Angesicht der Kurden, wird deine Hand fest sein und dein Geist klar wie der Abi Tabaristan. Dein Arzt verspricht es dir. Er wird dir zur Seite stehen.«
Shams erhob sich mit einem Ruck. Die beiden Männer umarmten sich brüderlich.
»Die Schlacht wird hart. Doch so Allah es will, werden wir morgen im Palast von Qirmisin auf den Sieg trinken!«

*

Unter der Mittagssonne schien die hügelige Ebene aus Gold und Silber zu bestehen. Eine Senke zeichnete sich in deren Mitte ab, worin die beiden Heere in Stellung gegangen waren.

Auf einem zurückliegenden Vorgebirge hatte man im Herzen des Feldlagers das Zelt das Emirs und – zu höchster Ehre – das seines Medicus errichtet. Die *liwa,* die Standarte des Monarchen, Sammelpunkt von Purpur und Gold, wehte ein paar Schritte entfernt auf ihrer Lanze. Mit einer Hand die Augen vor der Sonne verschattend, erkundete Ali die Umgebung, während die buyidische Reiterschar, Wellen von Staub aufwirbelnd, das Lager von einer Seite zur anderen durchquerte, um ihre Aufstellung zu nehmen. Zu Füßen der Banner, die unterm metallischen Azur peitschten, stieg allseits die fiebrige Erregung.

Bei den meisten Reitern konnte man leichthin die harten Züge der Mamelucken erkennen; ein weiteres, von der Not auferlegtes Paradox. Der ständige Bedarf an altgedienten Kriegern hatte die Heerführer seit jeher dazu geführt, ihre Streitkräfte mit aus türkischen Sklaven zusammengestellten Truppen aufzustocken. Doch man fand auch Hindus, Berber, Slawen und aus Arabien kommende Schwarze.

Wie es der Brauch wollte, schallten die Trompeten, die den Schlachtbeginn verkündeten, über die Ebene. Der *salar,* der Feldmarschall des Heeres von Shams ad-Dawla, hob den Arm hoch gen Himmel und gab das Zeichen zum Angriff. Fast zugleich ließ man die weit hinten verbliebenen Kamele – die wertvollen Träger von Verpflegung und Waffen – niederknien. Die verschiedenen Scharen, ihre *raya,* die eigenen Fahnen tragend, setzten sich unter den beklommenen Blicken des Scheich ar-rais behäbig in Bewegung. Zum zweiten Mal binnen weniger Monate würde er zum ohnmächtigen Zeugen neuerlicher Gemetzel werden. Er konnte sich nicht erwehren, über all die Listen nachzusinnen, welche die Männer gleichen Glaubens anwandten, um sich gegenseitig abzuschlachten, und ein Koranvers kam ihm ins Gedächtnis:

> *Und wir hätten nie eine Strafe verhängt, ohne vorher einen Gesandten geschickt zu haben.*

Allen hier war es weidlich bekannt: Der Islam verbot einem Muslim, das Blut eines anderen Muslim zu vergießen. Desgleichen verbietet er jegliche Art von Krieg mit Ausnahme des Heiligen Krieges. Einzig legitim ist ein Krieg, dessen Endziel ein religiöses ist, das heißt, der dazu dient, die Scharia, das heilige Gesetz, aufzuzwingen oder einen Verstoß gegen sie zu verhindern. Keine andere Form war Rechtens im Innern wie außerhalb des islamischen Staates.
Allein die Weigerung, den Islam anzunehmen, ließ einen Kampf rechtmäßig werden. Daher auch die Mühen, der sich die Fürsten befleißigten, um ihre Gegner so darzustellen, als hätten sie, zum mindesten in gewisser Weise, den Glaubensgeboten oder der Orthodoxie zuwidergehandelt; proklamierend, es könne zwischen ihnen keine andere mögliche Lösung geben denn das Schwert als Offenbarung von Allahs göttlichem Urteil ... Wie gestern, wie heute ...
In Wahrheit, dachte Ali, war dies alles nur Vorwand. Der Krieg haftete dem Wesen der menschlichen Gesellschaft seit den Urzeiten an, und kein Gesetz, und sei es heilig, hätte daran auch nur irgend etwas ändern können.
Die Schreie, die zum Himmel stiegen, rissen ihn aus seinen Überlegungen. Unterhalb vermochte man die ersten Wellen der Reiterscharen auszumachen, die im Aufblitzen von Säbeln und Speeren aufeinanderprallten. Die *karadis*, die Schwadronen mit buntscheckigen Uniformen, warteten noch, daß das eine oder andere Viereck unter den fortge-

setzten Angriffen weichen mochte, bevor sie entlang der auseinandergezogenen Flanken der beiden Heere vorrückten. Es bedurfte nicht weniger als vier Anstürme, bis es Shams' Reiterschar gelang, die kurdischen Linien zu durchbrechen. Erst dann wurde dem Fußvolk der Befehl gegeben, sich in die Schlacht zu werfen. An vorderster Stelle focht der buyidische Herrscher mit vorbildlicher Tapferkeit. Sein Säbel wütete verheerend zwischen den kurdischen Reihen, unbarmherzig jene zerschlitzend, die sich auf seiner Bahn befanden. Man hätte meinen können, er führe den *dhu'l-Fakar*, den berühmten Säbel des Propheten Schwiegersohn Ali, so mörderisch war seine Sicherheit.*

Die Schlacht setzte sich über beinahe drei Stunden fort. Menschen und Tiere im blendenden Weiß der Ebene verschmolzen. Zusehends versprengter, zeigten die kurdischen Truppen die ersten Anzeichen von Schwäche, und wiederholt mußte Ibn Annaz seine zur Flucht versuchten Einheiten zusammenrotten. Der Kampftrieb der türkischen Reiter von Shams ad-Dawla beherrschte alle Ecken und Enden des Feldes, und ihre legendäre Grausamkeit übte eine Art von Faszination auf ihre Feinde aus. Was die kurdische Reiterschar betraf, so war sie inzwischen weitgehend vernichtet; der Gnade der buyidischen Fußtruppen ausgeliefert, die, auf ebener Erde kniend, von ihren in den Sand gerammten Schilden geschützt, die letzten Anstürme brachen, indem sie die Kniesehnen der Pferde zerschnitten, die wie leblose Massen zusammensackten und ihre Reiter dabei unter sich begruben.

Diesmal gab es keine Überraschung; keinen aufsehenerregenden Geniestreich, keinerlei Elefanten, die hinter dem

---

* Die muslimische Ikonographie stellt diesen Säbel deshalb wahrscheinlich mit zwei Spitzen dar, um seinen magischen Wesenszug hervorzuheben; wobei die beiden Spitzen dazu dienen, die Augen des Feindes zu treffen. *(Anm. d. Ü.)*

verborgenen Hang eines Hügels hervorpreschten. Die Rückzugsbewegung von Ibn Annaz' Truppen verwandelte sich in heillose Flucht. Und Hamadans Heer herrschte als Gebieter über die gesamte Ebene. Darauf verzichtend, seinen Gegner zu verfolgen, stürmte Shams ad-Dawla nun auf Qirmisin ein, das jeglichen Schutzes beraubt war. Eine Stunde später wurde er als Befreier von den Bewohnern empfangen, die zu den Stadttoren geeilt waren.
In Gesellschaft einiger Ärzte und Krankenpfleger war Ibn Sina bei der Nachhut verblieben und mühte sich nach Kräften, den Hunderten von Verwundeten, die den Boden der in eine Leichengrube verwandelten Senke übersäten, dringendste Versorgungen angedeihen zu lassen. Doch leider war die aus Hamadan mitgeführte wundärztliche Ausrüstung mehr als dürftig. Es fehlte an allem, an Heiltränken, Elektuarien, Latwergen, Salben und vor allem an Ärzten selbst. Erst bei Einbruch der Nacht dann konnte der Scheich zu Shams nach Qirmisin stoßen, wo dieser sich mit seinem Sohn im verwaisten Palast des Verwesers eingerichtet hatte. Sofort bei seiner Ankunft wurde er zum Monarchen gerufen, der einem erneuten Anfall ausgesetzt war. Er traf ihn in einem Raum an, der mit malvenfarbener Seide bespannt und mit schweren Sesseln ausgestattet war; Sama war am Lager seines Vaters. Als der Fürst Ali erblickte, fand er trotz seines vor Schmerz zusammengekrümmten Körpers die Kraft, ein vages Lächeln anzudeuten.
»Scheich ar-rais, verstehst du nun, weshalb mir so daran gelegen war, daß du mich begleitest?«
Den Beutel, in dem er seine Kräuter und Instrumente aufbewahrte, auf dem Boden abstellend, kniete er neben dem Lager seines erlauchten Patienten nieder, betastete dann die Bauchregion und verkündete schließlich: »Du wirst eines jener Schmerzmittel einnehmen müssen, die du verabscheust. Diesmal werden wir zum Schlafmohn greifen.«

Der Thronfolger wunderte sich: »Sagtest du nicht, daß man sich vor dieser Droge hüten müßte?«
»Ja, Exzellenz, doch dieses Mal ist sie unerläßlich, wenn wir die Qualen deines Vaters lindern wollen.«
»Allah sei gepriesen«, murmelte der Emir. »Du gewährst mir endlich Wohlbefinden.«
»Falls du fortfährst, Schlachten zu liefern und dies ausschweifende Leben zu führen, wird dieses Wohlbefinden nur von kurzer Dauer sein. Wir werden die Dosen jeden Tag erhöhen müssen, mit all den Gefahren an Nebenwirkungen, die dies mit sich bringt, und bald werden die Bleiweiß-Auspflasterungen sich als unwirksam erweisen.«
»Ich glaubte, daß ...«
Ali fiel dem Herrscher absichtlich ins Wort: »Die Anspannung, die Aufregung, die Sorgen, das sind allesamt Gifte, wenn man an *qalandj* leidet ... Du wirst ernsthaft daran denken müssen, dir Ruhe zu gönnen.«
Shams richtete sich langsam auf dem Bett aus perlmuttbesetztem Holz auf.
»Gib diese Ratschläge meinen Feinden. Ich will nichts anderes, als in Frieden leben.«
Er setzte entschieden hinzu: »Solange mir noch ein Fünkchen Kraft verbleibt, wird niemand auch nur ein Sandkorn des Reiches, das mein Vater gründete, rauben.«
Seinen Zeigefinger auf Sama richtend: »Und du, mein Sohn, in dem Augenblick, da ich dem Tod entfliehen werde*, wirst du dasselbe tun!«
Ibn Sina beließ es ohne Kommentar.
»Ich werde verlangen, daß man uns ein heißes Getränk bringt. Versuche unterdessen, dich zu entspannen.«

---

* Will sagen: In dem Augenblick, da ich, von diesem Leben ins andere hinübergehend, nichts mehr zu fürchten haben werde. *(Anm. d. Ü.)*

Er wollte sich schon zur Tür wenden, doch der Erbprinz kam ihm zuvor: »Laß, ich kümmere mich darum, bleib am Lager meines Vaters.«

Sobald sie alleine waren, erklärte der Emir: »Sohn des Sina, ich habe dich im Verlauf dieser vierzig Tage beobachtet, und ich habe dir zugehört. Ich kenne die Menschen und ihre Winkelzüge. Du gefällst mir. Du besitzt unzweifelhafte Qualitäten: die Redlichkeit, die Kenntnis der Gesetze; du bist ein erhabener Rechtsgelehrter, und du weißt, wann Philosophie mit Wissenschaft verknüpft werden muß.«

»Exzellenz, gib acht, einen Menschen niemals zu idealisieren. Die Enttäuschung kann nur um so grausamer sein.«

Mit einem Handzeichen lud Shams seinen Medicus ein, sich in einen der Sessel zu setzen.

»Ich habe dir einen Vorschlag zu unterbreiten.«

Da Ali Platz nahm, befragte er ihn: »Was denkst du über die Macht?«

»Macht ist einsam.«

»Und die Einsamkeit ist nicht immer eine gute Ratgeberin. Ist es nicht wahr?«

»Ich glaube es, Exzellenz.«

»Desgleichen ist es gefahrvoll, seine Macht mit dem ersten Dahergelaufenen zu teilen. Ich kenne Menschen, denen man die Hand reicht, und die dann den ganzen Arm nehmen. Auch das weißt du ...«

Ali pflichtete bei, wobei er versuchte, die Gedanken des Emirs zu durchschauen. Dieser verkündete unvermittelt: »Würdest du meine Einsamkeit teilen mögen?«

Er beeilte sich, mit einer gewissen Feierlichkeit hinzuzufügen: »Und die Macht ...«

»Ich verstehe nicht, Exzellenz.«

In dem Moment, da Shams antworten wollte, kehrte sein

Sohn mit einer bronzenen Schnabelkanne und einem Kelch zurück, den er dem Arzt reichte.
»Das ist aber doch einfach«, murmelte der Emir.
Ali war aufgestanden, um ein wenig Milch in den Kelch zu schütten. Und in seinem Beutel kramend, zog er daraus einen Spatel und Mohnpulver hervor.
»Was erwartest du von mir?«
»Daß du mein Schatten wirst, und mein Schild. Mit einem Wort, ich biete dir die Stellung des Wesirs.«
Ali unterdrückte einen Schauder. Das Wesirat ... Das höchste Amt.
Von Taumel ergriffen, stoben ihm eine Vielzahl widersprüchlicher Gedanken durch den Kopf.
»Ich bin ein Mann der Wissenschaft, Majestät, ein Arzt vor allem. Ich habe nichts von einem Mann der Politik. Außerdem gehöre ich nicht zu jenen, die die Hälse vorstrecken.«
»Ebendies ist der Grund, weshalb ich dir dieses Amt vorschlage. Ich sagte es dir bereits, ich hüte mich vor Männern der Politik.«
Shams helfend, sich aufzusetzen, führte Ali den Kelch an dessen Lippen und fuhr fort: »Das wenige an Erfahrung, das ich besitze, hat mich gelehrt, daß es zwei Arten von Wesiren gibt: die, die auf den Spuren ihres Fürsten wandeln, und jene, die danach trachten, ihn zum Stolpern zu bringen. Ich bin zu beidem nicht fähig.«
»Wo würdest du dich in dem Fall sehen?«
»Treu, aber nicht unterwürfig. Meine Aufrichtigkeit und die Achtung, die ich dir entgegenbringe, zwingen mich, dir zu sagen, daß ich mich unfähig fühle, eine Stimme zu sein, die nur ein Widerhall der deinen wäre.«
Shams trank einen tüchtigen Schluck und wischte sich die Lippen mit dem Handrücken ab.
»Sofern diese Stimme mir nicht zu schaden, sondern zu

helfen sucht, wäre ich ganz und gar gewillt, sie anzuhören. Ich würde sie sogar fordern.«
»Ich weiß nicht, ob ich einer solchen Ehre würdig wäre, Majestät.«
»Ich brauche dich, Sohn des Sina«, war die einzige Antwort des Monarchen.
»Und die Meinen? Ich habe noch meinen Bruder, meinen Schüler und die, die ich liebe, welche mich im Qazvim erwarten.«
Shams strich gleichgültig durch die Luft.
»Sie werden im selben Augenblick hier sein, da du es wünschst. Ich werde Befehle geben ...« Er unterbrach seinen Satz mit Bedacht, um zu berichtigen. »*Du* wirst die Befehle geben, auf daß man sie nach Hamadan geleitet.«
Der Sohn des Sina sann noch eine Weile nach und sagte: »Auf die Gefahr, dich zu verärgern, erlaube ich mir erneut, dich eindringlich zu erinnern: Ich bin vor allem ein Mann der Wissenschaft. Meinen Beruf, meine Schriften, meine Lehre zu vernachlässigen, kann ich nicht in Betracht ziehen. Wirst du mir gestatten, auf diesem Wege fortzufahren?«
Der Emir trank nochmals einen Schluck, bevor er entgegnete: »Das ist mein innigster Wunsch. Denn es ist nicht allein der Wesir, den ich an meiner Seite möchte, sondern auch der Meister der Gelehrten. Du selbst mußt befinden, ob du beide Ämter gleichzeitig ausfüllen kannst. Also, wie lautet dein Entschluß?«
Der Scheich verschränkte die Hände und dachte schweigend nach, den Blick in den seidenen Behängen verloren.
Sama, der bisher nichts gesagt hatte, gab zu bedenken: »Wenige Menschen haben das Glück, das mein Vater dir bietet. Weißt du das?«
»Ist es wahrhaftig ein Glück, Majestät? Ich würde dich vielleicht erstaunen, wenn ich dir sagte, daß der Mensch nicht alle Türen, die sich ihm darbieten, ohne Not öffnen sollte.«

Shams erwiderte: »Worauf ich dir entgegenhalten würde, daß der Mensch verpflichtet ist, gemäß den Punktzahlen zu spielen, die sich ihm auf den vom Schicksal geworfenen Würfeln bieten ... Ich wiederhole dir nochmals, ich brauche dich ...«
Ali erforschte lange die Augen des Emirs.
»Nun gut«, sagte er endlich. »Ich werde Befehle geben, auf daß man meine Nächsten kommen lasse.«

*

Man war geneigt zu glauben, alle Gestirne des Universums hätten sich versammelt, um den großen Festsaal das Palastes von Hamadan zu erleuchten. Die Lüster und die Kandelaber klirrten leise mit Tausenden ihrer funkelnden Kristalle, auf die von goldenen Arabesken verkleideten Wände ein erlesenes Spiel irisierter Lichter werfend.
Neben Yasmina, Mahmud, dem jungen al-Ma'sumi und Ibn Zayla stehend, verschlang ich dieses blendende Spektakulum, das sich zu unserem Vergnügen bot, buchstäblich mit den Augen. Niemals war ich so viel Schönheit zugleich gegenübergestellt worden. Die bemalte Decke schwebte wie ein See zwischen den *mukarnas*. Drei Lagen Seidenteppiche liefen über die gesamte Länge des holzgetäfelten Bodens. Eine ungeheure Kuppel, welche die Architekten von Hamadan zweifelsohne gemäß dem Idealprinzip des Goldenen Schnittes* ersonnen hatten, überwölbte die Mitte des Saales; diese Kuppel war ganz mit türkisen und weißen Mosaiken

---

* Eines Tages erklärte mir mein Meister, daß die Griechen, seit Pythagoras und Platon, sich insbesondere um die Ästhetik der geometrischen Figuren und der Proportionen bekümmert hätten. Die Theorie des »Goldenen Schnittes« sei von Pythagoreern ausgearbeitet worden. Er ist eine der Harmonischen Teilungen der Griechen. Man erhält diesen, indem man eine Gerade derart in zwei Abschnitte teilt, daß der größere Abschnitt im selben Verhältnis zum Ganzen (a+b) steht wie der kleinere Abschnitt (a) zum größeren (b). Die Formel, so wie sie mir der Scheich aufgezeigt hat, wäre demnach: $a:b = b:(a+b)$. *(Anm. d. Djuzdjani)*

verziert und von bald hundert achteckigen Öffnungen durchbrochen, durch die des Nachts der Glanz der Sterne und des Tags das Flammen der Sonne sanft hereinsickerte. Was die Fenster betraf, die von blauen und gelben Kacheln umrandet, welche selbst von perlmuttern eingelegten Edelhölzern gefaßt, so erinnerten sie an die Keramiken von Schiras.
Auf einer der Wandflächen, hinter dem von Blattgold geschmückten Thron, hob sich eine gigantische Malerei ab, die eine gen Mekka aufbrechende Karawane darstellte, mit all ihren Fähnchen und dem Heer an Kamelen, die unter den Vorräten beinahe in die Knie gingen. Zu anderen Zeiten wäre ich vielleicht überrascht oder gar empört gewesen, auf diesem Bilde menschliche Gesichter zu entdecken, da man mich seit meiner frühesten Kindheit gelehrt hatte, daß das BUCH und die Hadithe die bildliche Darstellung von Lebewesen verböten.
In Wirklichkeit soll dieses Abbildungsverbot Ibn Sina zufolge aus einem zweifachen Mißverständnis geboren worden sein: dem Fehlen jeglicher Bildnisse von lebenden Wesen in der *Ersten Moschee,* dem Hause, das der Prophet in Medina erbaut hatte, sowie dem Unmaß an Prunk und Verschwendung, das unsere Kalifen und Fürsten in ihren Palästen an den Tag legten; was unsere Theologen dazu geführt hätte, auf alle Bilder auszuweiten, was bis dahin einzig eine Verdammung der Idole, der Götzenbilder war.
Auf seinem Thron sitzend, das Haupt mit einem elfenbeinfarbenen Turban verhüllt, hatte Shams ad-Dawla sich mit einem Gewand von saphirblauem, silber- und perlenbestickten Sammet sowie einem mardergefütterten Mantel geschmückt. An seiner Seite konnte man, mit großer Würde, den Thronprinzen und seine Mutter erblicken. Vor ihnen war der gesamte Hof vollzählig und in feierlichem Ornat versammelt. Der Kanzler, die Offizianten und ihre Gemahlinnen, der Kämmerer Tadj al-Mulk – ein Mann, den man tadschikischer Herkunft nannte, von recht unangenehmem Äußeren –, die Kinder der Vornehmen, der *salar,* der Feldmarschall der Heerscharen. Man hatte Weihrauch- und Moschuskügelchen

verbrennen lassen, und es herrschte eine fiebrige Atmosphäre. Alle waren begierig, endlich jenen kennenzulernen, dessen Name seit einigen Tagen auf allen Lippen war: Scheich ar-rais, Abu Ali ibn Sina.
Als er dann erschien, glaubte ich, mein Herz würde zu klopfen innehalten. Ich befragte mich über die Wirklichkeit meiner Vision: Er schritt sehr würdevoll, in großer Pracht vorwärts, die Schultern geschützt von einem Mantel aus purpurnem, mit Hermelin umsäumten Tuch mit langen Ärmeln und besetzten Aufschlägen. Ein pludriger *sirwal* von schwarzem Brokat reichte ihm bis zu den Fesseln, und sein Wams aus weißer Seide war mit einer goldenen Scheibenspange, dem Geschenk des Monarchen, vor der Brust verschlossen.
War er es wirklich? Ali ibn Sina, das Wunderkind aus Chorasan. War dieser wirklich jener Mann, der gestern noch im Elburs-Gebirge umherirrte? Der eines Tages in der Dasht-e Kawir verloren war? Von menschlicher Unredlichkeit zerrüttet, von der Ungerechtigkeit der Fürsten verletzt?
Ich suchte unwillkürlich den Blick von Mahmud, und ich sah, daß seine Augen von Tränen getrübt waren. Und Yasmina, das Antlitz hinter jenem Schleier verborgen, von dem sie seit unserem Fortgang aus Rayy nicht mehr ließ, mit einem herrlichen Kleid aus rosenfarbenem Sammet mit silbergewirkten Blumen gewandet: Sie schien eigenartig angespannt; eine gewisse Furcht las sich in ihrer Haltung. In jenem Augenblick versetzte dieser Eindruck meinen Geist keineswegs in Erstaunen. Erst viel später dann, als sie mir wieder ins Gedächtnis zurückkam, verstand ich sie.
»Ali ibn Sina, sei willkommen am Hofe von Hamadan!«
Die feierliche Stimme Shams ad-Dawlas riß mich aus meinen Gedanken.
Der Scheich war bis vor die Stufen des Throns getreten, und wie es der Ritus verlangte, kniete er vor dem Herrscher nieder.
Welcher, an den Hofstaat gerichtet, fortfuhr: »Dies ist der neue Wesir. Doch ich schenke meinem Volke mit ihm nicht

allein einen Minister, ich schenke ihm auch einen Gelehrten. Den größten Arzt unserer Zeit. Einen Philosophen, einen Universalgeist, der, so bin ich gewiß, vermöge seiner Weisheit und seiner Kenntnisse zum Wohle der Unsrigen beitragen wird.«

Zustimmendes Gemurmel fuhr durch die Versammlung. Der Fürst forderte den Scheich auf, sich wieder zu erheben, und der Kanzler trat nun seinerseits näher. Sich neben Ibn Sina aufstellend, entrollte er ein langes Pergament, den fürstlichen Erlaß, und las ihn mit lauter Stimme vor.

Ein Sturm des Beifalls huldigte dem Ende der Verlesung, dem der Scheich, die Hand auf dem Herzen, mit einer Reihe Verneigungen antwortete. An meiner Seite beobachteten al-Ma'sumi und Ibn Zayla die Szene mit kindlicher Verzückung. Seit einiger Zeit waren sie die Unzertrennlichen des Scheichs ar-rais geworden.

»Nunmehr«, schloß Shams ad-Dawla, »lade ich euch ein, diesen Tag würdig zu feiern, welcher Zeuge der Erhebung eines Mannes und des Sieges über den kurdischen Feind ist.«

Erneuter Beifall brauste auf, während der Monarch die Stufen des Throns hinabschritt, um sich in den angrenzenden Speisesaal zu begeben. Ein neuerliches, noch grandioseres Schauspiel erwartete uns dort.

Auf langen Tischen aus Damaszener Holz waren die erlesensten Gerichte aufgereiht, die zu sehen mir je gegeben waren. Mit Ausnahme von Gazelle und Schwein, welche die schiitische Religion verbot, waren alle vertrauten Speisen des Islam unter unseren Augen versammelt: Hammel, Hase, gebratene Leber, Reis mit Pinienkernen, mit Safran; gesalzene Ziegenmilch, Grieß, Klößchen in Tunke, von Gewürzen überhäuft, und alle Gerüche vereint von Zimt, Kardamom, Betel, Moschus und Muskatnuß. Auf Truhen aus massiver Bronze hatte man die mannigfaltigsten Nachspeisen angeordnet; wogegen man, an einer der Wände des Speisesaals in Reih und Glied zum Auftragen bereit, die *djashangir,* die Diener, erblickte, die die Obliegenheiten des Mundschenks besorgten.

Von allen Seiten bedrängt, versuchte der Scheich recht und schlecht, den unzähligen Fragen der Geladenen zu antworten. Ich beobachtete ihn, und ich, der ihn ohne Zweifel besser als jeder andere dort kannte, ich ahnte, daß er sich von all diesem Gepränge doch ein wenig überfordert fühlte.
Erst in den ersten Stunden des Morgengrauens fand das Ehrengelage ein Ende, so daß ich mich, in Begleitung seines Bruders, dem Scheich endlich nähern konnte. Letzterer verneigte sich vor ihm.
»Glückseliger Bruder, gibt es heute abend irgend etwas, was dir nicht greifbar wäre?«
Ali neigte sich zu seinem Ohr und flüsterte: »Wein ... ein Kelch Wein aus Sogdiana oder von anderswo ...«
Mahmud und ich konnten uns nicht verkneifen, schallend aufzulachen. Des Scheichs frühere Worte aufgreifend, fügte ich hinzu: »Was gäbe es auf der Welt dem Weine vorzuziehen? Ein Bittertrunk, der hundertmal die Süße des Lebens aufwiegt ... Ist es nicht wahr, Scheich ar-rais?«
Doch er hörte mir nicht zu. Ich sah seinen Blick den Saal durchforschen, als suchte er jemand oder etwas.
»Yasmina«, sagte er mit besorgter Stimme. »Wo ist sie?«
Wir waren zu gestehen gezwungen, daß wir nicht die geringste Ahnung hatten. Ich entsann mich nur, daß sie zu Beginn des Abends an unserer Seite war. Dann ...
Ein ängstlicher Ausdruck befiel die Züge des Scheichs. Er besah sich ein letztes Mal die Geladenen und stürzte dann zum Ausgang.

Einundzwanzigste Makame

Er suchte sie überall im grauen Licht der Dämmerung, und als er schon zu verzweifeln begann, fand er sie endlich unweit der Moschee; namenlos, unter einem Gewölbe sitzend, an der Ecke zur Straße der Töpfer.
Er verhielt sich jedes laute Wort, und dennoch pochte sein Herz wild, und seine Hände waren feucht.
»Willst du es mir erklären ...?«
»Ich weiß nicht, was in mich gefahren ist. Verzeih mir. Ich hatte plötzlich Angst.«
»Komm. Wir werden doch nicht hier bleiben. Das ist des neuen Wesirs und seiner Gefährtin unwürdig. Gehen wir ein wenig.«
Unwillkürlich versicherte sie sich des Sitzes ihres Schleiers und folgte ihm auf dem Fuße.
Sie wechselten kein einziges Wort, bevor sie in Sichtweite eines *gonbad* kamen, eines den verblichenen Familienmitgliedern der Dawla gewidmeten Mausoleums. Von dieser Stelle aus überblickte man die Weite der Ebene zu Füßen Hamadans. Ali warf unvermittelt ein: »Kennst du das Sprichwort der Leute von Chorasan?«
Bevor sie Zeit zu antworten hatte, erklärte er: »Eine umgestürzte Schale läßt sich nie füllen. Wenn du beharrst, so weiterzuleben, indem du der Wirklichkeit den Rücken kehrst, werden das Glück und das Unglück über dein Herz hinweggleiten wie das Wasser des Sturzbachs über die Kiesel. Nun braucht der Mensch aber das Glück und das

Unglück, um im Gleichgewicht zu wandeln. Und noch das allerstärkste Wesen, sei es auch Rostam selbst, hat irgendwann das Bedürfnis, sich anzuvertrauen. Darum ... sprich zu mir. Es währt nun schon zu lange, daß du mir die Geheimnisse deines Lebens zu verbergen suchst.«
»Was möchtest du gerne wissen?«
»Alles. Und zu Anfang« – er streifte sacht den Schleier, der das Gesicht der jungen Frau bedeckte – »dies. Seit wir Rayy verlassen haben, hast du nicht aufgehört, ihn zu tragen, als ob dein Leben davon abhinge.«
»Sollte es dir entfallen sein, Ali ibn Sina? ›Und sag den gläubigen Frauen, sie sollen ihre Blicke niederschlagen, und sie sollen ihre Scham bewahren ...‹«
Er vervollständigte den Satz: »›... und ihre Schleier über den Schlitz ihres Gewands schlagen, und den Schmuck, den sie am Körper tragen, niemandem zeigen denn ihrem Manne ...‹ Yasmina, wenn mein Herz mir leicht wäre, würde ich dich daran erinnern, daß der Prophet auch gesagt hat: ›Diejenigen aber, deren Widerspenstigkeit ihr fürchtet, die ermahnt, laßt sie allein in ihren Betten und schlagt sie.‹ Wenn du nicht das gleiche Los erdulden möchtest, erzähle mir von Bagdad ...«
Beim Namen Bagdad hatte sie Mühe, ihre Erregung zu beherrschen: »Weshalb sprichst du von der Runden Stadt?«
»Einer der Männer as-Sabrs, des Anführers der *ayyarun*, behauptete, dir dort irgendwann begegnet zu sein.«
»Er hat sich wahrscheinlich getäuscht.«
»Weshalb fährst du in der Lüge fort? Solange deine Vergangenheit die Gegenwart nicht beeinflußte, war ich der Ansicht, daß sie dir gehörte. Doch jetzt bin ich Wesir. Und wie du heute abend reagiert hast, beweist nun, daß deine Vergangenheit auch Auswirkungen auf unser Leben zeigt. Ich will es wissen! Ich habe ein Recht darauf.«

Er setzte in einem Atemzug hinzu: »Und sei es nur, um dich zu schützen...«
»Also gut, Ali ibn Sina. So werde ich mich denn anvertrauen, in der Hoffnung, daß deine Barmherzigkeit mir sicher sein möge.«
Sie trat hinüber zu den Zinnen und stützte sich mit den Ellbogen auf den Stein, die Hände vor sich verschränkt.
»Mein wahrer Name ist Mariam«, begann sie langsam. »Ich bin kein Kind des Islam, sondern die Tochter eines Christen. Ich stamme weder aus Dailam noch aus Rihab, sondern aus dem Land der Hellenen. Meine Mutter war aus Makedonien, mein Vater aus Konstantinopel; er war Seidenkaufmann und besaß eine Weberei in Chios. Er pflegte mit den arabischen Gemeinden von Cham zu handeln und reiste sehr häufig in dieses Gebiet. Mir sind alle Einzelheiten der Vorkommnisse unbekannt, die dann folgten; wessen ich mich jedoch entsinne, ist, daß im Verlauf einer dieser Reisen, auf der meine Mutter und ich meinen Vater begleiteten, wir von Unbekannten überfallen wurden, als wir uns in Damaskus aufhielten. Ich glaube, es handelte sich um eine dunkle Angelegenheit von Wechselbriefen oder Zahlungsaufschüben, die nicht eingehalten worden wären. Meine Eltern wurden vor meinen Augen getötet; ich wurde entführt und nach Aleppo verschleppt und an einen persischen Händler verkauft, der mich als sein Eigentum zu einem Teil seiner Karawane machte. So kam ich in die Runde Stadt. Ich zählte damals erst sieben Jahre.«
Yasmina verstummte und bemühte sich, die Gefühlsbewegung zu bändigen, die diese Beschwörung in ihr aufwallen ließ.
»Willst du wirklich, daß ich fortfahre?«
Er ermutigte sie.
»Es wäre unnötig, dir von dem Dasein zu berichten, das ich

bis zu meinem fünfundzwanzigsten Lebensjahr geführt habe. Stelle dir einfach nur vor, wie der Alltag eines Wesens sein kann, das sich nicht mehr gehört. Eine Art Gegenstand, den man verrückt, benutzt, willkürlich, nach Lust und Laune seiner aufeinanderfolgenden Gebieter verkauft. An Gebietern habe ich drei gekannt. Doch es war der letzte, der eine entscheidende Rolle gespielt hat. Er ist dir nicht unbekannt.«
»Um wen handelt es sich?«
»Um al-Qadir.«
»Der Kalif von Bagdad!«
Sie bejahte.
»Aber er herrscht noch immer!«
»Er war gerade gewählt worden, als ich in den Palast kam.«
Bestürzt versuchte Ali, seine Gedanken zu sammeln, während sie fortfuhr: »Dorthin wurde ich als Tribut an jenen geschickt, den man den ›Schatten Allahs auf Erden‹ nannte, und war ein Teil von zahlreichen Geschenken, die unter anderem aus einem Posten Seidengürteln bestanden, ungefähr hundert bernsteinernen Gebetskränzen, einigen slawischen Eunuchen und noch anderen Dingen, die ich nicht mehr in Erinnerung habe. Hingegen werde ich mich stets meiner Ankunft an den Pforten der *Stadt des Friedens* entsinnen. Wir kamen aus dem Norden, und nachdem wir das Zafariyya-Viertel, den Suk at-Thatalata durchquert hatten, überschritten wir den Tigris und gelangten endlich vor das Goldene Tor. Trotz all der Traurigkeit, die mein Herz bewohnte, konnte ich mich nicht erwehren, angesichts solcher Schönheit Bewunderung zu empfinden. Irgend etwas Übernatürliches entströmte diesem aus Marmor und Stein gestalteten, mit Vergoldungen verzierten Tor. Ich erinnere mich, daß meine Augen sich nicht von ihm zu lösen vermochten. Ich war fasziniert und niedergeschmettert zugleich. In meinem Innern flüsterte mir eine Stimme zu, daß erst hier,

genau hinter diesem Tor, Demütigung und Leid wahrhaftig beginnen würden.«
»Du bist die Favoritin des Kalifen geworden.«
»Zuerst wohnte ich, wie es der Brauch will, im Heiligtum der Frauen. Die heilige Stätte, oder die, die von der islamischen Tradition zumindest als heilig angesehen wird. Ich wurde von der Vorsteherin des Harems empfangen. Ich war von Entsetzen erfüllt. Noch heute kommt es vor, daß ich an manchen Abenden Alpträume habe, in denen ich das Quietschen der schweren Türen zu hören glaube, die sich hinter mir schließen, das alberne Lachen der Eunuchen, die mich mit den Augen ausziehen.«
Yasmina löste ihre Hände und starrte sie mit abwesender Miene an.
»Vergib mir, daß ich nicht im einzelnen ausführe, was sich im Verlauf der folgenden Monate im Serail zugetragen hat, aber du dürftest um das Leben eines Harems wissen; sein Protokoll, seine unwandelbare, durch jahrhundertealte Gepflogenheiten festgelegte Hierarchie.
Die unterschiedlichsten Gerüchte gingen bezüglich der Neigungen al-Qadirs um. Manche erzählten, er habe eine Vorliebe für die Mädchen des Gelben Landes wegen ihrer Enge, andere wiederum, daß er über alle Maßen von der Willfährigkeit der griechischen Frauen angezogen sei, die im Ruf standen, alle Formen der Liebe zuzulassen, einschließlich der, die dem Mann den Besitz dessen erlaubt, was ihr Perser *du ferud,* die zwei Getrennten, nennt.«
Ibn Sina hatte Mühe, seinen Ekel zu bändigen.
»Weshalb die Vorsteherin auch, als sie mich dem Schatten Allahs auf Erden vorstellte, vor allem anderen meine griechische Abstammung pries ...«
»Das ist widerlich ...«
Yasmina schien ihn nicht zu hören.

»Man enthaarte mich vollends. Man wusch mich mit Rosenwasser. Man beschaute die geheimsten Stellen meines Körpers, man umhüllte mich mit einem seidenen Schleier, und ich verbrachte meine erste Nacht im Bett von al-Qadir.«
Sie hielt eine Weile inne und sagte dann, die Zähne zusammenbeißend: »Es sollte nicht die letzte sein. Ich habe derer Tausende erlebt. Tausend Nächte zwischen Auflehnung, Unterwerfung und Wahn hin- und hergerissen. Das irrsinnigste war, daß der Kalif sich rasend in mich verliebte. In wenigen Wochen wurde ich ›das Licht seiner Schritte‹, ›sein Mondesglanz‹, ›seine Augen‹. Mir wurden die Herrlichkeiten des Seraillebens zuteil, die ungeheuersten Reichtümer, die kostbarsten Geschmeide. Nichts war schön genug für die Angebetete, die ich war. Während dieser fünf Jahre in der Runden Stadt sah ich die Pelze aus Turkestan, die Seidenwaren aus China, die Kaschmire des Gelben Landes und alles Gold von Bagdad mir zu Füßen gelegt. Verstehst du nun meine Abneigung angesichts des Gepränges dieses Abends?«
Sie verstummte erneut und fragte: »Willst du, daß ich fortfahre?«
»Wenn du hier innehalten würdest, wäre es wohl weit bitterer, als wenn du nichts gesagt hättest.«
Sie richtete ihre Aufmerksamkeit einen Augenblick auf die Ebene, wo die Sonne gerade die Dunstschwaden durchbrochen hatte.
»Sohn des Sina, ich weiß nicht, ob du jemals jenes eigenartige Gefühl erlebt hast: In gewissen Situationen ist die Großzügigkeit der anderen unerträglicher als ihre Verachtung. Und je größer die verschwenderische Großmut des Kalifen war, desto größer war mein Haß.«
»Ich vermute, daß diese verschwenderische Großmut alle erdenklichen Forderungen mit sich brachte.«
»Alle erdenklichen Forderungen, und weit mehr noch. Jedes

Geschenk war von seinem Quantum an Leiden und Schmach gefolgt. Ich bin wie eine Hündin die Seidenteppiche entlanggekrochen. Ich habe den Biß der Peitsche erfahren. Ich habe die Stiefel des Schatten Allahs geleckt, und meine Tränen haben Salz in die Wunden meiner Hände geträufelt. Bis zu dem Tag, an dem ich mir gesagt habe, daß der Tod süßer sein dürfte als das Leben.«
Sie zog den Stoff ihres Ärmels über ihr Handgelenk und streckte Ibn Sina den Arm hin.
»Entsinnst du dich? Diese Striemen, die meine Haut zeichnen. Du fragtest mich, woher sie stammen...«
Ali strich mit dem Zeigefinger über die Narbe.
»Du bist im Irrtum, ich wußte es vom ersten Augenblick.«
»Mein gescheiterter Versuch, mich selbst zu entleiben, hat den Haß meines Herrn und Meisters nur noch mehr angefacht. Seine Herrschsucht steigerte sich um so mehr. Seine Gelüste wurden um so heftiger. Und etwas Undenkbares geschah: Er zwang mich, ihn zu heiraten. Die gemeine Sklavin wurde Frau des Kalifen.«
Ibn Sina verschlug es die Sprache.
»Jede andere als ich wäre überglücklich gewesen. Ich muß ganz sonderbar irre sein. Zum Abschluß des fünften Jahres, am Ende meiner Kräfte, habe ich den Entschluß gefaßt, Bagdad bei der ersten Gelegenheit zu entfliehen. Diese bot sich eines Freitags, zur Stunde des *adhan*, während al-Qadir die Predigt in der großen Moschee hielt. Ich bin fortgegangen, wobei ich alles zurückließ. Das Gold, das Geschmeide, die Pelze, die kostbaren Perlen. Ich habe ein Pferd entwendet und die Stadt wie in einem Traum durchquert, bevor ich die Richtung nach Djibal einschlug. Ich bin einige Wochen in Isfahan geblieben, bis die mir hinterhergeschickten Häscher des Kalifen plötzlich in der Stadt auftauchten. Ich bin ihnen wundersamerweise entwischt und bin weiter nach Dailam

gezogen; dann bis zum Hafen von Deybul am Chasaren-Meer, wo ich mich für beinahe ein Jahr niedergelassen habe.«
»Es ängstigt mich, mir vorzustellen, zu welchen Mitteln und Wegen du hast greifen müssen, um dich während all dieser Zeit zu erhalten.«
Sie nickte mit dem Kopf, und er erriet ihre Melancholie hinter dem Schleier.
»Mein Körper gehört mir schon lange nicht mehr.«
»Und Rayy ... Wie bist du in Rayy geendet?«
»Ich weiß jetzt, daß ein in seiner Eigenliebe verletzter Gemahl sich in ein grausames Tier verwandeln kann. Al-Qadir hat es nie aufgegeben. Seinen Kundschaftern ist es gelungen, meine Spuren wiederzufinden, und ich mußte erneut fliehen. Rayy war die nächstgelegene Stadt. Und dort hat mir die Fügung einen gewissen Ali ibn Sina auf meinen Weg gestellt.«
In einer bewegten Geste nahm er den Litham ab und, ihr nunmehr entblößtes Gesicht umfangend, neigte er sich zu ihren Lippen.
»Mein armes Herz...«, sagte er sanft. »Der Abstand, der das Glück vom Unglück trennt, ist nur einen Hauch breit. Beten wir, daß uns dieser Hauch nie fehlen wird. Beten wir, endlich die heitere Gelassenheit zu erfahren.«
Er drückte sie an sich und sagte noch: »Letztendlich ist dein Leben nicht weit davon entfernt, dem meinen zu ähneln. Ich bin siebenunddreißig Jahre alt und bin immer nur umhergeirrt... Vielleicht mußte es so sein, daß wir uns fanden, um gemeinsam den friedlichen Hafen zu erreichen. Sollte dieser Hamadan sein? Endlich?«

*

Zu Anfang seines neuen Daseins deutete alles darauf hin, daß des Scheich ar-rais' Wunsch sich verwirklichen könne.
Während der folgenden vier Jahre, und gemäß einem beinahe unwandelbaren Ritus, opferte er seine ganze Zeit dem Unterricht, den Beratungs- und Behandlungsstunden, die er im *bimaristan* abhielt, ohne dabei seine Wesirats-Pflichten zu vernachlässigen. Was die Nächte anlangte, waren sie den schaffenseifrigen Symposien gewidmet, an denen alle großen Geister von Hamadan teilnahmen. Hierzu muß ich noch anmerken, daß ich, in diesem ganzen Zeitraum, meinen Meister nie ein neues Buch bis zum Ende durchlesen sah; er überflog es nur rasch und schlug mit sicherer Eingebung die schwierigen Stellen nach; aufgrund derer er mit Genauigkeit den Wert des Werkes zu beurteilen vermochte.
Das erstaunlichste war, daß er trotz seiner ausfernden Beschäftigungen zu keinem Augenblick vom Schreiben abließ. In den Wachräumen des Hospitals, zwischen zwei Ratsversammlungen, gegen Ende eines Kolloquiums mit seinen Studenten setzte er mit stets gleichem Erfolg sein schöpferisches Werk fort. Hier auch, im Frühling des Jahres 1019 der Christen, diktierte er mir die letzten Seiten des *Kanon*. Im vierten Buche wird man die Abhandlung der Fieber, die Abhandlung der Anzeichen, der Symptome, der Diagnostik und Prognostik, der kleinen Chirurgie, der Geschwülste, der Wunden, der Frakturen, der Bißwunden sowie die Abhandlung der Gifte finden. Das fünfte Buch schließt mit der Pharmakopöe ab. Eine Woche danach fügte er die *Glossen* hinzu. In zwanzig Tagen zähester Arbeit schrieb er die sieben Bände der *Physik und Metaphysik*. Im Laufe jener vier Jahre verfaßte er nacheinander eine beeindruckende Zahl an Werken, die ich gewissenhaft am Ende dieses Tagebuchs anführe.
Zu all dem kam noch ein erstaunliches Poem hinzu, namens *Lehrgedicht über die Heilkunde* und Shams ad-Dawla gewidmet. Ich glaube, es wäre nicht ohne Belang, wenn ich erklärte, was seine Erschaffung veranlaßt hat. Hierfür übergebe ich das Wort an den Scheich ar-rais selbst, denn seine Äußerungen entstammen dem Vorwort des besagten Poems:

»Es war für die Philosophen und Leute der Wissenschaft vergangener Zeit Sitte, den Königen, Emiren, Kalifen zu dienen, indem sie für jene Schriften in Prosa oder Versen verfaßten, auch Bücher, die den Künsten und Wissenschaften gewidmet, und insbesondere Gedichte zur Heilkunde.
Was die Ärzte betrifft, schrieben sie häufig Gedichte und sammelten sie in Bänden, die den beredten Manne von dem, der es nicht ist, zu unterscheiden erlauben, und den Geschickten vom Unfähigen. Auf diese Weise haben die Könige sich mit den Lehren der Medizin und den Methoden der Philosophie bekannt gemacht. Ich sah, daß in gewissen Ländern die Heilkunst weder zu Disputationen noch zu Kontroversen herausforderte, und dies sowohl in den Hospitälern als auch in den Schulen; ich sah Leute bar jeglicher ethischer Bildung und, ohne sie studiert zu haben, sich der Medizin befleißigen: Derart haben sich Männer ohne vertiefte Kenntnisse nach vorne gedrängt und als Meister ausgegeben. Also bin ich auf den Spuren der Alten und der Philosophen vorangewandelt und habe unserem Herrn, Exzellenz Shams ad-Dawla (Allah verlängere sein Leben, lasse seine Macht und seinen Ruhm dauern und stürze seine Neider und seine Feinde), gedient; ich habe ihm mit dieser *urguza* gedient, einem Poem, das alle Teile der Medizin behandelt.
Ich habe sie auf beachtenswerte Weise unterteilt, ich habe sie mit einem vollständigen Gewand bekleidet und einem Talar von Schönheit geschmückt.
Sie ist in sehr einfachem Stile verfaßt, in gefälligem Versmaß gehalten, auf daß sie leicht sei und unschwer zu lernen.
Wenn unser Fürst mit all seiner Geistesschärfe sie betrachten und sie aufgenommen haben wird unter seinen Büchern, wird er sich ihrer bedienen, um sich die Grundlagen dieser erhabenen Wissenschaft anzueignen. So wird er dann den wahren Praktikus vom gemeinen Pöbel, den Novizen vom vollendeten Gelehrten und den Gebildeten vom Toren zu unterscheiden wissen ...
Ich bitte Gott demütig, mir bei einem dieser Werke zu helfen, die mich IHM näherbringen wollen und in SEINEN Augen

ihren Verfasser erhöhen. Denn von IHM erflehe ich Beistand, und in IHN lege ich meine Zuversicht...«
So sprach mein Meister.
Dieses Poem ist in zwei Teile gegliedert: die Theorie und die Praxis. Und für unsere Studenten der Heilkunst ist es wahrhaftig ein Schatz. Zum Exempel hier ein Auszug:

Bewegung und Ruhe:
1. Von allen Leibesübungen sollst du den maßvollen dich unterzieh'n.
2. Der Körper wird ins Gleichgewicht gebracht, Schmutz und Ausscheidung aus ihm entfernet.
3. Zur guten Ernährung regen sie dieÄlt'ren an und zu gedeihlichem Wachstum die Jungen.
4. Unmäß'ge Leibesübung aber überanstrengt nur, verdirbt die Geisteskraft und führt zum Überdruß.
5. Die natürliche Wärme verzehrt sie, dem Körper schwindet alle Feuchtigkeit.
6. Die Nerven schwächt der heft'ge Schmerz und läßt den Körper altern vor der Zeit.
7. Vertraue nicht auf lange Ruh', auch davon ist das Übermaß nicht gut.
8. Mit schlechten Säften füllet sie den Körper an, die Nahrung ihm nicht mehr gereicht zum Wohl.

Entleerung und Stauung:
1. An allen Organen und dem Gehirne bedarf der Körper der Entleerung.
2. Der Aderlaß und Drogen, im Frühling eingenommen, sind allen sehr von Wohl.
3. Man gurgele sich und bürste oft die Zähne und den Gaumen sauber.
4. Und lasse häufig Harn, dir Wassersucht sonst droht.
5. Nimm Mittel, die abführen dir helfen, dem Leibesschmerz du so entgehst.
6. Nimm Bäder, die der Unreinheiten dich entledigen. Und sei nicht faul.

7. Nimm Bäder, die die Ausscheidungen den Poren dir entziehen, den Körper auch vom Schmutz befrei'n.
8. Dem Beischlaf laß getrost die Jungen sich hingeben, so bleiben vor verderblichen Übeln sie gewahrt.
9. Verbiete ihn jedoch den Geistesschwachen, den Greisen und den Geschwächten auch.
10. Verheiße Gicht und Schmerzen dem, der nach dem Essen kopuliert.
11. Zu häufger Beischlaf schwächt den Körper und führt zu mannigfachen Leiden.

Soweit also diese kurzen Auszüge des *Gedichtes über die Heilkunde,* geschrieben von Scheich ar-rais. Ich wage zu hoffen, daß du sie als nützlich für deine Hygiene befinden wirst und daß du darüber nicht lächeln möchtest. Ich würde noch gerne folgendes hinzufügen: Ich weiß nicht, wann, noch an welchem Orte du diese Zeilen lesen wirst; wenn jedoch in tausend Jahren oder mehr sich diese Ratschläge noch immer ziemen würden, wären meine Freude und mein Stolz ohnegleichen. Und wisse, dort droben werde ich, sofern mir der GÜTIGE einen Platz im Hause des Friedens gewährt, meine Unendlichkeit unter den Brustbeerbäumen ohne Dornen, den gerade ausgerichteten Akazien und den ausgedehnt schattigen Laubwerken glücklich verleben. Ich werde mit Freuden meinen Kelch erheben, der schwer des erlesenen, den Auserwählten vorbehaltenen Weines sein wird, und ich werde mit erfüllter Seele auf das Andenken des Fürsten der Gelehrten trinken.

An jenem Abend des *dhul-kade* war die Hitze, die über der Stadt herrschte, zum Ersticken. Mit schweißbedeckter Stirn fuhr Ali zu schreiben fort, völlig gleichgültig gegenüber dem Streitgespräch, dem seine Schüler sich seit mehr als zwei Stunden bezüglich der Herkunft des Tees hingaben. Er trank einen kräftigen Schluck Würzwein aus dem Krug und vertiefte sich wieder in seine Schriften.

»Scheich ar-rais!« schrie Ibn Zayla fast. »Erkläre diesem erzdummen Esel von Djuzdjani doch, daß der Tee tatsächlich aus China stammt.«

»Das ist zu einfach«, entrüstete sich Djuzdjani. »Was ich verlange, sind genauere Angaben.«

Ibn Sina tauchte seinen Calamus ins Tintenfaß und setzte seine Abfassung unerschütterlich fort. Da wiederholte Ibn Zayla seine Frage. Diesmal barst der Scheich: »Es reicht! Ich habe mit eurem Weibergeschwätz nichts zu schaffen! Seht ihr nicht, daß ich beschäftigt bin.«

»Aber Scheich ar-rais«, hielt al-Ma'sumi nicht ohne Grund dagegen, »das ist doch nichts Neues. Vor einigen Monaten noch diktiertest du Djuzdjani das fünfte Buch des *Kanon* und erklärtest mir währenddessen die Krümmung der Erde.«

»*Tcharta parta* ... Geplapper!« war die einzige Antwort von Ibn Sina.

Mit einer gewissen Enttäuschung wandten sich die Schüler wieder ihrer Polemik zu. Als Ali seinen Calamus dann endlich beiseite legte, war schon tiefe Nacht.

»Ich verlasse euch, ich gehe den Fürsten aufsuchen.«

»Den Fürsten, zu dieser Stunde?« sorgte sich Ibn Zayla.

»Was ich ihm zu unterbreiten habe, kann nicht warten.«

Mit dem Finger wies er auf den Kopf des Schriftstücks, den Titel allen vor Augen haltend: *Verwesung des Heeres, der Mamelucken, der Krieger, ihrer Verpflegung und ihres Solds.*

»Allah beschütze uns«, seufzte Djuzdjani mit aufgelöstem Gesicht. »Ich täusche mich vielleicht, aber ich habe irgendwie den Eindruck, daß wir uns auf Messers Schneide wiederfinden werden ...«

*

»Mein Bruder«, meinte Shams mit schläfriger Stimme, »ist diese Angelegenheit denn so dringend? Ich bin ihrer überdrüssig.«
Ohne zu antworten, nahm Ali auf einem der mit Teppichen bedeckten Diwane Platz und zog die kleine Marmorsäule heran, auf der der Kerzenleuchter stand.
»Sonne des Landes. Vergib mir mein Eindringen, aber ich glaube, daß du die durch dein Aufwachen hervorgerufenen Verdrießlichkeiten vergessen wirst, wenn ich dir vorgelesen habe, um was es sich handelt.«
Shams rieb sich die Augen und sank in die Kissen.
»Nun gut, ich hoffe nur, daß es nicht zu lange dauern wird.«
»Bevor ich die Verlesung meines Vorhabens beginne, würde ich dir gerne einige Fakten in Erinnerung bringen. Es geht um das Heer.«
»Du schneidest da ein Problem an, welches, so weiß ich im voraus, mein Geschwür wecken wird.«
»In den vier Jahren, seit ich meine Pflichten als Wesir wahrnehme, hatte ich alle Muße, das Heereswesen zu studieren. Ich habe das Problem von allen Seiten untersucht und bin zu folgendem Ergebnis gelangt: Die Frucht ist faulig.«
Shams setzte eine gezierte Miene auf.
»Das wissen wir, Scheich ar-rais. Du bringst mir nichts Neues bei.«
»Das Heer ist ein polypenartiges Ungeheuer mit täglich absurder werdenden Ansprüchen geworden. In gleichem Maße, wie es seinen Einfluß auf die Zentralgewalt verstärkt, verlangt es dinghafte Tribute. Von Krisis zu Krisis steigt der Preis seiner Treue stetig. Dem Schatzamt geht der Atem aus, und Hamadan ebenfalls.«
»Mein Bruder, was nutzt es, diese Gemeinplätze wiederzukäuen? Ich sage es nochmals, das ist nicht neu.«
»Sonne des Landes, du weißt, daß wir seit einiger Zeit, um die

Gier unserer Söldner zu stillen, den *iqta,* die Schenkung von Land, haben praktizieren müssen. Und daß dieser, so er das Gemeineigentum betrifft, an seine Grenzen gestoßen ist. Anderswo sind alle Ländereien belehnt. Jenseits des Landes ist uns der Horizont wegen des Stillstands der Eroberungen verschlossen; die Überforderungen und die Enteignung der Grundbesitzer können ohne Gefährdung deiner eigenen Herrschaft nicht mehr legalisiert werden.«
»Weshalb diese Erregung. Wir haben dieses Problem gelöst.«
»Gewiß. Heute lassen die Soldaten sich keine Ländereien mehr übereignen, sondern die Grundsteuer der Domänenbesitztümer.«
»Und alles kommt in Ordnung.«
Zum Zeichen der Erbitterung hob Ali die Arme gen Himmel.
»Ganz im Gegenteil! Alles kommt in Unordnung. Was machst du mit der Entäußerung und der Verarmung des Staates? Mit der Ausbeutung der Grundbesitzer durch einen Stand, der sich vor allem um sofortige Geldeintreibungen bekümmert, und dies um den Preis der Zerstörung der Böden, Vorbote von Verschuldung und Enteignung des herkömmlichen Bauernstandes?«
»Schlußfolgerungen?«
»Zwei Schlußfolgerungen. Die erste ist, daß unsere von Gold, Waren und Menschen berieselte Welt nicht die Mittel für ihr Heer besitzt. Die zweite: Der Eintreibung der Grundsteuer durch die Söldner muß ein Ende gesetzt werden.«
Shams ad-Dawla blinzelte ungläubig mit den Lidern.
»*Majnun* ... Sollte mein Wesir den Verstand verloren haben?«
»Meine Gedanken sind noch nie so klar gewesen.«
»Die Mamelucken der Grundsteuer berauben? Stellst du dir

überhaupt vor, welcher Gefahr du dich aussetzt? Wir werden uns mit einer Empörung am Halse wiederfinden.«

»Exzellenz. Wenn wir die Gesundheit von Handel und Geldwesen nicht wiederherstellen, wird die Gefahr einer Empörung weit größer sein. Von überall ziehen Überdruß und Zorn herauf. Die Bauern, die Domänenbesitzer, das gesamte Volk ist es leid festzustellen, in welchem Maße die Privilegien in diesem Lande vorherrschen. Allein die Achtung, die sie dir gegenüber empfinden, hat sie bis zu diesem Tage im Zaum gehalten. Doch für wie lange noch? Dein Reich bleibt weiterhin zerbrechlich. In vier Jahren hast du mehr als sechs Feldzüge unternommen, und in einigen Tagen rüstest du dich erneut zum Sturm auf Rayy, um dort wieder Ordnung zu schaffen.«

Ein Blitz des Zorns durchzuckte die Augen des Monarchen. »Allah stoße meinen Bruder und meine Mutter in die Gehenna! Dieses Mal werde ich ohne Mitleid sein, sie werden gemeinsam in den Verliesen von Tabarak vermodern!«

»Dies löst das Problem der Mamelucken nicht.«

»Du bist der Wesir. Die Entscheidung gebührt dir.«

»Majestät, du bist der Fürst. Und ...«

Shams ad-Dawla unterbrach ihn gereizt: »Hör mir zu, Ali ibn Sina. Ich weiß, daß dein Schritt von einem Gerechtigkeitsgefühl geleitet ist, ich weiß, daß diese Angelegenheit früher oder später gelöst werden muß; doch ich weiß auch um die Gefahr, an den Pfründen des Heeres zu rühren. Es ist an dir, die Vorrangigkeiten zu beurteilen.«

»Die Gerechtigkeit muß über die Belange einzelner obsiegen.«

»In dem Fall handele so, wie du es für richtig hältst. Du hast mein ganzes Vertrauen. Du hast stets Hellsicht bewiesen. Nichtsdestotrotz möchte ich dich bitten, die Verkündung deines Erlasses bis zu unserer Rückkehr aus Rayy aufzu-

schieben. Der Feldzug droht beschwerlich zu werden, und ich brauche den vollen Zusammenhalt meiner Truppen.«
»Es wird nach deinem Willen geschehen, Exzellenz.«
Ali blies die Kerzen aus. Im Augenblick, da er die Schwelle des Zimmers überschreiten wollte, erhob sich nochmals Shams' Stimme: »Nimm dich trotz allem in acht. Wäge die Folgen genau ab ... Mäßiger Wohlstand mit Frieden ist besser als Überfluß mit Sorgen.«

Zweiundzwanzigste Makame

Ghazna, 1019 nach christlicher Zeitrechnung

Teuerster Sohn des Sina, Dir meinen Gruß.

Wie lang ist es her, daß Du nichts von mir gelesen hast, und ich keine Kunde von Dir bekam. Unsere Briefe haben sich verloren, gekreuzt, erneut verloren. Ich glaubte Dich in Rayy, Du warst in Qazvim, ich schrieb Dir nach Qazvim, doch Du warst in Hamadan, und obendrein Wesir! Was mich betrifft, so habe ich mehr in Indien als am Hofe des Ghaznawiden gelebt. Heute nun setzt sich unser Zwiegespräch fort, und ich bin glücklich, daß der ALLERHÖCHSTE in SEINER Güte us erlaubt hat, uns wiederzufinden.

Vor Augen habe ich den vollendeten *Kanon*. Ich danke Dir dafür, er ist ein Monument. Wie ich mich auch für die Abschriften einiger Deiner Werke bedanke, die Du mir hast zukommen lassen. Ich habe Deine *Wesentliche Philosophie* verschlungen, und Dein *Abriß über den Puls* hat mich bezaubert. Wenn ich über unser Gespräch im Hause Deines Vaters nachsinne und mir Deine Bedenken, Dich überhaupt ans Schreiben zu begeben, ins Gedächtnis zurückrufe, kann ich mich des Lächelns nicht erwehren. Ich habe auch großen Gefallen an Deiner astronomischen Abhandlung gefunden. In diesem Zusammenhang wird es Dich vielleicht interessieren zu erfahren, daß ich auf Verlangen des Königs den Bau eines Instrumentes in Angriff genommen, welches ich – Sitte verpflichtet – Yamin ad-Dawla* genannt habe. Es wird mir erlauben, die geographische Breite von Ghazna genau zu vermessen. Offen gestanden ist dies nicht das erste Mal, daß ich einen derartigen Versuch wage. Vor zwei Jahren, da ich mich in Kabul aufhielt, gelang es mir ohne Instrumente, recht niedergeschlagen, gestehe ich ein, und unter jämmerlichen Bedingungen, einen notdürftigen Quadranten herzustellen, indem ich auf die Rückseite eines Rechenbretts einen in Grade eingeteilten Bogen aufzeichnete und ein Lot verwandte. Auf der Grundlage der gewonnenen Ergebnisse, die ich Dir, wenn Du es wünschst, mitteilen werde, habe ich die Breite des Ortes mit Genauigkeit zu ermitteln vermocht. Im übrigen beabsichtige ich, nach und nach eine Tafel der geographischen Längen und Breiten der bedeutendsten Städte und Gebiete der islamischen Welt zu erstellen**.

Weiterhin die Astronomie betreffend, möchte ich Dein Augenmerk auf das Werk des großen indischen Astronomen Brahmagupta und die Kladden von Tabahafara lenken. Was man dort erfährt, ist nicht ohne Belang.

Manche hinduistische Gelehrte versichern, die Erde bewege sich und die Himmel stünden still. Andere verwerfen diese Behauptung, indem sie vorbringen,

---

* Die rechte Hand des Staates. Dies war einer der Titel, die der Kalif von Bagdad Mahmud verliehen hatte. Das monumentale Instrument, das al-Biruni erschaffen sollte, wurde nach altem Brauch mit dem Namen des königlichen Schutzherrn bezeichnet. *(Anm. d. Ü.)*

** Al-Biruni wird diese Tafel tatsächlich erstellen, die mehr als sechshundert Orte enthalten und die Richtung gen Mekka wissenschaftlich genau zu bestimmen erlauben wird. *(Anm. d. Ü.)*

wenn dem so wäre, fielen die Felsen und die Bäume von der Erde herab. Brahmagupta teilt diese Ansicht nicht und sagt, die Theorie erzwinge eine solche Konsequenz nicht, vermutlich, weil er überzeugt ist, daß alle schweren Dinge vom Mittelpunkt der Erde angezogen würden. Ich für meinen Teil bin ich der Auffassung, daß die trefflichsten Astronomen, sowohl die alten als auch die der neueren Zeit, die Frage der Erdbewegung beharrlich erforscht und sie zu verneinen gesucht haben. Daher auch habe ich vor sechs Monaten ein Werk über dieses Thema verfaßt, das ich *Die Schlüssel der Astronomie* genannt habe. In aller Bescheidenheit denke ich, weitergegangen zu sein als unsere Vorgänger, wenn nicht im Ausdruck, so doch zumindest in der Untersuchung aller Gegebenheiten dieses Themas.

Jedoch glaube ich, daß vor allem jene Neuigkeit Dich aufmerken lassen wird, die ich Dir jetzt mitteile: Es ist mir gelungen, den Erdumfang zu ermitteln.

Hier die Fakten: Vor zwei Jahren befand ich mich in der Feste Nandana*. Zuerst habe ich damit begonnen, die Höhe eines nahen Bergs zu messen, der sich hinter der Feste abzeichnete; anschließend habe ich, von diesem Berg ausgehend, die Neigung des sichtbaren Horizonts bestimmt. Und das Ergebnis: ein Erdradius von 6338,8 Kilometern**.

Zur Zeit meiner Fahrten in Indien habe ich mich

---

* Die Feste Nandana, von der noch einige Überreste stehen, erhob sich in einer hügeligen Gegend, ungefähr hundert Kilometern südlich von Islamabad, der heutigen Hauptstadt Pakistans. *(Anm. d. Ü.)*

** Diese – um größerer Klarheit willen absichtlich in Kilometern ausgedrückten – Ergebnisse sind von erstaunlicher Genauigkeit. Verglichen mit den Zahlen von heute: 6370,98 km bzw. 6353,41 km auf geographischer Breite von Nandana, weisen sie nur eine Abweichung von 17,57 km auf. *(Anm. d. Ü.)*

überdies eingehend mit den Eklipsen beschäftigt, und zwar in der Weise, die erhellten Teile des Mondes zu vermessen. Ebenso habe ich mich bemüht, eine Klassifizierung der Himmelskörper nach ihrer jeweiligen Größe (im Grunde nach ihrer Helligkeit) zu erstellen. Und habe so eintausendneunundzwanzig Sterne aufgenommen.

Ein ganz anderes Gebiet betreffend beabsichtige ich, meine Erkundung der Schichtenfolge der Gesteine zu vertiefen, da ich mehr und mehr überzeugt bin, daß alle Veränderungen sich vor sehr sehr langer Zeit ereignet haben, und unter Kälte- und Wärmebedingungen, die uns weiter gänzlich unbekannt bleiben.

Doch ich muß aufhören, unablässig von meinen Vorhaben oder meinen Verwirklichungen zu reden. Ich könnte Dir sonst anmaßend erscheinen. So möchte ich diesen Brief damit beenden, mich darauf zu beschränken, Dir die letzten Neuigkeiten aus dem Lande mitzuteilen. Vielleicht entzieht es sich ja Deiner Kenntnis, aber der Sultan Ibn Ma'mun und seine Gemahlin (die, ich erlaube mir, es Dir zu erinnern, die Schwester des Königs von Ghazna ist) sind bei einem Palastaufstand ums Leben gekommen. Mahmud hat sich gesputet, diesen Tod zu rächen, und ist gen Charism gezogen. Er hat die Rebellion erstickt und zum Nachfolger von Ibn Ma'mun einen der Offizianten seines Gefolges bestimmt. Nunmehr ist das Reich des Ghaznawiden auf dem Höhepunkt seiner Ausdehnung angelangt.

Was meine Beziehungen zum Herrscher betreffen, werde ich Dich wohl kaum überraschen, wenn ich Dir anvertraue, daß sie nicht die harmonischsten sind. Er ist unbestreitbar ein blutrünstiger, nach Macht gierender Tyrann. Ich argwöhne, daß er von einem Imperium träumt, das er sich mit dem des großen Iskandar vergleichbar wünschen mag. Du fragst Dich sicher über die Gründe, die mich bewegen, an seinem Hofe zu verweilen. Sie lassen sich in wenigen Worten zusammenfassen: meine Leidenschaft für Indien. Sie verzehrt meine ganze Energie. Könnte ich mir einen günstigeren Ausgangspunkt als Ghazna erträumen, um meine Erkundungsfahrt in dieses Land fortzusetzen? Und solange der ALLERHÖCHSTE mir die Kraft gibt, werde ich hier verbleiben.

Im übrigen habe ich Dir eine traurige Nachricht zu verkünden. Entsinnst Du Dich Firdausis und seines *Buches der Könige?* Firdausi ist nicht mehr. Er ist vor einigen Tagen leider verstorben. Ich aber, der ich das Glück hatte, sein Werk einzusehen, ich frage mich... kann ein Mensch, der es zustande gebracht hat, ein so kolossales Opus zu vollenden, welches alle Legenden vereint, von den sagenhaften Urkönigen unseres Landes bis zu dessen Eroberung durch die Eidechsenfresser; kann ein Mann wie dieser wahrhaftig sterben? Lange werde ich seine Beschreibung der Liebe von Zal und von Rudaba in Erinnerung behalten, oder die herzzerreißende Elegie, die er beim Tode seines Sohnes schuf. Ich gebe sie Deinem Urteil anheim:

»Ich zähle fünfundsechzig Jahr' und er nur siebenunddreißig: Er begehrte nichts von diesem Greis und ging allein davon...
Vielleicht fand er ja junge Freunde, daß er so rasch sich von mir entfernt?«

Sein Verhältnis zu Mahmud hat sich sehr schnell als überaus feindselig erwiesen. Einige Wochen vor seinem Tod hat Firdausi den Mut gefunden, den König vor seinen engsten Vertrauten zu schmähen, indem er ihm diesen furchtbaren Satz hinwarf:

»Hätte der König einen König zum Vater gehabt, hätte er auf mein Haupt mir eine goldene Krone gesetzt... da aber in seinem Wesen nicht die Spur von Größe war, hat er es nicht dulden können, den Namen der Großen zu vernehmen...!«

Wenn man um die Abstammung von Mahmud weiß, vermag man sich leichthin die Tragweite der Demütigung vorzustellen!
Wie Du feststellen kannst, erlangen weder die Wissenschaftler noch die Künstler das vollkommene Glück bei ihren Gönnern. Ich hoffe indes, daß diese Worte Dich glücklich und wohlauf antreffen werden; und empfange meine besten Segenswünsche in Deinen neuen Ämtern. Hüte Dich trotz allem davor, Dich in die Fallen der Macht locken zu lassen: Sie kann tödlich sein für lautere Seelen...
Dein Bruder, Ibn Ahmed al-Biruni.

Im Augenblick, da Ali den Brief vor sich ablegte, erhob sich ein unbändiges Hämmern hinter der Tür.
»Scheich ar-rais! Öffne, rasch!«
Man hätte meinen können, der ganze Raum würde in Trümmer gelegt.
Djuzdjani erschien im Türrahmen, mit bleichem Gesicht und hervortretenden Augen.
»Scheich ar-rais...«, stammelte er, »du mußt fliehen... Du mußt die Stadt verlassen.«
»Aber was erzählst du da? Solltest du irre geworden sein?«

Djuzdjani packte den Scheich am Arm und zog ihn zum Fenster.
»Und du, solltest du taub geworden sein? Hörst du nicht?«
Da Ali sich noch immer keinen Rat wußte, stieß ihn der junge Mann buchstäblich zum Fenster und wies auf die Mitte des darunterliegenden Hofes.
»Du bist vielleicht taub geworden, aber dein Augenlicht hast du noch!«
Und im selben Moment begriff er, was sich zutrug und was er, ganz in die Lektüre von al-Birunis Botschaft versunken, nicht wahrgenommen hatte.
Männer in Waffen, unter ihnen ein Trupp Mamelucken und zahlreiche Hauptleute des Heeres, schwangen drohend die Fäuste und stießen Verwünschungen in seine Richtung aus. Es war sein Kopf, den die Krieger forderten.
»Ja, was ist denn in die gefahren?«
Djuzdjani wollte antworten, als mit lautem Stiefelgeräusch drei Männer, vom Kämmerer Tadj al-Mulk begleitet, in den Raum stürmten.
»Scheich ar-rais, du mußt uns folgen, der Fürst verlangt dich auf der Stelle.«
Ali versuchte erst gar nicht, dies alles zu begreifen, sondern warf sich eine *burda* über die Schultern und schritt den Soldaten hinterdrein. Unterwegs wurde er von der brodelnden Unruhe verblüfft, die den Palast ergriffen hatte. Krieger der Leibgarde von Shams und kopflose Diener liefen kreuz und quer in alle Richtungen. Einen Moment später war er bereits in den gläsernen Saal geführt, wo Shams ihn erwartete. An seiner Seite befanden sich der Kanzler und Sama, der Thronprinz.
»Eine Tragödie!« rief der Monarch aus. »Das ist das Ende!«
»Das Ende wovon? Alle Dschinns des Universums scheinen Besitz von der Stadt ergriffen zu haben!«

»Du weißt gar nicht, wie recht du hast«, äußerte der Kämmerer mit düsterer Stimme. »Die Dschinns, und weit mehr ...«
Draußen erscholl neuerliches Geschrei, doch lauter noch und drohender.
Ali ballte die Fäuste.
»Sonne des Landes, könntest du mich aufklären?«
»Hörst du nicht?« trat Sama dazwischen.
»Es ist dein Kopf, den sie fordern«, erläuterte der Kämmerer.
»Genau dies habe ich zu verstehen geglaubt. Doch aus welchen Gründen?«
Shams ad-Dawla hob den Blick mißmutig gen Himmel.
»Du hast ein kurzes Gedächtnis, Sohn des Sina. Hast nicht du einen Erlaß bekanntgegeben, der die Privilegien des Heeres aufhebt?«
»Das ist es also.«
»Was erhofftest du dir?« warf Tadj al-Mulk mit Gehässigkeit ein. »Man reißt dem, der gerade zu kauen begonnen hat, das Brot nicht aus dem Munde.«
Ali krümmte sich leicht, und seine Züge verschlossen sich. Seine Beziehungen zu dem Kämmerer waren nie zum besten gewesen. Er verdächtigte den Mann, seine Berufung in ein Amt, nach dem dieser lange vor der Ankunft des Scheichs in Hamadan getrachtet haben dürfte, nie geschätzt zu haben.
Er warf mit mürrischer Stimme ein: »Sei unbesorgt, Tadj, bin ich einmal fort, ist die Ablösung gesichert.«
Ohne die Erwiderung des Kämmerers abzuwarten, wandte er sich mit ausholenden Schritten zum Fenster und deutete auf die Aufrührer: »Majestät, worauf wartest du, diese Aasgeier auseinandertreiben zu lassen?«
»Und wer sollte sich darum kümmern?« fragte der Kämmerer spöttisch. »Du vielleicht? Oder unser Herrscher, mit bloßen Händen?«

»Es bleiben noch genug Getreue! Die Frucht ist vielleicht noch nicht völlig verdorben!«
Shams kniff die Lippen zusammen.
»Nein, sie ist nicht völlig verdorben. Ich verfüge über die Mittel, diese Empörung niederzuwerfen.«
»Aber dann ...«
»Weshalb tue ich es nicht? Ganz einfach: Ich bin nicht toll. Sohn des Sina, das Blut des Heeres durch das Heer vergießen zu lassen, ist eine Ausschweifung, die ich mir nicht leisten kann; da könnte ich die Schlüssel von Hamadan gleich übergeben.«
»Das wäre das Ende des Reichs«, fügte Sama hinzu. »Das Erbe meines Großvaters in Asche gelegt!«
»Aber ihr werdet diese Söldner doch trotz allem nicht Recht und Gesetz vorschreiben lassen? Begreift ihr denn nicht, falls ihr heute nachgebt, werdet ihr damit das Reich preisgeben.«
»Scheich ar-rais, gebärde dich nicht kindisch! Wir haben es hier nicht mit einer einfachen Bande von Aufrührern zu schaffen! Es ist ein Heer, das sich erhebt!«
Der Monarch hatte sich mit einem Ungestüm und einer Verzweiflung geäußert, die er bis zu dieser Stunde an ihm nicht gekannt hatte.
»Es ist gut, Sonne des Landes. Was erwartest du von mir?«
»Der *salar* verlangt die Aufhebung des Edikts.«
»Ein leichtes, Majestät. Der *salar* wird also erhalten, was er wünscht. Wir werden den Erlaß auf dem Marktplatz verbrennen.«
»Das ist nicht alles.«
Ali wartete, daß er fortfuhr, doch es war der Großkanzler, der erläuterte: »Dein Kopf. Die Hauptleute verlangen einstimmig deinen Tod.«
Ibn Sina schwamm es vor den Augen, und er hatte den

Eindruck, ein eisiger Wind bliese auf den Gläsernen Saal. Sehr bleich drehte er sich zum Emir.

»Muß ich mich bereits als tot betrachten, Exzellenz?«

Shams fuhr zornig mit der Hand durch die Luft.

»Allein Allah entscheidet, das Leben zu nehmen. Ich weigere mich, diese Rolle zu spielen.«

»In dem Fall...«

»Ich habe verhandelt... Und habe dein Überleben gegen die Verbannung erwirkt.«

»Die Verbannung?«

Ali glaubte, die Damaszener Spiegel würden mit einem Schlag zerbersten.

»Beruhige dich, das Wort ist härter denn seine Folgen. In Wirklichkeit wirst du dich nur einige *farsakh* von der Stadt entfernen. Du wirst von einem meiner persönlichen Freunde, dem Scheich Ibn Dakhdul, beherbergt werden. Er ist ein redlicher und großzügiger Mann. Wir können auf seine Verschwiegenheit zählen.«

»Aber das ist ungeheuerlich! Genügt die Aufhebung des Dekrets noch nicht, daß man ihr noch die Demütigung meines Fortgangs hinzufügen müßte?«

»So ist es. Wir haben keine andere Wahl«, entgegnete Tadj al-Mulk ruhig.

Der Monarch legte Ibn Sina die Hand auf die Schulter.

»Ich kann nichts dafür! Hör nur, sie heulen wie die Wölfe! Entweder du oder das Reich!«

»Du bist ein schwieriger Mann, Scheich ar-rais«, murmelte der Großkanzler.

»Ich bin, was ich bin; das schert nur den ALLERHÖCHSTEN und mich, da ER nun einmal der einzige ist, der mir heute die Hand reicht.«

»Du bist ungerecht, Sohn des Sina!« tobte der junge Sama. »Auch mein Vater reicht dir die Hand. Er hat sich gegen seine Heerführer, gegen seine Krieger gestellt, damit du mit dem Leben davonkommst!«

Die Schreie der Menge nahmen an Heftigkeit zu. Ibn Sina kehrte zum Fenster zurück, und von den Samtvorhängen geschützt, betrachtete er mit Bitterkeit die fratzenhaften Gesichter.

»Wenn man bedenkt, daß unter den Männern einige sind, die mir ihre Gesundheit verdanken ...«

Herumwirbelnd verkündete er mit großer Mattigkeit: »Nun gut. Ich begebe mich in eure Hand.«

Shams schien sich zu entspannen.

»Du wirst sehen. Du wirst nichts entbehren. Die Deinen werden dich begleiten. Ich werde deine Manuskripte und deine Instrumente bringen lassen. Ibn Dakhdul hat den Befehl, all deine Begehren zu befriedigen.«

»Ich weiß dir darum Dank. Ich wünsche nur, du wirst nie bedauern müssen, daß du genötigt gewesen warst, der Gewalt und der Gemeinheit zu weichen.«

*

Ibn Dakhdul war so, wie ihn Shams ad-Dawla beschrieben hatte. Ein offener Mensch von großer Zuvorkommenheit; ungefähr im sechzigsten Jahr. Und sein Blick spiegelte die Heiterkeit der Seele wider. Er hatte zweifellos schon viel gesehen; verschiedenste Geschöpfe und unzählige Städte kennengelernt. Von all dem, so spürte man, hatte er nur die Schönheit der Dinge in der Erinnerung bewahrt.

Er besaß ein ausgedehntes Gut im Süden Hamadans, von blühenden Gärten umgeben, die mit dem Wohlgeruch der Rose und des Jasmins erfüllt waren. Seinem vorgerückten Alter zum Trotz sein Land höchstselbst versorgend, wachte er darüber, daß es dem geringsten Blatt, dem kleinsten Baum an nichts mangelte.

Er wußte die schönsten persischen Gedichte auswendig. Weder Dakiki noch Baba Tahir, und Rudaki am allerwenigsten, waren ihm in irgendeiner Weise fremd. Und er fand allabendlich Gefallen, uns mancherlei Verse zu rezitieren, die wahrhaftig von großer Schönheit waren.

Der Scheich hatte Yasmina, Mahmud und mich selbst ersucht, nie wieder von den vergangenen Ereignissen zu reden. Wir aber, die ihn kannten, wir wußten, daß diese neuerliche Wunde, die sich zu all den anderen hinzugesellt hatte, in seinem Herzen blutete.

Ich machte mir zunutze, daß die Aufgaben des Wesirats ihn nicht mehr in Anspruch nahmen, und bat ihn, zu meinem Vergnügen einen Kommentar der Bücher des Aristoteles zu verfassen. Er gab mir zu bedenken, daß sein Geist nicht befreit genug sei, um ein solches Unterfangen zu beginnen, welches Polemiken und Widerlegungen erfordere. Er fügte jedoch hinzu: »Wenn du hingegen geneigt bist, eine Arbeit anzunehmen, in der ich einzig darlege, was ich an Positivem bei Aristoteles finde, und darauf verzichte, über die strittigen Punkte zu disputieren, bin ich gerne bereit, sie dir zu schenken.«

Es versteht sich von selbst, daß ich überglücklich war zuzustimmen. Und der Scheich setzte sich sogleich an ein Werk, das er *Kitab as-Sifa,* das Buch der Genesung, betitelte. Seine Bände sollten für die Philosophie zu dem werden, was der *Kanon* für die Medizin war. Der *Kanon* würde ihn zum unbestrittenen Meister der Naturwissenschaften und *as-Sifa* zu dem des philosophischen Denkens machen.

Die Zeit verstrich. Ibn Dakhdul hatte den Scheich ein fesselndes Spiel gelehrt: *Das Spiel des Brahmanen,* was darin bestand, mit Hilfe von Elfenbeinfiguren, welche Reiter, Minister, Türme und Krieger darstellten, eine Schlacht auf einem Damebrett auszutragen. Die Sage wollte, daß dieses Spiel von einem hinduistischen Brahmanen erfunden worden wäre, um einen jungen arabischen Prinzen zu zerstreuen. Es war eine bekannte und beliebte Lustbarkeit in der Gegend; doch in Anbetracht ihrer Komplexität waren gute Spieler selten. Der mathematische Verstand des Sohnes des Sina zeichnete sich bei diesem Zeitvertreib erwartungsgemäß aus, und bald schlug er seinem enttäuschten, nichtsdestotrotz aber bewunderungsvollen Gastgeber neue Eröffnungen vor.

Es war im Verlauf einer dieser Spielrunden, da wir gerade in den vierzigsten Tag unseres Exils traten, daß der Sohn des Shams ad-Dawla höchstselbst den Scheich abholen kam. Sein Vater, Opfer einer seiner Geschwürkoliken, litt furchtbar. Ali brach unverzüglich auf.

Es fehlt mir im einzelnen die Kenntnis darüber, was zwischen Shams und seinem Medicus geredet wurde, als sie sich nach dieser langen Trennung wieder zusammenfanden. Alles was ich weiß, ist, daß einige Tage später, während Besorgnis sich unser zu bemächtigen begann, eine neue Abordnung auf dem Gut ankam und uns verkündete, der Scheich erwarte uns in Hamadan: Der Herrscher hatte ihn ein zweites Mal zum Wesir ernannt.

Dreiundzwanzigste Makame

In dem vom Dunst der Nargilehs verrauchten Raum spielte der Musikant, auf den seidenen Teppichen im Schneidersitz hockend, und wiegte dabei den Kopf.
Ibn Zayla reichte al-Djuzdjani den Schlauch der Nargileh, welcher, nachdem er einen Zug genommen, sie dem Scheich gab, der sie seinerseits seinem Bruder hinüberreichte.
Der Frühling des Jahres 1021 der Christen hatte begonnen, und die Nacht war mild, die Luft von besänftigenden Wohlgerüchen erfüllt. Der Musiker schlug einen letzten Akkord unter großem Beifall, und der Scheich griff sein Diktat der *Sifa* wieder auf.
So ging es jeden Abend, seit der Scheich wieder in Gunst stand – ein Jahr bereits. Und nach und nach, so wie er sprach, übertrug al-Djuzdjani den Text mit beflissener Treue, sich ab und an erlaubend, seinen Meister zu unterbrechen, um von ihm eine Erläuterung zu einem strittigen Punkt zu erbitten. Bisweilen war es auch der Sohn des Sina selbst, der innehielt, um einen schwierigen Abschnitt auszuführen, ihn mit seiner eigenen Erfahrung verknüpfend, ihn im Lichte der Tatsachen erhellend.
Erst in der Mitte der Nacht legte al-Djuzdjani seinen Calamus ab und räumte die Manuskripte beiseite. Dann ließ man Wein aus Qazvim und Dörrobst auftragen. Und die Diskussionen begannen von neuem: Mehrschichtigkeit des Seins, Geschick der Seelen, Aristoteles, Platon, af-Farabi. Endlich, des Weines und der Polemiken satt, da schon die ersten Strahlen

des Morgens die Hänge der Gebirgsausläufer röteten, entschied sich die Gruppe auseinanderzugehen. Dies war der Augenblick, den al-Ma'sumi wählte, um al-Birunis letzten Brief anzusprechen. Er war wenige Tage zuvor angekommen und bereits zum Gegenstand aller Kommentare geworden. In recht verblüffendem Tone hatte al-Biruni den Scheich herausgefordert, auf zehn präzise Fragen über so mannigfache Themen wie die Physik, die Mathematik, die Geologie und die Philosophie zu antworten. Unter diesen Fragen fand sich manch vernichtendes Urteil gegen den vom Rais hochverehrten Philosophen: den großen Aristoteles. Seither lauerten die klugen Köpfe von Hamadan mit Ungeduld auf die Antworten des Scheichs. Und diese Antworten kamen nicht.

Die Fäuste in die Hüften gestemmt, musterte Ali seinen jungen Schüler von oben bis unten und nahm seinen Bruder zum Zeugen: »Es hätte mich auch gewundert, wenn dieser Abend zu Ende gegangen wäre, ohne daß jemand meine Säfte zu reizen suchte.«

»Aber Scheich ar-rais, diese Botschaft von al-Biruni ist mehr als nur ein einfacher Brief: Er ist ein Fehdehandschuh. Ihm nicht zu antworten, würde von allen gelehrten Köpfen Persiens als ein Eingeständnis der Unwissenheit empfunden werden.«

Ali bekundete ein nachsichtiges Lächeln.

»Unwissenheit ... Oh! Mein Freund, wann wirst du endlich lernen, deine Zunge siebenmal im Munde herumzudrehen, bevor du Worte aussprichst, deren Gewicht du nicht kennst. Weshalb begnügst du dich zu dieser vorgerückten Stunde nicht damit, die Tulpe nachzuahmen, die im *nauruz** blüht? Sei wie sie ein Kelch und genieße einfach nur die Wonnen des Weines.«

---

* Das neue persische Jahr. Es beginnt an der Tagundnachtgleiche des 21. März. *(Anm. d. Ü.)*

»Es ist zu spät, um weiterzutrinken, und zu früh, um erneut damit zu beginnen«, erwiderte al-Ma'sumi verdrossen. »Wir sind ein solches Verhalten von dir nicht gewöhnt. Sind diese Fragen denn so knifflig?«

»Wenn ich dich nicht schätzte, würde ich dir antworten: Nichts gebietet dem Tor Achtung denn das Schweigen; antwortet man ihm, macht man ihn kühn!«

»Muß ich diese Äußerungen als einen Tadel gegen mich betrachten, oder richten sie sich an deinen Freund al-Biruni? Letzten Endes werden wir noch glauben, daß diese Fragen dich tatsächlich in Verlegenheit bringen.«

Alis Wangen wurden purpurrot.

»Vielmehr beginnt ihr mich in Harnisch zu bringen.«

Auf dem Absatz herumwirbelnd, eilte er zu seinem Arbeitstisch und fing an, in seinen Aufzeichnungen zu kramen. »Du willst deine Antworten!« rief er heftig aus und hielt al-Ma'sumi jene Botschaft unter die Nase, die so viele Polemiken zeitigte. »Du wirst sie bekommen! Hier, nimm denn den Brief, und lies die Fragen laut vor, damit alle sie hören.« Mit einer gewissen Fiebrigkeit setzte er, an die anderen gewandt, hinzu: »Kommt zurück, nehmt wieder Platz. Und du, al-Djuzdjani, ergreife wieder deinen Calamus.«

In gesammelter Stille begann al-Ma'sumi: »Bezüglich der Himmelsmechanik, behauptet al-Biruni, habe Aristoteles nichts anderes getan, als den antiken Denkern und seinen Altvorderen blindlings zu folgen, ohne, zum Zwecke eingehender Untersuchung, eigene Beobachtungen ins Spiel zu bringen. Zur Bekräftigung seines Diktums führt er das Beispiel einer Beschreibung der Gebirge Indiens an, eine Beschreibung, so sagt er, auf die man nicht vertrauen könne; denn wenn man die betreffenden Gebirge betrachte, werde man gewahr, daß sie seit der Zeit dieser Beschreibung eine andere Gestalt angenommen hätten.«

Kaum hatte der Schüler geendet, antwortete der Scheich auch schon: »Al-Biruni, mein Bruder, wisse, daß die Gebirge sich bilden und wandeln, die Himmelskörper jedoch nicht. Ebendies ist ein fundamentaler Unterschied. Obendrein, und ohne dich beleidigen zu wollen, mache ich dich darauf aufmerksam, daß deine Vorhaltung nicht neu ist. Ohne es zu wissen, greifst du jenes Argument nur auf, sei es von Yuhanna Philoponos,* der sich gegen Aristoteles stellte, weil er Christ war, sei es von ar-Razi, der, wenn auch ein großer Mediziner, von der Metaphysik nichts verstand. Zweite Frage?«
»»Der Peripatetismus verneint, daß eine andere Welt, völlig verschieden von der, die wir kennen, existieren könne, eine uns deshalb unbekannte, da sich unseren Sinnen vollends entziehende Welt. Was absurd ist. Zur Veranschaulichung führe ich den Fakt an, daß es einem Blindgeborenen unmöglich ist, sich einen Begriff des Sehens zu bilden. Desgleichen können andere Welten existieren, die der Mensch mangels der erforderlichen Fähigkeiten nicht wahrzunehmen vermag.««
»Ich räume die Existenz anderer, von der unseren verschiedener Welten ganz und gar ein, gleichwohl jedoch vertrete ich ganz und gar den aristotelischen Standpunkt, der darauf aufmerksam macht, daß eine andere Welt *gleich dieser, aus denselben Elementen gebildet und von selbem Wesen* nicht existieren kann.«
Die Reihe der zu Aristoteles vorgebrachten Kritikpunkte setzte sich fort, und der Scheich antwortete darauf mit gleicher Genauigkeit. Dann folgten die Fragen allgemeinerer Art: »Weshalb schwimmt das Eis auf dem Wasser, während es doch eher an einen Festkörper denn an eine Flüssigkeit gemahnt und demnach schwerer als das Wasser sein müßte?«

---

* Johannes Philiponos (Grammatikos) von Alexandrien. *(Anm. d. dt. Ü.)*

»Wenn das Wasser gefriert, hindern es Zwischenräume und Luftkammern daran, zu sinken.«

»»Wie ist das Sehen möglich? Weshalb kann man unter Wasser sehen, da das Wasser doch eine opake, lichtundurchlässige Substanz ist, die an der Oberfläche die Strahlen der Sonne zurückwirft?'«

»Gemäß Aristoteles beruht das Sehen darauf, daß dem Auge die ›Qualitäten‹ jener sichtbaren Farben innewohnen, welche in der Luft, mit der das Auge in Berührung ist, enthalten sind. Dieser Theorie zufolge ist das Problem, das du aufwirfst, ohne jeden Bestand, da ja das Wasser und die Luft gleichermaßen durchsichtige Körper sind, welche die Farben an einen unserer Sinne – den Gesichtssinn – weiterleiten, und somit wird das Sehen möglich.«

»»Weshalb zerbirst ein mit Wasser gefülltes Fläschchen, wenn das Wasser sich in Eis umwandelt?'«

»Es ist die eingeschlossene Luft, die, wenn sie abkühlt, sich bisweilen derart zusammenzieht, daß sie ein Vakuum bewirkt; und da dies nicht sein kann, zerbricht das Fläschchen.«*

Auf die Weise beantwortete der Scheich binnen einer Stunde die zehn von al-Biruni gestellten Fragen und schloß, indem er sich an al-Ma'sumi wandte: »Ich stelle es deiner Entscheidung anheim, diesem Brief einen Epilog hinzuzufügen; und den Disput mit meinem Freund gar auszudehnen.** Seid ihr befriedigt?«

---

* Gezwungenermaßen muß man eingestehen, daß diese Antworten Ibn Sinas jeglicher wissenschaftlichen Strenge entbehren. Seine Erklärungen wurden seither von unseren heutigen Kenntnissen weitestgehend in Frage gestellt. *(Anm. d. Ü.)*

** Dieser Briefwechsel bildet den Gegenstand eines Sammelbandes, der unter dem Titel *Fragen und Antworten* bekannt ist. Al-Biruni hat sich einige Zeit später erneut eingelassen, um die Antworten meines Meisters zu kommentieren. Diesmal jedoch war es al-Ma'sumi, der den Disput im Namen des Scheichs fortführte. *(Anm. d. Djuzdjani)*

Die kleine Runde, offensichtlich stark beeindruckt, antwortete zustimmend.
»Bestens. Nun aber, falls ihr es mir erlaubt, werde ich mich zurückziehen. Der Morgen ist angebrochen. Es bleibt mir gerade noch Zeit, meine Waschungen durchzuführen und nachzuprüfen, ob alle Vorbereitungen zum Aufbruch getroffen sind. Ich muß den Herrscher bei einem neuerlichen Feldzug begleiten. Wir rücken in einer Stunde aus.«
Ibn Zayla und al-Ma'sumi wechselten einen verdutzten Blick.
»In einer Stunde?« fragte letzterer nach.
»In diesem Augenblick sind die Truppen zweifellos bereits angetreten.«
»Aber das war uns nicht bekannt, Scheich ar-rais. Und gegen wen zieht ihr schon wieder in die Schlacht?«
»Al-Marzuban. Den Emir von Tarim*. Weshalb diese Verwunderung?«
Ibn Zayla fühlte sich beschämt.
»Verzeih unsere Beharrlichkeit von eben. Du dürftest Ruhe benötigt haben.«
»Du redest wie ein Eidechsenfresser! Wolltest du nicht die Antworten für al-Biruni erfahren?«
»Gewiß, aber ...«
»Branntest du nicht vor Neugierde, wie alle hier?«
»Selbstverständlich, Scheich ar-rais ... indes ...«
»Wenn dem so ist, weshalb setzt du dann diese betretene Miene auf? Du bereust, mich wach gehalten zu haben? Du hast unrecht. Du weißt, wie sehr ich die Nacht schätze.«
Er hielt eine Weile inne und fügte mit gewisser Ironie hinzu:
»Was ich hingegen von unserem Freund al-Biruni nicht

---

* Al-Tarum ist ein ausgedehnter Bezirk, der zwischen den Bergen von Kaswin und Djibal liegt. *(Anm. d. Ü.)*

behaupten könnte. Er ist es, den du um Verzeihung anflehen solltest. Wenn er diesen Brief erhält, wird er, so glaube ich, nicht allzuviel Schlaf finden ...«

*

Der aufgekommene Wind jagte die letzten Sandwolken die trockene Ebene von al-Tarum entlang; jene wirbelten, wie dem Boden entrissen, zum Himmel und fielen wieder herab, die Pferde und die Männer verhüllend. Die Verwirrung war noch vollkommen. Das blendende Sonnenlicht machte die Entfernungen unberechenbar, und von dort, wo er sich aufhielt, vermochte Ali die Ereignisse nicht mehr zu überblicken.
Alles hatte eine Stunde zuvor begonnen. Nichts war wie vorgesehen abgelaufen.
Das Heer von ad-Dawla, das Hamadan am frühen Morgen verlassen hatte, schickte sich an, in die Lande von Tarum vorzudringen. Den *djawasis* zufolge, den zur Auskundschaftung vorausgesandten Spähern, hätte es erst am Ausgang der letzten Schlucht, zwei *farsakh* vor Tarim, zum Aufeinandertreffen kommen dürfen. Nun hatte aber der erste Angriff genau in dem Augenblick stattgefunden, da die Gesamtheit der Streitmacht sich bereits weit zwischen die schroffen Felswände gezwängt hatte. Auf den Höhen liegend und bis zum letzten Moment unsichtbar, hatten die Bogenschützen al-Marzubans ihre Pfeile abgeschossen und den Tod und eine unbeschreibliche Panik unter die Reihen der Krieger ad-Dawlas gesät. Ibn Sina, der neben dem Emir an der Spitze ritt, glaubte, ihre letzte Stunde habe geschlagen. Im Nu war der Streifen Himmel schwarz von aberhundert Geschossen, die über ihren Köpfen herniederzuprasseln begannen; so dicht, daß sie stellenweise das Licht der Sonne verfinsterten.

Es hatte Shams' und seines jungen Sohnes ganzer Beherztheit bedurft, um die Truppen aus der Schlucht zu reißen. Außerhalb jedoch erwartete sie die feindliche Reiterschar. Allein ein Wunder Allahs hätte die Niederlage abwenden können. Im selben Augenblick, da der Haufen, der von Hamadans Heer noch verblieb, den Schlund überschritt, brach ein Sandsturm los. Er brach mit dieser der Wüste ureigenen Plötzlichkeit los, welche den Scheich ar-rais an jenen erinnerte, den er damals, während seiner Durchquerung der Dasht-e Kawir, erlebt hatte.

Es war, als erhöbe sich die ganze Wüste. Über die Stimmen der Heerführer hinweg erscholl der Ton der Hörner in das Chaos hinein; beide Lager versuchten, ihre Verbände geschlossen zusammenzuhalten. Aber es war zu spät. Die Auseinandersetzung fand unter fürchterlichem Wirrwarr statt. In völliger Blindheit schlugen die einen auf ihre Waffenbrüder ein; andere, ihr Heil in der Flucht suchend, fanden sich auf das Eisen der von unsichtbaren Händen gehaltenen Lanzen gespießt.

Unter den Wellen goldgelben Sandes blitzte von Zeit zu Zeit die Spitze eines Speers, die Kante eines Schildes auf; die Schwerter wurden mit solcher Hast geschwungen, daß allein die Spitzen hervorstießen, unsichtbare Kreise erweiternd, die sich wirbelnd wieder schlossen. Jene, die ihre Säbel verloren hatten, rangen Mann gegen Mann. Derwischen gleich, rückten die schemenhaften Gestalten vor, wichen zurück und drehten sich um sich selbst.

Wie lange dauerte dieser Kampf der Blinden? Schließlich legte sich der Sturm, und der Schleier riß nach und nach auf, ließ ein grauenerregendes Leichenfeld zum Vorschein kommen, auf dem sich über mehr als eine Meile eine Unzahl entstellter Kadaver wirr aufeinandertürmte. Wundersamerweise war es Sama, dem Thronprinzen, gelungen, die Reiter-

schar seines Vaters zu erhalten und sie abseits vor den Gefechten zu bewahren. Er wartete geduldig ab, daß der Wind etwas abflachen mochte, dann, mit der Meisterschaft eines alten Kriegers, bestürmte er die letzten *khami* von al-Marzubans Streitmacht.
Alles ging sehr rasch vonstatten. Keuchend, atemlos schwankten die Unglücklichen in ihrer Verzweiflung kurz, bevor sie, vom jungen Prinzen verfolgt, in heillosem Rückzug die Flucht antraten. Und die Trompeten verkündeten den Sieg der Truppen ad-Dawlas. Doch war es wahrhaftig ein Sieg? Derart zermürbt und elend, waren die Männer bloß noch Schatten ihrer selbst.

»Scheich ar-rais! Schnell, es steht sehr schlecht um den Fürsten!«
Im aufstiebenden Staub und Ibn Sina dabei fast umwerfend, zügelte der Mameluck sein Reittier.
»Ist er verwundet?«
»Ich weiß nicht, Scheich ar-rais. Er hat das Bewußtsein verloren und ...«
Ali brach die Erklärungen des Soldaten harsch ab und stürzte zu seinem Pferd.
»Ich folge dir«, brüllte er, während er sich halb aus dem Sattel erhob.
Seinem Pferd die Sporen gebend, schoß der Mameluck Richtung Süden davon, und in schnellster Gangart überwanden sie die halbe Meile, die sie vom Lager trennte.
Was dem Scheich sogleich auffiel, war die Ruhe, die rund um des Fürsten Zelt vorherrschte. Mit Ausnahme zweier Krieger, die Schildwache standen, und einiger Hauptleute, die sich mit gesenkter Stimme unterhielten, nahm man nichts wahr, was die Tragödie vorausahnen ließ.
Die erste Person, die er im Zelt des Emirs erblickte, war

Tadj al-Mulk. Hinter ihm fand sich Sama, am Fuße einer Tragbahre niedergekniet, auf der man den Fürsten gebettet hatte.
»Scheich! Endlich ...«, flüsterte er.
Er deutete mit dem Finger auf seinen Vater.
»Er hat gerade sein Bewußtsein wiedererlangt...«
Ein Blick genügte Ali, um zu begreifen, daß es sich diesmal nicht um eine einfache Geschwürkolik handelte. Das Gesicht des Monarchen war erschreckend weiß, seine Lippen waren bläulich, und seine Augen hatten all ihren Glanz eingebüßt. Und trotz der erstickenden Hitze, die im Zelt herrschte, zitterte er an allen Gliedern.
»Mein Retter«, sagte er mit erstickter Stimme.
Ali machte ein besänftigendes Zeichen, und die dicke Wolldecke zurückziehend, preßte er sein Ohr auf Shams' Brust. Das Herz war schwach, kaum wahrnehmbar. Er entblößte die Füße und befühlte deren Spitzen; sie waren eiskalt. Dann hakte er das Kettenhemd auf und untersuchte den Bauch; die Decke war gespannt, aufgedunsen, und allein die Berührung seiner Handfläche entriß Shams einen Schmerzensschrei.
»Scheich ar-rais«, stammelte er, »dieses Mal ...«
Er hielt im Satz inne und begann in Schüben zu erbrechen.
»Laßt Milch erhitzen!« befahl Ali, während er den Kranken stützte. »Und bringt Decken!«
In einem letzten konvulsivischen Zucken fiel Shams schwer auf die Bahre zurück.
»Du mußt tief durchatmen, Majestät. Versuche dich zu entspannen.«
»Mein Bruder, meine Seele ist auf meinen Lippen.«
»Es ist nur ein Anfall mehr, Exzellenz. Sorge dich nicht, ich werde dir ein Elektuarium zubereiten, und dein Schmerz wird vergehen.«
Noch während er sprach, studierte Ali die über den Sand und

auf des Kranken Uniform verteilten Flecken des Erbrochenen. Beim Anblick deren bräunlicher und roter Farbe begriff er: Das Geschwür war aufgebrochen; Shams entleerte sich seines Blutes.

Er erhob sich und lud den Erbprinzen unauffällig ein, ihm nach draußen zu folgen.

Vor dem Zelt angelangt, noch bevor er ein einziges Wort hervorbringen konnte, murmelte Sama: »Er wird sterben, nicht wahr?«

Ali konnte nur traurig bestätigen.

»Leider, diesmal bin ich ohnmächtig vor seinem Leiden.«

»Das ist doch nicht möglich«, seufzte al-Mulk, der ihnen gefolgt war. »Vielleicht gibt es ...«

»Nichts, *hajib**, da ist nichts mehr zu machen. Ich kann nur versuchen, sein Sterben zu sänftigen.«

»Wird er bis zu unserer Rückkehr nach Hamadan standhalten?«

»Das glaube ich nicht. Er ertrinkt in seinem Blut.«

»Aber, Sohn des Sina, wozu nutzt dann dein unendliches Wissen, deine unermeßliche Wissenschaft?«

»Exzellenz ... ich bin nur ein einfacher Arzt. Ich kann den Schmerz lindern, doch es ist der ALLERHÖCHSTE, der über das Leben und den Tod befiehlt.«

Man spürte, daß der junge Mann eine unmenschliche Anstrengung aufbot, um nicht in Schluchzen auszubrechen.

»Wir müssen das Lager augenblicklich abbrechen«, sagte er mit dumpfer Stimme. »Da mein Vater sterben muß, möchte ich, daß es inmitten der Seinen, in seiner Stadt, geschehe.«

*

* Kämmerer. *(Anm. d. dt. Ü.)*

Die Rückkehr nach Hamadan gemahnte an einen Trauerzug. Quer durch die Wüste streckte sich die Kolonne über mehr als eine Meile dahin, zog langsamen Schrittes voran, schleppte sich bei Tage unter einer unerbittlichen Sonne fort; bei Nacht unter kaltem Sternenhimmel. Alle Abende, so wie es der Brauch wollte, entfachte man im Lager Hunderte kleiner Feuer, um den vorüberreisenden Karawanen zu vermelden, ein Bittgebet für den Sterbenden an Allah zu richten. In jenen Stunden mochte die Wüste dem Firmament gleichen.
Shams hauchte seine Seele aus, als sie schon in Sicht der Berge, bis kaum zwei *farsakh* vor die Stadt herangelangten. Die Hauptleute zerrissen ihre Gewänder vom Kragen bis zum Gürtel. Man vernahm grauenerregende Schreie in dem Augenblick, als der Kämmerer, wiederum gemäß der Tradition, die Uniform des Erbprinzen abstreifte, sie zefetzte, um ihn dann mit einer einfachen Tunika zu gewanden, die dieser bis zu seinem Einzug in den Palast tragen mußte. Erst dort würde der Prinz dann mit dem königlichen Ornat geschmückt.
Da sie vom Tode ihres Herrschers erfahren hatten, waren die Bewohner, der weit vorgerückten Stunde zum Trotz, in die Straßen getreten. Manche zerkratzten sich die Gesichter, andere schlugen sich vor die Brust, während das Schluchzen der Klageweiber den Himmel erfüllte. Kaum im Palast eingetroffen, wurde die Totenwaschung vollzogen. Dreimalig läuterten die Wäscher den Leichnam des Monarchen mit *sedr* und Lotus versetzten Wassern. Man verschloß alle Körperöffnungen, man kleidete ihn wie für eine Zeremonie, bevor man ihn auf ein Leichengerüst, das mit einem gewaltigen Seidenteppich behängt war, bettete. Im Schneidersitz am Fuße des Katafalks niedergelassen, psalmodierte ein Mullah das *nemaz el-mayyet,* das aus dem Awesta entstammende Totengebet, sowie einige Abschnitte des Koran. Anschlie-

ßend hüllte man Shams in ein großes nahtloses Baumwolltuch, dessen Enden man verknotete.
Im ersten Schimmer der Morgenröte trug der Hof in feierlichem Staat den Fürsten zum Friedhof.
Vor dem vollkommen schwarzen und gänzlich verschlossenen, von zwei Rotfüchsen gezogenen Leichenwagen führten Ibn Sina, Sama und Tadj al-Mulk den Zug an, von Musikanten eingerahmt, welche ihren Trompeten rauhe Töne entlockten, unter die sich das Weinen und Wehklagen der den Weg Säumenden mischte. Dahinter kamen fünf Diener, die über ihren Köpfen große, stoffbedeckte Schalen mit den Totenopfern balancierten, welche man zum Heil des Verblichenen unter den Armen verteilte. Hierauf folgte die Menge – die Männer voran, und die Träger der Standarten, die kein Wind entfaltete.
Auf dem Friedhof war die Grube vorbereitet. Man ließ den Leichnam des Monarchen hinein, ohne Sarg, auf die rechte Seite gebettet, gen Mekka gerichtet. In dumpfer Stille kam Sama, um auf seines Vaters Brust dessen Turban, dessen Säbel, dessen Pfeile und dessen Köcher niederzulegen. Ein Mullah fügte all dem noch Speisung hinzu, und dann begann man, die Grube zuzumauern.
»*La ilaha illa'llah* ... Es gibt keine Gottheit außer Gott ...«, waren die letzten Worte, die der Thronfolger aussprach. Und die Formel wurde von der Menge im Chor wiederholt.
Ali hob den Kopf zum Himmel ... Schwere graue Wolken rollten über Hamadan.

Vierundzwanzigste Makame

Himmel des Landes, weder vermag ich, noch wünsche ich, meinen Entschluß zu widerrufen.«
Auf dem Thron niedergelassen, beugte sich Sama ad-Dawla, neuer Herrscher von Hamadan und Kirmanshahan, nach vorne und verschränkte seine Finger mit unwirscher Gebärde. An seiner Seite stand der Kämmerer mit starrem Blick und sagte nichts.
»Scheich ar-rais. Ich mißbillige deine Haltung. Nun sind es zwei Wochen, daß mein Vater verstorben ist, und du beharrst darauf, deine Obliegenheiten als Wesir nicht wieder aufnehmen zu wollen. Was habe ich dir denn getan, was ein solches Verhalten verdient? Habe ich in irgendeiner Weise die Vorrechte deines Amtes behindert oder geschmälert?«
»Du bist nicht im mindesten verantwortlich für meine Entscheidung. Ich kann dir versichern, daß nichts in deiner Haltung mich beeinflußt hat. Aber, Himmel des Landes, ich kann mich nicht mehr gleichzeitig der Medizin und dem Wesirat, der Lehre und der Politik widmen. Seit bald fünf Jahren bekleide ich diese Ämter, und ich muß gestehen, daß ich es wahrhaftig nicht mit frohem Herzen, sondern einzig und allein aus Freundschaft für deinen Vater getan habe.«
Sama erstarrte betroffen. Tadj al-Mulk ergriff die Gelegenheit einzuschreiten.
»Wenn ich recht verstehe, hegst du gegenüber unserem

neuen Fürsten keines der Gefühle, die dich an den verblichenen Monarchen banden! Das ist verletzend, Scheich ar-rais, und schändlich.«

Ali fixierte den *hajib* mit gewisser Gereiztheit. Er hatte für diesen Mann nie die geringste Sympathie empfunden, und er wußte, daß dies auf Gegenseitigkeit beruhte. Zu alledem war es al-Mulk, der während der vierzig Tage seines erzwungenen Exils ihm im Amt des Wesirs nachgefolgt war. Der Mann hatte die Macht gekostet und des Rais' Rückkehr in Gnade sehr schlecht ertragen. Wenn in all dieser Zeit al-Mulk es geschafft hatte, seine feindselige Streitsucht zu verschleiern, so brach sie heute offen zu Tage.

»*Hajib*«, erwiderte Ali leise, »was schändlich ist, ist das Urteil, das du dir anmaßt. Was weißt du von meinen Gefühlen?«

Er ging auf Sama zu.

»Himmel des Landes, wisse, daß ich dich achte, und daß ich dich ebenso hochschätze wie deinen Vater. Doch es geht hier um etwas anderes. Es geht um meine Freiheit.«

»Ein Wesir ist doch trotz allem kein gemeiner Mameluck! Ein Palast hat nichts von einem Kerker!«

»Sicher. Aber darum handelt es sich hier gar nicht. Ich wiederhole nochmals, ich fühle mich nicht imstande, Politik und Wissenschaft ebenbürtig fortzuführen.«

Sama schüttelte den Kopf und versank kurz in Gedanken, bevor er verkündete: »Nun gut. Ich kann mich deinem Wunsch nur beugen. Gleichwohl, wenn ich den Wesir zu verlieren auch hinnehme, bestehe ich darauf, den Medicus zu behalten. Es sei denn, du hättest die Absicht, auch dieses Amt preiszugeben?«

»Ich würde mir diese Ehre nicht versagen, Majestät. Meine Wissenschaft ist dir gewiß.«

Die Züge des jungen Mannes entspannten sich.

»Darüber freue ich mich, wobei ich hoffe, daß du dich ihrer nicht allzuoft wirst bedienen müssen.«
»Sei unbesorgt, du bist jung und stark, und es wird wohl noch viel Zeit vergehen, bevor du meiner Fürsorge bedürftest.«
»Inschallah, Scheich ar-rais. Von deinen Lippen zu den Himmelspforten.«
Er neigte sich zum Kämmerer und schloß mit gezwungenem Lächeln: »Tadj, du kannst unserem Freunde danken. Nun bist du erneut Wesir.«

*

Yasmina streckte sich schmachtend unter der Schurwolldecke aus, ihr Gesicht der Sonne darbietend, die sich gedämpft durch den Spalt der Vorhänge schlich.
»Wenn ich daran denke, daß es Geschöpfe gibt, die die Freuden des Fleisches verdammen.«
Sie ließ ihre Handflächen gemächlich ihre nackten Hüften entlanggleiten und schmiegte sich an Alis Körper.
»Liebste, wisse, daß der Tor nicht mehr Gefallen an der Wollust findet, als der verschnupfte Mensch die Düfte der Rose schätzt.«
Sie hatten sich zwei Stunden lang in Liebe beigelegen, mit derselben Leidenschaft wie am ersten Tag. Zur vollkommenen Vertrautheit ihrer Leiber gelangt, wußten sie nunmehr Gipfel stets neu entfachter Lüste zu erreichen, von einer subtilen Mischung aus Gewalt und Sanftheit, Verderbtheit und Tugend geprägt.
Yasmina streifte zerstreut den blauen Stein, der sich auf dem Brustkorb ihres Geliebten abhob.
»Gesegnet sei der Tag, an dem dir jene Frau dies hier schenkte. Wird sie je wissen, wie sehr sie zu deinem Glück und dem meinen beigetragen hat?«

»Möge es dem UNBESIEGBAREN gefallen, daß dieser okkulte Schutz noch lange währt. Wir werden ihn benötigen.«
Yasmina betrachtete ihn erstaunt.
»Ja«, griff er auf, »neuerliche Umwälzungen lauern auf uns. Doch dieses Mal werde ich deren Anstifter sein.«
Den Fragen seiner Gefährtin zuvorkommend, erklärte er: »Ich habe vor einigen Tagen dem Emir von Isfahan geschrieben.«
»Ala ad-Dawla?«
»Ihm selbst.«
»Dem Neffen der Sajjida?«
»Ganz richtig, und entfernten Vetter unseres neuen Herrschers.«
»Ja, aber weshalb?«
»Um ihm meine Dienste anzubieten.«
»Solltest du den Verstand verloren haben?«
»Nein, Schmaus meiner Augen, ich bin niemals so klarsichtig gewesen. Wenn alles gut verläuft, werden wir in nächster Zeit an den Hof von Isfahan geladen werden.«
»Erkläre dich, ich bitte dich.«
»Es ist dir nicht fremd, daß Sama, seit sein Vater tot ist, nicht innegehalten hat, mich zu plagen, damit ich das Wesirat beibehalte. Ich habe zu lange die Welt der Politik gekostet, als daß ich Lust verspürte, darin zu verweilen: Es ist die bitterste Frucht, die ich kenne. Sama hat meinen Abschied äußerst ungern gesehen.«
»Aber er hat dir doch deine Freiheit zurückgegeben!«
»Mit Widerstreben. Das kann ich dir versichern.«
»Wen schert es, da er ja deine Abdankung angenommen hat. Wovor hast du Angst? Er weiß um die Freundschaft, die sein Vater für dich hegte, und achtet dich.«
»Du hast ein kurzes Gedächtnis, Yasmina. Solltest du die wenige Monate zurückliegenden Vorkommnisse vergessen

haben? Das Zetergeschrei, das wegen meines Erlasses anhob?«
»Das ist Vergangenheit. Du bist nicht mehr Wesir.«
»Shams ist tot, das Heer bleibt. Und mitten unter ihm gibt es Männer, die mir ihren grimmigsten Haß bewahren. Solange der Fürst noch lebte, wagte niemand, mich anzugreifen. Heute bin ich eine Zielscheibe ohne Schutz; ebenso verletzlich wie ein Patient in den Händen seines Arztes.«
»Sama wird dich schützen, wie sein Vater es getan hat.«
»Täusche dich nicht. Sama ist erst dreiundzwanzig Jahre alt. Er besitzt nicht den Einfluß seines Vaters und gebietet nicht Achtung wie er. Außerdem ... Da ist ein Mann zur Stelle, ein Mann, der, ich weiß es, seit jeher auf mich eifersüchtig ist: unser neuer Wesir, Tadj al-Mulk.«
»Dieser Tadschikensohn ist doch nur ein haltloser Mensch. Er ist nicht des geringsten Unternehmens fähig.«
»Neuerlicher Irrtum, Schmaus meiner Augen. Du kennst die Geschöpfe schlecht. Tadj wird dem ersten Ansinnen des Heeres nachgeben. Falls dieses meinen Kopf fordern sollte, wird er ihm den ohne jedes Zögern schenken.«
Yasmina drehte sich auf den Rücken und starrte traurig die arabeskenverzierte Decke an.
»Ich finde dich plötzlich recht pessimistisch.«
»Ganz und gar nicht. Einfach nur realistisch.«
»Was macht dich glauben, daß der Emir von Isfahan dir Gastfreundschaft gewähren wird?«
»Ich kenne seinen Ruf. Er ist ein Liebhaber der Künste und der Wissenschaften, ein gutes und großzügiges Wesen; ohne Zweifel das gesündeste Mitglied der Buyidendynastie.«
»Isfahan ... Einmal mehr wieder unterwegs.«
»Sei unbesorgt. Dieses wird das letzte Mal sein. Dessen bin ich überzeugt.«
»Daß Allah dich hören möge, Sohn des Sina, mein Bruder.

Und danke ihm, daß du dein Lager nicht mit einer zerbrechlichen oder verzagten Frau hast teilen müssen.«
Er zeigte ein Lächeln und beugte sich zu ihr, ihre Lippen suchend.
»Mein Herz... Zerbrechlich, hätte ich dir meine Kraft übertragen; verzagt, hätte ich dir meinen Mut eingeflößt. In Wahrheit aber weiß ich, daß ich dies alles doch nur aus dir schöpfe.«

*

Der Schatten der Nacht spiegelte sich im Gläsernen Saal wider.
Tadj al-Mulk verschränkte mit gezierter Miene die Finger vor seinem Bauch und trat mit kleinen Schritten vor Sama hin.
»Ich wußte es, Himmel des Landes. Ich wußte, daß du darüber Trauer empfinden würdest. Aber, was erwartest du, dieser Mann ist ein Undankbarer.«
Der junge Fürst wandte seine Aufmerksamkeit wieder dem Brief zu, den ihm sein Wesir ausgehändigt hatte, und las ihn ein zweites Mal.
»Ich habe Mühe, es zu glauben.«
»Gott allein kennt der Herzen Grund.«
»Ich habe ihm das Wesirat geboten. Er hat es abgelehnt. Im Gedenken an meinen Vater habe ich all seinen Wünschen nachgegeben. Und um mir nun zu danken, trägt er seine Dienste einem anderen Monarchen an.«
Tadj al-Mulk schien zu schrumpfen und starrte, Betrübnis heuchelnd, zu Boden.
»Man mußte darauf gefaßt sein, Majestät. Entsinne dich, er hat seine Gefühle dir gegenüber nicht verhohlen.«
»Außerdem hatte er mir beteuert, daß er seine Obliegenheiten als Hofmedicus nicht aufgeben würde. Du bist Zeuge, Tadj. Er hat es doch zugesichert?«

»›Ich würde mir diese Ehre nicht versagen, Majestät. Meine Wissenschaft ist dir gewiß.‹ Dies sind genau seine Worte.«
Sama zerknüllte den Brief mit schroffer Geste.
»Ich habe Mühe, es zu glauben.«
»Der Verrat ist gleichwohl offensichtlich.«
»Er läßt mir keine große Wahl. Wo ist er in diesem Augenblick?«
»Wie jeden Abend, Majestät. Mit seinen Schülern vereint, in seinen Gemächern. Hierzu muß ich dir gestehen, daß ich diese Zusammenkünfte nie sonderlich lauter gefunden habe. Der *khamr** fließt dabei in Strömen, man spielt dort liederliche Weisen, und man disputiert über Theologie. Obwohl geschrieben steht: *Ihr werdet auf Erden euch der Macht Gottes nicht zu widersetzen wissen.*«
Sama pflichtete mit einem Lidschlag bei.
Der Wesir fuhr entschlossen fort: »In Wirklichkeit gibt es keinen Grund, überrascht zu sein, denn ich habe erstaunliche Dinge über seine Vergangenheit erfahren: Sein Vater soll sich zum Ismailismus bekehrt haben, und seine Mutter hätte der schlechten Religion angehört.«
»Seine Mutter? Eine Nestorianerin?«
»Nein, Himmel des Landes, eine Yehudiya, eine Jüdin.«
»Woher stammen diese Kunden?«
»Wir haben unsere Spitzel, Majestät. Und außerdem gehen die Gerüchte in diesem Land rasch um. Man hat mir versichert, daß er Rayy und den Dienst bei der Sajjida hat verlassen müssen, weil seine Vergangenheit aufgedeckt worden war.«
»Dennoch ist der Scheich stets ein mustergültiger Schiit gewesen.«
Tadj neigte den Kopf leicht zur Seite.

---

* Der Wein. *(Anm. d. Ü.)*

»Es kommt vor, daß die Glaubenslosen Listen gebrauchen, um sich unserer besser zu bemächtigen. Der Scheich ist nur ein *sadjadeh*-Dieb.«
Er hatte sich in willentlich neutralem Tonfall geäußert, der zur Folge hatte, die Gereiztheit des Fürsten anzustacheln.
»Geh! Daß man ihn auf der Stelle unter Arrest stellt! Und daß er schon morgen in die Festung von Fardajan gesperrt werde!«

*

Alis Bruder unterdrückte ein Gähnen.
Diese Zusammentreffen begannen ihn zu ermüden. Er, der Mann der Scholle, empfand seit einiger Zeit einen gewissen Überdruß, wenn er diesen Diskussionen lauschte, von denen er nicht immer allzuviel verstand. Obgleich es an diesem Abend anders war; die Poesie nämlich bildete den Mittelpunkt des Gesprächs. Und Ibn Zayla, mit seiner gewohnten Leidenschaftlichkeit, befragte den Scheich zur Überlieferung von Gedichten.
»Wir wissen, daß der größte Teil der alten arabischen Dichter Analphabeten waren; wie also haben sie es angestellt, daß ihre Werke auf uns kommen?«
»Das Gedächtnis. Dank des zähen Gedächtnisses der *rawis*. Der Sammler und der Rezitatoren. Jeder Dichter hatte seinen *rawi*, der dessen Verse im Gedächtnis bewahrte.«
»Ist es wahr, daß der Prophet die Dichter haßte?« erkundigte sich al-Djuzdjani.
»Durchaus. Er sagte über sie: ›Diese Wesen, die wie Narren durch alle Täler irren und erzählen, was sie nicht machen...‹ In Wahrheit ist diese Verachtung keineswegs verwunderlich. Solches kommt häufig vor, wenn man selbst ein großer Dichter ist. Es genügt, gewisse Suren, vor allem die ältesten, zu lesen, um dies nachzuprüfen. Und obwohl er die Poesie

geringschätzte, unterließ es Mohammed dennoch nicht, sich der Dichter bei der ›Propaganda‹ und der Satire zu bedienen; denn groß war die Macht der Poesie im öffentlichen Leben. Er besaß sogar einen bestallten Hofdichter: Hassan ibn Thabit, vom Mediner Stamm der Hazrag. Aber lassen wir jetzt das Geschwätz, wer rezitiert uns etwas?«
Ibn Zayla trug Verse voller Melancholie vor, von einem gewissen al-Ahwas geschaffen, der sich wegen seiner hemmungslosen Liederlichkeit recht viel Unbill zugezogen hatte und schließlich, auf eine Insel im Qulzum-Meer* verbannt, unter dem Kalifat von Omar dem Zweiten gestorben war. Während die Runde das Talent des Dichters würdigte, stand Mahmud auf und ging zum Fenster, um etwas frische Luft zu schöpfen. Die Gärten erfüllten die Nacht mit den Wohlgerüchen von Cinnamomum und Rose, das Himmelsgewölbe sank jenseits der Hügel hinab, und alles war von nächtlich heiterem Frieden gebannt. Dies war auch wahrscheinlich der Grund, weshalb der jähe Galopp von Pferden eine ungewöhnliche Fülle annahm. Mahmud wurde seiner als erster gewahr. Ein in den grünen Uniformen der dritten Schwadron gewandetes Dutzend Mamelucken hatte unweit des großen Brunnenbeckens soeben haltgemacht. Was taten sie an diesem Ort, zu dieser vorgerückten Stunde? Von plötzlicher Furcht gepackt, rief er seinen Bruder herbei, während die Soldaten von ihren Pferden sprangen.
»Ali, komm doch mal einen Augenblick her ...«
»Was willst du? Ich bin ...«
»Komm dir das ansehen, sage ich!«
Der von ihm angeschlagene Ton mußte wohl barsch genug gewesen sein, daß sich der Arzt entschied, ans Fenster zu treten.

---

* Dem heutigen Roten Meer. *(Anm. d. Ü.)*

»Sieh nur, findest du das nicht sonderbar?«
Ali tauchte seinen Blick in den nunmehr von Uniformbewegungen und Hufgescharre auf dem Stein ganz aufgewühlten Garten.
»Mamelucken ... na und?«
»Hier? Zu dieser Stunde?«
»Sie suchen vielleicht nach etwas.«
»Oder nach jemandem?«
Ali glaubte in der Frage eine Spur Besorgnis herauszuhören.
»Was ist in dich gefahren, Mahmud? Solltest du ...«
»Halte deinen Atem zurück! Sie kommen hoch.«
»So beruhige dich doch! Du beginnst mir angst zu machen.«
Sich von ihm lösend, eilte Ali Richtung Tür.
»Gleich werden wir wissen, woran wir sind.«
»Geh nicht!«
Mahmud hatte so laut gefleht, daß Stille im Raum eintrat und alle Gesichter sich auf ihn richteten.
»Was geht vor?« sorgte sich al-Djuzdjani.
»Nichts. Mein Bruder sieht Dschinns.«
Indem er die Hand auf den bronzenen Riegel legen wollte, warf Mahmud sich buchstäblich auf ihn.
»Bruder, geh nicht. Ich flehe dich an. Ich habe eine böse Vorahnung.«
Ali öffnete die Lippen, um zu antworten, als unversehens der Türflügel mit Gewalt aufsprang, so daß er nur noch Zeit fand, hastig zurückzuspringen.
Unter den bestürzten Blicken der Runde stürmten vier Mamelucken, die Säbel in den Scheiden, ins Gemach. Blitzschnell überwältigten sie den Scheich, während die übrigen Krieger an der Schwelle Stellung bezogen und somit jeglichen Fluchtversuch vereitelten.
»Befehl des Fürsten!« bellte einer der Waffenträger. »Du stehst unter Arrest.«

»Was soll das bedeuten?«
»Befehl des Fürsten, das ist alles.«
Wutentbrannt suchte Ali sich zu befreien, doch vergebens.
Ein Schwanken ergriff die Runde. Mancher wagte gar eine drohende Bewegung gegen die Wachen.
»Niemand rühre sich!« zischte der Anführer der Mamelucken. »Sonst schwöre ich euch, beim Heiligen Namen des Propheten, wird Blut vergossen werden!«
Sich keinen Deut um die Warnung scherend, musterte Mahmud den Mann mit Verachtung.
»Eine ganze Schwadron, um einen unbewaffneten Mann festzunehmen. Wahrhaftig, die Tapferkeit des Heeres ist groß!« Der Mameluck kräuselte verächtlich eine Lippe, und mit einer unvorhersehbaren Bewegung hieb er seine Faust dem jungen Mann ins Gesicht, der aufgrund der Heftigkeit des Schlages hintenüber kippte.
Bevor er noch Zeit hatte, sich wieder zu fassen, waren schon zwei Soldaten über ihm.
»Falls du deinen Bruder nicht in die Gehenna begleiten willst, rate ich dir, deine Zunge im Zaum zu halten.«
»Wohin bringt ihr ihn denn?« fragte al-Djuzdjani, seine eigene Wut zu bezähmend suchend.
»Fardajan ... Morgen in der Frühe. Und für lange Zeit.«
»Fardajan?« rief Ibn Sina ungläubig aus.
»Dort wirst du wenigstens keinen Schaden anrichten. Und vielleicht wird dir ja nach einem Dutzend Jahren die Lust vergangen sein, dich an den angestammten Rechten des Heeres zu vergreifen.«
Nach einem letzten Blick auf die niedergeschmetterte Versammlung gab er seinen Männern einen Wink, den Scheich wegzuführen.

*

Die Mauern des Verlieses schwitzten aus all ihren Poren, und es herrschte eine eisige Kälte. Seit mehr als drei Stunden in Finsternis sitzend, die Knie gegen die Brust gezogen, bemühte Ali sich, ohne daß es ihm gelang, die Schauder seines Körpers zu bändigen.

Du bist durch die Welt gezogen, Ibn Sina. Du bist vermöge des Denkens von einem Ende des Universums zum anderen gereist, du hast dich in der Einsamkeit gesammelt, du hast dich in der Liebe und dem Weine zerstreut, und du glaubtest, mit allem bekannt zu sein: Nun, alles was du gesehen hast, war nichts. Und dies alles ist wieder nichts.

Um nicht in Verzweiflung zu versinken, schloß er die Augen und versuchte, seine Gedanken auf all das Schöne, was er erlebt hatte, zu richten.
Sollten wir doch nur die Figuren einer Runde jenes Spiels des Brahmanen sein? Eine Figur, die der höchste Richter im selben Augenblick, da er es beschließt, für einen Tag zurück in ihr Kästchen verbannt.
Eine Ratte streifte seine Füße. Er versuchte nicht einmal, sie zu verjagen. Ein irrer Gedanke schoß ihm durch den Sinn. Und wenn die Figur beschlösse, die Regel zu übertreten? Wenn sie beschlösse, den Richter zu täuschen, indem sie sich selbst aus dem Spiel nähme? Vor der Zeit...
Unwillkürlich wühlte er in den Taschen seines *sirwal*, ohne recht zu wissen, was er darin zu finden hoffte. Einige Dinare, eine zerknitterte Aufzeichnung... Seine Hand fuhr bis zur Hüfte hinauf; wie unter einem Bann löste er seinen Leibriemen.
Die Silberschnalle glänzte matt im Halbdunkel. Er zog sie auf und bemächtigte sich des kleinen Dorns mit abgerundeter Spitze. Sein Zeigefinger streichelte langsam über die ganze Länge des kalten Metalls. Dann, den Dorn mit Daumen und

Zeigefinger beider Hände ergreifend, bog und drillte er ihn mehrmals hin und her, bis das Metall endlich nachgab und sich der stumpfe Dorn in eine scharfe Spitze verwandelte.
Noch immer mit gleicher Langsamkeit krempelte er den Ärmel seines Wamses auf, entblößte sein linkes Handgelenk und untersuchte die Haut, als sähe er sie zum erstenmal. Besser als jeder andere wußte er um das Geflecht der Venen, um ihren Lebensstrom, ihre Verwundbarkeit.
Er schien einen kurzen Augenblick nachzusinnen, bevor er die kleine silbrige Spitze gegen seine Haut drückte. Und mit einer gewissen Wollust dann bewegte er sie waagerecht, eine unsichtbare Linie ziehend.

Weshalb ist das Glück dem Unglück so nah...?

Er hielt inne, und plötzlich, die Spitze ein wenig unterhalb der Handwurzel hineintreibend, zerfetzte er das Fleisch. Ein dünnes Rinnsal Blut trat hervor, das wie der Niederschlag, der auf den Wänden eines Kelchs eiskalten Weines zergeht, auseinanderrann.
Ohne zu blinzeln, verbreiterte er die Wunde und war erstaunt, dabei keinerlei Schmerz zu verspüren. Und im übrigen, hätte er welchen verspürt, so hätte er ihn selbstverständlich gelindert. War er nicht der Fürst der Gelehrten, der Scheich ar-rais, der das Leiden der Welt so trefflich zu stillen wußte?
Ein melancholisches Lächeln zeichnete sich auf seinen Mundwinkeln ab, während das Blutrinnsal unmerklich anschwoll und die ersten Tropfen auf den Stein zu fallen begannen.
Zufrieden ließ er den Arm am Körper entlang hinuntersinken und warf den Kopf zurück.

*

»Im Namen Gottes, des Barmherzigen, des Gnädigen! Scheich ar-rais, was hast du getan?«

Das erste, was er sah, war das angstverzerrte Gesicht al-Djuzdjanis.

»Sohn des Sina ... Wie konntest du nur ...?«

Danach erahnte er die Züge seines über ihn gebeugten Bruders. Aber war es wirklich sein Bruder?

»Allah stehe uns bei, wir müssen die Blutung stillen.« Er spürte, daß man ihn an den Schultern packte.

»Ich beschwöre dich, falls du nicht irre geworden bist, sag mir ... sag mir, wie wir das Blut aufhalten können!«

Er wollte sprechen, doch die Worte verloren sich in seinem Kopf.

»Wir sind gekommen, dich zu befreien. Hörst du mich? Dich zu befreien.«

»Es bleibt uns nur wenig Zeit«, sagte al-Djuzdjani in einem Atemzug. »Wir müssen uns beeilen.«

Er versuchte, die Kräfte zu sammeln, die ihm noch verblieben, aber da war dieser dichte Schleier; dieses sonderbare Gefühl, daß die Töne und die Bilder ihn vom anderen Ende der Erde erreichten. Er glaubte erneut, die Stimme seines Bruders zu vernehmen.

»Ich bin es, Mahmud. Ich flehe dich an ... antworte doch ... du verlierst all dein Blut. Du wirst sterben ...«

Ein großes Damebrett ... Gigantische Figuren, die man in die Nacht stieß ... Sterben ... Weshalb nur hatte man dieses Wort ausgesprochen? Konnte der Fürst der Ärzte denn sterben?

Mit vager Geste wies er auf den Leibriemen und fuhr mit der Hand bis hinauf zum Oberarm.

»Abbinden ... Wir müssen abbinden ...«

Er hatte irgend etwas gestammelt ... Aber war dies überhaupt seine Stimme?

Er spürte eine Hand, die seinen Unterarm anhob. Die Berührung kalten Leders auf seiner Haut.
Nun hob ihn jemand vom Boden auf, und man mühte sich, ihn fortzuschleifen.

Draußen peitschte der Nachtwind sein Gesicht. Und die Düfte von Rosen überschwemmten seine Lungen...

FÜNFUNDZWANZIGSTE MAKAME

Mit hängenden Zügeln ließen sie die Umfriedung des Palastes hinter sich und bogen nach rechts, Richtung Süden, auf das Tor der Gerber zu.
Sie durchritten die engen Gassen in der ersten Röte des Morgenlichts. Auf dem Platz des großen Basars käuten Kamele gleichgültig wieder. Ein Rudel Hunde bellte bei ihrem Durchkommen, und die ersten Händler beäugten sie mit Argwohn.
Sehr rasch erreichten sie das Südtor, das sie, ohne ihr Tempo zu verlangsamen, überwanden.
Hinter seinem Bruder sitzend, umschlang Ali dessen Leibesmitte etwas fester und widersetzte sich nach Kräften dem Verlangen, jener Betäubung, die seine Glieder und seinen Geist lähmte, zu erliegen. Vermengte Gerüche stiegen aus der Ebene auf. Er wandte seine ganze Aufmerksamkeit auf sie; den leichten Duft der Granatapfelbäume vom schaleren der Mandelbäume zu scheiden suchend; den seidigen der Rosen vom herben der Myrten.
Er verstand kaum, was sich gerade zugetragen hatte. Bruchstücke der zwischen Djuzdjani und Mahmud gewechselten Sätze hatten ihm den Ablauf der Geschehnisse nur teilweise zu erahnen erlaubt.
Sie ritten ohne Unterlaß bis zur Tagesmitte, bis Mahmud den Entschluß traf, Rast zu machen, damit sein Bruder sich erquicken, ein wenig Nahrung zu sich nehmen und vor allem

seine Wunde versorgen konnte. Die Oase Farg zeichnete sich zur Rechten ab, unweit des Abi-Harr, einem der Flüsse, die sich durch das Gebiet schlängelten. Und ebendort saßen sie ab. Ein paar getrocknete Datteln, Milch und Honig gaben dem Scheich wieder etwas von seiner Energie zurück. Und man erläuterte ihm die Lage.

Ibn Zayla war es gelungen, den Türhüter, der das Verlies bewachte, in dem der Scheich eingesperrt war, zu überreden, sich bezwingen und seines Schlüsselbundes entledigen zu lassen; und all dies, ohne irgend etwas dafür zu verlangen. Wie Ibn Zayla war der Mann ein treuer Zoroastrier, jener Minderheit verschworen, der auch er angehörte. Er sei, so hatte der Mann bekundet, den Eidechsenfressern nichts schuldig und seinen zum Islam übergetretenen Glaubensbrüdern noch weniger.

Zwischenzeitlich hatte al-Ma'sumi sich damit befaßt, Yasmina unbemerkt aus dem Palast zu schleusen, und sie dann zu Ibn Dakhduls Behausung zu bringen – jenem Mann also, der sie ehedem während der Verbannung des Scheichs beherbergt hatte.

»Ibn Dakhdul ... Ja wurde er denn eingeweiht?« ängstigte sich Ali.

Mahmud schüttelte den Kopf.

»Aber das ist doch Irrsinn! Er hat überhaupt keinen Grund, sein Leben für uns zu gefährden.«

»Er schätzt dich. Und er war der Freund von Shams ad-Dawla.«

»Bitten wir den Gnädigen, daß seine Wertschätzung noch immer unverändert besteht.«

Abwesend strich er mit der Hand über sein von einem behelfsmäßigen Verband geschütztes Handgelenk und fügte mit dumpfer Stimme hinzu: »Wie dem auch sei, haben wir eine andere Wahl?«

Er selbst gab das Zeichen zum Aufbruch, und zur Stunde der Abenddämmerung erreichten sie ihre Bestimmung. Bei ihrem Anblick eilten al-Ma'sumi, Yasmina und Ibn Dakhdul, die auf ihr Eintreffen wohl unablässig gewartet haben dürften, sogleich auf die Schwelle des Hauses. Yasmina lief als erste auf den Scheich zu und warf sich in seine Arme. Eine lange Weile blieb sie an ihn gedrückt, ohne ein Wort sagen zu können, einfach nur die Wärme seines Körpers zu verspüren suchend. Erst als sie sich von ihm löste, sah sie sein Handgelenk. Schon öffnete sie ihre Lippen, um ihn danach zu befragen, aber irgend etwas, das sie in al-Djuzdjanis und Ibn Zaylas Blicken las, gebot ihr zu schweigen.
Ibn Dakhdul, der nun ebenfalls hinzugetreten war, grüßte Ali mit ernster Würde.
»Sei willkommen. Ich hätte vorgezogen, daß dich andere Beweggründe erneut unter mein Dach führen. Aber der Mensch entscheidet nicht immer über sein Geschick.«
»Friede über dich, mein Bruder. Wie soll ich dir meine Beschämung gestehen ... Wir müssen reden.«
»Sei ganz ohne Sorge. Deine Gefährtin und dein Freund haben mir alles gesagt. Gehen wir hinein. Wir werden nachher reden. Der Wind wird frisch. Ihr dürftet hungrig sein.«
Sie ließen sich zu siebt um einen niedrigen, mit Intarsien verzierten Tisch nieder, auf den die Diener die ersten Gerichte aufzutragen begonnen hatten. Ibn Dakhdul goß ein wenig Wein in einen Kelch und reichte ihn dem Scheich.
»Du siehst, ich habe deine Vorlieben nicht vergessen.«
Dann fügte er hinzu: »Bist du noch immer so furchterregend im Gebrauch des Turms und des Ministers?«
»Ach, ich glaube nicht, leider. Die Minister und die Türme liegen nicht mehr in meiner Zuständigkeit.«

Falls Ibn Dakhdul die Andeutung auch verstand, enthielt er sich jeden Kommentars.

Ein Diener stellte eine Platte Reis mit Pinienkernen und Fisch ab, die nach Safran duftete.

»Bedient euch, meine Freunde. Man denkt besser, wenn der Körper versöhnt ist.«

Das Mahl verlief in einer etwas gespannten Stimmung. Mit zugeschnürtem Magen rührte Yasmina ihre Speise kaum an. Unwillkürlich wandte sich ihre Aufmerksamkeit immer wieder dem Verband zu, der des Scheichs Handgelenk umgab. Wohl versuchte Ibn Dakhdul, die Stimmung zu entspannen, indem er Ali zu seinen letzten Arbeiten befragte, aber die Herzen waren nicht bei der Sache.

»Alles in allem«, erklärte Ibn Sina, »was mich in dieser ganzen Angelegenheit am meisten grämt, ist zu wissen, daß all meine Aufzeichnungen, meine Bücher im Palast zurückgeblieben sind. Zweifelsohne werden sie sie gewissenlos zerstören...«

»Das denke ich nicht«, entgegnete Ibn Dakhdul. »Sama ist jung, aber sein junger Verstand ist nicht bar jeder Objektivität. Er weiß, was du vollbracht hast. Ich glaube, er wird nicht erlauben, daß man das verheert und auf immer vernichtet, wozu sein Vater mittelbar beigetragen hat.«

»Die Zukunft ist Gottes«, wagte Ibn Zayla. »Doch wie steht es um die Gegenwart?«

Ibn Dakhdul antwortete unzweideutig: »Mein Haus ist das eure. Seid dessen gewiß.«

»Bist du dir bewußt, welche Gefahr dies darstellt?« erkundigte sich Ibn Sina. »Zur selben Stunde dürften die Nachstellungen bereits begonnen haben. Die Krieger von Tadj al-Mulk werden keinen Winkel von Djibal unerforscht lassen. Früher oder später werden wir sie hier auftauchen sehen.«

»Das ist äußerst wahrscheinlich. Aber was können wir schon tun? Wie Ibn Zayla sagte, die Zukunft ist Gottes.«
»Sie ist auch des Emirs von Isfahan«, berichtigte der Scheich. »Ich habe ihm vor ungefähr zehn Tagen geschrieben. Mein Brief dürfte ihn jedoch niemals erreicht haben, da er allem Augenschein nach vom Wesir abgefangen worden ist. Somit muß er unbedingt von der Lage in Kenntnis gesetzt werden.«
»Weshalb ihm erneut schreiben?« bemerkte Yasmina. »Weshalb nicht schon morgen Richtung Isfahan aufbrechen, wenn du von seinen menschlichen Qualitäten überzeugt bist?«
»Zu gewagt. Die Reise nach Isfahan ist eine beschwerliche, gar gefahrvolle Reise. Er wäre absurd, eine solche Strecke zurückzulegen, um verschlossene Türen vorzufinden. Nein, das wäre zu gefährlich. Was ich in Wahrheit erwäge, ist folgendes ...«
Er beugte sich nach vorne, trank einen Schluck und erläuterte: »Annähernd hundert *farsakh* trennen uns von Isfahan. Im Grunde kann jemand, der allein und unbehindert reist, in sechs oder sieben Tagen dorthin gelangen. Ich schlage deshalb vor, daß zwei unter uns in den ersten Morgenstunden aufbrechen. Ich werde ihnen einen Brief für Ala ad-Dawla übergeben, den ich noch heute abend verfasse.«
»Der Einfall ist nicht schlecht«, meinte Mahmud, »allerdings müßten sie dann auch mit der Antwort zurückkehren. Was unseren Aufenthalt hier auf mindestens vierzehn Tage verlängert.«
»Haben wir eine andere Möglichkeit?« äußerte al-Djuzdjani. »Ansonsten bliebe nur, unsere Gefangennahme ohne Gegenwehr abzuwarten.«
»Der Scheich hat recht«, erkannte Ibn Dakhdul an. »Es bleibt keine andere Lösung. Was die Antwort betrifft, kann der Emir durchaus einen seiner Kuriere senden; was unse-

ren Boten ersparen würde, die Strecke zweimal zurückzulegen. Dies jedoch ist selbstverständlich nur eine Nebensächlichkeit. Die Hauptsache ist zu entscheiden, wer von euch losziehen wird.«
Ohne Zögern reckten sich vier Hände in die Höhe.
Ibn Sina musterte seine Freunde lächelnd.
»Ganz offensichtlich würdet ihr treffliche Helden abgeben. Doch eins ist zwingend: Ich benötige Abu Ubaid an meiner Seite.«
»In dem Fall«, meinte al-Ma'sumi, nach Ibn Zayla schielend, »bleiben nur wir beide und der Bruder des Scheichs.«
Mahmud griff eilends ein: »Laßt es uns auslosen!«
Al-Ma'sumi stellte sich dagegen.
»Mahmud, ich weiß, daß du darauf brennst, Isfahan kennenzulernen. Aber könntest du nicht Großmut beweisen? Wenn du mich mit Ibn Zayla gehen ließest, würdest du eine gute Tat vollbringen.«
»Was willst du damit sagen?«
»Mir blieben hundert *farsakh,* um diesen Falschgläubigen zur rechten Religion zurückzuführen, bevor es zu spät ist.«
»Das kann nicht dein Ernst sein«, entgegnete Ibn Zayla.
»Mein völliger Ernst. Sollte Masda* Allah fürchten?«
Ibn Zayla schürzte verächtlich die Lippen.
»Du verdienst nicht einmal, daß man dir antwortet. Doch wisse, daß ich ganz und gar geneigt bin, mit dir zu polemisieren. Vier Nächte oder vier Monate.«
Seine Hand auf Mahmuds Schulter legend, schloß al-Ma'sumi mit schalkhafter Miene: »Beraube uns nicht dieses Vergnügens. Es bleibt euch nur zu beten, daß der Sohn des Zarathustra den Sohn des Mohammed auf der Straße nach Isfahan nicht ermorden wird.«

---

* Der höchste Gott des Zoroastrismus. *(Anm. d. Ü.)*

Bevor Mahmud noch aufzubegehren vermochte, ergriff Ali das Wort: »Laß sie nur. Und wir beten denn also. Aber laßt uns vor allem beten, daß der HERR die Geduld nicht verliert; niemals wird er dermaßen beansprucht worden sein...«

*

Die Nacht umhüllte Ibn Dakhduls Behausung. Sie hatten noch lange disputiert und sich schließlich in ihre jeweiligen Kammern zurückgezogen. Alle, bis auf den Scheich, der den Wunsch geäußert hatte, alleine zu verweilen.
Yasmina hatte begonnen, seine Einsamkeit zu achten. Doch diesmal konnte sie einfach nicht anders. Sie hatte sich auf die Suche nach ihm gemacht und ihn in einem Winkel des Gartens sitzend gefunden. Den Kopf gegen eine Sykomore gelehnt, blickte er fest auf die Sterne.
Ohne ein Wort ließ sie sich neben ihm nieder. Er war es dann, der die Stille brach.
»Alles in allem bin ich kein sonderlich empfehlenswerter Mensch.«
Mit abwesender Geste fuhr sie ihm durchs Haar.
»Es scheint mir, daß die Gabe, die Gott dir bei deiner Geburt gewährt hat, eine einzigartige und folglich kennzeichnende Gabe ist. Dein Leben ist nach dem Ebenbild dieser Gabe.«
»Warum? Warum ich? Weshalb diese fortwährend schmerzende Zerrissenheit. Seit meinem sechzehnten Lebensjahr öffnen sich mir Wege unter meinen Schritten, um gleichsam wie welke Blätter zu entschwinden. Wo bin ich schuldig? Ich bin vierzig Jahre alt und habe nichts vollbracht. Ich bin auf halbem Wege zum anderen Gestade, jenem, an dem alles endet. Und dieser Strom, in dessen Fluten ich stehe, bringt nur Irren, Exil und Verleumdung.«

Er verstummte, seinen Atem anhaltend, bevor er beinahe flüsterte: »Ich habe nur noch dich...«
Er hob eine Hand gen Himmel.
»Ich liebe die Nacht. Ich liebe sie zum Verzweifeln. Sie ist der wundersame Moment, in dem die Wesen und die Dinge verschmelzen. Alles gleicht allem. Ein schlafender Emir ist der Zwilling seines Dieners. Ein Vater das Spiegelbild seines Kindes. Die Welt hört auf zu atmen, die Unrast legt sich wie der Wind. Die Geschöpfe dürften nur nachts leben.«
Behutsam legte sie ihre Hand auf sein zerschundenes Handgelenk.
»Wie konntest du nur? Du, der Fürst der Ärzte, der auserkoren wurde, das Leben zu verlängern...«
Er bewegte sich im Halbdunkel und, seine Knie an seine Brust heranziehend, befreite er sacht seinen Arm.
»Ich entsinne mich einer Patientin. Einer jener Frauen, die man gemeinhin Mädchen liederlichen Lebenswandels schilt. Es war vor langer Zeit, im *bimaristan* von Buchara. Sie war schwanger und suchte sich des Kindes, das sie trug, zu entledigen. Damals habe ich nicht begriffen. Ich war erst siebzehn.«
»Und heute?«
»Heute... Der Zweifel ist in mir... Die große Frage, die ich mir stelle, ist die: Wenn die Wesen schon nicht über ihre Geburt bestimmen, weshalb sollten sie dann nicht das Recht haben, über ihren Tod zu gebieten. Wenn ein Gewand verschlissen ist, legen wir es dann nicht ab?«
Er machte eine Pause, bevor er feststellte: »Mein Leben hat sich verschlissen.«
Im Laufe seiner Rede hatten Yasminas Augen sich mit Tränen gefüllt. Inbrünstig umfing sie das Antlitz ihres Gefährten mit ihren Händen.

»Ich bitte dich! Diese Sprache ist nicht von dir. Ich sehe dich, und ich höre einen Fremden. Du redest mit mir, aber es ist die Stimme eines anderen, den ich nicht kenne. Erzähle mir vom Leben, Scheich ar-rais, erzähle mir von der Sonne und dem dahineilenden Wasser, vom Kampf gegen den Schmerz und die Krankheit. Von all dem, womit du mich vertraut gemacht hast. Siehst du es denn nicht? Wenn du dich verlörest, wäre ich es, die mich verirrte, wenn du dich ins Meer würfest, wäre ich es, die ertränke. Wenn du vom Tod sprichst, bin ich es, die stirbt. Ich bitte dich ... Scheich ar-rais ...«
Jäh zusammenfahrend, brach sie in Schluchzen aus, den Kopf an seiner Schulter vergraben.

*

Als er anderntags erwachte, war sein Ausdruck noch genauso finster.
Nachdem Ibn Zayla und al-Ma'sumi bereits am Horizont verschwunden gewesen waren, war er noch lange regungslos stehengeblieben, der feinen, von ihren Pferden aufgewirbelten Sandwolke bis zum letzten Augenblick nachstarrend. Dann hatte ich mich ihm genähert und ihm ein Bündel Blätter gezeigt.
»Erkennst du dies hier, Scheich ar-rais?«
Einen Moment überrascht, überflog er das Manuskript.
»Die *Sifa?* Wie ist die denn hierhergekommen? Ich dachte, wir hätten alles im Palast zurückgelassen?«
»Sie ist das einzige Schriftstück, das mitzunehmen ich noch Zeit fand.«
Mit einem beiläufigen Lob gab er mir die Bogen zurück und wandte sich zum Haus. Ich folgte seinen Schritten.
»Sie ist noch nicht vollendet, Scheich ar-rais!«
»Wir werden sie eines Tages vollenden.«
»Wann?«

»Irgendwann.«
»Heute, Scheich ar-rais?«
Ohne zu antworten, trat er über die Schwelle.

Eine Woche verstrich. Trübselig. Unfruchtbar. Der Scheich bewegte sich im Kreise, vertrieb sich die Zeit beim Spiel des Brahmanen in Gesellschaft unseres Gastgebers und trank noch mehr als gewöhnlich. Ab und an warf er widersprüchliche Sätze hin und führte bittere Reden über die Welt und die Menschen; jedem, der es hören wollte, wiederholend, daß das Glück nichts Positives sei, sondern nur ein Zwischenspiel zwischen zwei Momenten des Schmerzes. Er ging gar daran zu lästern, indem er alle Propheten, Mohammed einbegriffen, der GNÄDIGE möge ihm vergeben, als Heuchler bezeichnete und die heiligen Bücher der Augenwischerei bezichtigte und jegliche Möglichkeit, die Philosophie und die Religion in Einklang zu bringen, entschieden verneinte. Gegen letztere Stellung beziehend, legte er ihr die Schuld für alle Kriege zur Last und begann zu behaupten, daß man nicht Aristoteliker sein könne, ohne den Glauben an die Erschaffung der Welt zu leugnen; womit er sich selbst leugnete, hatte er doch zu allen Zeiten entgegengesetzte Thesen gepredigt.

Und dann, am Morgen des achten Tages, ereignete sich etwas Unerklärliches. Er stand im Morgenrot auf und klopfte an meine Tür.
»Steh auf, Abu Ubaid. Nimm deinen Calamus und deine weißen Blätter. Wir haben eine Arbeit zu beenden.«
Da ich ihn verwundert ansah, setzte er hinzu: »Muß ich dich denn eigenhändig aus den Laken holen! Los, komm!«
Mein Herz begann sehr stark zu pochen. Meine Hände zitterten vor Erregung.
An jenem Tage diktierte er mir zehn Oktavbogen, also einhundertsechzig Seiten, worin er die Topoi, die Aufstellung der Hauptprobleme, darlegte. Anderntags tat er desgleichen; und dies bar des geringsten Buches, wobei er ganze Absätze

der Nachschlage- und grundlegenden Werke ausschließlich aus dem Gedächtnis anführte.

Am übernächsten Tag ließ er sich vor diesen dreihundertzwanzig Themen nieder, sah sie sich nacheinander genau an und schrieb selbst zu jedem den sachgemäßen Kommentar. Im Rhythmus von fünfzig Seiten am Tage vervollständigte er den zweiten Band der *Sifa* – mit Ausnahme des die Tierwelt betreffenden Kapitels – sowie die Metaphysik und die Physik. In den darauffolgenden Tagen begann er den die Logik behandelnden Band und beendete die erste Abteilung. Wir traten in den dreizehnten Tag unseres Zwangsaufenthaltes bei Ibn Dakhdul, den dritten Tag des *dschumada-'l-achira* ...

Der Schnee fiel in dicken Flocken auf die Landschaft herab und bildete glimmernd nachleuchtende Punkte am nächtlichen Himmel. Der Garten war in prächtigem Weiß erstarrt. Ringsum rückten Schatten auf leisen Sohlen vorwärts. Krieger. Dutzende von Kriegern, mit der Finsternis und den kahlen Bäumen verschmolzen. Wie lange waren sie schon hier? Ihre Stiefel versanken mit gedämpftem Geräusch im Schnee, während sie um das Haus in Stellung gingen.
Im Innern schlummerten Mahmud und al-Djuzdjani. Yasmina trank die letzten Schlückchen ihres Tees mit Minze, zu Füßen des Scheichs sitzend, der ihrem Gastgeber einen Abschnitt der *Sifa* über die Dichtkunst vorlas.
Niemand von ihnen hörte sie kommen. Nichts. Nicht das geringste Anzeichen hätte sie aufschrecken können. Da war nur das beständige Rieseln des Schnees in der friedlichen Stille der Nacht.
Dann plötzlich das Wiehern eines Pferdes. Ali unterbrach sich, und sein Blick begegnete dem von Ibn Dakhdul. Beinahe gleichzeitig ließ Yasmina ihre Tasse an ihren Lippen verharren. Weder Mahmud noch al-Djuzdjani hatten sich

gerührt. Es bedurfte der gegen die Tür pochenden Schläge, um sie aus ihrem Schlummer zu reißen. Abu Ubaid fuhr als erster hoch.

»Habt ihr gehört?«

Ali und sein Gastgeber bejahten zugleich.

Die Schläge wurden stärker.

»Ich fürchte, daß die Stunde gekommen ist«, meinte Ali mit erstaunlich ruhiger Stimme.

Al-Djuzdjani und Yasmina standen ihrerseits auf. Die wie Mahmud erblaßte junge Frau machte Anstalten, sich zur Tür zu wenden. Doch schon war Ibn Dakhdul neben ihr und schob sie beiseite.

»Bleib beim Scheich. Ich werde öffnen.«

Doch nun stürzte Mahmud voran.

»Solltest du den Verstand verloren haben?« stieß er mit gedämpfter Stimme hervor. »Und wenn es sich um Samas Männer handelt?«

»Laß, mein Bruder«, äußerte Ibn Sina, »wenn es sich tatsächlich um sie handelt, können wir nichts dagegen tun.«

»Nichts unternehmen?«

»Laß, sage ich...«

Man klopfte erneut, entschiedener.

Es war Ali selbst, der öffnete.

Vor ihm erhob sich die düstere Gestalt von Tadj al-Mulk.

Der Scheich verbeugte sich.

»Der Wesir in Person. Welche Ehre, Exzellenz...«

Ohne zu antworten, befahl Tadj seinen Mannen: »Nehmt ihn mit!«

Ali hielt die Mamelucken, die sich bereits auf der Schwelle drängten, mit einem Wink auf.

»Einen Augenblick!«

Den Wesir anblickend, sagte er: »Darf ich eine Gnade erflehen? Eine einzige?«

»Frage.«
»Meine Gefährtin, mein Bruder, mein Schüler. Ich möchte, daß sie nicht wie Bettler davongejagt werden. Gewähre ihnen wenigstens Asyl.«
Tadj zuckte ungerührt mit den Schultern.
»Dies war die Absicht des Fürsten. Sie werden in einem Flügel der Medrese beherbergt.«
»Nein!« schrie Yasmina auf. »Nein, ich will nicht! Ich will dem Scheich folgen.«
Ali gebot ihr Ruhe und sagte, weiterhin an al-Mulk gerichtet: »Da ist noch etwas. Meine Schriften. Ich möchte sie gerne mitnehmen.«
»Auch dies entspricht den Wünschen des Fürsten. Alles, was dir gehört, wird dich begleiten.«
»Heute ist ein unheilvoller Tag«, murmelte Ibn Dakhdul. »Es ist nicht Ibn Sina, den man gefangennimmt. Es ist das Königtum ...«
Der Wesir hob an, barsch darauf zu antworten, kam aber nicht mehr dazu. Einer der Mamelucken stieß einen Warnruf aus. Mahmud war zum Fenster gestürzt.
»Tu das nicht!« brüllte Ali.
Doch es war zu spät, der junge Mann hatte sich hinaufgeschwungen und lief immer geradewegs durch den Schnee.
»Haltet ihn auf!«
Alle stürmten vor die Schwelle.
Der Dolch traf Mahmud mitten im Rücken. Man sah ihn erstarren, er streckte die Hände zum Himmel, als suchte er seine Finger in die Finsternis zu schlagen, bevor er leblos zusammenbrach, das Gesicht voran in den Schnee.
»Mahmud! Nein!«
Irren Blicks stieß der Scheich alle zur Seite, die ihm den Weg versperrten, und stob zu der Stelle, an der sein Bruder niedergefallen war. Gleichgültig gegenüber den Wachen, die

sich an seine Fersen hefteten, kniete er sich neben den jungen Mann. Die Klinge mit einem Ruck herausziehend, drehte er ihn auf den Rücken.
»Im Namen des BARMHERZIGEN. Nicht du ...«
Mahmud hatte kaum noch Zeit, die Hand seines Bruder zu umschließen. Seine geweiteten Pupillen starrten bereits ins Leere.

*

Hamadan, die Stadt der sieben Wehrwälle, der Sieben Farben, war nur noch ein Punkt am Horizont. Die Ebene unterhalb breitete sich einsam und verloren in der Morgenröte aus.
Die Hände hinterm Rücken gefesselt, ritt Ali, von der Rotte eingerahmt, dahin. Vor ihm zog sich die Straße endlos fort. Bald gelangten sie auf ein kreisförmiges Tafelland, welches den Horizont verstellende Hügel umragten. Im Bezirk von Jarra wurden die Ackerflächen spärlicher. Und sie drangen auf sandige, mit Dornbüschen bespickte Streifen. Schließlich kam der Eingang einer Art großen Hohlwegs, den zwei goldbraune Felswände säumten. Die Schar folgte noch lange dem Gebirgsfuß, bis der Mann an der Spitze plötzlich nach rechts bog. Die Zackenlinie von Gemäuern, auf einem schwarzen Kamm gereiht, zeichnete sich jäh auf den Anhöhen ab: Fardajan. Fardajan, ein beängstigendes Gebilde mit seinen Türmen, welche Mufflonköpfe mit spitzen Hörnern zierten.
»Dies hier ist nun deine neue Behausung«, kündigte Tadj al-Mulk an.
Der Sohn des Sina nickte mit eisigem Ausdruck.
»Wie du siehst, Wesir, ist mein Hineinkommen gewiß. Groß ist der Zweifel nur ob des Hinauskommens ...«

SECHSUNDZWANZIGSTE MAKAME

Mein Name ist *Lebender;* meine Abkunft *Sohn des Wachen;* und meine Heimat ist das Himmlische Jerusalem. Mein Beruf ist es, stets auf Wanderschaft zu sein: dergestalt das Universum zu bereisen, daß mir alles bekannt ist. Mein Gesicht ist meinem Vater zugewandt, und mein Vater ist der *Wache*. Die Schlüssel zu allen Erkenntnissen sind mir von IHM gegeben. Zu den äußersten Gestaden des Universums hin hat ER mir die Wege gezeigt, die zu befahren sind, bis daß vermöge meiner Reise um das Weltenrund alle Horizonte von allen Himmelsstrichen vor mir vereint sind.«
Ibn Sina unterbrach die Niederschrift seiner Erzählung und trat ein paar Schritte auf das Fenster zu, wobei er die Schöße seines Wollmantels gegen die Brust drückte. Seine von Schrunden bedeckten Finger schlangen sich um die Gitterstäbe, und er ließ sich gehen, auf die von der Morgenröte durchflutete Landschaft starrend, die sich, so weit das Auge reichte, erstreckte. In diesen zwei Monaten hatte er genügend Zeit gehabt, sich den kleinsten Winkel, den Umriß der von blutsteinernen Narben eingeschnittenen Felsschlünde am Fuße des Berges einzuprägen. Er konnte den Schatten der ockernen und malvenfarbenen, an den Abhängen verschütteten Steine und die Atmungen der Nacht aus dem Gedächtnis beschreiben.
Zwei Monate ... sechzig Tage ...
Sonderbar. Der Schmerz war nicht so bitter gewesen, wie er

es vermutet hätte. Der Riß nicht so tief. Zu glauben, daß, wenn der Mensch tief unten im Abgrund anlangt, der Lärm der Verzweiflung erstirbt, um einer ungeheuren Stille zu weichen. Was vielleicht den Inhalt seiner derzeitigen Schriften erklärte: der *Führer der Weisheit,* den er seinem toten Bruder gewidmet, noch am Abend seiner Ankunft in Fardajan begonnen und in derselben Nacht vollendet hatte; und nun diese mystische Erzählung, der er den Titel *Hayy ibn Yaqzan,* der LEBENDE Sohn des WACHEN, gegeben hatte und die er als eine Wanderung der Seele gen Orient, zur Freiheit, gedachte.

Er hauchte in seine von der Eiseskälte klammen Hände, welche trotz des vorhandenen kleinen Kohlenbeckens herrschte, und kehrte wieder an seinen Platz vor dem krummbeinigen Tisch zurück.

»... Es gibt zwei sonderbare Grenzgebiete, die eine jenseits des Okzidents, die andere jenseits des Orients. Zu beiden gibt es eine Schwelle, die den Weg zu jenen Gegenden verwehrt, denn niemand kann hineingelangen, ausgenommen die Erwählten, jene, die eine Kraft erlangt haben, welche dem Menschen anfänglich von Natur aus nicht innewohnt...«

Es scheint mir, daß die Gabe, die Gott dir bei deiner Geburt gewährt hat, eine einzigartige und folglich kennzeichnende Gabe ist. Dein Leben ist nach dem Ebenbild dieser Gabe.

Weshalb sprach Yasminas Stimme in diesem Augenblick zu ihm?

Das Quietschen der in den Angeln schwenkenden Ringe setzte dem ein Ende. Die Tür öffnete sich halb. Er brauchte sich nicht umzudrehen, um zu wissen, wer seine Zelle betrat. Wie an jedem Morgen in der Dämmerung der letzten sechzig Tage würde Karim, sein Kerkermeister, ihm seinen dampfenden Tee, von einer Kruste runden Brotes begleitet, bringen. Wie jeden Morgen würde er sagen: »Helles Erwachen, Scheich ar-rais«, und er würde antworten: »Glückliches Erwachen, Karim«. Sie würden ein paar Worte über diesen strengen Winter wechseln. Sie würden darüber reden, wie beschwerlich das Leben für die Männer im Kastell doch unter solchen Bedingungen war; über die wegen des Schnees im Binssama-Engpaß eingeschlossenen Karawanen mit Verpflegung. Ausnahmsweise würde er ihm Neuigkeiten aus Hamadan und vom Herrscher erzählen. Dann würde er wieder gehen, um erst nach *zuhr,* nach dem Mittagsgebet, zurückzukehren und ihm ein bescheidenes Mahl aufzutragen.

Die Tür schloß sich wieder. Ali umfing mit seinen eisigen Handflächen den Becher Tee und schätzte dessen Wärme. Wahrhaftig, dieser Monat *redscheb* wollte einfach nicht vergehen.

Dann trat man in den *schaban.* Das Wetter wurde milder. Unmerklich begann das Wasser der Flüsse zu schmelzen. Die Quellen lösten ihr Band auf den erwärmten Leibern der kleinen Täler, und die Sonnenstrahlen brachen allmählich durch die Morgennebel. Die linderen Temperaturen erlaubten ihm, einmal in der Woche, unter strenger Bewachung einige Schritte entlang der Wehrgänge und, seltener, im Geviert des Festungshofs zu gehen. Aus diesen kurzen Ausflügen schöpfte er unschätzbare Wohltat, beinahe schon Regeneration, die ihm unerläßlich wurde.

Er machte sich diese Monate zunutze, um letzte Hand an seine mystische Erzählung zu legen und eine Abhandlung der Koliken zu beginnen. Als man in den Ramadan trat, nahm er ein Opus *Über die Heilmittel gegen Herzkrankheiten* in Angriff.

Seiner körperlichen Schwäche zum Trotz und wider die Ratschläge seines Kerkermeisters fastete er die dreißig vom Gebot vorgeschriebenen Tage ohne Fehl bis zum Erscheinen des Neumondes am Himmel von Jarra.
Der jungfräuliche *schawwal* fand ihn mit der Niederschrift eines Traktats über das Schicksal beschäftigt, in welchem er in heiterer und beredter Weise die dem menschlichen Verstand undurchdringlichen Geheimnisse der göttlichen Vorsehung erörterte.
»... Die Zeit läßt die Schmerzen vergessen, die Rachegelüste erlöschen, besänftigt allen Zorn und erstickt den Haß; so erscheint die Vergangenheit, als habe es sie nie gegeben; der schmerzlichste Kummer und die erlittenen Verluste werden nicht mehr in Betracht gezogen; Gott macht keinerlei Unterschied zwischen ausgleichender Gerechtigkeit und Gabe, zwischen Bezeigung seiner Gnade und Belohnung; die Jahrhunderte, die verstreichen, die Wechselfälle der Zeit verwischen jeden kausalen Zusammenhang...«
Die Bogen zusammenlegend, stand er auf und streckte sich auf der geflochtenen Strohmatte aus. Er hatte die ganze Nacht gearbeitet, der Morgen war angebrochen. Die Türangeln würden zu quietschen nicht lange auf sich warten lassen. Er fragte sich, ob es ihm jemals vergönnt sein würde, einen Tag zu erleben, ohne daß er dieses Quietschen vernähme? Ob dieser unselige Widerhall ihm nicht fehlen würde. In diesem Moment vergegenwärtigte er sich, daß Karim unpünktlich war. Er spitzte die Ohren, lauerte auf das Geräusch vertrauter Schritte, die den Gang aus nacktem Ziegelstein herunterkämen. Doch alles war still. Merkwürdigerweise begann diese Verspätung, ihn zu beunruhigen, schließlich sogar eine wahrhafte Bangigkeit in ihm zu erwecken. Genügte denn schon eine winzige Störung dieses unwandelbaren Rituals jener einhundertundzwanzig Tage, um ihn so rasch

aus der Fassung zu bringen? Wütend auf sich selbst schloß er seine geröteten Augen, die unter dem kümmerlichen Licht der Lampe die Wörter zu lange angeblickt hatten, und versuchte sich zu entspannen.

Als er erwachte, stand die Sonne in ihrem Zenit, und sein Kerkermeister war noch immer nicht erschienen. Er richtete sich langsam auf, und beinahe wie von selbst heftete sich sein Blick auf die schwere Holztür, verweilte dort, ohne sich lösen zu können. Tausend Fragen bestürmten sein Gehirn, ohne eine zufriedenstellende Erklärung für dieses unerwartete Ausbleiben zu finden. Und wenn man beschlossen hätte, ihn wie einen Hund sterben zu lassen?

Tatsächlich war er weit entfernt, der Wirklichkeit nahezukommen. Wie hätte er auch nur einen Moment die außergewöhnlichen Vorkommnisse ersinnen können, die sich genau zum selben Zeitpunkt, ungefähr zehn *farsakh* von dort, unter den Wehrwällen von Hamadan zutrugen...? Wäre ein Bote gekommen, ihm davon Nachricht zu geben, er hätte ihm niemals geglaubt.

Ala ad-Dawla, Fürst von Isfahan, hatte Sama und dessen Wesir, Tadj al-Mulk, den Krieg erklärt.

*

Innerhalb der Mauern der Stadt der Sieben Farben war die Verwirrung vollkommen.

In heillosem Schrecken hatten sich die Bewohner in ihren Häusern verschanzt, und auf Befehl von Tadj al-Mulk hatte man die vier Stadttore verriegelt. In einer Ferne von ungefähr einer Meile konnte man das beeindruckende Schauspiel des vorrückenden Heeres von Isfahan erblicken. An der Spitze reitend, gemahnte Ala ad-Dawla, in seinen unter der Sonne glänzenden Kettenpanzer gehüllt und das Haupt von

einem majestätischen elfenbeinfarbenen Turban umwickelt, an Rostam, den Drachen zu zermalmen entschlossen. Unbestreitbar, der Mann gebot Ehrfurcht. Um die Vierzig, die Wangen von einem mächtigen braunen Bartkranz eingefaßt, eine breite Stirn und vor allem große Augen, welche die Besonderheit aufwiesen, von äußerst reinem Hellblau zu sein; von allen Dawlas, den Begründer der Dynastie vielleicht ausgenommen, war er ohne jeden Zweifel derjenige, der das Königtum am stärksten verkörperte.
Mit donnernder Stimme rief er seinen Feldherrn zu sich.
»*Salar!* Bestelle meinen Astrologen!«
»Aber ... Geist des Landes ... wir werden eine Schlacht liefern und ...«
»Meinen Astrologen! Ich will ihn augenblicklich sehen!«
Der angeschlagene Tonfall ließ nicht den geringsten Widerspruch zu.
»Gut, Geist des Landes. Es wird deinem Wunsch gemäß geschehen.«
In einem Sandwirbel trieb der Befehlshaber sein Pferd in Richtung seines Bannerträgers, übermittelte den Befehl des Monarchen und sputete sich, an seinen Platz zurückzukehren.
Ala ritt an ihn heran, und auf die Wehrwälle von Hamadan blickend, erkundigte er sich: »Steht uns die gesamte Belagerungs- und Trutzmaschinerie zur Verfügung?«
»Ja, Majestät. So, wie du es gewünscht hast. Ich habe die *mandjaniks,* Onager, leichte Balliste und selbstverständlich Widder kommen lassen. Wir ...«
»Das ist es nicht, was ich wissen will. Hast du die Hauptsache vorbereitet?«
»Selbstverständlich, Geist des Landes. Hunderte von irdenen Töpfen sind eigens hergerichtet worden.«
»Bestens. Dann fahre mit der Einkesselung der Stadt fort.

Ich will einen so vollkommenen Ring, daß nicht einmal eine Ratte hindurchschlüpfen könnte.«
Der *salar* hob stolz das Haupt.
»Du kannst auf mich bauen, Exzellenz.«
Sich etwas emporstreckend, wies er mit dem Finger auf einen kleinen Mann, der durch die Staubwolken hinkend herankam.
»Dein Astrologe, erhabenster Geist.«
Der Herrscher blickte über seine Schulter und riß, mit jähem Ruck an den Zügeln, sein Streitroß nach rechts herum.
»Tritt näher, Yan-Pui ... ich benötige deine Erhellung.«
Besagter Yan-Pui setzte seine Kraft darein, die unmenschlich schien, den Schritt zu beschleunigen. Mit einer Hand einen merkwürdigen, mit Glöckchen behängten Hut festhaltend, pflanzte er sich mißlaunig zu Füßen des Fürsten auf. Er war fast ein Zwerg, mit gelben, zerknitterten Zügen, Schlitzaugen und unbestimmten Alters. Er sprach mit unglaublichem Zungenschlag.
»Habe ich dich nicht erhellt, Geist des Landes? Gerade erst gestern abend, bevor wir uns wieder auf den Weg machten? Die Gestirne sind keine liederlichen Frauen, die man zu jeder Stunde bemühen kann!«
Und er fügte verstimmt hinzu: »Die Astrologen ebenfalls nicht!«
»Ich kenne deine Gedanken hierüber, und ich habe damit nichts zu schaffen. Ich muß wissen.«
»Aber was wissen?« jammerte der kleine Mann. »Ich habe dir alles gesagt.«
»Wiederhole!«
Yan-Pui stieß einen herzzerreißenden Seufzer aus und leierte mit näselnder Stimme herunter: »Nach Befragung des *I Ging* und der betreffenden Mondhäuser...«
»Laß das Geschwätz Yan-Pui! Gelange zum Ziel!«

Der kleine gelbe Mann faltete die Hände, wobei er sie unter seine weiten seidenen Ärmel gleiten ließ, und stieß, das Kinn emporhebend, barsch hervor: »Der Sieg wird gen Abend hervorgehen.«
»Und auf welcher Seite wird er sein?«
»Auf der von Isfahan.«
»Bestens, nun will ich eine Bestätigung durch die *raml*.«
»Die *raml*, hier?«
»Auf der Stelle. Los.«
Yan-Pui wühlte in einer der Taschen seiner glänzenden Atlastunika. Daraus zog er acht Würfel, die, zu je vier auf einer Seite, in zwei Geflechten aus Messingdraht aufgereiht waren. Er kauerte sich, Anrufungen brummelnd, zu Boden und ließ die Würfel gemäß der Technik des *ka'baitan** über den Sand rollen; er studierte ihre Punkte, analysierte ihr Verhältnis, erhob sich dann wieder.
»Das große Glück beherrscht das kleine Glück**. Dein Sieg ist bestätigt.«
»Bestens. Also werden wir sofort angreifen und die Stadt nicht belagern.«
Mit kurzem Sporenstreich in die Weichen seines Pferdes stob Ala ad-Dawla zur Mitte des Feldheeres davon, von den überdrüssigen Blicken Yan-Puis verfolgt.
Die Trompeten ertönten nacheinander an den vier Ecken der Wehrmauern. Ein ungeheures Getöse antwortete ihnen zurückschallend, und die Reihen der Leiterträger rückten wie ein Mann unter der Deckung der Bogenschützen vor.

---

* Ich habe mehrere Abende in Yan-Puis Gesellschaft zugebracht. Er hat dieses Verfahren vor meinen Augen etliche Male angewandt und mich in seine Kunst eingeführt. Der Leser möge mir vergeben, aber die ausführliche Erklärung des *ka'baitan* würde uns zu weit führen. *(Anm. d. Djuzdjani)*
** Vgl.: Jupiter beherrscht Venus. *(Anm. d. dt. Ü.)*

Zur Rechten, etwas weiter westlich, über bald eine Viertelmeile auseinandergezogen, stürmten zwei Kolonnen Fußsoldaten, die eine beeindruckende *dabbaba,* einen Widder oder Mauerbrecher, aus syrischem Holz trugen, in Richtung Tor der Töpfer. Im Osten tat eine andere Schar es ihnen gleich, jedoch zum Tor der Vogelfänger ziehend.
Oberhalb der Zinnen erahnte man die düsteren Umrisse der Armbrustschützen Tadj al-Mulks, die nur darauf warteten, einen Hagel Pfeile zum Himmel zu schießen.
Die Hand als Schirm gegen die Stirn gelegt, verkündete der Wesir, als dächte er laut nach: »Sie rennen geradewegs dem Schlachthaus entgegen ... Sobald sie in unserer Reichweite sind, wird der Todesengel sie in die Hölle stürzen.«
»Es ist nicht zu glauben. Niemals hätte ich gedacht, daß Ala ad-Dawla seine Drohung in die Tat umsetzen würde.«
»Ich muß gestehen, Majestät, ich auch nicht. Es übersteigt mein Fassungsvermögen. Einen Krieg wegen eines Mannes zu entfesseln? Sei er auch der Fürst der Gelehrten? Wie soll man sich so etwas vorstellen?«
»Reden wir nicht töricht daher, Tadj. Der Emir von Isfahan hat es vielleicht nicht geschätzt, daß wir Ibn Sina daran hinderten, in seinen Dienst zu treten, und ihn in Fardajan einkerkerten; aber es gibt andere Beweggründe für diesen Angriff. In Wahrheit ist der Scheich nur ein Vorwand. Ich beargwöhne Ala ad-Dawla schon seit längerem, seinen Machtbereich ausweiten zu wollen*.«

---

* In der Tat erweckt es den Anschein, als hätte Ala ad-Dawla mittels dieses Angriffs eine in Hamadan stationierte dailamitische Streitmacht ausheben wollen, die eine Gefahr für sein eigenes Reich darstellte. Doch hierzu sind die Angaben ungenau, und al-Djuzdjani liefert uns keinerlei Erklärung. *(Anm. d. Ü.)*

»Ohne Zweifel, Himmel des Landes, ohne Zweifel. Aber der ALLERHÖCHSTE wird den Gerechten obsiegen lassen.«
Sama pflichtete ohne große Überzeugung bei. Das Bild Ibn Sinas, in diesem schaurigen und kalten Fort von der Welt abgeschieden, schoß ihm flüchtig durch den Sinn. Und er dachte: *Sind wir wirklich auf seiten des Gerechten?* Tadjs bange Stimme brachte ihn in die Wirklichkeit zurück.
»Sonderbar, was tun sie nur?«
Der Fürst beugte sich vor, um die feindlichen Truppen besser beobachten zu können.
Unterhalb der Wehrmauern hatte das Fußvolk Isfahans soeben innegehalten.
»Weshalb rücken sie nicht weiter vor?« sorgte sich Sama.
»Ich weiß es nicht. Vielleicht daß ...«
»Sie müssen niedergestreckt werden! Erteile den Bogenschützen den Befehl.«
»Unmöglich, Exzellenz, sie sind noch immer außer Reichweite.«
Sama, etwas Ungewöhnliches voraussahnend, beugte sich noch weiter nach vorne.
Eine lastende Stille hatte sich über die ganze Landschaft gelegt. Die beiden Heere, das eine ungeschützt in der Ebene, das andere auf den Zinnen der Bollwerke, harrten gespannt. Allein die zarten Wirbel goldenen Sandes kreiselten dicht über dem Boden, bewegten sich zeitweilig zwischen dem von der Sonne versengten Felsgestein.
Und plötzlich schoß mit dumpfem Zischen eine Feuerkugel durch den Azur.
Stern? Lichtreflex? Blitz? Weder der Monarch noch der Wesir verstanden, was vorging.
Die Kugel flog über die Wehrmauern hinweg und beendete ihren Lauf inmitten der Gärten, mit einem Mal die Bäume und das Beet kaum erblühter Rosen entfachend.

»Natif*! Allah schütze uns! Sie verwenden *natif!*« brüllte einer der Krieger.
Außer sich, ergriff der Monarch seinen Wesir am Kragen seiner *djubba*.
»Was erzählt er da? Was sind das für Sachen?«
Mehr tot als lebendig versuchte Tadj al-Mulk, Ruhe zu bewahren.
»*Natif*, Exzellenz, ist ein Gemisch aus Schwefel, Pech, Salpeter und anderen entzündbaren Stoffen, die mir nicht bekannt sind. Eine Erfindung, die von den Hellenen stammen soll.«
»Aber wie stellen sie es an, um uns aus solcher Ferne zu treffen?«
»Ich vermute, daß Alas Mannen die Stoffe in irdene Töpfe stopfen dürften.«
»Was nicht erklärt...«
»Warte, Exzellenz.«
Der Wesir erforschte den Horizont und richtete schließlich den Arm auf einen Punkt in der Landschaft.
»Sieh, dort hinten in der Mitte, etwas hinter dem Mutrib-Hügel zurückliegend.«
»Was ist dort? Ich sehe nichts.«
»Doch, doch, dort ... *mandjaniks*. Schwere Steinwerfer. Sie...«
Der Rest des Satzes blieb in der Schwebe. Eine zweite Feuerkugel, sogleich von einer dritten, dann von einer vierten gefolgt, stieg in den Azur auf.
Entlang des Wehrgangs, zwischen den Wachtürmen, blies ein Sturm von Panik durch die Reihen Hamadans. Manche Bogenschützen zauderten nicht, sich ihrer Bogen und ihrer Köcher zu entledigen, um in irgendeine Deckung zu fliehen.

---

* Im Westen unter dem Namen »griechisches Feuer« bekannt. *(Anm. d. Ü.)*

In wenigen Augenblicken legten sich schwarze Rauchfahnen über die Stadt und minderten die Sicht.

»Es muß etwas unternommen werden, Tadj!«

Der Wesir stürzte den Wehrgang hinab und suchte mit verzweifelter Stimme und großen Gesten, die Soldaten aufzurütteln, doch vergebens.

Die Feuerkugeln fuhren fort, blindlings niederzugehen, hier oder dort einschlagend, an den Mauern oder mitten in den abschüssigen Gäßchen zerschellend.

Bald fiel Ascheregen allüberall herab.

Dies war zweifelsohne der Zeitpunkt, den Isfahans Fußsoldaten wählten, um ihren Ansturm wiederaufzunehmen. Überraschend schnell sah man unmittelbar über den Zinnen die Zinken von Leitern und die ersten feindlichen Gesichter auftauchen, während dumpfes, stetig stampfendes Getöse emporstieg, das von den Widderstößen gegen das Tor der Töpfer und das der Vogelfänger herrührte. Es mutete wie das Pulsieren eines gigantischen Herzens an, das am Fuße der Festungsmauern zu schlagen begonnen hatte.

Mit schweiß- und aschebedecktem Gesicht rannte Tadj al-Mulk, aus Leibeskräften brüllend, um den entsetzlichen Lärm zu übertönen, auf den Emir zu.

»Alles ist verloren, Exzellenz! Wir müssen fliehen. Wir sind machtlos!«

»Fliehen? Aber wohin denn? Jeden Augenblick wird die ganze Stadt erstürmt sein!«

»Wir müssen Hamadan verlassen.«

»Um wohin zu gehen?« wiederholte Sama verzweifelt.

Wieder zu Atem kommend, erklärte der Wesir mit unhörbarer Stimme: »Ich weiß einen Ort, an dem wir in Sicherheit wären.«

Der junge Fürst riß verblüfft die Augen auf.

»Vertraue mir ... Komm, verlieren wir keine Zeit.«

SIEBENUNDZWANZIGSTE MAKAME

Der Kerkermeister tauchte erst zur Stunde des *eftar* auf, da die Sonne bereits hinter den Schluchten verschwand. Er betrat die Zelle mit verschlossenem Gesicht und ohne ein Wort zu sagen.
»Wo warst du denn abgeblieben? Ich fing schon an zu glauben, du würdest nie wiederkommen.«
Karim grummelte zwischen den Zähnen und reichte ihm seine Nahrung; Brot, Reis mit etwas Dickmilch mit Minze darüber sowie einen Becher gezuckerten Tee. Der Scheich wiederholte seine Frage, doch der Mann blieb hinter seinem Schweigen verschanzt und verließ, mit betrübter Miene den Kopf schüttelnd, die Zelle.
Nunmehr war Ali sicher, daß irgend etwas Ernstes vor sich ging. Weit davon entfernt, ihn zu beruhigen, hatte das Eintreffen des Wächters die Anspannung, die den ganzen Tag über nicht gewichen war, nur noch gesteigert. Er mußte sich überwinden, um die wenigen Happen Reis herunterzuschlucken; die Schüssel beiseite stoßend, kehrte er zu seinem Tisch zurück und versuchte, seine Arbeit wiederaufzunehmen.
Vergebens.
Sein besorgter Geist verwehrte ihm jedwede Sammlung. In heller Verzweiflung suchte er wieder seine Matte auf, um Schlaf zu finden.

War es das Quietschen der Angeln, das ihn weckte, das Geräusch des Schlüssels, der sich im Schloß drehte? Oder war er gar nicht eingeschlummert?
In seiner von der Nacht vereinnahmten Zelle ahnte er, wie die Tür aufschwang. Ein Schatten hob sich im Rahmen ab, dann ein zweiter, der eine Tranlampe hielt. Er richtete sich auf, in Abwehrhaltung.
Der Schatten näherte sich langsam, verharrte dann, wogegen die andere Gestalt entschieden, die Lampe hochhaltend, die Kammer betrat und im selben Moment die Gesichter jäh beleuchtete. Verdutzt erkannte Ali den ersten Besucher: Es handelte sich um Sama ad-Dawla.
Die andere Person war ihm unbekannt. Wahrscheinlich eine der Wachen.
»Friede über dich, Scheich ar-rais.«
»Und über dich den Frieden, Himmel des Landes.«
Aus lauter Überraschung hatte Ali mit unbeteiligter, beinahe eintöniger Stimme geantwortet.
Der Wachtposten zündete die kleine Öllampe an, die auf dem Tisch stand, und zog sich dann auf einen Wink des Emirs hin zurück, wobei er die Tür angelehnt ließ.
Sama blickte sich zerstreut in der Zelle um, bevor er auf dem Hocker Platz nahm, sein Profil dem Scheich zur ungläubigen Betrachtung darbietend.
»Ich finde dich abgemagert. Dies ist ein unheilvoller Ort.«
»Die Luft ist gut, Exzellenz. Ich habe keinen Grund zur Klage.«
Der Monarch ergriff unwillkürlich den neben dem Tintenfaß liegenden Calamus und ließ ihn mehrere Male zwischen seinen Fingern rollen.
»Ist die Einsamkeit dir günstig gewesen?«
»Ich habe in der Tat viel geschrieben.«
Die kleine Flamme, die vor ihm brannte, machte des Fürsten Ausdruck melancholischer.

Gebannt auf die Bewegung des zwischen den Fingern drehenden Calamus achtend, verkündete er hastig: »Hamadan liegt in Feuer und Blut. Wir haben den Krieg verloren.«
»Den Krieg, Majestät?«
»Der Fürst von Isfahan ist zur jetzigen Stunde Herr der Stadt.«
Nach einer Weile fügte er hinzu: »Diese Neuigkeit scheint dich nicht zu erfreuen.«
»Sollte sie?«
Sama wirbelte unversehens auf seinem Hocker herum und fixierte den Scheich mit gewissem Groll. »War es nicht dein innigster Wunsch, für Ala ad-Dawla zu arbeiten? Hast du nicht in diesem Sinne konspiriert?«
»Himmel des Landes, ich glaube nicht, daß dieses Wort gerechtfertigt ist, um einen einfachen Austausch von Briefen damit zu bezeichnen.«
»Nichtsdestotrotz ist *dieser Austausch* mittelbar die Ursache dieses Krieges gewesen.«
»Das ist unmöglich. Dafür muß es andere Gründe geben!«
Sama rutschte im Halbdunkel herum und kehrte ihm wieder sein Profil zu.
»Und sei es nur, um meine Bitterkeit in dich zu ergießen, hätte ich dir gerne widersprochen. Doch meine Erleichterung wäre gering, und leider von kurzer Dauer. Nein, du sprichst wahr, du bist nur ein Glied in der Kette. Andere Gründe haben Isfahans Fürsten gedrängt, mir eine Schlacht zu liefern. Ich könnte sie dir darlegen, doch ich bin all dessen müde, und es wird spät.«
Sacht wischte er sich mit den Handflächen über die Lider und schloß: »Ironie aller Ironien. Unter ganz anderen Umständen hätte das, was uns widerfährt, vielleicht zum Lachen Anlaß geben können. Seit heute abend sind der Kerkermei-

ster und sein Gefangener zum gleichen Geschick verdammt. Wir beide, du und ich, sind fürderhin in Fardajan gefangen. Findest du das nicht aberwitzig?«
»Aberwitzig, Exzellenz ... ich weiß nicht. Zweifellos jedoch recht ungewöhnlich.«
Sama erhob sich und tat einige Schritte zum Fenster.
»Es ist zu dunkel, um die Landschaft zu sehen, ich frage mich indes, ob es so nicht besser ist.«
»Exzellenz, was ist aus meiner Gefährtin und meinem Schüler Abu Ubaid geworden?«
»Sie sind sicherlich aus dem Palast geflohen wie wir alle. Es herrschte eine solche Panik, daß eine Katze ihre Jungen nicht wiedergefunden hätte. Allerdings kann ich dir versichern, daß sie während dieser vier Monate nichts entbehrt haben.«
Ali biß die Zähne zusammen. Abu Ubaid ... Yasmina ... Würde er sie je wiedersehen?
»Du erkundigst dich gar nicht nach Tadj al-Mulk?«
Da Ali nicht antwortete, führte er weiter aus: »Dein Freund, der Wesir, befindet sich wohl. Zur Stunde dürfte er wie ein Murmeltier in einem der Räume dieser Festung schlafen.«
Nach einer Pause fügte er höhnisch hinzu: »Du mußt entzückt sein ...«
»Es ist keinerlei Haß in meinem Herzen, bloß Trauer. Um die Meinen, um Hamadan, um dich ...«
»Die Abgeschiedenheit führt zur Weisheit. Was mich betrifft, habe ich die Einsamkeit wahrscheinlich nicht lange genug erfahren. Doch es wird spät, und die Müdigkeit wird mir allmählich beschwerlich. Ich grüße dich, Sohn des Sina, möge sich bei deinem Erwachen ein Glück offenbaren.«
»So geschehe es auch dir, Himmel des Landes.«

Ali wollte aufstehen, doch Sama hielt ihn mit einer Handbewegung zurück.
»Wir sind nicht mehr bei Hofe, Scheich ar-rais. Solltest du es vergessen haben? Nur zwei Gefangene.«

*

Eine Woche verging, ohne daß er den jungen Fürsten erneut sah. Die einzigen Nachrichten, die zu ihm kamen, waren jene, die Karim ihm brachte. Nach Aussagen der Boten war Hamadan noch immer von Ala ad-Dawlas Truppen besetzt. Zweifellos aus strategischen Gründen hatte der Herrscher endgültig davon Abstand genommen, zum Sturm auf Fardajan zu blasen, zurückschreckend vor den Hunderten von Menschenleben, die er hätte opfern müssen, um sich dieses aufs höchste geschützten Adlerhorstes zu bemächtigen.
Am Morgen des zehnten Tages fand sich Tadj al-Mulk in der Zelle ein. Seine Miene war düster und sein Blick ausweichend. Unbehaglich ließ er sich auf dem Hocker nieder und schien nach Worten zu suchen.
»Ich komme dir eine Nachricht künden, die dein Herz vielleicht erfreuen wird: Hamadan ist wieder eine freie Stadt. Durch Allahs Gnade ist unser Gegner kehrtzumachen gezwungen worden. Bereits in diesem Moment ist er unterwegs nach Isfahan. Das Schicksal hat sich zu unseren Gunsten gewendet.«
»Allah sei gedankt«, meinte Ibn Sina nur. »Sama wird also auf seinen Thron zurückkehren können.«
»Das ist richtig. Wir werden in einer Stunde aufbrechen.«
»Weißt du, ob meine Gefährtin und mein Schüler gesund und wohlbehalten sind?«
»Das ist mir nicht bekannt. Aber...«
Der Wesir setzte seinen Turban fahrig zurecht und fuhr mit

gleichem Mißbehagen fort: »Das einfachste wäre, es selbst nachzuprüfen.«
»Da müßte der ALLERHÖCHSTE mir schon Flügel gewähren. Solltest du vergessen haben, daß ich noch ein Gefangener bin?«
»Dein Geschick liegt in deinen Händen. Es hängt nur von dir ab, ob du uns folgen möchtest oder nicht.«
»Ich verstehe nicht, Wesir.«
»Die bedingte Freiheit; dies ist das Angebot, das dir weiterzuleiten ich beauftragt bin. Falls du einwilligst, in den Palast zurückzukehren und deine Ämter als Hofmedicus und als Lehrer wieder zu bekleiden, könntest du diese Stätten verlassen.«
Der Scheich betrachtete sein Gegenüber mit Argwohn. »Ist das alles?«
»Du müßtest dich auch verpflichten, deinem Austausch von Episteln mit dem Fürsten von Isfahan ein Ende zu setzen.«
Verwirrt strich sich Ali behutsam über seinen Bart und versuchte zu enträtseln, was sich hinter Tadj al-Mulks Worten verbarg. Woher kam diese plötzliche Großmütigkeit? Was erhoffte man denn nun wieder von ihm? Wie dem auch war, eine Tatsache drängte sich ihm auf: Einwilligen oder die ihm noch verbleibenden Tage in diesem Verlies dahinsiechen. Er dachte auch an Yasmina und Abu Ubaid. Falls er sie je wiedersehen wollte, mußte er vor allem aus dieser Gruft gelangen.
»Ich willige ein. Und ich bitte dich, dem Emir meine Dankbarkeit zu übermitteln.«
»Es ist weit mehr als deine Dankbarkeit, was er von dir erwartet. Danke dem GÜTIGEN, es mit einem so großmütigen Geschöpf zu schaffen zu haben.«
Ali brauchte Tadj nicht zu befragen, um zu wissen, was er über diese Großmut dachte.
Der Wesir erhob sich und beendete seine Überlegung jäh. Auf die Schriften Ibn Sinas deutend, die den Boden übersäten, erklärte er: »Ich werde Befehle erteilen, auf daß dies hier

in den Palast gebracht werde; denn ich nehme an, daß diese Bücher dir teurer sind als alle Könige Persiens.«
»Ich bin deren Urheber, Wesir. Und ich bin mir nie untreu geworden.«
Tadj al-Mulk unterdrückte ein Auffahren, und seinen Blick in den des Scheichs bohrend, murmelte er in geheimnisvollem Ton: »Vergiß niemals, ein Buch ist wie ein menschliches Geschöpf. Man weiß tausend Arten, es zu vernichten...«

*

Nicht mein Meister war es, der uns in Hamadan wieder zusammenführte, das von den tragischen Ereignissen jener letzten Tage erschüttert war, sondern Yasmina und ich. In der Tat, nachdem wir dem Palast entflohen waren, hatten wir Unterschlupf im Hause eines Apothekers mit Namen Abu Ghalib gefunden, zu dem mich zu schicken der Scheich die Gewohnheit besaß, um dort seine Einkäufe von seltenen Kräutern und Arzneien zu tätigen. Wir verweilten bei diesem guten Manne bis zu dem Zeitpunkt, da wir vom Rückzug der Truppen Isfahans erfuhren und bald darauf von der Rückkehr des Fürsten. Ein Gerücht verbreitete sich dann wie ein Lauffeuer: Der Scheich Ibn Sina würde den Herrscher begleiten, und man behauptete überall, er wäre aus Fardajan befreit und in seine Ämter als Medicus und Lehrer wiedereingesetzt worden.
Mit pochendem Herzen eilten wir zum Serail, und wie groß war unser Glück, dort den Scheich anzutreffen. Abgezehrt gewiß, aber bei bester Gesundheit. Ich gestehe, während jener Tage seiner Festungshaft häufig um sein Leben gefürchtet zu haben. Hatte er nicht schon einmal ihm ein Ende zu machen gesucht? Diese Prüfung hätte ihn zu einem Rückfall drängen können, und lange Zeit wurden meine Nächte von unseligen Bildern heimgesucht, in denen ich meinen Meister in einen bodenlosen Abgrund stürzen sah. Wenn Yasmina auch nicht darüber sprach, wußte ich doch, daß ihre Gedanken den meinen folgten.

Allah gibt und nimmt wieder. Heute bin ich überzeugt, daß der ALLERHÖCHSTE, wenn er einem Geschöpf ungeheure Ehren gewährt, sie beinahe unabwendbarerweise mit gleichem Unglück begleitet.

Am ersten Abend, an dem wir drei uns wiederfanden, begriff ich, daß der Scheich mehr denn je entschlossen war, Hamadan zu verlassen. Seine Entschiedenheit hatte sich im Verlauf jener vorangegangenen Stunden nur noch verstärkt.

Es war der achte Tag des *dhul-hiddsche,* an dem er sich wahrhaftig zu dem Schritt durchrang. Eine wesentliche Begebenheit drängte ihn, es zu tun: eine vom Fürsten Isfahans gesandte Geheimbotschaft. In diesem Brief bekräftigte Ala seinen Wunsch, den Scheich an seinem Hof zu empfangen, und fügte hinzu, daß es für ihn und die Seinen eine unermeßliche Ehre wäre. Auf die Art erhielten wir, so irgendein Zweifel noch darüber bestand, die Bestätigung, daß al-Ma'sumi und Ibn Zayla ihre Mission bewundernswert erfüllt hatten.

Es blieb noch ein gewaltiges Hindernis zu überwinden: die Beaufsichtigung durch Tadj al-Mulks Krieger zu hintertreiben, die seit der Rückkehr des Scheichs ununterbrochen Wache hielten. Ich sollte dem Scheiche nahelegen...

»Wir könnten uns als *sufis* verkleiden. Unter der Wollkutte und mit bedecktem Haupt könnten wir vielleicht unbemerkt bleiben. Außerdem erwecken diese heiligen Asketen Achtung und Hochschätzung.«
»Das wäre vielleicht eine Lösung...«
Yasmina gab zu bedenken: »Deine Werke; deine Schriften? Wie werden wir es anstellen? Wir benötigten ein Lastpferd oder ein Maultier.«
»Wir werden eine Möglichkeit finden, sie heimlich aus der Umfriedung des Palastes zu schaffen.«
»Für wann siehst du den Aufbruch vor?«
»Je früher, desto besser. Übermorgen abend werden wir den zehnten des *dhul-hiddsche* haben, das heißt also, der Tag des

'id al-kabir, das große Opferfest*. Die Leute werden beim Schmause und die Bewachung wird gelockerter sein. Gleichwohl müssen wir einen Führer finden. Ich weiß die Strecke voller Gefahren.«

»Ich glaube, daß Abu Ghalibs ältester Sohn der geeignete Mann dafür ist«, meinte al-Djuzdjani. »Dann also übermorgen. Hoffen wir auf den Schutz des UNBESIEGBAREN: Diese Reise wird mühevoll. Isfahan erscheint mir plötzlich am Ende der Welt.«

Ali nickte mit unvermittelt versonnener Miene. Instinktiv drückte er den kleinen Stein bläulichen Glases, der noch immer seinen Hals schmückte. Während sein Schüler sprach, hatten Worte aus lange vergangener Zeit seine Gedanken erfüllt –

Nimm dich in acht, mein Freund, nimm dich in acht vor den Ebenen des Fars' und den vergoldeten Kuppeln von Isfahan; dort nämlich wird dein Weg enden. An diesem Tag wird an deiner Seite ein Mann sein, ein Mann mit schwarzer Seele. Daß Shiva auf ewig sein Andenken verfluche...

*

Gegen Mitternacht überschritten wir die Stadtgrenzen – der Scheich und ich selbst in grobe Wollkutten gehüllt, einen Strick um den Leib gegürtet; Yasmina mit einem Büßerhemd bekleidet. Um unsere Verkleidung zu vervollkommnen, trugen wir in der Hand eine *rikwa,* die Holzschale, die dazu diente, mögliche Almosen aufzunehmen. Fünf Pferde, von

---

* Dir, Kind des Abendlandes, dem dies nicht bekannt, sei gesagt: *al-'id al-kabir* oder *id al-adha* ist die größte Feierlichkeit des Islam. An diesem Tag wird als Opferung ein Kamel, ein Ochse, ein Schaf oder eine Ziege geschlachtet; ein Ritual, das an Abrahams Opfer gemahnt; mit dem Unterschied, daß der Koran den Isaak der Bibel durch Ismael ersetzt. *(Anm. d. Ü.)*

Abu Ghalib geführt, schritten uns in genügendem Abstand voraus, daß ein Beobachter uns nicht mit ihnen in Verbindung bringen mochte.
Wir gelangten ungehindert bis zum Fuße Hamadans und wandten uns dann nach Südosten, Richtung Zagros-Gebirge. Die Reise in die Freiheit begann. Doch wir wußten, daß schon bald das Feuer der Gehenna und die Eisesfröste der Nacht, die Trockenheit der Wüste und die erstickende Schwüle der Hochebenen auf uns warteten.
Kaum hatten wir Dawladabad hinter uns gebracht, prasselte Hagel hernieder, so dick wie Eier; was zu dieser Jahreszeit ganz außergewöhnlich war. Unsere scheuenden Pferde zu bändigen suchend, mußten wir kehrtmachen. Wir fanden Schutz in der Moschee der Ortschaft und brachen erst in der Dämmerung des nächsten Morgens wieder auf.
Zum Ende unseres ersten Tages waren wir in Sichtweite des Zagros-Gebirges; gigantische Steilwände, deren Kämme in die Wolken einzutauchen schienen. Je höher uns unser Aufstieg führte, desto weiter breiteten sich das von Ackerflächen runzelige Land und die Ebene unter uns aus, um sich schließlich im Dunst des Tages zu verlieren. Über unseren Köpfen war der Horizont versperrt, und der ungewisse Pfad, der sich schlängelnd fortzog, schien kein Ende zu haben. Von Zeit zu Zeit stürzte ein Wildbach von den unsichtbaren Höhen herab, um hinter der Biegung eines Geröllfelds zu verschwinden, oder es ragten riesige Felsen von dunklem Rot gleich Kolossen vor uns auf, die es dicht an schwindelnden Tiefen entlang zu umrunden galt.

Den ganzen Tag lang bewegten wir uns im Herzen einer toten Landschaft voran, in der allein der Hauch des Windes überlebte. Die spärlichen, flockigen Wolken waren wie angeheftet an diesen Himmel von metallischer Härte, der der allgegenwärtigen Stimmung noch etwas Beklemmendes und Geheimnisvolles verlieh. Wenn man sich umdrehte, war alles nur noch kahle Gipfel, öde Bergrücken, mit der endlosen und leeren Weite des Raumes verquickt.

In der Nacht wurde Yasmina von Fieber und Schüttelfrost gepackt. Der Scheich mußte ihr ein aus Bilsenkraut und Honig zusammengestelltes Elektuarium einflößen, damit sie in Schlaf sank.

Am nächsten Tag fanden wir den gleichen Anblick aus Sand, Steinen und Felsen vor. Der ansonsten so heitere Scheich schien äußerst angespannt; kaum daß er ab und an eine Bemerkung über die Landschaft oder über die Strenge des Wetters von sich gab.

In der Abenddämmerung des dritten Tages ereignete sich die Tragödie.

Wir hatten gerade einen schlammigen Bach durchquert und stiegen einen steilen Abhang zum Weiler Astaneh hinab. Der Pfad war so schmal wie die Klinge eines Krummsäbels, und die Pferde schritten in unsicherem Gleichgewicht weiter, die Hufe über den Boden scharrend, schlitternd und sich bei jedem Tritt mit knapper Not wieder abfangend. Zu unserer Rechten beschwor ein bodenloser Abgrund die Finsternis; und nach hinten gebeugt, den Blick von der Angst versiegelt, hatte ich wie wir alle die Zügel über dem Hals meines Reittiers hängen, konnte ich doch nichts Besseres tun, als mich ihm zu überlassen. Es war der Angstschrei vom Sohne Abu Ghalibs, der mich die Augen aufschlagen ließ. Ein herzzerreißender, sehr rasch erstickter Schrei. Das Pferd des jungen Mannes, das seit unserem Fortgang aus Hamadan stets an der Spitze ging, hatte gefährlich gewankt. Unter seinen Hufen schien der Boden zu schwinden. Es bäumte sich auf, setzte wieder auf. Doch das Erdreich hatte sich gespalten, und es fand nur noch Leere vor, die es aufnahm. Unter unseren grauenerfüllten Augen waren der Reiter und sein Tier im Nu in die Tiefe gestürzt.

Die Nacht erzwang unsere Rast. Der durch den Tod des Unglücklichen bewirkten Furcht gesellte sich ein fürchterliches Verlassenheitsgefühl hinzu. Ohne Führer waren wir drei Blinde geworden, in dieser feindseligen Unermeßlichkeit verloren. Würden wir je nach Isfahan gelangen?

Es war der Scheich, der sich als erster wieder faßte.

»Ich bin der Dasht-e Kawir, Mahmud dem Ghaznawiden und den Verliesen von Fardajan entronnen, ich bin dem Tode zu oft nahegekommen, um es einfach hinzunehmen, mich ihm zu beugen; und ich habe keineswegs die Absicht, meine Knochen im Zagros-Gebirge vermodern zu lassen.«

»Aber wie werden wir unseren Weg wiederfinden?« sorgte sich Yasmina bestürzt.

»Vergißt du, daß ich einige Kenntnisse von Astronomie habe? Die Seeleute finden sich doch wohl auf dem Meer der Finsternis zurecht, was weit furchterregender ist als alle Wüsten Persiens. Wir werden ankommen.«

Nach einer Nacht, in welcher keiner von uns wirklich schlief, zogen wir weiter, diesmal jedoch mit dem Scheich an der Spitze. Tagsüber verfolgte sein Blick den Lauf der Sonne, des Nachts den von Sirius und Canopus. Bisweilen sah man ihn anhalten, hastig ein paar Zahlen in den Sand schreiben, dann setzten wir unseren Weg fort.

Wie von den Qualen der folgenden Stunden berichten ... Wie das stechende, wahnsinnig machende Erschöpfungsgefühl, die sengende Hitze, die Umwege, den Durst, den Biß des Windes und des Lichts schildern ... Kein Mensch könnte dies beschreiben. Um die Schwierigkeit hiervon zu veranschaulichen, verfüge ich nur über die Worte des BUCHES und bitte Allah im voraus um Vergebung, mich ihrer so ungeziemend zu bedienen:

Und wenn alles, was es auf der Erde an Bäumen gibt, Calami wären, und wenn das Meer Tinte und, nachdem es erschöpft wäre, die sieben anderen Meere hernach ihm zugefügt würden, so würden die Worte Allahs nicht zu Ende gehen.

Ach, wenn ich eines Tages all die Zerrissenheiten und all die Ängste erzählen müßte, die bis zu den letzten Ausläufern der Bakhtiari-Berge unser Los waren, bis zu dem Zeitpunkt, da aus dem Bauch der Erde, im Tal des Sajende Rud, der Fluß namens *Lebendes Wasser* hervorkam, der Garten allen Glücks, die Ebene von Isfahan ...

Vor der Schönheit und der Großartigkeit des Anblicks, der sich zu unseren Füßen auftat, vergaßen wir unsere Müdigkeit, unsere zerschlagenen Glieder, unsere ausgetrockneten Lippen.

Tausend Kanäle liefen unterm Sonnenlicht dahin, mit leise zitterndem, von bunten Vögeln sacht gestreiftem Schilf umsäumt. Ungezählte Kornfelder vermählten ihr Gold mit dem jungfräulichen Weiß der Mohnblüten, die ihre kleinen Kelche zum Azur emporhielten. So weit das Auge reichte, waren nur Bäume, Sträucher, Obstgärten; Beete von hell- und dunkelgrünem Gemüse längs der Hänge, an denen das Ocker und Rußschwarz, das Fuchsrot und Braun von Steinen hervorstach.

Tränen stiegen uns in die Augen, ohne daß wir sie hätten zurückhalten können.

Wir hatten diesen Augenblick so lange erwartet. Wir hatten ihn so herbeigesehnt.

Isfahan! Das Leben begann wieder.

Doch da ereignete sich etwas ganz und gar Verblüffendes, und noch heute hat mein Herz einige Mühe, seine Verwirrung zu verbergen.

Der Scheich, der neben Yasmina stehengeblieben war, drehte sich plötzlich zu ihr und drückte sie leidenschaftlich an sich. Er suchte ihren Mund und begann sie mit solchem Feuer zu küssen, daß mich der Eindruck überkam, er wollte sie verbrennen.

Bis zu diesem Moment fand ich nichts Erstaunenswertes an dieser Inbrunst, als der Scheich sich jedoch zu Boden kniete und die junge Frau dabei mitzog, fühlte ich meine Wangen sich erröten. Die Hände meines Meisters glitten unter Yasminas Gewand, sie hoben den Stoff bis in Höhe ihrer Hüfte auf, ließen den oberen Teil ihrer braunen Schenkel erkennen, und dann kullerten alle beide zwischen die hohen Gräser.

Ich wandte mich ab, den Geist in großer Wirrnis, als sie begannen, sich in Liebe beizuschlafen ...

ACHTUNDZWANZIGSTE MAKAME

Isfahan ...
Isfahan, die Hohe Stadt*. Isfahan, die geöffnete Rose. Isfahan, das man gemeinhin den »Kopf« zu nennen pflegte. Wobei Fars und Kirman seine beiden Hände und Aserbaidschan und Rayy seine beiden Füßen wären.
Isfahan, von seinen dreitausend Dörfern umgeben, seinen Weideländern, seinen Gersten- und Hirsefeldern; den Gründen mit Mohn, Färberröte und Safran; seinen Kanälen, zwischen denen der Goldfluß, der Sajende Rud, dahinfließt bis zu den stehenden Sümpfen von Gavkhuni.
Sobald sie die Grenze der Yahudiya** überschritten hatten, scholl das Schmettern von Trompeten über die Wehrmauern. Freudengeheul, vom Trillern der Frauen beherrscht, erhob sich, während sich das Westtor der Festungsstadt für eine beeindruckende Abordnung öffnete, der alle Würdenträger angehörten, mit dem Wesir Rahman, dem Kanzler und dem Emir Ala ad-Dawla an der Spitze. Alle in feierlichem Ornat. Ihnen folgten schwarze Sklaven,

---

* Isfahan liegt annähernd 1600 Meter ü. d. M. *(Anm. d. Ü.)*
** Drei Kilometer westlich von Isfahan. Yahudiya bedeutet »Jüdin«. In diesem Dorf soll sich eine bedeutende jüdische Kolonie unter Nebukadnezar II. niedergelassen haben. Eine andere These läßt vermuten, daß es die jüdische Gemahlin eines Perserkönigs gewesen sei, die Mitglieder ihrer Gemeinschaft an diesem Ort angesiedelt habe. *(Anm. d. Ü.)*

die Kupferplatten trugen, überhäuft mit neuen Gewändern, Willkommensgaben für den Scheich ar-rais.
Der Kanzler verneigte sich, vom Wesir gefolgt, wogegen der Fürst, sichtlich ergriffen, regungslos und die Hand auf sein Herz gelegt, dastand. Als Ali sich ihm vorstellte, strahlte ein offenes und ungezwungenes Lächeln auf seinen Zügen.
»Der Friede sei über dir, Sohn des Sina. Dies ist ein großer Tag für Isfahan, und auch eine große Ehre. Wisse, daß von dieser Stunde an dieses Land das deinige ist. Nichts von deinen vergangenen Leiden ist mir unbekannt, nichts von deinen Verbannungen. Ich weiß, was du all diese Jahre durchgestanden hast. Der Staub der Straßen hat deine Kleider verdreckt, die Kleinheit der Herren dein Herz betrübt. Dies alles ist nunmehr beendet.«
Er deutete auf die Bollwerke seiner Stadt und fuhr mit Eifer fort: »Hinter diesen Mauern wirst du deinen Hafen finden. Den Garten aller Linderungen. Ich, Ala ad-Dawla, ich gebe dir das Versprechen, niemals wird irgend jemand deinen Seelenfrieden stören. Schreibe, wirke für die Größe Persiens, daß dein ganzes Dasein nur noch dem gewidmet sei.«
Von der Aufrichtigkeit angerührt, die aus diesen Bekundungen strömte, fand Ali, für gewöhnlich doch in allen Verhältnissen unbefangen, einfach keine Worte. In seinem Blick jedoch las der Fürst seine Dankbarkeit.
Man führte sie in großem Pomp in das Viertel namens Kay Kunbadh, zwischen dem Palast und der Moschee, wo auf Befehl des Herrschers hin man ihnen eine prunkvolle Behausung zur Verfügung stellte. Es war eine friedliche Stätte, im Herzen eines großen, von Brunnen eingefaßten Gartens, der nach den Wohlgerüchen des Jasmins und kostbarer Essenzen duftete. Das Haus bestand aus einer unermeßlichen Zahl an Kammern, mehreren Empfangsräumen, deren

Wände mit Wildseide ausgeschlagen waren, einem Arbeitszimmer, in dem man Gestelle aus syrischem Holz aufgebaut hatte, die die Handschriften des Scheichs aufzunehmen bereitstanden. Sklaven, Küchenmeister, eine Leibgarde waren bestallt worden, auf daß keinerlei Sorge um verweserische Dinge ihre Ruhe stören mochte.

»Ich habe Mühe, mich zu überzeugen, daß dies alles kein Traum ist ...«, murmelte Ali, unwillkürlich seinen blauen Stein streichelnd. »Dennoch, zum ersten Mal in meinem ganzen Dasein flüstert mir eine Stimme, daß dies das Ende des Umherirrens ist, daß wir nie mehr unser Bündel schnüren müssen, daß ein dauerhaftes Glück uns zum Greifen nah ist.«

Yasmina hatte sich inzwischen an ihn geschmiegt, und er hatte sie gehalten, mit geschlossenen Augen ihrem Atem und dem Plätschern der Brunnen lauschend.

Am Abend wurde ihnen zu Ehren im Palast ein Festmahl gegeben. Der Fürst stellte den Scheich allen Mitgliedern des Hofes sowie den Künstlern und gelehrten Köpfen Isfahans vor. Zugegen waren, unter anderen, der große Philologe Abu Mansur al-Jabban*, aus der ganzen Provinz gekommene Maler, Männer der Feder, Mathematiker. Alle wollten dem Scheich bekannt gemacht werden. Von Fragen bedrängt, aß er wenig an jenem Abend: Astronomie, Medizin, Algebra, Philosophie, die verschiedensten Themen kamen zur Sprache.

Der Abend war schon fortgeschritten, als al-Jabban den Scheich, der gerade eine philologische Frage dargelegt hatte, plötzlich anfuhr. Er tat es in achtungsvollem Tone

---

* Dem Historiker as-Samani zufolge wird der Beiname al-Jabban jenen gegeben, die unter den Beduinen den vollendeten Gebrauch des Arabischen erlernt haben. Ebenfalls as-Samani zufolge ist al-Jabban ein Wort, das auch »Wüste« bedeutet. *(Anm. d. Ü.)*

zwar, aus dem jedoch eine gewisse Aggressivität hervorstach.

»Sohn des Sina, ich lausche dir mit aufrichtiger Bewunderung und ergötze mich an deinen Äußerungen; nichtsdestotrotz erlaube ich mir folgendes anzumerken: Du bist ein Philosoph, ein glänzender Mediziner, doch was die Grammatik und den Gebrauch der arabischen Sprache anlangt, sind deine Lücken groß und deine Ausdrücke falsch. In Wirklichkeit besitzt du keinerlei Talent auf diesem Gebiet.«

Eine Pause machend, wobei er die Schultern in geziertem Gebaren leicht hochzog, schloß er, indem er die Geladenen zu Zeugen nahm: »Niemand ist zur Vollkommenheit in allen Dingen verurteilt. Der Scheich hat die Wissenschaft der Schönen Literatur nie studiert; infolgedessen sind seine Schwächen verzeihlich.«

Die Gesichter wandten sich gleichzeitig dem Sohn des Sina zu, in gespannter Erwartung seiner Erwiderung; doch zum großen Erstaunen aller begnügte er sich zu antworten: »Abu Mansur, deine Vorhaltung ist begründet. Fürwahr, wem hier könnte verborgen sein, daß du der unbestrittene Meister in dieser Materie bist? Ich gestehe es dir zu, der Gebrauch der Wörter ist eine Kunst; kaum einer zeichnet sich darin aus. Ich habe ohne Zweifel auf diesem Gebiet viel zu lernen.«

Ein verblüfftes Schweigen folgte den Äußerungen des Scheichs. Al-Djuzdjani tauschte rasche Blicke mit al-Ma'sumi und Ibn Zayla. Sie waren solch eine Bescheidenheit vom Scheich nicht gewohnt. Wenn der Fürst auch keine Bemerkung machte, verriet der Ausdruck seiner Züge wohl seine Fassungslosigkeit.

Mit der offenkundigen Absicht, das Unbehagen zu zerstreuen, schnitt der Sohn des Sina, ohne länger zu warten, ein anderes Thema an, und die Gespräche setzten wieder ein.

Zwei Stunden später begannen die ersten Geladenen, sich zurückzuziehen, der Zwischenfall schien vollends vergessen zu sein. Ala ad-Dawla unterbreitete dem Scheich die Anregung, daß an allen Freitagen fürderhin Zusammenkünfte nach dem Beispiel der vergangenen gewidmet würden, und empfahl sich seinen Gästen.

Auch Ali schickte sich an, desgleichen zu tun, als eine weitere Person, die bis dahin schweigsam und zurückhaltend geblieben war, sich ihm vorstellte.

»Der Friede über dich, Scheich ar-rais. Mein Name ist Yuhanna Aslieri. Ich bin ...« – er unterbrach sich, um eilends zu berichten – »... ich war der Leibarzt des Emirs.«

Ali betrachtete den Mann aufmerksam, während er seinen Gruß erwiderte. Er war in einen schwarzen Kaftan gehüllt, so schwarz, wie sein Blick es war. Groß, um die Vierzig, besaß er eine helle Haut sowie kantige Züge und trug einen Bart, der die Partie über der Oberlippe und das Kinn symmetrisch schwärzte, wogegen seine Stirn von einem außergewöhnlich glatten und glänzenden Schädel bekrönt war. Irgend etwas Eigenartiges ging von seinem ganzen Wesen aus, was den Scheich sogleich befremdete.

»Yuhanna Aslieri ... ein seltsamer Name. Du bist kein Araber.«

»Meine Mutter war eine Araberin. Mein Vater hat das Licht der Welt im Lande der Römer erblickt, wo ich selbst geboren bin. Ich habe die Medizin in Pergamon erlernt, habe mich dann nach Alexandria und nach Bagdad begeben, um meine Kenntnisse zu vervollkommnen. Anschließend habe ich in der Schule von Djundaysabur gelehrt, bevor ich mich in Isfahan niederließ, wo ich seit zwanzig Jahren lebe.«

»Weshalb drücktest du dich in der Vergangenheitsform aus, als du mir dein Hofamt nanntest?«

»Steht denn nicht der Meister der Gelehrten von nun an in Ala ad-Dawlas Diensten?«
»Um gegen das Leiden anzukämpfen, werden der Männer der Wissenschaft nie genug sein. Du bist Arzt wie ich. Wir werden in gleichem Range für das Wohlergehen aller arbeiten.«
»Scheich ar-rais, ich bin weit entfernt, deinen Genius zu besitzen. Mit großer Aufmerksamkeit habe ich unserem Freund al-Jabban zugehört. Ich weiß nicht, ob er im Recht war, deine Lücken in der Philologie zu beanstanden, aber ich widerspreche ihm, wenn er behauptet, daß niemand zur Vollkommenheit in allen Dingen verurteilt ist. Du, Sohn des Sina, du bist es. Dein Werk ist da, um davon zu zeugen. Ich gehöre zu diesen Wesen, die unter großen Mühen kleine Dinge zu vollbringen versuchen und denen dies nicht immer gelingt. Du, du bewerkstelligst große. Folglich kann ich mich nur bescheiden vor dir zurückziehen.«
Ali äußerte seine Mißbilligung.
»Ich bestehe auf deiner Anwesenheit an meiner Seite. Arbeiten wir zusammen. Im Serail, im *bimaristan* oder anderswo.« Und schloß: »Der Tod und die Krankheit haben mit unseren Gemütslagen nichts zu schaffen.«
Der Medicus schien zu überlegen.
»Nun gut«, sagte er nach einer Weile. »Ich werde neben dir wirken, da dies dein Wunsch ist.«
Er verneigte sich langsam, wobei er hinzusetzte: »Ich wußte vom Mann der Wissenschaft. Heute nun entdecke ich den Mann des Herzens.«
Ali ließ ihn nicht aus den Augen, bis er hinter den schweren brokatenen Behängen verschwand, die den Festsaal verschlossen.
Kaum hatte er sich entfernt, eilten Ibn Zayla und al-Ma'sumi zu ihrem Meister. Sie hatten nicht einmal Zeit, den Mund zu

öffnen, als Ali ihnen bereits zuwarf: »Unnötig! Ich weiß im voraus den Namen, der auf euren Lippen brennt: al-Jabban. Seid gewarnt, ich werde nicht antworten.«
»Aber Scheich...«
»Nichts weiter! Im übrigen wird es spät, mein Bett ruft nach mir.«
Seinen Arm um Yasminas Leibesmitte legend, fügte er mit einem Lächeln hinzu: »Und meine Frau...«

*

In Wahrheit machte er kein Auge zu und hatte nicht einen Blick für Yasmina. Kaum in seinen Gemächern zurück, stürzte er sich auf seine noch nicht aufgeschnürten Manuskripte. Sie enthielt sich jeder Bemerkung, kleidete sich unauffällig aus und schlüpfte unter die Decken. Bevor der Schlummer sie forttrug, erahnte sie ihn noch, wie er mit einem rasenden Ingrimm, den sie an ihm noch nie erlebt hatte, in seinen Aufzeichnungen wühlte. Dann ließ er sich an seinem Arbeitstisch nieder und begann, unter dem fahlen Licht einer Lampe zu schreiben, die Wörter auf das Papier werfend, wie ein Maler seine Farben wirr hinwürfe, Seite um Seite schwärzend, sich nur für einen Moment des Nachdenkens unterbrechend, um sich wieder fiebrig in seine Niederschrift zu stürzen.
Über Isfahan folgten die Sterne ihrem Lauf; die Blumen der Gärten Kay Kunbadhs, von den Schwingen der Nacht leise gewiegt, schlossen ihre Blütenblätter in Erwartung der Morgenröte. Die Sykomoren und Palmen, zu stillen Wachen geworden, hielten ihren Atem unter dem einzigen erleuchteten Fenster der Stadt an.
Als Yasmina die Augen aufschlug, sah sie, daß er schlief, den Kopf auf seine Handschriften gelegt und den Calamus fest

zwischen seinen Fingern. So stand sie auf, legte eine Wolldecke auf seine Schultern, strich ihm sanft mit der Hand über den Nacken und ließ sich zu seinen Füßen nieder, um seinem Schlummer näher zu sein.

Schon bald erwachte er. Seine Gefährtin erblickend, reichte er ihr die Hand und hob sie auf, wobei er in vorwurfsvollem Ton murmelte: »Meine Vielgeliebte ... es sollte nicht sein, daß meine Verrücktheit die deine werde.«

»Zu spät, Scheich ar-rais. Die Liebe hat über die Algebra und die Rhetorik obsiegt.«

»Diese Botschaft«, sagte er unvermittelt, auf ein Blatt zeigend, »muß noch heute nach Chorasan gesandt werden. Ich werde die entsprechende Anweisung geben.«

Er sprang aus seinem Sitz und wandte sich behende zur Tür. Durch so viel Hast stutzig gemacht, konnte Yasmina sich nicht erwehren, den Inhalt des Briefs in Augenschein zu nehmen; es war eine an die *madrasa* von Buchara gerichtete Bestellung.

Der Scheich bat, daß man ihm binnen kürzester Zeit ein Werk mit dem Titel *Abriß der grammatischen Erziehung* von Abu Mansur al-Azhari* zukommen lassen möge.

Am selben Tage begann der Scheich ar-rais zu ordnen und regeln, was sein Alltag in Isfahan während der kommenden Jahre werden sollte. Bis auf wenige Ausnahmen sollte er nie davon abweichen.

---

* Al-Azhari, 895 in Harat geboren, ist im Jahre 980, dem Geburtsjahr des Scheichs, verstorben. Er studierte die Philologie in Harat und in Bagdad und verbrachte zwei Jahre als Gefangener von Beduinen im Gebiet von Bahrain, was er sich zunutze machte, um das Hocharabisch zu studieren. Man verdankt ihm eine beträchtliche Zahl von Werken über die Wissenschaft der Schönen Literatur, so auch den *Abriß der grammatischen Erziehung*. In diesem Werk werden die Wurzeln der Wörter nach phonetischem und nicht nach alphabetischem Stamm aufgeführt. *(Anm. d. Ü.)*

Der Morgen war dem Besuch der Patienten im *bimaristan* gewidmet; am Nachmittag lehrte er Wissenschaften und Philosophie in der *madrasa;* der Abend war dem Schreiben und der Forschung vorbehalten. Und wie es der Fürst gewünscht hatte, waren alle Freitagabende mit Disputationen ausgefüllt, bei denen sich in seiner Anwesenheit die gescheitesten Köpfe aus Fars maßen.

So vergingen drei Jahre, in deren Verlauf der Sohn des Sina letzte Hand an die *Sifa* legte. Er vollendete die *Logik* und den *Almagest,* verfaßte ein *Kompendium zu Euklid,* dem er erstaunliche geometrische Figuren hinzufügte; ein weiteres zur Arithmetik und ein Opuskulum über Musik, in welchem er bis dahin von den Alten vernachlässigte Probleme anschnitt.

Am Rande dieser Tagesaufteilung sah man ihn häufig sich zurückziehen, um sich einer Arbeit hinzugeben, die in seinen Augen besondere Wichtigkeit zu haben schien und zu der er sich in rätselhaftes Stillschweigen hüllte. Weder al-Ma'sumi noch Djuzdjani oder Ibn Zayla gelang es, von ihm die geringste Andeutung über das Ziel, das er verfolgte, zu erhalten. Am letzten Tag des Monats *schawwal* lüftete sich dann endlich der Schleier über dem Geheimnis des Scheichs.

An jenem Abend waren alle wie gewohnt versammelt, alle bis auf den Sohn des Sina. Es war das erste Mal in drei Jahren, daß sich etwas Derartiges ereignete. Erst eine Stunde später erschien er in der Runde, die Gewänder von Staub bedeckt und einen Beutel aus Ziegenleder unterm Arm.

»Majestät«, sagte er, sich vor dem Herrscher verneigend, »mein Zuspätkommen und meine Aufmachung verdienen allen Tadel. Ich bitte dich, meine alldemütigsten Entschuldigungen anzunehmen. Ich habe indes eine Entdeckung ge-

macht, die nicht ohne Bedeutung ist, und die ich gerne deiner Beachtung anheimstellen möchte.«
Ala lud ihn ein fortzufahren.
»Deiner Beachtung, Majestät, aber vor allem auch der unseres hervorragenden hier anwesenden Philologen. Mit deiner Erlaubnis würde ich ihn gerne über die Angelegenheit unterrichten.«
Er wandte sich zu Mansur al-Jabban und grüßte ihn höflich.
»Heute morgen bin ich zur Falkenbeize in die Wüste von Samal aufgebrochen. In wilder Hatz ein prächtiges Palmenhörnchen verfolgend, fand ich mich plötzlich abseits der Piste in Sichtweite einer Oase, unweit der Kharj-Hügel, in jener Gegend, die du vielleicht kennst, in der es von Höhlen mit sonderbaren Formen wimmelt. Du weißt, wovon ich rede?«
Al-Jabban stimmte beiläufig zu.
»Völlig zerschlagen vor Müdigkeit, entschied ich mich zur Rast, um mich zu erquicken. Und genau dort, am Saum des Palmenhains, habe ich dies hier unter anderen belanglosen Dingen gefunden, die wahrscheinlich eine Karawane dort vergessen hat.«
Er öffnete den sandigen Beutel und legte dem Angesprochenen einen kleinen Folianten mit abgewetztem Einband vor.
Während jener ihn genau besah, sagte er noch: »Ich gestehe, mich augenblicklich in die Lektüre dieses Werkes gestürzt zu haben, aber leider war es mir unmöglich, seine Herkunft zu bestimmen. Angesichts deiner Kenntnisse der Philologie habe ich mir daher gesagt, daß unter uns allen einzig du mir helfen könntest, den Verfasser dieser Handschrift zu ermitteln.«
Al-Jabban zog die Augenbrauen hoch und vertiefte sich unverzüglich in die Untersuchung der Faszikel.

Um sie herum ließ die Zuhörerschaft, von dem Vorgang gebannt, keinen Ton mehr verlauten, während al-Djuzdjani und Ibn Sinas Schüler sich über dessen befremdliches Gebaren befragten; insbesondere al-Djuzdjani, wußte er doch, daß sein Meister ihn den ganzen Tag über nicht verlassen hatte und obendrein alles verabscheute, was mit der Jagd in Bezug stand.
Nach einer langen Weile beschloß der Emir, der allmählich ungeduldig wurde, einzuschreiten.
»Nun, Abu Mansur, wie lautet dein Urteil?«
Noch ein letztes Mal nachsinnend, erklärte sich der Philologe: »Exzellenz, hier verbirgt sich kein Rätsel. Dieses Werk besteht in Wahrheit aus drei Quasiden, von drei verschiedenen Verfassern geschaffen: Ibn al-Amid, as-Sabi und as-Sahib*. Nichtsdestotrotz« – er setzte eine verlegene Miene auf, bevor er fortfuhr – »... was den Inhalt anbelangt, muß ich gestehen, daß ich ihn ganz und gar hermetisch, um nicht zu sagen, unverständlich finde.«
»Willst du behaupten, daß der Sinn dieser Oden sich dir entzieht? Du müßtest doch zumindest wissen, worum es in ihnen geht?«
»Es scheint mir, daß sie vage die Syntax und grammatische Regeln behandeln, aber sie sind voller Ungereimtheiten.«
»Ist das nicht dein Gebiet?« wunderte sich Ala ad-Dawla. »Bist du nicht ein Kenner in dieser Materie?«
»Sicher, Majestät, sicher. Aber ich wiederhole dir, der Stil ist hermetisch. Der Sinn ist mir nicht zugänglich.«

---

* Al-Amid, 977 verstorben, war einer der Wesire des Emirs Rokn ad-Dawla. As-Sabi, wegen seines Briefstils berühmt, starb im Jahre 994. Er war Kanzler von Muiz ad-Dawla und ist ob seiner großen Talente als Prosaist bekannt. As-Sahib, 995 verstorben, war Kanzler des Fürsten Mu'ayyid ad-Dawla, ein glänzender Schriftsteller und Wohltäter zahlreicher arabischer und persischer Verfasser.

Ali beharrte: »Gleichwohl bist du dir über die Herkunft dieser Oden gänzlich gewiß. Wurden sie wirklich von den drei Dichtern verfaßt, die du eben anführtest?«
»Das bestätige ich ausdrücklich. Es kann sich nur um jene handeln.«
»Kannst du erläutern, was dich dessen so sicher macht?«
Al-Jabban musterte den Rais mit Herablassung.
»Weil es in der ganzen bekannten Welt nicht einen einzigen arabischen Dichter gibt, den ich nicht erkennen könnte!«
Da entgegnete der Sohn des Sina mit gewollt sentenzhafter Geziertheit: »Mein Bruder, leider muß ich dir mit großem Bedauern widersprechen. Diese Oden sind von keinem der drei Dichter geschrieben worden.«
Ein ironisches Lächeln zeigte sich auf den Lippen des Philologen.
»Ich will deine Bemerkung gerne deiner Unwissenheit zur Last legen und werde dir deswegen nicht grollen.«
»Ich wiederhole dir, du bist im Irrtum.«
»Also gut«, meinte al-Jabban, indem er die Arme verschränkte, »von wem sind sie dann?«
»Von mir.«
»Was sagst du?«
Ein Schauder durchfuhr die Runde, während al-Jabban aufschrie: »Dein Getue ist beleidigend, Scheich ar-rais!«
Nun zog der Sohn des Sina aus dem Futter seiner *burda* einige Bogen, die er dem Monarchen reichte.
»Prüfe es selbst nach, Exzellenz. Du wirst auch sechs zusätzliche Oden finden, die ich mit eigener Hand im Stile anderer bekannter Schriftsteller abgefaßt habe. Wisse jedoch, daß diese Themen, die unser Freund hermetisch und bar jeglichen Sinnes befindet, nicht von meiner Erfindung sind, sondern aus einem grundlegenden philologischen Werk stammen, dessen Verfasser kein Geringerer als Abu Mansur al-Azhari ist.«

Erschüttert sagte al-Jabban leise: »Ich dachte, alles von al-Azhari zu kennen...«
»Deine Verwirrung ist verständlich. Die Philologie ist ein weites Feld.«
Und er schloß in einem andeutungsschwangeren Ton: »Niemand ist zur Vollkommenheit in allen Dingen verurteilt.«
Die Zeugen dieses Vorfalls empfanden die ganze Demütigung des Mannes nach, und aus ihren Zügen erlas man Verlegenheit und Bewunderung zugleich.
Es verstrich eine Weile, bevor der Philologe zu reagieren sich entschied. Was er mit Würde tat.
»Scheich ar-rais, du hast es mir in gleicher Münze mit so großem Talent heimgezahlt, daß ich gezwungen bin, mich zu verneigen. Nimm denn meine Entschuldigung an. Ich weiß nicht, wie du in drei Jahren solche Kenntnisse der Philologie hast erwerben können, doch meine Bewunderung ist dir gewiß.«
Mit freundlichem Lächeln legte der Sohn des Sina seine Hand auf al-Jabbans Schulter und erwiderte mit ausreichend lauter Stimme, daß jeder es vernahm: »Sei unbesorgt, du bleibst der Meister der Wissenschaft der Schönen Literatur. Dieses Spiel, in dem ich mich befleißigt habe, ist dem erstbesten zugänglich. Ich bin nur ein gemeiner Plagiator gewesen.«
Und schloß mit traurigem Lächeln: »Vielleicht ist dies alles, was man in künftigen Zeiten von mir in Erinnerung behalten wird...«
Die Stimmung entspannte sich, und der Fürst begann ungezwungen zu klatschen, von der gesamten Versammlung gefolgt, die offenkundig verzückt über den Streich war, den der Meister der Gelehrten vor ihren Augen gespielt hatte.
Einzig Aslieri, der sich abseits hielt, bewahrte ein erstaunlich kaltes Gesicht.

In den darauffolgenden Wochen beendete der Scheich einen Band über die Philologie, den er *Die Sprache der Araber* nannte und der unter allen dieser Materie gewidmeten Werken unerreicht bleiben sollte*.

Sogleich danach begann er *an-Nagat,* das Buch der Rettung. Es war als eine Art Abriß der *Sifa* gedacht und hätte eine weniger mühevolle Einführung in sein philosophisches Denken erlauben sollen.

---

* In Wahrheit blieb dieser Band bis zum Tode meines Meisters nur ein Konzept, und niemand vermochte ihn angesichts seiner großen Komplexität ins Reine zu übertragen.

Neunundzwanzigste Makame

Der Donner grollte über Isfahan, von heftigen Blitzen durchdrungen, die stellenweise den Himmel zerrissen.
»Scheich ar-rais! Scheich ar-rais, wach auf!«
Es war Yasmina, die als erste aus dem Schlaf hochschreckte.
»Im Namen Allahs, des Barmherzigen, des Gnädigen, was geht denn vor?«
Einen Augenblick vom Rollen des Donners übertönt, nahmen die gegen die Tür gepochten Schläge an Wucht zu. Er sprang auf, um zu öffnen, und erkannte sogleich einen seiner Diener, der mit bestürzter Miene vor ihm stand.
»Meister, verzeih mir, aber es ist gerade eine der Wachen des Emirs gekommen. Man verlangt dich dringendst im Serail. Die Gemahlin unseres Herrschers ist leidend.«
Ali erwiderte ohne Zögern: »Sage ihm, daß ich augenblicklich komme, und laß mein Pferd satteln.«
Die Tür schließend, begann er sich vor Yasminas verschlafenen Augen anzukleiden.
»Wahrhaftig«, murmelte sie und ließ den Kopf wieder zwischen die Kissen sinken, »ob er nun Fürsten oder Bettler pflegt, hat es ein Arzt nicht besser getroffen als ein Sklave.«
Ali pflichtete ihr mit ein paar undeutlichen Worten bei, während er seinen Turban zu Ende knotete.
Einen Augenblick später galoppierte er unter einem Wolkenbruch in Richtung Palast.

*

Die Fürstin Laila lag auf einem großen Bett darnieder, das ein Baldachin von syrischem Holz krönte, in welchem Sätze des Heiligen Buches eingeschnitzt waren. Man hatte Bernsteinperlen verbrennen lassen, und mehrere Personen drängten sich um das Lager der Herrscherin; vier verschleierte Frauen, Aslieri und der Emir, der mit einem Gesicht von erschreckendem Weiß die Hand seiner Gemahlin hielt. Am Fußende des Bettes hatte man ein kupfernes Kohlenbecken aufgestellt, auf dem ein Topf voll kochenden Wassers brodelte. Der Dampf, der daraus aufstieg, vermischte sich mit dem des Weihrauchs und bildete im Rund des Raumes ein zartes Dunstgeweb.
»Rasch, Scheich ar-rais!« rief Ala ad-Dawla aus. »Ihre Seele ist am Rande ihrer Lippen.«
Gleichzeitig wichen die Frauen zurück und enthüllten Ali einen unerwarteten Anblick.
Auf dem Rücken ausgestreckt, den runden und vortretenden Bauch entblößt, die nackten Beine angewinkelt, die Schenkel weit geöffnet, war die Fürstin Laila höchsten Wehenschmerzen ausgesetzt. Allein der obere Teil ihres Körpers war von einem bis unter ihre Brüste aufgerollten Seidenhemdchen verhüllt.
Als er sich über die junge Frau beugte, erlebte er eine zweite Überraschung. Sie war weit mehr als schön; die Vollkommenheit ihres Antlitzes, obschon von Schweiß überströmt, reichte ans Erhabene heran, und er sagte sich, daß die Schönheit selbst sich dieses Geschöpf zum Vorbild genommen haben dürfte, um die Welt ergriffen zu machen. In ihren fiebrigen Augen schlummerten zwei smaragdene Seen, ihre Lippen schienen eine dargebotene Frucht, ein unter der Sonne bebender Granatapfel. Das Erstaunlichste aber war, daß diese Schönheit trotz des Ausdrucks großen Schmerzes, der sich auf ihren Zügen abzeichnete, unversehrt blieb.

Sie stieß einen Schrei aus, und ihr ganzer Leib krümmte sich, wie von sengender Glut berührt, zusammen.
»Ich sterbe ... habt Erbarmen ... helft mir ...«
»Sohn des Sina«, jammerte der Emir, »rette meine Frau, ich beschwöre dich.«
Aslieri bemerkte mit kalter Stimme: »Leider, Exzellenz, könnte Allah selbst nichts mehr ausrichten. Das Kind liegt mit dem Becken voran. Es müßte geopfert werden, wenn wir noch eine Möglichkeit wahren wollten, die Mutter zu retten.«
»Das kommt nicht in Frage! Es sind nun schon fünf Jahre, daß ich auf einen Erben warte. Fünf Jahre! Der Thron von Isfahan kann nach meinem Tod nicht verwaist bleiben! Das kommt nicht in Frage!«
»Aber Majestät ...«
»Ich möchte nichts davon hören! Rettet meine Gemahlin, und rettet mein Kind!«
Yuhanna Aslieri hob die Arme zum Zeichen der Ohnmacht und drehte sich zu Ali.
»Erkläre du es ihm, Scheich ar-rais. Mache ihm verständlich, daß die Heilkunde keine wundertätige Wissenschaft ist.«
Ein erneuter Schrei zerriß den vernebelten Raum. Wie unter der Wirkung eines Widderstoßes bäumte sich der Körper der Fürstin halb auf, fiel dann jählings zurück, und ihr Atem wandelte sich in Röcheln.
Der Emir packte den Ärmel des Rais.
»Sag mir, daß dieser Esel von Rum sich irrt! Sag mir, daß er ein Stümper ist!«
Mit ernster Miene nahm Ali sich Zeit, bevor er antwortete: »Unglücklicherweise, Exzellenz, hat Aslieri recht. Das Kind muß sterben, wenn deine Gemahlin leben soll.«
»NEIN!«
Ala ad-Dawla hatte gebrüllt.

»Nein, speie diese Worte aus deinem Mund. Es ziemt dem größten Arzt Persiens nicht, vom Tod zu sprechen!«

»Aber was können wir tun, Hoheit des Landes?« begehrte Aslieri auf. »Es bleibt kein anderer Ausweg.«

Inzwischen hatte Ali, der die Fürstin die ganze Zeit aufmerksam beobachtet hatte, ihren Bauch abzutasten begonnen, um mit Gewißheit die genaue Lage des Kindes zu ermitteln.

Als seine Untersuchung beendet war, wandte er sich an den Emir.

»Herr«, begann er ohne Überzeugung, »es gäbe vielleicht eine Möglichkeit.«

Der düstere Blick des Fürsten hellte sich mit einem Mal auf.

»Da es dein Wunsch ist, könnten wir versuchen, beide Leben zu retten.«

Der Emir öffnete den Mund, um zu antworten, doch Ali hielt ihn mit einem Wink zurück.

»Ich sage wohl, *wir könnten,* Exzellenz.«

Den Fürsten hart anblickend, fügte er hinzu: »Die Aussichten auf Erfolg sind beinahe Null.«

»Was willst du tun?« sorgte sich Aslieri verdutzt.

»Einen chirurgischen Eingriff vornehmen, der das Kind aus dem Bauch zu befreien erlauben würde.«

»Eine *sectio caesare,* eine Schnittentbindung*? Das ist Irrsinn, wir ...«

Ala gebot ihm Schweigen und befragte den Scheich: »Wäre das Kind gerettet?«

»Ohne Zweifel.«

»Und ...«

Der Frage zuvorkommend, antwortete Ali: »Ich sagte es dir schon, die Aussichten, die Mutter und das Kind zu retten,

---

* Die Lateiner nannten auf diese Art entbundene Kinder bereits *caesares* oder *caesones. (Anm. d. Ü.)*

sind beinahe Null. Der Eingriff an sich ist nicht unmöglich, aber du mußt wissen, daß dessen Folgen das Leben der Fürstin unweigerlich in Gefahr bringen, denn wir sind vollkommen wehrlos vor den infizierenden Säften; sie sind es, die das Schicksal beeinflussen werden.«
Der Fürst wirbelte herum und nahm seinen Kopf in beide Hände.
»Das Schicksal ... seine Grausamkeit kann unermeßlich sein ...«
Eine lastende Stille breitete sich im Raum aus, einzig vom Röcheln der Fürstin unterbrochen, bis erneut ein noch markerschütternderer Schrei als die vorherigen erscholl.
Ala ad-Dawla ließ mit erstickter Stimme fallen: »Isfahan braucht einen Erben ... Isfahan muß leben ...«
»Selbst wenn es ein Mädchen wäre?« gab Aslieri zu bedenken.
»Ja, selbst dann ... Sie wird die Kraft der Dawlas haben. Wohlan, Scheich ar-rais. Meine Liebe und meine Nachkommenschaft liegt in deinen Händen.«
Yuhanna Aslieri widersprach heftig: »Das ist der reine Wahn. Derartige Eingriffe sind bereits versucht worden, und sie sind stets gescheitert.«
»Scheich ar-rais«, äußerte ad-Dawla mit plötzlich sehr ruhig gewordener Stimme, »laß die bösen Zungen reden, und verrichte deine Arbeit.«
»Bist du bereit, deren Ausgang hinzunehmen, bist du dir dessen gewiß?«
»Verrichte deine Arbeit«, wiederholte der Monarch bloß.
»Unter diesen Umständen ist keine Zeit mehr zu verlieren. Ich will, daß jedermann den Raum verläßt, und wünsche nur meine Frau an meiner Seite. Man soll sie kommen lassen.«
Aslieris Gesicht wurde purpurrot.
»Wo denkst du hin ... Sie ist kein Medicus.«

»Sie hat mir bereits assistiert. Sie weiß, was zu tun ist. Aber ich werde selbstverständlich auch deine Hilfe benötigen. Sie wird mir kostbar sein.«
Aslieri pflichtete bei, sichtlich erleichtert.
»Soll ich mich ebenfalls zurückziehen?« fragte der Emir besorgt.
»Es wäre besser, Exzellenz. Für das Wohl aller.«
Der von Ali angeschlagene Ton war zwar höflich, aber doch bestimmt genug, daß der Herrscher sich dem beugte.
Sich an die Frauen richtend, fuhr der Rais fort: »Ich benötige Leinenzeug, saubere Tücher, Schnupftücher, ein großes Laken. Ihr werdet das Ganze in kochendes Wasser tauchen. Ich brauche auch ein zweites Kohlebecken und einen Krug Wein.«
Die Frauen stoben in jähem Auffliegen von Schleiern auseinander, vom Herrscher gefolgt.
»Ich werde deine Gemahlin augenblicklich bringen lassen«, sagte er noch, indem er einen letzten Blick auf die leichenblasse Fürstin warf. »Und daß Allah mit dir sei.«

Die Bernsteinperlen in den silbernen Pfännchen rauchten nicht mehr, und die Herrscherin schlief vollends entblößt auf dem abgekochten Laken, das man unter ihr gespannt hatte. Die beachtliche Dosis Mohn, die man ihr eingeflößt hatte – fast ein viertel *mann** –, war schließlich ihres Bewußtseins und ihrer Pein Herr geworden.
Mit Hilfe eines zuvor in Wein getränkten Tuches hatte Yasmina das oberhalb der Schamgegend liegende Operationsgebiet vorbereitet, und unter Aslieris zugleich gebanntem und entsetztem Blick setzte Ali nun die Spitze eines scharfen, von den Flammen des Kohlebeckens noch rotglühenden Messers auf dem runden Bauch der Herrscherin an.

---

* Ein *mann* entspricht ungefähr sechs Pfund. *(Anm. d. Ü.)*

Er verharrte kurz, vergewisserte sich, daß Laila tatsächlich eingeschlummert war, und schnitt mit sicherer Hand die Ober- und die Lederhaut in einer langen waagrechten Linie ein, bis er unterhalb des Nabels innehielt. Ein dünner Blutstrahl schoß beinahe augenblicklich aus der Wunde hervor. Ohne die Weisung des Rais abzuwarten, bemächtigte Yasmina sich einer Zange, mit deren Hilfe sie einen weißglühenden Goldkauter aus dem Kohlenbecken zog. Ihn festhaltend, verödete sie die Ränder des von der Klinge gezogenen Schnitts.

Als die Blutung gestillt war, nahm der Scheich sein Wirken wieder auf, drang diesmal in die Bauchmuskeln ein, die er behutsam durchtrennte. Yasmina kauterisierte, und er fuhr fort, sich tiefer und tiefer ins Fleisch vorarbeitend.

Die Zeit schien stillzustehen, und man vernahm nur noch die Regenböen, die gegen die Fenster des Palastes schlugen. Erst als die gesamte Bauchdecke aufgeschnitten war, befahl der Scheich Aslieri: »Nun müssen wir die Öffnung aufs äußerste erweitern.«

Der Arzt, der sich bereit hielt, setzte zu beiden Seiten des Schnitts zwei kupferne Wundhaken von mehr als vier Zoll Breite an und begann die Decke auseinanderzuziehen.

»Langsam«, zischte Ali, »sonst droht uns eine allzu große Wunde, die wir nur mit Mühe wieder zusammennähen könnten.«

Ein wenig unsicher stimmte Aslieri mit einem Kopfnicken zu. Ein Blitz durchzuckte den Himmel, die von Schweiß glänzenden Gesichter flüchtig erhellend, und ließ die mit Plasma prall gefüllte Blase erspähen, in der das Ungeborene reglos ruhte.

»Sie wacht auf!« rief Yasmina plötzlich, auf die Fürstin zeigend.

In der Tat begann die junge Frau unter des Scheichs bestürz-

tem Blick, mehrmals mit den Lidern zu schlagen, und ihre Finger verkrampften sich.
»Wir müssen ihr eine weitere Dosis Mohn einflößen!« sagte Aslieri aus der Fassung geratend.
»Unmöglich. Sie ist außerstande, irgend etwas zu trinken. Ihre Reflexe sind abgeschwächt, sie würde ersticken oder die Flüssigkeit ausstoßen. Nein, wir haben keine andere Wahl. Der Eingriff muß beendet werden. Beten wir zum ALLERHÖCHSTEN, daß sie noch ein wenig durchhält.«
Entschiedener denn je durchstach Ali die schützende Membran der Blase, deren darin enthaltenes Wasser sich in den Uterus der Frau ergoß.
Da lag das Ungeborene, auf dem Grund der Gebärmutterhöhle, in sich zusammengekrümmt. Regungslos. Man konnte seinen Herzschlag erahnen, sehr schnell, so schnell wie herabfallende Körner einer Sanduhr.
»Ist es . . .?« fragte Yasmina aufgewühlt nach.
»Nein. Es ist noch in seiner Welt. Es schläft.«
Ali befahl seiner Gefährtin, Wein über seine Hände zu gießen, dann, nach kurzem Zaudern, tauchte er diese bis zu den Gelenken in das siedende Wasser.
Yasmina erstickte einen Schrei, indem sie sich auf die Lippen biß, und wandte das Gesicht ab.
Seine dampfenden Hände herausziehend, führte der Scheich sie behutsam in die geweitete Bauchhöhle der Fürstin, und mit tausend Umsichten, als hätte es sich um den größten Schatz des Universums gehandelt, hob er das Kind an und entwirrte im selben Augenblick die Nabelschnur. Dann befahl er Aslieri: »Zerschneide die Nabelschnur, Yuhanna. Rasch!«
Wie hypnotisiert regte der Arzt sich nicht. Es war Yasmina, die sich auf ein Messer stürzte und das letzte Band durchtrennte, das die Mutter und das Kind noch vereinte.

»Verzeiht...«, stammelte Aslieri, »aber ich...«
Ali hörte ihm nicht zu. Das Neugeborene bei der Ferse packend, drehte er es kopfunter und gab ihm einen kurzen Klaps auf die Hinterbacken. Zuerst tat sich nichts, dann stieß das Kind einen kleinen Schrei aus, bevor es schließlich, während die Luft seine Lungen blähte, in Schluchzer ausbrach.
»Jetzt«, sagte der Scheich, indem er das Neugeborene Yasmina anvertraute, »müssen wir uns um die Mutter kümmern.«
Er nahm eine Nadel, in deren Öse seine Gefährtin bereits eine lange weingetränkte Palmenfaser gefädelt hatte, brannte die Spitze in der Flamme des Kohlebeckens ab und kehrte zur Fürstin zurück. Diese schien in Schlaf zurückgesunken zu sein, und ihre eben noch verkrampften Hände hatten sich entspannt.
Zwischenzeitlich hatte Aslieri sich wieder gefaßt und die Wundhaken herausgenommen. Er trat beiseite und überließ dem Scheich das Feld, der sogleich das Fleisch zu vernähen begann. Ein weiteres Mal schien die Zeit stehenzubleiben, während die Regenböen sich zu den Ebenen von Fars verzogen. Genau in dem Moment, da er sein Werk beendete, rührte sich die Herrscherin erneut, doch diesmal öffneten sich ihre Augen vollends, und sie bewegte den Kopf.
»Ich habe Schmerzen...«, sagte sie mit abgehackter Stimme, »es brennt wie Feuer in meinem Bauch.«
Der Sohn des Sina eilte zu ihr und nahm ihren Puls.
»Sei unbesorgt«, meinte er mit beruhigendem Tonfall, »alles wird gut. Das Kind ist gesund und wohlbehalten.«
»Das Kind?« fragte sie leise nach.
»Ja. Wir haben es gerettet.«
Er wollte noch »Wir werden auch dich retten!« hinzufügen, doch sie hatte erneut das Bewußtsein verloren.

Ali fuhr fort, ihre Pulsschläge aufmerksam zu fühlen, bis er sich schließlich mit ernstem Ausdruck aufrichtete.
»Wenn sie ihre Sinne wiedererlangt hat, muß man ihr noch etwas Bilsenkraut und in heiße Milch verrührtes Eisenpulver zu trinken geben. Einstweilen, Yasmina, möchte ich, daß du die Wundnarbe mit einer Schicht Henna bedeckst. Gib aber acht, auch nicht den kleinsten Abschnitt des Fadens zu durchtrennen.«
»Und danach?« erkundigte sich Aslieri.
»Wird es dem ALLMÄCHTIGEN zufallen zu entscheiden, ob sie leben oder sterben soll. Ich kann nicht mehr viel tun.«
Ohne noch zu warten, wandte er sich mit raschem Schritt zur Tür, hinter der Ala ad-Dawla wartete. Kaum hatte er den Flügel zur Seite geschwenkt, sprang der Fürst auf ihn zu.
»Sinnbild des Landes«, verkündete er bedächtig, »dein Wunsch wurde erhört: Isfahan hat einen Erben. Es ist ein Knabe.«

*

Während all der darauffolgenden Wochen schwebte die Fürstin zwischen Leben und Tod. Hundertmal glaubte mein Meister, sie zu verlieren, hundertmal gewann er sie zurück. Er hatte eine Matte ans Fußende ihres Bettes legen lassen und wich keinen Moment von ihrer Seite. Die ganze Zeit über, solange Gefahr bestand, sich in der Kammer erquickend und nährend, bildete er sich ein, ein Wehr gegen die Angriffe des Todesengels zu sein. Kaum daß er spürte, daß die junge Frau zu schwinden drohte, spannte sich sein ganzer Körper und rang sein Geist, um sie zurückzuhalten und ihr seine eigene Kraft einzuhauchen.
Er wußte nichts von den Kämpfen, die sich im Körper der Fürstin zutrugen. Er vertraute mir an, daß er sie nur erahnte, wie ein Beobachter die Bewegungen des Universums und den Lauf der Galaxien intuitiv wahrnimmt. Dieses Gefühl der

Ohnmacht empörte ihn. Er haßte seine Unwissenheit, mit einem Mal begreifend, wie eitel die Wissenschaft doch im Angesicht mancher Kräfte der Natur sein konnte. Weshalb diese jähen Fieberschübe? Weshalb dieses ungestüme Herzjagen? Was verursachte diese mit einer gelblichen Substanz gefüllten Pusteln entlang der Narbe? Welches waren die Waffen, die jene unsichtbaren Legionen des Körpers besaßen, um den furchtbarsten Anstürmen zu widerstehen? Stets hatte er gewußt, daß diese Art Eingriff nicht gelingen konnte. In den nächsten Tagen würde die Operierte am Fieber sterben. Weshalb überlebte Laila? Die einzige Schlußfolgerung, die er aus dieser Erfahrung zog, war, daß manche unter uns, wenn wir vor der Krankheit auch alle gleich sind, die göttliche Gabe besitzen, dort zu obsiegen, wo die Medizin sich als machtlos erweist.

Einen Monat und einen Tag nach ihrer Entbindung vermochte die Fürstin aufzustehen und ihr Gemach zu verlassen. Gewiß war sie fürchterlich abgemagert, doch ihre außergewöhnliche Schönheit war unverändert geblieben.

Man gab dem Erbprinzen den Namen Shams al-Muluk*, was Sonne der Könige bedeutet.

Am selben Abend des ersten Ausgangs seiner Gemahlin ließ der Monarch ein prächtiges Fest geben. Viele Jahre später, an den Pforten der großen Moschee von Isfahan, ward die Erzählung des Festmahls noch zum Gegenstand der Heischreden der Bettler. Dem Scheich wurden drei bis zum Rand mit Goldstücken gefüllte Truhen geschenkt. Niemals stand sein Stern höher am Himmel. Niemals wurde sein Name mehr verehrt. Doch man erreicht einen so großen Ruhm nicht ohne Gefahr. Im Schatten gediehen der Neid und die Mißgunst wie das Gift im Stachel des Skorpions. Es würde der Tag kommen, an dem der Stich tödlich wäre.

Er aber, gegen alles unempfindlich, setzte sein Werk fort. Im

---

* Zahir ad-Din, Shams al-Muluk. Er herrschte über Rayy und Hamadan nach dem Tode seines Vaters im Jahre 1041 christlicher Zeitrechnung. *(Anm. d. Ü.)*

Laufe der nächsten drei Jahre wagte er mehrere medizinische Versuche, deren Ergebnisse er im *Kanon* niederlegte. Diese Aufzeichnungen gingen jedoch unwiederbringlich verloren. Ich selbst hatte sie am Ende des vierten Bandes eingeordnet. Ich kann mir ihr Verschwinden nicht erklären*.

Einer dieser Versuche berichtet von dem Fall einer schwindsüchtigen Frau, gebürtig aus Charism, die mein Meister dadurch behandelte, daß er ihr über mehrere Monate einzig und allein gezuckertes Rosenwasser zu trinken vorschrieb. Sie trank davon bald hundert *mann* und wurde geheilt**.

Eine andere Aufzeichnung betrifft den Rais selbst. Unter wiederkehrenden Kopfschmerzen leidend, beschloß er eines Tages, anläßlich eines heftigeren Anfalls als die vorangegangenen, sich in ein Tuch gewickelte Eisstückchen auf den Kopf aufzulegen. Dies verschaffte ihm Linderung, und er schloß daraus, daß die Kälte eine Zusammenziehung der Säfte verursachte und deren Abfluß unterband.

Das Alter schien ihm nichts anhaben zu können. Die folgende kurze Geschichte vermag, dies zu belegen. Der Scheich trat damals in sein fünfzigstes Jahr. Nach eingehender Durchsicht eines Exemplars des *Kitab an-Nagat* teilte ihm eine Gruppe Studenten aus Schiras ihre Verständnislosigkeit bezüglich mancher der darin behandelten Themen mit. Durch Vermittlung eines gewissen Abu al-Qasim al-Kirmani ließen sie meinem Meister eine beeindruckende Aufstellung von Fragen zukommen, mit der inständigen Bitte, ihnen zu antworten. Der Tag, an dem sich der Gesandte im Hause des Rais einfand, ist mir deutlich im Gedächtnis geblieben.

Wir waren damals mitten im *muharrem,* Freunde hatten sich im Arbeitszimmer versammelt, und die Hitze, die über Isfahan herrschte, war unmenschlich. Nachdem er die Fragen überflogen hatte, gab er sie dem Abgesandten zurück und bat

---

* Sollte Aslieri mit diesem Verschwinden etwas zu schaffen haben? *(Anm. d. Ü.)*

** Eingezogenen Erkundigungen zufolge, wäre diese Behandlung zum mindesten unpassend. *(Anm. d. Ü.)*

ihn, am nächsten Morgen wiederzukommen. Einen Augenblick später befahl er mir, Papier zu bringen. Ich gehorchte und stellte mich mit fünf Bogen *firawani** zu je zehn Blatt *Quartformat* bei ihm ein. Nach dem Abendgebet ließ er Kerzenleuchter und Wein herbeiholen und hieß mich, in Ibn Zaylas und al-Ma'sumis Gesellschaft, setzen. Sogleich begann er, mir die Antworten auf die Fragen zu diktieren, die er im Gedächtnis behalten hatte. Ich schäme mich, es zu gestehen, doch zur Mitte der Nacht wurden sowohl seine Schüler als auch ich selbst von Erschöpfung befallen. Der Scheich entließ uns und setzte seine Abfassung alleine fort.

Der Abgesandte erschien bereits im Morgengrauen. Er verlangte nach mir und bat mich, nachsehen zu gehen, wie weit der Scheich mit seiner Arbeit wäre. Ich kehrte in seine Gemächer zurück, wo ich ihn im Gebet vorfand. Zu seinen Füßen gewahrte ich die fünf Bogen – vollgeschrieben. Er unterbrach seine Andacht und wies auf die Blätter.

»Nimm dies und händige sie Abu al-Qasim aus. Weise ihn darauf hin, daß ich keiner der gestellten Fragen ausgewichen bin.«

Ich werde mich stets des Ausdrucks entsinnen, mit dem Abu al-Qasim mich empfing. Er beauftragte mich, dem Scheich seinen Dank zu übermitteln, und sputete sich, nach Schiras heimzukehren, wo die Antworten meines Meisters die Bewunderung aller zeitigten**.

Es war um dieselbe Zeit, daß er sich auf Ersuchen des Emirs der Sternenbeobachtung widmete und hierfür Instrumente erfand, an die kein Astronom vor ihm gedacht hatte.

Zum Ende seines zweiundfünfzigsten Jahres waren seine Verstandeskräfte noch immer gleichermaßen rege und – sollte meine Scham auch leiden – muß ich doch gestehen,

---

* Begriff, der ein sehr früh in der islamischen Welt verwandtes Papier bezeichnet. *(Anm. d. Ü.)*

** In Wahrheit weicht al-Djuzdjani der Wirklichkeit aus oder verbrämt sie. Der arabische Historiker af-Funduq berichtet hinsichtlich dieser Angelegenheit, daß Abu al-Qasim und Ibn Sina äußerst heftige Worte gewechselt hätten. *(Anm. d. Ü.)*

daß es sich mit seiner geschlechtlichen Begierde ebenso verhielt. Yasmina kannte sein Temperament. Er befriedigte sie vollends und weit mehr noch. Doch sie wußte auch, daß andere Frauen von der allzu großen Freigebigkeit des Scheichs Nutzen hatten. Wenn sie darum Kummer empfand, ließ sie es gleichwohl zu keinem Zeitpunkt vernehmen, war sie doch der Ansicht, »daß man einen Löwen nicht in eine Hauskatze verwandelt«.

In diesem Zusammenhang, Allah vergebe mir, habe ich mich häufig über die Beziehungen befragt, die der Scheich mit der Fürstin Laila hatte unterhalten können. Uns allen war die abgöttische Bewunderung bekannt, welche die Herrscherin für ihren Retter hegte, seitdem er sie den Klauen des Todes entrissen hatte. Sind sie Geliebte gewesen? Das weiß allein der ALLERHÖCHSTE.

Wenn es mir unterlief, den Rais auf seine Ausschweifungen in allen Dingen anzusprechen und mich darob zu sorgen, begnügte er sich, mir zu antworten: *Der UNBESIEGBARE hat mich mit Gaben überschüttet; mich ihrer nicht zu bedienen, würde bedeuten, ihn zu beleidigen.*

*

»MAS'UD!«

Der Krieg stand an den Pforten von Fars. Und von der Höhe der Wachtürme aus folgten die Warnsignale der Späher entlang der Grenze aufeinander, bis zu den Toren der Stadt unermüdlich die unselige Nachricht verbreitend: Der Sohn von Mahmud dem Ghaznawiden rückte auf Isfahan vor.

Bei den ersten Gerüchten füllten sich die Moscheen, die Suks verwaisten, und manche Bewohner verschanzten sich in ihren Häusern, in Erwartung der Sturmwelle des türkischen Heeres.

Wir befanden uns im Monat *dhul-hiddsche* des Jahres 1037 der Kinder des Okzidents.

Schon seit langem ahnte man diesen neuerlichen eroberungslustigen Vorstoß des Königs von Ghazna voraus. Zwei Jahre zuvor war er über Hamadan hergefallen und hatte der verworrenen Regentschaft der Sajjida und ihres Sohnes ein Ende gesetzt. Von diesem Zeitpunkt an war die Lage Isfahans äußerst heikel geworden. Auch dessen Tag würde kommen. Daran hatten weder Ala ad-Dawla noch seine Berater in Wehrfragen je gezweifelt. So hatte der Monarch im vorangegangenen Jahr sogar einen Schutzwall rund um die Stadt errichten lassen. Die einzige Ungewißheit bestand über den Zeitpunkt des Einrückens.

Aus seiner ersten, einige Jahre zurückliegenden Niederlage vor Hamadan eine Lehre ziehend, hatte der Sohn des Ghaznawiden ein fürchterliches Heer auf die Beine gestellt, das mit sämtlicher Belagerungsausrüstung versehen war, mit Widdern, mit aus Indien herbeigeführten Elefanten, von denen einige Zeugen behaupteten, sie wären so groß wie die Festungsmauern Isfahans.

Nach Meinung aller war Mas'ud fürderhin unbesiegbar.

Mit düsterer Miene auf die Zinnen gelehnt, schien Ala ad-Dawla zerschlagen. In Wahrheit aber wußten jene, die ihn gut kannten, seine Kampfbereitschaft ungebrochen.

Er atmete tief ein und kehrte sich entschieden seinen *salar* zu: »Mein Entschluß ist getroffen. Ihr werdet ihn zweifellos unvernünftig finden, doch ich sehe keinen anderen Ausweg. Isfahan muß preisgegeben werden.«

Wie er es vermutet hatte, beschlich eine ungeheure Bestürzung die Züge seiner Heerführer. Ohne ihnen Zeit zur Empörung zu lassen, erklärte der Emir: »Wir sind nicht imstande, Widerstand zu leisten. Hamadan ist binnen zwei Tagen gefallen, wir werden das gleiche Los erleiden. Wenn wir hingegen wollen, daß unser Heer der Vernichtung entgehe, müssen wir es in Sicherheit bringen. Es wird

unsere letzte Möglichkeit bleiben, unsere Stadt zurückzuerobern.«
»Isfahan kampflos übergeben...«
Der Wesir war niedergeschmettert.
»Damit Isfahan lebe«, entgegnete Ala. »In der Folge erwäge ich, Beistand zu erbitten. Vielleicht den des Kalifen von Bagdad.«
»Wann werden wir uns zurückziehen müssen?« fragte sein sehr blasser Kanzler nach.
»Bereits heute abend. Wir haben keinen Augenblick zu verlieren, wenn wir durch die Maschen des ghaznawidischen Netzes schlüpfen wollen.«
Sich an seine Feldherren wendend, befahl er: »Sammelt die Truppen. Nehmt soviel Wasser und Verpflegung als möglich mit. Wir brechen bei Sonnenuntergang auf.«
In einmütiger Bewegung verneigten sich die *salar* vor dem Herrscher.
Die Sonne stand bereits im Mittag der Ebene.

»Dann muß ich also die meisten meiner Werke zurücklassen?«
»So lauten die Befehle, Scheich ar-rais. Selbst beim besten Willen könnten wir nicht alles einpacken.«
Aslieri bekräftigte: »Überdies hat der Emir bestimmt, man dürfe nichts mitnehmen, was unseren Abzug verlangsamen könnte.«
Al-Djuzdjani, der die Erregung seines Meisters erriet, suchte ihn zu trösten.
»Scheich ar-rais, deine Werke werden nicht verloren sein; wenn die Lage wiederhergestellt ist, werden wir nach Kay Kunbadh zurückkehren.«
»Von deinen Lippen zu den Pforten des Himmels, Abu Ubaid.«

Er zeigte auf die Gestelle, die sich unter dem Gewicht seiner Werke bogen.
»Dies hier ist die Summe der Arbeit meines ganzen Lebens. Beten wir zu Gott, sie unversehrt wiederzufinden.«
»Es gibt überhaupt keinen Grund, daß dem nicht so wäre«, merkte Aslieri an. »In deinen Augen ist diese Bibliothek unschätzbar. Die feindlichen Soldaten jedoch werden Geschmeide und kostbare Gegenstände vorziehen.«
Der Scheich nickte ohne Überzeugung, und sie verschnürten ihr Gepäck.

Zwei Tage später drang Mas'ud an der Spitze des ghaznawidischen Heeres in Isfahan ein. Was dann geschah, überstieg alle Fassungskraft. Die Stadt wurde vollständig der Brandschatzung anheimgegeben. Nichts blieb verschont. Die Läden wurden geplündert, der Palast verwüstet, Frauen und Kinder vergewaltigt, die *madrasa* angezündet. Die Elefanten, sich selbst überlassen, stampften über Plätze, durch Gärten, zermalmten alles auf ihrem Weg. Die Behausung des Ibn Sina entging dieser Verheerung nicht.
Mas'ud, der um den Groll wußte, den sein Vater gegen den Rais bewahrte, begab sich in eigener Person zum Anwesen von Kay Kunbadh. Seine Befehle waren eindeutig: Alles, was dem Fürsten der Gelehrten gehörte, sollte nach Ghazna geschafft werden. Alles ohne Ausnahme, und sein Haus sollte geschleift werden. So geschah es dann, daß sein kostbares Büchergestell zerlegt und die Manuskripte, die es enthielt, ans andere Ende von Persien, in die hintersten Gefilde von Turkestan gesandt wurden*.
Der blutdürstende Mahmud hatte es nicht vermocht, den

* Auf diese Weise gingen unzählige Werke meines Meisters für immer verloren oder wurden teilweise zerstört.

Scheich in die Knie zu zwingen. Er rächte sich, indem er ihn seines größten Reichtums enteignete.

Als die Nachricht ihn erreichte, befand Ali ibn Sina sich in Gesellschaft des Heeres von Isfahan, welches in der Stadt Tustar, in Khusistan, Zuflucht gefunden hatte. Sein Gesicht verriet keinerlei Gefühlsbewegung, keinen Gram, seine Augen jedoch verschleierten sich, als brächen alle Nächte der Welt mit einem Mal über sie herein. In den folgenden Tagen sprach er kein einziges Wort, stundenlang in tiefe Lethargie versunken, sich kaum nährend, doch ganze Krüge Busr-Wein leerend.

Es war nun schon mehr als einen Monat her, daß sie Isfahan verlassen hatten, von einem Feldlager zum anderen irrten, in der Hoffnung auf die so sehr ersehnte Entscheidung: die Rückeroberung der Stadt. Diese Entscheidung kam und kam nicht. Indessen hatte man erfahren, daß Mas'ud die Stadt verlassen und einen Statthalter berufen hatte. In Wahrheit wartete Ala ad-Dawla nur geduldig den günstigsten Zeitpunkt ab, denn es verging kein Tag, ohne daß seine Späher ihm wertvolle Kunde über den Besatzer übermittelten. Das Wichtigste aber, und was allen unbekannt, war die baldige Ankunft der Verstärkung aus Richtung Bagdad. Eine Streitmacht sollte in den kommenden Stunden eintreffen, von al-Qadir befehligt. Dem Kalifen höchstselbst ...

*

Ali drehte den Krug um und schüttelte ihn mit Verdruß.
»Schluß. Der Krieg hat über den Rausch obsiegt ...«
Er nahm Yasminas Hand und streichelte sie zerstreut.
»Glücklicherweise bleibt mir noch deine Haut, um meinen Durst zu stillen.«

Da sie nicht antwortete, sagte er: »Meine Seele ... du hast Kummer.«

»Kein Kummer, Sohn des Sina, es ist nur Wut in mir. Weil du irre bist.«

Sie fuhr ihm mit der Hand durch sein von weißen Strähnen übersätes Haar, strich dann mit dem Zeigefinger die Fältchen entlang, welche die Zeit an seinen Augenrändern gegraben hatte.

»Das Alter beginnt sich deines Körpers zu bemächtigen, aber es ist ihm bisher nicht gelungen, deine Unvernunft zu bändigen. Du bist noch immer ein Kind, Sohn des Sina.«

»Sähest du mich lieber als lahmen und abstoßenden Greis?«

»Ich sähe dich lieber weiser.«

Er lächelte melancholisch.

»Wenn du die Zahl der Leute wüßtest, die sich weise nennen, wogegen sie doch bloß müde sind.«

»Würde man an dem Tag, an dem du sterben wirst, deinen Körper öffnen, so bin ich sicher, daß man darin mehr Wein als Blut fände.«

»Leider wirst du diesen Tag nicht erleben, mein Herz. Ich bin unsterblich.«

Diesmal mußte Yasmina lächeln. Er fuhr mit jugendlichem Eifer fort: »Ich werde dir ein Geheimnis verraten. Als Kind war ich überzeugt, daß ein Mensch, solange er auf der Hut bliebe, nicht sterben könne. Falls er stürbe, dann aus Unachtsamkeit. Und deshalb wähne ich mich unsterblich.«

Vor so viel Treuherzigkeit konnte sie sich des Lachens nicht erwehren.

»In diesem Fall, Sohn des Sina, wirst du tausend Jahre leben!«

Er ließ seine Hand auf ihre Brüste gleiten, und durch den dünnen Seidenstoff umfing er eine der beiden Wölbungen mit der hohlen Handfläche.

»Was würden mir tausend Jahre nützen, wenn ich dessen hier beraubt wäre?«
»Wenn dem so ist, hast du keine Wahl, mein König, denn du wirst auch über mich wachen müssen.«
»Den Eid leiste ich dir ...«
Er umschloß sie mit seinen Armen und zog sie behutsam auf die Matte herunter, die den Sand bedeckte.
»Komm, meine Seele ... Kosten wir an der Ewigkeit ...«

DREISSIGSTE MAKAME

»Scheich ar-rais!«
Ali erkannte die Stimme Aslieris. Er eilte sich, eine Decke über die Blöße seiner Gefährtin zu schlagen.
»Was gibt es, Yuhanna?«
»Der Emir lädt uns ein, zu ihm in sein Zelt zu kommen.«
»Jetzt gleich?«
»Ohne einen Augenblick zu verlieren. Er hat deutlich gemacht, du mögest mit deiner Gemahlin kommen. Es wurde ein Mahl zubereitet. Ich weiß nicht, was vorgeht, aber das ganze Lager ist in hellem Aufruhr...«
Der Sohn des Sina wischte den Schweiß ab, der auf Yasminas Stirn perlte, und murmelte mit munterem Tonfall: »Ein Mahl... Vielleicht wird es Wein geben...«
Sie tat, als wolle sie ihn ohrfeigen, doch er entzog sich ihr, wobei er in Lachen ausbrach.
»Gehe voraus, Yuhanna! Wir kommen sofort.«
Während sie sich ankleideten, fragte Yasmina: »Was kann den Fürsten nur bewegen, ein Nachtmahl unter solchen Umständen auszurichten?«
»Vielleicht wird er die Rückkehr nach Isfahan verkünden?«
Sie nickte wenig überzeugt mit dem Kopf und fuhr fort, sich zurechtzumachen.
Als sie das Zelt verlassen wollten, sah er, daß Yasmina ihren Schleier angelegt hatte, wie sie es seit ihrem Fortgang aus Rayy tat. Er hielt inne und ergriff sie bei den Schultern.

»Mein Herz ... Nimm doch diese Wehr zwischen dir und mir fort. Sie ist eine Beleidigung deiner Schönheit. Mehr als fünfzehn Jahre sind vergangen. Wie kannst du noch irgend etwas fürchten?«
Sie schien eine kurze Weile zu zögern, hakte dann doch den Litham auf und entblößte ihr Gesicht.
»Du hast recht«, sagte sie sanft. »Mehr als fünfzehn Jahre sind vergangen ...«

*

Als sie in das Zelt des Emirs traten, überkam Yasmina die Gewißheit, die Erde öffnete sich unter ihren Schritten.
Da war er, zwischen die seidenen Kissen gefläzt.
Sie hätte ihn in der Gehenna wiedererkannt, am Ende der Welt, in vollem Sonnenlicht oder in tiefster Finsternis.
Al-Qadir. Der Kalif von Bagdad. Ihr Peiniger, ihr Unheil.
Er war kahl geworden. Die Falten hatten sein aufgedunsenes Gesicht eingekerbt. Er war noch dickbäuchiger, doch es war tatsächlich er.
Sie mußte sich an Alis Arm klammern, um nicht zu fallen.
»Was ist in dich gefahren?« flüsterte er verwundert. Sie wollte etwas sagen, die Worte aber blieben ihr tief im Halse stecken.
»Willkommen, Scheich ar-rais!« rief Ala ad-Dawla aus, während er ihm die Arme herzlich entgegenstreckte. »Komm, tritt näher, wie auch deine Gemahlin. Dies ist ein großer Tag, und ich wollte, daß du einer der ersten seist, daran teilzuhaben. Wir kehren nach Isfahan heim.«
Ali deutete einen Schritt an, doch Yasmina, buchstäblich versteinert, folgte ihm nicht.
»Was geht vor, Vielgeliebte? Bist ...«
Er hatte keine Zeit, seinen Satz zu beenden.

Zur großen Verblüffung aller war der Kalif aufgesprungen, und seine Stimme ertönte unter dem Zeltleinen wie Donnergrollen.

»MARIAM!«

Ala ad-Dawla und Aslieri rissen die Augen auf.

Der Sohn des Sina stand wie betäubt da.

Al-Qadir war ganz nah, und sie erkannte diesen widerlichen Atem, der ihr so wohl vertraut.

»Mariam«, wiederholte er mit einer zugleich bebenden und ungläubigen Stimme. »Im Namen Allahs, des Barmherzigen, des Gnädigen ...«

Sich rasch fassend, stieß er mit Gehässigkeit aus: »Hündin einer Rum! Hier also verstecktest du dich während all der Jahre!«

Dies war zweifellos der Augenblick, da Ibn Sina die Tragödie ermaß.

Ala ad-Dawla, was ihn betraf, sagte sich, daß er im Begriff sei, ein unwirkliches Schauspiel zu erleben. Er packte den Arm des Kalifen – eine ungeheuer unehrerbietige Gebärde, die er sich bei anderen Gelegenheiten niemals erlaubt hätte.

»Schatten des ALLMÄCHTIGEN auf Erden, kannst du mich erhellen?«

»Diese Kreatur ist meine Gemahlin. Sie ist vor ungefähr fünfzehn Jahren entflohen und hat dabei Gegenstände von unschätzbarem Wert mitgenommen, die meinem Vater gehörten, Allah verlängere sein Andenken.«

»Lüge!« begehrte Ibn Sina auf.

»Elender! Wie wagst du es?« preßte der Kalif heraus.

Herumwirbelnd brüllte er fast, an Ala ad-Dawla gerichtet: »Wer ist dieser Mann?«

Weiß wie Linnen, stammelte der Emir: »Der Scheich ... der Scheich ar-rais ... Ali ibn Sina. Der größte Gelehrte Persiens und ...«

»Was schert es mich, ob er Gelehrter oder Bettler ist! Was macht er neben Mariam?«
Es war Ali, der mit fester Stimme erwiderte: »Sie ist meine Frau.«
»Schwör es vor Gott!«
»Vor Gott und vor den Menschen.«
Al-Qadir wedelte durch die Luft.
»Staub ... Eure Vereinigung ist nur Staub. Da diese Viper nie aufgehört hat, mir zu gehören. Um sie zu deiner Frau machen zu können, wäre es erforderlich gewesen, daß ich sie dreimal verstoße. Was jedoch nicht der Fall war ... Infolgedessen ist sie noch immer meine rechtmäßige Gemahlin, und du wirst sie mir wiedergeben. Sie wird nach Bagdad zurückkehren, von wo sie nie wieder wird fortgehen können.«
»Das kommt nicht in Frage!«
Ali hatte ohne Zögern geantwortet, und den Emir zum Zeugen nehmend, wiederholte er: »Das kommt nicht in Frage!«
Dann, das Zittern seiner Hände zu bändigen suchend, setzte er hinzu: »Exzellenz, wir erbitten deinen Schutz.«
Außer sich kniff der Fürst von Isfahan die Lippen zusammen und antwortete nicht.
»Exzellenz«, beharrte Ali.
Der Herrscher blieb weiterhin stumm.
»Er hat deine Frau gerettet! Hast du das bereits vergessen?«
Diesmal war es Yasmina, die ihn anflehte. Bevor ihr Gefährte noch Zeit fand zu reagieren, warf sie sich in einer verzweifelten Anwandlung dem Emir zu Füßen: »Hab Mitleid ... entsinne dich ... Tu es für deinen Sohn. Für dieses Kind, das der Scheich dem Tod entrissen hat. Für diesen Erben, den er dir gegeben hat!«
Sie hob flehentliche Blicke zu Aslieri: »Sage du es ihm, Yuhanna. Wecke seine Erinnerung.«

Aslieri aber wandte sich ab. Man hätte schwören können, er hätte diesen Augenblick seit langem ersehnt.
Der Kalif griff nun seinerseits ein. Seine unheilvoll blaugrünen Augen starrten in die des Fürsten, und er ließ mit eisigem Ton fallen: »Die Wahl ist eindeutig. Eine Sklavin gegen eine Stadt. Eine Hündin einer Rum gegen die Freiheit Isfahans. Entscheide.«
Nach einer Pause schloß er: »Ohne meine Truppen ist deine Stadt verdammt...«
Der Emir war zur Salzsäule erstarrt, und ein leichtes Beben bewegte seine Lippen. Er blieb stumm, unfähig, etwas hervorzubringen; da wußte Ali, zu welcher Seite die Waagschale sich neigen würde. Yasmina beim Arm packend, zog er sie zum Ausgang des Zelts.
Fast zugleich hob Ala ad-Dawla die Arme hoch und schrie: »Wachen! Ergreift sie!«

*

Man hatte ihnen bis zum Morgengrauen gegeben. Und das Morgengrauen stand beinahe an den Pforten der Ebene. Die Sonne würde nicht lange säumen, zwischen den Hügeln rötlichen Sandes aufzutauchen.
Mit angeketteten Knöcheln saßen sie sich von Angesicht zu Angesicht gegenüber, zu weit, um sich zu berühren, verzweifelt die Zeit im Blick des anderen zu verlängern suchend.
»Willige ein«, flehte Yasmina zum hundertsten Mal. »Ich beschwöre dich, willige ein.«
Ali schüttelte den Kopf.
»Wie nur? Wie kannst du von mir verlangen, etwas Derartiges zu tun! Ich kann nicht, verstehst du?«
»Du weißt aber doch, was mich dort erwartet. Du weißt. Ich habe dir alles erzählt. Ich müßte auf meinem Leib einen

anderen Körper als deinen spüren, einen anderen Geruch als den deinen riechen ... Dieser Tod, den du mir versagst, den werde ich also jede Stunde, jeden Tag erleben.«
Sie erstickte ein Schluchzen. Sie konnte nicht mehr weinen. Sie hatte keine Tränen mehr. Der Wind der Nacht hatte ihre Augen ausgetrocknet. Sie flehte nochmals: »Ich bitte dich, mein König. Gib mir eines dieser Fläschchen; eines dieser Fläschchen, welche im Schlaf töten, ohne daß man den Tod kommen hört. Welche töten, ohne daß man Zeit hätte, Angst zu haben. Ich will nicht mehr erleiden, was ich erlitten habe. Nie mehr ...«
»Verlange von mir, für dich zu sterben, verlange von mir, mein Augenlicht zu verlieren. Nimm meine Hände, meinen Körper. Aber verlange nicht, Fleisch von meinem Fleisch zu töten, freiwillig den Atem meiner Seele zu ersticken.«
»Weil du geschworen hast, über mich zu wachen. Daß ich tausend Jahre lebe ...«
»Sei still!«
Sie streckte eine Hand bittend zu ihm hin.
»Hab Erbarmen, ich entbinde dich deines Schwurs. Laß mich sterben, Scheich ar-rais.«
Er fand nicht mehr die Kraft, ihr zu antworten. Er war zerbrochen, vernichtet, mit diesem furchtbaren Gefühl, nur noch eine Klippe zu sein, an der steinerne Wellen sich brächen.
Die Zeltbahnen am Eingang hoben sich plötzlich und ließen das blendende Tageslicht hereindringen.
In einer Art Traum hörte er eine Stimme, welche sagte: »Die Stunde ist gekommen.«
Er erahnte Schatten, die sich in das Zelt drängten, und er hörte sich stammeln: »Einen Augenblick. Gebt uns noch einen Augenblick ...«
Die Schatten beugten sich bereits über Yasmina. Er wieder-

holte: »Nur einen Augenblick ... Im Namen des Barmherzigen ...«
Nach einer kurzen Unentschiedenheit zogen sich die Schatten zurück, und sie fanden sich erneut allein wieder.
Immer noch in einem Halbtraum, begann er zu seinem Beutel zu kriechen und wühlte darin, bis er fand, was er suchte.
Ein kleines Alabasterfläschchen. Er reichte es Yasmina.

Einunddreissigste Makame

Das Heer rückte seit drei Tagen unter einem metallischen Himmel in Richtung Nordwesten vor, Isfahan zur Linken hinter sich lassend. Im letzten Moment von seinen Spähern erfahrend, daß Hamadan nur noch von einer einzigen ghaznawidischen Kohorte geschützt wurde, hatte Ala ad-Dawla seine Rückeroberungspläne geändert und beschlossen, mit der Wiedereinnahme der von seiner Tante, der Sajjida, verlorenen Stadt zu beginnen.
Die Reiter trabten an der Spitze, das Fußvolk hinterdrein, die unter der Last der Verpflegung wankenden Kamele schlossen den Zug, in gerader Linie kräftig ausschreitend. An ihrer Seite, wie dem Ganzen nicht zugehörig, folgte der Scheich ar-rais, dem Aslieri und al-Djuzdjani vorausritten. So zogen sie ungefähr einen *farsakh* weiter, bis plötzlich der Scheich sich jäh über die Mähne seines Reittiers beugte und in Schüben zu erbrechen begann, bevor er schließlich in den brennenden Sand stürzte.
Es war Abu Ubaid, der als erster seiner Abwesenheit gewahr wurde. Er stürmte zu ihm. Ibn Sina, auf dem Sand zusammengekrümmt, die Hände über seinem Bauch gefaltet, rührte sich nicht; allein sein Gesicht verzerrte sich vor Pein.
»Scheich ar-rais, was geht vor? Wo hast du Schmerzen?«
Aslieri, der zu ihnen gestoßen war, saß nun gleichfalls ab.
»Ist es der Bauch?« fragte er in einem Tonfall, der bedacht sein sollte.

Ali hatte keine Zeit, es zu bestätigen. Von Krämpfen gepackt, wand sich sein ganzer Körper, und er fing an, eine mit zähen Fäden durchsetzte schwärzliche Flüssigkeit zu erbrechen.
»Was müssen wir tun, um dir Erleichterung zu verschaffen?« fragte al-Djuzdjani panisch, während er die Hand seines Meisters ergriff. »Sag es uns.«
Aslieri schob den Schüler sanft zur Seite und fühlte den Puls des Rais.
»Wie ist er..?« keuchte Ali mit fast unhörbarer Stimme. »Schnell...«
»Stark oder schwach?«
»Stark. Es besteht kein Grund zur Besorgnis. Wahrscheinlich nur eine gestörte Verdauung. Irgend etwas Verdorbenes, was du gegessen hast und das...«
Al-Djuzdjani unterbrach ihn barsch: »Das ist unmöglich. Der Scheich hat nichts zu sich genommen, seit wir das Lager abgebrochen haben!«
»Es ist eine *indigestio*«, wiederholte Aslieri gelehrt.
Die Krämpfe wurden seltener, legten sich dann, und Ali konnte sich endlich aufrichten. Seine Stirn wurde sorgenvoll, sobald er das Aussehen des halb im Sand versickerten Erbrochenen erblickte.
In einer Geste, die er so viele Male für andere getan hatte, ließ er eine Hand unter seine Tunika gleiten und schickte sich an, seinen Magen abzutasten.
»Es ist nichts«, sagte er nach einer Weile. »... Aslieri hat recht, es handelt sich sicher um eine Verdauungsstörung.«
Ohne weitere Bemerkung ging er schwankend zu seinem Pferd, bei jedem Schritt drohte er zusammenzubrechen. Als er jedoch versuchte, wieder in den Sattel zu steigen, krümmte ihn ein erneuter Leibkrampf und zwang ihn, die Zähne zusammenzubeißen, um nicht aufzustöhnen.

»Scheich ar-rais, du bist nicht in der Lage, den Weg fortzusetzen. Wir müssen dich pflegen«, flehte Djuzdjani.
»Bei der nächsten Rast. Sorge dich nicht.«
»Aber Sohn des Sina ...«
»Hilf mir lieber, wieder auf mein Pferd zu steigen. Sonst wird es die Sonne sein, die uns den Garaus macht. Komm, hilf mir, Abu Ubaid.«
»Auf alle Fälle hätten wir hier sowieso nichts bei der Hand, was ihm Erleichterung verschaffen könnte«, bemerkte Aslieri sophistisch. »Wir müssen wieder zur Kolonne stoßen.«
Ohne Überzeugung bot al-Djuzdjani dem Scheich seine Schulter zur Stütze.
Endlich fest auf seinem Reittier sitzend, preschte der Scheich Richtung Nachhut davon, die am Horizont zusehends kleiner wurde.

*

Als Ala ad-Dawla Befehl gab, das Lager aufzuschlagen, begannen die Flammen des Sonnenuntergangs bereits auf der anderen Seite der Erde zu verlöschen, einen fahlen malvenfarbenen Himmel zurücklassend, an dem sich lange weiße Streifen auflösten.
Kaum war sein Zelt errichtet, sank der Scheich kurzatmig auf seine Bettstatt nieder.
»Yuhanna«, sagte er langsam, »ich werde deiner bedürfen.«
»Befiehl, Sohn des Sina.«
»Ich glaube mein Leiden zu kennen. Ich muß sein Fortschreiten binnen kürzester Zeit unterbinden.«
»Welche Behandlung siehst du vor?«
»Sie ist nicht sehr angenehm, leider! Du wirst mir ein Klistier aus folgender Mischung zubereiten: zwei *danaq**

---

* Ein *danaq* entspricht ungefähr dem Sechstel eines Dirham. Ein Dirham ist gleich 3,12 Gramm. *(Anm. d. Ü.)*

Sellerie und ein *danaq* Mohn; das du mir dann verabreichen wirst.«
»Eine Opium-Spülung?«
»Opium und Sellerie. Versuche nicht, es zu verstehen. Ich weiß, was ich tue.«
»Das will ich gerne glauben. Erlaube mir aber, dich daran zu erinnern, daß ein *danaq* Opium gefährlich für das Herz sein kann.«
»Irrtum, Yuhanna. Ich kenne die nicht zu überschreitenden Dosen genau. Die gefährliche Grenze liegt bei etwa fünf bis sechs *danaq*. Davon bin ich weit entfernt.«
Al-Djuzdjani bestätigte: »Das stimmt. Diese Zahlen beruhen auf des Scheichs praktischen Erfahrungen der letzten Jahre. Ich stehe dazu, dies zu bezeugen. Du mußt tun, was er verlangt.«
Aslieri deutete ein ergebenes Lächeln an.
»Sehr gut. Alles in allem ist er ja der Fürst der Gelehrten.«
Yuhanna tat, was der Scheich ihm aufgetragen hatte, doch das Mittel blieb ohne Wirkung. Zur Mitte der Nacht hin bat jener Aslieri, die Verabreichung mit zweifacher Dosis zu wiederholen.
Als er in den frühen Morgenstunden erwachte, befand sich ein Schemen an seinem Krankenlager. Vom Opium berauscht, vermochte er nur mit Müh und Not den Fürsten von Isfahan im Gegenlicht zu erkennen.
»Ich habe erfahren, daß du leidend seist ...«
»Es geht besser, Exzellenz.«
»Ich war daher beunruhigt, und ...«
Ali unterbrach ihn.
»Wann werden wir in Hamadan ankommen?«
Ein besorgter Ausdruck verdunkelte den Blick des Emirs, und seine Stirn legte sich in Falten.
»Der Weg ist uns durch die Kurden versperrt. Eine kleine

Streitmacht unter dem Befehl von Tash-Farash, einem Heerführer im Dienste der Ghaznawiden, hält die Ortschaft al-Karaj*. Wir sind gezwungen, ihm eine Schlacht zu liefern, ihn nämlich zu umgehen, würde uns wertvolle Zeit kosten. Glaubst du, daß du folgen kannst? Andernfalls könnte ich dir einige Wachen zur Verfügung stellen, und du würdest hier bis zum Ende der Auseinandersetzung verweilen.«

»Sind wir noch weit von al-Karaj?«

»Zwei Tage und zwei Nächte Fußweg.«

»Dann werde ich folgen.«

»Wir werden aber *hezar derre,* die Tausend Täler, durchqueren müssen. Du weißt, was das bedeutet.«

»Bekümmere du dich besser um das Geschick deines Heeres.«

Der Emir nickte.

»Ich nehme an, daß du von deinem Entschluß nicht mehr abrücken wirst?«

»Ich wiederhole dir, bekümmere du dich um das Geschick deines Heeres.«

»Ich sprach von deiner Absicht, meine Dienste bei unserer Ankunft in Hamadan zu verlassen.«

»Dies ist bereits geschehen, Majestät. Ich bin nicht mehr an deiner Seite.«

Die Züge Alas verdüsterten sich ein wenig mehr.

»Die Vergebung ist eine gottgefällige Tat. Ich habe die deinige erfleht und erflehe sie nochmals. Vor dir steht ein Mann mit Erde bedeckt.«**

Der Sohn des Sina richtete sich auf seiner Bettstatt ein wenig auf.

---

* Im Umland von Hamadan. Das Gebiet zählte beinahe 660 Dörfer. *(Anm. d. Ü.)*

** Mit Erde, Staub bedeckt sein, bedeutet: in Gram, in tiefe Verzweiflung versunken sein. Niedergeschmettert. *(Anm. d. Ü.)*

»Herr, ich bin taub, und ich habe mein Augenlicht verloren. Wie könnte ich dir somit vergeben? Ich höre deine Bitten nicht mehr, und ich sehe dich nicht.«
»Ich verstehe deinen Schmerz.«
Er verstummte, bevor er noch hinzufügte: »Doch wenn du mein Herz bewohntetest, wüßtest du, wie sehr ich ihn zu dem meinigen gemacht habe.«
Ali schloß die Lider und suchte Zuflucht in der Stille.

Nach mannigfachen Beschwerlichkeiten überschritten sie die Tausend Täler, von denen der Emir gesprochen hatte. Eine trockene, öde Weite. Den Legenden zufolge war dies die Stätte von Rostams Kampf gegen den Drachen, und der Gifthauch des Tieres hätte die Erde so unfruchtbar gemacht. Dort fand sich aber nicht ein kurdisches Heer, sondern zwei. Das zweite erwartete ad-Dawlas Truppen ein Dutzend *farsakh* vor Hamadan, in der Umgegend von Idhj. Weshalb er trotz des recht leichten Sieges, den er über al-Karaj errang, drei Tage Rast machen mußte, um seinen Männern zu erlauben, ihre Wunden zu verbinden und wieder zu Kräften zu gelangen.
Der Zustand des Scheichs schien sich merklich gebessert zu haben. Dies machte er sich zunutze, um al-Djuzdjani den Anfang eines neuen Werkes zu diktieren, in welchem er seine Schlußfolgerungen hinsichtlich der Existenz Gottes, seine abschließenden Überlegungen zur Philosophie und zur Wissenschaft darzulegen beabsichtigte. In seinen Augen sollte dieses Opus, dem er bereits den Titel *Östliche Philosophie* gegeben hatte, eine Art Testament werden, das die unscharfen Umrisse seines vorherigen Werkes erhellen und den Fragen antworten sollte, die aufzuwerfen jene nicht versäumen würden, die später seine Schriften analysieren mochten. Zwischenzeitlich fuhr Aslieri fort, ihm drei Klistie-

re am Tage zu verabreichen, welchen er, wie der Scheich ihn geheißen hatte, Mithridaticum* beifügte.
Manchmal geschah es, daß er sich jäh im Diktat einer Seite unterbrach und sein Blick die Unendlichkeit der Wüste fixierte, so als spähte er nach irgend etwas am Horizont. Al-Djuzdjani achtete diese Momente und hütete sich wohl, ihn über seine Gedanken zu befragen. Was hätte es ihm im übrigen genutzt? Weshalb hätte er seinen Meister in die Wirklichkeit der Lande von Idhj zurückholen sollen, ahnte er ihn doch irgendwo an den Pforten Bagdads umherirren ...

Das Heer brach das Lager am Ende des dritten Tages ab und zog los, der zweiten kurdischen Streitmacht, dem letzten Hindernis auf dem Weg nach Hamadan, Trotz zu bieten. Diese neuerliche Unternehmung ließ die Leiden des Scheichs wiederaufleben; nur daß sie gar noch heftiger wurden. Am Vorabend der Schlacht waren sie derart, daß er Aslieri auferlegte, die Dosen zu erhöhen und zu vier *danaq* Opium und einem Dirham Sellerie überzugehen. Wenn der Arzt auch ohne Widerworte Folge leistete, sorgte al-Djuzdjani sich hingegen sehr: »Das ist Irrsinn! Niemals wird dein Körper diese Behandlung durchstehen!«
Ali verwarf die Einwände seines Schülers barsch, und anderntags, während des gesamten Verlaufs der Schlacht, flößte Aslieri ihm nicht weniger als acht Klistiere ein. Dies war vielleicht der Zeitpunkt, da die Dinge unwiderruflich umschlugen ...
Der Schlaf übermannte ihn, und er erwachte erst sechsund-

---

* Ein Elektuarium, dessen Name auf den König Mithridates VI. zurückgeht, welcher die Gewohnheit besaß, ein solches einzunehmen, um sich gegen Vergiftungen zu wappnen. Im weiteren Sinne bedeutet Mithridatismus eine durch allmähliche Gewöhnung erworbene Festigkeit gegen mineralische oder pflanzliche Gifte. *(Anm. d Ü.)*

zwanzig Stunden später, um festzustellen, daß Djuzdjani, welcher ihn nicht einen Augenblick verlassen hatte, zu seinen Füßen lag.
»Wach auf, Abu Ubaid!« stieß er mit dröhnender Stimme hervor.
»Wir haben eine Arbeit zu beenden.«
Seinen verdutzten Schüler zurücklassend, erhob er sich von seinem Lager und trat aus dem Zelt.
»Sohn des Sina, solltest du den Verstand verloren haben?« rief al-Djuzdjani aus, ihm hinterherstürzend .
Ali hörte ihn nicht an. Seine Augen erforschten die Landschaft. Es schien, als entdeckte er die Natur zum allerersten Male. Das Lager war am Saum einer Oase aufgeschlagen worden, inmitten derer eine kleine, von Palmen und Schilf umstandene Wasserfläche flimmerte. Ohne Zögern ging der Scheich auf sie zu, Djuzdjani heftete sich ihm schimpfend und flehend an die Fersen. An der Böschung angelangt, entledigte er sich seiner Tunika und tauchte, mit entblößter Brust, bis zur Leibesmitte hinein.
»Weshalb tust du nicht desgleichen, statt mich wie ein Welpe anzusehen? Du dürftest stinken, Abu Ubaid.«
»Hast du deine Krankheit vergessen? Die Nacht wird bald hereinbrechen. Sie wird dich in weniger als einer Stunde zu Eis erstarren lassen.«
»Wovon sprichst du? Von welcher Krankheit?«
Unter den belustigten Blicken einiger Krieger, die sich um die Wasserstelle niedergelassen hatten, ließ er eine Garbe kristallener Perlen aufspritzen und schrie lauthals, den Kopf gen Himmel gewandt: »Allah ist allmächtig, der mein Leben verlängert hat!«

*

Als sie den Weg zum Zelt zurückschritten, hatte die Nacht die Wüste erfaßt, die Umrisse der Oase und die Wedel der Palmen in sich aufnehmend. Und der junge Mond des Ramadan, der am Himmel hinanstieg, überzog die Landschaft mit perlmutternem Schillern.

»Sieh, Abu Ubaid ... Wie schön der Abend ist, wie erhaben alles wird. Die Mittelmäßigkeit verschwindet, die Häßlichkeit verhüllt sich. Warum muß der Tag die Nacht unerbittlich verjagen, warum?«

»Zweifellos, weil so der Wunsch Allahs ist«, meinte al-Djuzdjani nur.

»Vielleicht. Ich hoffe bloß, daß es im Paradies anders sein wird.«

»Scheich ar-rais ... Dürfte ich dir eine Frage stellen?«

»Du darfst, Abu Ubaid. Bist du nicht mein Freund?«

»Bist du noch immer überzeugt, daß es ein anderes Leben gibt?«

Ali hielt im Schritt inne und blickte seinen Schüler mit Entrüstung an.

»Sich dies zu fragen, ist eine Sünde an sich. Ja, ich glaube. Ich glaube es mehr denn je. Ich glaube an die Unsterblichkeit der Seele. Welch absurdem Spiel hätte sich der ALLERHÖCHSTE sonst hingegeben ...«

Er atmete kurz ein und schloß: »Und seine Grausamkeit wäre grenzenlos ...«

Sie waren an den Eingang des Zeltes zurückgekehrt, doch anstatt hineinzutreten, ließ Ali sich auf den Sand fallen.

»Die Luft ist lau, es verlangt mich nicht nach Schlaf. Und ich habe noch weniger Verlangen zu arbeiten.«

»Dennoch müßtest du dich ausruhen. Die Krankheit hat dich verlassen, aber du bist noch immer sehr schwach.«

»Alles ist gut, Abu Ubaid. Ich habe das Übel besiegt.«

»Allah möge dich hören, Scheich ar-rais.«
Den Blick zum Sternenhimmel hebend, flüsterte Ali fast:

> *Bis auf den Seufzer und den Schmerz meiner Fehler, was bleibt von meiner Jugend mir? O meine Jugend, wohin bist du entschwunden? Ach, Greis, was hast du getan mit deiner Jugend?*«

Abu Ubaid sah ihn voller Überraschung an, ihn plötzlich dieses Gedicht von Firdausi rezitieren zu hören. Aber er sagte nichts.
Eine ganze Weile wahrten die beiden Männer die Stille, der eine wie der andere in seinen Gedanken verloren.
»Ich brauche eine Frau«, verkündete Ali unvermittelt.
Die Augen seines Schülers weiteten sich, und er betrachtete sich seinen Meister genau; überzeugt, er müsse irre geworden sein.
»Geh mir eine der Sklavinnen des Emirs holen. Wenn mein Gedächtnis mich nicht trügt, dürfte er noch immer diese kleine Ägypterin mit bernsteinerner Haut besitzen.«
»Sohn des Sina, das kann nicht dein Ernst sein!«
»Geh, Abu Ubaid. Meinen Körper quält Durst. Und wenn ich ihn nicht stille, wird das Übel zurückkehren. Geh schnell.«
»Im Namen Allahs, des Barmherzigen ... Nun bin ich sicher, du suchst den Tod.«
»Du bist dumm, mein Bruder. Geh denn diese Ägypterin holen, und hör auf, mir in den Ohren zu liegen.«
»Aber sie ist erst fünfzehn!«
»Es genügt! Ich befehle es dir!«
Abu Ubaid erhob sich langsam, mit erschütterter Miene, und ging gebeugten Rückens zum Sklavenzelt davon.

*

Zum dritten Mal leerte Ali sich im Bauch des Mädchens. Ein Akt war dem anderen gefolgt, fast ohne Unterbrechung, bei jedem Male heftiger und ausgedehnter.
Das milchige Licht, das durch die Bahnen des Zeltes hindurchschlüpfte, überflutete ihre von Schweiß glänzenden Gesichter. Es war irgend etwas Ergreifendes an der Vereinigung dieser beiden Leiber unterschiedlichen, im Halbdunkel verschmelzenden und vergessenen Alters. Die erschreckende Magerkeit des Scheichs existierte nicht mehr, sein abgezehrtes Gesicht hatte eine beinah jugendliche Frische wiedererlangt, und wenn seine ausgedörrten Lippen an denen der Heranwachsenden bissen, erfüllte sich sein ganzer Körper mit deren einzigartiger Würze. Ihr Speichel hatte den Geschmack der Melonen von Farghana, ihr Unterleib den Duft ohnegleichen der Rosen Bucharas.
»Du bist es ... Du bist der Lehm, aus dem ich hervorgeholt. Du bist es, die ich in jenem Augenblick sah.«
Sie musterte ihn, offenkundig von seiner befremdlichen Sprache überfordert. Wie hätte sie auch wissen können? Wie hätte sie den fernen Sinn dieser Worte kennen können, deren Geheimnis nur in ihm schlummerte?
Als er zum vierten Male über sie sank und seinen Samen in sie ergoß, hörte sie, daß er weinte.

*

Anderntags stand das Heer vor den Toren von Hamadan. Es war der erste Freitag des Monats Ramadan.
Man hatte den Scheich ar-rais auf eine von zwei Rotfüchsen gezogene Bahre gebettet.
Die Abendröte bemächtigte sich nach und nach des Horizonts. Es war die Stunde des *asr*, die Stimme des Muezzin rief die Gläubigen zum Gebet.

Der Sohn des Sina hob eine zittrige Hand zu seinem Schüler. »Lies mir die Botschaft nochmals vor ... Lies sie nochmals vor.«

Verlange von mir, für dich zu sterben, verlange von mir, mein Augenlicht zu verlieren. Nimm meine Hände, meinen Körper. Aber verlange nicht, Fleisch von meinem Fleisch zu töten, freiwillig den Atem meiner Seele zu ersticken ... Ja, mein König, du warst es, der recht hatte. Ich werde tausend Jahre leben ... Wir werden tausend Jahre leben, gemeinsam.
Yasmina

»Sie lebt...«
»Und ist frei«, bemerkte Abu Ubaid.
»Nur wie? Wie ist dies möglich?«
Der Schüler schüttelte sacht den Kopf.
»Ich weiß nicht. Das einzige, was mir der Bote anvertraut hat, ist dieser Brief.«
»Wen schert es, wo sie sich im Augenblick befindet, da sie doch lebt. Dar ALLERHÖCHSTE hat Erbarmen mit seinen Geschöpfen gehabt.«
Ein Hustenanfall von äußerster Heftigkeit schüttelte ihn plötzlich, und etwas Blut trat an seinen Mundwinkeln hervor.
Er fand die Kraft zu murmeln: »Der Statthalter, der all die Jahre über meinen Körper so trefflich wachte, ist leider nicht mehr imstande, seine Aufgabe fortzusetzen ... Ich glaube, daß die Stunde gekommen ist, mein Zelt abzubrechen.«
Mit tränenüberströmtem Gesicht versuchte Abu Ubaid etwas herauszubringen, doch kein Ton kam aus seinem Mund. Er verstand nicht. Er sperrte sich, es zu verstehen. Was war nach der Besserung des Vorabends denn nur geschehen,

daß das Übel erneut, virulenter noch und entschiedener denn je, über seinen Meister herfiel?*
»Nimm alles, was du für gut befindest, und verteile den Rest meiner Habe unter die Armen. Man möge meine Goldschatullen leeren. Daß nichts davon übrigbleiben möge.«
Er kam außer Atem und mußte sich unterbrechen, bevor er fortfuhr: »Versuche, meine Schriften wieder zu sammeln. Ich vertraue sie dir an. Allah wird ihnen das Schicksal zuteilen, das sie verdienen.«
Er verstummte. Seine Lider schlossen sich.
»Jetzt, Abu Ubaid, mein Freund, mein Blick, bleibt mir nur das Buch. Sage mir die Worte des Buches ...«

An jenem Tage befanden wir uns im Jahre 428 der Hedjra. Dem Jahr 1037 der Kinder Christi. Als der Fürst der Gelehrten erlosch, war er siebenundfünfzig Jahre alt.
Am anderen Tag verkündete ein Kurier zur Verblüffung aller, daß der Todesengel den Kalifen al-Qadir dahingerafft hatte, als er den Weg bereiste, der nach Bagdad führt.
Er war von einer unbekannten Hand vergiftet worden ...

Long Island, New York, August 1988.

---

* In seinem Reisetagebuch läßt al-Djuzdjani durchblicken, daß Aslieri die von seinem Meister vorgegebene Medikation nicht wahrte. Wir geben hier seine eigenen Worte wieder: »Der Scheich befahl dem Arzt, der ihn behandelte, ihm zwei *danaq* Sellerie zu verabreichen, doch er verabreichte ihm fünf Dirham, was den Zustand des Kranken verschlimmerte. Tat er es absichtlich oder irrtümlich? Ich weiß es nicht, denn ich war nicht zugegen.« *(Anm. d. Ü.)*

O du, der du dieses Werk gelesen hast, bete zu Gott, Erbarmen mit seinem Verfasser zu haben. Fürbitte auch ob des Kopisten und verlange für dich selbst, was du an Gut begehrst.
Möge mein Herz nahe bei dem »Manne der Schlacht« verweilen ...

Glossar

Dynastien

Ghaznawiden

Diese türkische Dynastie herrschte von 997 an über Chorasan (im Nordosten des Irans), Afghanistan und den Norden Indiens. Ihr Begründer Subuktigin, ein ehemaliger türkischer Sklave, erhob sich rasch und wurde von den Samaniden als Statthalter von Ghazna (dem heutigen Ghasni Afghanistans) anerkannt. Aus den Streitigkeiten zwischen Samaniden und Buyiden Nutzen ziehend, festigte Subuktigin seine Position und dehnte seinen Einfluß bis an die Grenzen Indiens aus.

Die Dynastie erreichte den Gipfel ihres Ruhms während der Herrschaft von Mahmud, dem Sohn Subuktigins, welcher ein Reich vom Amu-Darja zum Industal und bis zum Indischen Ozean begründete.

Mas'ud, Mahmuds Erbe, gelang es jedoch nicht, die Unversehrtheit dieses Reiches zu wahren, und er wurde bald mit dem Aufstieg einer anderen, ebenfalls türkischen Dynastie konfrontiert: dem der Seldschuken. Gegen Ende ihrer Herrschaft verblieben nur noch der Osten Afghanistans und der Norden Indiens im Besitz der Ghaznawiden, bis sie schließlich im Jahre 1186 zugrunde ging.

Samaniden

Im Jahre 819 von Saman-Khudat begründet, war sie die erste rein persische Dynastie, die nach der arabischen Eroberung emporkam. Sie gab den Iranern ihren Stolz zurück und erweckte deren Nationalbewußtsein. Unter ihrem Einfluß gelangten Kunst und Wissenschaft zu neuer Blüte. Samarkand und Buchara (die Hauptstadt der Dynastie) wurden zu Mittelpunkten des Wissens und der Kultur. Sie schwankte vor der türkischen Macht, die um 996 anzubrechen begann, und wurde endgültig 999, nach dem Sturz von Buchara, besiegt.

Buyiden

Auch Buvaihiden benannt. Diese aus Dailam (einer Gegend im Norden Irans) stammende Dynastie wurde von den drei Söhnen Buyes (oder Buvaihs), Buya, Hasan und Ahmad, begründet.
Sie herrschte zwischen 945 und 1055 über den iranischen Westen und den Irak.
Nachdem sie im Dezember 945 Bagdad in ihre Gewalt gebracht hatten, nahmen die Nachfolger der drei Brüder den Ehrentitel »Dawla« an, welcher Staat (Macht) bedeutet.
Der letzte buyidische Fürst (ar-Rahim) wurde von dem Türken Seljuk Toghrul Beg abgesetzt.

PERSONEN

Al-Biruni (Abu ar-Raihan Mohammed)

Sein Stammbaum ist ungewiß. Er selbst erklärte: »Ich weiß nicht genau, wer mein Großvater war. Und wie könnte ich es auch wissen, da ich meinen Vater nicht kenne.«

Er starb um 1050, nachdem er mit eigener Hand mehr als einhundertfünfzig Werke verfaßt hatte, darunter sechsundsechzig Abhandlungen zur Astronomie, zwanzig über Mathematik und achtzehn literarische (einschließlich seiner Übersetzungen) und bibliographische Werke. Allein zwanzig seiner Schriften sind uns überliefert, die anderen gingen im Laufe der Jahrhunderte verloren.

Aus dem Jahre 997 datiert, hat sein Briefwechsel mit Ibn Sina die Zeiten überlebt.

Die Beziehungen zwischen al-Biruni und Mahmud dem Ghaznawiden waren nie harmonisch. Indes steht jedoch fest, daß er für seine Arbeit offizielle Unterstützung erhielt.

Mahmud der Ghaznawide

Während seiner dreißigjährigen Herrschaft fiel er siebzehnmal in Indien ein.

In der Geschichte des Orients steht er in hohem Rufe und ist gar zur Sagengestalt geworden. Sohn eines türkischen Vaters und einer tadschikischen Mutter, das heißt, von Ghaznas örtlichem Geschlecht abstammend, war dieser Plünderer paradoxerweise ein großer Künstler. In seiner Hauptstadt errichtete er einen prachtvollen Palast und eine Moschee aus Marmor. Er liebte die Poesie und umgab sich mit Schriftstellern und Gelehrten. Sein Name ist eng mit zwei großen Namen des literarischen Islam verbunden: Firdausi und al-Biruni. Er starb 1030 in Ghazna.

Mahmuds Biographie stammt von al-Utbi: das in schwülstigem Stil auf arabisch geschriebene *Kitab al-Yamini*, ein Buch, das bei den Orientalisten zum *Klassiker* wurde.

Der Gelehrte Beihaqi (11. Jh.) hat der Regentschaft von Mas'ud, dem Sohn des Ghaznawiden, ein gewichtiges, in Persisch verfaßtes Werk gewidmet.

Religion

Sunniten

Fälschlich als Orthodoxe bezeichnet. Diese größte Konfession versteht sich in Wahrheit als durch die Sunna definiert: den Brauch, die Überlieferung, vor allem die des Propheten.

Schiiten

All jene im Islam, die das Imamat (der Imam ist der »Vorsteher«) ausschließlich einem Nachkommen von Ali und Fatima vorbehalten, dem Schwiegersohn und der Tochter des Propheten.

Ismailiten

Eine der Hauptgruppen des Schiismus, neben den Saiditen und den Imamiten oder Zwölfer-Schiiten.

ZUM WERK IBN SINAS

Bibliographien zu Ibn Sinas Werk wurden nacheinander von folgenden Verfassern zusammengestellt: G. Brockelmann (in seiner *Geschichte der Arabischen Literatur,* Bd. I, S. 452-458, Weimar 1898; Suppl. Bd. I, 812-828, Leiden, Leipzig 1937-1949); Osman Ergîn (Ibn Sina, *Biblioigrafyasi,* in *Büyuktürk Filosof Ve tib Ustadi Ibn Sina Shahsiyeti V° eserleri hakkinda tetkikler,* Istanbul 1937, in Türkisch); Georges C. Anawati *(Essai de bibliographie avicenienne* [Versuch einer avicennianischen Bibliographie], Le Caire [Kairo] 1950, in Arabisch mit einem Vorwort auf französisch, 434 et 20 p.).

Jüngeren Datums und vollständiger als die drei genannten Bibliographien ist die von Yahya Mahdavi, Professor der Philosophie an der Universität von Teheran, verfaßte *Bibliographie d'Ibn Sina* (Teheran 1954); eine kritische Bibliographie insofern, als sie die authentischen Bücher und Opuskeln Avicennas von den unechten unterscheidet.

Ungefähr sechzig Schriften sind im Verlauf von al-Guzganis Biographie aufgeführt; es ist im übrigen die einzige Übersicht, die eine gewisse chronologische Vorstellung bietet, zumindest hinsichtlich seiner bedeutendsten Schriften, da die Dichtungen und zahlreiche Episteln nur im ganzen erwähnt werden.

An dieser Stelle erscheint es ratsam, sich auf die sehr oberflächliche Untersuchung der größten Werke (in der chronologischen Reihenfolge ihrer Abfassung) des Mediziners und Philosophen zu beschränken:

1. Al-Hikma al-'arudiya
(Die Philosophie des Arudi)

Dieses Buch ist das erste philosophische Werk Ibn Sinas. Er hat es im Alter von einundzwanzig Jahren für Abu al-Husain al-Arudi verfaßt, daher auch der Titel.
Von diesem Buch existiert jedoch nur noch eine Handschrift, welche die Bibliothek von Uppsala, Schweden, aufbewahrt.

2. Al-Qanun fi 't-tibb (Kanon der Medizin)

Das kompakteste aller Werke Avicennas auf dem Gebiet der Medizin. Zum Gebrauche mehrerer Generationen Gelehrter, hat er darin die bis zu seiner Zeit erworbenen Kenntnisse und Erfahrungen kodifiziert. So kam es, daß über Jahrhunderte hinweg diese Enzyklopädie eines der Nachschlagewerke für die Studenten der Medizin (insbesondere von Toulouse und Montpellier) gewesen ist. Die große Zahl von Handschriften dieses Buches und die zahlreichen Kommentare und Übersetzungen in verschiedene Sprachen bekunden die Gewichtigkeit und den Wert des *al-Qanun*.

3. Al-Hikma al-Mashriqiyya
(Die Östliche Philosophie)

Dieses Buch, von dem nur noch ein Fragment des Kapitels zur Logik erhalten ist, zählte zu den persönlichsten Arbeiten

Avicennas. Mit seiner Niederschrift wollte er sich von der traditionellen aristotelischen Philosophie abwenden, um seine eigenen Begriffe und philosophischen Theorien darzulegen. Der kleine erhaltene Teil der Logik bezeugt die Originalität des verlorenen Ganzen.

Als der Sultan Mas'ud, der Sohn von Mahmud dem Ghaznawiden, 1029 die Stadt Isfahan eroberte und brandschatzte, wurde dieses Buch wie die anderen Schriften der königlichen Bibliothek der buyidischen Fürsten nach Ghazna geschafft, wo es wie die gesamte Bibliothek bei der Einnahme dieser Stadt durch Ala'u'd-Din Ghurid im Jahre 1151 verbrannt wurde.

Der erhaltene Teil der Logik ist in Ägypten unter dem Titel *Mantiq el-Mashriqiyyin* veröffentlicht worden.

4. *An-Nagat* (Die Rettung)

Dieses Buch umfaßt vier Teile in der Reihenfolge: Logik, Physik (Naturwissenschaften), Mathematik und Metaphysik. Es ist keineswegs, wie man stets gedacht hat, die Zusammenfassung der *Sifa*.

5. *Kitab as-Sifa* (Das Buch der Genesung)

Dieses enzyklopädische Werk ist für die Philosophie, was der *Kanon* für die Medizin ist. Avicenna legt darin alle bis dahin in der muslimischen Welt bekannten wissenschaftlichen und philosophischen Theorien dar.

Georges Anawati hat eine sehr getreue französische Übersetzung dieses Opus erstellt. Der Band I ist 1978 erschienen.

6. *Kitab al-Isarat wat-Tanbihat*
(Das Buch der Weisungen und Ermahnungen)

Übersetzung von Mademoiselle Goichon: »*Livre des directives et des remarques*« [Buch der Weisungen und Bemerkungen]; wenn nicht sein letztes Werk, so doch auf alle Fälle das letzte große Ibn Sinas. Im Vergleich zu seinen anderen großen Schriften ist es das kürzeste, aber auch dichteste und bündigste Buch. Dieser Bündigkeit gesellt sich die Anmut des Stils hinzu. Es ist das einzige philosophische Werk, in welchem Ibn Sina seine gesamte Aufmerksamkeit auf die Schönheit der Sprache gerichtet und zu diesem Zwecke all seine große Beherrschung des Arabischen verwandt hat.
Was jedoch die außergewöhnliche Originalität dieses Buches im Vergleich zum philosophischen Gesamtwerk Avicennas ausmacht, sind die drei letzten Kapitel über den Sufismus, die muslimische Mystik. In der Tat ist dies die erste Untersuchung, die die Gnosis, die Stadien und Etappen des spirituellen Lebens des Gnostikers zum Gegenstand einer philosophischen Betrachtung macht.

7. *Danish-Name* (Das Buch der Wissenschaft)

Von allen großen philosophischen Arbeiten ist *Das Buch der Wissenschaft* die einzige, die Avicenna in Persisch, seiner Muttersprache, verfaßt hat. Ein um so erstaunlicherer Umstand, wenn man bedenkt, daß ein halbes Jahrhundert vor seiner Geburt das Persische, die gemeinhin in allen iranischen Ländern gesprochene Sprache, bereits eine Literatursprache war; daß die persische Poesie und Prosa bereits wieder aufgeblüht waren; daß Dichter wie Rudaki, Chahid aus Balkh, Dakiki, Bu Chakur große poetische Werke unsterblich gemacht hatten und daß Avicenna, selbst Poet und zweisprachig, ein Zeitgenosse der größten persischen Dichter dieser Epoche war. Dennoch setzte sich das Arabische, die Sprache der Religion und der Verwaltung seit der Islamisierung des Irans (ebenso wie in allen anderen zum Islam übergetretenen Ländern), auch als wissenschaftliches Ausdrucksmedium durch. Somit verfaßten die iranischen Gelehrten, damit sie in allen muslimischen Ländern gelesen und verstanden werden mochten, ihre Werke zwangsläufig auf arabisch. Eine Notwendigkeit, die auch später fortbestand und Tradition wurde.

Welches Geschick widerfuhr den philosophischen Werken Ibn Sinas nach seinem Tode?
Zeitlebens, selbst inmitten der Ereignisse, deren Zeuge er wurde, ahnte er die Gefahr voraus, die all seinen Schriften und in besonderem Maße seinem letzten großen Opus, den *Isarat,* drohte. Die Ermahnungen der letzten Seite besagen einiges über diese Vorahnung und seine Besorgnis.
Solange er unter den Lebenden weilte, verbreiteten seine Schüler sein Gedankengut und behüteten seine Werke. Und es war vor allem Djuzdjani, dem das Verdienst zufiel, ihrer habhaft zu werden und sie wieder zu sammeln.
Doch die Ereignisse sollten anders entscheiden. Tatsächlich setzte der Tod Mahmuds und seines Sohnes Mas'uds der Intoleranz der Orthodoxie wider die Philosophie, die Philosophen im allgemeinen und Avicenna im besonderen, kein Ende. Die Einnahme des Irans und des gesamten Reiches des Kalifats durch die Turkstämme der Seldschuken, die frühzeitig zum orthodoxen Islam übergetreten und dessen eifrige Verfechter waren, verschaffte dieser Orthodoxie neuen Rückhalt.

Zahlreiche Theologen verfaßten Schriften gegen den Sohn des Sina. Der berühmteste unter ihnen, Shahrestani, Verfasser der *Abhandlung der Religionen und Sekten,* schuf zwei Bücher, in denen er die bedeutenden avicennianischen Theorien widerlegte.

Ein anderer Theologe, Ibn al-Athir, erwähnt, über die Ereignisse von 1037 berichtend, die Namen der in jenem Jahr verstorbenen Personen und schreibt:

Im Monat schabban jenes Jahres starb Abu Ali ibn Sina, der berühmte Philosoph, Verfasser von Werken, welche den Lehren der Philosophen gemäß bekannt. Er diente dem Fürsten Ala ad-Dawla. Es besteht kein Zweifel daran, daß dieser ein Falschgläubiger war, weshalb in seinem Reiche Ibn Sina auch die Dreistigkeit besaß, seine von Häresien befleckten Bücher wider die göttlichen Gesetze zu schreiben.

Diese gegenseitigen Überbietungen an Feindseligkeit gegen die Philosophen, deren bevorzugte Zielscheibe Avicenna blieb, dauerten bis 1218 an, dem Jahr, in dem die mongolische Invasion stattfand.

Es kam zu einer Renaissance der Wissenschaften und der Philosophie.

Doch das Andenken der Visionäre ist niemals gegen die menschliche Dummheit gefeit: Im Jahre 1527, an der Universität zu Basel, versetzte Philippus Aureolus Theophrastus Bombastus von Hohenheim, besser bekannt unter dem Namen Paracelsus, dem Gedankengut Ibn Sinas einen neuen Schlag. Der Verfechter einer sogenannten »hermetischen« Medizin, Alchimist und Erfinder eines vorgeblichen Lebenselixiers hieß im Hof der Universität einen Scheiterhaufen aufschichten, und nachdem er sich in einer heftigen Diatribe gegen den persischen Arzt ausgelassen hatte, verbrannte er darauf (nebst Werken von Galen) ein Exemplar des *Kanon*. Leider ist auch unser heutiges Jahrhundert noch von alten Dämonen bevölkert. Die Ausbeuter der Vergänglichkeit und des Leids der Menschen sind Legion. Und die Versuchung besteht fort, das Konkrete durch das Nicht-Wahrnehmbare, Wahrheit durch Lüge, Wissenschaft durch Scharlatanerie zu ersetzen.

Möge Allah uns doch vor allen gegenwärtigen und zukünftigen Paracelsi schützen ...

Nachschlagewerke und Quellen

Die von Al-guzgani verfaßte Biographie, in englischer Übersetzung, unter dem Titel: *Avicenne, His Life and Work,* by the Iranian National Commission For Unesco (1950).

Ali Ibn Sina: *Le Livre de science* [Danish-Name], trad. par [i. Franz. übers. v.] M. Achena et H. Massé (Ed. Les Belles-Lettres/Unesco).

–: *Poème de la médecine* [Lehrgedicht über die Heilkunde], trad. par H. Jahier et A. Nourredine (Ed. Les Belles-Lettres).

–: *Le Livre des directives et des remarques* [Buch der Weisungen und Ermahnungen], trad. A.-M. Goichon.

–: *Hay ibn Yaqzan,* trad. L. Gauthier (Ed. Papyrus).

A. Miquel: *L'Islam et sa civilisation* [Der Islam und seine Kultur], (Ed. Armand Colin).

A. Jolivet et R. Nashed: *Etude sur Avicenne* [Studie zu Avicenna], (Ed. Les Belles-Lettres).

H. Corbin: *Avicenne et le récit visionnaire* [Avicenna und die visionäre Erzählung], (Ed. L'île verte/Berg international).

S. M. Afnan: *Avicenne, His Life an Works,* (Ed. G. Allen & Unwin Ltd).

(Dr.) A. Soubiran: *Avicenne, sa vie et sa doctrine* [Avicenna, sein Leben und seine Lehre].

A. Goichon: *Introduction à Avivenne* [Einführung zu Avicenna].

Carra de Vaux: *Les Penseurs de L'Islam* [Die Denker des Islam].

Carra de Vaux: *Feuilles persanes* [Persische Blätter].

Les Milles et Une Nuits [Tausendundeine Nacht], trad. par A. Galland (Ed. Garnier/Flammarion).

F. M. Pareja et alii: *Islamologie,* Beyrouth 1957–1963.

Aristoteles: *La Métaphysique,* trad. & notes [Kommentare] de J. Tricot.

Encyclopédie de l'Islam.

H. Corbin: *Bibliothèque des idées en Islam iranien* [Bibl. der Gedankenwelt des iranischen Islam], (Ed. Gallimard).

Al-Biruni/Ali ibn Sina: *Questions et réponses* [Fragen und Antworten], 1973.

Zur deutschen Ausgabe hinzugezogen:

Ali Ibn Sina: *Hayy ibn Yaqzan.* Hrsg., mit franz. Vorwort u. Übers., arab. Text und persischer Kommentar von H. Corbin. Teheran 1952. [Die in der 26. Makame zitierten Passagen wurden aus dem arab. Text dieser Ausgabe ins Deutsche übertragen.]

(Al-Guzgani: Es sagte der fürstliche Meister ...) Eine arabische Biographie Avicennas, von Paul Kraus. In: Klin. Wochenschrift 11 (1932).

B. und S. Brentjes: *Ibn Sina (Avicenna).* Der fürstliche Meister der Gelehrten. Berlin (Ost) 1979.

M. Ullmann: *Die Medizin im Islam.* Leiden, Köln 1970.

A. Bausani: *Die Perser.* Stuttgart 1965.

W. Montgomery Watt, Alford T. Welch: *Der Islam.* Bd. I. Stuttgart u. a. 1980.

Der Koran. In d. Übers. v. M. Henning (Stuttgart 1960, 1991) und der v. R. Paret (Stuttgart 1962)